रज़ा

पुस्तक माला

D1880616

कि याद जो करें सभी

उपन्यास

रज़ा फ़ाउण्डेशन | THE RAZA FOUNDATION

कि याद जो करें सभी

राष्ट्रकवि मैथिलीशरण गुप्त : एक जीवनीपरक उपन्यास

रजनी गुप्त

वाणी प्रकाशन

रज़ा पुस्तक माला : उपन्यास

प्रधान सम्पादक : अशोक वाजपेयी | सम्पादक : पीयूष दईया

वाणी प्रकाशन और रज़ा फ़ाउण्डेशन का सह-प्रकाशन

वाणी प्रकाशन

4695, 21-ए, दरियागंज, नयी दिल्ली 110 002

फ़ोन : +91 11 23273167 फ़ैक्स : +91 11 23275710

शाखाएँ

अशोक राजपथ, पटना 800 004, बिहार

कॉफ़ी हाउस कैम्पस, महात्मा गांधी मार्ग, इलाहाबाद 211 001, उत्तर प्रदेश

महात्मा गांधी अन्तरराष्ट्रीय हिन्दी विश्वविद्यालय, वर्धा 442 001, महाराष्ट्र

सुल्तानिया रोड, मोतिया पार्क, भोपाल 462 001, मध्य प्रदेश

www.vaniprakashan.com
marketing@vaniprakashan.in
sales@vaniprakashan.in

KI YAAD JO KAREN SABHI
by Rajni Gupt

ISBN : 978-81-949398-6-3
Novel

पेपरबैक प्रथम संस्करण 2021

मूल्य : ₹ 399

एशियन ऑफ़सेट प्रेस, दिल्ली-110 093 में मुद्रित

वाणी प्रकाशन का लोगो मक़बूल फ़िदा हुसेन की कूची से

श्रद्धेय गुरुवर नामवर सिंह की स्मृति में

आमुख

कलाओं में भारतीय आधुनिकता के एक मूर्धन्य सैयद हैदर रज़ा एक अथक और अनोखे चित्रकार तो थे ही उनकी अन्य कलाओं में भी गहरी दिलचस्पी थी। विशेषतः कविता और विचार में। वे हिन्दी को अपनी मातृभाषा मानते थे और हालाँकि उनका फ्रेंच और अंग्रेज़ी का ज्ञान और उन पर अधिकार गहरा था, लेकिन फ्रांस में साठ वर्ष बिताने के बाद भी वे हिन्दी में रमे रहे। यह आकस्मिक नहीं है कि अपने कला–जीवन के उत्तरार्द्ध में उनके सभी चित्रों के शीर्षक हिन्दी में होते थे। वे संसार के श्रेष्ठ चित्रकारों में, से 20–21वीं सदी में, शायद अकेले हैं जिन्होंने अपने सौ से अधिक चित्रों में देवनागरी, संस्कृत, हिन्दी और उर्दू कविता में पंक्तियाँ अंकित कीं। बरसों तक मैं जब उनके साथ कुछ समय पेरिस में बिताने जाता था तो उनके इसरार पर अपने साथ नवप्रकाशित हिन्दी कविता की पुस्तकें ले जाता था : उनके पुस्तक–संग्रह में, जो अब दिल्ली स्थित रज़ा अभिलेखागार का एक हिस्सा है, हिन्दी कविता का एक बड़ा संग्रह शामिल था।

रज़ा की एक चिन्ता यह भी थी कि हिन्दी में कई विषयों में अच्छी पुस्तकों की कमी है। विशेषतः कलाओं और विचार आदि को लेकर। वे चाहते थे कि हमें कुछ पहल करनी चाहिए। 2016 में साढ़े चौरानवे वर्ष की आयु में उनकी मृत्यु के बाद रज़ा फ़ाउण्डेशन ने उनकी इच्छा का सम्मान करते हुए हिन्दी में कुछ नये क़िस्म की पुस्तकें प्रकाशित करने की पहल रज़ा पुस्तक माला के रूप में की है, जिनमें कुछ अप्राप्य पूर्व प्रकाशित पुस्तकों का पुनःप्रकाशन भी शामिल है। उनमें गाँधी, संस्कृति–चिन्तन, संवाद, भारतीय भाषाओं से विशेषतः कला–चिन्तन के हिन्दी अनुवाद, कविता आदि की पुस्तकें शामिल की जा रही हैं। सभी पुस्तकों पर रज़ा साहब और उनके समकालीन मित्र चित्रकारों आदि की प्रतिकृतियाँ आवरणों पर होंगी।

हिन्दी में हमारे बड़े लेखकों, कलाकारों आदि की सुलिखित जीवनियाँ बहुत कम हैं। रज़ा फ़ाउण्डेशन ने इस दिशा में पहल की है और अब तक जैनेन्द्र कुमार, जगदीश स्वामीनाथन, नागार्जुन, रघुवीर सहाय, भूपेन खख्खर, शंखो चौधुरी की जीवनियाँ प्रकाशित हो चुकी हैं। रजनी गुप्त ने मैथिलीशरण गुप्त पर आधारित यह उपन्यास लिखा है जिसे हम रज़ा पुस्तकमाला में प्रसन्नतापूर्वक प्रकाशित कर रहे हैं।

–अशोक वाजपेयी

दिसम्बर 2020
नयी दिल्ली

प्रस्तावना

सालों पुरानी स्मृतियाँ समन्दर की फेनिल लहरों में तब्दील होती हुई मेरे तलुवों का संस्पर्श करती हुई पहले घुटनों तक, फिर धीरे–धीरे समूची चेतना पर हावी होने लगतीं। अनायास द्रुत गति से समन्दर को चीरती एक बड़ी लहर आयी और मुझे खींच ले गयी अपने गर्भगृह तक, जहाँ ख़ूबसूरत पारदर्शी जल में अनेकानेक जीव–जन्तु थे, मसलन आईने की तरह चमचमाते स्वच्छ पानी में उछलकूद करती रंगीन मछलियाँ, सीपियाँ और एक सम्मोहक ख़ूबसूरत संसार मुझे विस्मित करने लगा। कई साल पहले की यादें गर्भगृह के द्वार पर दस्तक देने लगीं।

लगभग 10–11 साल की बालिका का बचपन दद्दा के घर के इर्द–गिर्द बीत रहा था। नंगे पैर लाल बलुई सड़क पर चलते हुए बालिका के तेज़ क़दम चारुशीलाशरण (कक्का, दद्दा के भाई) के यहाँ जाकर थम जाते जहाँ आटा चक्की को लाँघते हुए प्रिंटिंग प्रेस की भारी–भरकम मशीनों को पार करते अन्दर की बैठक में कक्का बैठे मिलते। वहाँ ठिठकते हैं क़दम। पल भर के लिए बालिका संकोच के मारे यहाँ–वहाँ ताकती कि कक्का ख़ुद ही कहने लगते– 'बैठ जाओ।

पत्रिकाएँ पढ़नी हैं न? जब तक मन लगे, पढ़ती रहो।' मन मुराद पूरी होते ही मेरा दिल हल्की बॉल की तरह ख़ुशी के मारे उछलने लगता। सुबह से लेकर दुपहर के दो कैसे बज जाते, पता ही नहीं चल पाता। *नन्दन, चन्दामामा, पराग, चंपक* जैसी दर्जनों रंगीन व मनमोहक पत्रिकाओं की मायावी रोचक कहानियों में खो जाती। तभी काकी आतीं– 'मौड़ी नै कछु न खाव।' सुनते ही कक्का झटपट समोसे व जलेबियाँ मँगवा देते। खा–पीकर हम फिर से उन्हीं रंगीन ख़ूबसूरत जिल्दों वाली पत्रिकाओं के अद्‌भुत मायालोक में विचरते रहते। तब से कल्पना के सतरंगी पंख मेरे भीतर उगने शुरू हो गये थे।

हमारे इसी परिवार की सहपाठी दोस्त कविता के सान्निध्य ने मेरी इस साहित्यिक यात्रा को पल्लवित करने में अनूठा साथ दिया। हम लोग शाम ढलते ही दद्दा की बखरी (सामूहिक आँगन) के लम्बे–चौड़े प्रांगण में खेल–कूद करते हुए आपस में मिली छतों पर घण्टों बिता देते। तरह–तरह के खेल के दौरान अक्सर मैं खेल मण्डली छोड़कर ऊपर बने दद्दा के कमरे में चली जाती, जहाँ चमकती–दमकती नयी किताबें और पत्रिकाओं के पुराने अंकों का सम्मोहन मुझे अपनी तरफ़ खींच लेता। इन सबके बीच न जाने कब और कैसे मेरी अन्तश्चेतना कल्पना के सुदूर संसार में लम्बी यात्रा पर निकल जाती। पारिवारिक समारोहों के अवसर पर एकत्रित गुप्त परिवार के बीच सालोंसाल आवाजाही रही जहाँ गुप्त परिवार की कुमकुम दीदी का साहचर्य मुझे मानसिक रूप से समृद्ध करता रहा।

1979–80 की बात रही होगी जब *दैनिक जागरण* में पहली बार कविताएँ छपीं। तभी झाँसी में परीक्षा देने गयी अपनी मित्र कविता संग सुमित्रा दादा (दद्दा के भतीजे) के यहाँ ठहरना पड़ता तो दादा ने मुझे देखते ही कहा– 'अरे, तुम्हीं ने कविता लिखी थी न? शाबाश मौड़ी...' उनकी आँखों में अपने प्रति सराहना के बोल सुनकर अपने अन्दर कुछ विशिष्टता बोध महसूस। सुमित्रा दादा के यहाँ भी किताबों की बहुत बड़ी दुनिया से रू–ब–रू होने के ख़ूब मौक़े मिलते रहे। बी.ए. में जब हिन्दी साहित्य में 79 प्रतिशत अंक आये तभी तय किया कि

एम.ए. हिन्दी में ही करेंगे जबकि उस दौर में हिन्दी में एम.ए. करना बड़ी ही सामान्य बात मानी जाती थी।

मेरा तत्कालीन साहित्यिक परिवेश मुझे अपनी तरफ़ खींच रहा था। क्रमशः साहित्य मेरे अध्ययन के केन्द्र में आता गया। किशोरावस्था को पार करते हुए परिपक्व दिलोदिमाग़ वाली लड़की का साहित्य के प्रति अदम्य आकर्षण जुनून की हद तक बढ़ता रहा। साहित्य के अध्ययन–मनन से अटूट गठजोड़ दिनोंदिन गहराता जा रहा था।

यह सच है कि चिरगाँव का समूचा परिवेश दद्दा से जुड़े ज़िन्दा क़िस्सों से रचा–बुना है। मेरे बाबा अक्सर दद्दा से जुड़े क़िस्से सुनाया करते। मसलन, कब महात्मा गाँधी और पण्डित जी (जवाहरलाल नेहरू) से लेकर महादेवी वर्मा, जैनेन्द्र कुमार, डॉ. नगेन्द्र एवं रायकृष्णदास जैसे नामी साहित्यकारों का चिरगाँव आना–जाना लगा रहता। पुराने क़िस्सों के साथ मेरी अन्तश्चेतना में मेरी माटी का कण–कण अनजाने रूप में दद्दा से संवाद करता रहा। बड़े होने की समूची प्रक्रिया में यह सुने–सुनाये क़िस्से मननुमा गहरे कुएँ की अतल गहराइयों में पड़े रहे। अनायास इसी बीच जेएनयू जाकर पीएच.डी. करना तय किया लेकिन अन्तस् में मेरी जन्मभूमि चिरगाँव की माटी की गन्ध से जुड़ी गाथाएँ संवाद करती रहतीं। मेरी माँ दद्दा से जुड़े प्रसंग बतातीं– 'जब हम शादी के बाद आये तो दद्दा के यहाँ कई मौक़ों पर खाने के लिए जाना होता मगर वे पर्दाप्रथा के ख़िलाफ़ थे। सिर ढका रहे, बस। दद्दा तो कुएँ के पास बने चबूतरे पर चॉक से स्लेट पर लिखते थे कविताएँ।'

ऐसे अनगिनत चर्चे, प्रसंग और क़िस्से अन्तस् का शोर बनते गये। सुने–सुनाये क़िस्से ध्वनियाँ प्रतिध्वनियों में तब्दील होते जा रहे थे। पीएच.डी. के बाद नौकरी की दुश्चिन्ता और जद्दोजहद के बीच उम्र के जिस मोड़ पर हम निर्धारित पाठ्यक्रम की किताबें एकाग्रचित्त होकर पढ़ते और परीक्षा देने के परम्परागत पैटर्न को पूरा करके बेहतर भविष्य के लिए आगे बढ़ने की दिशा में क़दमताल कर रहे थे। तो यह वही दौर था जब अपने सपनों को साकार करने की दिशा में सबसे ऊँची सीढ़ी पर पैर टेकने की ज़िद या जुनून में हम अपनी

मेधा और मेहनत को प्रतियोगी परीक्षाएँ पास करने में झोंक देते थे लेकिन अन्तस् में लेखन को करियर के रूप में आत्मसात करने का सपना ठीक से आकार–प्रकार नहीं ले पा रहा था।

हालाँकि दद्दा की कविता–'नर हो, न निराश करो मन को, कुछ काम करो, कुछ काम करो, जग में रहकर कुछ नाम करो...' मेरी प्रिय कविता बनती गयी। साहित्य में उपेक्षित पात्रों पर क़लम चलाने वाले दद्दा ने कैकेयी, यशोधरा व उर्मिला पर जो कविताएँ लिखीं, उनमें से मैंने चुनी थी– 'नर के हिस्से क्यूँ नारी की नग्न मूर्ति ही आयी, माँ, बेटी या बहन नाम क्या संग नहीं वह लायी?' सालों साल अनकहे रूप में यह अहसास दिमाग़ पर हावी रहा कि मुझे दद्दा के ऊपर कुछ–न–कुछ रचना होगा मगर कब और कैसे यह रचा जाये, विचार मूर्त रूप नहीं ले पा रहे थे। उम्र के कई साल घर, गृहस्थी और ज़िम्मेदारियों के बीच सीढ़ी–दर–सीढ़ी पैर टेककर निकलते जा रहे थे।

सालों बाद फिर से अनायास ये विचार कौंधा कि क्यों न दद्दा के जीवन को ही लिपिबद्ध किया जाये। तभी मैं अपनी माटी का क़र्ज़ उतार पाऊँगी। अक्टूबर 2018 में वह समय भी आ धमका कि बस, अब और देरी सम्भव नहीं। उपन्यास ज़िद कर बैठा कि न, बहुत हो गयी टालामटोली या पहले ये रचना पूरी कर लूँ, फिर देखेंगे, जैसे बहाने। इसे लिखने के दौरान चुनौतियाँ ढेर सारी थीं। मसलन, दद्दा के समकालीन साहित्यकार नहीं रहे। पूज्य गुरुवर नामवर सिंह जी भी दुनिया से प्रस्थान कर चुके थे जिनसे मैं कुछ सूत्रवाक्य आत्मसात कर पाती। गुरुवर नामवरजी अक्सर मुझे अपनी जड़ों से जुड़े रहने की सीख देते रहे। आज वे होते तो निश्चित ही इस पुस्तक को देखकर हर्षित होते। चिरगाँव में भी उनके समकालीन मित्र वग़ैरह इस दुनिया में नहीं रहे जिनके श्रीमुख से कुछ–न–कुछ जानकारियाँ मिल पातीं। अब तक तो नयी पीढ़ी भी युवावस्था पार कर चुकी थी। बस, काकी जी (उनकी पुत्रवधू) के साथ ही मेरा यत्किंचित संवाद हो पाया।

मेरी रचनात्मक ऊर्जा को सही दिशा देने में अपनी अभिन्न मित्र मंजु सोनी और इन्दु पाण्डेय की आत्मीयता मेरे लिए बड़ी पूँजी है। इसी क्रम में अपने इंजीनियर पति कैलास गुप्ता का उल्लेख करना आवश्यक है जिन्होंने बड़े जिज्ञासु भाव से इस कृति की रचना प्रक्रिया को साक्षी भाव से देखा–समझा।

अन्त में, यह भी जोड़ना चाहूँगी कि हिन्दी साहित्य की वाचिक परम्परा को कविता में पिरोकर आधुनिक काव्यभाषा में खड़ी बोली को समादृत करके जनवादी परम्परा से जोड़ने का अनूठा काम राष्ट्रकवि दद्दा ने किया। आज भी उनकी कविताएँ बौद्धिक विलास की किताबी दुनिया से बाहर निकलकर गाँव–देहात के खुले मैदान में विचरती हैं। उनकी अमर कृति 'भारत–भारती' में हिन्दू–मुस्लिम एकता के सूत्र तो हैं ही, इसके अलावा, महान राष्ट्र की परिकल्पना को सशक्त स्वरों में मुखरित करने वाले मैथिलीशरण गुप्त के काव्य में तत्कालीन हिन्दुस्तान की नब्ज़ पकड़ते हुए विदेशी सत्ता को जड़ से उखाड़ फेंकने का संकल्प नज़र आता है। तभी तो जनभावनाओं के प्रतिनिधि कवि दद्दा को राष्ट्रपिता महात्मा गाँधी ने राष्ट्रकवि के रूप में सम्बोधित किया। उनके इस सुदीर्घ रचनात्मक अवदान को जीवनीपरक उपन्यास में ढालने हेतु मेरा प्रयास कितना सफल रहा, यह तो सुविज्ञजन ही बतायेंगे मगर इसे सृजित करते हुए यह अहसास ज़रूर आत्मतुष्टि से भरता रहा कि मैंने अपनी माटी का क़र्ज़ा उतारने का हरसम्भव प्रयास पूरे मन से किया है।

अन्त में, रज़ा फ़ाउण्डेशन से जुड़े श्री अशोक वाजपेयी तथा सम्पादक श्री पीयूष दईया के प्रति हार्दिक कृतज्ञता व्यक्त करती हूँ।

–रजनी गुप्त

आभार

- श्रद्धेय दद्दा की पुत्रवधू आदरणीय शान्ति जी (काकी जी) के प्रति हार्दिक आभार जिनके आत्मीय आशीष से इस कृति को रचने हेतु मुझे आत्मबल मिला।
- साहित्य सदन के कर्ताधर्ता प्रमोद कुमार गुप्त के प्रति विशेष आभार जिनसे प्राप्त महत्त्वपूर्ण रचनात्मक सामग्री ने इस उपन्यास लेखन में आधारभूमि का कार्य किया।
- रचनाकार ब्रह्मानन्द शुक्ल जी के प्रति कृतज्ञ हूँ जिन्होंने निश्छल भाव से दद्दा से सम्बन्धित सार्थक पुस्तकें उपलब्ध कराकर अविस्मरणीय योगदान दिया।
- मेरी रचनात्मक यात्रा को संवर्धित करने हेतु सम्मान्य मित्र नरेश कुमार के प्रति विशेष रूप से आभारी हूँ जिनके अहैतुक साथ से इस कृति को रचने हेतु आत्मीय सम्बल और प्रेरणा जाग्रत हुई।
- मित्र अमलशेखरकरण सेठ के साथ आत्मीय साहित्यिक संवाद ने इस कृति को रचने हेतु उत्प्रेरणा दी, एतदर्थ आभार।
- अन्त में, सुविज्ञ श्री एन.एल. शर्मा, पूर्व उपबेसिक शिक्षा अधिकारी एवं कथाकार राकेश कुमार सिंह के प्रति हार्दिक आभार जिन्होंने इस पाण्डुलिपि को पढ़कर अपने अमूल्य सुझाव दिये।

अनुक्रम

यह जन्म अहो...

चिरगाँव के उस इकलौते विद्यालय में पढ़ते दर्जनों लड़के एक धुन में ज़ोर–ज़ोर से ईश वन्दना गा रहे थे–तुम्हीं हो माता, पिता तुम्हीं हो, तुम्हीं हो बन्धु, सखा तुम्हीं हो...विद्यालय से आती प्रार्थना की आवाज़ें दूर तक सुनी जा सकती थीं। कच्ची–पक्की दीवारों से बने उस विद्यालय में अन्दर खुला प्रांगण, हवादार कमरे और धूल भरा मैदान था, जहाँ सब तरफ़ बच्चों का शोर सुनायी पड़ रहा था। विद्यालय की छत खपरैल की बनी थी। विद्यालय के आसपास लगे झाड़–झंखाड़ और छोटे–बड़े बेतरतीबी से उग आये पेड़–पौधे विद्यालय की चहारदीवारी को घेरे हुए थे। इमली, कैंथा, जामुन, बेर, अमरूद और आसपास बेतरतीबी से उग आये जंगली पौधों में से बेशर्म के पौधों से बच्चे डंडी तोड़कर यहाँ–वहाँ घुमाते हुए खेलते रहते। इस समय विद्यालय में पढ़ रहे बच्चों की आवाज़ें साफ़ सुनी जा सकती थीं।

'जल्दी कर उमाकान्त, देख पीछे से कोई आ तो नहीं रहा?' हरिमोहन ने पूरी सावधानी से यहाँ–वहाँ देखकर बस्ते में रखी क़लम और काग़ज़ को निकालकर अपने बस्ते में ठूँसा। ऐन मौक़े पर

उमाक़ान्त ने बस्ते की ऊपरी जेब में रखी दवात के ढक्कन को खोलते हुए पूरी स्याही अपनी दवात में उड़ेल ली और बस्ते को खुला ही छोड़ दिया।

ये काम बस दो मिनट में हो जाता था और छुट्टी की घण्टी बजने से ऐन पहले अक्सर कोई–न–कोई उनके खुले बस्ते में से स्याही, क़लम और काग़ज़ निकाल लिया करता, पर इन सबसे बेख़बर पाँच साल के मैथिली किसी से कोई शिकायत नहीं करते लेकिन उनकी यह लापरवाही उनके अग्रज रामकिशोर को खल जाती और वे गुस्साते हुए पूछने लगते–'तो आज फिर से स्याही निकाल ली किसी ने तुम्हारी? मैथिली, तुम इतने लापरवाह कैसे हो सकते हो? हमें तुम्हारी ये लापरवाही क़तई नहीं सुहाती। सुना नहीं तुमने?'

सुनकर वे धीरे–से बोले–'नन्ना, हमें बिल्कुल पतौई नयी चलौ। सई कै रय...' तटस्थ ढंग से जवाब देकर वे चुप हो गये। उनका ध्यान बस्ते से ज़्यादा कहीं और लगा था। बस्ता पटककर वे जल्दी–जल्दी खाना खाकर पतंगबाज़ी के लिए निकल लेते। रास्ते में ही शशिकान्त मिल गया–'ऐ मैथिली, चलो आज गेंद–बल्ला खेलते हैं, जल्दी करो।'

'हव, चलो...'

आगे बढ़ने पर कुछ और लड़के भी साथ हो लिए। अभी मैदान पहुँचकर उनका खेल शुरू ही हुआ था कि घोड़े पर सवार भूरे मुँह वाले गोरे दिख गये। मैथिली उनकी तरफ़ ग़ौर से देखने लगे कि किसी ने ज़ोर से कुछ कहा–'लिसन, ब्वायज, डोंट प्ले दिस बॉल गेम। दिस इज़ यूजलेस गेम फॉर यू। यू हर्ड द नेम ऑफ़ क्रिकेट? यू डोंट नो, हाउ टु प्ले क्रिकेट। यू आल आर सिम्पली वेस्टिंग योर टाइम।'

सभी लड़के मुँहबाये उज़बक की तरह उस अंग्रेज़ को ताकते रहे। सब लड़के अपना खेलना छोड़कर सहम गये। तभी ठकठक करता एक और घुड़सवार वहाँ से गुज़रा जिसने मैदान में घास छीलते मज़दूर को आवाज़ देकर टेरा और उसके न आने पर दोनों घुड़सवार घोड़ा दौड़ाते हुए उसके पास जा पहुँचे–'ऐ, सुनाई नहीं देता? जानता नहीं, मैं कौन हूँ?'

'साब, गोरे मुँह वारे...' इसके आगे बन्दर कहने से उसने ख़ुद को जबरन रोक लिया।

'कम, कम...' कहते हुए अंग्रेज़ ने उसके सिर पर अपने पैर से दो बार ठकठक किया।

'क्या ग़लती हुई साब...हुजूर...' काँपते हुए लड़खड़ाती ज़ुबान से चन्द बोल फूट पड़े।

तब तक मैथिली समेत समूची मित्रमण्डली उनके पास पहुँच गयी।

'दादा, दादा, का कै रय ते वे सब? ओ दादा?'

'जे नासपीटे अंग्रेजन के गुलाम हैं हम सब। का बतायें बेटा, जिन ससुरन ने हमाई नाक में दम कर दव। जीवों मुश्किल कर दव बेटा। जे भूरे मुँह वारे पूरे राच्छस हैं राच्छस। नैकऊ दया धर्म नईं बची जिनके कलेजे में। जे सब हमाई धरती मैया की छाती पै मूँग दर रय...' कहते हुए अपनी दोनों हथेलियों से कनपटी को दबाते हुए वे रूआँसी आवाज़ में बोले–'तुम फिकर न करो बच्चा लोग। हमाई धरती मैया जिन विदेशियन के चंगुल में फँसी फड़फड़ा रई, सो वई आज़ादी पाबे के लानै जुटे हैं हमाय नेता लोग। वे हमाई धरती मैया खों जिन बन्धन से छुड़ाहैं ज़रूर।' कहते हुए वे खेत के दूसरी तरफ़ बनी फूँस की मढ़ैया के अन्दर चले गये।

थोड़ी देर तक मैथिलीशरण चुपचाप ये सब देखते–सुनते रहे। उनके अन्दर एक अजीब किस्म की वेदना ने जन्म लिया। 'हमाई धरती मैया जिन अंग्रेजन के चंगुल में फँसी फड़फड़ा रई...' दादा के बोल उनके भीतर जाकर देर तक बजते रहे।

'ऐ मैथिली, का सोच रय? हम लोग गेंद--बल्ला खेलना छोड़कर पतंगबाजी के लिए चल रय हैं। सुन रय?' उमाकान्त ने ऊँची आवाज़ में फिर से कहा–'सीधे किले के ऊपर चलहैं। जहाँ से हमाई पतंगें आसमान तक छू लेती हैं...'

'हव, उड़ान तो ऊँची से ऊँची ही होय चइए...' मैथिली की हाँ में हाँ मिलाते हुए हरिमोहन बोल पड़े–'हव, चलो अब जल्दी–जल्दी ...वे सब देर शाम तक रंग–बिरंगी पतंगें उड़ाते रहते। हवा में तैरती

रंग–बिरंगी पतंगें ही पतंगें। कभी आपस में एक पतंग दूसरी पतंग को काटती एक–दूसरे से गुत्थमगुत्था होकर फिर से अलग राह चुन लेती तो किसी की पतंग पूँछ बनकर न जाने कहाँ विलुप्त हो जाती। अनायास किसी की पतंग विजेता बनकर आसमान की सुदूर ऊँचाइयों तक छोटी मछली की तरह हवा को पानी समझ झूमती मचलती। मैथिली एकटक उसी पतंग को देखे जा रहे थे। उड़ान की उच्चतम मंज़िल तक पहुँचती पतंग देखकर उनके अन्दर उत्साह और ख़ुशी की लहर उठती। इस पतंगबाज़ी के नशे में कब शाम उतरकर रात के कपड़े पहन लेती, लड़कों को पता ही नहीं चलता। अचानक बड़े भैया की आवाज़ सुनकर मैथिली सहम गये–'चलो घरै। अबेर हो गयी। बाई खाबे के लानै बाट जोह रईं। चलो जल्दी...।'

नन्ना की ऊँची आवाज़ सुनकर बाक़ी लड़के भी झटपट उस खंडहरनुमा क़िले से ऊबड़–खाबड़ रास्ते पर नीचे उतरने लगे। रास्ते में बचपन की बेहिसाब बतकहियाँ गलबहियाँ डाले गूँज रही थीं। पगडंडियों पर कभी पाठशाला की बातें तो कभी नये–नये खेले जाने वाले खेलों की चर्चा होती। चलते समय मैथिली और रामकिशोर के पैरों में चाँदी के तोड़े की मद्धिम आवाज़ें गूँज रही थीं। भाइयों के गले में गोप (सोने का गहना), हाथों में चाँदी के कड़े, कानों में मोतियों के झुमकियों वाले लटकन झूमते रहते। ढीली–ढाली धोतियाँ, कुरते के ऊपर देशी कलीदार कोट और लाल मखमल की जरी के काम वाली टोपियाँ, यही उनकी पोशाक थी। टोपी अक्सर पाठशाला से लौटते ही उतारकर फेंक दी जाती। रात के खाने के बाद दोनों भाई आसपास की गलियों में एक–दो चक्कर ऐसे लगाते जैसे उन्हें किसी हाज़िरी रजिस्टर पर दस्तख़त करने जाना ज़रूरी हो। ठीक आठ बजते ही श्यामनारायण के घर से आल्हा गायन की आवाज़ें सुनाई पड़तीं और मैथिली चुपके से बड़े भाई नन्ना का हाथ छुड़ाकर उनके घर जा बैठते। आल्हा चक्रव्यूह की लड़ाई को सुनने में घण्टों बीत जाते। उन्हें वहाँ से उठाना आसान था क्या? घण्टे भर बाद या तो वे ख़ुद लौट आते या फिर नन्ना उन्हें लेने आ धमकते।

पाठशाला से लौटने के बाद नियम से गेंदबाज़ी, पतंगबाज़ी, तैराकी या शतरंज व चौपड़ जैसे खेलों में से आम सहमति से कोई एक खेल चुन लिया जाता। शाम ढलते ही पाँचों लड़के यहाँ–वहाँ से गुज़रते हुए अपने खेलने के पसन्दीदा ठीये पर इकट्ठे होते। कभी–कभार तेज़ दुपहरी में सभी साथी बेतवा नहर के पास जाकर कूदफाँद करते नज़र आते। सभी लड़के अपनी–अपनी पीठ से टीन का कनस्तर बाँधकर बेतवा नहर में तैरने की कलाएँ सीखते रहते। मैथिली का मन तैरने में इतना रमता कि मौक़ा मिलते ही वे तैरने निकल जाते। वह घण्टों पानी के अन्दर तमाम तरह की तैराकी के गुर सीखते रहते। घण्टों पानी के अन्दर खेलते। कभी सीधे लेट जाते तो कभी अन्दर देर तक बने रहते तो कभी किसी और मुद्रा में पड़े रहते। भाई कई बार टोकते कि मैथिली को तो तैरने से ही फ़ुर्सत नहीं मगर वे सुनी–अनसुनी कर देते। मित्रों संग आगे निकलने या पीछे रह जाने के खेलों में दिलचस्पी दिनोंदिन बढ़ती गयी। इतवार को पाठशाला बन्द रहती सो वे सब नाश्ते के बाद शतरंज खेलने बैठ जाते। शतरंज में मैथिली को हराना आसान नहीं था। ऐसी नयी नायाब चालें चलते कि साथी हैरान होकर उनका मुँह तकने लगते। ऐसा ही खेल चौपड़ का भी था जिसकी अचूक चालें चलने में मैथिली का ख़ूब मन लगता।

दस–बारह साल के मैथिली को खेलकूद से ही फ़ुर्सत नहीं मिलती। कभी कोई खेल ईजाद करते तो कभी कुछ मगर इसी तरह पाँचवीं कक्षा पास करके उनका छठी कक्षा में दाखिला करवाया गया लेकिन उनकी खिलन्दड़ी दिनचर्या से पिताजी ख़ासे चिन्तित हो उठे। ठीक से पढ़ने में मन लगता नहीं तो आगे कैसे क्या करेगा? जब कि यही तो उम्र है पढ़ने, सीखने या कुछ कर गुज़रने की। इस उम्र में तो इसकी आँखों में कुछ कर गुज़रने के नये–नये सपने होने चाहिए किन्तु यहाँ तो सपनों को साकार करने की ललक भी नज़र नहीं आती। फिर क्या करेगा ये बच्चा आगे चलकर? क्या इसे चिकित्सा का कोर्स करवाना ठीक रहेगा? कभी–कभी मन में आता

था कि अगर ये पढ़ने में अच्छा करने लगे तो ज़िले का कलक्टर बन सकता है। दाऊजी (मैथिलीशरण के पिताजी) और नन्ना (बड़े भैया) दोनों ही उनकी खेलप्रियता को आवारागर्दी से जोड़कर देखते और परेशान होते।

एक दिन उन्होंने अपने मित्र अजमेरी से चर्चा की–'देखो, मैथिलीशरण बिगड़ रहे हैं। आवारा लड़कों के साथ घूमते हैं। बाज़ार में चाहे जहाँ आल्हा पढ़ने बैठ जाते हैं। ये सब अच्छी बातें नहीं हैं। उन्हें किसी तरह सुधारो। अब नहीं सुधरेंगे तो फिर सँभलना मुश्किल हो जायेगा।'

'हूँ...' कहते हुए वे सोचते हुए मौन साधे रहे। फिर थोड़ी देर बाद वे आहिस्ते से बोले–'अजमेरी सुनो, काव्य साहित्य और संगीत तो तुम्हें विरासत में मिला ही है। कवित्त, सवैया श्लोक बनाकर पद भजन गा ही लेते हो। कवित्त में कितने अक्षर होते हैं, जानते ही हो? इन सबका ज्ञान तो तुम्हें ख़ूब है?'

'हाँ, पृथ्वीराज रासो पढ़ते हुए छन्द सीखे थे और रही बात पिंगल की, सो बहुत बाद में दाऊजी की कृपा से थोड़ा बहुत जान गया हूँ। इन दिनों दाऊजी के पास जो साधु महात्मा आते थे, उन्हें दाऊजी अपने द्वारा रचे पद सुनाया करते थे।'

'हव'

'और पदों के अलावा रहस्य रामायण रचना भी तो दाऊजी ने शुरू किया था...' उनकी बात को पूरा सुने बिना अजमेरी बीच में ही बोल पड़े–'याद है, एक बार हमने दाऊजी से कहा कि इसमें कुछ गतिभंग जैसा लग रहा है और इसे इस तरह से लिखें तो सुन्दर भाव बन पड़ेगा तब पता है दाऊजी ने क्या कहा था?'

'हव, ख़ूब अच्छे से याद है। उन्होंने यही कहा था कि क्या तुम समझते हो कि तुम्हारे अक्षर सुन्दर होने से मैंने तुम्हें अपना मुंशी बनाया है? तुम्हें इतना काव्य बोध है, इसी से हम तुमसे साहित्य चर्चा करते हैं। तुम मक्खी की जगह पर मक्खी नहीं बिठाते। क्या कहते हैं इसे?'

‘मक्षिका स्थाने मक्षिका...’ कहते हुए दोनों हँस पड़े। उनकी मुखमुद्रा बदल गयी उस दिन।

अजमेरी मूल रूप से राजस्थान के ढाणी राजपूत परिवार के थे, जो काल के थपेड़ों में उलटने–पुलटने से मुसलमान बना दिये गये। चूँकि उनके पिताजी चिरगाँव आकर बस गये, मैथिलीशरण के पिताजी ने उन्हें अपनी कविताओं को सुलेख में लिखवाने के लिए रख लिया था। इसी वजह से उन्हें ‘मुंशीजी’ बुलाया जाने लगा। जबकि उनका मूल नाम प्रेम बिहारी प्रेम था लेकिन राजस्थान के अजमेर इलाक़े से जुड़े होने की वजह से उनके नाम में ‘अजमेरी’ जुड़ता गया। मैथिलीशरण भी उन्हें मुंशीजी कहने लगे थे। ग़ज़ब की पारखी नज़र वाले विद्वान जिनकी काव्य लेखन में, शब्दों, भावों से लेकर लय, सुर और ताल के आरोह–अवरोह, रस के स्रोत एवं लिपि वर्तनी की शुद्धता तक बारीक़ नज़र चली जाती। उनकी रची कविताओं को जब वे सुलेख में लिखकर प्रेस में देते तो उसी कविता से उनकी ख़ुशकत लेखनी से कितने तरह के अर्थ निःसृत होने लगते। अमर शहीद पत्रकार पं. गणेश शंकर विद्यार्थी से उनका गहरा अनुराग था।

‘हाँ तो हम बात कर रहे थे मैथिली की जिनका बचपन खेलने–कूदने और मौजमस्ती में ही बीतता जा रहा है।’

‘हव नन्ना, आपको पता? मैथिली को चकरी फिराने का भी ग़ज़ब शौक़ है। हमने ख़ुद अपनी आँखों से देखा है। जब तक चकरी की डोर ही न टूट जाये, तब तक चकरी के चक्कर बन्द नहीं होते। साथ के खिलाड़ी लड़के खड़े–खड़े बस चक्कर गिनते रहते। हमने देखा है कि सूनी दुपहरी में लू–लपटों में भी पतंगबाज़ी की तैयारी की जा रही है, रीलों पर माँजा सूता जा रहा है। रंग–बिरंगी, क़िस्म–क़िस्म की डिज़ाइनों की पतंगें बनाई जा रहीं हैं। शाम से ही पेंच लड़ाये जा रहे हैं।’ बीच में बात काटते हुए वे बोल पड़े–

‘बस करो, अब और नहीं सुनना। उनकी ये हरकतें अच्छी नहीं लगतीं। दाऊजी को तो उनसे बहुत उम्मीदें हैं...’

'नन्ना, वे कई तरह से तैरना सीख गये। कभी पानी पर घण्टों सीधे लेटे रहते तो कभी नये ढंग से पानी से खिलवाड़ करते रहते हैं। दो दिन पहले किसी ने बताया कि अपने मैथिली कुश्ती लड़ने में नये दाँव–पेंच सीखने लगे हैं।'

'मूल बात से न भटकाओ हमें और न भरमाओ। सुनो, सबसे पहले उन्हें साहित्य की तरफ़ खेंचबे की ज़रूरत है, जैसे उन्हें मज़ेदार किस्से कहानियाँ सुनाकर मन बहलाओ। जब वे पास आने से कतराने लगें तो उन्हें हर रोज़ एक नया क़िस्सा सुनाने का लालच देना। समझ में आयी मेरी बात?' उनकी आँखों में देखते हुए वे बोलते रहे।

'जे ठीक बात कही आपने। शुरुआत क़िस्सों से करहैं। बाद में कवित्त, सवैया वगैरा...'

'तो ठीक है। जे रई पक्की बात...' कहते हुए नन्नो वहाँ से निकल पड़े।

अपनी योजना को अमल में लाने के लिए वे मैथिलीशरण को तमाम तरह की पौराणिक कथा कहानियाँ सुनाने लगे। शुरुआत में वे थोड़े से उचाट मन से सुनते मगर जल्दी ही इन्हें सुनने में उन्हें इतना रस मिलने लगा कि वे अजमेरी से मिलते ही पूछने लगते–'आज कौन–सी कहानी सुनाओगे? कल वाली तो बहुत मज़ेदार थी कि रात भर सपने में भी वही सब बातें दिमाग़ में घूमती रहीं।'

'अब कवित्त, दोहे व सवैया का नम्बर है। चलो, कुछ शृंगार रस वाली कविताएँ भी हो जायें...' उन्होंने मैथिली को उकसाते हुए कहा।

'ठीक है मुंशी अजमेरी...'

उन्होंने संस्कृत के कई श्लोक अच्छी धुन में सुनाने शुरू कर दिये और उसके बाद कुछ गीत गाये जो मैथिली को बहुत पसन्द आये। श्लोकों की धुन भी उन्होंने ख़ुद तैयार की। अनायास एक दिन मैथिली ख़ुद ही बोल पड़े–'हमें भी लिखना सिखा दो न मुंशी जी? हमें भी कविता लिखने का मन हो रहा है। इस तरह वे रोज कुछ–न–कुछ लिखते और उनके लिखे को मुंशी अजमेरी ध्यान से पढ़कर धुनें तैयार करते। फिर तो उन्हें पढ़ने की ऐसी लगन लगी कि

मैथिलीशरण ने 'रसराज', 'विद्यासुन्दर', 'चौरपंचाशिका' में से अनेक श्लोक याद कर लिये।

धीरे–धीरे उन खिलाड़ी मित्रों से पहले जैसा अपनापा नहीं रहा। हालाँकि उनसे मिलना–जुलना होता लेकिन खेलने की बजाय वे कवित्त की बातें करने लगते जिन्हें सुनने में उनकी ज़्यादा रुचि थी नहीं, सो उनके खिलाड़ी मित्रों का साथ अपने आप छूटता गया।

तभी अचानक एक दिन उनके अन्दर गाना सीखने का शौक़ जगा और गाँव के बाहर बने कुएँ पर गाना सीखने पहुँच जाते। बड़े भाई नन्ना भी साथ जाते और वे भी सीखते। पता नहीं कब और कैसे उनके मन में गाने की रुचि कम होती गयी और पढ़ने–लिखने का जुनून बढ़ने लगा। घर पर ही उन्हें संस्कृत और हिन्दी का ज्ञान दिया जाने लगा। धीरे–धीरे वे संस्कृत में पारंगत होते गये और कई सारे संस्कृत के ग्रन्थ पढ़ डाले। ब्रजभाषा में दोहा, चौपाई और छप्पय लिखना शुरू कर दिया। छन्दों में अन्योक्तियाँ लिखने लगे। धीरे–धीरे अजमेरी संग उनकी जुगल–जोड़ी के बहुविध रंग खिलने लगे। उनके कहने पर उन्होंने अपना लिबास बदला। मँझोला क़द, छरहरा शरीर, गेहुँआ रंग, साधारण पगड़ी, अंगरखा और धोती पहनते। खाकी रंग का साफ़ा अजमेरी को दे दिया और ख़ुद पगड़ी बाँधने लगे।

अक्सर उनका अन्दाज़ 'जो है, सो है' वाला रहता मगर उनकी एक ही ख़ासियत उन्हें भीड़ से अलग कर देती–वह थी उनकी उन्मुक्त हँसी। जब वे सुन लेते कि ठाकुर जी को भोग लग गया है, तभी नहाने जाते और पूछते–आज क्या बना है। शाम होते ही चौसर का खेल खेलते और किताबों को उलट–पुलटकर देखते। इसी बीच आने–जाने वालों का सिलसिला लगा रहता। सूरज डूबते ही ब्यालू के बाद वे घर के पशुओं की देखभाल करने पहुँच जाते। गाँव वालों से बातें होतीं तो नौकरों को ज़रूरी काम समझाते लेकिन अकेले होते ही वह ब्रजभाषा में रचे अपने पदों को ऐसे गुनगुनाते जैसे भौंरा गूँज रहा हो। रात में अक्सर उनकी नींद उचट जाती, पर वे घर में किसी को नहीं उठाते और जीवन–जगत को लेकर सोचते रहते।

अक्सर अनुज सियारामशरण से साहित्य सम्बन्धी बातें होतीं लेकिन जब वे कविताएँ रचने की मनःस्थिति में होते तो रचना प्रक्रिया के बीच किसी से ज़्यादा बातचीत या पूछताछ नहीं करते। न ही लम्बी बातें होतीं और न ही कुछ और खेल वग़ैरह। जब वे लिखने की रौ में होते तो उन पर एक नशा–सा तारी हो जाता। फिर न तो उन्हें खाने–पीने की परवाह रहती, न समय पर सोने या उठने–बैठने की सुधि रहती। स्लेट लेकर बैठ जाते और जो कुछ रचते जाते, उसे स्लेट पर लिखते जाते और अनाम–सी धुन के साथ गुनगुनाते रहते। उस दौरान कौन आया–गया, इसकी उन्हें ख़बर नहीं रहती। पास बैठे लोग गपशप में क्या बातें कर रहे हैं, आसपास बच्चे खेल रहे हैं या लड़–झगड़ रहे हैं, उन्हें किसी से मतलब नहीं रहता बल्कि अपनी ही धुन में मस्त वे स्लेट के दोनों तरफ़ रचते लिखते–मिटाते रहते। जब स्लेट दोनों तरफ़ से भर जाती तब उसकी नक़ल काग़ज़ पर पेंसिल से उतारते। अक्सर अपनी कविता को गुनगुनाते रहते। जब तक कविता पूरी नहीं हो जाती, वे बेचैन रहते और पूरी होने पर काग़ज़ पर नक़ल उतारते। ऐसा करके ज़रूरी सम्पादन–संशोधन हो जाता।

मैथिलीशरण अपनी कविताएँ लिखकर अजमेरी को दिखाते और अजमेरी ज़रूरी सुझाव संशोधन करते। ऐसे तैयार होतीं उनकी कविताएँ। ऐसा ही होता है रचने का सुख जिसे वही जान सकता है जो रचने की प्रक्रिया से गुज़रा हो। कभी–कभार किसी विषय पर उनकी अजमेरी से देर तक बहस हो जाती मगर जल्दी ये विवाद शान्त भी हो जाता। जब स्लेट पर लिखी कविता ठीकठाक मुखड़ों से सजकर तैयार हो जाती तो उसे सुन्दर ढंग से काग़ज़ पर लिखने का काम था अजमेरी का। उसके बाद ही उस कविता को कहीं छपने भेजा जाता। ये उनके शुरुआती लेखन का दौर था।

क्रमशः संशोधन या परिमार्जन कम होता गया। एक बार उनकी कविता पढ़कर अजमेरी ख़ुशी से पुलकित हो उनके पिताजी से बोल पड़े–'अब तो मैथिली इतना अच्छा लिखने लगे हैं कि कभी–कभी मेरी आँखों से ख़ुशी के आँसू बहने लगते हैं।'

सुनते ही उन्होंने अजमेरी को गले लगाते हुए भावुक आवाज़ में कहा–'ये सब बदलाव आपकी सत्संगति के असर से हुआ है। सुनो, मेरे पाँच पुत्र हैं और छठे पुत्र तुम हो।'

उन दोनों के बीच का सम्बन्ध दिनोंदिन फूल व उसकी पँखुड़ियों की तरह अविभाज्य यश की ख़ुशबू फैलाता रहा। मैथिलीशरण के अन्दर काव्य रचने की ललक दिनोंदिन बढ़ती जा रही थी जिसे देखकर अजमेरी अत्यधिक ख़ुश होते। मैथिली के अन्दर अपने पिता (श्री रामचरण गुप्त) के सुप्त काव्य संस्कार अजमेरी की संगति व संसर्ग से तेज़ी से विकसित हो उठे। विद्यार्जन की तरफ़ ऐसी गहन जिज्ञासा और रुझान दिनोंदिन बढ़ता जा रहा था कि उन्होंने तेज़ी से 'अमरकोश', 'लघुसिद्धान्त कौमुदी', 'रामचरितमानस', 'अध्यात्म रामायण', 'रघुवंश', लक्ष्मणसिंह द्वारा रचित 'शकुन्तला' जैसी न जाने कितनी क्लासिक रचनाओं का अध्ययन–मनन कर डाला। रात–रात भर जागकर वे इन किताबों को पढ़ते, गुनते और कथारस में डूबते कि समय का पता ही नहीं चल पाता। जितनी तेज़ी से उनका पढ़ना बढ़ता जा रहा था, उतनी ही तेज़ी से स्लेट पर कविताएँ लिखने का क्रम भी जारी रहता। उनकी रचनाएँ क्रमशः प्रकाशित होने लगीं तो एक दिन पिताजी को इसकी भनक लगी। उन्होंने अजमेरी को बुलाकर पूछा– 'ये कैसी कविता करेंगे? हम जैसी या हमसे अच्छी?'

हाज़िरजवाब अजमेरी ने तपाक से जवाब दिया– 'आप जैसी तो क्या करेंगे पर हाँ, अच्छी ही करेंगे।'

समय के साथ–साथ पिताजी को उनकी कविता की गहराई का अहसास होता गया। समय ने जल्दी ही उन्हें इसका बोध करा दिया। मैथिली की किसी कविता को पढ़कर किसी पाठक का पत्र अनायास पिताजी की नज़रों से गुज़रा जिसे पढ़कर वे पुलकित आवाज़ में अजमेरी से बोले–'वे हमसे हज़ार गुना अच्छी कविताएँ करेंगे। ये सब देखने के लिए हम तो न रहेंगे मगर तुम देखना।'

पिताजी का आशीर्वाद दिन दूनी; रात चौगुनी गति से फलता–फूलता साहित्य संसार को समृद्ध करता रहा। पिता सेठ रामचरण

का कपास और घी का बड़ा कारोबार था। इसके अलावा आसपास के 13 गाँवों तक उनकी ज़मींदारी फैली हुई थी। ओरछा और दतिया के महाराजाओं से उनका बड़ा मेल था। वे बड़े उदार और रईस मिज़ाज के आदमी थे। पिताजी के इसी रामभक्तपरिवार में पैदा हुए मैथिलीशरण और सियारामशरण जैसे साहित्यकार और परम आत्मीय कवि सहचर। एक सुखी समृद्ध परिवार के लिए जिस तरह के भौतिक संसाधनों की ज़रूरत पड़ती है, वे सब सामान वहाँ सहज उपलब्ध रहते। उनके बड़े से घर का चित्र आँखों में कैमरे की रील की तरह घूमने लगता। चिरगाँव में उनके आवास को बखरी कहा जाता था यानी खुला हुआ बड़ा–सा अहाता (आँगन) जहाँ आसपास मिले कई घरों की आवाजाही सुगम हो सके। घर जाने के लिए सबसे पहले बड़ा–सा फाटक बनवाया गया जिसके अन्दर पंक्तिबद्ध चार–पाँच घर आपस में जुड़े हुए थे। बाहर आने–जाने के लिए घोड़ों की बग्घी चलती।

उस समय के संयुक्त परिवार जिसमें कई–कई पीढ़ियाँ एक साथ सालोंसाल रहती थीं, ऐसे परिवारों में सेठ परिवार भारतीय परम्पराओं का आदर्श नमूना था जिसमें पति–पत्नी बच्चों के अलावा उनके कुटुम्बीजन भी शामिल थे। इनके अलावा गुमाश्ते, मुनीम और सेवकों को चाचा, कक्का, दद्दा, बापू और दादा जैसे आत्मीय सम्बोधनों से पुकारा जाता था। ये काम करने वाले सेवक भी परिवार में बड़ों के साथ अदब से पेश आते और वे बच्चों के बीच बच्चे बनकर उसी परिवार का अभिन्न हिस्सा बन जाते। एक ऐसा ही सेवक जगन, मैथिलीशरण का प्रिय सखा बनता गया जिससे वे अपनी बातें साझा करते।

जब मैथिली को नौवीं कक्षा में झाँसी पढ़ने भेजा गया तो उन्होंने अपने मन की बात मित्रवत सेवक के सामने रखी–'तुम्ही बताओ, वहाँ हमारा मन नहीं लगता, सच्ची बात कै रय पर जे लोग मान ही नहीं रय।'

'काय नहीं लगहै आपकौ मन? ऐन लग जैहै। पढ़ाई करके लौटनै है एक दिना। कौन सौ उतै हमेशा के लानै जा रय?' उसने अपने तरीक़े से हौसलाअफ़ज़ाई करनी चाही।

'पहली बात, घर जैसौ भोजन नहीं मिलहै। दूसरी बात, घर जैसी आज़ादी उतै बिल्कुल नइयाँ?'

सेवक जगन उनके मन की बात समझ गया सो उनकी रुचि के मुताबिक़ झाँसी में उनके भोजन की व्यवस्थी की गयी। हालाँकि वे झाँसी में दो साल पढ़ते रहे और तब उनकी माँ उनकी पसन्द के पकवान बना–बनाकर भेजती रहीं।

कितनी कोशिशों के बावजूद वहाँ रहकर पढ़ाई करते मगर जल्दी ही मन उखड़ जाता। घर की याद ज़ोर मारती, ख़ास तौर पर माँ के हाथों का स्वादिष्ट भोजन, भाइयों संग घण्टों बैठकी और बासी पूड़ियों का ब्यालू (रात का भोजन) और उसके बाद बेसन के लड्डुओं संग भाइयों से घण्टों गपशप। मटर की ताज़ा फलियाँ और हरे चने के बूट सब जने मिल–जुलकर खाते। भुने हुए मक्कों को बोरी के अन्दर रखकर ऊपर से पीटा जाता और तब गर्म भुट्टों को गुड़ के साथ खाने का स्वाद... आहा, सोचते ही मुँह में पानी भर आया।

अपने प्रिय अनुजों में से सियारामशरण और चारुशीलाशरण संग उनकी ख़ूब छनती जिनके साथ वे बैंगन का भर्ता और गर्मागर्म घी में तर रोटियाँ खाते। उनके बीच ब्रजभाषा और बुन्देली की मिली–जुली मध्यकालीन कविताओं की चर्चा होती। मौज में आने पर एक से एक उत्तम घनाक्षरी, सवैये और तमाम तरह की कविताएँ सुनाने का सिलसिला चल पड़ता। बुन्देली गीत और ईसुरी की फागें भी मैथिलीशरण को बहुत प्रिय थीं। ईसुरी की फाग अक्सर वे गुनगुनाने लगते–

'जो तुम छैल छला बन जाते, परे अंगुरियन राते,
मों पोंछत गालने के ऊपर, कजरा देत दिखाते,
घरी घरी घूँघट खोलत में, नज़र सामने आते,
ईसुर दूर दरस के लानै, ऐसे काय ललाते।'

घर की यादों से बुन डाली उन्होंने एक कविता जो बुन्देली जनजीवन के खान–पान के सजीव चित्र उकेर देती है–

'कढ़ी भात के साथ दाल रोटी वह घर की
वह बघार की छौंक, कौंधनी, टिकुली तरकी
वह काँसे का फूल, फूल भरे कटोरे
आगे धरते हुए हाथ वे गोरे गोरे
खीर खाँड पर स्वच्छ शुद्ध धूतधार बरसना
बस, बस, बस पर कान धरना और परसना।'

घर की यादें, यादें और बस यादें। वहाँ पर रहते हुए भी मैथिलीशरण का मन घर पर धरा रहता। लेटे–लेटे वे हर महीने को उँगलियों पर गिनकर हिसाब लगाते। चैत्र के महीने में घर पर अमुक त्योहार मनाया जा रहा होगा। इसी बीच शीतलाअष्टमी पड़ेगी जब समूचा खाना एक दिन पहले पकाकर दूसरे दिन बासी भोजन (बासेरौ) शीतला माँ को पूजकर खाया जाता। अहा, कितना मज़ा आता दूर स्थित शीतला माँ के मन्दिर तक जाने में और एक दिन पहले बनी उन बासी पूड़ियों और एक दिन पहले बने फरे वगैरह खाने में। सारे भाइयों में खाने की होड़–सी लग जाती। इसी तरह बैसाख के महीने में सायंकाल का समय, वे दोपहर भर गरम लपटों को अपने आसपास से गुज़रते हुए महसूस करते। दौड़धूप के वे बचपन के दिन याद आते। शाम की गोधूलि वेला में जब रँभाती गायों को खल्ली मिला भूसा देने जाना पड़ता। अँधेरा होने से पहले चूल्हे पर पकते तमाम व्यंजनों की ख़ुशबू नथुनों में भरने लगती। खेत से लायी गयी ताज़ा सब्ज़ियाँ और कढ़ी–भात संग पापड़ों के टुकड़े मिलाकर खाने की याद दिमाग़ में घूमती रहती।

इसके विपरीत यहाँ झाँसी के इस कमरे में चारों तरफ़ ख़ाली रीते घड़े जैसा परिदृश्य देखकर अन्तस् में सन्नाटा पसरता जाता। वे मन मारकर अपनी कुर्सी पर बैठे ज़रूरी सवाल हल करने की सोचते। कभी इतिहास–भूगोल तो कभी गणित के सवालों में माथापच्ची करते रहते मगर मन न लगता। शाम होते ही नाटक देखने का जुगाड़ लगा लेते और निकल पड़ते कला केन्द्र में जहाँ अक्सर कोई–न–कोई नाटक चलता रहता। मन था कि कुछ साल पीछे की तरफ़ वेग से

दौड़ जाता ऐसे अनाम जंगल में आज़ादी से विचरते हिरण की तरह कुलाँचें भरने को बेचैन रहता। आसपास के गाँवों से झाँसी पढ़ने आये कुछ लड़कों के संग बातचीत ज़रूरत भर की होती मगर बहुत गहरी आत्मीयता नहीं पनप पायी। उनकी मुखमुद्रा देखकर लगता जैसे वे एकटक शून्य में देख रहे हैं और तत्कालीन घटनाओं से बालमन आहत है। सींखचों में क़ैद देशवासी और आज़ादी के आन्दोलन में अलख जगाते आमजन की पुकार सुनकर मन में देशभक्ति की लहरें समन्दर की लहरों की भाँति वेग से उछाल मारतीं। उन्हें रह–रहकर बड़े भाई नन्ना की बातें याद आतीं जिन्होंने उन्हें शुरू से ही अनुशासन सिखाने की कोशिश की तो कभी छोटे भाइयों से मिला प्रेम उमड़ आता–'मैथिली, पूजा की? रोज़ की तरह रामरक्षा स्तोत्र का पाठ किया?'

'हाँ, पाठ किया था...'

'हम पूछ रहे पूजा क़ायदे से की?'

इसी बीच चारुशीलाशरण ने बड़े भैया दद्दा (मैथिलीशरण को वे सब दद्दा बुलाने लगे थे) की तरफ़ आँखें घुमाकर देखा तो दद्दा ने छूटते ही कहा–'अच्छा, ठीक है...'

उनकी बात पूरी होने से पहले बीच में ही चारुशीलाशरण बोल पड़े–'हम नहीं करहैं रोज़–रोज़ पूजा। हमसे नहीं होगी।'

'हूँ, तो इतने दिनों से भगवान जी की पूजा छोटे भाइयों से कराते रहे मैथिली, क्यों?'

वे निरुत्तर, गर्दन नवाये खड़े रहे चुपचाप।

उन्हें अपने भाइयों के बीच की बतकहियाँ, आपसी प्यार, अगाध वत्सलता वाले प्रसंग याद आते रहे। सोचते हुए मन कचोटता–आठवीं पास के बाद नौवीं में झाँसी में एडमिशन कुछ बनने के लिए कराया गया था लेकिन अब और मन नहीं लगता। नहीं पढ़ेंगे हम यहाँ। अंग्रेज़ी भाषा तो वैसे भी कठिन लगती है, रूखी–सूखी और बेजान दुरूह भाषा बहुत अबूझ लगती। नहीं मन लगता इसे पढ़ने में। वे स्कूल न जाकर मित्रों संग खेलकूद में मस्त रहने लगे।

परीक्षा के समय भी वे रामलीला देखने अवश्य जाते, ख़ास तौर पर सीता स्वयंवर उन्हें बहुत पसन्द था। एकाध बार तो उन्होंने माली का अभिनय भी किया पर बहुत सधा अभिनय नहीं था उनका। उन्हें वह प्रसंग याद आया जब परीक्षा के समय वे झाँसी के बाहर रामलीला मण्डली के साथ बिना घर पर बताये ओरछा चले गये और पता चलने पर पिताजी चुप लगा गये। दूसरी बात याद आयी जब रुपये चुराने पर भी मैथिलीशरण से कुछ नहीं कहा गया, केवल पढ़ाई बन्द हो गयी तब उसकी यह प्रतिक्रिया उन पर हुई कि उनका भावुक मन पिघलने लगा। मन–ही–मन उनके अन्दर अपराध बोध पनपने लगा–'यदि वे क्षमाशील न होकर दण्ड दे सकते तो सम्भवतः मैं अपने बल पर ही झेल लेता...लेकिन अब और नहीं।'

बचपन की पाठशाला में गाँव के अहाते में शुरुआती पढ़ाई ऐसी कि तीस बच्चे ज़मीन पर बैठकर पढ़ते। उस समय मदरसे में पहाड़ा रटाया जाता। सुबह अचार संग पूड़ी का कलेवा करके जाते और 4 बजे के बाद पाठशाला से लौटना पड़ता। शाम को छुटकारा मिलता लेकिन रात में पण्डित जी पढ़ाने आया करते। बड़े होकर गुरुजन ने सोचा कि ये डिप्टी कलेक्टर बन सकता है। बस फिर क्या था, उन्हें गाँव की पाठशाला की तृतीय श्रेणी के बाद पढ़ने के लिए झाँसी भेजा गया जहाँ उनका घर व दुकान थी। दिन में गेंद–बल्ला और पतंग तो रात में नाटक देखना उनकी दिनचर्या में शुमार था। बहुत धन नष्ट करके उन्हें कोरा का कोरा लौटना पड़ा। बड़ों को निराशा हुई और डर भी लगा, कहीं ये बच्चा ग़लत संगति में तो नहीं पड़ जायेगा सो पास–फेल की किताबी शिक्षा यहीं ख़त्म हो गयी। लेटे हुए मैथिली का मन ऐसे उखड़ा जैसे जड़ से अपने आप उखड़ गया हो कोई नवजात पौधा। कभी उन्हें बरोसी (आग के आसपास) के पास बैठकर कच्चे आलू और शकरकंद भुनने की सौंधी गन्ध याद आती। वैसे घर पर प्याज, लहुसन वर्जित था। मांस–मदिरा के बारे में तो सोचना तक दूर की बात थी। एक माली की तरह हर रोज़ प्यार से सींचे परिवार के हर सदस्य की आपसी भावात्मक निर्भरता

इस क़दर थी कि अग्रज जो कहते, अनुज उसी का अनुसरण ख़ुशी ख़ुशी करने को तैयार हो जाते। दैनिक आचार–व्यवहार में हमेशा शिष्टाचार, मर्यादा और अनुशासन का पालन किया जाना उस घर के नैतिक मूल्य थे।

चारपाई पर लेटे से उठ बैठे और मन कड़ा करके भैया को चिट्ठी लिखने लगे–

आदरणीय नन्ना,
सादर चरण स्पर्श!

यत्र कुशलं तत्रास्तु। आगे ये बात कहनी है कि मुझसे ये विद्यालयी शिक्षा का बोझ अब और नहीं सहा जाता। मेरा मन यहाँ ज़रा भी नहीं लगता। हर रोज़ सपने में चूल्हा जलाती अम्मो की सूरत याद आने लगती है। घर के आँगन में रखी बरोसी, भुने मक्कों संग भाइयों के बीच की वो चुहलबाज़ी इस क़दर याद आती है कि इन नीरस किताबों में आँखें देर तक नहीं टिकी रह पातीं। नन्ना, अब इस पास–फेल की शिक्षा से जी ऊब गया है। इससे जल्दी–से–जल्दी मुक्ति की कामना करता हूँ। घर पर रहकर ही संस्कृत, बाँग्ला, उर्दू, फ़ारसी आदि का गहन अध्ययन–मनन करने की उत्कट अभिलाषा है। पिताजी की तरह कविताएँ रचने के लिए जी अकुलाता रहता है।

भैया, जानता हूँ कि आप मेरे इस निर्णय से ख़ुश नहीं होंगे कि मैं घरवालों के डिप्टी कलट्टर या ऊँचा अधिकारी बनने का सपना पूरा नहीं कर पा रहा जिसके लिए मुझे मैक्डानल हाईस्कूल में अंग्रेज़ी पढ़ने भेजा गया था, पर मैं आपको भरोसा दिलाता हूँ कि घर पर रहकर मैं पिताजी का कहा सब कुछ करूँगा। वैद्य बनने का प्रयास करूँगा। हाँ, मैंने यहाँ रहकर ढेर सारी कविताएँ रची–बुनी हैं और घर आते ही सबके बीच एक–एक कविता सुनाने की बेताबी घेर रही है।

आपका
मैथिली

इसके चन्द दिनों बाद मैथिली घर लौट आये जहाँ उन्होंने नियम से स्वाध्याय किया। संस्कृत, बाँग्ला, उर्दू, फ़ारसी और प्राचीन साहित्य के गूढ़ गहन ग्रन्थों का घण्टों चिन्तन–मनन करते हुए दिनचर्या को चार भागों में बाँटा। देश की राजनीतिक हालत चिन्ताजनक थी। राष्ट्रीय जागरण को साहित्यिक और सांस्कृतिक चेतना प्रदान करने के लिए तमाम पढ़े–लिखे लोग प्राणपण से जुटे रहते। 1905 में बंग–भंग आन्दोलन की प्रतिक्रियास्वरूप बंकिमचन्द्र रचित–वन्देमातरम् राष्ट्रगान की महिमा से मण्डित होकर जन–जन की ज़ुबान पर छा गया था। यही वो समय था जब गद्य और पद्य की भाषा के रूप में ब्रजभाषा अपनी केंचुल छोड़ने लगी थी। खड़ी बोली की प्रतिष्ठा साहित्यकारों के लिए एक चुनौती के रूप में तेज़ी से अपनी पताका फहराती जा रही थी।

मैथिलीशरण के दिमाग़ में तमाम सूचनाएँ, घटनाएँ और वैज्ञानिक नज़रिये से चिन्तन–मनन की शुरुआत हो चुकी थी। उनकी पारखी नज़रों ने शिक्षा, साहित्य और भारतीय इतिहास के कई उतार–चढ़ाव देखे और तमाम धूसरित होते रंग आँखों से ओझल नहीं हो पा रहे थे। रूढ़ियों पर प्रहार करने वाली चेतना व आधुनिक जीवन–बोध तेज़ी से उनके मन–मस्तिष्क में विकसित होने लगे थे।

किताबी शिक्षा से उनका जी उचाट हो गया। रट्टू तोते की तरह रटकर परीक्षा देने की परिपाटी भी उन्हें रास नहीं आ रही थी। तभी तो उनके उच्छ्‌वास निकल पड़े–'शिक्षे, तुम्हारा नाश हो, तुम नौकरी के हित बनीं।'

उनकी वैचारिक ऊष्मा और रचनात्मक आवेग चरम पर था। एक तरफ़ आज़ादी आन्दोलन की धमक पूरे देश में व्याप्त थी तो दूसरी तरफ़ सामाजिक ऊँच–नीच, छुआछूत, अस्पृश्यता, जातिवाद का कुरूप चेहरा और समाज को बाँटने वाली रूढ़ियाँ उनके कोमल मन को छलनी कर रही थीं। बुन्देल–ग्रामीण परिवेश में जीते आमजन के प्रति उनका तादात्म्य और लगाव दिन–ब–दिन गाढ़ा होता जा रहा था। सबसे भैया, राम–राम, सब ठीक है...जैसी बातें तो दूसरी

तरफ़ उनके दिमाग़ में भारतीय परम्पराओं व प्राचीन मूल्यों को वहन करने वाली कुरीतियाँ परिवारों में भेदभाव को बढ़ावा दे रही थीं। वे तेज़ी से रचनाकार के रूप में उभरने के लिए प्रयासरत थे। विशाल भारत में आधुनिक चेतना से आक्रान्त अंग्रेज़ी साम्राज्य का प्रभाव भी उनके दिलोदिमाग़ पर पड़ रहा था। भाषा के स्तर पर यही वो समय था जब खड़ी बोली का परिमार्जन और विकास तेज़ी से चौतरफ़ा फैलता जा रहा था।

परतन्त्र भारत की दुर्दशा मैथिलीशरण खुली आँखों से देख रहे थे। उनके अन्तस् में बसी भारतीय संस्कृति और सनातन वैष्णव धर्म से जुड़ी उदात्त भावनाएँ अलग ढंग से हिलोरें लेने लगीं। उनके अन्दर तमाम वैचारिक आन्दोलन उमड़ते–घुमड़ते मगर मानवतावादी दृष्टि धीरे–धीरे उनके अन्दर विकसित होती गयी। सच तो यह भी है कि उनकी वैष्णव भावना में संकीर्णता, रूढ़िवादिता या अमानवीयता के लिए ज़रा भी गुंजाइश नहीं थी। क्रमशः घर पर रहकर स्वाध्याय के ज़रिये वे विश्वबन्धुत्व, औदात्य और मानववादी जीवन–शैली को अपनाते रहे। वैष्णव धर्मानुयायी होने के चलते उनके अन्तस् में अहिंसा, प्रेम, समता, ममता, दया और सर्वजनकल्याणकारी भावनाएँ वेग से तरंगित होतीं। यही वो समय था जब गौतमबुद्ध, महावीर स्वामी और महात्मा गाँधी के विचारों व भाषणों ने उनकी समूची विचार प्रक्रिया को तेज़ी से बदल डाला। लोकमंगलकारी भावनाएँ अपने आप प्रवाहित होने लगतीं जैसे कोई स्वच्छ निर्मल झरना हो, उसी तरह उदारता और मर्यादाएँ उनके लेखन का बीजमन्त्र बनती गयीं।

छोटी उम्र से ही उन्होंने स्फुट छन्द और छप्पय लिखना शुरू कर दिया था। कलकत्ता के रामप्रेस के रामलाल नेमाणी 'वैश्योपारक' नामक जातीय पत्र निकालते थे जहाँ उनके प्रारम्भिक दौर की कविताएँ छपती रहतीं।

'सुनो मैथिली, पिताजी की तबीयत आजकल ठीक नहीं चल रई सो तुम रात में जगकर उन्हें दवाई पिला देना। तुमने तो आयुर्वेद डाक्टरी की किताबें पढ़ी हैं न? दवाई ख़ुद ही बना लेत...'

'ठीक है नन्ना, ज़रूर दै देहैं...'

दुपहर के खाने के बाद दोनों सामने वाली कुठरिया में पड़ी चारपाइयों पर लेटे रहे। अलस दुपहरी में नन्ना की आँखों में नींद तैरने लगी मगर मैथिली की भावनाएँ उमड़–उमड़कर ऐसे वेग से आतीं कि उनका मन अशान्त हो उठता। थोड़ी देर बाद तक वे करवटें बदलते रहे और जब बेचैनी असहनीय हो गयी तो स्लेट बत्ती लेकर कुएँ की मुँडेर पर जाकर बैठ गये और रचते रहे कविताएँ।

उनकी शुरुआती कविताएँ ब्रजभाषा में लिखी गयीं। उस समय प्रचलित परम्परा के अनुसार मैथिलीशरण ने अपना उपनाम 'रसिकेश' रखा। इस उपनाम से कलकत्ता के पत्र में 1904–05 में कविताएँ प्रकाशित हुईं। कुछ छन्द भी लिखे पर जब ब्रजभाषा का दामन छोड़कर पण्डित महावीर प्रसाद द्विवेदी जी से निकटता हुई तो उनकी प्रेरणा व प्रोत्साहन से खड़ी बोली में लिखना शुरू कर दिया। धीरे–धीरे ब्रजभाषा में काव्य रचना और उपनाम 'रसिकेश' दोनों ही छूटते गये जैसे साँप अपनी केंचुल को अपने आप छोड़ता जाता है। उनकी पहली रचना 1906 में प्रकाशित हुई। 'रंग में भंग' और 'जयद्रथ वध' जैसे खण्डकाव्य तो 'भारत–भारती' से पहले छपकर धूम मचा चुके थे। राष्ट्रीय समस्याएँ उनके लेखन में मुखरित हो उठीं।

मैथिलीशरण को पूर्वजों के चरित्र और आदर्श जीवन मूल्यों के प्रति गहन आस्था थी और वे ख़ुद को समझाने लगते–'होगी सफलता क्यों नहीं, कर्त्तव्य पथ पर दृढ़ रहो।'

मन में उठते–गिरते विचारों, भावनाओं और आवेगों को शब्दों में बाँधने की कोशिश करते। जैसा उनका सहज–सरल स्वभाव था, वैसी ही सरल–सहज, आमजन के मन को छूने वाली कविताएँ। महाकवि वाल्मीकि, कालिदास, भवभूति और तुलसीदास का कवित्व उन्हें आकर्षित करता। माइकेल मधुसूदन दत्त द्वारा रचित 'मेघनाद वध' का अनुवाद करते समय वे लिखते हैं–'सच तो यह है कि तुक एक कृत्रिमता है। जहाँ तक कानों का सम्बन्ध है, वह भले ही अच्छा कवित्त मालूम पड़े किन्तु हृदय को हिला देने वाली वस्तु दूसरी ही होती है।

जो अतुकान्त को बेतुकी कहकर उसकी हँसी उड़ाते हैं, उन्हें याद रखना चाहिए कि महाकवि वाल्मीकि, कालिदास व व्यास ने तुकबन्दी नहीं की। जब वे शब्दालंकारों की ओर झुक पड़े, तब से कविता में कृत्रिमता और आडम्बर का समावेश हुआ।'

सचमुच वे इस सचाई को बख़ूबी जानते और महसूस करते थे कि संवेदना ही रचना की आत्मा है। वे जानते थे कि समर्थ कवि छन्द के अधीन नहीं होते बल्कि छन्द को अपने अधीन कर लेते हैं। धीरे–धीरे उनकी रचनाएँ बड़ी पत्रिकाओं में छपने लगीं।

यही वह समय था जब उनका ब्याह तय कर दिया गया। जीवन के प्रति सहज उत्सुकता, प्रेम के नव अंकुरण और उत्साह से भरे मैथिलीशरण के मन में भावी पत्नी के प्रति जिज्ञासा का भाव हिलोरें लेने लगता। उन्हें लगता जैसे कोई किशोरी उन्हें टुकुर–टुकुर निहार रही है। लड़की की उम्र लगभग 13 साल की थी मगर उसे लेकर सपने बुनने लगे थे वे। उन्हें लगता जैसे भाभी की तरह वह भी अम्मा संग रसोई में घुसी रहेगी। जैसे भाभी खाना परोसने निकलतीं और बड़े भैया से पर्दा करतीं जो उन्हें क़तई पसन्द नहीं था। घूँघट डाले स्त्रियों के नाजुक गोरे हाथ सिर्फ़ खाना परोसते वक़्त ही नज़र आते। आसपास बैठे भाइयों संग खाना खाते समय सभी एक–दूसरे का लिहाज़ करते और शिष्टाचार के चलते ख़ामोशी से सब भोजन करते। खाने की थाली में अक्सर ज़्यादा सामान परोस दिया जाता। न, न, रहने दो, कहने के बावजूद कल भाभी ने दो–तीन बार खीर परोस दी थी। मैथिली को समूदी रोटी (कढ़ी, भात, बड़ा मगौड़ा, सूखी सब्ज़ी संग पापड़ वग़ैरह) बहुत पसन्द थी सो उनकी पसन्द का खाना अक्सर चूल्हे की आँच में पकाया जाता। चूल्हे से फूली गर्मागर्म रोटियों पर घी चुपड़कर उनकी थाली में–बस, बस के बावजूद एकाध दो रोटी ज़्यादा परोस दी जाती।

वे बालिका का चेहरा देखने के लिए उत्सुक हो उठे। यह वह दौर था जब अधिकांश उत्तर भारतीय घरों में महिलाएँ पर्दा करती थीं। बहुएँ सिर ढकते हुए चेहरे से 5–6 इंच लम्बा घूँघट डालतीं।

बहुओं का मुँह देखना सम्भव नहीं था। बस, तभी से मैथिली के मन में एक बात बैठ गयी कि जब कभी उनकी पत्नी आयेगी, तब वे पूरी सख्ती से इस कुप्रथा का विरोध करेंगे। अपने से बड़े बुजुर्गों का मान करने या लिहाज़ करने के लिए सिर पर पल्ला ढकना, इतना ही बहुत है, इससे ज़्यादा की ज़रूरत क़तई नहीं। वैसे भी सिर पर पल्ला ढकने से पीठ तो वैसे ही ढकी रहती। अपना समूचा चेहरा ढके हुए बेचारी सभी महिलाओं के लिए दिन–दिन भर घरेलू कामों में जुटे रहना कितना मुश्किल होता होगा। एक बार यूँ ही उन्होंने अपनी बात बड़े भैया के सामने रखी–'भैया, ये ग़लत बात है कि महिलाएँ मुँह छिपाये बातें करती हैं। हम तो रिश्ते में देवर लगते हैं फिर भी भाभी पर्दा करती हैं। ये बात ठीक नहीं।'

'मैथिली, मैं समझ गया। क्या चल रहा है तुम्हारे मन में इन दिनों? बताओ तो ज़रा, मैं भी तो तेरे विचार सुनूँ...'

'भैया, हम भाभी से कितनी बार कहकर देख चुके मगर वे सुनती ही नहीं हमारी बात। आप ख़ुद पिताजी से कहकर देखें न?'

'पर हमारा नाम न लेना, हाँ...' भीतर से सकुचाते हुए बोल पड़े वे।

इधर घर पर उनके विवाह की तैयारियाँ ज़ोरों से चल रही थीं। पिताजी और माँ को बहू लाने की जल्दी थी सो जल्दी ही उनकी शादी की बारी आ गयी। कनकने परिवार की शादियों में आतिशबाज़ी का ज़ोरदार प्रदर्शन होता। युवा मैथिली की शादी में सेठ जी ने उस इत्र वाले से कहा कि सारे घोड़ों को इत्र लगा दो। कितने महक रहे थे वे घोड़े। चिरगाँव से झाँसी तक बारात गयी थी तो तीन दिन लग गये थे। तब चिरगाँव से झाँसी तक सड़क के दोनों तरफ़ आतिशबाज़ी लगायी गयी थी। जैसे–जैसे बारात आगे बढ़ती, आतिशबाज़ी चलती रहती थी। दिन–रात चली थी। उस भव्य आतिशबाज़ी का ज़ोरदार प्रदर्शन देखकर दतिया वाले दंग रह गये। जब बारात दतिया पहुँची तो वहाँ से गुज़र रहे दतिया महाराज अचम्भे में पड़ गये–'इतनी भव्य बारात किसके यहाँ आयी है भई?'

'चिरगाँव के गुप्त ख़ानदान से आयी है। सुना है, विपुल वैभव है कनकने परिवार में। रामचरण सेठ के बेटे हैं जे मैथिलीशरण।'

लगातार सात दिनों तक आतिशबाज़ी चलती रही?

ख़ूब चर्चाएँ होती रहीं दतिया में। इस शादी में मैथिली के परम मित्र अजमेरी भी शामिल हुए थे। मैथिली के अन्दर जाति और धर्म को लेकर भेदभाव या वैमनस्य का भाव नहीं था सो उनके लिए अजमेरी आजीवन सबसे ख़ास बने रहे। शादी के रीति–रिवाजों में कुँवर कलेवा के मौक़े पर मैथिली उन्हें अपने साथ मण्डप तले हाथ पकड़कर ले गये पर अजमेरी तो मुसलमान थे सो सबके बीच में सबके साथ भला वे कैसे बैठ सकते थे? दुविधा और ऊहापोह में पड़े रहे लड़कीवाले सो अजमेरी को किसी ने प्रकोष्ठ से बाहर बिठा दिया। शादी की इतनी भीड़भाड़ में किसी का ध्यान उनकी तरफ़ गया भी नहीं। सो उनकी पत्तल ख़ाली पड़ी रही। मैथिली सब कुछ देख--समझ रहे थे और अन्दर ही अन्दर भुनभुना भी रहे थे।

फिर मैथिली ने फ़ैसला लेने में पल–भर की देरी नहीं की। दोनों मित्रों ने आँखों–आँखों में सलाह कर ली और इशारों में फ़ैसला ले लिया। पहले अजमेरी उठकर बाहर निकल गये और फिर इसके बाद मैथिली बिना कलेवा किये चुपचाप जनवासे लौट आये।

'अरे, कुँवर सा कहाँ चले गये? कलेवे के बीच में उठकर कहाँ चले गये?' आवाज़ें चारों तरफ़ से आने लगीं। कन्यापक्ष के लोग घबरा गये–'कहाँ चले गये लालाजू?' लड़की के पिता के पाँवों तले की ज़मीन जैसे खिसकने लगी हो। चारों तरफ़ ढूँढ़ मच गयी। कोई उन्हें तलाशने कहीं भागा तो कोई कहीं। इसी बीच कोई जनवासे की तरफ़ ख़बर करने गया तब जाकर रहस्य खुला कि कुँवर सा नाराज़ होकर अपने ख़ासमख़ास मित्र के साथ पैदल ही जनवासे लौट चुके हैं।

जो भी लेने जाये, वे आने को तैयार ही नहीं–'मेरे मित्र का अपमान यानी मेरा अपमान..., न, अब हम नहीं जायेंगे। कलेवा नहीं करेंगे।'

किसी तरह हाथ–पैर जोड़कर उन्हें मनाकर लाया गया था। जैसे ही अजमेरी का हाथ अपने हाथ में लिए मैथिली मण्डप तले पहुँचे, सारी स्त्रियाँ अजमेरी को देखने उमड़ पड़ीं–उनकी खुसुर–पुसुर बातें सुनाई दे रही थीं–आख़िर ये अजमेरी हैं कौन जिनके कारण दूल्हा पालकी छोड़कर पैदल ही जनवासे चला गया और वो भी चुपके–चुपके, बिना किसी को कुछ बताये। फिर तो सब लोग अजमेरी जी को ग़ौर से देखते और बार–बार खाने–पीने की मनुहार करके खिलाते–पिलाते रहे। छोटे भाई सियारामशरण दोनों के इस आत्मीय स्नेह को देखकर भावुक हो उठे।

मैथिली के जीवन में यह सुख का नया झरोखा खुल रहा था जिसमें युगल दुनिया को नयी नज़र से देखना सीख रहे थे। अपनी बालिका वधू का हँसमुख चेहरा देखकर वे ख़ुश होते। उसकी वे मासूम बातें और निश्छल हँसी उनके अन्तस् को सुकून भरी छाँह का आभास देती जैसे वे लम्बी धूप की यात्रा के बाद थके हारे घर लौटें और चंचल किशोरी घड़े से मीठा ठण्डा पानी लेकर दौड़ी चली आये। अनकहे शब्दों की लड़ियाँ वे ख़ुद बुनकर सुन लेते। उन तरल आँखों से झलकते नेह का जादू उनके भीतर ऐसे उतरता गोया वे अँधेरे कुएँ में आँखें मींचे उतर रहे हों और कोई परम आत्मीय उन्हें गहरे नीचे उतरने के लिए मीठी मनुहार कर रहा हो। मौन में भी वे उनके मन की सारी बातें पढ़ लेते और जब वे ज़रा–सा कुछ बोलती तो ऐसी मीठी धुन सुनाई देती जैसे शान्त झील में अनायास आसमान में उड़ते किसी पंछी के मुँह से तिनका छूट गया हो। गोरी–गोरी लम्बी पतली उँगलियाँ छूते हुए वे न जाने किस अबूझ दुनिया में खो जाते। मिलने के उन दुर्लभ क्षणों में वे बोल किसी चिड़िया की आवाज़ की तरह सुनाई देते–'अबै इतेक काम परे करबे खों। छोड़ो हमें। देर हो रई।' कहते हुए वे उसे बाँहों में भर लेते लेकिन अगले ही पल वह पलँग के दूसरे छोर पर पहुँचकर धीमी आवाज़ में कहतीं–'हमें भी पढ़ना–लिखना सिखा दो न? हमें भी सुननै कविता, सुनाओ न?' कहते–कहते हँसते हुए लजा जातीं। तब वे ईसुरी के लिखे शब्द सुनाने लगे–

'ऐंगर बैठ लेओ कछू करने, काम जनम भर राने,
सबखों लागौ रातु जिअत भर, जौ ई कभऊ बड़ाने।
करियो काम घरी भर रै के, बिगर कछू नईं जाने,
ई धन्धे के बीच ईसुरी, करत करत मर जाने।'

उनको हँसते देखकर मैथिली ने विहँसते हुए उन्हें अपने से लिपटा लिया और दोनों मिलकर हँसने लगे।

'अरी ओ दतिया वारी, तुम पिछवाड़े के आँगन में लीपना, हम यहाँ सामने की कुठरिया में लीप लेते हैं। देखो तो, कितेक कचरा फैल गव पूरे घर में।'

'हव जिज्जी, सई कह रईं। जे आबे–जाबे वारे इत्तेक जने हैं कै हमाव उसारई नई लग पाउत। पहले रसोई तो निबटै पर एक बार खाना ख़त्म कै ऐन मौके पर फिर कोऊ आ गव तो फिर मेहमानन के लानै फिर से चूल्हा जलानै। पिछली बार हमने चूल्हा लीप–पोत लव लेकिन ऐन मौके पै वे कासी वारे आ गय...'

'जो बात जिनकी समझ में नयी आउत कै ठंडे चूल्हे को गर्माने में देर लगत मगर उनकी आवाज़ें आने लगतीं–भाभी, खाना बन गव? लिवा लायें मेहमानन खों?'

'नैक गम्म खाव। घण्टा खाड़ तो लग जैहै...'

'जल्दी करो नातर जे लोग चले जैहैं।'

'वा दिना हमने लालाजू खों अन्दर टेककर समझाव कै जब रसोई धुल–पुछ जाये और चूल्हों पुत जाये तो फिर से गर्माबे में नैक टैम तो लगत भैया।'

'अच्छा...तब उनकी समझ में हमारी बात आयी। तुरन्त गिरधारी सेवक को भेजकर बाज़ार से सब्ज़ी–पूड़ी मँगवायीं। इधर मेहमान खाकर निकले, उधर हमारा चूल्हा तपने लगा था।'

देवरानी–जेठानी में ख़ूब बातें होतीं। दोनों मिलनसार और घर–गृहस्थी का काम मिल–जुलकर करतीं। संयुक्त परिवारों में वैसे भी कामों का अम्बार लगा रहता। एक रसोई में तो दूसरा कपड़े धो रहा। किसी का हाथ सफ़ाई में लगा तो कोई आने वाली दीपावली की पुताई में जुटा होता।

बुन्देलखण्ड की परम्परानुसार मैथिली की पत्नी को दतिया वाली कहकर बुलाया जाता तो बड़ी बहू को भौजाई। उस ज़माने में औरतों को गाँव के नाम से जोड़कर बुलाने का चलन था। काम से फ़ुर्सत पातीं तो फिर अगले दिन की तैयारी। अक्सर जब वे पति के पास पहुँचतीं तो पूरे परिवेश में अँधेरा अपनी चादर फैला चुका होता।

ओ, दतियावारी, मैथिली ने धीमी आवाज़ में पुकारा तो वह गर्दन नवाये ऊपर की कुठरियाँ में जा पहुँचीं, चुपचाप ज़मीन की तरफ़ एकटक देखते हुए।

'तो बोलोगी नहीं कुछ?' उन्होंने उनके सिर के घूँघट को ऊपर उठाते हुए पूछा तो अचकचाकर बोलीं–'का?' इस बार उनके मुँह से निकल गया।

मैथिली ने उसकी कलाई पकड़ते हुए प्यार से उनकी तरफ़ देखा फिर अपने दायें हाथ से पीछे गर्दन की तरफ़ हथेली टिका दी।

शर्म, संकोच और अकुलाहट की तितलियाँ उनकी पलकों पर आ बैठीं। कुछ पल अँधेरे में जुगनू से चमकने लगे। अँधेरों के बीच पसरी देह की छायाओं के फ़ासले मिटने लगे थे। कुछ मिनट की ख़ामोशी को तोड़ते हुए वह बोल पड़ी–'आप कैसे इतनी सुन्दर कविताएँ रच लेत? सब जने तारीफ़ कर रय ते।'

'अच्छा! तुमने कुछ समझा? सुनाओ कुछ तुम भी...'

'हमें तो आपसे सुननै...' बड़े संकोच से चन्द शब्द निकल पाये।

'सब सुना है। धीरज धरो। पहले तो ये समझ लो कि यहाँ के कुछ नियम हैं हमारे, उन्हें ठीक से समझ लेव। हम सुबह 5 बजे नियम से उठत। घण्टा भर बाद नाश्ता और चाय। फिर ठाकुर जी के भोग के बाद 12 बजे सादा खाना, दाल, भात और एक सब्जी। जे बातें तुमें भाभी समझा दैहै। दुपहर 3 से 4 के बीच आँवले का मुरब्बा और शाम को ठीक 6 बजे ही रात की ब्यालू चाहिए हमें।' वे बीच में ही टोकने लगीं–'इत्तेक जल्दी ब्यालू? फिर रात में भूख लगी तो?'

'तब तुम तो रहोगी न पास में? भूख लगेगी तो खिलाओगी नहीं क्या?' कहकर वे हँसने लगे ज़ोर से। उनकी हँसी में वे भी हँसने लगीं।

उस हँसी की रंगत से दो चेहरे खिल उठे। अन्तस् में प्रेम पगी गुलाब के फूल जैसी महक बिखरने लगी।

सुबह होते ही उनके घर से भक्ति रस में डूबे भजन सुनाई देते। पिताजी भक्त थे, कलाविद् थे, संगीत के जानकार भी थे और सबसे बड़ी बात, वे छन्दशास्त्र के ज्ञाता थे जिसका प्रभाव मैथिली पर पड़ने लगा। देखते–देखते उनके अन्दर भी कविता का स्फुरण होने लगा था। तब वे मात्र 15 साल के थे, जब उन्होंने पिताजी की काव्य शैली का अनुकरण करना शुरू कर दिया था–

जयति जयति जगदम्ब जयति जय जनक लड़ैती।
जयति काल विकराल ज्वाल जल शीतल सेती।

लगभग रोज़ शाम होते ही चिरगाँव के पण्डितों की मण्डली उनके यहाँ जुड़ती और अनेक विषयों पर चर्चा होती। वे ख़ुद गाते–बजाते नहीं थे पर संगीत सुनने या पद बनाने का बहुत शौक़ था। जो धुनें उन्हें पसन्द आतीं, वे उसी पर पद बनाने लगते। पिंगल की बातों का ज्ञान तो पिताजी ने बाद में कराया था। कुछ साधु–महात्मा भी उनके पास आते और अजमेरी संग मिलकर उन्हें अपने उपासना विषयक पद सुनाया करते। अजमेरी से वे कहने लगते–जितने पद सीखकर गाकर उन्हें सुनाये जायें, उतनी ही चवन्नियाँ देने का नियम बना लिया। अपने भाई के विवाह में अजमेरी को सोने के बहुत से जेवर देकर कहा गया कि ये सब मैथिलीशरण को पहना दो। वे पहनाने के लिए पीछे जा रहे थे और मैथिलीशरण भागते जा रहे थे। वे खेतों की तरफ़ भागते फिर रहे थे और अजमेरी अपने कुरते की झोली में ज़ेवर लिए पीछे–पीछे भाग रहे थे। वे बहुत तेज़ भागते थे उन्हें पकड़ना अजमेरी के लिए आसान नहीं था।

सात–आठ साल के रहे होंगे जब मैथिली ने अपने घर–आँगन में जलते अलाव की चिनगारी से एक आदमी के कपड़े में आग लगते और बुझाते देख लिया। बालमन में आग बुझाने की जिज्ञासा प्रबल हो उठी। सो दूसरे दिन सुबह ही अपने रुई के अँगरखे को जलते दीये की लौ से छुलाया जैसे हर नये कपड़े को तुलसी जी के बिरवे

से छुलाने की परम्परा थी। पलक झपकते ही आग लग गयी और वे अपने हाथों से आग नहीं बुझा सके सो ज़ोर से चिल्ला पड़े। उसी समय एक डॉक्टर और झाँसी से किसी के यहाँ आये हुए थे सो तुरन्त उन्हें बुलाया गया। महीनों लेटे रहना पड़ा तब जाकर वो तकलीफ़ मिट पायी।

वे काम तो हाथ में लेते, पर महीने–दो महीने में ही उनका उत्साह ख़त्म हो जाता और वे एक काम छोड़कर दूसरा करने लगते। केवल काव्य रचना ही ऐसी विधा थी जिसमें उनका ख़ूब मन रमता। पास–फेल की शिक्षा प्रणाली से मुक्त होने के बाद वे पूरी तरह आदि काव्य से लेकर आधुनिक साहित्य का रसास्वादन करने लगे। छोटे भाई सियारामशरण भी उनके साथ स्वाध्याय या अध्ययन–मनन करने लगे। सच तो यही है कि परीक्षा के हथौड़े से कभी रचनात्मक प्रतिभा का स्फुरण नहीं होने पाता। कोर्स की किताबें पास कर लेने मात्र से कोई ज्ञान की रोशनी तक नहीं पहुँच सकता, वे यही सोचते। कलाकार की आत्मा भी अपनी कला के रचाव से ऐसे ही अनायास आलोकित होती है जैसे किसी खिलते हुए फूल को नैसर्गिक रूप से महक मिल जाये।

वैसे वे स्वभाव से ख़ुशमिज़ाज रहे मगर उनके भीतर हमेशा गम्भीरता और विवेक ने स्थायी डेरा डाल रखा था। जब ख़ाली होते तो चकरी ऐसी तेज़ी से फिराने लगते कि उस चकरी के हज़ार तक चक्कर लग जाते। उनकी चकरी के हज़ार चक्कर गिनने के लिए कई लोग इकट्ठे हो जाते। 13 साल में ही वे अखाड़े में पंजा लड़ाना सीख गये थे। कौतुकप्रियता तो उनका स्वभाव था, तभी तो अजमेरी संग मिलकर वे सितार बजाना सीखने लगे। अजमेरी का कोकिल कण्ठ था सो वे उनकी रची कविताएँ भी सुर में गाने लगते।

9 साल की अवस्था में विवाह हुआ मगर गौना हुआ 6 साल बाद। उनकी पत्नी को सब लोग जिया बुलाते सो एक बार वे भी पूछने लगे–'जे सब तुम्हें जिया काय बुलात?'

'अरे, वही तो हमाव नाम है मायके कौ...'

'पर जिया का मतलब तो बड़ी बहन?'

'सो का हो गयी? अपने इतै बड़ी बहन खों जिया कही जात न, जई सै...'

'सही, एकदम सही कह रहीं तुम..., इते आव ज़रा...' बगल में बैठे मैथिली ने उन्हें अपने पास बुलाया और कलाई पकड़ते हुए प्यार से उनकी तरफ़ देखा फिर दायें हाथ से पीछे गर्दन की तरफ़ हथेली टिका दी।

'जिया, तो हम भी तुम्हें यही कहकर टेर लेंगे? ठीक?'

उनके सपने साझा थे और वे अपने सपने को जीने लगे थे। एक दिन वे बड़ी सरलता से पूछ बैठीं—'ऐ, सब जने कहत कि तुम तो बहुत बड़े कवि बन गये और हम...?'

'तुम, मतलब?' कहते हुए वे उनकी आँखों में झाँकने लगे जैसे किसी साफ़ नदी के भीतर अपना अक्स देखने लगे हों।

'हटिए...' उनकी मज़बूत बाँहों की गिरफ़्त से छिटकते हुए नववधू ने साड़ी ठीक से बाँधने की कोशिश की और जैसे ही सिर पर घूँघट डालना चाहा कि मैथिली ने तुरन्त टोक दिया—'बस, केवल सिर ढका करो। इससे ज़्यादा की कोई ज़रूरत नहीं। मुझे ज़रा भी पसन्द नहीं ये लम्बा घूँघट। किसी दिन काम करते—करते गिर—गिरा गयीं तो आफ़त धरी, एक नयी मुसीबत खड़ी हो जैहे।'

'हव, साँची कै रय। कल्लई हम चकिया पीसत—पीसत बगल में रखे सिलबट्टा को नहीं देख पाये ते। पैरों से ऐसी ठोकर लगी कै का बतायें। जे उँगलियाँ कुचल गयीं...'

'दिखाओ तो,' कहते हुए उन्होंने साड़ी को ऊपर की तरफ़ उठाना चाहा—'सच्ची में, चोट तो लग गयी...' कहते हुए मैथिली ने अपने हाथ को उनके पैरों पर रखा तो वे बोल पड़ीं—'अरे, पैर मत छुओ। पाप लगत...'

'लग जान दो।' कहते हुए वे उनकी साड़ी को यहाँ—वहाँ से छूते हुए उँगलियों से लपेटने लगे। उनके चेहरे को अपने पास लाते हुए बोले—'नैक से बच्चन जैसी बातें करतीं तुम। थोड़ी—सी समझदार बन जाओ, तबई तो हम तुम्हें लिखबौ—पढ़बौ सिखा पैहैं।'

'सच्ची में?' उन्होंने कौतूहल से पति की तरफ़ ध्यान से देखा जैसे चेहरे पर कुछ लिखा हो।

'सच्ची में?' दुहराते हुए उन्होंने पत्नी को गोदी में उठा लिया।

'अरे, हम का बच्चा हैं सच्ची में?'

'और नहीं तो क्या?'

मिली–जुली हँसी, ढेर सारी मीठी बातें। कभी मान–मनुहार तो कभी लाड़–प्यार तो कभी रूठना–मनाना, ऐसे बहुत सारे रंग थे उनके पहले प्यार में।

चिरगाँव के आसपास के दर्जनों गाँवों में उस समय स्थानीय वैद्यों के अलावा बीमार आदमी को कोई ढंग का इलाज नहीं मिल पाता था। तमाम गाँवों के लोग झाड़–फूँक या ऐसे ही किसी नीम–हकीम के पास जा पहुँचते। वैद्य जी के पास हर कोई नहीं पहुँच पाता सो बीमारी में या प्रसूति की अवस्था में गाँवों में अधिकांश लोग अकस्मात मौत के शिकार हो जाया करते। पत्नी के बीमार पड़ने पर मैथिली वैद्य जी के पास जाकर दवाएँ लाते मगर उन दवाइयों का थोड़ा–बहुत असर होता। प्रसूतावस्था में बीमारी से जूझती पत्नी को दवा देकर मैथिली से उनकी बेचैनी देखी नहीं जा रही थी सो वे रात भर करवटें बदलते रहे। तभी अचानक माँ ने उन्हें आवाज़ दी–'ओ मैथिली, बहू की तबीयत ठीक नहीं लग रई। देखौ तो, खून बन्द नईं हो रव। जल्दी से वैद्य जी खों बुला लाव... उनकी घबराती आवाज़ में कँपकँपाहट थी जिसे महसूसते हुए वे लम्बे–लम्बे डग भरते वैद्य जी के यहाँ गये। उन्होंने काग़ज़ की पुड़िया में कोई दवा निकालकर शहद के साथ चटा दिया मगर कोई राहत नहीं मिली। न पेटदर्द ठीक हुआ, न ख़ून रुक पा रहा था। अलस्सुबह पत्नी का पीला पड़ता चेहरा देखकर वे वैद्य जी को लाने फिर से दौड़ पड़े। नब्ज़ पकड़ते ही उन्होंने आँखें मूँदते हुए लम्बी साँस लेकर कहा–'हरिओम, ये तो भगवान को प्यारी हो गयी...।'

ओफ्फो, अरे राम...ये कैसे क्या...सवाल मुँह के मुँह में ही रखे रह गये। दुःख के मारे कलेजा चिरने लगा। मुँह से एक भी बोल नहीं फूट पाया।

शब्दों के रचयिता के पास शब्दों का टोटा पड़ गया। उनका हँसमुख चेहरा और वे मीठी बातें...मुश्किल से दो–ढाई साल ही उनके साथ बीत पाया कि ऐसा आघात...सोचते ही उनका मन डूबने लगा। यादों के भँवर में गोल–गोल चक्कर काटने लगे। इतने दिनों तक का उनका संग–साथ। एक–एक घटना ज़िन्दा हो उठी। असंख्य सुख बरसाने वाली यादों के सिलसिले जैसे मीठे झरने में पानी पीते हुए अनायास मुख में गर्म पानी आ गया हो। अभी किशोरावस्था में हँसते–खेलते युगल जीवन के पहले पाठ को सीख रहे थे कि यह भयावह हादसा जैसे किसी चलती गाड़ी में पहले पायदान पर पैर टेकते ही वे मुँह के बल सीधे ज़मीन पर गिर पड़े हों। अकस्मात ऐसा आघात कि उनके मुँह से एक भी बोल न फूटा। वे एकदम से चुप लगा गये। उनके सान्निध्य और उनके नाज़ुक संस्पर्श और उनके साथ बिताये वे बेशक़ीमती लम्हे याद कर–करके उनका तन–मन कचोटता रहा। लगा जैसे वे बुक्का फाड़कर रो देंगे। ख़ाली शून्य आसमान से जैसे हवा आनी ही बन्द हो गयी हो, ऐसी घुटन और तनाव...जिसे वे शायद किसी से साझा ही न कर पायें ताज़िन्दगी...।

पत्नी के गुज़रने के बाद वे दिनोंदिन अकेले पड़ते चले गये। किसी से ज़्यादा बतियाने का मन ही नहीं करता। भीड़ में ज़्यादा मन नहीं लगता। धीरे–धीरे उन्होंने अकेलेपन की राह पकड़ ली। कुएँ के पास बने चबूतरे पर स्लेट ले जाकर कविताएँ रचते–मिटाते और फिर से रचते–गुनते। सुबह 5 बजे उठकर आसपास की गलियों और घर के आसपास तेज़ क़दमों से एकाध घण्टा टहलते फिर थोड़ी कसरत करके चिन्तन–मनन के लिए वहीं कुएँ के चबूतरे पर बैठकर घण्टों आसमान के सूनेपन को निहारते हुए देश दुनिया की बातें सोचते रहते। मैथिली स्लेट पर कुछ लिखते–मिटाते या दोनों तरफ़ लिख–लिखकर भरते रहते। नये शब्दों और नित नये भावों को समेटते हुए वे मनोयोग से जुटे रहते। ऐसा करते हुए वे पत्नी की मर्मान्तक स्मृतियों से किसी हद तक बाहर निकल पाने में सफल होते दिख रहे थे। सुबह के नाश्ते के बाद नहा–धोकर पूजाघर में

रामरक्षा स्तोत्र नियमानुसार पढ़ते। खाने में बासी पूड़ियाँ और बेसन या आटे का एक लड्डू खाना उन्हें पसन्द था जो उनकी माँ उन्हें ठीक समय पर लाकर देतीं और प्यार से समझाने बैठ जातीं–'बेटा मैथिली, इतनौ रंज न पालो अपने मन में। जे तौ होनी है सो होकर रहती है। विधि का विधान है। देखौ तौ, कैसौ मुँह पीलौ पड़ गव तुमाव। इत्तेक सोचा–विचारी ठीक बात नईं भैया।'

'हम धीरे–धीरे ठीक हो रय..चिन्ता की बात नईं।' अनमनेपन से कुछ बोल फूट पड़े।

'बेटा, हमाई बात मानो, वे लड़की वारे आय ते सो शादी के लानै हाँ कर देव। देखौ तो घर में कितेक सूनौपन पसरौ है। बेचारी... कितेक कम उमर पायी ती...' कहते हुए वे अपने आँचल से आँसू पोंछने लगीं।

'हमाव बिल्कुल मन नईं अम्मा...। साँची कै रय...' कहते हुए वे पास रखी किताब खोलकर कुछ पढ़ने लगे।

'सोचो ज़रा, ऐसौ कड़ौ निर्णय कैसे ले सकत तुम? जौ हमाव इतेक बड़ौ ख़ानदान का ऐसेई डूब जैहै?'

'हम जे सब बातें नईं जानत और न समझ सकत अबै...'

'देखो मैथिली, आजकल तुमाय पिताजी की तबीयत भी ठीक नईं चल रई। वे भी जई बात कै रय ते...'

'का मतलब?'

अचानक देखा कि दूर से आ रहे पिताजी कुछ कहने लगे–

'बेटा, मान लो, हमें कछू हो जाय तौ तुमाय मुँह में रोटी डारबे वारौ को है? अकेली भाभी के वश में नईंय्या कै वे इतेक बड़े घर–दुवार कौ कामकाज समेट लैहै। हव...बोलो, ग़लत कै रय का? मैथिली, तुमै हमाव कौल, दतियावारिन खों मना न करौ। बेटा, हम तौ तुमाई भलाई के लानै कै रय नातर हमाई कितेक जिन्दगानी बची? को देख आव कै भगवान कबै हमें अपने पास बुला लैहैं। तौ हमाई आत्मा कलपत जैहै कि अपने मैथिली खों अकेले छोड़कर चले आय हम इतै...बेटा, जौ बुढ़ापे कौ मोह है। जल्दी नईं छूटत...' कहते हुए उनका गला भर्राने लगा।

'अच्छा, ठीक है। कछू दिनन बाद सोच लैहैं हम...'

'बहुत देर नईं करियो भइया...' कहते हुए अम्मा भी अपने आँचल से आँसुओं को पोंछती जातीं और उनके सिर पर हाथ रखकर सुबकने लगतीं।

ख़ामोश मैथिली गर्दन नवाये माँ की गुहार सुनते रहे। माँ के भीगे करुण बोलों से मैथिली की हठधर्मिता टूटी। भीतर जमा हिम शैल पिघला। माँ के आँसू पोंछते हुए बोले–'जैसौ आप लोग ठीक समझें।' कहते हुए वे एक झटके में ऊपर बनी कुठरिया की तरफ़ चले गये जहाँ उनके छोटे भाई सियारामशरण भी कुछ–न–कुछ लिखते–पढ़ते रहते। एक छप्पर से छाया हुआ कमरा, उसमें एक चबूतरा और चबूतरे पर बिछी चटाई पर बैठकर दीवार से टिकी कई स्लेटों पर लिखते रहते भैया। वे सोचते रहते जीवन–जगत से जुड़े शाश्वत किस्म के सवाल और जब अन्तस् की वेदना सघन हो उठती तो स्लेट पर लिखना शुरू कर देते। जो मन में आया, लिखते, फिर पसन्द न आने पर मिटाते। जब कभी लिखने से मन में सन्तोष होता या तृप्ति मिलती तो ऊँची आवाज़ में उन्हें बुलाते–'सियाराम, इसे काग़ज़ पर लिख डालो। स्लेट के दोनों तरफ़ लिखा है।' और वे झटपट काग़ज़ पर उतारने लगते। सियारामशरण को लोग बापू कहते थे। वे सोचते, कहाँ कीमती काग़ज़ पेन से लिखने वाले साहित्यकार जिन्हें लिखने के लिए मेज़–कुर्सी चाहिए या ऐसी ही सुविधाएँ मगर दद्दा के लिए बस स्लेट बत्ती। कुछ लेखक दूर देश की यात्रा के लिए प्रस्थान कर जाते या बिजली की रोशनी में मेज़–कुर्सी पर बैठकर लिखते लेकिन दद्दा जैसी सादगी कहीं नहीं। चारों भाइयों में आपस में अगाध स्नेह और एक–दूसरे पर भरपूर भरोसा रहा। जो बात बड़ा कह दे, छोटा हँसी–ख़ुशी मान लेता। नन्ना से पूछे बग़ैर दद्दा कुछ फ़ैसला नहीं लेते तो दद्दा से पूछे बग़ैर अन्य छोटे भाई। उनके बोलने में ऐसी शालीनता कि सामने वाले को वे ध्यान से सुनते। बखरी से लौटते हुए मिलने वाला उनकी बातों से प्रभावित हुए बिना नहीं रहता। ठीक यही अनुशासन, गरिमा और विनम्रता सभी भाइयों के अन्दर पनपती गयी।

जल्दी ही उनका अन्यत्र रिश्ता तय हो गया। समय का पहिया अपनी गति से चलता रहा। मैथिली और रामादेवी के बीच समझदारी भरा रिश्ता पनपने लगा। उनके बीच कभी–कभार सरस बातें भी हो जातीं और हँसी–मज़ाक़ के प्रसंग भी चल पड़ते। जब आपसी फासले मिटने लगे तो एक दिन वे पूछने लगीं–'हमसे पहले वाली जिया खों का बीमारी हो गयी ती?'

'उस समय चिरगाँव में प्लेग का प्रकोप फैला था। इसी से उनके जाने के कुछ महीने बाद पिताजी भी चल बसे और सात महीने की गर्भवती जिया भी बेटी को जन्म देकर उसी के संग ख़ुद भी भगवान खों प्यारी हो गयीं।' इससे ज़्यादा बोलने का उनका मन नहीं हुआ।

'कुल 3 साल रुकीं वे इतै?'

'शायद, दो–ढाई साल जिन्दा रह पायीं वे पर इतेक कुरेद–कुरेद कर काय पूछ रईं?'

'ऐसेई, हमाय इतै भी औरतन खों जे बच्चा जनबे के टैम तमाम बीमारी घेरे रहतीं जिनकौ ठीक से इलाजई नईं हो पाउत सो बेचारी जिन्दगी कहाँ जी पाउतीं वे?' आगे कुछ और बोलने से उन्होंने ख़ुद को रोक लिया। नीचे से कोई उन्हें आवाज़ लगा रहा था। शाम का खाना परोसते समय दोनों की बातें चल रही थीं लेकिन रसोई समेटने के काम पड़े थे सो वे थाली लेकर चल पड़ीं वहाँ से।

संयुक्त परिवारों में स्त्रियों का समय तो घरेलू कामों में ही निकल जाता। बड़े भैया का समय कारोबार में निकलता और वे दर्जनों गाँवों की यात्राएँ करते रहते। मैथिली का मन बिज़नेस में नहीं लगता। उनका समय तो ऐतिहासिक, धार्मिक, पौराणिक ग्रन्थों के अध्ययन–मनन में बीतता। सुबह 5 बजे उठकर 7 बजे तक नाश्ता करके वे कुएँ के पास बनी कोठरी में घुस जाते और वहीं बैठकर किताबों में डूबे रहते या स्लेट पर कुछ कवित्त रचते–मिटाते।

19वीं शताब्दी में प्रचलित धार्मिक मान्यताओं से जुड़े संस्कार या रीति–नीतियाँ आमजन के जीवन में इस क़दर घुली–मिली थीं

जिनसे मुक्त होना आसान नहीं था। पंजाब और पाश्चात्य प्रभाव से आक्रान्त प्रान्तों में आर्यसमाज प्रचार–प्रसार का कार्य चरम पर चल रहा था। हिन्दुओं में चारों तरफ़ 'वैदिक युग' और 'आर्य सभ्यता' की अनुगूँजें सुनाई पड़ती थीं। मैथिलीशरण रामायण–महाभारत कालीन चारों वर्णाश्रम की परिकल्पना में खोये रहते मगर जब उन्होंने इस व्यवस्था में व्याप्त अन्धविश्वासों, पाखण्ड या कुरीतियों को पनपते देखा तो जमकर लिखा और विरोध किया।

यही वो दौर था जब राजा राममोहन राय, ईश्वरचन्द्र विद्यासागर, केशवचन्द्र सेन जैसे समाजसुधारकों ने बंगाल, महाराष्ट्र, पंजाब और पश्चिमी प्रान्तों में अपनी तेजस्वी वाणी से धूम मचा दी। इसी समय रामकृष्ण परमहंस, स्वामी विवेकानन्द, स्वामी दयानन्द सरस्वती और स्वामी रामतीर्थ का ज़ोर इस बात पर था कि धार्मिक, आध्यात्मिक और पुनरुत्थानवादी चेतना का प्रचार–प्रसार होने लगा था। सुधारवादी सांस्कृतिक आन्दोलन के प्रतीक पुरुष बनते गये राजा राममोहन राय जैसे मनीषी और उनके 30 साल बाद सर सैयद अहमद जिन्होंने देश में राष्ट्रीय, साम्प्रदायिक और सांस्कृतिक समस्याओं की जड़ों पर प्रहार करते हुए समाज सुधार की दिशा में ज़रूरी काम किये।

मैथिलीशरण का कवि मानस उच्चतर मानवीय मूल्यों के प्रति सम्मान और कृतज्ञता से भर उठता। उनका मन मनुष्यता के शाश्वत मूल्यों की स्थापना हेतु निष्ठावान था। शुरुआती कविताओं में खड़ी बोली की अनगढ़ता दूर करने के लिए आचार्य महावीर प्रसाद द्विवेदी जी का सान्निध्य जैसे किसी चामत्कारिक घटना जैसा ही है। शुरुआत में मैथिलीशरण ने दोहे, छप्पय में काव्य रचना की जो कलकत्ता के 'वैश्योपारक' पत्र में रसिकेन्द्र नाम से छपीं जिसे पढ़कर आचार्य महावीर प्रसाद द्विवेदी ने कहा–'रसिकेन्द्र बनने की इच्छा छोड़िए। वह समय गया।'

आचार्य महावीर प्रसाद द्विवेदी झाँसी के रेलवे ऑफ़िस में नौकरी करते थे। अपने भाई नन्ना संग वे उनसे मिलने गये और उन्हें अपना

काव्यगुरु मान लिया। आचार्य द्विवेदी जी के जीवन के अन्त तक उनके सुझावों पर अमल करते हुए साहित्य साधना में रत रहे। वे एक साथ कई समय को जीते हुए गहन चिन्तन में डूबे रहते।

उनका मन वर्तमान हालात को देख–देखकर बेचैन हो उठता। पौराणिक आख्यानों (रामायण, महाभारत आदि) में मन रमता और सांस्कृतिक वैभव सम्पदा पढ़ते हुए वे विगत में लौट जाते लेकिन देश के विपरीत हालातों से जूझते आमजन की तकलीफ़ें देखकर अपनी आँखें नहीं मूँद सके वे।

'हम आज क्या से क्या हुए, भूले हुए हैं हम इसे,
है ध्यान अपने मान का, हममें बताओ अब किसे।'

रचना के केन्द्र में एक छोर पर वर्तमान अंग्रेज़ी शासन की गुलामी की कसक रहती तो दूसरी तरफ़ गौरवशाली अतीत की महान परम्पराएँ और वे प्राचीन आदर्श रह–रहकर याद आते जिनके आख़िरी छोर पर उज्ज्वल भविष्य की संकल्पनाएँ और कल्याणकारी मूल्यों को प्रतिष्ठित करना उनके लेखन के बीजसूत्र बनते गये। महीनों की साधना, एकनिष्ठ लगन और अन्तस् की बेचैनी से लिखी गयी कृति है 'भारत–भारती' जिसकी भूमिका में वे लिखते हैं–'यह बात मानी हुई है कि भारत की पूर्व और वर्तमान दशा में बड़ा भारी अन्तर है। अन्तर न कहकर इसे वैपरीत्य कहना चाहिए। यह वह समय था कि यह देश विद्या, कला–कौशल और सभ्यता में संसार का शिरोमणि था और एक समय यह है कि इन्हीं बातों का इसमें शोचनीय अभाव हो गया है। जो आर्य जाति कभी सारे संसार को शिक्षा देती थी, वही आज पराया मुख ताक रही है। ठीक है, जिसका जैसा उत्थान, उसका वैसा पतन।'

देश की दुरवस्था से दुःखी मैथिलीशरण ने भूमिका लिखते हुए आचार्य महावीर प्रसाद द्विवेदी की सम्मतियों के प्रति आभार व्यक्त करते हुए लिखा है–'मुझे दुःख है कि इस पुस्तक में कहीं–कहीं मुझे कुछ कडुवी बातें लिखनी पड़ी हैं परन्तु मैंने किसी की निन्दा करने के विचार से कोई बात नहीं लिखी। अपनी सामाजिक दुरवस्था ने वैसा

लिखने के लिए विवश किया है। मेरा विचार है कि जब तक हमारी बुराइयों की तीव्र आलोचना न होगी, तब तक हमारा ध्यान उनको दूर करने की ओर समुचित रीति से आकृष्ट न होगा।'

नैतिक सामाजिक मूल्यों के प्रति शाश्वत किस्म की आस्था और मनुष्यता के प्रति गहरी निष्ठा उनके रग–रग में व्याप्त थी। बीसवीं सदी के पहले चरण में जागरण सुधार काल में मानवीय करुणा उनकी कविताओं में स्वतःस्फूर्त ढंग से आती गयी। गृहस्थ जीवन के सुख–दुःख भरे परिवेश में अनेक करुणा प्रसंग अपने आप उनकी रचनाप्रक्रिया का हिस्सा बनते गये। नवजागरण के दौर में राष्ट्रीय चेतना और राष्ट्रवाद उनकी कविताओं का मूल स्वर बनता गया। मैथिलीशरण कला कला के लिए नहीं, बल्कि कविता का लक्ष्य था कि वह अपनी निश्चित भूमिका निभाये–

'केवल मनोरंजन न कवि का कर्म होना चाहिए।
उसमें उचित उपदेश का भी मर्म होना चाहिए।'

मैथिलीशरण समाज, राष्ट्रहित के लिए सोद्देश्य लेखन पर आजीवन भरोसा करते रहे। उनकी आवाज़ में समाज के प्रति गहरी निष्ठा और ज़िम्मेदारी का अहसास शामिल है–

'संसार में कविता अनेकों क्रान्तियाँ है कर चुकी,
मुरझे मनों में वेग की विद्युत प्रभाएँ भर चुकी।'

वे देख रहे थे कि देश में अलगाववादी प्रवृत्तियाँ तेज़ी से सक्रिय हो रही हैं। राष्ट्र खण्ड–खण्ड हो रहा है और देशवासियों के अन्तस् में अजीब तरह की हीनताग्रन्थि पनपती जा रही है। ग़रीबी, भुखमरी और अंग्रेज़ी साम्राज्यवाद के शोषण तले पिसते आम आदमी का जीना दिनोंदिन दूभर होता जा रहा है–

'दुर्भिक्ष मानो देह धर के घूमता सब ओर है,
हा अन्न! हा! हा! अन्न का रव गूँजता सब ओर है।
आते प्रभंजन से यथा तप मध्य सूखे पत्र हैं
लाखों यहाँ भूखे भिखारी घूमते सर्वत्र हैं।'

इन सबसे राहत पाने के लिए जब आमजन राजनेताओं की तरफ़ उम्मीद भरी नज़र डालते हैं तो वहाँ भी राष्ट्रीय गौरव का किसी प्रकार का बोध नज़र नहीं आता और न ही मज़बूत वैचारिक दृष्टि। ऐसे में वे देश की चिन्ता क्यों करेंगे, सवाल ही सवाल उनके मनोमस्तिष्क में सन्ताप पैदा करते।

1911–12 में 'भारत–भारती' कृति लिखी जा रही थी जब देश में आज़ादी के लिए संघर्ष की लौ तेज होती जा रही थी। उस दौरान बाल गंगाधर तिलक ने कांग्रेस के महत्त्वपूर्ण अधिवेशन में नारा दिया–'स्वराज्य हमारा जन्मसिद्ध अधिकार है और हम इसे लेकर रहेंगे।' देश के राजनीतिक पटल पर महात्मा गाँधी जैसे तेजस्वी सूरज का उदय होता नज़र आने लगा था जबकि आध्यात्मिक दुनिया में विवेकानन्द ने पश्चिमी जगत को भारतीय चिन्तन–मनन, देश की अस्मिता और ज्ञानमीमांसा से अवगत कराया था। सच तो यह है कि हमारा देश राजनीतिक और आर्थिक गुलामी की ज़ंजीरों में जकड़ा परतन्त्र देश है–कवि मैथिली के दिमाग़ में राष्ट्रीय आन्दोलन की गतिविधियाँ घूमती रहतीं चकरी की तरह तेज़–तेज़ और तेज़।

'भारत–भारती' के तीन खण्डों में अतीत, वर्तमान और भविष्य–अर्थात देश का गौरवपूर्ण अतीत, मौजूदा दुर्दशा और भावी जीवन के लिए सन्देश ध्वनित–प्रतिध्वनित हो उठा–

'कवियो! उठो, अब तो अहो! कवि कर्म की रक्षा करो,
सब नीच भावों का हरणकर, उच्च भावों को भरो।'

मैथिली राष्ट्रीय आन्दोलन के दौर में वैचारिक उद्वेलन और गहमागहमी को रचनात्मक स्तर पर जी रहे थे। इस समय तीन नाम तेज़ी से देश के पटल पर चमक और धमक बनाते जा रहे थे–रवीन्द्रनाथ ठाकुर, सुब्रह्मण्यम भारती और मैथिलीशरण। ऐसी चिट्ठियाँ पढ़कर उन्हें यह सोचकर आत्मिक सन्तोष होता कि उनकी क़लम ने सही दिशा पकड़ ली है। देश की पराधीनता का बोध महसूस करते वे और भावुक कवि मन विचलित हो उठता तब वे रातों–रात जगते सोचते रहते। देश के सोये लोगों को जगाना होगा और उनके भीतर देशभक्ति

की लौ जगानी होगी। नवयुवकों के अन्तस् में राष्ट्रीयता के भाव तेज़ी से विकसित करने होंगे। उनको देश के सुनहरे अतीत की याद दिलाते हुए प्रेरित करना होगा कि वे वर्तमान स्थितियों से जूझने के लिए कमर कस लें और आज़ादी के आन्दोलन में कूद पड़ें। तभी हमारे देश का भविष्य पहले की तरह स्वर्णिम आभा से देदीप्यमान हो सकेगा।

क्रान्तिकारी विचारों ने उनकी रातों की नींद ग़ायब कर दी। कई–कई रात वे करवटें बदलते रहते तो एक दिन रामादेवी पूछने लगीं–'कई दिनन से आप करवट बदलत रहत। खाना भी ठीक से नईं खा रय। आप हमेशा इतना सब काय उल्टौ–सीधौ सोचत रहत। जई सै तबीयत ख़राब हो जैहै।'

'हमारे पूरे देश की तबीयत ख़राब है रामा। हमारी भारतमाता पराधीनता की बेड़ियों में जकड़ी कराह रही है। ऐसे में हमें सोने की पड़ी है? नहीं, चैन की नींद सोना, मेरे लिए ये सम्भव नहीं है। अच्छा, एक काम करो, तुम मेरे लिए लालटेन जला दो।'

'इतेक बेरा? आधी रात से ऊपर...'

'सो का हो गयी? अच्छा, तुम सोओ। हम ख़ुद जला लेत।' कहकर वे उठे और अपनी स्लेट लेकर दूसरे कमरे में चले गये। उनके अन्तस् में चारों तरफ़ से विचारों की आँधियाँ चलने लगीं। घहराती घटाओं की भाँति गर्जन–तर्जन करती शब्दनुमा बूँदें तेज़ी से पन्नों को भिगोने लगीं। धीरे–धीरे शब्दों की दुनिया में मूसलाधार बारिश होने लगी–

'हे नवयुको! देश भर की दृष्टि तुम पर ही लगी
है मनुज जीवन की तुम्ही में ज्योति सबसे जगमगी।
दोगे न तुम तो कौन देगा योग देशोद्धार में
देखो, कहाँ क्या हो रहा है, आजकल संसार में?'

'भारत–भारती' युवा मन में उनकी रचनात्मक ऊर्जा वेग से शक्ति का संचार करने लगी। इस अन्धकार युग में देश की दुर्दशा का बोध उनकी कृति के ज़रिये जनमानस की अन्तश्चेतना में गहराने लगा। अकाल, महामारी, बाढ़, सूखा, महाजनी प्रथा और ज़मींदारी प्रथा से

परेशान किसानों का दुःख उन्हें व्यथित कर देता। अन्न के निर्यात पर तंज करने से वे क़तई नहीं चूके–

'अब पूर्व की सी अन्न की होती नहीं उत्पत्ति है
पर क्या इसी से अब हमारी घट रही सम्पत्ति है?
यदि अन्य देशों को यहाँ से अन्न जाना बन्द हो,
तो देश फिर सम्पन्न हो, क्रन्दन रुके, आनन्द हो।'

'भारत–भारती' का कविमन किसानों की फटेहाल दशा को अपनी खुली आँखों से देखकर द्रवित हो उठा। लाखों लोग आधा पेट भोजन पर ही जीने की मजबूरी ढोने के लिए अभिशप्त हैं।

'हा दैव, इस ऋषि–भूमि का यह आज कैसा हाल है
तू काल सचमुच 'काल' ही है, क्रूर और कराल है।'

क़लम के ज़रिये उनकी पीड़ा अनायास फूट पड़ती। वर्तमान समय की त्रासदी वेग से घुमड़ते बादलों की तरह बरस पड़ती। उनकी लेखनी से देश–भर में जनजागरण का ज्वार फैल उठा। प्रखर वैचारिक ऊर्जा उनके अन्तस् को बेचैन कर डालती और ऐसे नेताओं के लिए मैथिली की कविता पूरी आक्रामकता से प्रहार करती जो केवल चाटुकारिता की गोटियाँ चलते रहते–

'बस भाँड़, भड़ुवे, मसखरे उनकी सभा के रत्न हैं
करते रिझाने को उन्हें अच्छे–बुरे सब यत्न हैं
धारा वचन की, कौन जो उनके सुखार्थ न बह उठे
है कौन उनकी बस पर, जो 'हाँ, हुजूर' न कह उठे?'

निःशब्द निशा में चिन्तन गहन हो उठता। बगल में लेटी रामा देवी की तबीयत ख़राब देखकर अनायास पहली पत्नी की अकाल मौत याद आने लगती। उनकी मौत की वजह याद करते तो मन मसोसकर रह जाते मैथिली। इन्सान का जीना–मरना एक शाश्वत सत्य है। मैथिली बड़ी शिद्दत से स्त्री जीवन की वेदना और पराधीनता की असहायता को महसूस करते।

तत्कालीन दौर की लोकप्रिय पत्रिका 'सरस्वती' में छपने वाली मैथिली की कविताएँ जन–जन के अन्तस् को आन्दोलित करने लगी थीं।

आचार्य महावीर प्रसाद द्विवेदी की प्रेरणा व प्रोत्साहन से उन्होंने खड़ी बोली हिन्दी के परिनिष्ठित परिमार्जित स्वरूप को सीखा। धीरे–धीरे उनकी कविताओं ने खड़ी बोली हिन्दी का सुगठित बाना पहन लिया। शुरुआत में वे उनकी कविताओं में यथेष्ट संशोधन करके सुझाव देकर लौटा देते और मैथिली उनकी सलाह पर गम्भीरता से विचार करते। फिर से अपनी कविताओं को संशोधित करते। नये सिरे से परिमार्जित करके फिर से 'सरस्वती' में भेजते। सरल प्रवाहपूर्ण भाषा की ताज़गी और नयापन देखते ही बनता था। धीरे–धीरे वे आम आदमी की नब्ज़ टटोलकर रचते। चिरगाँव जैसे साधारण क़स्बे के व्यापारी का पुत्र 16 साल की आयु में अपनी पत्नी और फिर माँ–पिता को खोने के बाद अपने बलबूते लिखने की दुनिया में डूबता गया। जिसने विधिवत स्कूल कॉलेज या यूनिवर्सिटी की डिग्री हासिल नहीं की, वही मैथिलीशरण भारत की संस्कृति, इतिहास, राष्ट्रीयता और राजनीतिक चेतना से सम्पन्न ऐसी विलक्षण कृतियों का सृजन करने लगे।

बचपन में पतंगबाज़ी और तैराकी के इतने शौक़ीन कि क़िले की बावड़ी में कूदकर नहाने के मज़े लेते। यह बावड़ी कुएँ से बड़ी नहीं थी। एक दफ़ा वे मुँडेर से सिर के बल कूद पड़े और कूदते ही झोंका खा गये। कन्धा सामने की दीवार से टकरा गया। अगर वे जलाशय के बीचोबीच न गिरकर कहीं नीचे के चबूतरे से टकरा गये होते तो क्या परिणाम होता? घर के लोगों को पता चला और उन पर निगरानी रखी जाने लगी। मौक़ा मिलते ही चौपड़ खेलने में उनकी दिलचस्पी जगजाहिर थी। सच तो यह है कि उन्हें न तो महर्षि देवेन्द्र नाथ ठाकुर सरीखे पिताश्री मिले जिनसे टैगोर जी को विरासत में ढेर सारा ज्ञान मिला और न ही जवाहरलाल नेहरू जैसा आभिजात्य वर्ग में जन्म या शिक्षा–दीक्षा मिली बल्कि होश सँभालते ही उनका पुश्तैनी कारोबार ध्वस्त हो चुका था। ऐसी विषम परिस्थितियों में वे हीरे की भाँति चमक उठे थे। उन्होंने राष्ट्रीयता की अलख जगायी और देश के कोने–कोने में उनकी रची कविताएँ उत्साह से सुनी–सुनायी जाने लगीं। लोगबाग चाव से पढ़ते और कण्ठस्थ कर लेते।

पाठकों के पत्र उनके पास रोज़ाना आने लगे। वे हर चिट्ठी को बड़े ध्यान से पढ़ते और ख़ुद ही सबका जवाब लिखने बैठ जाते। ऐसा करके उन्हें बहुत सन्तोष मिलता। उनके पास हर जाति, धर्म और हर वर्ग के ऐसे लोगों के पत्र आते जो उनकी कविताओं से प्रेरणा पाते। रामनगर के हरिचरण ने लिखा—पूज्य मैथिलीशरण, आपकी लिखी चार पंक्तियाँ तो हर रोज़ तकिये के नीचे रखकर सोते हैं—

'क्षत्रिय! सुनो अब तो कुयश की कालिमा को मेट दो,
निज देश को जीवन सहित तन मन तथा धन भेंट दो।
वेश्यो सुनो, व्यापार सारा मिट चुका है देश का—
सब धन विदेशी हर रहे हैं, पार है क्या क्लेश का?'

संयुक्त प्रान्त, बिहार, महाराष्ट्र, राजस्थान और दिल्ली के अलावा उनकी कविताएँ कलकत्ते में भी सस्वर पढ़ी जा रही थीं। प्राथमिक स्कूलों से लेकर कॉलेज व विश्वविद्यालय तक के बच्चे उनके लिखे को गुनगुनाते यहाँ—वहाँ मिल जाते। आसपास के रचनाकार तो मैथिलीशरण के घर कभी भी, किसी भी समय सीधे चले आते। वे बड़े स्नेह, आत्मीयता और आदर भाव से सबसे मिलते। बड़ों के चरण छूकर आशीर्वाद लेते तो छोटे उनके चरण स्पर्श का सुख लेते। बड़े गाँव के मुन्ना वैरागी ने भी कुछ छुटपुट लिखना शुरू किया था सो आये दिन वे मैथिलीशरण के पास चले आते। एक दिन बातों—बातों में बोले—'दद्दा, भौजाई नईं दिख रईं, मायके गयी का?'

'नईं, अन्दर वारे कमरा में लेटी हैं, बुख़ार है कई दिनों से...'

'भैया, अपने इतै कौनऊ ढंग कौ वैद्य नहीं जो औरतों की बीमारियों को ठीक कर दे। हमाय इतै, हमाई घरवाली बच्चा होबे में गुज़र गयी हती। का बतायें दद्दा?' उनकी दीन—हीन मुद्रा देखकर वे सहम गये। उन्हें याद आया, कल रात में ही तो रामादेवी ने कहा था—'पेट में बच्चा इतै—उतै घूमन लगौ। बड़ी परेशानी होन लगी। अब तौ आठवौ महीना लग गव...'

उन्होंने बड़े प्यार से उनके पेट पर हाथ फेरते हुए कहा—'रामा, सब कुछ ईश्वर पर छोड़ दो। उनकी क्या मर्ज़ी, वही जानें।'

चिन्तित स्वर में आगत की सकुशल प्रार्थना में उनके मुँह से निकल पड़ा—'हे प्रभु, आप ही सँवारो, सँभालो इस फूल—सी नाज़ुक रामा खों...'

'का सोच में पड़ गय आप?' मुन्ना ने उनके लम्बे मौन को तोड़ते हुए पूछा—'पिछली बार भी यही सब हुआ था न?'

'सही कह रहे हो मुन्ना। अपने यहाँ न तो दाइयों को कुछ आता—जाता है और न उन्हें क़ायदे से कुछ सिखाया गया है सो सब भगवान भरोसे चल रहा। सच बात तो ये है कि औरतन की हालत देखकर बहुत तकलीफ़ होती है। कभी—कभी ऐसा लगता है जैसे बच्चे जनना उन्हें मौत के मुँह में जबरन ठेलने जैसा हो।' एक लम्बी साँस लेते हुए वे सोच में पड़ गये।

मुन्ना ने विषयान्तर करते हुए पूछा—'देश के हालत बिगड़ते जा रहे। जितेक धर्म, उतेक सम्प्रदाय और उतेकई मतभेद। बहुत भेदभाव फैलता जा रहा।'

'हाँ, मनभेद नहीं होना चाहिए पर हर घर में झगड़ा—टंटा सुनाई देने लगा...'

आपने कितने बढ़िया तरीक़े से लिखा है इस पर—

'जाति, धर्म या सम्प्रदाय का, नहीं भेद व्यवधान यहाँ,
सबका स्वागत, सबका आदर, सबका सम सम्मान यहाँ।
राम, रहीम, बुद्ध, ईसा का सुलभ एक—सा ध्यान यहाँ,
नहीं चाहिए बुद्धि वैर की, भला प्रेम उन्माद यहाँ।
सबका शिव कल्याण यहाँ है, पावें सभी प्रसाद यहाँ...
'हूँ, कवि की कल्पना है, बस और क्या कहें?'

मैथिली के मानस में राष्ट्रीय आन्दोलन के समानान्तर भारतीय किसानों की पीड़ा बवण्डर बनकर घूमने लगी। उनकी दारुण व्यथा को लेकर सन्ताप और बेचैनी की तपिश जैसी धूप की तरह चुभने लगी। एक बार वे अपने खेत पर गये जहाँ कल्लू नामक छोटा किसान दौड़ता हुआ उनके पास आया जिसकी व्यथा कथा सुनकर उनकी आँखों से आँसू झरने लगे। वो बिना रुके लगातार बोलता जा रहा था—'दद्दा, हम दोऊ तरफ से पिस रय। परिवार कौ पेट पालबौ

मुश्किल हो रव। खेत कौ वौ छोटौ–सौ टुकड़ा बेचबे के अलावा और कौनऊ उपाय नईं बचौ। हमाई तरह छोटे–छोटे किसान भूमिहीन बनबे खों तैयार बैठे। पास के शहर में मजूरी करहैं। कछू जने कुलीगिरी करबे खों तैयार बैठे। का करें नातर? कौनऊ उपाय नईं बचो। जौ पेट तौ भरने परै...'

रूँधे कण्ठ से कही गयी कल्लू की बातें सुनकर उनका मन गहरी पीड़ा से भर उठा। हमारे किसान अपना ख़ून पानी बनाकर सींचते हैं धरा को, तब कहीं जाकर फ़सलें लहलहाती हैं। कितनी मेहनत मशक्कत के बाद खलिहानों में अन्न के दाने देखने को मिल पाते हैं किन्तु क्या लाभ हमारे किसान भाइयों को?

'हो जाये अच्छी भी फसल पर लाभ कृषकों को कहाँ?
खाते खवाई, बीज, ऋण से हैं रँगे रक्खे यहाँ,
आता महाजन के यहाँ वह अन्न सारा अन्त में,
अधपेट रहकर फिर उन्हें हैं काँपना हेमन्त में।'

किसानों की दुरवस्था देखकर मैथिली का मन द्रवित हो उठता। इतने परिश्रम से कमाया सारा अन्न तो क़र्ज़ा चुकाने के लिए महाजनों के पास चला जाता है फिर किसानों के हाथ में आता क्या है? कुल चार पैसे भी उनकी रोज़ाना की मजूरी नहीं बचती। कभी प्रकृति के प्रकोप से वे बेमौत मारे जाते हैं–

'होती नहीं है कृषि यहाँ, पूरी तरह से अब कभी
यद्यपि शुभाशा चित्त में होती हमें है जब कभी
पाला कहीं, ओले कहीं, लगता कहीं कुछ रोग है
पहले शुभाशा, फिर निराशा, दैव! यह कैसा योग है?'

परेशानियों से जूझते और रोज़ाना की हाड़तोड़ मेहनत के बाद अगर क़ुदरत का क़हर झेलना पड़ जाये तो किसान की रीढ़ टूट जाती है। वे खेतों पर जाकर काम में जुटे किसानों को देखकर भावुक हो जाते। हाड़ कँपाने वाली ठण्ड हो या तेज़ लू फेंकता सूरज, काम पर डटे किसान पूरी तरह खेती पर निर्भर हैं। उनके पास साधन–सुविधाएँ बिल्कुल नहीं, ख़ासतौर पर छोटी जोत वाले किसानों

की आर्थिक हालत तो दिनोंदिन ख़राब होती जा रही। साल के बारह महीने कितने कष्ट में बिताने पड़ते–

'घनघोर वर्षा हो रही है गगन गर्जन कर रहा,
घर से निकलने को कड़ककर वज्र वर्जन कर रहा।
तो भी कृषक मैदान में करते निरन्तर काम हैं,
किस लोभ से वे आज भी लेते नहीं विश्राम हैं।
बाहर निकलना मौत है, आधी अँधेरी रात है,
अरु शीत कैसा पड़ रहा है, थरथराता गात है।
तो भी कृषक ईंधन जलाकर खेत पर हैं जागते,
वह लाभ कैसा है न जिसका लोभ अब भी त्यागते।'

यही हाल तेज़ गर्मी पड़ने पर–

'बरसा रहा है रवि अनल, भूतल तवा–सा जल रहा।
है चल रही सन सन पवन, तन से पसीना बह रहा।
मध्याह्न है, उनकी स्त्रियाँ तो रोटियाँ पहुँचा रहीं।
हैं रोटियाँ रूखी, खबर है शाक की हमको नहीं।'

किसानों की औरतें गोबर पाथने, फ़सल काटने, परोहे लेने और घास खोदने में ही जुटी रहतीं। इसके अलावा, घरेलू कामों में भी दिन–रात जुटना पड़ता। हमारे किसानों/मजूरों के लिए गाँव का हाट बाज़ार ही सबसे बड़ा आकर्षण केन्द्र है, सोचते हुए उन्हें अनायास अपनी पत्नी रामादेवी की याद आ गयी जो हाट से अपने लिए स्नो पाउडर, चूड़ियाँ, क्लिपें, लाली, बिन्दी और रंग–बिरंगे फीते ज़रूर ख़रीदतीं। बहुत चाव से दिखाते हुए पूछतीं–

'कैसी लग रहीं?'

'बहुत खूबसूरत...' वे अपनी हँसी दबाते हुए बोले।

'ऐसे तंज काय कस रय? साँची–साँची बताओ न?' ठुनकती आवाज़ में वे पति की तरफ़ नेह से देखते हुए बोल पड़ीं।

'रामा, तुम तो मुझे सादी वेशभूषा में ही ज़्यादा जँचती हो। ज़्यादा चमक चाँदनी पसन्द नहीं मुझे। ये तुम्हारी लाली भी, कतई फबती नहीं तुमपे।' अभी उनकी बात पूरी भी नहीं हुई थी कि वे तेज़ी से

रसोई के बगल में बनी हौदी से पानी लेकर मुँह धोने लगीं। बड़ी मेहनत से किये श्रृंगार को तुरत–फुरत धो डाला।

'अरे, अरे, ये क्या कर डाला तुमने? मैंने ये थोड़े ही कहा था कि तुम अभी के अभी मुँह धो डालो। तुम तो बहुत जल्दी बुरा मान जाती हो रामा...' कहते हुए वे उन्हें मनाने लगे।

'रहन दो अब, ज़्यादा बातें न बनाओ।'

इस तरह की मीठी नोंकझोंक उनके दाम्पत्य में चलती रहतीं। फिर थोड़ी देर बाद रामादेवी ख़ुद ही बोलने लगीं–'बच्चे का नाम सोच लो, सोचा?'

'हूँ, सोच लेंगे। जल्दी क्या है? वैसे अभी कितने दिन बचे?' अपने डर और असुरक्षा को दबाते हुए वे पूछने लगे।

'आषाढ़ ख़त्म होते ही, सावन लगते ही।' कहते हुए वे लजा गयीं। फिर मैथिली उन्हें देश–देशान्तर की बातें ऐसे आहिस्ते से समझाने लगे जैसे किसी छोटे बच्चे को भाषा–ज्ञान सिखा रहे हों। सुनने समझने की कोशिश करते वे गहरी नींद में चली गयीं, पता ही नहीं चला, पर उनकी नींद उचट गयी। बंग–भंग एवं स्वदेशी आन्दोलन चरम पर था। साम्राज्यवाद विरोधी भावनाएँ दिनोंदिन उभार पर थीं। राष्ट्रीय चेतना प्रखर चमकते सूरज के रूप से तेज़ होती जा रही थी। मैथिलीशरण कभी परम्परागत सांस्कृतिक मूल्यों की तरफ़ देखने लगते तो कभी वर्तमान दौर की दुर्दशा उनके कोमल मन को छलनी कर डालती।

19वीं सदी में हिन्दू वर्णव्यस्था में बहुत सारी विकृतियाँ फैलती जा रही थीं। छोटा, बड़ा, ऊँच–नीच, छुआछूत और धार्मिक अन्धविश्वासों ने मैथिली के मन को आन्दोलित कर डाला था। बावजूद इसके, वे अपनी सनातन मर्यादाओं को अक्षुण्ण रखने का मोह नहीं तज पा रहे थे। 'भारत–भारती' रचते हुए मैथिलीशरण अपनी पूर्व परम्पराओं के प्रति मोहाविष्ट होकर कह उठे–

'भूलोक का गौरव प्रकृति का पुण्य लीलास्थल कहाँ?
फैला मनोहर गिरि हिमालय और गंगा जल जहाँ,

सम्पूर्ण देशों से अधिक किस देश का उत्कर्ष है?
उसका कि जो ऋषिभूमि है, वह कौन? भारतवर्ष है।'

अतीत की गौरवगाथा जगाते–जगाते उनकी नज़रें आमजन से नहीं हटती थीं। सामर्थ्यवान एवं धनाढ्य वर्ग का देश की प्रगति में योगदान नहीं। उनका जीवन ऐशोआराम में डूबा देखकर वे ग़ुस्से से उबल पड़ते। उनका आक्रोश, क्रोध और आवेग गर्म पानी का सोता बनकर फूट पड़ता है–

'तुम मर रहे हो तो मरो, तुमसे हमें क्या काम है,
हमको किसी की क्या पड़ी है, काम है, धनधान है।
तुम कौन हो जिनके लिए हमको यहाँ अवकाश हो,
सुख भोगते हैं हम, हमें क्या, जो किसी का नाश हो।'

अपने सुख में लिप्त, आत्मकेन्द्रित इस सुखासीन धनिक वर्ग की बढ़ती लिप्सा और स्वार्थपरता देखकर वे बेचैन हो उठते।

'अब भी समय है जागने का, देख आँखें खोल के,
सब जग जगाना है तुझे, जगकर स्वयं जय बोल के।'

वे खुली आँखों से देश की समस्याओं को देखते और आमजन के दर्द को कड़ुवी दवा की तरह बूँद–बूँद करके हलक से उतारते। युगीन समस्याओं को ध्यान से देखते हुए वे स्वार्थचेता मध्यवर्ग की परतों तले दबी–छुपी आवाज़ों को भी सुन लेते। मैथिलीशरण समय के साथ चलने वाले रचनाकार के रूप में अपनी जगह बनाने लगे–

'व्यवसाय अपने व्यर्थ हैं, अब नव्य यन्त्रों के बिना,
परतन्त्र हैं हम सब कहीं, अब भव्य यन्त्रों के बिना।
कल के हलों के सामने, अब पूर्व का हल व्यर्थ है,
उस वाष्प विद्युत वेग सम्मुख देह का बल व्यर्थ है।'

मैथिलीशरण देशकाल या वातावरण के अनुरूप आने वाले समय की आहट सूँघ लेते। उन्होंने 'किसान' जैसा प्रबन्ध काव्य लिखकर किसानों की दयनीयता, निरीहता और निश्छलता को साकार रूप दिया। एक तरफ़ साम्राज्यवादी व सामन्तशाही व्यवस्था में पिसते मज़दूर तो दूसरी तरफ़ हमारे भोलेभाले किसान जो भारी मुसीबत

से घिर जाने पर भूत–प्रेत, जादू–टोने जैसे तमाम अन्धविश्वासों पर भरोसा करके अपनी हताशा को दूर करने की असफल कोशिशों में जुटे रहते। किसानों की पारिवारिक व्यवस्था महाजनों, साहूकारों और ज़मींदारों के दलदल में फँसकर छिन्न–भिन्न होती जाती। ऐसी नारकीय स्थितियों में प्राकृतिक प्रकोप भी कम नहीं घटते। कभी हैजा को देवी माँ का स्वरूप समझकर लोग देशी इलाज करने लगते तो कभी प्लेग जैसी महामारी, तो कभी अतिवृष्टि से खड़ी फ़सल नष्ट हो जाती, तो कभी जोत–जोतकर बीज योग्य खेत किये तैयार, और वर्षा के लिए इन्द्र की गुहार।

किसानों की जीवन व्यथा कहने के लिए वे सीधे गाँवों की चौपाल जा पहुँचते जहाँ वे अपनों के बीच पहुँचकर उन्हीं की जुबान में बतियाने लगते। मैथिलीशरण को बचपन से ही आल्हा सुनने का ख़ूब चाव था सो 'किसान' जैसे खण्डकाव्य को बोलचाल के लहजे में लिखते हुए वे चिरगाँववासियों के बीच श्रोता व रचनाकार दोनों ही रूप में लोकप्रिय होते गये। उनकी गद्यात्मक भाषा में रची कविताएँ अपनी सादगी और सरलता के चलते आमजन की ज़ुबान पर चढ़ती गयीं। कहीं कोई मिल जाये तो चिरगाँववासी मैथिलीशरण का नाम आते ही 'भारत–भारती' की लोकप्रिय पंक्तियाँ सबकी ज़ुबान पर आ जातीं–'हम कौन थे, क्या हो गये हैं और क्या होंगे अभी, आओ विचारें आज मिलकर ये समस्याएँ सभी।' समूचे देश में बंगाल से महाराष्ट्र, पंजाब से दिल्ली और बिहार के बच्चे प्रभात फेरियों में 'भारत–भारती' की कविताएँ कण्ठस्थ करके गाने लगते। विद्यालयी शिक्षा पाते बच्चों के चेहरे पर तेज़ और आत्मविश्वास देखकर वे ख़ुश हो जाते। सचमुच, शिक्षा हम सबके अँधेरे जीवन में रोशनी भरने वाला सबसे बड़ा चिराग है।

मैथिलीशरण का निजी जीवन आपदाओं से घिरा रहता। सुबह उठते ही वे कुएँ के पास बने चबूतरे पर रखी स्लेटों पर कविताएँ रचते रहते। ऐन उसी समय घर से बच्चे के रोने की आवाज़ें उनके चित्त को अस्थिर कर देतीं। ख़याल तेज़ी से आते–जाते मगर शब्दों

का बाना नहीं पहना पाते। वे खद्दर पहनते और स्वदेशी चाल–ढाल में रहते लेकिन उनका व्यक्तित्व विशाल था और सोच अथाह। अपने भाइयों संग बुन्देली भाषा में बतियाते। उनकी सरलता, सहजता और साफ़गोई के सभी क़ायल थे लेकिन उनमें कितना संकोच व कितनी भावुकता थी इसका पता तब चला जब रामादेवी को प्रसवपीड़ा शुरू हो गयी। तब के समय की परम्परागत दाइयों और बुज़ुर्ग सयानी समझी जाने वाली औरतें जो इस काम के लिए नियत थीं, वे समाज की नीची समझी जाने वाली छुआछूत बरतने वाली महिलाएँ होतीं। अनपढ़ मगर प्रसव पीड़ा में सहायक बनकर खड़ी हो जातीं। उनका अनुभवसिद्ध होना बहुत मायने रखता था। वे समाज के सारे तबकों के घरों में जाकर बच्चों को जनने का काम करतीं।

रामादेवी की चीख़ें बढ़ती चली जा रही थीं। किसी तरह बच्चा हुआ, बहुत दुबला–पतला मरियल–सा मगर रामादेवी की तबीयत बिगड़ने लगी। ऐसे मौक़ों पर जो भी देशी दवा–दारू मिलती, उन्हें दी गयी। झाड़–फूँक करने वाले आते दिखे तो मैथिलीशरण ने उन्हें अन्दर आने से ही रोक दिया–'न, तुमसे कुछ नहीं होगा।' कहकर वे हाल में खुले अस्पताल की तरफ़ भागे। कुछ घण्टे की मशक्कत के बाद रामादेवी की हालत थोड़ी सँभली। माँ–बेटा दोनों को स्वस्थ सकुशल देखकर मैथिलीशरण ने प्रभु श्रीराम को मन–ही–मन नमन किया।

बच्चे की किलकारियों से घर गूँजने लगा। बच्चा बहुत कमज़ोर पैदा हुआ था। किसी तरह बड़ी मुश्किल से जच्चा–बच्चा की जान बच पायी थी। घर पर भौजाई ने रामादेवी की देख–रेख में कोई कसर नहीं छोड़ी थी। सुबह–शाम दोनों समय दूध, दलिया, गर्म पानी और सोंठ गुड़ के देशी घी से तर लड्डू खिलाये जाते। दो–तीन महीने बाद रामा देवी के चेहरे पर रौनक लौटी। बच्चा अब भी कमज़ोर था। माँ का दूध ठीक से न पी पाने की वजह से उसे ऊपर का दूध दिया जाने लगा लेकिन ऊपर का दूध वह पचा नहीं पाता सो जल्दी ही उल्टी कर देता। घर की बड़ी बुज़ुर्ग औरतों में से किसी ने बकरी

का दूध पिलाने को कहा तो किसी ने गाय का। तरह–तरह के प्रयोग किये जाने लगे पर बच्चे की सेहत में कोई सुधार नज़र नहीं आ रहा था। दुबला–पतला बच्चा न तो स्वस्थ बच्चे की तरह हँसता–मुस्कुराता और न सामान्य बच्चे की तरह बालसुलभ हरकतें नज़र आती थीं।

रामादेवी यही सब सोचकर बेचैन रहतीं और मैथिलीशरण उन्हें समझाने लगते–'सुनो, रामा, कोई किसी के दर्द का साझीदार नहीं बन सकता। तुम माँ हो, तुम्हारे भीतर ममत्व का सोता फूट रहा है और मैं पिता होकर भी तुम्हारे दर्द को कम नहीं कर पा रहा। ये कैसी विवशता है? समझा नहीं सकता तुम्हें...' कहकर वे करवटें बदलती पत्नी के कन्धे पर हथेली रखते हुए बोले–'हमारे पास कर्मशक्ति के सिवाय और है क्या? जैसा होगा, विधि का विधान मानकर स्वीकारने के सिवा क्या कर सकते हैं?'

उन्होंने उचटती नज़रों से चारों तरफ़ देखा। घने अँधेरे से जुगलबन्दी करते कीड़े–मकोड़ों की आवाज़ें सुनाई दीं। नींद में लेटी पत्नी के चेहरे पर चिन्ता की रेखाएँ उभर आयी थीं। हमारी पीढ़ी में ये बालविवाह होने कब और कैसे बन्द होंगे? सोचते रहे देर तक। किशोरी कन्या के पत्नी बन जाने की यात्रा के बारे में सोचकर चिन्तातुर हो उठे। सुबह 5 बजे नींद खुली तो फिर वही दर्द और बदहवास मनःस्थिति...यहाँ कोई किसी का नहीं। नकारात्मक बातों से परेशान होकर कुएँ के पास बने चबूतरे पर गये और यन्त्रवत लिखने–रचने में डूब गये।

'सुनो...' उन्हें लगा, कोई उन्हें बुला रहा है। चौकस नज़रों से चारों तरफ़ देखा। फिर वही आवाज़–'सुनो...' वे तेज़ी से उठे और घर के सामने बने बगीचे की तरफ़ मुड़े ही थे कि पत्नी ने घबरायी आवाज़ में कहा–'मौड़ा की आँखें नट गयीं। देखो तो...जल्दी से वैद्य जी खों टेर लियाव...'

सुनते ही बेचैनी के मारे पेट में दर्द का गोला बनने लगा जिसे दबाते हुए वे पैरों में चप्पल डालकर तेज़ी से वैद्य जी के पास भागे–भागे चल पड़े। अभी सुबह की पौ फटी नहीं थी।

चारों तरफ़ अँधियारे की स्याह परतें छायी हुई थीं। पाँच मिनट बाद वे वैद्य जी के घर की साँकल बजाने लगे।

'को है?'

'हम, मैथिली...बच्चा की तबीयत बिगड़ गयी अचानक सै। जल्दी चलो वैद्य जी...'

दो मिनट के अन्दर वैद्य जी को लेकर दोनों तेज़ क़दमों से घर की ओर भागे। आसमान ने छोटा–सा सूराख करके रोशनी का नन्हा कतरा फेंकना चाहा मगर बादलों ने उसे दबा दिया। अँधेरे की परतें सघन होती गयीं। कोई किसी से कुछ कहने–सुनने की मनःस्थिति में नहीं था। तेज़ क़दमों से घर पहुँचकर सबसे पहले वैद्य जी बच्चे की नब्ज़ टटोलते हुए एकाध मिनट आँखें मींचे रहे। फिर ख़ामोशी ओढ़ ली। चन्द लम्हों बाद उनके कण्ठ से धीमी आवाज़ निकली–'बच्चा तौ सद्‌गति पा गव मैथिली...प्रभु की जौन मर्जी...।'

धम्म से जैसे किसी ने अचानक से उनके सीने पर जोर से घूँसा दे मारा हो। अकबकाये मैथिली ने फिर से कहा–'ज़रा ठीक से देख लो वैद्य जी...

'मौड़ा कौ बदन एकदम ठण्डौ पर गव...'

सुनते ही लगा जैसे भारी–भरकम चट्टान सीधे उनके सिर पर गिर गयी हो जिसके नीचे लहुलुहान उनका तन–मन छटपटाने लगा था। अचानक भाभी को आवाज़ लगाई और वे दौड़ती हुई आयीं–'भाभी'...उनकी पलकों की नमी ने जैसे सब कुछ कह दिया। घर में रोना–पीटना मच गया। पत्नी रामादेवी के चेहरे पर दर्द की गहरी लकीर खिंचती चली गयी जैसे कोई छुरे से उनके कलेजे के टुकड़े को उनसे अलग कर रहा हो। रामा की पूरी देह काँपने लगी। अर्धविक्षिप्त अवस्था में बुक्का फाड़कर रो पड़ीं। 'हे ईश्वर, ये कैसा अन्याय है? काश कि कोई इसे संजीवनी बूटी देकर फिर से ज़िन्दा कर दे।' विधाता की यही मर्ज़ी थी, यही होनी थी। बच्चा इतनी ही उम्र लिखाकर लाया था। सबके मुँह से यही सब रटे–रटाये जुमले फेंके जा रहे थे जिनका कोई मतलब नहीं था। हताश निराश और

निरुपाय मैथिलीशरण के व्यथित उर में वेदना की टीसें कचोटने लगीं। नियति को कोसने के सिवाय किसी के पास शब्द नहीं बचे थे।

'का करें? आजकल समय ही ख़राब चल रव। ऐसी ज़हरीली हवा चल रई जीके असर से बच्चा नईं बच पाउत। अब देखो, बगल वारी रामप्यारी के दो लड़के तीन–चार साल के होकर नहीं रहे।'

'सई कै रय। हमाई जिज्जी कौ लड़का तो दस साल कौ हो गव तौ। भगवान जानै, कौन–सी बीमारी घेर लेत कै हमाय जे नौनिहाल जी नईं पा रय...' लम्बी साँस लेकर रामाधीन कक्का बोल पड़े। तभी नन्ना ने एक बात कही–'जैसी ऊपर वाले की मर्जी। हमाय हाथ में कछू नहीं...रामजी की मर्जी होगी तो फिर हमारे आँगन में बच्चा जल्दी से लौट के आवेगा।'

भीड़ में जितने मुँह, उतनी बातें। सीमित चिकित्सा सुविधाएँ, अशिक्षा व अज्ञान के तमस में डूबा ग्रामीण क्षेत्र। मैथिली मौन खड़े शिलावत जैसी अविचल मुद्रा में न जाने किस सोच के घेरे में आसमान में मँडराते भूरे बादलों को देर तक देखते रहे।

'चाचा, नन्ना के संगै नहर चलनै...'

उन्होंने गर्दन हिलाकर हामी भरी। दुःख का वेग रुलाई बनकर फूट पड़ा जिसे अब तक एहतियात से सँभाले थे वे। तेज़ क़दमों से नन्ना के संग बच्चे को लेकर नहर की तरफ़ शान्त मुद्रा में चल दिये जैसे बुझे दीये को जबरन फेंकना पड़ रहा हो। अपने ख़ून मज्जा से सृजित अपने ही अंश को बेतवा नदी में प्रवाहित करना, वो भी अपने ही हाथों। थरथरा उठे थे हाथ। फटती रही छाती। क्रन्दन करता रहा अन्तस् जैसे उसके लिए बेबस थी धरा और मूक था आकाश।

बच्चे के गुज़रने के बाद से वे कुछ दिनों तक चुपचाप जैसे अज्ञातवास में पड़े रहे। जीवन कहीं ठहरता है भला? घर की शान्ति तोड़ते परिवार के अन्य बच्चों की बातों से वे अपनी व्यथा कुछ देर के लिए भूल जाते। मन बाँटते और कुछ लोगों के आने पर चौसर का आनन्द लेते। अकेले होने पर वे ताश खेलने लगते। ख़ाली समय में वे कालिदास व अन्य संस्कृत कवियों की रचनाएँ पढ़ते–गुनगुनाते रहते।

महीने–भर के भीतर वे फिर से अपने उसी कुएँ के पास उन्हीं स्लेटों पर कविताएँ उकेरते। शब्द–शब्द के भीतर के अर्थों के नये झरोखे खुलते जिसमें विचारों की ताज़ी हवा सूँघकर वे नये सिरे से पुनर्रचना में ख़ुद को झोंक देते। अपने दुःख से उबरने का यही एकमात्र रास्ता था।

स्वदेश प्रेम जगाना मैथिलीशरण का लक्ष्य था और 'भारत–भारती' जैसा काव्य उन दिनों राष्ट्रीय स्वतन्त्रता संग्राम का मानो घोषणापत्र बनता गया। 'भारत–भारती' आमजन के बीच सबसे लोकप्रिय पुस्तक बन चुकी थी सो समूचे देश से पाठकों की बेशुमार चिट्ठियाँ आने लगीं। टोकरी–भर डाक रोज़ाना शाम 4 बजे खोली जाती और पाठकों की लिखी एक–एक पंक्ति को वे ध्यान से पढ़ते–गुनते और उनके सुझावों पर अमल करने की पूरे मन से कोशिश करते। नये शब्दों को रचना, उन्हें सजाना–सँवारना और फिर अपनी भावनाओं के अनुरूप उन्हें कवित्व में ढालना–वे सुबह के 3 घण्टे अलग–अलग स्लेटों पर कविताएँ लिखते, मिटाते, पुनसःसंशोधन करते और पुनःसृजन की यात्रा में डूबे रहते। दुपहर में सादा भोजन के बाद थोड़ी देर विश्राम और उसके बाद लोगों की आवाजाही शुरू हो जाती। दिन यूँ ही गुज़र जाता। साहित्यिक पुस्तकों–पत्रिकाओं का अध्ययन–मनन नियम से करते। शाम की डाक में आयी चिट्ठियों का जवाब देते। किसी साहित्यिक चर्चा में व्यस्त रहते या घरेलू कामों के बारे में भाइयों संग परिचर्चा करते। नन्ना के बड़े होते बच्चों संग उनका बहुत अनुराग रहता और वे अक्सर उन्हें अपने पास बिठाकर न जाने कहाँ–कहाँ के क़िस्से–कहानियाँ सुनाते रहते।

रामादेवी फिर से गर्भवती हुईं। फिर वही दैनिक जीवन चल पड़ा। जीवन के प्रति पहले की तरह हर पल उत्साह भरी मनःस्थिति क्षीण होती जा रही थी। इस बार पत्नी का चेहरा शुरू से ही पीला पड़ता जा रहा था। इलाज की चिरगाँव में समुचित व्यवस्था थी ही नहीं। वही गाँववाले नीम हकीमों, दाइयों या वैद्य जी की शरण में जाते। स्त्री का बच्चा ठीक से हो जाये तो समझो उस औरत का

नया जन्म हो गया हो, ऐसा अकाट्य सत्य था तब का। प्रसव के दौरान अधिकांश माँएँ मौत के मुँह में चली जाती थीं–चिरगाँव समेत आसपास के गाँवों का यही यथार्थ था और इसे मामूली घटना मानना मजबूरी–सी बनती जा रही थी। न तो उचित शिक्षा का प्रचार–प्रसार था, न ही पर्याप्त साधन सुविधाएँ कि जल्दी–से–जल्दी मरीज़ को बड़े अस्पताल ले जाया जा सके। जच्चा–बच्चा दोनों का स्वस्थ बच पाना एक बड़ी बात थी। बहुत गम्भीर बीमारी वाले मरीज़ों को बैलगाड़ी पर लादकर शहर लाया जाता मगर अधिकांश की मौत तो रास्ते में ही हो जाती। शहर आने पर झटपट इमरजेंसी जैसी सुविधाएँ भी उपलब्ध नहीं थीं। आज़ादी के पहले के ज़माने में लोगों का स्वास्थ्य 'ईश्वरेच्छा' पर ही निर्भर रहता था। आये दिन आम लोग यही कहते मिल जाते–'हानि लाभ जीवन मरण यश अपयश विधि हाथ।'

रामादेवी को देखने नियम से वैद्य और दाई आते रहते। उन्हें ताक़त के लिए काढ़ा बनाकर पिलाया जाता लेकिन ज़्यादा असर नहीं दिखता। घरेलू तकलीफ़ों से निजात नहीं मिल पा रही थी। इन सब विपरीत स्थितियों में मैथिलीशरण के बेचैन व्यथित उर से दर्द भरी कविताएँ फूट रही थीं। जब भी किसी पण्डित जी के मुँह से झूठी तसल्ली भरी बातें सुनते तो ऐसे निठल्ले उपदेशकों या महन्तों से वे ख़ासे चिढ़ जाते थे। उन्होंने रामाधीन दुबे को ऐसे ही फटकार दिया था–'कक्का, पिछली बार आपने कहा था–बच्चा भगवान से दीर्घायु पाकर इस धरा पर आपके घर की पुण्यभूमि पर जन्मा है। तब हमसे क्या–क्या कर्मकाण्ड करवाये गये थे। याद है न? मगर, क्या हुआ? बच्चा तो नहीं रहा? ऐसे अन्धविश्वास की बेड़ियों को तुरन्त काटने की ज़रूरत है। समझे आप?'

'लालाजू...' भाभी ने धीमी आवाज़ में रोकना चाहा मगर वे ऊँची आवाज़ में बोलते रहे–'इनकी झूठी बातों पर फिर से भरोसा करेंगी आप? फिर कहेंगे–पूरनमासी पर फलाना जज्ञ करवा दो। नदी में इतने दोने भरकर चावल दूध सिरा दो या 21 पण्डितों को जिमा दो, क्या होने वाला है इससे? रामादेवी की तबीयत ठीक कर देंगे ये?

कुछ नहीं होगा इन सब कर्मकाण्डों से। पइसा टका की अलग से बर्बादी होगी। हिन्दुओं के पुनरुत्थान के लिए ये सब ढोंग–ढकोसले छोड़ने होंगे। विज्ञान की बातें ही सही और सटीक।...'

'मैथिली भैया, काहे गर्मा रय?'

'नन्ना, जे दुबे जी खों समझा रय ते...'

'जे न समझ पैहैं तुमाय धर्म और दर्शन की गहरी ऊँची बातन खों। तुमाई कविताई की समझ जिनके भेजे में नई घुसहै। आयी बात समझ में? तुम तौ अपने लिखबे पढ़बे में मन लगाव। बाक़ी चीजन से हम निबट लैहैं।' वे तेज़ी से अपने कमरे के अन्दर से कुछ किताबें लेकर चले गये। शाम के उतरते ही बादलों की आवाजाही ने तेज़ी से रंग बदलना शुरू कर दिया था।

काल का क्रूर पहिया बेरहमी से कवि के अन्तस् को मथने लगता। रामादेवी की बीमारी से वे परेशान हो उठे थे। चन्द महीनों बाद फिर उठेगी असहनीय प्रसव पीड़ा। पता नहीं, बच्चों का क्या होगा? इस बार भी कहीं वही दुर्घटना न घटे...गर्भवती रामादेवी की हालात दिनोंदिन गिरती जा रही थी। उनका पीला पड़ता चेहरा और कृशकाय काया देखकर वैद्य जी ने कहा था–'इन्हें ये सारी दवाइयाँ समय से खिलाओ। ख़ून की कमी दिखती है, ख़ूब खिलाई–पिलाई कराओ। बाक़ी भगवान मालिक है।'

रामादेवी को नियम से दवाएँ दी जातीं मगर जैसे ही वे कुछ खातीं, उल्टी हो जाती। कमज़ोरी दिन–ब–दिन बढ़ने लगी। एक दिन आधी रात के बाद उनकी नींद टूटी। भाभी उन्हें ऊँची आवाज़ में टेर रही थीं।

'जल्दी से वैद्य जी खों टेर लियाव। बहू की हालत ख़राब होन लगी।'

वे तेज़ी से वैद्य जी और दाई को लेने लालटेन लेकर लगभग दौड़ते हुए निकल पड़े। अमावस्या की रात में चारों तरफ़ अँधेरा छाया था। दूर–दूर तक काले रंग का बुर्क़ा ओढ़े पेड़ नज़र आ रहे थे। हवा भी ठहरी हुई थी। उनके पैर किसी नुकीले पत्थर से टकराये तो

भतीजे ने टोका—'चाचा, लालटेन हमें पकड़ा दो। हम लै रय।' जब तक वे वैद्य जी को लेकर लौटे, रामादेवी लहूलुहान अवस्था में अचेत पड़ी थीं। दाई ने झटपट नाड़ा काटना चाहा लेकिन माँ—बेटा दोनों ही समय के पार जा चुके थे। लम्बी साँस लेकर दाई ने अपनी आँखें पोंछीं और वैद्य जी चुपचाप बैठे रहे।

मौन! निस्तब्ध! निरुपाय घबराये मैथिलीशरण की कुछ समझ में ही नहीं आ रहा था कि नन्ना ने वैद्य जी से कहा—'ठीक से देखो तो, शायद कहीं कुछ?'

'न, नन्ना...' इससे ज़्यादा नहीं बोला गया उनसे और गर्दन नवा ली उन्होंने। चारों तरफ़ छायी निशा की कालिमा ने वहाँ मौजूद सारे चेहरों पर काला रंग पोत दिया हो जैसे। पेड़ पौधों से टपकता बूँद—बूँद पानी मानो उनकी असमय मौत पर आँसू बहा रहे हों। कोई भी ऐसे आपातकाल में क्या कर सकता था? कनकने परिवार के सभी लोग एक—एक करके जाग गये। उनके इर्दगिर्द इकट्ठे होते गये परिजन। मौन, ख़ामोश! गर्दन नवाये! शब्दों की कोई अहमियत नहीं रह गयी थी। बस आँसू थे जो हर किसी की आँख और मन प्राण को गीला कर रहे थे।

उनके जीवन का, इस दूसरे ब्याह का भी...ऐसा त्रासद अन्त होगा, कौन जानता था? कोई ऐसी अनहोनी सोच ही नहीं सकता था। ऐसी हिम्मत किसी में नहीं थी जो मैथिली को ढाढस बँधा सके। कोई किसी से कुछ कहने—सुनने की स्थिति में नहीं था। भाभी की रुलाई तेज़ होती गयी। रामादेवी उनके संग छाया की तरह हर काम में हाथ बँटाया करती। चक्की पीसने, रसोई से लेकर कपड़े धोने तक या बच्चों को नहलाने से लेकर लीपापोती करने तक, दोनों मिलकर सारे काम करतीं। नौकरों से कम काम करवातीं और ख़ुद ज़्यादा सलीक़े से काम करते हुए हँसी—मज़ाक़ करतीं रहतीं। उनका 7 साल से ऊपर का साथ था।

'रामा बेचारी, कुछ भी तो नहीं देख पायी। कोई सुख नहीं मिला हमारे मैथिली खों...' पड़ोसन कक्की ने भाभी को चुप कराने के लिए

कुछ सान्त्वना में डूबे बोल कहे। रात का हर गुज़रता पल भारी पड़ने लगा। खुले आँगन में पत्ते–लकड़ियाँ बीनकर किसी ने आग लगा दी थी जिससे अँधेरे में कुछ उजाला फूटे और शीतलहरी का प्रकोप कम लगे।

लोहे की कुर्सी के पीछे सिर टेके मैथिलीशरण दुःख की गहरी चोट से ज़ख़्मी आँखें मींचे न जाने किस चिन्तन में, कितनी देर से चुपचाप बैठे दुःख को पीने की कोशिश कर रहे थे। कभी बौद्ध धर्म तो कभी महाभारतकालीन जीवन दर्शन तो कभी गीता की दार्शनिक बातें रह–रहकर उनके अन्तस् में बजने लगीं। जीवन की निरर्थकता और क्षणभंगुरता देखकर राजकुमार ने सोती पत्नी और बेटे को छोड़कर सांसारिकता से ही मुँह मोड़ लिया था। इसी तरह महावीर स्वामी ने भी घर त्याग दिया था। क्या है ये जीवन–मौत का खेल? कौन बच पाया है सृष्टि की इस व्यवस्था से? हमारा जन्म केवल मृत्यु तक पहुँचने की यात्रा भर है? यह जन्म भला किसलिए? किसलिए जी रहे हैं हम?

बाईस साल के नवयुवक मैथिली के मन में जीवन के प्रति अनुराग की जगह भरने लगी गहरी विरक्तता। यहाँ कोई किसी का नहीं। कुछ भी तो शाश्वत नहीं। आये दिन होने वाली ये मौतें क्या सबक सिखा रही हैं हमें? तो क्या आजीवन वे ऐसे ही पत्नी और बच्चे को मरते देखते रहेंगे? नहीं, अब और मौतें स्वीकार नहीं हमें। वे अब अकेले ही रहेंगे। अब किसी जीवनसाथी की उन्हें कोई दरकार नहीं रही, कोई ज़रूरत नहीं। मेरे गृहस्थ जीवन का यह पन्ना अब कोरा ही रहेगा। यूँ ही ख़ाली, बेनाम और पीला पड़ता जायेगा ये पन्ना। ख़ाली पड़ी स्लेट् की तरह वे बस शब्द बनाने या मिटाने के लिए ही जन्मे हैं? शब्दों से गढ़ी देह पर जीना ही शेष रह गया है उनके लिए? अँधेरा हर पल सघन होता जा रहा था। अन्दरूनी दर्द की लहरें वेग से उभरतीं और वापस लौट जातीं काले रंग से रँगे अँधेरे में डूबे समन्दर में। रात का अँधेरा ज़रूर धीरे–धीरे छँटने लगा लेकिन अन्दरूनी दर्द जैसे जड़ें जमाकर बैठ गया हो।

कभी लगता जैसे रामा अभी भी यहीं हैं, उनके आसपास। तो कभी लगता, नहीं, अब वे कहीं नहीं हैं, कभी नहीं मिलेंगी, हँसती, बतियाती या उन्हें चिढ़ाती तो उनकी कविताओं को ध्यान से सुनतीं। कैसे तो अन्तरंग पल थे जिन्हें किसी से साझा भी तो नहीं किया जा सकता। उनके साथ गुज़ारे वे दिन–रात, महीनों व साल का एक–एक क्षण जैसे जी उठा हो। सुबह से रात तक की दिनचर्या मूर्त रूप लेने लगी।

'अब उठो लालाजू, इतना नहीं सोचते।' भाभी ने पानी भरा गिलास पकड़ाया तो उनकी थमी रुलाई फूट पड़ी–'क्या .कुसूर था हमारा जो विधाता ने इतनी बड़ी सज़ा दी हमें? कितना तो पूजा करती थीं वो। पहले भी हम सन्तानों का बिछोह सहते रहे हैं मगर इस बार तो प्रभु ने...'

'जई कौ नाम जिन्दगानी है भैया। का करैं? हम सब विवश हैं। किस्मत के आगे कोऊ कौ जोर नहीं चलत।' रुँधे कण्ठ से कुछ गीले बोल निकले।

सुबह होनी थी। हुई। कर्मकाण्ड होने थे, हुए। किसी स्वचालित मशीन की तरह हाथ–पैर अपना काम करते रहे। लोगों का हुजूम, आवाजाही और शोक–संवेदना की औपचारिकताएँ निभाते नाते–रिश्तेदार और गाँव–समाज के लोग। अस्थि विसर्जन के लिए कानपुर जाना था। कानपुर में दद्दा के आने की ख़बर सुनते ही गणेश शंकर विद्यार्थी दौड़े चले आये और लपककर गले मिले। फिर कारुणिक स्वर में बोले–'हम सब नियति नटी के आगे खेलने वाली कठपुतलियाँ भर हैं। बाक़ी आप स्वयं इतने बड़े साहित्यकार हैं। कवि हैं, समझदार हैं। हमारे पास तो आपको समझाने के लिए शब्दों का टोटा पड़ गया। आपका दुःख बहुत बड़ा है मैथिलीशरण जी, पर इतना समझ लो कि हम इस दुःख की घड़ी में आपके साथ हैं। जो भी, जैसी भी मदद की ज़रूरत हो, बेझिझक कहें।' कहते हुए उन्होंने उनकी हथेलियाँ थाम लीं।

वे सब सुनते हुए मौन रहे। निःशब्द संवेदनाएँ अपनी अभिव्यक्ति के लिए अकुलाने लगीं पर उन्होंने बमुश्किल ख़ुद को रोका। दोनों गंगातट पर देर तक बैठे रहे। लहरों पर उठती–गिरती लहरों को देखते हुए सोचते रहे। जीवन की निरर्थकता का बोध, दैहिक नश्वरता और जन्म–मृत्यु की बारम्बारता से जुड़े सवालों पर मौन मन्थन करते मैथिलीशरण दूर क्षितिज की तरफ़ एकटक देर तक देखते रहे। आँखें कहीं शून्य में देखती रहीं। जो दिखाई तो दे रहा था परन्तु वे उसे देखते हुए भी जैसे नहीं देख पा रहे थे और जो कहीं नहीं नज़र आ रहा था, मन की आँखें बस उसे ही देखे जा रही थीं जैसे बादलों में से रामादेवी निकलकर सामने आ जायेंगी पर नहीं, ऐसा जादू कहीं होता है क्या? आख़िरकार गणेश शंकर विद्यार्थी से रहा नहीं गया और वे बोल पड़े–'आप कुछ तो बोलो भैया, इतनी चुप्पी ठीक नहीं। इन दिनों तो देश के हालात पेचीदा होते जा रहे हैं। आज़ादी के आन्दोलन में 'भारत–भारती' ने तो तहलका मचा दिया। पूरे देश में क्रान्ति का बिगुल बजा दिया।' कहते हुए वे मैथिलीशरण के चेहरे को ध्यान से देखने लगे जहाँ जीवन के प्रति गहरा वैराग्य पुता हुआ था। सराहना से उदासीन वे तो कहीं और खोये थे। शोकमग्न चेहरे पर जीवन के प्रति कोई उत्साह या उमंग का नामोनिशान तक नज़र नहीं आ रहा था। मौन तोड़ते हुए विद्यार्थी जी बोले–

'हो सके तो यहाँ एकाध दिन रुक जाते आप? मन बदल जायेगा...'

'नहीं, घर पर भैया लोग परेशान हो जायेंगे। बाक़ी लोगों को भी सँभालना होगा। ख़ास तौर पर रामा के माता–पिता को...' कहते हुए उनकी आँखें भर आयीं–'किस मुँह से क्या कहूँगा उनसे? अब तो शब्द भी फीके, कोरे और बेजान लगने लगे विद्यार्थी जी।' एक लम्बी साँस खींचते हुए वे क्षितिज पर डूबते सूरज को देखते रहे।

'सही कह रहे आप। हम सब यहीं, इस मोड़ पर आकर भाग्य के प्रति और ईश्वर को लेकर सवालों की झड़ी लगा देते हैं। कहीं किसी पर ज़ोर नहीं चलता। सचमुच कितने असहाय और बेबस हैं हम यहाँ,

जहाँ बुद्धि या दुनिया का कोई भी बल काम नहीं करता। हमारे देश में लड़कियों के अल्पवय विवाह–जल्दी पर नियन्त्रण लगाना ज़रूरी है। सरकार को तुरन्त इस तरफ़ ग़ौर करके कानून बनाना चाहिए।'

'इस विदेशी सरकार से हम क्या उम्मीद करें विद्यार्थी जी?' चारों तरफ़ अँधेरे की सघनता बढ़ने लगी थी। दोनों धीरे–धीरे चलते, पैर घसीटते हुए गंगातट की रेत को छोड़कर सड़क की तरफ़ लौटने लगे जहाँ लोगों की आवाजाही से शोर–शराबा फैला था। जहाँ–तहाँ हल्की–फुल्की भीड़–भाड़ थी।

'सत्य हमेशा से जीतता रहा है दद्दा। इस सचाई को स्वीकार करना ही होगा कि कुछ भी तो अपना नहीं है इस दुनिया में।

ईशावास्यमिदं सई यत्किञ्च जगत्यां जगत्।
तेन त्यक्तेन भुंजीय, मागृध कस्यस्विद्धनम्।।

बाक़ी पंक्तियाँ उनके अन्दर बजने लगीं। कुछ भी तो अपना नहीं। यह जगत मिथ्या है। ईश्वर के आगे चीखने–चिल्लाने से क्या मिलेगा? हमारी आत्मा का भोजन तो मिलने से रहा। उसे तो हमें ख़ुद ही तलाशना पड़ेगा। ख़ुद का दायाँ हाथ बायें पर रखो। ख़ुद का साथ पकड़ो आप...एकला चलो रे...टैगोर की कविता की पंक्तियाँ दुहराते रहे वे दोनों। ख़ुद को समझाते हुए चलते रहे। अकाट्य सत्य का अहसास अट्टहास करता रहा।

दारुण वेदना में गुज़रते दिन-रात

जीवन के उतार–चढ़ाव देखते हुए वे समय के आँच–ताप को महसूस कर रहे थे। आसपास के माहौल में पसरे दर्द को पीते हुए व्याकुल आवाज़ में लिखने लगे–

संसार में किसका समय है एक–सा रहता सदा,
हैं निशि दिवा–सी घूमती, सर्वत्र विपदा सम्पदा।
जो आज एक अनाथ है, नरनाथ कल होता वही,
जो आज उत्सव मग्न है, कल शोक से रोता वही।

रचनात्मक यात्रा में डूबे रहते मैथिलीशरण। कुछ–न–कुछ लिखते, मिटाते और सोते समय भी यही सब मानस में चलता रहता। चारपाई पर करवटें बदलते देखकर भाई की पदचाप सुनाई दी।

'मैथिली, सो गये का?'

'कक्का, अबै नईं। बताओ, का बात है?'

'मैथिली, रामादेवी खों गुज़रे पूरे दो साल बीत गये। घर–आँगन में कितनौ सूनौ लगत। रौनक जैसे ख़त्मै हो गयी।'

'हूँ...' वे गर्दन नवाये सुनते रहे।

'मैथिली, 6 महीना बाद पूरे तीन साल हो जैहैं।'

'सो का हो गयी?' वे जानबूझकर अनजान बनते हुए बोल पड़े।

'मैथिली, घर में निचाट सूनौपन पसरौ। चिरैयन की आवाज़ें तक नईं सुनाई पड़ती। मन नईं लगत। जब से अम्मा–पिताजी गुजरे, तब से तो कुठरिया के भीतर जाबे कौ मन नईं होत।'

'सही बात है, पर का कर सकत? जैसी प्रभु जी की मर्जी...'

'मैथिली, तुम ब्याह के लानै काय तैयार नहीं हो रय? जो इतेक बड़ी जिन्दगानी का ऐसेई काट दैहो? कैसे पहाड़ से दिन गुजर हैं तुमाय? कछू तो सोचो...'

'दो बार कोशिश करके देख लव। आप लोगन की बातें मानकर देख लव मगर विधाता खों मंजूर नहीं। अब जरा भी मन नहीं।' कहते हुए उन्होंने अपनी तरफ से बात को विराम दे दिया जैसे।

'मैथिली', ...कुछ और कहते–कहते वे रुक गये।

'वैसे तो जा दुनिया में हम सब अकेलेई तौ पैदा होउत और अकेलेई हाथ झाड़कर चल देत कौनऊ दिना, जब भी ऊपर वारौ बुला लैहै...' उन्होंने आसमान की तरफ़ देखते हुए डूबी आवाज़ में कहा।

'मैथिली, जे जाबे की बातें अबई से न करो, हाँ। अबै तो तुमाय खेलबे खाबे के दिना हैं और अभी से ऐसी वैराग की बातें नहीं सुहातीं तुमाय मुँह से। अभी उम्र ही कितेक कम है तुमाई मैथिली? ज्यादा से ज्यादा तीस? सुनो, एक अच्छो रिश्तौ आव माधोगढ़ से...'

'सही कह रहे, मन नहीं है। मेरी तरफ़ से साफ़ न कह देना। माफ़ करना...' कहते हुए हाथ जोड़ दिये उन्होंने।

'तो अब मैथिलीशरण विवाह न करेंगे? उनकी ख़ुशी, पर हम ख़ुशी से मर न सकेंगे...' कहते हुए वे दुःखी मन से लम्बी साँस भरते हुए बोल पड़े–'ऐसौ लगत कै कौनऊ सुख नहीं बदौ हमाइ किस्मत में। का–का देखने परहै हमें अब? कितने सुख साके सोचे थे मगर...' कहते हुए वे आँसू पोंछने लगे।

'कक्का, रोना नहीं। अच्छा, हम सोच कै बताहों। पर पूरे तीन महीने बाद इस विषय पर बात करहैं। किताब पूरी हो जाबे, तब फुरसत में सोचबे को मौका मिलहै।'

'तौ अब हम निश्चिन्त होकर जायें मैथिली? निसफिकर होके सोएँ? ऐं? बोलो? टरका तो नहीं रहे?' वे पूरी तरह निश्चिन्त होकर तसल्ली कर लेना चाहते थे।

'ठीक है...' उनके भावनात्मक दबाववश वे बुझे मन से आश्वस्त करते हुए तेज़ी से कुएँ की पटरी पर बैठ गये जहाँ से खुला आसमान और पेड़–पौधे हवा संग नाचते–झूमते नज़र आ रहे थे। रात ने अपनी काली चादर से सबका चेहरा ढँक दिया था।

घर में तीनों मौतों ने उन्हें अन्दर से बहुत अकेला और निर्मोही बना दिया था। इस समूची परिवार व्यवस्था को भी वे अक्सर कठघरे में खड़ा करते और तत्कालीन समय में प्रचलित बाल विवाह पर सवालिया निशान लगाने से नहीं चूकते। उन्हें याद आया, तब वे बमुश्किल नौ साल के रहे होंगे, जब उनका ब्याह होने जा रहा था। तब वे विवाह का मतलब सिर्फ़ नये कपड़े और घूमना–फिरना या खाना–पीना आदि मानते थे। यही हाल लड़की का भी था। दिमाग़ में दतिया के सम्पन्न सोनी घराने की याद अभी तक ताज़ा है जहाँ कितने धूमधाम से बारात का स्वागत–सत्कार किया गया था। पिताजी सेजगाड़ी से यात्रा कर रहे थे। उसे अन्यत्र हटा देने पर और मैथिलीशरण के बार–बार वहीं रख देने पर रोषपूर्ण स्वर में पिताजी ने उन्हें रोका था–'क्यों हटा देते हो उसे बार–बार? मना किया है न?'

सुनते ही मैथिलीशरण रोने लगे और ज़ोर–ज़ोर से बोलने लगे थे–'मैं तो इस विवाह के लिए ज़रा भी तैयार ही नहीं था मगर तब तो घर से बहला–फुसलाकर लाये थे और अब यहाँ नाराज़ होते हो? गाड़ी से भी उतार देना चाहते हो?' मैथिली का रोना कैसे भी रुक नहीं रहा था। नौ साल के बालक का रोना देखकर मुंशी अजमेरी ने सान्त्वना देकर उन्हें किसी तरह शान्त किया था। सेजगाड़ी से यह यात्रा दतिया के लिए थी। ये प्रसंग अक्सर बातचीत में मुंशी जी दोहरा देते और घर में उपस्थित सभी लोग हँस पड़ते थे।

अल्पावस्था में की गयी ऐसी शादियाँ जहाँ लड़का–लड़की मानसिक व शारीरिक रूप से उतने समझदार स्वस्थ नहीं हो पाते जैसे

किसी नयी कली को खिलने के पहले ही नोच डाला गया हो। किसी अधखिले फूल को जबरन तोड़कर तहस–नहस किया जा रहा हो। अभी दोनों बाल्यावस्था में ही थे लेकिन सिर पर लाद दी गयी घरेलू ज़िम्मेदारी। वो मासूम–सी बालिका, उसकी घुँघरुओं जैसी खनकती हँसी और बात–बात पर कितना तो हँसती थी वो। भोली सूरत से झरते थे बताशे जैसे मीठे बोल। उसे अपने पास बिठाकर स्वरचित कविताएँ सुनाया करते जिसे वह टुकुर–टुकुर देखती सुनती। मन होने पर कभी–कभार ताश खेलते वे। खेलते हुए रात गहरा जाती। उनके बीच के वैसे हँसी मज़ाक़ और वे सुनहरे सपनों जैसी बातें वे फिर किसी से न कर सके। गाँव में प्लेग का ऐसा प्रकोप फैला सो सात महीने की बेटी को जन्म देकर वे ख़ुद भी सिधार गयी।

आख़िर क्यूँकर दुःख भरी यादें अँधेरी रात के निपट सन्नाटे में ऐसे वेग से उमड़ती हैं जिन्हें सँभालना आसान नहीं उनके लिए। नींद में डूबी पलकों के भीतर जी उठता था बीता समय। दूसरी शादी के बाद आयी थीं रामादेवी जो कुछ सालों तक संग रहीं। गम्भीर, सुलझी हुई और समझदार। बिना कहे उनकी ज़रूरतों को समझने वाली सुघढ़ गृहिणी। बाद में रामादेवी के साथ भी फिर वही समस्या यानी प्रसव के बाद चार महीना ज्वाराक्रान्त रहीं और बाद में प्रसूतिजन्य रोग में जो भी चिकित्सा मिल सकती थी, दी गयी मगर सब कुछ निरर्थक साबित हुआ। 1914 में आश्विन, कृष्णपक्ष में मरणासन्न रामादेवी के कानों के पास जाकर धीर गम्भीर आवाज़ में वे बोले–'बहुत तकलीफ़ हो तो केवल राम–राम बोलो।'

रामादेवी के गुज़र जाने के बाद वे दुबारा से पहले से ज़्यादा अकेले होते गये। जीवन के प्रति पहले जैसा जुनून और जोश उनके अन्दर से रीतता महसूस कर रहे थे वे। जो भी उनकी शादी का प्रस्ताव लेकर आता, वे पूरी ताक़त से नकार देते–'मना कर दिया। शादी के अलावा कोई और बात करनी हो तो कहें...।' कहते हुए वे हाथ जोड़कर निकुंज चले जाते जहाँ उनकी किताबों और पत्रिकाओं का ढेर लगा रहता।

महीने–दर–महीने, साल–दर–साल गुज़रते रहे। वे कविताएँ रचते, मिटाते और नये सिरे से रचने बैठ जाते। जीवन के प्रति तटस्थ रवैया और लेखन के प्रति उतनी ही प्रतिबद्धता गहराती गयी। उनकी लेखन प्रक्रिया पर मुंशी अजमेरी ने लिखा–'जब से भइया मैथिलीशरण कविता लिखने लगे तो ये लिखकर मुझे सुनाते। मैं सुनकर अपनी राय देता और कहीं–कहीं संशोधन भी करता। मेरे किसी–किसी संशोधन पर वे बहुत प्रसन्न होते और किसी–किसी पर बहुत वाद–विवाद भी होता। कभी–कभी हम दोनों उत्तेजित भी हो उठते परन्तु शीघ्र ही शान्त भी हो जाते। इस प्रकार परस्पर विचार–विनिमय और वाद–विवाद के बाद एकमत हो जाता और तब मैं उस कविता को पुष्ट काग़ज़ पर सुन्दर अक्षरों में लिखता। तब कहीं वह प्रकाशनार्थ भेजी जाती।'

1906 के अन्त तक मैथिलीशरण को खड़ी बोली की कविता पर अधिकार प्राप्त हो गया था। पण्डित महावीर प्रसाद द्विवेदी श्रीधर पाठक की खड़ी बोली से प्रभावित थे। द्विवेदीजी और श्रीधर पाठकजी की मित्रता थी किन्तु मैथिलीशरण को आचार्य द्विवेदीजी से इतना मार्गदर्शन और प्रोत्साहन मिला कि वे उन्हें ताउम्र अपना गुरु मानते रहे और हिन्दी जगत में उन्हें लोकप्रिय बनाने में सरस्वती का योगदान अमूल्य निधि की तरह अक्षुण्ण बना रहा। उस समय पण्डित महावीर प्रसाद द्विवेदी झाँसी में रेलवे की नौकरी करते हुए सरस्वती पत्रिका का सम्पादन किया करते थे। अपने व आचार्यजी के सम्बन्ध के बारे में उन्होंने लिखा–'मेरे मन में पूज्य पण्डित जी के दर्शनों की प्रबल इच्छा इसलिए भी थी कि सरस्वती में अपना नाम छपवाने की मैं बड़ी लालसा रखता था। इसलिए मैं अपने अग्रज के साथ पूज्य पण्डित जी के निवास स्थान पर दर्शनार्थ गया था। जाड़े के दिन थे। पूज्य पण्डित जी कत्थई रंग का लम्बा ऊनी कोट और फलालेन का सफ़ेद पाजामा पहने हुए थे। पण्डित जी के सिर पर टोपी थी, मेरे सिर पर बुन्देलखण्डी पगड़ी। तब मैं षोडश वर्ष से कुछ अधिक था। हमें पितृहीन सुनकर पूज्य पण्डित जी हमारे प्रति सहानुभूति प्रकट करने लगे।'

वे जिस उद्देश्य से उनसे मिलने गये थे, उसे ख़ुद कह नहीं पाये। उनके अग्रज ने कहा कि यह भी कुछ कविता लिखा करता है, सुनकर उन्होंने उनकी तरफ़ देखकर कहा–'बड़ी अच्छी बात है।'

'कुछ नहीं, कुछ नहीं, बस ऐसे ही...' कहकर वे संकोच से सिकुड़ गये और कुछ नहीं बोल पाये। फिर वे विदाई लेकर चिरगाँव चले आये। उस समय तक उनकी कविताएँ कलकत्ते के वैश्योपारक पत्र में छपने लगी थीं। तब कवि का प्रमाणपत्र पाने के लिए सरस्वती में छपना परमावश्यक माना जाता था। इसलिए उन्होंने साहस करके एक कविता सरस्वती में भेज दी। यथासमय उनका जवाब मिला–'आपकी कविता पुरानी भाषा (ब्रजभाषा) में लिखी गयी है। सरस्वती बोलचाल की भाषा (खड़ी बोली) में कविता छापना पसन्द करती है।

कुछ दिनों बाद राय देवीप्रसाद पूर्ण की एक कविता 'शरद' शीर्षक से सरस्वती में छपी देखी जो ब्रजभाषा में थी जिसे देखकर उन्होंने भी 'हेमन्त' शीर्षक कविता सरस्वती में छपने भेज दी जो ब्रजभाषा में थी। कुछ महीनों बाद सरस्वती में 'हेमन्त' कविता छपी देखी जिसका खड़ी बोली में कायान्तरण हो चुका था। 'हेमंत' कविता का अन्दर–बाहर सब कुछ बदला हुआ था। उनकी लेखनी के कंकाल को पण्डित जी ने 'दिव्यमूर्ति' में बदल दिया था। पण्डित जी की कृपा और आशीर्वाद का ही फल था कि परिश्रम और प्रतिभा उनकी और नाम मैथिलीशरण का। कविता प्रकाशन की सूचना के साथ पण्डित जी का पत्र भी मिला जिसमें लिखा था–'आप खड़ी बोली में कविताएँ लिखकर भेजते रहिए। हम जिसे चाहेंगे, उसे छापेंगे। जिसे न चाहेंगे, उसे न छापेंगे लेकिन जिसे हम वापस कर दें, उसे आप अन्यत्र कहीं भी प्रकाशनार्थ भेज सकते हैं लेकिन हमारे निर्णय से पूर्व आप उन कविताओं को अन्यत्र न भेजेंगे।'

इस तरह मैथिली सरस्वती के लिए खड़ी बोली में कविताएँ भेजते रहे। पण्डित जी का संशोधन और आशीर्वाद उन कविताओं को मिलता रहा। सचमुच उस दौरान सरस्वती ही एक ऐसी पत्रिका थी

जिसे भारत के सभी प्रान्तों में प्रतिष्ठा मिली। पं. महावीर प्रसाद द्विवेदी की मेहनत और मेधा का सुफल सभी रचनाकारों को मिला और हिन्दी में नये–नये रचनाकार पैदा हुए। यदि भारतेन्दु ने हिन्दी को नया जन्म दिया तो द्विवेदीजी ने उसका पालन–पोषण करके इतना संवर्धित किया कि हिन्दी पढ़ने वाले हर दूसरे–तीसरे पाठक के हाथ में सरस्वती पत्रिका होती थी।

उस समय देश की एकमात्र राष्ट्रीय, राजनीतिक संस्था कांग्रेस मध्यवर्ग का प्रतिनिधित्व कर रही थी। द्विवेदी युग का काव्य कई मायनों में प्रगतिशील चेतना का मुखर प्रतिनिधि बनकर जनता के सामने आया। रीतिकालीन परम्परावादी काव्य के विरुद्ध सरस्वती सम्पादक ने संघर्ष किया और स्वकीया–परकीया नायिकाओं पर आधारित प्रबन्ध काव्यों की जगह गहराई से देश की अधिसंख्यक जनता की आवाज़ मुखरित करने वाली रचनाओं को प्राथमिकता देना शुरू कर दिया। देश का उत्पादक वर्ग विपन्न अवस्था में था। साम्राज्यवाद की शह पाकर विदेशी पूँजीवाद ने स्वदेशी कामधन्धों को ठप्प कर दिया था। स्वदेशी सामन्तवाद ज़मींदारी प्रथा में रूपान्तरित होकर भारत के मज़ूदरों किसानों का ख़ून चूस रही थी।

मैथिलीशरण को जो ग्रामीण परिवेश मिला, उसमें किसानों की अनदेखी करना सम्भव ही नहीं था। उन्होंने पहली बार पूरी तन्मयता से भारतीय किसानों की फटेहाल स्थिति को मूर्त रूप दिया–

हा दैव! यह ऋषि भूमि का यह आज कैसा हाल है?
तू काल, सचमुच काल है? तू क्रूर और कराल है।

'भारत–भारती' में किसान सम्बन्धी वास्तविक कथा के अन्तर्गत कवि मैथिलीशरण ने किसानों से जुड़ी व्यथा–कथाओं के मार्मिक ब्योरे इतनी जीवन्तता से प्रस्तुत किये। जब फिजी की भूमि पर पहुँचे किसानों को कालकोठरी में डाल दिया गया तो उनकी मनोदशा का सजीव चित्रण किया–

दैव! ला पटका कहाँ, हा! हम कहाँ भारत कहाँ
जन्म पाया था वहाँ आये तथा मरने यहाँ।

मैथिलीशरण की राष्ट्रीयता नवजागरण की देन थी और 'भारत–भारती' हिन्दी की पहली ऐसी कृति जिसने राष्ट्रीयता के प्रचार–प्रसार में महत्त्वपूर्ण योगदान दिया, ख़ास तौर पर स्वतन्त्रता सेनानी कांग्रेस के सत्याग्रही इन कविताओं को गाते हुए जेलयात्रा करते। देश की समस्याओं के हल के लिए महात्मा गाँधी ने तमाम रचनात्माक कार्यक्रम शुरू किये जैसे स्त्रियों की उन्नति, साम्प्रदायिक समस्या, अछूतोद्धार, मातृभाषा प्रेम और पूँजीपतियों ज़मींदारों का हृदय परिवर्तन करके शोषणमुक्त समाज की परिकल्पना। इस राष्ट्रीयता में 1927 में उन्होंने, 'जय हिन्दू जय हिन्दुस्तान' का उद्घोष किया लेकिन 'काबा और कर्बला' में मतभेद भुलाकर मानवीयता की गुहार लगायी–

हिन्दू हो या मुसलमान, नीच रहेगा फिर भी नीच।
मनुष्यत्व सबसे ऊपर है, मान्य यहीं मण्डल के बीच।

अमानवीयता की व्यवस्था तले पिसती आम जनता की आवाज़ को उभारने में मैथिलीशरण ने तीखेपन से वार किया। इस क्रूर व्यवस्था पर उनका तेज़ प्रहार–

पूँजी नहीं, लूट ही इसे कहो।
दूसरों को ठगकर जोड़ी आ गयी अहो।
दासता की नींव यही व्यक्तिगत नींव है।
खाता दूसरा ही है, कमाता श्रमजीवी है।

इसके अलावा, सामाजिक समरसता और समानता की अनुगूँजें भी उनकी लेखनी में प्रचुरता से उभरकर आने लगीं। आज़ादी के आन्दोलन में मैथिलीशरण ने 'किसान' जैसे खण्डकाव्य में आमजन की तकलीफ़ों का जीवन्त चित्र खींचा। 'भार भारती' का तीसरा संस्करण ख़त्म हो चुका। पाठकों के पत्र बिहार, पंजाब, राजस्थान, सुदूर पश्चिम बंगाल से रोज़ाना आते। देश के हर कोने से लगातार पाठकों के प्रशंसा–पत्र आते रहते जिससे उत्प्रेरित होकर वे दुगुने उत्साह से लिखते रहे। शाम 5 बजते ही वे डाक में आयी हर चिट्ठी का जवाब ख़ुद लिखते। एक उत्साही युवा पाठक के पत्र लेखन की शैली उन्हें ख़ासी पसन्द आयी जिसे वे दुबारा पढ़ने लगे–

पूज्य कविवर,
सादर चरण स्पर्श!

हिन्दी भाषाभाषी प्रान्त में जन्म लेने के बाद भी, खड़ी बोली हिन्दी को अपनी मातृभाषा के रूप में सीखने के बावजूद, आपकी छिटपुट रचनाएँ पढ़ता रहा हूँ। कई कविताएँ कण्ठस्थ भी हैं। आपकी अपूर्व काव्य कृति 'भारत–भारती' की पंक्तियाँ 'भगवान भारतवर्ष में गूँजे हमारी भारती, ई...ई...ई...' को हमेशा सस्वर गाता रहता हूँ। न जाने इन पंक्तियों में ऐसा क्या जादू था कि भारत–भारती और उसके मनीषी कवि को जानने की अदम्य इच्छा जाग उठी। शीघ्र ही भारत–भारती का छात्र संस्करण ले आया और खोलकर एक ही साँस में अतीत खण्ड तक पढ़ गया। संस्कृत का छात्र रहा हूँ। काव्यों के सांगोपांग से परिचित था। काव्य की उदात्तता सम्बन्धी मान्यताओं और विचारों से अनजान न था। काव्य के हेतु तथा प्रयोजन पर संस्कृत के आचार्यों के मतों तथा उन मतों पर प्रस्तुत विस्तृत टीकाओं से भी सम्बन्ध रहा था। इन सभी सारणियों से प्राप्त ज्ञान के आलोक में भारत–भारती को पढ़ना एक महान चित्रपट को क्रमशः प्रादुर्भूत होते हुए देखने की तरह था। अतीत और वर्तमान से निकलकर आपकी मनीषा जिस गति और भंगिमा से भविष्य में प्रवेश करती है, वह बस विस्मयकारी बोध ही था मेरे लिए। वैसे अतीत के ओज और वर्तमान की दुरवस्था को पढ़कर भी तदनुरूप भावों का उद्रेक भी हुआ ही था।

कहते हैं, श्रीमद्भागवत पुराण श्रीकृष्ण की वांग्मयी मूर्ति है। यद्यपि जनसामान्य उन्हें गीता के गायक के रूप में उनके योगेश्वर रूप का ही ज़्यादा सम्मान करता है। कुछ इसी प्रकार की समता मुझे 'भारत–भारती' और आपके व्यक्तित्व के बीच लगती है। मुझे यह लगता है कि 'भारत–भारती' मैथिलीशरण गुप्त जी की वांग्मयी मूर्ति है और यदि किसी को उनके व्यक्तित्व को सम्पूर्ण समझना हो तो वह 'भारत–भारती' पढ़े।

आगे चलकर आपके विषय में बहुत कुछ जानने के अवसर आये पर भारत–भारती के रचयिता के नाते मन में जो मूर्ति बनी थी, वह अन्य सभी मूर्तियों में निराली थी। उसी निराली मूर्ति की छाप मन पर सदा बनी रही और आज यह पत्र लिखते समय भी वही छवि स्मृति पटल पर उभर रही है।

भारत–भारती काव्य की चिन्ता देशप्रेम के अतिरेक की स्वाभाविक उपज है। इस काव्य की समस्त कविताई एक संगीत प्राण–प्रतिभा का प्रकाश है और इसमें व्यवहार की गयी शब्दावली में खाँटी स्वदेशी गूँज विद्यमान है। इस प्रकार आपकी जो मंजुल मूर्ति सामने कौंधती है, उसमें एक शाश्वत वैष्णव आभा है, नवनीत सदृश कोमल भावमाधुर्य है और देशप्रेम में आकण्ठ निमग्न कारुण्य बोध है। हम और हमारे स्वदेश के बीच कैसा सम्बन्ध हो, हम और हमारे देशवासियों के बीच कैसी संवेदना हो और हम इस बोधजनित कर्तव्य को किस प्रकार पूरा करें, इस सम्बन्ध में भारत–भारती एक सम्पूर्ण दिशानिर्देशिका है। भारत–भारती को जानने के लिए आपको और आपको समझने के लिए भारत–भारती को जानना ज़रूरी है। भारत–भारती के अनुशीलन से पता चलता है कि आप एक मितभाषी, सौम्य और भक्त हृदय के धनी कवि हैं। ऐसा लगता है कि आपके हास में सत्त्व गुण और विलास रहा होगा, आपकी चेष्टाओं में वात्सल्य की भंगिमा तथा व्यवहार में साधु पुरुषोचित आर्जव... आपने कितनी सुन्दर पंक्तियाँ लिखी हैं–

हम दूसरों के दुःख को थे दुःख अपना मानते,
पर मानते कैसे नहीं, जब थे सदा यह जानते।
जो ईश, कर्त्ता है हमारा, दूसरों का भी वही,
है कर्म भिन्न परन्तु सबमें तत्त्व समता हो रही।

ओफ़, कितनी सुन्दरता से परदुखकातरता का भाव समाया है। आपके विशिष्ट व्यक्तित्व में भारत के महान इतिहास का गुणगान करने का शौक नहीं है अपितु उसमें अपने भविष्य को अपने अतीत से भी उज्ज्वल देखने का हौसला भरा स्वप्न है।

आप अपनी सीमित शक्ति, परिमित संसाधनों से परिचित हैं तथापि आप में भारत के उज्ज्वल भविष्य के प्रति किसी भी प्रकार की शंका नहीं है–

सबकी नसों में पूर्वजों का पुण्य रक्त प्रवाह हो,
गुण, शील, साहस, बल तथा सबमें भरा उत्साह हो।
सबके हृदय में सर्वदा संवेदना की दाह हो,
हमको तुम्हारी चाह हो, तुमको हमारी चाह हो।

इस शुभकामना के साथ कि मुझे श्रीमद्भगवद्गीता गीता के तीसरे अध्याय का ग्यारहवाँ श्लोकार्थ याद आता है–'परस्परं भावयंतः–श्रेयः परमवाप्स्यथ' एक–दूसरे को भावित करते हुए इस भाव से भरे कवि में और किस सिद्धि की किस निधि की ज़रूरत हो सकती है। भारत–भारती की एक–एक पंक्ति आपकी परम वैष्णवी सम्पदा के प्रकाश से मण्डित है। इसकी पंक्तियों में शुचिता की आभा दीप्त हो रही है और भावों में मृदुता टपकती है। यह सच है कि विषयवस्तु योजना के अनुरूप भाव अपने आप ढलते चले जाते हैं। आपकी जीवनचर्या कितनी मनमोहिनी होगी? इसका अनुमान लगाना कठिन है। आप आबालवृद्धवनिता सबके प्रिय होंगे। आपके मन में जो बातें होती होंगी, उनके लिए शब्द उन्हीं के अनुरूप निकलने लगते होंगे अनायास बरसती बूँदों की तरह। अस्तु।

आपका अनुज
अजय कुमार
छपरा कॉलेज, छपरा

इतनी लम्बी चिट्ठी पढ़कर मैथिलीशरण के बुझे मन में उत्साह का संचार हुआ। आज भी उनकी ख्याति का आधार स्तम्भ भारत–भारती कृति है। क्या इस सीमारेखा को वे कभी लाँघ पायेंगे? पास में तिपाई पर रखे अन्य कवियों के काव्यग्रन्थों को अलमारी में रखते हुए अनायास नज़रें उन दो पन्नों पर पड़ीं जो पटना कॉलेज में पढ़ने वाले बच्चों की थीं।

परम पूजनीय गुप्त जी,

सादर प्रणाम!

आपकी दिनचर्या कितनी सुव्यवस्थित होगी? इसका अनुमान लगाना कठिन है। आप तो सबके बीच बहुत लोकप्रिय हैं। बच्चे से लेकर बड़े तक आपकी रचना को ख़ूब चाव से सुनते हैं। आपकी कल्पना में जो भी आता होगा, वह सब आपकी क़लम से अपने आप झरने की तरह बूँद–बूँद करके पन्नों पर उतरता होगा न? आपकी नज़रों में सबके लिए समानता और हृदय में सुकोमल भावनाएँ कैसे आती हैं? आपके निकट जिन्हें रहने का सौभाग्य मिला होगा, वे सब कितने ख़ुश रहते होंगे न? आप अपने परिजनों के बीच जितने अपने होंगे, देशवासियों के लिए भी आप उतने ही जननायक हैं। इसका अनुभव तो हम जैसे नवयुवक करते रहते हैं। घण्टों में बँधी आपकी दिनचर्या का बेशक़ीमती समय उपासना में भी जाता होगा। आप सचमुच महान हैं कि इस समय को दर्ज करने में सक्षम है आपकी क़लम। इस समय के बाद भी आप सदैव ज़िन्दा रहेंगे, हमेशा–हमेशा ध्रुवतारे की तरह आसमाँ में चमकते रहेंगे।

द्वारा रचित भारत–भारती को हमने राष्ट्रीय जयघोष बना लिया है। यह हमारे स्वाभिमान का प्रतीक है जिससे हममें पौरुष भाव जगे और हम अपना बेहतर भविष्य गढ़ सकें। इसे पढ़ने के बाद इसकी प्रासंगिकता और सन्देश समझ पाये हम। कितने सहज ढंग से आपने गूढ़ बातों को सरलता से कह दिया है–'हम कौन थे, क्या हो गये हैं और क्या होंगे अभी?' कितनी शाश्वत पंक्ति है ये और कितनी सार्वकालिक भी। आपसे मिलने ज़रूर आयेंगे हम चिरगाँव जैसी पवित्र नगरी में। धन्य भाग चिरगाँव वालों के जो आपसे रोज़ मिलते हैं।

आपका दर्शनाभिलाषी
आपका अनुज
नरेश कुमार

ऐसे सैकड़ों पत्रों को पढ़कर मैथिलीशरण की हताशा आशा में बदलने लगती। उनके टूटे–फूटे मन में उत्साह का लेप लग जाता। वे दुगुने आवेग से स्लेट उठाकर लिखने के लिए स्वतः प्रेरित हो उठते। ऐसे पत्र सचमुच उनके लिए किसी संजीवनी बूटी की तरह जीवन में रस भर देते। कितनी प्रेरणा पाते हैं हमारे लिखे से हमारे देशवासी? अंग्रेज़ों के क़ब्ज़े से आतंकित देश में ऐसे प्रेरणास्पद काव्य लेखन की सबसे ज़्यादा ज़रूरत है। कितनी तरह की कल्पनाएँ करते हैं उन्हें लेकर? सोचते हुए वे अपनी रचनात्मक यात्रा के बारे में सोचने लगे।

1910 में उनकी पहली किताब 'रंग में भंग' का विज्ञापन सरस्वती में छपा था जिस पर ख़ुद आचार्य महावीर प्रसाद द्विवेदी ने लिखा–'वे गुप्त जी की रचनाओं को प्यार करते हैं। स्नेहार्द्र दृष्टि से देखते हैं।' वे आगे लिखते हैं–'ग्रन्थ की भाषा सरल हो, भाव सार्वजनिक और सार्वकालिक हों क्योंकि सब देशों के सब मनुष्यों के मनोविकार प्रायः एक से होते हैं। काव्य ऐसा होना चाहिए जो सबके मनोविकारों को उत्तेजित करे और देशकाल से मर्यादाबद्ध न हो, ऐसी कविता अमर होती हैं।'

निस्सन्देह 'जयद्रथ वध' किशोर कण्ठहार बन गयी लेकिन 1907 के आसपास उर्दू के शायर हाली का 'मुसद्दस' पढ़कर आत्मसात करते हुए उसके जवाब में काव्यग्रन्थ लिखने की चुनौती उन्होंने स्वीकार की। इस बीच उनकी कविताएँ यहाँ–वहाँ छपती रहीं लेकिन 1912 में भारत–भारती प्रकाशन के लिए तैयार थी। उस समय भारतीय राजनीति में बाल गंगाधर तिलक की आवाज़ें गूँजने लगीं। बंग–भंग आन्दोलन के चलते, जनमत वाइसराय लॉर्ड कर्जन के ख़िलाफ़ आग उगल रहा थी। बालमुकुन्द गुप्त ने 'शिवशम्भू के चिट्ठे' में देश की दुरवस्था और तत्कालीन तकलीफ़ों को पूरी बेबाक़ी से बयान किया।

यूँ तो भारत–भारती के अंश सरस्वती में छपकर पर्याप्त चर्चित हो चुके थे लेकिन 1914 में महावीर प्रसाद द्विवेदी जी ने सरस्वती के अगस्त 14 अंक में भारत–भारती पर सम्पादकीय लिखकर मुक्त कण्ठ

से सराहना करते हुए इस कृति को राष्ट्र को समर्पित किया–'यह काव्य वर्तमान हिन्दी साहित्य में युगान्तर उत्पन्न करने वाला है। यह सोते हुए को जगाने वाला है। निरुद्योगियों को उद्योगशील बनाने वाला है। भूले लोगों को ठीक राह पर लाने वाला है, यह उदासीनों के हृदय में उत्तेजना उत्पन्न करने वाला है। यह सुख, समृद्धि और कल्याण की प्राप्ति में हमारा सहायक हो सकता है। इसमें वह संजीवनी शक्ति है जिसकी प्राप्ति हिन्दी और किसी भी काव्य में नहीं हो सकती।'

किसी भी हिन्दी कवि के लिए महावीर प्रसाद द्विवेदी जैसे तीक्ष्ण आलोचक के मुख से ऐसे आप्त वाक्य पाना सचमुच बड़ी बात थी। उन्होंने मैथिलीशरण को युगान्तरकारी कवि की परिभाषा देकर अलंकृत किया जो उस दौर में किसी भी बड़ी उपाधि से बढ़कर था। इसी बीच उन्होंने अपना स्वतन्त्र प्रकाशन व्यवसाय करने का विचार किया। इस तरह हिन्दी कविता के उनके सैकड़ों स्थायी पाठक बनते चले गये। अब उनकी कविताएँ आम जनता के लिए सहज सुलभ होने लगी थीं।

जब 'रंग में भंग' इंडियन प्रेस से छपकर देश भर में ख्याति बटोरते हुए तीन से चार संस्करण में छपकर लोकप्रियता के शिखर पर थी और धनार्जन भी कर रही थी, परन्तु अर्जित पैसा उनके हाथ नहीं लग पा रहा था। नौबत यहाँ तक आ पहुँची कि पैसे भी ख़र्च हो रहे थे और समय भी लग रहा था मगर किताब मन मुताबिक नहीं छप पा रही थी। विवश होकर 1916 में मैथिलीशरण ने कलकत्ते जाकर काग़ज़ ख़रीदा और प्रेस लगाने के इरादे को अमली जामा पहनाया। बाहर मुद्रण से जुड़ी परेशानियाँ ख़त्म हुईं। प्रकाशन, प्रेस से आय होने लगी जिससे घरेलू मुश्किलें भी आसान होने लगीं।

यूँ तो परिवार उच्च कुलीन था, धन सम्पन्न और नामी ख़ानदान में ज़मींदारी भी थी मगर धीरे–धीरे घोड़े बैल वग़ैरह सब बिक चुके थे। क्रमशः सम्पन्नता बैठे–बैठे बिलाती गयी और घर पर क़र्ज़ा चढ़ता गया। बड़े घराने का बड़ा आदमी यदि दुनियादार क़िस्म का

न हो तो धीरे–धीरे अच्छी–ख़ासी सम्पत्ति भी विलुप्त होने लगती है। भारतेन्दु हरिश्चन्द्र का क़िस्सा उन्हें याद था। सो प्रेस लगाने से आर्थिक समस्याओं से उन्हें राहत मिलने लगी। इधर 1904 से 1916 के दौरान उनकी ख्याति विस्तार पा रही थी लेकिन घर पर कोई सुख की किरण नज़र नहीं आ रही थी। बाहर धुआँधार बारिश का मौसम तो घर के भीतर आँखों में आँसू झरते रहते। कितने विचित्र संयोग या दुर्योग कहें कि जिस समय 'भारत–भारती' सफलता के झण्डे गाड़ती जा रही थी, ठीक उसी समय उनकी दूसरी पत्नी चल बसीं। वे अपना दर्द किससे बाँटें? कौन था उन्हें समझने वाला? ऐसे दारुण शोक के गहन क्षणों में वे बस लिख लेते थे, पर कैसे? पाठकों को आश्चर्य होता। घरेलू मोर्चे पर संघर्ष से वे क्योंकर थकते नहीं थे? पाठक विस्मय विमुग्ध हो उठते। उन्हें क्या पता कि अपनी पीड़ा को पचाने का उनके पास यही एकमात्र रास्ता बचा था।

उनकी लेखनी से गद्य, पद्य, निबन्ध, खण्डकाव्य, गीतप्रबन्ध, गीतिकाव्य और महाकाव्य की लगभग दस हज़ार पंक्तियाँ लिखी जा चुकी थीं। अन्दर ही अन्दर वे ख़ुद को ऐसे खोखले भवन में तब्दील होता महसूस करते जिसकी बाहरी भव्यता और चमक–दमक देखकर दुनिया वाह–वाह करती रहे मगर जिसमें रहने वाले को एक पल भी सुकून मयस्सर न होने पाये। भीतर से रह–रहकर वही बेचैन कर देने वाली यादें, पत्नी की कचोटती अनुपस्थिति से उपजता ख़ालीपन और जीवन के प्रति निस्सारता का गहराता अहसास उन्हें चैन से जीने नहीं दे रहा था।

जीवन के नये पड़ाव पर : एक बार फिर

1917 में लगभग 31 वर्ष की आयु हो चली थी। परिवार के बड़े लोगों द्वारा भावुकतापूर्ण तरीक़े से उन पर दबाव डालकर समझाया गया और मैथिलीशरण गुप्त ने सरयू देवी से तीसरा विवाह कर लिया। नयी गृहस्थी बसाकर नये सिरे से जीवन यात्रा पर साथ चलने की शुरुआत की। बड़ी उम्मीदों से पति–पत्नी ने प्रभु से प्रार्थना की कि उनका दाम्पत्य जीवन सकुशल रहे। अरसे बाद उनके अन्दर सोये प्रेम ने नयी करवट ली। नव संसर्ग उनके अन्तस् में उमड़ते बादलों की तरह उड़ाये ले रहा था उन्हें सुदूर गगन के ओर छोर तक। पत्नी की शर्म से झुकती आँखों में जीवन के प्रति गहरी आश्वस्ति थी मगर वे अभी भी आश्वस्त नहीं हो पा रहे थे। फिर वही विगत का डर, वर्तमान की चिन्ता और भविष्य की असुरक्षाएँ उनके अन्दर अकुलाहट पैदा करने लगीं।

बहुत उम्मीद से वे गर्भवती होतीं, अँखु होता। आता बीज जैसे बंजर ज़मीन तोड़कर उठ खड़ा होने को आतुर होता। महीने–दर–महीने बाद फिर नौ महीने बाद पुत्र का जन्म। कुछ महीने ठीक से गुज़रते। बड़े होते बच्चे संग पत्नी ख़ूब हुलसित होतीं। फिर से घर में चहल–पहल

शुरू हो जाती। बच्चा चलना–फिरना सीखता। वेग से समय के पहिये आगे की ओर खिसकते और फिर अचानक नियति नटी की वही क्रूरता यानी बच्चे का पेट फूलना शुरू हो जाता। न जाने कैसे और क्यूँकर बच्चे को वही लीवर की जानलेवा बीमारी घेर लेती। वैद्य के बताये सारे उपाय एक–एक करके आज़माये जाते। इस दर्द से गुज़रती माँ की पीड़ा देखकर मैथिलीशरण का कलेजा फटने लगता। पति–पत्नी दोनों एक ही पीड़ा से गुज़रने लगते। हर दिन राम–राम करके गुज़ारते। अनायास उच्छ्वास कविता मैथिली की क़लम से फूट निकली मगर जिसकी सजीव रचना न बच पा रही हो, वह कागज़ पर उकेरी रचना से भला कैसे सन्तुष्ट होता? बच्चे के गुज़रने पर पत्नी के चेहरे पर दर्द की गहरी लकीर खिंच जाती। पूरा बदन काँपने लगता। रोते–रोते आँखें सूज जातीं और पलकें भारी हो उठतीं।

एक बार तो दोनों ने ईश्वर से प्रार्थना की–'प्रभु, यदि हमें पुत्र न देना चाहें, तो एक पुत्री तो दे दें मगर इस निर्दोष जिया को निपूती न रहने देना।' एक बार जुड़वाँ बच्चियाँ हुईं तो उन्हें लगा जैसे प्रभु ने उनकी प्रार्थना सुन ली हो। वे फिर प्रफुल्लित हो उठतीं। दुःख से मलिन चेहरे पर फिर से चमक आ जाती लेकिन काल की क्रूरता कौन देख पाया है? जैसे ही प्रसव वेदना शुरू होती, तुरन्त प्रशिक्षित दाइयाँ ठीक से प्रसव तो कर देतीं। प्रसवजनित बच्चे की मौतें ज़रूर थमीं लेकिन इससे क्या? जब नियति को ही मंजूर नहीं कि उनकी सन्तति जिये तो वे क्यूँकर बार–बार याचना करते रहें? नहीं, नहीं, अब और इच्छा नहीं रही। हर बार नये सिरे से उम्मीदें जगतीं जैसे किसान बंजर ज़मीन पर खाद पानी नये सिरे से बीज रोपकर बारिश का इन्तज़ार करे। बारिश भी झूमकर ज़मीन को हरा–भरा कर दे। फ़सल भी ख़ूब बढ़िया हो। पैदावार देखकर किसान का हृदय ख़ुशी से किलकारी मारने लगे लेकिन जब फ़सल घर आये और किसान निश्चिन्त होकर गेहूँ पिसाने ले जाये तब पता चले कि समूचे गेहूँ में तो घुन पहले से ही लग चुका है। कोई अज्ञात कीड़ा सारे गेहूँ को भीतर से खोखला कर गया है, तो क्या बीतेगी किसान पर? वेदना से तड़पकर रह

जाते पति–पत्नी। दोनों इस गहरे दर्द से सालोंसाल गुज़रते रहे। वे बच्चियाँ भी दो–तीन साल जीकर चल बसीं।

कोई बच्चा चार–पाँच वर्ष का होकर चल बसता तो कोई दो साल का और कोई छह–सात साल का मगर हर बार फिर वही दर्द उमड़ता। टीस और अकथ वेदना से भारी जिया की सजल आँखें देखकर मैथिली के मन में स्त्री के प्रति गहरी करुणा उपजती। स्त्री के प्रति जगती संवेदना पल–पल मरती बुझती लेकिन नये सिरे से नयी आशा उमड़ उठती जैसे भरे बादलों के बरस चुकने के बाद फिर से बादल उमड़ने लगते हैं। जिया के प्रति नये सिरे से स्नेह उमड़ता। स्नेह–प्यार से बड़ी जगह ले ली थी करुणा और दया ने। धीरे–धीरे एक अजीब तरह की विरक्ति बढ़ती जा रही थी। इतने बच्चों के बिछोह से कैसे माँ का कलेजा फटता है, एक के बाद दूसरा, तीसरा, चौथा, पाँचवाँ, छठा...

कोई किसी के दर्द को नहीं बाँट सकता, चाहकर भी। आँखें मींचे, पलकों में बसे अन्धकार को जीते हुए जैसे गहरे समन्दर में धँसे फड़फड़ाते प्राणों को बस मृत्यु की प्रतीक्षा। एक दिन बड़े प्यार से वे उन्हें समझाने लगे–'देखो जिया, कहीं किसी से ज़्यादा मोह–ममता बढ़ाना ठीक नहीं। अपने कलेजे को मज़बूत करो...' वे पत्नी की हथेली पर अपनी हथेली रखते हुए स्नेह से बोलने लगे–

'जे सब विधाता कौ खेल है। हमें नहीं पता, ऊपर वाले की क्या मर्जी है? सो तुम किसी बच्चे सै कौनऊ मोह न पालो...आयी बात समझ में?'

'अरे, ऐसे कैसे कठकलेजा हो जैहैं हम? कैसी बातें कर रय आप? ऐसी बातें कैसे सोच सकत आप? हमाय पेट से बच्चा होय और हमें वासै लगाव न होय, ऐसौ कैसे हो सकत?' रूआँसी आवाज़ में वे बोलीं–'मताई की तकलीफ़ समझवौ आसान नहीं। अपने जा पेट में नौ महीना लरिका बिटिया रखकै देखो, तब पतौ चलहै वाके न रहबे की तकलीफ़...' गीली आँखें अपने आँचल के छोर से पोंछते हुए वे बोलीं–'सबके बाल बच्चा देखकै कलेजौ फट जाउत हमाव। आप जे बातें कर रय।'

उन्होंने स्नेह से उनके सिर पर अपना हाथ रखा और एक किताब पत्नी की गोदी में रखते हुए बोले–'जे तुमाई सन्तानै नहीं? बोलो? ग़लत कै रय का? जे किताबें अनमोल हैं और जे भी हमाई तुमाई सन्तान जैसी हैं, जा बात की गाँठ बाँध लो जिया। अब उठो, आँसू पोंछकर चाय बना लाओ।'

उन्होंने सजल आँखों से पति को देखा जैसे मन–ही–मन कह रही हों–माँ बनकर महसूस करना कब सीखेंगे आप? जे किताबें आपके लानै जरूर संजीवनी हैं। जिनसै आपकौ नाम हो रव। जस फैल रव मगर हम तौ उतेक पढ़े–लिखे हैं नईं सो इनकी गहरी बातन के मर्म को समझने लायक अक्ल नहीं है हममें। हमें तो जीता–जागता हाड़–मांस कौ बच्चा चाहिए। अपनी अनकही को समझते हुए वे ख़ुद ही मन–ही–मन बोलने लगीं कि बच्चा तो ऐन हो रय पर वाके जीवित रहबे कौ कछु उपाय नइय्या है? सवाल ही सवाल कँटीली झाड़ में तब्दील हो जाते। सवाल उमड़ते–घुमड़ते बादलों की तरह केवल गरजते रहते और फिर अनन्त आसमान में विलुप्त हो जाते, अनुत्तरित।

दुर्भाग्य कभी आसानी से पीछा नहीं छोड़ता। कवि का ग़ज़ब हृदय कि उनकी आँखों के सामने सन्तानें काल–कवलित होती रहीं। वे चाहकर भी उन्हें नहीं बचा सके, ऐसे भीषण दुःख की काली छाया से घिरे रहे मगर उन्होंने अपनी कविता को जीवित रखा। पत्नी की पीड़ा उनकी क़लम में उतरने लगी थी।

समस्त स्त्री जाति की वेदना कवि के कण्ठ से दर्द का गान बनकर फूट पड़ी–

अबला जीवन हाय, तुम्हारी यही कहानी,
आँचल में है दूध और आँखों में पानी।

जिया जब मौन हो जातीं तब भी मैथिली उनकी व्यथा वेदना को महसूस करते। उन्हें पौराणिक ग्रन्थों से सीता, उर्मिला और यशोधरा जैसी स्त्रियों की वेदना महसूस होती। पति से अलग रह रही उर्मिला की वेदना उनके अन्तस् को मथने लगी। ठीक इसी तरह जिया

का ग़ुस्सा उफनता और वे अपने दुःख को अलग–अलग तरीक़े से बड़बड़ाकर निकालतीं तब भी वे उनकी अन्दरूनी कुण्ठा का अनुभव करते। अनायास राम को वनवास भेजने के बाद कैकेयी की कुटिलता नहीं बल्कि उनका मातृत्व उभरता नज़र आता। वे धीरे–धीरे सबको क्षमा करने की कला सीखते जा रहे थे।

कवि स्त्रियों में आधुनिक चेतना का संचार करते–

दास बनने का बहाना किसलिए,
क्या मुझे दासी कहाना इसलिए?

इसी तरह द्वापर में विधृता की वेदना–

कामुक चाटुकारिता ही थी/क्या वह गिरा तुम्हारी
एक नहीं दो–दो मात्राएँ/नर से भारी नारी।

बीसवीं सदी की शुरुआत में ही अंग्रेज़ी शिक्षा–दीक्षा का प्रसार तेज़ी से शुरू हो चुका था। स्वतन्त्रता आन्दोलन में पहली बार सार्वजनिक जीवन में स्त्रियों के सहयोग की ज़रूरत महसूस की गयी। यह सांस्कृतिक जागरण का दौर था जिसमें एक तरफ़ अतीत के गौरवगान द्वारा हीन अवस्था में पड़ी सुप्त जनता को जाग्रत करने का दायित्व–बोध कवि महसूस करने लगे थे, तो दूसरी तरफ़ उर्मिला, यशोधरा, द्रोपदी, राधा, लक्ष्मीबाई, दुर्गावती और पन्ना धाय जैसी तेजस्वी स्त्री चरित्रों पर काव्य रचना करके स्त्री शक्ति को उद्‌बोधित भी किया जा रहा था। कविगुरु रवीन्द्रनाथ की प्रेरणा से उपेक्षित और लांछित स्त्री पात्रों को लेखन में प्रतिष्ठित करके मैथिलीशरण ने भी एक नयी पहल की। कलकत्ता में पहला बालिका विद्यालय 1840 में ही खुल चुका था। लॉर्ड रिपन (1882) काल में वर्ष 1900 तक छात्राओं की संख्या चार लाख से 1935 तक 29 लाख हो चुकी थी। समाज में आर्यसमाज ने बाल विवाह विरोध, पर्दा प्रथा विरोध, सती प्रथा विरोध और विधवाओं के पुनर्विवाह जैसे आन्दोलन चला रखे थे। महिमामयी स्त्रियों के जीवन चित्रांश भी सरस्वती के कामिनी कौतूहल स्तम्भ में छापे जाने लगे। नारी दशा में सुधार के लिए तमाम लेख देश की जानी–मानी पत्रिकाओं में लिखे जाने लगे।

रीतिकालीन दौर की रति की प्रतिकृति मानी जाने वाली स्त्री धीरे–धीरे आधुनिक चेतना सम्पन्न होने लगी। स्वयं महात्मा गाँधी ने लिखा–'यदि शक्ति का अर्थ पाशविक शक्ति है तब तो नारी सचमुच पुरुष से कम पाशविक है और यदि शक्ति का अर्थ नैतिक शक्ति है तब नारी पुरुष से कहीं अधिक श्रेष्ठ है।'

मैथिलीशरण ने 'कवियों की उर्मिला विषयक उदासीनता' लेख से उत्प्रेरित होकर अपने लेखन में 'उर्मिला', 'यशोधरा', 'हिडिम्बा' और 'विष्णुप्रिया' जैसी रचनाओं में उपेक्षिताओं पर क़लम चलाने की पहल की। 'साकेत' महाकाव्य के आरम्भ में मिलन वाले, मध्य के विरह वाले और पुनः काव्य के अन्त वाले मिलन बिन्दुओं में लक्ष्मण और उर्मिला की मुख्य कथा को बहुत सरस और रमणीक रूप में प्रस्तुत किया। विरह विकलता को आँसुओं में पिरोकर लिखा कि विरहिणी की विकल वेदना पढ़ते हुए अन्तस् में ऐसी कचोट पैदा करती है कि आँसू अपने आप झरने लगते हैं। मैथिलीशरण ने स्त्री के स्वतन्त्र व्यक्तित्व को नयी गरिमा दी और पुरुष की भोगलिप्सा पर तीखे ढंग से प्रहार किया–

नर के हिस्से क्यों, नारी की नग्न मूर्ति ही आयी
माँ, बेटी या बहन नाम क्या संग नहीं वह लायी?

स्त्री स्वाभिमान, स्वावलम्बन के साथ कर्तव्यनिष्ठा पर बल देते हुए उन्होंने लिखा–'सखि, वे मुझसे कहकर जाते।'

'साकेत' में लक्ष्मण–उर्मिला संवाद में कवि ने उर्मिला को भी बोलने की उतनी ही छूट दी जितनी लक्ष्मण को। पुनर्जागरण के मूल में नारी स्वर चारों तरफ़ सुनाई देने लगा था जिसे वे अनदेखा नहीं कर सके। उपनिवेशवाद के दौर में आर्थिक, सामाजिक, सांस्कृतिक व राजनीतिक रूप से स्त्री सक्रिय रूप से स्वतन्त्रता आन्दोलन में शामिल थी। सरोजिनी नायडू, कस्तूरबा गाँधी, सुभद्रा कुमारी चौहान, महादेवी वर्मा जैसी महिलाओं के क़दमों की धमक अलग–अलग क्षेत्रों में सुनाई पड़ने लगी।

जब 1929–30 की सन्धि वेला में देश में आज़ादी आन्दोलन की मशालें जलाई जा रही थीं मैथिलीशरण की लेखनी मातृभूमि के लिए नया रचने को अकुलाने **लगी**–

भारत माता का मन्दिर यह, समता का संवाद यहाँ,
सबका शिव कल्याण यहाँ है, पायें सभी प्रसाद यहाँ।
जाति धर्म या सम्प्रदाय का, नहीं भेद व्यवधान यहाँ,
सबका स्वागत, सबका आदर, सबका सम सम्मान यहाँ।

घर पर सरयूदेवी की तबीयत गिरने लगी थी। लीवर की समस्या से काल–कवलित होते शिशुओं की लगातार मृत्यु गहरी चिन्ता का विषय बनता गया। धीरे–धीरे मैथिली पत्नी और बच्चों के प्रति तटस्थता बरतने लगे थे। वे इस शादी के पक्ष में क़तई नहीं थे और कई बार खुलकर मना भी किया था पर तब के दौर में घर वाले उनकी हाँ या न को गम्भीरता से नहीं लेते थे। बस कह देते, कि अमुक–अमुक दिन सरयू देवी से विवाह होगा। विवाह सामाजिक ज़रूरत थी–गृहस्थी और सन्तति, बस यही एकमात्र लक्ष्य था। व्यक्ति के लिए नहीं बल्कि परिवार व्यवस्था के लिए विवाह करना एक अनिवार्यता बनती गयी जिसे नकारने की हिम्मत आम तौर पर किसी की नहीं थी। लड़के के न–नहीं को सुनता ही कौन था तब?

'अरे मना करन दो। बच्चा है अभी', कहकर घर के बड़े उसकी शादी करवाना अपना दायित्व समझते।

एक बार किसी साहित्यिक गोष्ठी में भाग लेने मैथिलीशरण को राजस्थान के सुदूर इलाक़े में जाना पड़ा। रात के भोजन के उपरान्त जब उन्हें गिलास भरकर दूध पकड़ाया। दूध पीते वक़्त उनके मुँह से निकल गया–'बड़ौ मीठौ दूध है। हमारे यहाँ से अलग स्वाद है।'

'साब, जौ मामूली गाय–भैंस को दूध नाय। बड़ी दूर से ऊँटनी को दूध लाया गया है।'

'ऊँटनी कौ दूध?' वे चौंके।

'हाँ साब, जे दूध अमृत होत। मरते बच्चे की देह में नयी जान डाल देत। मुर्दे के शरीर में प्राण फूँक दै और सब रोगन कौ एक इलाज, ऊँटनी कौ दूध।' वह अपनी रौ में लगातार बोलता जा रहा था।

'ऐं?' उनकी उत्सुकता चरम पर थी। उनकी स्मृति में अपने मृत बच्चों के चेहरे कौंध गये सो वे नज़दीक आकर ग़ौर से पूछने लगे–'क्या कहा? सौ रोगन कौ एक इलाज, वो कैसे?'

फिर वो वहीं बैठकर आहिस्ते से बताने लगा–'साब, हमाय गाँव में आये दिन बच्चा लोगन को कोई–न–कोई बीमारी घेर लेत ती तौ हमें होड़ियन (आदिवासी जनजाति) नै बताव, कै ऊँटनी कौ दूध पिलाओ और इससे हमारे बच्चे भले चंगे।' सुनकर मैथिली के सोये कान जैसे खड़े हो गये। वे तत्काल उस ग्रामीण को पास बुलाकर पूछने लगे–'हम यहाँ से बहुत दूर झाँसी में रहत। उतै ऊँटनी कौ दूध कैसे मिलहै? का उपाय है? हमारे पूरे आठ बच्चे एक–एक करके लीवर की बीमारी में चल बसे।' उँगलियों पर पूरे आठ गिनाते हुए उनकी आँखें भर आयीं।

उसने भी आँखें चौड़ी करते हुए अफ़सोस जताया–'आठ?'

'हाँ दादा, सन्तति कौ सुख हमाय नसीब में नहीं सो अब तो हमने सोचना ही छोड़ दिया। अपनी सम्पत्ति भी भाइयों के बच्चहन के नाम कर दैहैं।' उन्होंने लम्बी उच्छ्वास लेते हुए आसमान की तरफ़ देखा–'अब कोई उपाय नहीं...'

'जे निराशा भरी बातें न करो चाचा। एक उपाय करो। यहाँ से एक ऊँटनी झाँसी बाँध लै जाव। पहुँचाने की व्यवस्था हम कर दैहैं। जे आख़िरी उपाय आजमा लो। एक टोटका भी बता रहे। पहले ये बताओ, घरवाली पेट से है?'

'हाँ', उन्हें जिया का उदास चेहरा याद आ गया। तो उसने कुछ कान में कहा। उन्होंने हामी भरते हुए सिर हिला दिया–'ठीक है दादा। ऊँटनी कौ दूध दै दैहैं और भी कुछ?'

'बस माँ कौ दूध नहीं पिलानै। जा बात समझ लो कि ऊँटनी कौ दूध ऊँचाई पर टाँककर रखना पड़ता। नीचे रखने पर कीड़ा पड़ जैहैं। माँ का दूध जहर समझकर त्यागनै परहै।'

'हूँ...ठीक है।'

घर लौटकर पत्नी और भाभी को सारी बातें बताते हुए अन्त में वही बात कही–'हुइहै वही जो राम रचि राखा। हमें तो अपना कर्म करना है। बाकी प्रभु जी की मर्जी।'

अब तक इतने बच्चों की मौतों ने उनके अन्दर जीवन, जगत के प्रति अजीब–सी विरक्ति भर दी थी। ज़्यादा मोह, ज़्यादा ममता या लगाव किसी से नहीं रहा। अपने को कर्म की भट्ठी में झोंक देते। दिमाग़ में पारिवारिक कर्तव्य तो दिल में नयी रचनात्मकता, नयी सोच और नये विचार।

जल रे दीपक जल तू,
जिनके लिए अँधियारा है, उनके लिए जल तू।

नवीन भाषा का प्रयोग या शब्दों की दुनिया में रमे रहना, इसी में डूबना–उतराना और पढ़ने–लिखने की दुनिया में ख़ुद को खपाना उनके जीने के लिए ज़रूरी औषधि थी। अध्ययन, मनन, चिन्तन और लेखन के अतिरिक्त मैथिलीशरण को बाँग्ला साहित्य पढ़ना और अनुवाद करना रुचने लगा। पत्नी की प्रसूति का दिन पास आता जा रहा था। घर की महिलाओं ने दिन–रात के लिए एक प्रशिक्षित दाई का इन्तज़ाम कर रखा था।

'मैथिली चाचा, भाभी टेर रहीं...' कुएँ के अहाते पर बैठे उनके भतीजे ने उन्हें ज़ोर की आवाज़ लगायी। कुछ समय बाद जब वे वहाँ से उठकर बाहर निकले तो बड़ी भाभी ने ख़बर दी–'लरिका भव। बगल वारी कक्की ने दो पइसा में ख़रीद लव। अब जौ बच्चा जिया कौ बच्चा नहीं कहलाहै। कक्की कौ मौड़ा कहलाहै।'

पइसा लेन–देन का रस्माचार बख़ूबी निभाया गया। घर में लायी ऊँटनी भी दूध देने लगी थी सो कक्की ने ऊँची आवाज़ में सबको सुनाते हुए कहा–'मैथिली कौ मौड़ा जई ऊँटनी कौ दूध पीके बड़ा होयेगा। मताई से हमने ख़रीद लव।' पुलकित आवाज़ में वे बोलती रहीं।

'लालाजू, आप चिन्ता न करो। हमाई गोदी में जियेगा जौ मौड़ा। बस्स, जे हमाई जुरमेवारी है।'

बोलते हुए ख़ुशी के आँसू उनकी आँखों से निकल आये। ऊँटनी का दूध रुई के फाहे से नवजात के मुँह में डाला जा रहा था। चप–चप करके बच्चा दूध पीते हुए तृप्ति की मुस्कान बिखेरने लगा। घर में अरसे बाद नन्हा शिशु ख़ुशी की लहरों पर ख़ूबसूरत सूरज का प्रतिबिम्ब बनकर सौन्दर्य की आभा बिखरने लगा। दिन भर उत्सव जैसे माहौल में उत्साह, स्फूर्ति और रंग बिखेरने लगा। ये औरतें कितनी छोटी–छोटी सी बातों पर इतनी जल्दी ख़ुश कैसे होने लगतीं? वे देर तक खड़े–खड़े सोचते रहे। कौन जाने, यह बच्चा भी कब तक जी पायेगा? किसने सुनी है आगत की आहटें? कौन सुन पाया है भावी क़दमों की पदचाप? पता नहीं, कल क्या हो? मन में वही दुविधा, उथलपुथल और ऊहापोह के काले बादल मँडराने डराने लगे।

कितनी बार उसी तरह के दर्द से गुज़रकर असमय खोयी सन्तति के बारे में वे सोचते रहे। अपने बड़े हुए बारह साल के पुत्र सुदर्शन को खोने की पीड़ा उनके अन्तस् को आज भी उसी तरह रेतने लगती है जैसे कोई बकरी को ज़िबह कर रहा हो। उस वेदना से व्यथित उर से निकल पड़ी थी कविता–'तुम जहाँ हो, वहाँ साथियों की कमी नहीं...' उस एक साल में दो–दो बच्चों को खोने का अथाह दुःख। एक बारह वर्ष का तो दूजा महज़ साल का–उच्छ्वास कविता में दर्ज है उनकी वो वेदना–

अरे राम! फिर लाल लुटा जाता है मेरा
यही न्याय है और यही निर्णय क्या तेरा?
कहता कोई यकृत विकार, बड़ी है तिल्ली
कोई कहता, झूल गयी आँतों की झिल्ली।

सरयू देवी ख़ाली चारपाई पर हाथ फेरतीं और सिसकती जातीं जैसे कोई बेरहमी से छुरे से उनके कलेजे के दो टुकड़े करके ले जा रहा हो। लम्बी–लम्बी साँसें भरती रहतीं। आँसू कैसे भी थमते ही नहीं। उन्हें लगता जैसे उनके अन्दर रक्त का चश्मा बह रहा हो जिसे वे किसी को दिखा भी नहीं सकतीं। सुदर्शन की सूरत उनकी नज़रों से हटती ही नहीं। अचानक बैठे–बैठे बिलख पड़ीं–

बिलख पड़ी वह व्रत परायणा धीरज छूटा
माता का हृदय, हाय जो टूटा टूटा।
क्या करती हो अहो! उचित है क्या यह कहना
जैसे रक्खे राम, हमें वैसे ही रहना।

दुःख से तड़पते मन को समझाने के लिए उनके पास, रचनाकार के पास शब्दों का टोटा पड़ गया। वे कभी भाग्य को दोष देने लगते तो कभी ख़ुद को–

रख न सके हम तुझे, चला न उपाय हमारा
इतना ही संयोग यहाँ था, हाय, हमारा।

चील की तरह झपट्टा मारकर जैसे कलेजा निकालकर क्रूर मौत उनके सुदर्शन को, उनके कलेजे के टुकड़े को छीन ले गयी और वे विवश भाव से देखते रहे। पत्नी के म्लान मुख पर दुःख और दयनीयता पसरी थी जैसे बाहरी दुनिया की हरकतों का उन पर कोई असर ही नहीं पड़ रहा हो। काश कि उनके पास संजीवनी बूटी जैसी कुछ चमत्कारी दवा होती तो कम–से–कम अपने उस दुलारे सुदर्शन को तो बचा सकते थे। मैथिली बार–बार मना करते पर वे मानतीं ही नहीं। बच्चे के लिए इतनी आकुलता कि–

प्रसव वेदना तुम्हें इष्ट थी, तुमने पायी
पर अपनी यह व्यथा आप प्रभु के मन भाई।
विधि से भी वह मूर्ति नहीं अब बनने वाली,
रोक सकेगा आज कौन तुझको रोने से–
पर खोया धन मिल न जायेगा सुध खोने से।
आज धूल में लोट रही है तू दीन हीना
तेरा अर्जित किसी छली ने तुझसे छीना।
हाँ, वंचित हो गयी आज तू उसी रतन से,
जिसे पेट में धरे छिपाये रही जतन से।

निःशब्द रात्रि की काली छायाएँ पति–पत्नी को घेरे रहतीं। पत्नी के मुँह से बार–बार–'कहाँ गया रे राजा भैया!' निकल पड़ता और वे–'मत रोओ, बहुत रात हो चुकी। सो जाओ अब।'

जैसे पास बोरसी के भीतर आग गड़ी रहती, वैसे ही उनके हृदय तल में भी गहरा दबा दर्द उन्हें जलाने लगता। कभी वे खूँटे पर टँगे खिलौने देखकर भावुक हो उठतीं, तो कभी चूरन, मीठी गोलियाँ और फलों का झाबा देखती टटोलतीं। मेरे बच्चे ने कब से अन्न–जल नहीं चखा था। पूरे दो दिन बीत गये थे कि अचानक एक दिन उनके मुख से बोल फूट पड़े–'आप जो इतने पोथी पुराण पढ़ते रहते, इनमें कुछ नहीं लिखा? कुछ तो बोलो। आख़िर ऐसा क्या पाप कर डाला हमने?'

'सरजू, धीरज धरो। प्रभु की यही मर्ज़ी। ये दुनिया ही नश्वर है। समूची सृष्टि ही क्षणभंगुर है। सब मायाजाल है।'

'तुमाई जे बातें नईं घुसतीं दिमाग़ में। हमाई आँखन में तो वही सुदर्शन, अभी भी घूम रहा है। मुझे अपने खिलौने दिखा–दिखाकर चिढ़ा रहा है। निर्मोही बच्चा, देखो तो, काठ का घोड़ा लेकर कैसे भाग गया? उसके कपड़े छूतीं, तो कभी उसकी वे मीठी बातें याद आतीं। हे भगवान, इससे अच्छा तो तू मुझे बाँझ बना देता–

हुई न तेरी प्रसव पीड़िता माँ क्यों बन्ध्या?
अरे निर्दयी देख, निकट है यही सन्ध्या।

अनायास मैथिलीशरण को बेटे के साथ खेले गये खेल याद आने लगे जब वे सन्ध्या के समय अपने लेखन के अधूरे काम को नहीं छोड़ना चाहते थे और बच्चा ज़िद करता–'फिर कर लेना', कहते हुए क़लम लेकर भाग जाता। वे स्मृतियाँ और बातें रिसते झरने की तरह बूँद–बूँद करके टपकने लगतीं।

रख न सके हम तुझे, चला न उपाय हमारा,
इतना ही संयोग यहाँ था हाय हमारा।

इसके पहले कि एक–एक करके छह बेटों की मौत और फिर एक ही साल में दो बड़े बच्चों की असमय मौत ने उनकी संवेदना को इस क़दर झकझोरा कि वे कह उठे–

व्यर्थ बड़े घर का होना है जिसमें छोटा लाल न हो।
रत्नों का भण्डार व्यर्थ है यदि माई का लाल न हो।

युगल इस पीड़ा से व्यथित रहे कि इसी बीच उनकी ये नौवीं सन्तान हुई जिसके लिए ऊँटनी लायी गयी थी। समय यात्रा करता रहा मगर उनके भीतर पुत्र के प्रति वैसा मोह और उतना गहरा अनुराग फिर कभी नहीं उपज पाया जैसे सुदर्शन के लिए उमड़ा था। हर बार उनके मन में संशय, अनकहा भय और जीवन के प्रति आश्वस्ति का भाव नहीं उपजने पाया। एक अजीब तरह की विरक्ति का अहसास अन्त तक बना रहा।

1921 में वे सरस्वती से मुक्त होकर 'पत्रावली' (1916), 'पंचवटी' (1925), 'स्वदेश संगीत' (1925), 'अनघ' (1926), 'हिन्दू' (1927), 'त्रिपथगा' (1928), 'शक्ति' (1928), 'विकट भट' (1928), 'सिद्धराज' (1930) में व्यस्त हो गये। उमर ख़य्याम की रूबाइयों के पद्यानुवाद जैसी कृतियों के तीन से चार संस्करण भी निकल गये लेकिन घरेलू जीवन में बड़ी विपदाएँ उनका पीछा नहीं छोड़ रही थीं। एक–एक करके सन्तानें पैदा होती रहीं और काल के कठोर हाथ असमय ही उनसे छीन मौत ले जाते। क्रमशः वे जीवन से विरक्त होते गये।

एक साथ कई विडम्बनाएँ जीवन को घेरे हुए थीं। 'साकेत' के छपते ही पुरस्कार व प्रशंसाओं के बीच 1934 में अपने प्रिय पुत्रों के निधन ने उन्हें तोड़कर रख दिया। वे अपने दुःख का सामना अपनी लेखनी से करने की पूरी कोशिश करते। मुंशी अजमेरी ने 'दैनिक प्रताप' में लिखा–'इस बार गुप्त जी को जो शोक हुआ, उसी में उन्होंने द्वापर लिखा और अधूरा 'सिद्धराज' पूरा किया। ऐसे दारुण शोक में जो ऐसा काव्य लिख सकते हैं, मैं कैसे कहूँ कि भैया मैथिलीशरण कैसे मनुष्य हैं? मैं अच्छी तरह जानता हूँ कि बाल्यकाल का कुछ अंश छोड़कर उनका इतना जीवन सांसारिक संघर्षों का सामना करते आये हुए संकटों पर विजय पाने और उत्तमोत्तम काव्य रचने में बीता है। वे वज्र से कड़े और कुसुम से भी कोमल हैं और हैं सत्यम्, शिवम् और सुन्दरम् के उपासक।'

ख़ुद उनका मानना था कि हाहाकार या चीत्कार अमर्यादित होते हैं। जिन पाठकों से रचनाकार के दुःखों का सीधा सम्बन्ध नहीं होता,

उन्हें वे कर्ण कठोर लग सकते हैं। उनके पुत्र सुदर्शन और सुमन्त्र के असामयिक निधन से वे विक्षिप्त–सी मनःस्थिति में लिखते रहे (उच्छ्वास संग्रह)–

अयि लेखनि, सबके हृदयों से है तेरा कवि,
प्रकट न हों फिर उन पर कैसे तेरे भी सब भाव।
सदय सहृदय आत्मीय जनों से किसका कौन दुराव?
स्नेह लेप ही क्या न पायेंगे, तेरे उर के घाव?

एक बातचीत में मैथिली ने स्वीकार भी किया–'विशेषकर जो घटनाएँ जीवन के लिए बाधक हैं, उन्हीं का प्रभाव अधिक पड़ा है। साधक को घटनाएँ विश्रान्ति देती हैं। क्रान्ति सदैव बाधक घटनाओं के कारण ही हुआ करती है।'

रात में अधजगी पत्नी की असहनीय वेदना देखकर उनके सीने में हौल उठती पर ऐसी विवशता में वे करें तो क्या करें? नीलकण्ठ की तरह निजी दुःख का ज़हर पीते हुए मैथिलीशरण पत्नी की उदास सूरत देखते–देखते सोच में पड़ जाते। इतना दारुण दुःख जिसे व्यक्त करने के लिए शब्द भी चुक जायें। उनका हृदय दुःख के चीत्कार से तड़प उठता–

उठती है कैसी हाय! हूल, मेरे आँगन का एक फूल।

व्यथा में डूबे अन्तस् की दर्द भरी पंक्तियाँ फूट पड़तीं और रात भर सोचते, उठते–बैठते लिखने लगते–

राम, तुम्हारा राज्य कहाँ?
बना जगत जंजाल यहाँ!
मरने लगे अकाल मृत्यु से
विवश हमारे बाल यहाँ।
विष फैला विकराल यहाँ, अरे बालगोपाल कहाँ?

पुत्र सुदर्शन को बड़े होते देखना जैसे जीवन के सबसे सुन्दर सपने को साकार होते देखने जैसा था। उन्हें रह–रहकर सुदर्शन की यादें विचलित कर देतीं। वे बच्चे को सम्बोधित करते हुए मन–ही–मन ढेर सारी बातें करने लगते। बातें करते–करते लिखने लगते। ख़त सुदर्शन के नाम–

मेरे सुदर्शन,

तुम जानते हो, मैं तुम्हारे रहते–रहते ही यह आपबीती कहने लगा था। स्मरण है, दोपहरी में तुम लेटे रहते थे और मैं लिखने बैठता था। परन्तु तुम तुरन्त ही हँसकर आँखें खोल देते थे और लेखनी पकड़ लेते थे। धूर्त कहीं के।

तुम सोचते होगे, इसके लिए तो समय ही समय बचेगा सो जै दिन का मैं हूँ, मुझी से बातें कर लो। यह भी ठीक है। सचमुच मुझे इतना समय है जो काटे नहीं कटता परन्तु–

कैसे बीते, काल बिता देना ही होगा,
जो कुछ देगा दैव, हमें लेना ही होगा।

तथापि इसे सुनने का अवकाश होगा तुम्हें?

तुम जहाँ हो, वहाँ साथियों की कमी नहीं। तुम्हारे बापू का पुरुषोत्तम वहीं हैं तुम्हारे पास, तुम्हारे कक्का का रामेश्वर वहीं हैं, तुम्हारा सहोदर श्रीहर्ष भी वहीं हैं और छोटा सुमन्त्र तो उस दिन तुम्हारे सामने ही गया है।

मैं तुमसे निश्चिन्त हूँ। अब अपनी चिन्ता करूँ?

तुम्हारा
दद्दा
(जन्माष्टमी 1992 संवत्)

मैथिली कितने दर्द से गुज़रकर भी जिजीविषा क़ायम रख पाये। ऊपर से जिया जैसी जीवट महिला कि अन्त तक आशा का दामन नहीं छोड़ा। आठ पुत्रों के बाद जन्मा था ये नौवाँ पुत्र जिसका नाम कविवर सुमित्रानन्दन पन्त जी ने रखा था–उर्मिलाचरण। पुत्र होने पर ख़ुशी हुई मगर तब वे द्वापर ग्रन्थ रच रहे थे। हर बार की तरह जन्मे पुत्र का भविष्य क्या होगा? सोचकर चिन्तित रहते। इसका जीवनकाल कितना होगा? सोचकर ही बेचैनी होने लगती। वे अब इस सम्बन्ध में ज़रा भी नहीं सोचेंगे, ऐसा तय करके ख़ुद को तसल्ली देते परन्तु अन्ततः मन को अतीत की नकारात्मक बातें घेर लेतीं और सुदर्शन की तस्वीर आँखों के सामने तैर जाती। कहीं ये भी उसकी

तरह असमय काल के हाथों लील लिया गया तो? सोचकर वे विरक्त भाव से बच्चे की तरफ़ देखते। अभी भी रह–रहकर सुदर्शन व सुमन्त्र की सूरतें उभर आतीं।

अरे लाल, फिर लाल जुटा जाता है मेरा
यही न्याय है और यही निर्णय है तेरा।
अरे, देख तू यहाँ रही यह तेरी मैया,
रोता था नर–कहाँ गया रे राजा भैया?

पत्नी ने उत्साह भरे मन से मैथिली की गोद में बच्चा थमाते हुए कहा–'सुनो, अब जौ बच्चा हमाव तो है नहीं। कक्की ने जाय मोल लै लव। पइसन सै ख़रीद लव सो जौ अब कक्की कौ मौड़ा है। जा ऊँटनी कौ दूध पीकै पलहै। डराओ नहीं, अब कछू नहीं होयेगौ। हाँ...'

वे एक साँस में बहुत कुछ बोलती रहीं जिसे वे चुपचाप सुनते रहे और अपने काम में लगे हुए ऐसे सुन रहे थे कि ये बातें उनके पुत्र की नहीं, बल्कि किसी और की हो रही हों। औरतें कितनी छोटी–छोटी बातों में बहल जाती हैं, कितनी अबोध और सरल हृदया हैं ये। जो जीवन से भरी हैं और उतनी ही उम्मींदों से भरी बातें कर रहीं हैं, इतनी सन्तानों को खो देने के बावजूद बच्चे के प्रति वही ललक, वही तृष्णा और वैसा ही लगाव।

थोड़ी देर सोचते रहने के बाद आहिस्ते से बोले–'देखो सरजू, ध्यान से हमारी बात सुनना। तुमाई कई सन्तानै हुईं। एक–एक करकै काल का निवाला बनती रहीं। तुम हम दुःखी रहते। अब जौ 'द्वापर' किताब हम पूरी कर चुके। तुम जैसी दुखियारी माँ की गोद में रखी जा किताब...द्वापर।'

कहते हुए उन्होंने किताब उनकी गोद में रख दी। फिर ऐसे प्यार से समझाने लगे जैसे किसी बच्चे को धीरे–से समझा रहे हों– 'हो सके, तो इसे ही पुत्र के रूप में समझ लेना। देखो, सवाल–जवाब मत करो। तुम तो जानती कै देवकी की सन्तानन खों क्रूर कंस मार देत तौ, वे दुःखी रहत ती। तुमाई दशा उन दिनन की देवकी जैसी दीन–हीन सी हो गयी। वही भाव ध्यान में रखकै हमने ऐसा लिखा है, सुनो–

कर्म विपाक–कंस की मारी दीन देवकी–सी चिरकाल,
लो अबोध अन्तःपुरि मेरी, अमर यही माई का लाल।

'सुनो, अब यह कृति अमर रहेगी, बाक़ी कौन कितने दिन ज़िन्दा रहेगा या नहीं, इन सब बातों के बारे में हम कुछ नहीं जानते। न ही जानना चाहते हैं और न ज़्यादा सोचना चाहते हैं। हमारे हाथ में तो बस कर्म करना है, फल देना ऊपर वाले के हाथ।' खड़ी बोली में अपनी बात कहकर वे जिया की तरफ़ लगाव से देखने लगे।

पत्नी ने उमड़ते आँसुओं को धोती के छोर से पोंछकर गोद में रखी उस किताब को माथे से ऐसे पवित्र भाव से छुवा लिया जैसे पावन प्रभु की तस्वीर हो। फिर टुकुर–टुकुर पति की तरफ़ नेह से देखने लगीं। थोड़ा ठहरकर बोलीं–'जा बच्चा से कौनऊ लाड़–प्यार नहीं करत आप? कटे कटे से रहत आप। जासै कौनऊ ममता नहीं उपज रई?'

'देखो सरजू, हमसै जाके बारे में ज्यादा बातें न करो। हम दोऊ जने पूरे आठ–नौ सालों से इतेक बार उम्मीदों को नाउम्मीदों में बदलते देख चुके हैं कि अब आशा–निराशा के भँवर में बार–बार फँसकर फिर से मरकर जीने या रह–रहकर तड़पने की इच्छा नईं बची। हमाव मन तो शब्दों की दुनिया में रमत। प्रभु ने हमाई साँसें जई लेखन के लानै दईं। जब तक साँसें हैं, तब तक लिखबौ जिन्दा रैहै और जई के सहारै हम भी तभई तक जी पैहैं। बच्चन के लानै अपनौ कर्तव्य निभाहैं मगर कौनऊ उम्मीदें मत बाँधियो। कभऊ नईं। कौनऊ सपनौ भी नईं देखहैं।' कहकर वे तेज़ी से निकुंज से निकलकर अपने कुएँ के पास बने अहाते में चले गये जहाँ बने झूले पर बैठकर वे जीवन जगत के शाश्वत सवालों से जूझते रहते थे। धीरे–धीरे रात गहरे रंग भरने लगी। तभी घर के सेवक ने आकर कहा–'दद्दा, दूर से कोई मिलने आये हैं आपसे। उनका नाम है जैनेन्द्र जी' सुनते ही मैथिली उत्साहित मन से तेज़ क़दम बढ़ाते हुए जैनेन्द्र जी से मिलने चल दिये।

नीम के पेड़ पर पड़े हुए झूले में छोटी पटरी पर बैठे दुबले–पतले अधेड़....मैली सी बण्डी पहने झूलते और तिस पर धोती ऐसी जैसे कृपापूर्वक उसे घुटने से ज़रा नीचे तक ले जाने की इजाज़त मिली हो,

बस मिनट भर तक वे उन्हें ध्यान से देखते रहे स्तब्ध! जैसे किसी मूर्ति को देख रहे हों। झूले वाले मैथिलीशरण और उनके अनुज ने क्षण भर में जैनेन्द्र कुमार को आत्मीयता से घेर लिया। जैनेन्द्र कुमार ने बाद में लिखा भी—'लिबास मोटा, देहाती और कुढंगा। सज्जा यदि कहूँ तो तदनुकूल और आधुनिकता के प्रतिकूल। सिर पर बुन्देलखण्डी पगड़ी, घुटने तक गया कुर्ता और लगभग घुटने तक रहने वाली धोती। बाल इतने छोटे कि उन्हें चाहकर भी सँवारा न जा सके। शरीर कृश और श्यामल।'

लपककर वे दोनों गले मिले और फिर देर तक साहित्य व साहित्येतर बातें करते रहे। जैनेन्द्र जी ने लक्षित किया कि मशीनों व कलपुर्ज़ों की मैथिलीशरण को अच्छी जानकारी है। बहुत कुछ उन्हें अनायास सिद्ध है। वह भीड़ के आदमी नहीं। भीड़ में वह अकेले हैं।

मैथिलीशरण और महादेवी वर्मा का भाई–बहन का अहैतुक स्नेह का निर्वाह सभी परिजन बड़े आदर से करते रहे। महादेवी उन्हें राखी बाँधने हर साल आती रहीं। महादेवी ने लिखा भी—'आज मुझे याद आता है और कभी आँखें भर आती हैं कि लिखने में कितनी सादगी थी उनके। एक छप्पर से छाया हुआ कमरा, उसमें एक चबूतरा, चटाई पर बैठते और दीवार से टिकी हुए कई स्लेटें रखी रहतीं। जब मैंने पहले देखा तो मैंने कहा—"दद्दा, क्या बच्चे पढ़ने आते हैं?" दद्दा ने कहा—'अरे दीदी, तुम क्या कहती हो? बच्चे नहीं पढ़ते, हम लिखते हैं। बस लिखते हैं स्लेट पर और जो मन में आता है, मिटाने को मिटा देते हैं। जब भर जाती है दोनों तरफ़ से तो बड़े भैया (अजमेरी या सियाराम) से कहते हैं—लिख डालो। तो कितना काग़ज़ बचता है?'

मैंने कहा—'काग़ज़ बचाने का ऐसा ढंग हमने कभी नहीं देखा। हम लोग क़ीमती पेन रखते हैं। क़ीमती काग़ज़ चाहते हैं, कुर्सी मेज़ चाहते हैं और न जाने क्या क्या चाहते हैं और लिखते कुछ नहीं। हमारे दिमाग़ में कुछ नहीं लिखने को है लेकिन साज–सज्जां तो हम चाहते हैं।'

इतनी सादगी देखकर महादेवी दंग रह गयी थीं। मैथिलीशरण कभी चारपाई पर बैठते तो कभी पीढ़े पर बैठकर उनसे राखी बँधवाते। ऐसे निश्छल नेह और आत्मीयता की मिसाल मिलना मुश्किल है। इसी तरह का पूरा भरोसा और अनुराग उनका अनुज सियारामशरण के प्रति भी अन्त समय तक बना रहा।

विगत समय की पटरियों पर लौटते हुए मैथिलीशरण को किशोरवय की घटना याद आने लगी जब उनके पिताजी ने उनकी शादी के बाद उन्हें आयुर्वेद की शिक्षा दिये जाने की व्यवस्था की ताकि उनकी गृहस्थी ठीक से चलती रहे। कुछ महीने में उन्होंने आधा माधव निदान कण्ठस्थ कर लिया मगर फिर जंजाल से भाग निकले थे।

बचपन का वह क़िस्सा भी अक्सर मैथिलीशरण को याद आ जाता। जाड़े के दिनों में अहाते में एक बड़ा–सा अलाव जलाने की परम्परा बुन्देलखण्ड में आज भी प्रचलित है। सुबह–शाम उसके आसपास बोरियाँ बिछाकर छोटे–बड़े सभी बैठते, हुक्का चलता रहता और इसी समय दुनिया भर की गप्पें। बच्चे भी बड़ों की बातें सुनने की उत्सुकता लिए वहीं घण्टों जमे रहते। कभी शकरकन्द, तो कभी आलू को उसी बोरसी में दबा दिया जाता तो कभी मक्के भूने जाते। एक दिन आग फूँकते समय किसी मातहत के कपड़े में आग की चिनगारी बैठ गयी। थोड़ी ही देर में चीख–चिल्लाहट मच गयी। आग तो वैसे ही तेज़ी से फैलती है सो जलता कपड़ा देखकर झटपट किसी ने कपड़े को हाथों से मसलकर बुझा दिया, मगर उस सेवक की जलने की तड़प और वेदना को मैथिली बिसरा नहीं सके।

मैथिली को कौतूहल सूझा, क्यों न वे भी ऐसा कठिन काम करके ख़ुद उस वेदना का अनुभव करें? सोचते–सोचते रात में देर से नींद आयी। सवेरे जल्दी ही आँख खुल गयी। आसपास अँधेरा छाया था। वे दबे पाँव चौके की तरफ़ गये जहाँ दीया जल रहा था और आसपास कोई और न था। बस, उन्होंने झटपट अपनी बुद्धि दौड़ायी और अगले ही पल अपने रुई भरे अंगरखे का पल्ला उठाकर दीये

से उसी तरह छुला लिया जैसे नया कपड़ा पहनते समय तुलसी के पौधे को छुआते हैं। भक से अंगरखा जल उठा, भड़क उठी तेज़ लौ देखकर मैथिली ने उसे हाथों से बुझाना चाहा पर उनकी नन्ही हथेलियों से नहीं बुझ पाया। अचानक आग की गर्मी और तपिश से वे झुलसने लगे तो घबराये और गला फाड़कर ज़ोर से चिल्लाये–'आग लग गयी है, छू गयी हमें, हम जल रय...'

वैसी वेदना, वैसी तड़प का अहसास बालक को उसी पल हुआ। लोग डर और घबराहट के मारे सिहर उठे। यह सौभाग्य की बात थी कि उसी दिन झाँसी से चाचा को देखने वैद्य जी आये हुए थे सो उन्हें तुरन्त बुलवाया गया। घाव भरने में तीन–चार महीने लग गये मगर वेदना का वो पीड़ादायक अनुभव पहली बार महसूसा उस किशोर मैथिली ने। उन्हें क्या पता था कि भविष्य में ऐसी अनगिनत तकलीफ़ें उनकी झोली में आने वाली हैं।

1919 के बाद। जब जलियाँवाला बाग काण्ड घटित हो चुका था। देश–भर में गाँधी की आँधी चल पड़ी तो चिरगाँव भला कैसे अछूता रहता। चिरगाँव व आसपास के जोशीले देशप्रेमी नवयुवकों ने स्टेशन से कुछ दूर रेल लाइनों को उखाड़ फेंका। तमाम तार काट डाले। पुलिस की धर–पकड़ हुई और कुछ घण्टे बाद सीधे दनदनाते हुए पुलिस मैथिलीशरण की बखरी में जा धमकी। बाद में कचहरी में पेशी हुई और उन्हें छोड़ दिया गया।

बाहर से अक्सर किसी–न–किसी विद्वान, राजनेता एवं साहित्यकार का चिरगाँव आना–जाना लगा रहता। इसी तरह 1915 में बम्बई से लौटते हुए गणेश शंकर विद्यार्थी चिरगाँव आये। उनके साथ मुंशी अजमेरी की गम्भीर बातें और उनकी गायकी के क़िस्से। मौक़ा मिलते ही वे सब बेतवा नदी के किनारे टहलने निकल जाते और फिर चिरगाँव से 15 किलोमीटर दूर पारीछा घूमने निकल जाते। बातचीत में हास–परिहास चलता रहता और उनके साथ मैथिलीशरण खुलकर हँसते। देर रात तक सभी मित्र साहित्यिक व राजनीतिक विषयों पर गूढ़ गम्भीर चिन्तन–मनन करते।

गाँव/देहात में सभाएँ होतीं और मैथिलीशरण अपने अनुजों समेत भाषण देने ज़रूर जाते। आसपास की ऐसी यात्राएँ अक्सर साइकिलों पर होतीं। हालाँकि वे सक्रिय राजनीति से जुड़े नहीं मगर आचरण व लेखन से वे गाँधीवादी रहे। देश की राजनीति में अंग्रेज़ी सत्ता के खिलाफ़ व्यक्तिगत सत्याग्रह शुरू हो गये। विदेशी सत्ता के एकपक्षीय क़ानूनों का विरोध करने हेतु देश के नवयुवक एकजुट होकर आन्दोलन छेड़ने के लिए कटिबद्ध हो चुके थे।

1915 से 1921 तक मैथिलीशरण की प्रकाशित कृतियों की संख्या 15 तक पहुँच गयी। 1921 में मैथिलीशरण की सरस्वती में प्रकाशित कविता बाल गंगाधर तिलक पर लिखी हुई थी। तिलक के निधन के बाद महात्मा गाँधी देश के राजनीतिक परिदृश्य पर आज़ादी आन्दोलन के अगुवा बनकर उभरे। मैथिलीशरण भारतीय ग्राम्य मूल्यों के विशाल फलक पर खड़ी बोली में रचनाएँ रचते रहे।

जुलाई 1918 में प्रताप ट्रस्ट में मैथिलीशरण ट्रस्टी बनाये गये और प्रताप के रास्ते ही वे गाँधी जी तक पहुँचे। अजीब संयोग घटित होते हैं। इधर 1936 में मैथिलीशरण ने जीवन के 50 साल पूरे किये, उसी समय प्रताप कार्यालय में बैठे बालकृष्ण शर्मा 'नवीन' ने उनकी उम्र पूछी–'पचास वर्ष?'

'तो स्वर्ण जयन्ती क्यों नहीं? ज़रूर मनायी जायेगी।'

तुरत–फुरत समूचा देश स्वर्ण जयन्ती मनाने के लिए पूरे जोशोखरोश के साथ तत्पर हो गया। चिरगाँव में स्वर्ण जयन्ती की योजना श्री नवीन जी तो गरौठा में श्री कृष्णा नन्द गुप्त ने सँभाली, उधर सुधीन्द्र वर्मा झाँसी में सक्रिय हो गये। हिन्दी साहित्य सम्मेलन, नागरी प्रचारिणी सभा समेत हिन्दी की सभी संस्थाएँ एकजुट होकर पूरे उत्साह से इस महती काम के लिए सचेष्ट हो गयीं। अभिनन्दन का शुभारम्भ करते हुए महाकवि जयशंकर प्रसाद ने अपना नवीनतम कहानी संग्रह 'इन्द्रजाल' को मैथिलीशरण गुप्त को समर्पित किया–'अपने इन्द्रजाल में मेरा समर्थन स्वीकार करो।

मैं प्रसन्नता से अपने सुँघनी साहू की चिलम चिरकाल तक भरता रहूँगा परन्तु सुलगने में एक फूँक मुझे मिलती रहेगी। और क्या चाहिए?'

ऐसी ख़ुशी के अवसर पर एक और विलक्षण ख़ुशी मैथिलीशरण को मिली, उन्हें पुत्ररत्न की प्राप्ति हुई। समूचा चिरगाँव इस ख़ुशी का उत्सव मनाने के लिए उत्सुक हो उठा। चारों तरफ़ शंख ध्वनियाँ बज उठीं और उतने ही हाथ प्रभु के सामने प्रार्थना में भी जुड़ते गये। जितने लोग, उतनी बातें चल पड़ीं। चिरगाँव में ढोल–नगाड़े बज उठे।

ये सचमुच ऐतिहासिक पल था जिसकी आवाज़ की खनक से जिया समेत सभी महिलाएँ, सभी परिजन एवं सभी गाँववासी ख़ुशियाँ मनाने लगे। मैथिलीशरण ज़रूर निरासक्त भाव से आसमान की तरफ़ देखते हुए सन्त स्वर में बोले–'ऐसे मौक़े पर ख़ुश होऊँ या मौन, मुझे तो जीवन में अपनी मेहनत व अपनी लेखनी का ही सुख मिलता रहा। बाक़ी बातों के प्रति मन सचमुच विरागी हो गया।'

चिरगाँव में 21 जुलाई 1936 को स्वर्ण जयन्ती मनायी गयी। नवीन जी, दुलारेलाल भार्गव समेत दर्जनों साहित्यकार, मनीषी मौजूद रहे। अपने अनुज चारुशीलाशरण के हाथ के कते हुए सूत की पोशाक पहनकर वे सहज भाव से पूरे नगरवासियों से हाथ जोड़कर मिले।

अनुगृहीत मैं यद्यपि अब भी, करना है थोड़ा पथ धार,
दिन ढल गया, न दौड़ गिरूँ मैं, रहे आप सबका आभार।

काशी की नागरी प्रचारिणी सभा ने भी स्वर्ण जयन्ती का आयोजन किया जिसके लिए विशेष अधिवेशन में मैथिलीशरण की दीर्घायु की कामना की गयी। निराला जी ने इस सभा में भाषण देते हुए कहा कि गुप्त जी प्राचीन होते हुए भी नवीन हैं। प्रयाग के अंग्रेज़ी अख़बार 'लीडर' में शुभाशंसा व्यक्त की गयी। काशी नगरी में निजी कार्यवश जब मैथिलीशरण पधारे तो 23 अगस्त 1936 को काशी साहित्य मण्डल की ओर से एक सभा का आयोजन किया गया जिसमें नगर के सुधीजन, छात्र, अध्यापक, पत्रकार और नगरवासी मुँडेरों, छतों और सीढ़ियों तक बैठे हुए थे। सभा के सभापति थे जाने--माने आलोचक रामचन्द्र शुक्ल और शामिल मनीषी विद्वान थे–रायकृष्ण दास, रामचन्द्र वर्मा,

बाबूराव विष्णु पराड़कर, शान्तिप्रिय द्विवेदी, सीताराम चतुर्वेदी, प्रो. रामबहोरी शुक्ल व श्री ब्रजरतन दास आदि। काशी की 'तुलसी मीमांसा परिषद्' की ओर से 'मैथिलि काव्य मान ग्रन्थ' प्रस्तुत करने स्वयं महात्मा गाँधी 1936 में काशी पधारे।

वैसे तो काशी में रायकृष्णदास जी का रामघाट वाला 'शान्ति कुटीर' मैथिलीशरण का दूसरा घर था जहाँ वे अक्सर आते–जाते और कई दिनों तक ठहरते थे। काशी में जयशंकर प्रसाद और मालवीय जी भी शामिल थे। 26 अक्टूबर 1936 को जब महात्मा गाँधी पण्डाल में पधारे तब मैथिलीशरण की जय–जयकार में प्रशस्ति के रंग भी घुलते चले गये। महात्मा गाँधी ने गुप्त जी के माथे पर चन्दन और अक्षत छिड़ककर आशीर्वाद दिया और बोलने लगे–

'वे राष्ट्र के कवि हैं। जैसे मैं राष्ट्र के बनाने से महात्मा बन गया हूँ पर मैथिलीशरण जी स्वयं इस बात को अच्छी तरह जानते हैं कि महाकवि बहुत बड़ा होता है। महाकवि का सम्मान इतना सस्ता नहीं होता है। बगल में तुलसी घाट है। वहाँ एक महाकवि रहते थे। जब वे जीवित थे, उनकी जयन्ती नहीं मनाई गयी। केवल साधकों ने उन्हें पहचाना। धीरे–धीरे उनकी महत्ता ने देश का कल्याण किया। उत्सव और समारोह का मैं एक अर्थ समझता हूँ कि लोग इकट्ठा होकर संकल्प करते हैं कि जो सेवाएँ हुई हैं–उनका गुणानुवाद करना चाहिए और भविष्य में हम ऐसी सेवाएँ करने का प्रयत्न करें। इस दृष्टि से मैथिलीशरण का अभिनन्दित होना हमारे राष्ट्रीय जीवन का शुभ लक्षण है। हमारी राष्ट्रभाषा का सम्मान है। यह व्यक्तिगत सम्मान का प्रश्न नहीं है। वे सही मायने में राष्ट्रकवि हैं।'

इसी समारोह में गाँधी जी के वक्तव्य से मैथिलीशरण गुप्त को राष्ट्रकवि के मान से अभिहित किया गया। बाद में देर तक गोष्ठी चली और ख़ूब देर तक कवि–सम्मेलन भी चला जिसमें अस्वस्थता के बावजूद जयशंकर प्रसाद शामिल हुए। उस दिन मैथिलीशरण गुप्त ने डेढ़ घण्टे तक काव्यपाठ किया। उनके बाद कई कवि और आये। एक अवसर पर उन्होंने लिखा–'अन्ततः बाह्य परिस्थितियों ने नहीं,

अन्तः परिस्थितियों ने ही मेरी सच्ची सहायता की। सच पूछिए तो विद्या बुद्धि के अभाव में मेरी अनुभूतियों ने ही मुझे ठोंक–पीटकर कविराज बना दिया। स्वयं कविता ने मेरे लिए इतना किया कि उसने मेरे शोक को भी रस में, आनन्द में परिणत कर दिया।'

तभी समर्थ भाव है कि तारता हुआ तरे,
वही मनुष्य है कि जो मनुष्य के लिए मरे।

एक बार रायकृष्णदास अपने पुत्र आनन्द कृष्ण के साथ चिरगाँव में ठहरे हुए थे। गुप्त जी अपनी गद्दी पर बैठे पेशंस खेल रहे थे। उनके निकट की गद्दी पर सियारामशरण गुप्त अपने पत्ते बिछा लेते थे। वहीं पर आनन्द, वैदेहीशरण (उनके भतीजे), रायकृष्णदास और एकाध सज्जन ब्रिज खेला करते। शोर मचाते हुए हो–हल्ला होने लगता। बीच–बीच में सियारामशरण जी आकर कहने लगे–'हमें भी ब्रिज खेलना सिखा दो।'

निजी जीवन में बेहद व्यवहारकुशल और मितव्ययी भी थे। उनके अहाते में आटा पीसने की चक्की लगी हुई थी जिसमें चिरगाँव के लोग गेहूँ पिसवाते। गरम हो जाने पर आटा बढ़ जाता यानी प्रति सेर आटा पर कुछ बचत। मैथिलीशरण के बड़े भतीजे सारी पर्चियाँ देखते कि कितना आटा पिसा और इस हिसाब से बचा आटा ठीक है या नहीं। मैथिलीशरण कभी–कभार वहीं खड़े रहते। बड़ा विरोधाभासी और विचित्र लगता उनका यह व्यवहार। कहाँ साकेत जैसे महाकाव्य के रचयिता तो कहाँ यह पर्चियों की हिसाबी–किताबी वणिक वृत्ति। इसी तरह बच्चों की आइसक्रीम की चुस्कियों का हिसाब रखते कि बेचने वाला कितना ले गया या कितनी बिकीं या कितनी बचीं। अक्षय कुमार जैन ने तो लिखा भी–'उस दिन सायंकालीन दरबार में मितव्ययता पर चर्चा चल पड़ी–यह तो याद नहीं किन्तु जब भीड़ छँट गयी और हम दो–तीन व्यक्ति रह गये तो मैंने कहा, 'दद्दा, लोगों ने आपका नाम ही इस किफ़ायतकारी के कारण थोड़ा बदल दिया है।'

उन्होंने उत्सुकता से पूछा–मैं–थैलीशरण 'क्या?' तो मैंने दबी ज़ुबान से कहा 'मैथिलीशरण की बजाय वे मैथैलीशरण कहने लगे हैं।'

सुनकर उन्होंने सुपरिचित अट्टहास किया जिसके लिए वे सदैव याद किये जाते हैं। मुझ युवक पर उनको न क्रोध आया, न नाराज़गी हुई। उनके निर्मल हृदय में ममता और करुणा का अजस्र स्रोत बहता।'

मैथिलीशरण बाँग्ला भाषा को बहुत अच्छी तरह समझते जानते थे। 'मधुप' उपनाम से उन्होंने नवीनचन्द्र के 'पलासी का युद्ध' और मधुसूदन दत्त के 'विरहिणी बृजांगना' व 'मेघनाद वध' का अनुवाद किया था। उनके पूजाघर में रवीन्द्रनाथ टैगोर की रचनावली रखी रहती थी।

उनकी बखरी तक पहुँचने का बड़ा–सा फाटक अमूमन बन्द रहता था। गेट पर लगी खिड़की के सहारे लोगों की आवाजाही होती रहती। अक्सर कोई–न–कोई विद्वान उनके यहाँ आता–जाता जिस पर वे बड़े चाव से अपना मशीनरी प्रेम ज़रूर ज़ाहिर करते। उनकी दिलचस्पी नयी मशीन या नयी तरह के कलपुर्जों में ख़ूब रहती। चिरगाँव में साहित्य सदन प्रेस लग जाने से वे बड़े उत्साह से आगन्तुकों को वहाँ ले जाते और संयन्त्रों से जुड़ी एक–एक ख़ूबी को विस्तार से समझाते रहते। एक बार अज्ञेय जी उनके आवास चिरगाँव गये जिसे उन्होंने अपने संस्मरण में लिखा–'मेरे चिरगाँव पहुँचते ही उनका सबसे पहले यही आदेश हुआ कि मैं चलकर मशीन देखूँ। चाबी मँगाकर प्रेस खुलवाया गया और सवेरे के धुँधलके प्रकाश में हम लोग मशीन देखने गये। मशीन जमा तो दी गयी थी लेकिन अभी चलती नहीं थी। उसके लायक कोई काम नहीं था क्योंकि जैसाकि दद्दा ने बताया, वह मशीन तीन लाख फार्म छाप सकती थी और साहित्य सदन का पूरे साल का भी इतना काम नहीं होता था और सात मशीनें वहाँ पहले से मौजूद थीं। मशीन का एक–एक पुर्जा दिखाने के दद्दा के उत्साह पर कुछ पानी फिर गया क्योंकि मशीन कुछ दिनों से बेकार पड़ी होने के कारण एक बिल्ली ने सिलिंडर की ओर के झुटपुटे में बच्चे दे दिये और ऑडर भी अभी वहीं पड़ी थी। दद्दा मुझे हाथ पकड़कर बाहर खींच लाये और आदेश दिया कि प्रेस की सफ़ाई करवा दी जाये और इसके बाद फिर मशीन के गुण बखानने लगे।'

वे बड़े उत्साह से अपनी फाउंड्री भी दिखाने ले गये। उनके प्रेस का सारा टाइप वहीं ढलता था। बिजली की कमी थी इसलिए एक जेनरेटर भी घर ही में लगाया गया था। जिन दिनों फाउंड्री चलती थी, उन दिनों उसी से पैदा की गयी बिजली के सहारे भट्ठी गरमाकर सीसा पिघलाया जाता था। जिन दिनों छपाई का काम होता था, उन दिनों उसी के सहारे प्रेस की दो–एक मशीनें चला ली जातीं। (तीन लाख फार्म दिन में छापने वाली मशीन बाद में वर्ष में चार–चार दिन चलायी जाने लगी–प्रेस को कुछ सरकारी फार्म छापने का ठेका मिला था, ऐसा सुनने में आया।)

सचमुच, उनके अन्दर यन्त्रों या मशीनरी के प्रति ग़ज़ब का आकर्षण और कौतूहल का भाव रहता। गाड़ी हो या नये ढंग की क़लम या कोई भी मशीन, उसे संग्रह करने की प्रवृत्ति उनमें बहुत थी। जल्दी ही उन्होंने मोटरगाड़ी ख़रीद ली थी। बेशक उन्हें मेहमानों को खिलाने का भी बहुत शौक़ था और इसके लिए वे दूर से आये मेहमानों को बेतवा के पास पारीछा पिकनिक मनाने ले जाते जहाँ दाल–बाटी चलती। उनकी रुचियाँ सादा थीं और बुन्देलखण्डी भोजन उन्हें बहुत पसन्द था जिसमें भुने हुए बैंगन, मिर्च का अचार, सूखे आँवले की आँवरिया, फलों में अमरूद और बेर। एक और विशेषता उनके खाने की थी–बासी पूड़ियाँ खाना। चिरगाँव में जब भी पूड़ी बनती, वे बैठक से ही आवाज़ देने लगते–सुनो, कल के लिए पहले से चार–छह पूड़ी अलग रखवा देना जिसे वे अगली सुबह खाते। एक दिन अज्ञेय जी उनसे हँसी–हँसी में पूछ बैठे–'आप सामने बनती गर्म ताज़ा पूड़ी छोड़कर बासी पूड़ी ही क्यों खाना चाहते हैं?' सकल पदारथ एही जग माहीं...वाली बात जोड़ना चाहते मगर लिहाज करके रह गये। सुनकर वे मुस्कुराये और बोले–'आप ठीक कहते हैं लेकिन मुझे बासी पूड़ी के बराबर कोई स्वाद नहीं जान पड़ता।' सुनते ही अज्ञेय जी हँस पड़े तो वे ज़ोर देकर बोले–'आपसे सच्ची बात बतायें, बासी पूड़ी का नाम सुनकर ही शरीर में रोमांच हो आता है।' कहते हुए एकाएक उन्होंने कुर्ते की

आस्तीन ऊपर चढ़ाते हुए कहा–'देखिए, देखिए, यक़ीन न हो तो।' कहते हुए अभी रोमांच हो आया।

अपनी सरल सामान्य भोजन रुचियों के बावजूद मैथिलीशरण किसी भी दावत खाकर आने वाले से हर खिलायी गयी चीज़ का ब्यौरा ऐसे पूछते गोया वे ख़ुद दावत खाने का रस ले रहे हों। वैसे जिया उनके खाने–पीने का अच्छी तरह ख़याल रखतीं। उनकी अबोधता और अपने रचे हुए के ज़िन्दा बने रहने का आश्वासन ही उनकी जिजीविषा को बचाये–बनाये रखता मगर बड़े होते पुत्र उर्मिलाचरण को जिया ने अपने अति–लाड़–प्यार में बिगाड़ लिया सो वे उन्हें उतने अनुशासन में नहीं रख पाये। मैथिलीशरण ने पूरी कोशिश की कि पुत्र उनके मनोनुकूल शिक्षा ग्रहण करके ऊँचाइयों का संस्पर्श करे मगर कई पुत्रों के बिछोह के चलते वे बहुत कड़ाई नहीं बरत पा रहे थे। किशोर उर्मिलाचरण की शिक्षा–दीक्षा के लिए कुशल शिक्षक भागवत प्रसाद मिश्र जी आया करते। शिक्षक नियम से पढ़ाने आते मगर उनमें उन्हें पटु शिष्य के गुण नहीं मिलते। वे अक्सर आशंकित रहते–कहीं दद्दा ये न समझ लें कि वही ठीक से नहीं पढ़ा रहे। उर्मिलाचरण की बालसुलभ चपलताएँ (अल्हड़ताएँ) दिनोंदिन बढ़ती जा रही थीं। मिश्र जी को यह भी डर रहता कि ये तो हमें अपना सबसे बड़ा हितैषी समझकर पढ़वाते हैं और वही इकलौता पुत्र पढ़ाई में उतना सफल न हो पाये तो कहीं उनके ऊपर इसका लांछन न लग जाये, सोचकर मिश्र जी ने एक दिन सहज भाव से सियारामशरण जी के सामने दद्दा से कहा–'दद्दाजी, ये हमारा कहना नहीं मानते और सबक याद करके लिखने के लिए बोलते हैं, वह भी ठीक से याद नहीं कर पाते। कहाँ आपकी उच्चस्तरीय प्रतिष्ठा? कहाँ इनकी ऐसी लापरवाहियाँ?' आगे कुछ और कहने से उन्होंने ख़ुद को सायास रोक लिया।

'हूँ...' एक लम्बी साँस लेकर बोले–'भैया, वो तो है ही। कुछ उनके पिता पढ़े हैं और कुछ अब वह पढ़ेंगे। आप जैसे शुभचिन्तक के होते हुए यदि वह नहीं पढ़ते तो यह उनका दुर्भाग्य है और क्या कहें?' सोचते हुए कभी मैथिली विगत को याद करने लगते तो कभी

पुत्र के वर्तमान को याद करके उदास होने लगे। कितनी जगहों पर कोशिशें करके देख लीं, कहाँ–कहाँ नामांकन करवाया मगर इनका पढ़ने में मन लगता ही नहीं। चिन्तित रहते मैथिलीशरण।

अपनी बात कहकर मिश्र जी मौन हो गये। इतना सब साफ़ शब्दों में बताना उन्होंने अपना फ़र्ज़ समझा। भारमुक्त होकर अपने घर चले गये। कुछ दिनों बाद दुबारा चिरगाँव जाने का मौक़ा मिला तो घर के बाहर ही दद्दा के भतीजे वैदेहीशरण मिल गये। देखते ही फट से बोल पड़े–'मास्साब मिश्र जी, आपको दद्दा से ऐसा वैसा नहीं बोलना चाहिए था उस दिन...'

'क्या? कैसा क्या–क्या? क्या हुआ?' वे आँखें फाड़े उसे देखते रहे। 'मेरी कुछ समझ में नहीं आ रहा। साफ़–साफ़ बोलिए न?' कुछ हतप्रभ, कुछ अकबकाये से मिश्रजी ने ख़ुद को अपमानित–सा महसूस किया। ऐसा क्या हो गया उनसे? कौन–सा अपराध हो गया अनजाने में कि सब नाराज़ से लग रहे हैं।

'हाँ, सच्ची में, आपसे बहुत बड़ी ग़लती हो गयी मास्साब...' उन्होंने उसी तर्ज़ पर पलटवार किया, तनिक ऊँची आवाज़ में। मिश्र जी कुछ देर उनकी तरफ़ देखते रहे। चुपचाप जैसे वाक़ई अनजाने में कुछ अनचाहा अघटनीय घट गया हो। भय, आशंका और अप्रिय होने से परेशान मिश्र जी की बाँह पकड़कर वे एक कोने में ले गये और धीरे–से बोले–'आपको पता है? जिस दिन दद्दा से आपने उर्मिल को लेकर कुछ कहा है, तभी से दद्दा उनसे बहुत नाराज़ हैं। उर्मिल से बोलना तक छोड़ दिया उन्होंने। सच्ची कै रय, तभई से दद्दा बहुत परेशान, दुःखी और हताश हैं।'

'अरे, ओफ़्फ़ो, ऐसा कैसे क्यूँकर हो गया हमसे?' सुनकर वे सन्न रह गये। काटो तो ख़ून नहीं। ऐसी अप्रिय घटना के बारे में तो वे सोच ही नहीं सकते थे। अनजाने में कितनी बड़ी भारी चूक हो गयी उनसे। 14 साल के अध्यापन काल में वे कई माता–पिता से मिलते रहे। कितनी तरह के माँ–बाप मिलते, कुछ साहित्यिक, राजनीतिक या व्यापारी वर्ग के होते, मगर ऐसी घटना सर्वथा अप्रत्याशित थी उनके लिए।

दद्दा के मन पर गहरी चोट पहुँची जिसे अनजाने में उन्होंने पहुँचाया, सोचकर अपराध बोध से घिर गये मिश्र जी। क्या गुरु में शिष्य को पढ़ाने की क्षमता नहीं थी? अगर थी तो शिकायत क्यों की हमने? सोचते ही भावुक मन ग्लानि से भर गया। मिश्र जी दुःखी मन से दद्दा के सामने गये और प्रणाम करके चुपचाप नीचे गर्दन नवाये ज़मीन पर पड़ी दरी पर बैठ गये। अपने आप ही वे बोल पड़े–'आइए मिश्र जी, सब कुशल–मंगल तो है?'

मैथिलीशरण की आवाज़ में कहीं कोई क्रोध, रंज, उदासी, अफ़सोस या तिरस्कार जैसा भाव नज़र नहीं आया उन्हें। शर्म–संकोच के मारे आँखें नीची किये रहे। मिश्र जी की आत्मा उन्हें लगातार धिक्कार रही थी–ये सब क्या कर दिया तुमने? उन्हें दुःखी करने का क्या हक़ था तुम्हें? इतने बड़े प्रतिष्ठित कवि हृदय को आघात पहुँचाया तुमने, क्यों, कैसे हो समाधान? मगर सचमुच, इसमें उनका कोई स्वार्थ नहीं था बल्कि बच्चे का हित था। उन्हें चुप देखकर मैथिलीशरण ख़ुद ही बोल पड़े–'और मिश्र जी, कोई नया समाचार? घर पर सब ठीक–ठाक तो है न?'

'दद्दा, अब तो उर्मिलाचरण ठीक से पढ़ रहा है न? वैसे वो मन लगाकर पढ़ता है, अभी बच्चा है, बचपना है। ये उम्र ही ऐसी होती है। बड़ा होकर बहुत ही गम्भीर और शान्त लड़का निकलेगा। उसके इस बदलाव को देखकर मैं बहुत ख़ुश हूँ। भरोसा करना मुझ पर। दद्दा, आप इतने चुप क्यों हैं?'

सुनकर वे कुछ नहीं बोले। चुपचाप ताश खेलते रहे। उनके मुख पर एक तल्ख़ी–सी उभरी मगर तुरन्त वे हल्के से मुस्करा दिये। मिश्र जी कभी उनको देखते तो कभी उनके घर को तो कभी ख़ुद को। एकदम शान्त, निःशब्द देखते रहे वे दद्दा को, देर तक, ऐसे जैसे कुछ पढ़ रहे हों। भावों को एक–दूसरे की आँखों में पढ़ना बहुत मुश्किल नहीं था उनके लिए, एक कवि एक रचयिता के लिए जिसे एक, दूसरे या तीसरे किरदार के भीतर उतरने की कला आती हो।

एक नयी कोंपल देखी है अभी-अभी

'वह शक्ति हमें दो दयानिधे, कर्तव्यमार्ग पर बढ़ जावें...'

माधोगढ़ गाँव में बनी कन्या पाठशाला में पढ़ती लड़कियाँ एक धुन में ऊँची टेक में प्रार्थना गा रही थीं।

छोटी–सी पाठशाला में अन्दर बना खुला प्रांगण, 3 खुले हवादार कमरे और बड़ा–सा दालान जहाँ हर शनिवार की सभा में स्वरचित कविताएँ सुनी–सुनायी जाती थीं। नाटक, अन्ताक्षरी या ऐसे ही सांस्कृतिक कार्यक्रम होते थे। पाठशाला की छत खपरैल की बनी थी। आसपास लगे थे झाड़–झंखाड़ और छोटे–बड़े पेड़–पौधे। पाठशाला की चहारदीवारी को घेरे हुए थे बेशर्म के पौधे, जहाँ लड़कियाँ अक्सर दुपहर के बाद घण्टी बजने के समय दौड़ते हुए आतीं और छुपमछुपाई खेल खेलतीं। पीछे देखो मार खाई, गाना गाती लड़कियों का एक और भी पसन्दीदा खेल था–टापू बनाना यानी टाँग ऊपर करते हुए एक पैर से उछाल लगाते हुए पीछे से गोटी फेंकना और जहाँ गोटी गिरेगी, वहीं अपना घर बनाना होता।

इसके विपरीत शान्ति को चुपचाप बैठकर किताबें पढ़ना पसन्द था। अपने नाम के अनुरूप शान्ति अपनी सहेली कनकलता संग

पाठशाला के आसपास टहलती रहती। कभी–कभी दोनों सहेलियाँ ज़मीन पर बैठकर चपेटा (पत्थरों का खेल) खेलतीं जिसमें छोटे गोल व चिकने पत्थरों को आसमान की तरफ़ उछालकर फिर ज़मीन पर आने से पहले ही लपककर अपने–अपने खाने में एक–एक करके सफ़ाई से रखते जाना कि वे एक–दूसरे को छूने न पायें।

शान्ति को घर जाकर भी पढ़ने का माहौल मिलता। अम्मा को वह नियम से रामायण सुनाया करती और जब वे कभी महाभारत के प्रसंग सुनाने के लिए कहतीं तो वह अन्दर जाकर पीली पड़ गयी किताबों में से शिवपुराण, गीता, दुर्गासप्तशती या महाभारत में से अम्मा की कही मनपसन्द किताब छाँट लेती। महीन आवाज़ में जब वह सस्वर अम्मा को रामायण सुनाती तो आसपास के कुछ लोग वहीं इकट्ठे होकर ध्यान से रामायण के दोहे–चौपाई सुनने लगते। मुहल्ले की औरतें–'शान्ति बिटिया खों टेर लियाव, फलाँ किताब पढ़वा लें। बड़ी मीठी आवाज़ है बिटिया की। सुनकै लगत जैसे साक्षात देवी जू की आत्मा घुस गयी शान्ति की जुबान में। खूब फलो–फूलो बिटिया। ऊँचे घर बियाहौ...'

बस यही बात शान्ति को खटक जाती। जो देखो, वही तरक़्क़ी की बातें बाद में करेगा, पर उसकी शादी की बातें पहले लेकर बैठ जायेंगे–'बड़ी प्यारी है हमारी शान्ति। ओ, शान्ति की अम्मा, देखना कितनी भागवान के घरै जैहै जा मौड़ी।'

'जा बात कैसे कै रईं तुम?'

'अरे, कल वे मातनपुरा वारे पण्डित जी ने शान्ति की शक्ल सूरत देखकै कै दई–जा बिटिया तो राजन जैसो सुख भोगै। जाके माथे पर तेज चमक रव। बड़ौ ऊँचौ माथौ भागवान कौ होत। जब एक का भाग्य बाँचन लगे तो सब लड़कियाँ अपनौ–अपनौ हाथ दिखान लगीं। शान्ति नै भी अपनौ हाथ बढ़ा दव सो पंडिज्जी ने छूटतई कह दई कै जितै जैहै उतै लक्ष्मी भी बरसै और सरसुती भी।' वे एक साँस में बोलती जा रही थीं।

'जे सब कोरी गप्पें, ख़ाली–पीली मन बहलाउत की बातें।' सुनते हुए बगल में बैठे भाई ने टोका–'शान्ति पढ़ाई में हुशियार है और अगर मन लगाकर आगै भी पढ़है तौ भौत ऊँचे पहुँच सकत, बस।'

'देखो नर्मदा, तुम अपनी बैन खों आगे भी पढ़ान चाहत पर हमें जाकौ बियाह करनै परै। मौड़ी 12 साल पूरे करबे वारी है और अपने इतै के हिसाब से देरी होन लगी। बोलो, ग़लत कै रय?' माँ ने अपना पक्ष रखा।

'अम्मा, तुम हमेशा बीच में जे ब्याह की बातें काय लै आउती? हमें नई करनै शादी। बस कह दिया तो कह दिया।'

शान्ति ने पैर पटकते हुए थोड़ी रुआँसी आवाज़ में कहा तो बड़े भैया ने पलटकर जवाब दिया–'सही कह रही शान्ति। अभी उसके पढ़ने–लिखने के दिन हैं और अम्मा उसकी शादी के पीछे पड़ गयीं। पढ़ने दो उसे। शान्ति, तुम छत पर जाकर अपनी पढ़ाई करो। कोई परेशानी आये तो हमसे पूछना। हम सब समझा दैहें।'

भैया का समर्थन पाकर रोनी सूरत लिए शान्ति का चेहरा हुलस उठा। उसके अन्तस् में ख़ुशी की लहरें उछाल लेने लगीं। वह बस्ता लेकर छत पर जा पहुँची जहाँ पढ़ने के लिए एकान्त मिलता था। इतिहास, हिन्दी और भाषा साहित्य में उसकी गहरी रुचि थी। कभी हिन्दी साहित्य की समकालीन कविताएँ पढ़कर सस्वर पाठ करती तो कभी हमारे पूर्वज किताब उलटने–पलटने लगती। भैया की पत्रिका में छपी एक कविता की तरफ़ आँखें ठहर गयीं–

'हम कौन थे, क्या हो गये हैं और क्या होंगे अभी?
आओ विचारें आज मिलकर ये समस्याएँ सभी।'

कितने सुन्दर भाव और शैली है। उत्सुकतावश कवि परिचय पढ़ने लगी।

'अरे, जे कवि तो चिरगाँव के हैं उतै हमाई ममेरी बहन ब्याही..., चलो उनसे पूछहैं इनके बारे में।' सोचते हुए अँधेरा घिरने लगा कि नीचे से आवाज़ आयी–'शान्ति, ब्यालू कौ समय हो गव। चलो, नीचे आव। सबको भोजन परसनै...' बस्ते में आहिस्ते से किताबें रखते हुए शान्ति ने धीमी आवाज़ में जवाब दिया–'अम्मा, आ रय।'

खुली सीढ़ियों से नीचे उतरकर पहले बगल में बनी हौदी में से लोटा भरकर पानी निकालकर हाथ–पाँव धोये। फिर रसोई में जाकर तीन–चार थालियाँ निकालकर उनके आसपास कटोरियाँ रखकर सब्ज़ी परोसने लगीं। चूल्हे की आँच में गौरवर्णीय माँ का चेहरा तपते सूरज की तरह दमक रहा था। चूल्हे के धुएँ से उनकी आँखें लाल होने लगतीं, फिर वे फुँकनी लेकर बुझे चूल्हे को जलाने की कोशिश करतीं। कुछ कण्डे चूल्हे के भीतर रखतीं और सूखे कण्डों की झुरकन भी अन्दर की तरफ़ फेंक देतीं तो भक से चूल्हा जल उठता। तवे पर सिकती रोटी, नीचे बेलकर रखी गयी रोटियाँ और थाली सजाती शान्ति।

'अम्मी, हमें भी भूख लग रई...' गर्म रोटी देखकर सोयी भूख जाग गयी।

'तुम नैक गम खाव। भैया खों खा लैन दो। बिटियाँ बाद में खाउतीं। समझीं?' अम्मा ने आँखें तरेरकर उसकी तरफ़ देखा।

'अरे अम्मा, हर बात में लड़का–लड़की कौ भेदभाव न किया करो। शान्ति, तुम भी ले आओ अपनी थाली।' भाई ने कहा।

'तुम बीच में न बोलो नर्मदा। मौड़ी की जात है सो अबई से नैक धीरज धरबो सिखाव जात नई तौ सासरे में का करहै जा बिटिया। नैक भूख सहबे की आदत डालनै परत। समझा करो जे बातें।'

उन्होंने बेटे को ज़माने की रीति नीति का तर्क देकर समझाना चाहा।

'फालतू की बातें। अरे, वो भूखी है तभी तो कह रही है। कहाँ किस किताब में लिखा है ऐसे भेदभाव वाले नियम? बकवास फैली है हमाय समाज में...'

'तुम जे किताबी ज्ञान न बघारो इतै। हमै अपनौ काम करन देव। कल के दिना मौड़ी पराय घरै जैहै तो सबके खाने के बाद ही खाबे को मिलहै। कल के दिना मौड़ी कौ बियाह नईं करनै का? ज्यादा बड़ी हो जैहे सो अच्छो लरिका नईं मिल है।'

बीच में बात काटते हुए वे बोल पड़े—'अम्मौ, बस करो जे बातें।'

'तुम बीच में न बोला करो नर्मदा, हाँ,' उन्होंने नर्मदा को झिड़क दिया। वे गर्दन नवाये खाना खाते रहे, लेकिन ये सब सुनकर शान्ति की आँखें डबडबा आयीं। 'शादी, ससुराल, ब्याह, बस जेई बातें दिन—रात सुनकर कान पक गय हमाय तो।'

'शान्ति, जे रोटी दे दो भैया को।'

वह चुपचाप काम करती रही। मौन से सन्नाटा पसर गया सर्वत्र। किसी बात का कोई जवाब नहीं देती। बस तेज़ी से अम्मा की बातें सुनकर चुपचाप काम करती जाती। जब सारी रोटियाँ बन गयीं तो अम्मा ने आख़िरी की दो रोटियों वाला आटा शान्ति के बनाने के लिए छोड़ दिया।

'अब जे आख़िरी रोटी तुम बना लो शान्ति।'

'हव...' कहते हुए वह चूल्हे के पास रखे पटरे पर बैठकर रोटियाँ सेंकती बेलती जाती। बेली रोटी तवे से सिककर चूल्हे के बाहर निकाली आग पर सिकती रही मगर मन था कि चूल्हे के धुएँ से भी ज्यादा धुआँ—धुआँ हो गया था। राख के जैसा चेहरा, दुःख से स्याह पड़ता गया। ग़ुस्से को पीने की कोशिश में शान्ति ने दो—तीन बार अपना थूक गुटका। आँसू पिये मगर एक भी शब्द गले से बाहर नहीं निकाला। उसे ख़ामोशी से काम करते देख अम्मा का दिल पसीजने लगा और वे बोल पड़ीं—

'बिटिया, हम तौ तुमाई भलाई के लानै समझा रय। अगर अबै सै न सिखाहैं तौ सारे समाज में हमाई नाक कटहै कै लेव, लड़की खों कछू नहीं सिखाय महतारी ने। बेटी, अपने सीने पै पत्थर रखकर महतारी खों अपनी बिटियाँ खों ससुराल भेजनै परत। अब तुमै कैसे समझायें? इतेक छोटी उम्र में जे बातें तुमाई समझ में नईं आहै।' अपनी गीली आवाज़ में वे बोलती—समझाती रहीं।

'हमने कह दिया कि हम भी पढ़हैं भैया की तरह...' बड़ी मुश्किल से शान्ति के गले से मरियल—सी आवाज़ निकली जिसे सुनकर अम्मा तड़पकर रह गयीं।

'ऐन पढ़त रव। ख़ूब पढ़ो मगर तुम्हारे पिताजी हमाई बात मान हैं? हम तुमाय दुश्मन नहीं। चलो उठो, अब खा लो, अबेर हो गयी।'

'हमें भूख नहीं...' दबाया गुस्सा अब उफनने लगा हो जैसे।

'अबै थोड़ी देर पहले नैक गम्म नहीं खा रई ती और अब भूख नहीं। बेकार की बातें न करो शान्ति। इतना गुस्सा ठीक नहीं।' अम्मा ने प्यार से शान्ति को समझाना चाहा और ख़ुद थाली परोसकर पकड़ा दी–'नर्मदा, जाओ, शान्ति को छत पर ले जाकर कुछ खिला दो। बिटिया थोड़ी गुस्सा गयी। ऊपर जाकर कछु पढ़ाई–लिखाई की बातें करके मन बहला दो।'

'हव...' कहते हुए नर्मदा ने शान्ति की थाली ख़ुद पकड़ी और भाई –बहन छत पर बिछी चारपाइयों पर बतियाने लगे। आसमान में चाँदनी बिछी हुई थी। ठण्डी हवा के झोंकों से आँखों में नींद उतरने लगी। बातें करते रहे वे राजनीति, साहित्य और इधर–उधर की। शान्ति पढ़ाई में अच्छी थी, इस नाते वह लड़कियों के बीच लोकप्रिय भी थी। कक्षा अध्यापिका का कहना था कि आगामी दीपावली के पहले विद्यालय में कविताओं को लेकर अन्ताक्षरी प्रतियोगिता की जाये। जो लड़की प्रतियोगिता में पहले या दूसरे स्थान पर आये, उस लड़की को राष्ट्रकवि के हाथों इनाम दिया जायेगा। उसे राष्ट्रकवि का स्वरचित काव्यग्रन्थ पुरस्कार में मिलेगा।

सुनते ही शान्ति के मन में उथल–पुथल मच गयी। मन में उत्साह और उमंग की हिलोरें तेज़ गति से उमड़ने–घुमड़ने लगीं। आसमान में उमड़ते काले बादलों के बीच चमकती बिजली की तरह धुकधुकी होने लगी। इतने बड़े कवि के हाथों मुझे भी पुरस्कृत होना है–सोचते हुए शान्ति ने घर में रखी सारी साहित्यिक, धार्मिक व आध्यात्मिक किताबें पढ़ डालीं। पाठशाला में भी वह पूरे ध्यान से ख़ुद को पढ़ाई में एकाग्र कर लेती। हर कक्षा में प्रथम आना शान्ति का जुनून बनता गया। भारतीय इतिहास हो या कला साहित्य हो या भूगोल, शान्ति सुलेख व सुगठित भाषा में लिखती। उसे देखकर एक दिन कक्षाध्यापिका ने कहा था–'इस लड़की को देखो, कितने सुन्दर

सजे वर्णों में लिखती है जैसे हर शब्द में मोती पिरोया गया हो। प्रेस में छपे वर्णों की तरह एक–एक वर्ण नपा–तुला। शान्ति, इधर आओ...'

अपनी नीली फ्रॉक को पीछे से जतन से पकड़े हुए वह सकुचाती हुई खड़ी हो गयी थी।

'शान्ति, तुम्हें थोड़ा ज़ोर से सस्वर बोलने का अभ्यास करना होगा। तुम्हें सबके सामने खड़े होकर बोलने की आदत सीखनी होगी। ऐसा करो, आज शाम को तुम और कंचन यहीं बैठकर कुछ कविताएँ सुनाना। मेरा मन है कि अगर हमारा विद्यालय प्रथम आ गया तो फिर जूनियर हाई स्कूल छतरपुर के बच्चों के बीच अन्तर विद्यालयी प्रतियोगिता में सबकी सिरमौर बन जाओगी तुम। समझ गयीं न?'

'जी, बहन जी।' धीमी आवाज़ में जवाब देकर वह अपनी जगह जाकर बैठ गयी थी।

शान्ति बस्ते में से हर समय कोई–न–कोई किताब निकालकर पढ़ती रहती। आम लड़कियों से अलग शान्त रहने वाली शान्ति का नाम उसकी प्रकृति के बिल्कुल अनुरूप था। उस दिन शाम 4 बजे जब वह कनकलता के साथ कविता पाठ कर रही थी तो सभी अध्यापक उसके साफ़ उच्चारण, लय और भावों के उतार–चढ़ाव के सधे अन्दाज़ को देखकर सुखद विस्मय से भर उठे थे। उचित जगह विराम, न कहीं अटकाव–भटकाव और न ही किसी कविता का दोहराव। रामायण की चौपाइयों के अलावा उसे गीता के श्लोक व अन्य कविताएँ भी कण्ठस्थ थीं।

घर पहुँचकर बस्ता पटक वह माँ के सामने फिर से कविताएँ पढ़ने लगीं–'अम्मा, ठीक से गा रही हूँ न?'

'इसे ऐसे नहीं, वैसे ऊँची आवाज़ में पढ़ो। 'मेघमय आसमान से उतर रही वह सन्ध्या सुन्दरी परी–सी, धीरे–धीरे–धीरे...।' शान्ति, मैं तुम्हारे लिए कुछ और नये कवियों की किताबें लाया हूँ। छतरपुर गया था वजीफ़े का इम्तिहान देने। बाज़ार गया तो याद आया–तुम्हें मंच पर कविताएँ पढ़नी हैं और वह भी देश के जाने–माने

कवि मैथिलीशरण जी के सामने। सो ख़ूब तैयारी से जाना। ये रहीं तुम्हारी किताबें।'

ख़ुशी से चमक उठा शान्ति का चेहरा। मैथिलीशरण जी के अलावा सुभद्राकुमारी चौहान, जयशंकर प्रसाद, रामनरेश त्रिपाठी, सुमित्रानन्दन पन्त, महादेवी वर्मा, दिनकर जी, निराला जी समेत इतनी सारी अच्छी किताबें देखकर उसने सबसे पहले उन्हें अपने माथे से लगाया। उनकी ख़ुशबू को सूँघते हुए अनिर्वचनीय आनन्द में डूब गयी वह।

'शान्ति, तुम ख़ूब तैयारी से जाना। केवल पढ़ो नहीं अपितु इन्हें गुनो भी। आठवीं के इम्तिहान में पर्चे तो तुम्हारे अच्छे हुए। इस साल नौवीं के देने हैं और 10वीं बोर्ड परीक्षा में अच्छे नम्बरों से पास होना है सो अभी से तैयारी करो।' बड़े भाई ने एक साथ इतनी हिदायतें दे डालीं।

'मुझे सब याद है, सब पता है...' कहते हुए फ्रॉक में सारी किताबें भरकर वह अन्दर वाली कुठरिया में दौड़ गयी और किताबों की अलमारी में क़ायदे से किताबें जमाने लगी। एक–एक किताब खोलकर शब्दों से बनी वर्णों की इन्द्रधनुषी दुनिया में खो जाती। इतने सुन्दर ढंग से भावनाओं को शब्दों में कैसे ढाल लेते हैं कवि? हमें भी ऐसा कुछ करना है। सपने थे कि रह–रहकर आँखों में तैरने लगते। कवयित्री बनना बहुत मुश्किल होता है क्या? विचार भी तेज़ी से आते और क़लम के ज़रिये कुछ–न–कुछ लिखती रहती। डायरी के पूरे 30 पन्ने पर हमने कविताएँ लिख डाली हैं। सोचते हुए वो देर तक किताबें उलटती–पुलटती रही और जो भी कविता मन को अच्छी लगती, उसे अपनी कॉपी पर उतार लेती। जयशंकर प्रसाद की 'आँसू' कविता पढ़ते हुए मन आश्चर्य और भावुकता से भर उठा। कितनी गूढ़ गहरी बातें, भावों को सुन्दर लहजे में पिरोया है जहाँ भावनाओं का सौन्दर्य अन्तरमन से संवाद करने लगता है। वह कविताओं को पढ़ती, फिर ख़ुद से देर तक बतियाती रहती। सुभद्राकुमारी चौहान की 'वीरों का कैसा हो वसन्त' और 'ख़ूब लड़ी मर्दानी, वह तो झाँसी वाली रानी थी,'

'वीर तुम बढ़े चलो, धीर तुम बढ़े चलो' एवं माखनलाल चतुर्वेदी की पंक्तियाँ–'चाह नहीं मैं सुरबाला के गहनों में गूँथा जाऊँ' जैसी कविताएँ पढ़कर कण्ठस्थ करके गुनगुनाया करती।

इन कविताओं से देशप्रेम की लहरें वेग से ऐसे उठतीं–गिरतीं जैसे तेज़ हवा संग नदी की अनन्त ऊर्मियाँ बन रही हों। रेडियो से आती ख़बरें भी शान्ति ध्यान से सुनती। स्वतन्त्रता आन्दोलन के जननायकों के ज़िन्दा क़िस्से आम जनता की ज़ुबान पर तैरते रहते। शहीद चन्द्रशेखर आज़ाद, भगतसिंह, सुखदेव, सुभाषचन्द्र बोस, लाला लाजपत राय जैसे विख्यात नेताओं को नमन करने के लिए पाठशालाओं में देशभक्तिपूर्ण कविताओं का सस्वर पाठ अक्सर शनिवार को होता था। इक़बाल की 'सारे जहाँ से अच्छा हिन्दोस्ताँ हमारा, हम बुलबुले हैं इसकी, ये गुलिस्ताँ हमारा' यह गीत सब बच्चों को रटा रहता।

शान्ति ने रामप्रसाद बिस्मिल की कविता–

'यदि देश हित मरना पड़े–मुझको सहस्रों बार भी,
तो भी न मैं इस कष्ट को ध्यान में लाऊँ कभी।
हे ईश, भारतवर्ष में शत बार मेरा जन्म हो,
कारण सदा ही मृत्यु का देशोपकारक कर्म हो।'
वह ख़ून कहो किस मतलब का, आ सके देश के काम नहीं।

टैगोर रचित गीतांजलि की कविताएँ भी नर्मदा भाई कहीं से लिख लाये थे–'मन जहाँ डर से परे है और सिर जहाँ ऊँचा है...'

'शान्ति, ओ शान्ति' पास पड़ी खटिया में लेटी अम्मा कुछ पूछने लगीं।

'का है अम्मा, पढ़ रय हम। कल कविता पाठ करना है मंच पै', कुछ सोचती हुई वह बोल पड़ी।

'शान्ति, बगल वारे चाचा बता रय ते कै तुमाई पाठशाला में कल कौनऊ बड़े नामी कवि आ रय।'

'हाँ, जई से तो इतेक तैयारी कर रय। बहुत सारी किताबें लिखी हैं उननै। सुनो अम्मा, मातृभूमि पर उनकी कविताएँ रटनी हैं

सबकी सब।' वह एक साँस में सब बोलकर फिर से अपनी धुन में कविता पढ़ने लगी–

मस्तक ऊँचा हुआ मही का, धन्य हिमालय का उत्कर्ष,
हरि का क्रीडाक्षेत्र हमारा, भूमि भाग्य–सा भारतवर्ष।

पढ़ते हुए याद आया, भैया की कॉपी पर लिखी कुछ और कविताएँ पढ़ ली जायें। जयशंकर प्रसाद जी की–'अरुण यह मधुमय देश हमारा।' बच्चन जी ने लिखा है–'भूल गया क्यों इन्सान, सबकी मिट्टी की काया, सब पर नभ की निर्मम छाया। यहाँ नहीं कोई लाया रे विशेष वरदान, भूल गया क्यों इन्सान।'

ऐसी कविताएँ पढ़ते हुए शान्ति का मन देशभक्ति के रंग में रँगता गया।

अनायास आसपास के माहौल में पढ़ती लड़कियों की बातें याद कर वह सोचने लगी–हमारे यहाँ किसी तरह सातवीं या आठवीं पास करते ही लड़कियों की शादी करने की जैसे होड़ लग जाती। सबके घरों में लड़कियाँ बोझ की तरह समझी जातीं। बगल वाली कमला की शादी तो पाँचवीं पास करते ही कर दी गयी। विदा के समय कैसे तो चीख़–चीख़कर ज़ोर से रो रही थी जैसे किसी बकरे को जिबह किया जा रहा हो। कमला और शान्ति की ख़ूब बातें होतीं लेकिन कोई भी लड़की अपनी शादी की बात पर मना करने की हिम्मत नहीं कर पाती। हमारे घर पर काम करने वाली धोबिन चाची ने अपनी लड़की का ब्याह नौवें साल में ही कर दिया था। एक दिन रोते–रोते खुद ही बताने लगीं–'बहुत जल्दी हाथ पीले नहीं करने चइए। ससुराल वारिन ने हमारी फूल–सी लड़की सै इतेक काम करवाये कै बेचारी कुम्हला गयी। हाथन में छाले पर गये। जब सै सासरे से आयी, गुमसुम–सी बनी रहत। कुछ कहन चाहो तो हमारी जान लै लौ मगर उतै न भेजो। जबरन भेजहों तो नदी में सरक कै जान दै देहैं। का करैं जिज्जी?' कहते हुए माथे पर हाथ रखकर देर तक रोतीं रहीं वो। यही दुर्दशा विमला की हुई थी। जब से ससुराल से लौटी है, चेहरा पीला पड़ गया है। बात–बात पर हँसने–हँसाने वाली विमला अब एकदम से चुप रहने लगी।

यहाँ से ध्यान हटाकर शान्ति कुछ देर शब्दों की दुनिया की रोशनी से गुज़रती तो एक नयी और सुनहरी आभा से नहा जाती। कितना अच्छा और शानदार लिखा गया है इन महान कवियों की क़लम से। तो क्या वह भी वैसा ही कुछ लिख सकती है? जब हमारे देश की महादेवी वर्मा, सुभद्राकुमारी चौहान जैसी विदुषियाँ लिख सकती हैं तो वह भी इनके पदचिह्नों पर चलकर कविताएँ लिखने की कोशिश करेगी। वह ख़ूब–ख़ूब पढ़ेगी, इतना कि सारी दुनिया के सामने ये ज़ाहिर हो जाये कि वह भैया के बराबर पढ़–लिखकर अपने लिए कुछ अलग लीक से हटकर करेगी। नये सिरे से रचेगी ख़ूबसूरत सुन्दर रचनाएँ। अशफ़ाक़उल्ला ख़ाँ की 'तेजस्वी' कविता पढ़कर तो जैसे सोयी चेतना जाग पड़ती है–

कस ली है कमर अब तो, कुछ करके दिखायेंगे
आज़ादी ही लेंगे या सिर ही कटा देंगे

'कुछ करके दिखायेंगे' शब्दों को शान्ति ने कई बार दुहराया। कॉपी पर सारी कविताएँ फिर से उतारीं और लेटे–लेटे कविताएँ याद करती रही और फिर आँखें मींचकर दुहराने लगी। दुहराते हुए सोचने लगी–सोचना कब हक़ीकत बतता गया पता ही नहीं चला कि–

कितना भव्य मंच सजा है। विद्यालय की सभी बालिकाएँ नीली स्कर्ट के ऊपर सफ़ेद ब्लाउज़ पहने, दो चोटियाँ बनाये प्रार्थना सभा में पंक्तिबद्ध खड़ी हैं। एक–एक करके सबको अपनी तैयार की हुई पाँच–पाँच कविताएँ सुनानी हैं।

एक–एक करके तमाम लड़कियाँ आतीं–जातीं रहीं। एक तरफ़ से मंच पर चढ़तीं और दूसरी तरफ़ से उतरतीं जातीं। अभी तक केवल एक लड़की चुनी गयी, कुसुम लता जैन की कविताएँ पसन्द की गयीं। जब शान्ति की बारी आयी और उसने पूरी कण्ठस्थ कविता ज्यों की त्यों सुना दी तो आसपास बैठे गुरुजनों के बीच उसकी तारीफ़ हुई, अरे वह तो चयनित हो गयी। ख़ुशी के मारे उसकी आँखें भर आयीं। तभी उसने देखा कि गुरुजनों के बीच झक्क सफ़ेद कुर्ता, गाँधी टोपी और भव्य ललाट वाले सज्जन की नज़रें उसी पर टिकी हैं।

आजानबाहु...महापुरुषों की बाँहें लम्बी होती हैं, तो ये जो बीचोबीच बैठे हैं, क्या यही राष्ट्रकवि हैं? उनकी भुजाएँ ज़रूर लम्बी होंगी, सोचते हुए शान्ति ने ख़ुद की बाँहें नीचे की तरफ़ झुकाते हुए छूने की कोशिश की कि अध्यापिका ने टोक दिया–'सीधी खड़ी रहो तनकर।'

'जी बहन जी,' कहते हुए वह मन–ही–मन मुस्कराने लगी। उसे भी इनकी तरह बनना है, वह भी लिखेगी कविताएँ या गद्य। आज उसने कुछ लिखने की कोशिश की थी।

'कुमारी शान्ति गुप्ता...कृपया किसी कविता का सस्वर पाठ करें।'

अपना नाम सुनकर वह सकुचाते हुए ऊँचाई पर बने मंच पर सधे क़दमों से पैर टेकने से पहले दायें हाथ से ज़मीन छूकर माथे पर लगाते हुए अगला क़दम बढ़ाया। फिर बीचोबीच खड़े होकर बोलने लगी–सभी शिक्षकों और हमारे देश के महान राष्ट्रकवि जी को सादर प्रणाम करती हूँ। अब मैं माँ सरस्वती को नमन करते हुए कविता शुरू करती हूँ–

हिमाद्रि तुंग श्रृंग से प्रबुद्ध शुद्ध भारती,
स्वयंप्रभा समुज्ज्वला स्वतन्त्रता पुकारती।

इसके बाद अपने प्रिय कवि की इस कविता को सदैव अपने जीवन का प्रेरणास्रोत मानती हूँ–

नर हो, न निराश करो मन को,
कुछ काम करो, कुछ काम करो।
जग में रहकर कुछ नाम करो।
यह जन्म अहो, किस अर्थ कहो,
समझो जिससे यह व्यर्थ न हो।

शान्ति की आवाज़ उत्तरोत्तर ऊँची और तेज़ होती गयी। हाव–भाव में नाटकीयता की जगह ले ली थी आँखों के उतार–चढ़ाव ने। उसकी साफ़ आवाज़ में प्रवाह था–

प्रभु ने तुमको कर दान किये,
सब वांछित वस्तु विधान किये,
तुम प्राप्त करो उनको न, कहो,
फिर है यह किसका दोष कहो...

हाथों को उठाते हुए एक विशेष खम के साथ नीचे की ओर लेते हुए शान्ति ने आवाज़ को एक नयी लय के साथ खींचा–

किस गौरव के तुम योग्य नहीं,
कब कौन तुम्हें सुख भोग्य नहीं।
जन हो तुम भी जगदीश्वर के,
सब हैं जिसके अपने घर के।
फिर दुर्लभ क्या उसके जन को,
नर हो न निराश करो मन को।

अब आख़िरी पंक्ति को हाथ जोड़ी मुद्रा में–

निज लक्ष्य निरन्तर भेद करो,
बनता बस उत्तम ही विधि है
समझो धिक निष्क्रिय जीवन को,
नर हो न...

भावपूरित आँखों से उसने एक बार फिर से मंचस्थ कवि को नमन करते हुए कहा–

जो भरा नहीं है भावों से, बहती जिसमें रसधार नहीं,
वह हृदय नहीं पत्थर है, जिसमें स्वदेश का प्यार नहीं।

बालिका की चपल देहमुद्रा, आँखों से गिरती–उठती भावमुद्राएँ और स्वर में कई तरह की भावभंगिमाएँ देखते–सुनते–महसूसते मैथिलीशरण ने ख़ुद खड़े होकर बच्ची को अपने पास बुलाया और पूछा–'क्या नाम है? पिताजी का क्या नाम?'

'आपकी कविताएँ पढ़ती रहती हूँ। हमेशा मनन करती रहती हूँ...' संकोच भरी आवाज़ में एक साथ बहुत कुछ कहना था। मगर तभी प्रधानाध्यापिका ने राष्ट्रकवि जी से अनुरोध किया कि जिस विद्यार्थी की कण्ठस्थ कविताएँ उन्हें पसन्द आयी हैं, उसे वे अपने कर–कमलों से स्वरचित 'भारत–भारती' किताब भेंट स्वरूप देंगे। दद्दा ने तुरन्त पुस्तक पर लिखा–'कुमारी शान्ति गुप्ता के लिए ताकि वे अपने साहित्य के प्रति अनुराग को सदैव ज़िन्दा रख सकें, 'शुभाशीष' लिखकर अपने हस्ताक्षर कर दिये। फिर किताब की एक प्रति लड़की

को देते हुए उसके सिर पर हाथ रखते हुए बोले–'शान्ति, ख़ूब पढ़ो साहित्य और ख़ूब ज़िन्दगी को गुनो। सच्ची भावनाओं को अभिव्यक्त करने के लिए शब्द अपने आप क़लम की नोक पर आ बैठते हैं। बिटिया, तुमने ये तो सुना होगा–बेटा से बेटी भली जो कुलवन्ती होय...तो तुम्हें भी इस दिशा में सोचना होगा शान्ति बिटिया...' कहते हुए मैथिलीशरण ने एक बार फिर से उसके सिर पर अपना आशीष भरा हाथ रखा। ख़ुशी के मारे आँखें भर आयीं शान्ति की।

ये उसके जीवन के चिरप्रतीक्षित क्षण थे जिस सपने को उसने जागती आँखों से बार–बार देखा। अनायास मन हुआ कि इतने बड़े मनीषी के झुककर पाँव छू ले और वह झुकने को थी कि उन्होंने रोक लिया–'अपने इतै की बिटियाँ कन्या कहलाउती सो अपने से बड़े के पाँव नहीं छुआये जाते। मायके में बिटियन के पाँव छुए जात, छुआये नहीं जात।' कहकर वे उसे एकटक देखते रहे। उसके शान्त सौम्य चेहरे की चमक देखते ही बनती थी। इसके तेजोद्दीप्त चेहरे पर कितनी कान्ति है, साफ़ उजला रंग जैसे पूरनमासी का सौम्य चाँद हो तभी तो उजले गोरे रंग पर बिखरी है चाँदनी जैसी धवलता और गहरी विश्रान्ति। इसके माँ–बाप ने नाम शान्ति ठीक ही रखा है। इकहरे बदन पर विशेष लय के साथ खम देती ऊँची–नीची आवाज़ और कविता पाठ करते हुए एकाग्रता में उन्मीलित नेत्र। लम्बी–लम्बी दो चोटियाँ रस्सी की तरह ऐंठकर फीते से ऊपर तक बाँधकर कस दी गयी थीं। पुस्तक लेते समय इतनी महीन आवाज़ में बोली–'यह मेरा सौभाग्य है कि महीनों से जिन कविताओं में दिन–रात डूबी रहीं, ऐसी महान विभूति के हाथों सम्मानित होने का सौभाग्य मिल रहा है। आपको प्रणाम, बारम्बार प्रणाम।'

कितनी सधी पंक्तियाँ जैसे ख़ुद शान्ति का कायान्तरण कविता में हो गया हो।

'दद्दा जे है कनकलता जैन, कुछ देशभक्ति वाली कविताएँ सुनायेगी।'

वे अपनी लिखी कविताएँ बच्चों के मुख से सुनते हुए पुलकित होते रहे। नवागत पीढ़ी को साहित्य ज़रूर पढ़ना चाहिए जिससे वे महज़ किताबी रट्टू तोता न बनकर बेहतर मनुष्य बनने की दिशा में आगे बढ़ सकें। कितना संस्कारित करता है साहित्य, मनुष्य के भीतर बसी नकारात्मक शक्तियों को पछाड़कर उसे श्रेष्ठ मनुष्य बनाने की दिशा में आगे बढ़ाता एक ज़रूरी क़दम। वे अभी यह सोच ही रहे थे कि कनकलता ने वही कविता सुनानी शुरू कर दी–

हुई न यों सुमृत्यु तो वृथा मरे वृथा जिये,
मरा नहीं वही कि जो जिया न आपके लिए।

लड़की कुछ भूलने लगी, अटकने लगी तो वे बोल पड़े–

यही पशु प्रवृत्ति है कि आप आप ही चरे,
वही मनुष्य है कि जो मनुष्यों के लिए मरे।

कनकलता ने कृतज्ञतापूर्वक उनकी तरफ़ देखा और बाक़ी कविता पूरी की।

खुले प्रांगण में चल रहे कवि–सम्मेलन की अध्यक्षता करते मैथिलीशरण और आसपास के कविगण। उनके दिमाग़ में चपल, सुन्दर और मासूम–सी शान्ति का चेहरा बस गया था। उसे देखकर सबसे पहले यही भाव दिमाग़ में आया कि चेहरे की ख़ूबसूरती से ज़्यादा बढ़कर है उसके अन्दर से चमकती आभा जिसमें सूरज की प्रखर लौ नहीं बल्कि चाँदनी की शीतलता है। इस समझदार बच्ची के चेहरे पर आत्मविश्वास कूट–कूटकर भरा है। मंच पर आकर कितने सन्तुलित ढंग से सधे उच्चारण के साथ उसने चारों तरफ़ बैठे विद्यार्थियों की भीड़ को देखा मगर ज़रा भी नहीं घबराई और न कविता पढ़ने में कोई हिचक या संकोच था। दैवी आलोक–सा फूट रहा था उसके भीतर से जिसे वे बार–बार महसूस करते रहे। जब प्रकृति किसी को प्रतिभा देती है तो वह स्वभाव से ही उदार होगा और विनम्र भी।

शान्ति को देखकर मैथिलीशरण यही सब सोचते रहे थे कि क्या ये लड़की हमारे सुपुत्र के लिए ठीक रहेगी? लड़की मेधावी है, मेहनती है,

तेजस्विनी है जबकि हमारे बेटे की पढ़ाई में उतनी गहरी रुचि नज़र नहीं आती, जबकि ये लड़की कितनी सुशील, संस्कारी और पढ़ाकू है जिसे पूरी रामायण कण्ठस्थ है। उन्होंने अपने इकलौते पुत्र को पढ़ाने के लिए कितने यत्न किये मगर लड़के का मन पढ़ाई में लगता ही नहीं। हर समय बच्चों संग खेलकूद या फिर छोटा बच्चा बनकर अपनी माँ से ज़िद करके अपनी हर उलटी–सीधी माँग पूरी करवा लेता है। पत्नी भी बेचारी क्या करे? कई सन्तानों को खोने का दर्द तो पति–पत्नी दोनों ने एक साथ भोगा है सो वे भी ज़्यादा रोकते–टोकते नहीं। क्या पता ईश्वर की लीला? ये सोचकर उनकी आत्मा काँप जाती, कहीं इस बेटे का हश्र भी पहले जैसा तो नहीं होगा? अनचाहे भी विगत के कई साल उनकी आँखों के सामने से गुज़रते रहे जब पति–पत्नी घोर मानसिक यन्त्रणा से गुज़रते रहे। पूरा दशक ऐसे ही बीता था। उनकी आँखों के सामने जब उनकी सन्तानें एक–एक करके काल–कवलित होती रहीं और वे विवश भाव से यह त्रासदी देखते रहने के सिवा कुछ न कर पाने की बेचैनी से तड़पते रहे।

समय अपनी तरह से चलकर ख़ुद अपनी दिशाएँ बदलता है और फिर नयी दिशा की तरफ़ चल पड़ता है। मैथिलीशरण के लिखने का कोई तयशुदा वक़्त नहीं था। कभी–कभार ऐसा भी होता जब वे नहीं लिखते या लिखने की मनःस्थिति नहीं बनती तो महीनों निकल जाते। क़लम पकड़े घण्टों सोचते रहते। शब्द आते भी तो बस रेंगते हुए आते जिन्हें लिखने का मन नहीं होता। बमुश्किल कुछ शब्द स्लेट पर बनाते–मिटाते लेकिन मनोनुकूल न रच पाने की व्याकुलता में चारों तरफ़ शान्त भाव से देखते हुए समय गुज़ार देते। मौन मुद्रा में अपने आसपास बिखरी किताबों व पत्रिकाओं को उलटते–पुलटते हुए दिन–पर–दिन गुज़रते रहते। ख़ाली दिन चढ़ता व ढलता रहता। ऐसे ही किसी दिन अनायास हवाओं पर तैरता हुआ आ धमकता है सृजन का वह क्षण जब लिखने का नशा तारी होता है फिर मैथिली

को होश नहीं रहता। तब उन्हें रोज़ाना की तरह खाने–पीने की सुधि नहीं रहती। दिमाग़ में वेगवान उमड़ती–घुमड़ती भावनाओं को उकेरने के लिए स्लेट लेकर बैठे रहते। साथ ही एक अनाम–सी धुन के साथ स्वरचित पंक्तियों को गुनगुनाते रहते। उनकी गुनगुनाहट को ध्यान से सुनने पर ऐसा लगता जैसे मधुपान करते हुए भौंरे की गुंजार हो। ऐसे विरल रचनात्मक समय में वे दिन–रात डूबे रहते। इस समय घर में कौन आया, गया या कौन–सी नयी ख़बर कहाँ से आयी, इन सबसे निरपेक्ष। खेत–खलिहान से कौन आदमी क्या लेने–देने आया है, इन बातों पर ध्यान नहीं जाता।

बरोसी के इर्द–गिर्द बैठकर कौन क्या किससे गप्पें कर रहा है या छत पर धप–धप करते उछल–कूद करते बच्चों की आवाज़ों का उन्हें पता तक नहीं चल पाता। बच्चों के खेल सम्बन्धी झगड़े हों या बच्चा टोली की हँसी–ठिठोली, उनका ध्यान उधर नहीं जाता। ऐसे रचनात्मक पलों में वे अन्दरूनी धुन में मस्त शब्द–दर–शब्द रचते हुए स्लेट पर उतारते जाते। जब तक उनकी कविता पूरी नहीं हो जाती, एक अजीब तरह की बेचैनी उन्हें लगातार परेशान करती रहती। रचना से पूरी तरह से सन्तुष्ट होने के बाद वे स्लेट साफ़ करके उस पर फिर से लिखने लगते। इस तरह कविता को दुबारा–तिबारा लिखने से उसमें अपेक्षित सम्पादन–संशोधन भी होता रहता। देर रात तक जब तक किसी कविता से उनका मन प्रफुल्लित होता तो वे हुलसते मन से अजमेरी या सियाराम को आवाज़ देकर बुलाते–'ज़रा इस कविता को पढ़कर सुनाओ। अपनी राय भी दो।' अजमेरी को ज़रूर दिखाते और जो भी संशोधन वे सुझाते, उसे ज़रूर शामिल करते। अजमेरी के विवेक पर उनका अथाह भरोसा जो था।

शुरू–शुरू में अजमेरी जी उस कविता की प्रतिलिपि तैयार करते लेकिन बाद में सियारामशरण या चारुशीलाशरण टाइपराइटर पर प्रति तैयार कर लेते। उनके कविता लिखने का ढंग इस मायने में अलग था कि वे शिरोरोग से पीड़ित रहते। कभी–कभी तो उनका सिरदर्द इतना बढ़ जाता कि सब परेशान हो उठते लेकिन दर्द बन्द होते ही

वे फिर से लिखने बैठ जाते। उनका काव्य लेखन कभी नहीं रुकता बल्कि कभी धीमी तो कभी तेज़ गति से बहते झरने की तरह उनके अन्तस् से कविताएँ निर्बाध ढंग से फूटती रहतीं।

मैथिलीशरण शुरू से धार्मिक विचारों वाले उदारवादी रहे हैं और यही उदारता साहित्य में भी सहजता से आती गयी। जब कोई उनकी किसी कृति पर कटु आलोचना करता तो वे शान्त भाव से सुनते रहते। एक बार किसी साहित्यिक बन्धु ने 'साकेत' को भ्रष्ट कह दिया। जब उन्होंने यह बात सुनी तो अजमेरी से बोलने लगे–'यह तो तुम्हारा अन्याय है भाई। सबकी रुचि एक–सी नहीं होती। तभी तो कहा गया है–मुंडे–मुंडे रुचिर भिन्ना।'

जिन दिनों सम्राट पंचम जॉर्ज सिंहासन पर आरूढ़ हुए, सरस्वती सम्पादक महावीर प्रसाद द्विवेदी के आग्रह पर उन्होंने 'राज्याभिषेक' नामक कविता लिखी थी जो सरस्वती में संशोधित–सम्पादित होकर छपी थी। जब सम्राट पंचम जॉर्ज को राज्य करते पच्चीस साल बीत गये और रजत जयन्ती मनाई गयी तो उस अवसर पर सरस्वती के वर्तमान सम्पादकों ने मैथिलीशरण की पच्चीस साल पहले की प्रकाशित पुरानी कविता को फिर से छाप दिया और इस तरह से छापा जैसे वह नयी कविता हो और मैथिलीशरण ने ख़ुद उसे सरस्वती सम्पादक के पास छपने हेतु भेजा हो। जिस समय यह कविता लिखी गयी थी, तब देश में वर्तमान राजनीति की गन्ध भी न थी।

सालों पुरानी लिखी अप्रासंगिक हो चुकी कविता को इस तरह से छापने से देश में तहलका मच गया। बहुत से मित्रों की चिट्ठियाँ। सियारामशरण के पास आयीं। वे अब किस–किसको क्या सफ़ाई देते? जब ये बात पण्डित बालकृष्ण शर्मा 'नवीन' को पता चली तो उन्होंने 'दैनिक प्रताप' में एक नोट छापा और इस मामले पर विस्तार से लिखा–'भाई मैथिलीशरण की वह कविता 25 साल पुरानी है, अमुक समय सरस्वती में छपी थी। सरस्वती सम्पादक उनसे कविता माँग रहे थे लेकिन स्वास्थ्य प्रतिकूल होने के चलते उन्होंने नयी

कविता लिखने में असमर्थता जतायी। ऐसा प्रतीत होता है कि इसी से उन्होंने 25 साल पुरानी कविता फिर से छाप दी।'

उनकी चिट्ठी पढ़कर सरस्वती सम्पादकों को लज्जित होना चाहिए था मगर उनका अहं आड़े आ गया। उन्होंने 'भारत–भारती' के कुछ पद्य उद्धृत करके यह साबित करने की कोशिश की कि गुप्त जी ऐसी ही कविताएँ लिखते रहे हैं। उन्होंने पं. बालकृष्ण शर्मा 'नवीन' को चुनौती दी कि वे यह सिद्ध करें कि यह कविता गुप्त जी की नहीं है। यह कटु प्रसंग सुनकर पं. बालकृष्ण शर्मा चुप ही रहे। वे भी जानते थे कि 'भारत–भारती' 1909–10 की लिखी हुई थी। जानने को तो सरस्वती सम्पादक भी सब जानते थे कि वे क्या कर रहे हैं मगर भूल मानने को तैयार ही न हुए। उसके कुछ दिन बाद सरस्वती सम्पादक ने फिर से पत्र लिखकर उनसे कविता की माँग की और मैथिलीशरण ने कविता भिजवा दी। सरस्वती सम्पादक की पिछली ग़लती को भुलाकर उन्होंने अपनी उदारता व सहृदयता दिखाने में देर नहीं की।

मैथिलीशरण निष्काम भाव से साहित्य रचते रहे। न जाने कितनी पत्रिकाओं के लिए कविताएँ लिखते–भेजते मगर कभी किसी से पारिश्रमिक नहीं लिया। पारिश्रमिक लेना कोई बुरा काम नहीं, बड़े से बड़ा रचनाकार लेता है पर वे नहीं लेते। एकाध–दो बार ऐसा भी हुआ है कि किसी सम्पादक ने बिना पूछे मनीऑर्डर भेजा तो उन्होंने उसी समय लौटा दिया। वे किसी उपाधि के इच्छुक नहीं थे। बहुत साल पहले काशी के भारत धर्म महामण्डल ने उन्हें 'साहित्य सुधाकर' की उपाधि प्रदान करने की कृपा की, परन्तु उन्होंने उपाधि विषयक वह सुन्दर छपा हुआ पत्र सधन्यवाद वापस कर दिया। उन्होंने अखिल भारतीय हिन्दी साहित्य सम्मेलन के सभापति पद को सादर प्रणाम किया था जबकि वे सभापति चुने जा चुके थे।

प्राचीन रीतिकालीन ग्रन्थों, संस्कृत के काव्य, नाटकों और महाकवि भास, कालिदास के अलावा तुलसीदास, सूरदास, मीराबाई, नन्ददास, रहीम, बिहारी, घनानन्द, सेनापति, मतिराम, देव, पद्माकर, ठाकुर और लाल जैसे कवि उनकी पसन्द रहे।

मैथिलीशरण की दिनचर्या काफ़ी दिलचस्प थी। सवेरे हाथ–मुँह धोकर सबसे पहले डाक देखते। चिट्ठियाँ पढ़ने के बाद अख़बार पढ़ते। बीच–बीच में हुक्का पीते रहते। जब कविता लिखने का मन नहीं होता तो छोटे भाइयों व भतीजों संग प्रेस का हालचाल पूछते। कभी मिलने–जुलने वालों से देर तक बतियाते रहते तो कभी बड़े भैया को सूत कातते देखना बहुत मनोरम लगता। जब सूत बहुत हो जाता तो चारपाई की निवाड़ आदि चीजों में प्रयोग किया जाता।

सुबह–सबेरे नहाना उन्हें पसन्द नहीं था सो वे तभी नहाने जाते जब भोजन का समय हो जाता और भीतर से आवाज़ आती–'भोग लग गया।' मन्दिर में भोग लगने का आशय यही कि अब रसोई तैयार हो गयी। फिर वे पूछते–'क्या बना है आज?'

'भैया, पूछते क्यों हो? जो बना हो खा लेना।'

'पहले जान लेने से खाने के प्रति रुचि बढ़ जाती है।' जब रसोई का हाल मालूम हो जाता तो कहते–'जगना, थोड़ी तमाखू तो भर दे।' फिर नहाने का मन बनता उनका। ऐसे में अक्सर अजमेरी पूछ बैठते–'भैया, ये स्नान और तमाखू का क्या सम्बन्ध?'

वे हँसकर बोलते–'तुम क्या जानो?' जब चिलम भरकर आ जाती तो बड़े भैया से पूछते–'नन्ना, स्नान कर लो।' वे कहते–'हमें अभी देर है। तुम नहा लो।' फिर वे छोटे से पूछते–'क्यों सियाराम, नहा चुके?' वे पलटकर कहते–'हम तो नहा भी चुके और भोजन भी कर चुके।'

अक्सर वे अजमेरी से कहते–'मुंशी जी, आज आँवरिया (आँवले की कढ़ी) बनी है सो भोजन यहीं कर लो। नहाओगे तो नौकर से धोती मँगा लो।'

स्नान के बाद मैथिली जप करने बैठ जाते। तिलक लगाते और फिर भोजन करने बैठ जाते। भोजन के बाद कतरी हुई सुपारी चबाने लगते। पान खाना छोड़ने के बाद ताज़ा हुक्का तैयार होकर आ जाता। तब तक अजमेरी भी भोजन करने आ जाते। उनकी बैठक में गद्दी के इधर–उधर ढेर सारी किताबें पत्रिकाएँ पड़ीं रहतीं। दुपहर के बाद शाम पाँच–छह बजे तक वे ब्यालू (रात का खाना) कर लेते

जबकि अजमेरी कभी–कभार करते, रोज़ नहीं। जब कभी अजमेरी कोई पसन्दीदा चीज़ बनवाने लगते तो सारे भाइयों व भतीजों के बीच बाँटी जाती और वे कहते–'लाओ भाई, मुंशी जी का प्रसाद हम भी लेंगे। देखो मुंशी, तुम्हारी बदौलत हमें भी मिल जाता है। है न ठीक बात? वरना हमें तो बहुत सादा भोजन मिलता है।'

'पर आपको तो बासी पूड़ियाँ पसन्द आती हैं जबकि मैं ताज़ा सुस्वादु पदार्थों का प्रेमी।'

'हूँ, बासी पूड़ियों के आगे तुम्हारे व्यंजन भी फेल कर जायेंगे। ऐ, इतनी जल्दी कहाँ चल दिये? अभी रुकिये ज़रा...'

'भैया, रोज़ ही यहाँ से जाने में देर हो जाती और अक्सर घर पर देर रात पहुँचता हूँ तो घरवालों की डाँट खानी पड़ती है। पर क्या करें हम भी? हमारा मन भी यहीं लगता है। विनोद वार्तालाप, साहित्यिक चर्चाएँ वग़ैरह में इतना रम जाता हूँ कि जाने की सुधि ही नहीं रहती।'

'सचमुच, न जाने कितनी रातें हमने जागकर काटी हैं मुंशी जी। याद है, कई बार तो बातों–बातों में सवेरा तक हो जाता था, यही है हमारी साहित्यिक साझेदारी। आप मेरे मित्र, सलाहकार, संशोधक, हितैषी व अग्रज तो हैं ही, इसके अलावा आपसे जीवनी शक्ति पाता हूँ, आप न होते तो...' कहते हुए उनका कण्ठ भर आया।

'सच कह रहे मैथिली, हमें तो तुम्हारे संग मन्दिर जाकर कीर्तन करने में ख़ूब मज़ा आता है। कभी शायरी करते हुए ख़ुद को खो देता हूँ। संकीर्णता तो कभी मेरे मन में पनपी ही नहीं, किसी भी धर्म या सम्प्रदाय को लेकर कट्टरता क्या होती है, सचमुच नहीं जानता, न जानना चाहता हूँ।'

'सचमुच, यही तो है हमारी साझा पूँजी, हमारी ऐतिहासिक धरोहर।'

कितनी बातें, कितनी चर्चाएँ, कितने तरह के सवाल–जवाब में दोनों मित्र डूबते–उतराते। मुंशी जी का विचार कुछ ऐसा था कि संशोधन योग्य स्थान पर क़लम न चलाना आलस्य करना है सो वे

उन्हें उचित सलाह देने में कभी नहीं चूकते। ऐसा करके अजमेरी को परम सन्तोष होता।

मैथिलीशरण कविताएँ रचते व तम्बाकू पीते। एक बार मुंशी जी के साथ कलकत्ते से बनारस आ रहे थे। ट्रेन धड़धड़ाते हुए भागी जा रही थी। जब मुगलसराय से गाड़ी चली तो मुंशी जी ने कहा–'तुम सिगरेट पीना नहीं छोड़ सकते?'

इतने में गंगा जी का पुल आ गया। उन्होंने सिगरेट की डिबिया तुरन्त गंगाजी में फेंक दी और बोले–'लो आज से नहीं पियेंगे।' तब से तीन साल उन्होंने हुक़्क़ा भी नहीं पिया। जब क़ब्ज़ की शिकायत बढ़ गयी तो लोगों के कहने–सुनने पर हुक़्क़ा फिर से पीने लगे। हुक़्क़ा न मिले तो बीड़ी भले पी लें पर तभी से उन्होंने सिगरेट त्याग दी। अपने दिये गये वचन के प्रति ऐसी प्रतिबद्धता। मैथिली सम्बन्धों व रिश्तों को सहेजकर रखना जानते थे। वे घर में आगन्तुकों से भी ख़ूब स्नेह और अपनेपन से मिलते तो साहित्यकार मित्रों से भी वैसी ही गर्माहट और अपनापन देखते ही बनता था।

मुंशी अजमेरी ने तो उनके बारे में सच लिख डाला–'वे वज्र से भी कठोर और कुसुम से भी कोमल हैं और सत्यम् शिवम् सुन्दरम् के उपासक हैं।' मनुष्य होने की मैथिली की यह यात्रा उन्हें निरन्तर बेहतर मनुष्य से उत्कृष्ट मनुष्यता की तरफ़ लिए जा रही थी। मैथिलीशरण का अपने समकालीन साहित्यकारों से ख़ूब मेल–मिलाप होता रहता। रायकृष्णदास, निराला, पन्त, महादेवी वर्मा, वृन्दावनलाल वर्मा, जयशंकर प्रसाद, प्रेमचन्द, जैनेन्द्र कुमार, अज्ञेय जी समेत दर्जनों साहित्यकार उनके यहाँ आते–जाते और वे भी अवसर मिलते ही ख़ूब यात्राएँ किया करते।

1929–30 के आसपास महात्मा गाँधी विदेशी वस्त्रों की होली जलाने कालाकांकर पधारे और नमक आन्दोलन शुरू हो गया जिसमें भाग लेने के लिए दल के दल नवयुवक नमक बनाने वहाँ पहुँचे और उन्हें महीनों कारावास की सज़ा सुनाई गयी।

पन्त जी 1931 में कालाकांकर रहने लगे थे जिनसे मिलने अक्सर साहित्य प्रेमी आया करते और अच्छा–ख़ासा साहित्यिक वातावरण बन जाता। एक बार तो यह हुआ कि जब मैथिलीशरण को लेने पहुँचे नवयुवक सुरेश से बोल पड़े–'मैं भला कैसे चाय पी सकता हूँ? आज तो रामनवमी है। 12 बजे रामजन्म हो जाने पर ही प्रसाद ग्रहण करूँगा। आप लोग जल्दी तैयार हो जावें।'

फिर वे चाय पीकर गंगातट पर बने ठाकुरद्वारे गये जहाँ सीता–राम की सुन्दर मूर्तियाँ स्थापित हैं। मैथिलीशरण ने पूछा–'चलिए, पहले गंगा स्नान हो जाये।' पन्त जी रुके रहे तो उन्होंने पूछा–'क्या बात है? आप नदी में स्नान नहीं करेंगे क्या?' पन्त जी को झिझकते हुए स्वीकार करना पड़ा–'मैंने आज तक गंगा नदी में स्नान नहीं किया है।'

वे हाथ जोड़कर बोले–'धन्य हैं महाराज, इतने दिनों से यहाँ रह रहे हैं। प्रायः हर सप्ताह नौकाविहार करते हैं। गंगा पर कविताएँ लिखी हैं पर कभी इस पावन जल में डुबकी नहीं लगायी।'

फिर सभी नहाकर मन्दिर गये। मैथिलीशरण ने मूर्तियों के सामने पृथ्वी पर लेटकर साष्टांग दण्डवत किया और मन्दिर के प्रांगण में आँखें मूँदकर भजन–कीर्तन और रामायण सुनते रहे। रामजन्म होने तक वे सब वहीं बैठे रहे फिर प्रसाद ग्रहण करके लौटे। बाद में उन्होंने लिखा–

राम, तुम्हारा चरित स्वयं ही काव्य है
कोई कवि बन जाये, सहज सम्भाव्य है।

उनकी रागात्मकता और आत्मीयतापूर्ण व्यवहार से सब उनके अपने बन जाते थे। नौकाविहार करते हुए वे बातों में मगन थे कि माँझी बोला–'भैया, तैयार हो जाओ। बत्तख का एक जोड़ा बहुत नीचे आ रहा है।' सुरेश ने बन्दूक़ उठा ली लेकिन जब चिड़ियों का जोड़ा और निकट आया तो उन्होंने यह कहकर बन्दूक़ रख दी कि यह तो सुर्ख़ाब है। मैथिलीशरण ने छूटते ही कहा–'इन चक्रवाकों पर आपने इतनी दया क्यों दिखायी?'

'मैं चक्रवाकों को नहीं मारता।'

'आख़िर क्यों?' वे बात की तह तक पहुँचना चाहते थे।

'बात कुछ परानी ज़रूर है वर्षों पुरानी। इसी तरह एक बार नौकाविहार के लिए निकला तो सुर्ख़ाब का एक जोड़ा मेरी बोट के नज़दीक उड़ता हुआ आया। मैंने बन्दूक़ चलायी तो एक पानी में गिर गया। उसका डैना टूट गया था लेकिन वह ज़िन्दा था। उसके जोड़े ने जब उसे पानी में गिरते देखा तो वह लौटकर उसके पास आ गया और उसके ऊपर चक्कर काटने लगा जैसे हम लोगों का उसे कोई डर ही न हो। लोगों ने मुझसे उस पर बन्दूक़ चलाने को कहा लेकिन वह दृश्य देखकर मेरी हिम्मत न पड़ी। मुझे रहीम का दोहा याद आ गया–

चकई चकवा दुई जने, इनहि न मारे कोय,
ये मारे करतार के, रैन बिछोहा होय।

इसके बाद मैंने सुर्ख़ाबों को मारना छोड़ दिया।

मैथिली बोल पड़े–'चक्रवाकों की जान तो रहीम खानखाना की वकालत पर बच गयी लेकिन बाक़ी पक्षी रहीम की तरह वकील कहाँ से पायेंगे? क्या मैं उनकी तरफ़ से बिना वकालतनामा दाख़िल किये कुछ कह सकता हूँ?' उनकी आवाज़ में तंज़ था, तेज़ आक्रोश था।

सुरेश चुप रहे। मैथिली फिर से बोल पड़े–'देखिए, कुँवर साहब, संसार में अगर कोई किसी की भलाई करता है तो हम उसका एहसान ज़िन्दगी–भर मानते हैं ओर उसके एहसान का बदला चुकाने के लिए सदैव तत्पर रहते हैं लेकिन जो एहसान का बदला नहीं चुकाता है, उसे आप जानते हैं, क्या कहा जाता है?'

'एहसानफ़रामोश...' सुरेश ने बेखटके कह डाला।

'आपने ठीक कहा। मैं अपने मुख से यह शब्द नहीं कहना चाहता था। आप जानते ही हैं कि इन्हीं चिड़ियों के कारण आपने हिन्दी साहित्य में अपना विशेष स्थान बनाया है। इन्हीं पक्षियों का निरीक्षण करके आपने न जाने कितनी पुस्तकें लिखी हैं और आगे भी लिखेंगे। इन पक्षियों के कारण ही आपको इतना मान–सम्मान मिला है। रहीम के एक दोहे

के कारण आपने चक्रवाकों को तो अभयदान दे दिया मगर बाक़ी बची हुई हज़ारों चिड़ियाँ कहाँ से वकील–कवि लायें जो आपसे जीवनदान पा सकें। आपको तो इनका कृतज्ञ होना चाहिए, न कि...' उनके मुख से जीव मात्र की हिंसा के ख़िलाफ़ आवाज़ ऊँची होती जा रही थी।

सुरेश ने बीच में ही उनकी बात काटकर शर्म से गड़ती आवाज़ में कहा–'बहुत हो गया दद्दा। अब मुझे और न लज्जित करें। आपको वचन देता हूँ कि आज से किसी पक्षी को कभी नहीं मारूँगा। खूँखार जानवरों के प्रति भी यही अहिंसा भाव रहेगा। आत्मरक्षा के अलावा मेरी यह बन्दूक़ अब कभी नहीं उठेगी। आज से यह भगतिन हो गयी।'

सुनते ही मैथिली के चेहरे पर बाल सुलभ मुस्कान तैरने लगी। जीवमात्र के प्रति अपने करुणा और दया भाव को प्रकट करते हुए वे बोले–'देखिए, पन्त जी आप गवाह हैं, सुरेश के इस निर्णय के।'

'हाँ, हाँ, ज़रूर गवाह हैं और ये अपने दिये वचन की रक्षा हर हाल में करेंगे। आप निश्चिन्त रहें अब।' पन्त जी ने आश्वस्ति भरी नज़र मैथिलीशरण पर डाली। मैथिलीशरण तरल आवाज़ में बोले–'इस समूची सृष्टि में रहने वाले हर जीव को जीने का उतना ही हक़ है जितना हमें। ये पूरी धरती सबकी है–सबै भूमि ग़ोपाल की। चींटी से लेकर हाथी तक समूचे जीव–जन्तु, सारे पशु–पक्षी और कण–कण में धरती की माटी में पलने–पुसने वाले हरेक की साँसों के लिए ज़रूरी है–पेड़–पौधे, हवा, पानी, आग...'

बीच में बात काटते हुए सुरेश बोल पड़े–'क्षिति, जल, पावक, गगन, समीरा...'

'अरे आप तो ख़ुद ही इतने समझदार हैं, फिर क्या कहना–सुनना?'

'पर कभी–कभी समझदारों से भी चूक हो जाया करती है...' पन्त जी ने कहा।

'जब जागे तभी सवेरा।' मैथिलीशरण स्नेहिल स्वर में कुछ ऐसे लहजे में बोले जिसे सुनकर सब सहमत हो गये। हँसते हुए पन्त जी पूछने लगे–'दद्दा, आपके सुपुत्र का नाम रखा था मैंने। उसे पसन्द आया? कैसे हैं आपके सुपुत्र?'

'ये तो उसने कभी बताया नहीं, न ही मैंने उससे कभी पूछा। उसकी पढ़ाई से सन्तुष्ट नहीं हूँ मैं। जितना मन लगना चाहिए था, उतना तो लगता नहीं। समझ नहीं आता, क्या करें?'

'अभी कितने साल का हो गया होगा?'

'यही कोई तेरह–चौदह का...'

'तो किसी नेक, गुणी और शिक्षित लड़की से उसकी शादी कर दो। इससे शायद सुधर जाये।' सुरेश जी बीच में ही बोल पड़े।

'शादी से सुधरने की क्या गारंटी?' पन्त जी ने प्रतिप्रश्न किया तो वे बोल पड़े–'मगर आप ये बात पन्त जी से क्यों पूछ रहे हैं? इन्हें कौन–सा शादी का अनुभव है?' उनकी बात सुनकर सभी ठहाका लगाकर हँसने लगे।

'ब्याह–शादी के बाद जब घर में दूसरे के घर की लड़की आ जाती है तो वो लक्ष्मी बनकर आती है जिससे ज़िम्मेवारी बढ़ जाती हैं। लड़की के साहचर्य में उर्मिलाचरण का आचार–व्यवहार भी थोड़ा–सा ज़रूर बदलेगा बशर्ते लड़की गुणी और समझदार हो। संस्कारी हो और हुनरमन्द भी।'

'सही कह रहे हैं सुरेश। हम भी यही सोच रहे थे। हमारी अपेक्षानुरूप उर्मिल पढ़ाई में खरे नहीं उतर पा रहे। उनका मन नहीं लगता और ऊपर से अपनी माता के लाड़–प्यार में इतने मनचले होते जा रहे हैं कि क्या बतायें...' आगे कुछ और कहने से उन्होंने ख़ुद को सायास रोक लिया।

'मनबढ़ कहते हैं ऐसे बच्चों को।' पन्त जी ने बात को आगे बढ़ाया।

'हाँ वही, जिया की जान उनमें बसती है। पल–भर बेटा आँखों से ओझल हो जाये तो जिया आफ़त मचा देती हैं। ऊपर से चाचा–ताऊ कुछ भी कहें या समझायें, कुछ रोकें–टोकें तो वे बुरा मान जाते हैं। कुछ भी नहीं सीखना चाहते। वे वही करेंगे जो उनके मन में चल रहा होगा, मनमर्ज़ी के मालिक...'

'दद्दा, ये उम्र ही ऐसी है। किशोरावस्था में अभी उतनी समझ तो होती नहीं। वैसे भी आठ सन्तानों को खोने के बाद कितनी मुश्किल से बची औलाद है वह, सो जिया की आँखों के तारे हैं। माँ के अन्तस् की बातें बहुत गहरी होती हैं, अथाह होता है माँ का हृदय, सागर की तरह गहरा। उतना ही चिकना, तलस्पर्शी और कोमल। उसके भीतर उतरना चाहो तो थाह नहीं ले पायेंगे आप। तभी तो अथाह है माँ की ममता। बस आती–जाती लहरों से पता चलता है कि उसकी प्राण वायु क्या है, जिया की भावनाएँ भी सागर की लहरें समझो दद्दा।'

'हूँ...' एक लम्बी सास लेते हुए वे बोल पड़े–'अरे आपने तो पूरी कविता ही बाँच दी पन्त जी। कितना सुन्दर बिम्ब उभरकर दिमाग़ में बनने लगा कि सुनते–सुनते मैं तो अभिभूत हो उठा हूँ लेकिन अभी कुछ साल रुककर करेंगे बेटे का ब्याह। तब तक ज़िम्मेदारी सँभालने लायक समझ आ जाये, शायद। बाक़ी जैसी प्रभु रामजी की इच्छा।'

'माँ–बेटे के रिश्ते को परिभाषित करना कवियों के लिए भी कहाँ आसान रहा है? मैंने हमेशा उन्हें माँ के आसपास घूमते ज़्यादा देखा है। आपके पास तो कम ही आते हैं।'

'आयेंगे तो पढ़ाई–लिखाई की बातें सुननी पड़ेंगी जिसे वे क़तई नहीं सुनना चाहते। समझते सब हैं मगर क्या करें? किससे कहें? कहते भी तो नहीं बनता। ग़ुस्सा करने पर झटपट माँ के आँचल में जाकर दुबक जायेंगे, अभी तक। बहुत बचपना है उनमें...'

'दद्दा, चिन्ता की कोई बात नहीं। आपका इतना बड़ा कारोबार फैला है, उर्मिलाचरण उसे सँभाल लें, वही बहुत है।'

'परन्तु प्रेस सँभालने लायक दूरदृष्टि और साहित्यिक समझ तो होनी चाहिए।' वे एक–एक शब्द चुन–चुनकर जतन से बोलते रहे–'जैसी गहरी समझ अनुज सियारामशरण और चारुशीलाशरण में है, वैसा विवेक और संयम होता तो क्या बात थी मगर न तो आत्मानुशासन नज़र आता है, न किताबें पढ़ने के प्रति वैसी ललक...' एक लम्बी साँस लेकर वे चुप हो गये।

'सीख जायेंगे धीरे–धीरे वे भी, जब सिर पर जिम्मेदारी आयेगी तो अपने आप सीखेंगे।' पन्त जी ने भरोसे के साथ कहा।

'वैसे संस्कार, कड़ा अनुशासन और अनवरत साधना चाहिए इसके लिए। इससे भी ज़रूरी चीज़ है, उनमें सीखने की ललक, धीरज और जिज्ञासा तो हो। कितनी बार कह चुके कि अपने चाचाओं के साथ रहकर प्रेस का काम सीखो। किताबों को पढ़कर ही तो समझ पैदा होगी मगर वे तो एक कान से सुनकर दूसरे से निकाल देते हैं। उनकी संगति भी नहीं जँचती मुझे मगर क्या करें? वे तो सियाराम की बातें भी ध्यान से नहीं सुनते। एकाध बार .गुस्से से समझाने की कोशिश की तो वे उल्टे बरसने लगे। सोचो ज़रा, बड़ों को आदर नहीं देंगे तो क्या होगा उनका भविष्य? शह जो मिलती हैं उन्हें...'

'किससे? कौन भड़काता है?' पन्त जी बीच में ही पूछने लगे।

'उनकी माताजी और कौन? उनसे ज़रा कोई ऊँची आवाज़ में डपट दे कि वे उल्टा समझाने लगेंगी। एक बार सियाराम ने डाँटा–'ये किताबें किसने यहाँ से उठाकर अलमारी में रखी हैं? किसने मशीन यहाँ से उठाकर वहाँ रखी?'

वे सुनकर हँसने लगे और वहाँ से सीधे भागकर माँ की गोद में–'जिया, देखो, चाचा ने डाँटा।' फिर वे दो–चार बातें नमक–मिर्च लगाकर अपनी माँ को ऐसी पट्टी पढ़ायेंगे जैसे एक अबोध बच्चे को वे सब मिलकर परेशान कर रहे हैं। मैं चुपचाप ये तमाशा देखने को विवश हूँ। किसको क्या कह दें? जिया से कुछ कहें तो वे पुत्र को छाती से चिपकाकर कहेंगी–'मेरे आठ पुत्रों के बाद ये देखने को मिला है जिसे देखकर आँखें ठण्डी हुई हैं।' ये सब उनके लाड़–प्यार का नतीजा है। जबकि मेरे भाई ये समझते हैं कि जितने अनुशासन में उन्हें मैंने रखा है या जितना डाँटकर उन सबको जीने के रास्ते सुझाये हैं, वही सब डाँट–डपट मैं अपने पुत्र के साथ क्यों नहीं करता? मैं तो बस आँखें तरेरकर .गुस्से में देखता–भर हूँ और वह इसी से सहम जाता है। एक और बात, पुत्र सुदर्शन की मीठी बातें

याद करके मैं चुप हो जाता। बेचारा, जलोदर से चलता बना, पर वह हमेशा मेरे आगे–पीछे घूमता रहता था। बड़ी समझदारी की बातें पूछता था–'इतनी बड़ी धरती किसने बनायी? आसमान में इतने तारे कैसे भर गये? आप हमेशा लिखते क्यों रहते हैं? मेरे साथ खेलते क्यों नहीं?' तब से एक अपराध–बोध सा सालता रहता। काश कि उसे समय दे पाता...'

'ऐसे भावुक न हों दद्दा। तब आप क्या जानते थे कि वो दस साल के बाद छोड़कर चला जायेगा। बस, यहीं आकर हम सब विवश होकर प्रकृति या ईश्वरेच्छा कहकर जीने की कोशिश करते रहते हैं।' सुरेश ने बहुत देर बाद अपनी बात कही।

'वैसे दद्दा, उर्मिलाचरण के लिए कोई लड़की देखी आपने? आप कहें तो हम भी कोशिश करें। हमारी रिश्तेदारी में कई नेक लड़कियाँ हैं...' अपनी बात के समर्थन के लिए उन्होंने दद्दा की तरफ़ देखा।

'हाँ, देखी थी एक लड़की, कुछ साल पहले। बड़ी प्यारी बच्ची है और पढ़ाई में भी तेज़ लगी थी मुझे। उसे देखकर अनायास यही ख़याल आया कि यही मेरे घर की व्यवस्था को ठीक से सँभाल सकती है और पुत्र को भी अनुशासित कर सकती है। यही मेरी किताबों को क़ायदे से सँभाल सहेज कर रख सकती है। अनुशासन में ढला उसका व्यक्तित्व और धीर–गम्भीर स्वभाव। उसके चेहरे पर एक आभा–सी नज़र आती है...' उस कन्या शान्ति को याद करते हुए वे कहीं खो से गये।

'पर कहाँ देखा है उसे?'

'दरअसल एक कवि–सम्मेलन में बुलाया गया था मुझे माधोगढ़ के कॉलेज में। मंच पर अपनी कविता सुनाने आयी थी। उसकी आवाज़ में एक कोमलता थी और आचरण में सौम्यता। उसकी आँखों की चमक देखकर लगा जैसे घने बादलों के बीच चमकती बिजली की कौंध हो।'

'वाह–वाह, फिर तो उसी के घरवालों से बात की जाये। नेक काम में देर किस बात की? आप बतायें तो सही...' सुरेश ने उतावलेपन से पूछा।

'नैक गम खाव सुरेश। उर्मिल की पढ़ाई पूरी तो हो जाये। फिर बुलाहैं माधोगढ़ वारिन खों। लड़की में साहित्य की समझ है, होशियार है, शायद शान्ति नाम था।'

'बढ़िया नाम है, नाम के अनुरूप ही धवल चन्द्रमा जैसी शीतलता का आभास होगा आपको।' पन्त जी ने बीच में टोका।

'उसका कण्ठस्थ कविताएँ पढ़ने का ढंग लाजवाब था...उसकी स्मृति अभी भी ताज़ा है, जस की तस।' मैथिली जैसे उस समय में खो गये।

'आपकी नयी किताब पूरी हुई दद्दा? वृन्दावन लाल वर्मा जी के क्या समाचार हैं?' पन्त जी ने फिर से उन्हें साहित्य की तरफ़ खींचना चाहा।

'उनका घर पर आना–जाना लगा रहता है। अभी पिछले महीने जब वे घर आये तो हमारे चिरगाँव के पास भरतपुरा में फूलचन्द्र पुरोहित के यहाँ निकल गये। वहीं से वे बन्दूक़ लेकर शिकार के लिए बेतवा किनारे घनघोर जंगल की ओर निकल गये थे।'

'वर्मा जी को शिकार का ये शौक़ कब से चर्राया?'

'पता नहीं पर बेतवा नदी से भी ग़ज़ब का मोह है उन्हें। गणेश शंकर विद्यार्थी जी भी बेतवा देखने के लिए पैदल ही चल पड़े थे। रास्ते भर पेड़ों से बेर तोड़कर खाते जाते।'

'आपको भी बेर पसन्द हैं न दद्दा?'

'हाँ, और भटे की सब्ज़ी भी?'

'दद्दा, खाण्डेराव गेट के बाहर बने गीता मन्दिर में जब वृन्दावन लाल वर्मा का जन्म दिवस मनाया गया था, तब आपकी लिखी वो कविता कितनी मौजूँ बन पड़ी थी–'मेरा वृन्दावन सदा फलो–फूलो, इसमें मुरली की मधुर गुंजित रहे।'

'हूँ...वृन्दावन और मेरी मित्रता बहुत गहरी और आत्मीय है जिसे शब्दों में नहीं बाँधा जा सकता।' उन्हें याद आया कि कैसे इन दो पंक्तियों को सुनकर वृन्दावन भावुक होकर उनके चरणों में गिर पड़े थे। कितना अजीब दृश्य था वह, अप्रत्याशित। उन्होंने लपककर वर्मा जी

को गले लगा लिया था। मौजूद विद्वत् समाज ने इस आलिंगन का तालियों से स्वागत किया था। हम और वृन्दावन तो अक्सर साइकिलों पर झाँसी से बेतवा के नौहट घाट जाते रहते। यात्राएँ हमने साथ कीं, ख़ूब सारी। झाँसी से जालौन फिर देवगढ़ निकल जाते जहाँ प्रकृति का साम्राज्य बिखरा पड़ा है, ख़ास तौर से मूर्तिकला का अद्‌भुत शिल्प देखकर हम सब स्तम्भित हो गये थे। लौटते हुए रात हो गयी। भाँय–भाँय करती अँधेरी रात और हमारे पास जंगली जानवरों से मुक़ाबला करने का कोई हथियार तक नहीं। पता है, ऐसे में बैलगाड़ी के सामने शेर आ गया था?'

'फिर? बैल तो छड़क गये होंगे? गाड़ी उलट गयी होगी?' वे घबराहट में बोले।

'किसी तरह पहाड़–सा वक़्त काटा हमने। हाँ, बैल छड़के थे। गाड़ी अब औंधी होने वाली थी, डर के मारे हम सब राम–राम कहने लगे थे कि बैलगाड़ी बस अब पलटने वाली है और हम चारों खाने चित पड़े हैं और शेर हमें चीथ रहा है कि हमारी अँतड़ियाँ बाहर...ऐन मौक़े पर वृन्दावन के दिमाग़ में आग का विचार कौंधा। उनके पास बीड़ी जलाने वाली दियासलाइयाँ थीं जिन्हें जला–जलाकर किसी तरह बच पाये हमारे प्राण।'

बातें, बातें और यहाँ–वहाँ की चर्चाएँ। सूचनाओं का आदान–प्रदान। रात देर से ठहरी हुई थी जैसे सुबह को किसी ने रोक लिया हो। कभी लगता, वे सब एकालाप कर रहे हों। जिसके मन में जो आया, वे अपनी–अपनी बातें साझा करने लगे–'वृन्दावन लाल ने मुझे 'गढ़कुंडार' की पाण्डुलिपि पढ़ने दी थी। बहुत अच्छी कृति थी। 'लक्ष्मीबाई' उपन्यास पढ़कर तो मैं इतना ख़ुश हुआ कि उसे दो बार पढ़ गया। फिर भी मन नहीं भरा। वृन्दावन को शाबाश देने सीधे झाँसी पहुँच गया था।'

'पाण्डुलिपियाँ पढ़ने और सुनने का ये क्रम तो 'भारत–भारती' से ही शुरू हो चुका था जो कई सालों तक ऐसे ही चलता रहा।'

'दद्दा, वृन्दावन लाल वर्मा ने चुनाव भी तो लड़ा था न?'

'हाँ, हार गये थे वे। मैंने रोका था पर वे नहीं माने। बाद में हम अपने अनुजों के संग गये थे उनसे मिलने। सबने मिलकर ख़ूब ठहाके लगाये। मिलकर फ़ोटो खिंचवाये।'

पन्त जी को उनकी बातें सुनकर अहसास होता कि इतने बड़े कवि का स्वभाव कितना नम्र, बर्ताव कितना मृदुल और शिष्ट है। वे अपनी रौ में बोले जा रहे थे–'और सुनो पन्त जी, एक बार जब वृन्दावन चिरगाँव आये तो मैं सो चुका था। तब उन्होंने सितार उठाया। शायद भोपाली विहाग के स्वर छेड़े जिसे सुनते ही अचानक मेरी आँखें खुल गयीं। दरअसल मेरे भीतर सृजित कल्पना लोक के किसी प्रसंग से उस राग का ऐसा तादात्म्य बैठा कि सुनते ही मन विचलित हो उठा था।

'वृन्दावन लाल और आप तो अक्सर झाँसी में मिलते होंगे। आपका तो बँगला है न वहाँ?'

'हाँ, वहीं तो ठहरता हूँ।'

'आपको तो लोककवि ईसुरी की फागें भी याद होंगी? कुछ तो सुना दीजिए न?'

'हूँ...' कहते हुए वे कुछ रटी–रटाई पंक्तियाँ दुहराने लगे–'देखौ तौ रस कौ सागर भरो। भींजबे के लानें नयी, डूबबे के लानें।'

और याद नहीं आ रहा। हाँ, एक और याद आने लगा–'मैं तो राजा तोरे वन की हिरनियाँ, तुम ठाकुर के लरिका, तपकतीर मारत काय नइयाँ।' गुनगुनाते हुए वे अपनी रौ में बोलने लगे–'बचपन में आल्हा–ऊदल के क़िस्से सुनने और गाने का बहुत शौक़ था।' सोचते हुए वे कहीं खो से गये।

'बड़ी देर हो रही है अब। चलो, अब सोयेंगे। सुबह जल्दी निकल लैहैं पन्त जी।' ऊँघते हुए बोल पड़े वे।

'ठीक है दद्दा...' कहते हुए सभी सोने चले गये।

तीसरा सोपान : नवजागरण काल

1917 में महात्मा गाँधी देश के राजनीतिक आकाश में सबसे देदीप्यमान नक्षत्र बनकर उभरे। उन्होंने अंग्रेज़ों के ख़िलाफ़ ज़ोरदार आन्दोलन छेड़ा और सरकार के साथ–साथ कांग्रेस और मुस्लिम लीग से मिलकर शासन सुधार की योजनाएँ बनायीं। 1919 के रॉलट एक्ट के विरोध में उन्होंने हिन्दू–मुसलमानों के सद्भाव से देश में अंग्रेज़ी शासन के ख़िलाफ़ बिगुल बजा दिया। जलियाँवाला बाग़ में डायरशाही की बरती गयी क्रूरता देखकर पूरा देश थर्राया हुआ था। ख़िलाफ़त आन्दोलन में अंग्रेज़ सरकार की वादाख़िलाफ़ी के विरुद्ध महात्मा गाँधी के क्रान्तिकारी तेवर खुलकर सामने आ गये। सरकारी सहायता का विरोध, राजभक्ति प्रचारक सभाओं का बहिष्कार, शिक्षण संस्थाओं और सरकारी नौकरियों से इस्तीफ़ा, विदेशी सामानों का बहिष्कार, यहाँ तक कि अदालतों का बहिष्कार उनकी इसी क्रान्तिकारी रणनीति के ज़रूरी हिस्से थे।

चौरीचौरा काण्ड के बाद जनता का आक्रोश चरम पर था। 1921 की अहमदाबाद कांग्रेस से खद्दर और हिन्दुस्तानी की स्वीकृति ने यह सिद्ध कर दिया कि कांग्रेस अब आम जनता के बीच पूरी

पैठ बना चुकी है। स्वतन्त्रता की माँग 1929 में लाहौर कांग्रेस में हुई। लाहौर कांग्रेस के बाद से प्रत्येक 26 जनवरी को प्रतिज्ञा ली जाने लगी कि भारतीय जनता स्वतन्त्रता पाने की हक़दार है क्योंकि ब्रिटिश शासन के आने से देश का आर्थिक, राजनीतिक, सांस्कृतिक और हर क्षेत्र में पतन हुआ है।

गाँधी जी ने डाँडी यात्रा शुरू की। समुद्री जल से नमक बनाकर नमक क़ानून तोड़कर एक नयी शुरुआत की। 1929 में उत्तर प्रदेश का दौरा करते हुए महात्मा गाँधी चिरगाँव आये और मैथिलीशरण गुप्त के अतिथि बने। मैथिलीशरण गुप्त भी महात्मा गाँधी से असाधारण रूप से प्रभावित थे। देश के किसानों के दुःख–दर्द पर उनकी कविताएँ पहले ही छप चुकी थीं। 'साकेत' के द्वादश सर्ग में मैथिलीशरण का आक्रोश स्पष्ट नज़र आता है–

मारो, मारो, जहाँ वैरियों को तुम पाओ।
मर–मरकर भी उन्हें प्रेत होकर लग जाओ।
है अपनों को छोड़ मुक्ति भी अपनी कारा।
पर अपनों के लिए नरक भी स्वर्ग हमारा।

1928 से पहले कुछ समय के लिए गाँधी जी कांग्रेस में उतने सक्रिय नहीं रहे थे पर औपनिवेशिक स्वराज्य की माँग पर सुभाषचन्द्र बोस और नेहरू जी को समझाकर गाँधी जी ने एक नया प्रस्ताव रखा। धीरे–धीरे कांग्रेस की बागडोर महात्मा गाँधी के हाथों में आ गयी। देशी रियासतों से कहा गया कि वे अपना कांग्रेस विरोधी रवैया बदलें। देशी रियासतों के राजाओं को कांग्रेस ने चुनौती दी थी जिसकी अनुगूँज मैथिली 'साकेत' के पाँचवें सर्ग में दिखायी देती है–

राजा हमने राम तुम ही को है चुना,
करो न तुम यों लोकमत अनसुना।

'साकेत' की रचना 1914 से शुरू होकर 1929 तक चली और गाँधी जी से मैथिलीशरण का 'साकेत' को लेकर पत्राचार 'विशाल भारत' में चला। गाँधी जी की दृष्टि में 'साकेत' सदाचार की शिक्षा देने वाला उत्कृष्ट काव्यग्रन्थ था जिसे वे अपने साबरमती आश्रम में

गीता की तरह पढ़ते थे। गाँधी जी संकीर्ण हिन्दूवाद या राष्ट्रवाद के ख़िलाफ़ थे। उनमें हिन्दू, मुसलमान, ईसाई सभी के लिए समान भाव था। लोकतन्त्र, धर्मनिरपेक्षता और समानता जैसी बुनियादी धारणाएँ गुप्त जी के लेखन में बख़ूबी व्यक्त हो रही थीं—

जाति, धर्म या सम्प्रदाय का नहीं भेद व्यवधान यहाँ,
सबका स्वागत, सबका आदर, सबका समसम्मान यहाँ।
नहीं चाहिए बुद्धि वैर की, भला प्रेम उन्माद यहाँ,
सबका शिव कल्याण यहाँ, पावें सभी प्रसाद यहाँ।

मातृभूमि के लिए मैथिलीशरण का प्रेम छलक पड़ा था—

भारत लक्ष्मी पड़ी राक्षसों के चंगुल में,
सिन्धु पार वह बिलख रही है व्याकुल मन में।

'साकेत' में भी मैथिली ने लिखा—

तात, देश की रक्षा का ही, कहता हूँ मैं उचित उपाय,
पर मेरा देश नहीं जो करे दूसरों पर अन्याय।
किसी एक सीमा में बँधकर, रह सकते हैं क्या ये प्राण?
एक देश क्या, अखिल विश्व का तात चाहता हूँ मैं प्राण।

कुछ लोगों ने यदा–कदा मैथिलीशरण पर संकीर्ण राष्ट्रवाद के आरोप भी लगाये लेकिन वे सर्वजनीन मानवतावादी नज़रिये से लिखते रहे–'है वही मुनष्य जो मनुष्य के लिए मरे।'

गाँधी जी राष्ट्रीय आन्दोलन को जन–जन से जोड़कर नैतिक, राष्ट्रीय और देशप्रेम के मूल्यों को राजनीति में प्रतिष्ठापित कर रहे थे तो मैथिलीशरण गुप्त की रचनाओं में परम्परागत मूल्यों के साथ–साथ तत्कालीन युगबोध भी उभरकर सामने आ रहा था। एक तरफ़ गाँधी जी रामराज्य की परिकल्पना को साकार करना चाहते थे, दूसरी तरफ़ मैथिलीशरण भी लिख रहे थे—

सन्देश यहाँ मैं नहीं स्वर्ग का लाया,
इस भूतल को ही स्वर्ग बनाने आया।

गाँधी जी ने ग्रामोत्थान को अपने जीवन का लक्ष्य माना था। उनकी मान्यता थी कि भारत के शहरों और क़स्बों से अलग लाखों

गाँवों में सामाजिक, नैतिक व आर्थिक आज़ादी की लड़ाई लड़ी जानी है। स्वयंसेवी संस्थाओं जैसे चरखा, ग्रामोत्थान, हिन्दुस्तानी शिक्षा, हरिजन सेवा, गोसेवा संघ आदि संगठनों के विकास और उत्थान के लिए वे प्राणपण से जुटे रहे। भारतवासियों को ग़रीबी, पाखण्ड, अन्याय और अन्धविश्वास से छुटकारा मिले, यही गाँधी का ध्येय था और यही मैथिली का भी–

अन्न वृद्धि से तृप्त तथा बहु, कलासिद्धि से सहज प्रसन्न।
अपना ग्राम ग्राम है मानो, एक स्वतन्त्र देश सम्पन्न।

1914–18 में महायुद्ध तुर्की, ब्रिटेन और फ्रांस के विरुद्ध लड़ा गया तो अंग्रेज़ों ने तुर्की को राजनीतिक दृष्टि से कमज़ोर किया। गाँधी ने कहा कि यदि तुर्की के साथ समझौता भारतीय मुसलमानों की भावनाओं के अनुरूप न हुआ तो वे असहयोग आन्दोलन चलायेंगे। गाँधी जी ने सरकारी उपाधि और अलंकरण प्राप्त लोगों से अपील की कि वे इनका परित्याग और बहिष्कार करें।

गाँधी जी का सविनय अवज्ञा आन्दोलन, स्वदेशी प्रेम, साम्राज्यवाद–विरोध, विश्व–राज्य की परिकल्पना और सर्वधर्म समभाव के कारण ग्रामोत्थान, समाज सुधार, स्वतन्त्रता, समानता और बन्धुत्व जैसे मूल्य 'साकेत' के ताने–बाने में इसी तरह गूँथे गये। पारिवारिक एकता और सांसारिकता के बीच कर्मनिष्ठा पर बल देना मैथिलीशरण का लक्ष्य था। साकेत में रामवनगमन पर प्रजा के विद्रोह और अन्तिम सर्ग में उर्मिला का उद्‌बोधन कितनी स्वाभाविकता से आया था–*मातृभूमि का मान ध्यान में रहे तुम्हारा*।

गाँधीवादी चिन्तन का व्यावहारिक पक्ष मैथिलीशरण की काव्य बगिया में फलता–फूलता रहा। युग–निर्माण करते समय विद्वानों ने सांस्कृतिक रूप से राष्ट्र को संवर्धित करने के लिए चेतना जाग्रत की–

अर्पित हो मेरा मनुज काय, बहुजन हिताय, बहुजन सुखाय।

उनकी पंक्तियाँ सरल, सुबोध और शाश्वत सच को उद्‌घोषित करते हुए एक नये समय का जयघोष करने लगी थीं–

युग युग तक चलती रहे कठोर कहानी,
रघुकुल में भी थी एक अभागिन रानी।

अतीत के कथाचित्रों में नये रंग भरते हुए मैथिलीशरण गृहस्थ जीवन में भी कर्तव्यों को वरीयता देते रहे–

मेरे उपवन के हरिण आज वनचारी,
मैं बाँध न लूँगी तुम्हें तो भ्रम भारी।
गिर पड़े दौड़ सौमित्र प्रिया पग तल में,
वह भीग उठी प्रिय चरण धरे दृग–जल में जल में।

19वीं शताब्दी के नवजागरण काल में मैथिलीशरण ने खड़ी बोली को नयी प्रतिष्ठा और आधुनिक चेतना के युग परिवर्तनकारी मूल्यों से जोड़कर अपने लेखन में सांस्कृतिक पुनरुत्थान और लोकमंगलकारी मूल्यों को बहुत गहराई से पिरोया। भारतीय अस्मिता और राष्ट्रीय चेतना उनके काव्य में सहज ढंग से उभरकर आयी। रामकाव्य परम्परा उनकी रचनाओं के मूल में थी। भारतीय स्वाधीनता आन्दोलन के दौरान तिलक ने 'गीता रहस्य' लिखा तो मैथिलीशरण ने 'पंचवटी' और 'साक़ेत' जैसे ग्रन्थों में इतिहास, धर्म, दर्शन, भक्ति, कला और नारी सुधार मूल्यों को स्थापित किया।

मैथिलीशरण के लेखन में इतिवृत्तात्मकता और उपेदशात्मकता के आरोप लगाये जा रहे थे मगर उनकी नारियों में कर्म सौन्दर्य उभरकर नये रूप में दिखाई देता था–

है करों में भूरि भूरि भलाइयाँ,
लचक जाती अन्यथा न कलाइयाँ।

साकेत के ही नवम सर्ग में उर्मिला विषयक प्रसंग में आधुनिक स्त्री चेतना का सही बिम्ब उभारते हुए मैथिलीशरण ने स्त्री के शिक्षित बनने तक की बात उठाई है–

मैं निज ललित कलाएँ, भूल न जाऊँ वियोग वेदना में।
सखि, पुरवाला शाला खुलवा दें क्यों न उपवन में।

मैथिलीशरण की स्त्री पात्र सीता, उर्मिला और यशोधरा परम्परागत नायिकाओं से अलग काफ़ी हद तक स्वतन्त्र, स्वावलम्बी,

आत्मसम्मान प्रिय, गम्भीर और मध्यवर्गीय संघर्षगत स्त्री का प्रतिनिधित्व करती हैं। स्त्री मनोविज्ञान की सही पकड़ के लिए मैथिलीशरण ने उनके अन्दर के मनुष्यत्व को निखारते हुए कैकेयी जैसे खल रूढ़ि में क़ैद नारी किरदारों के अनुताप प्रसंग को भी उभारा। रूढ़िबद्ध कलंकित स्त्री पात्रों के भीतर उतरते हुए वे स्त्री के जटिल मनेविज्ञान को बड़ी सहजता से अपनी उदात्त पैनी दृष्टि के सहारे पकड़ लेते। कैकेयी के अनुताप प्रसंग को मैथिलीशरण ने मार्मिक बना दिया–

करके पहाड़–सा पाप मौन रह जाऊँ,
राई भर भी अनुताप न करने पाऊँ।
थूके मुझ पर त्रैलोक्य भले ही थूके,
जो कोई कह सके, कहे, क्यों चूके।
छीने न मातृपद कोई भरत का मुझसे,
हे राम, दुहाई करूँ और क्या तुमसे?

चिरकाल से साहित्य में कुछ निन्दित या खल पात्रों को गढ़ा गया परन्तु ऐसे स्त्री पात्रों के भीतर बैठे मनुष्य को उभारते हुए मैथिलीशरण ने सालों पुरानी कवियों की रूढ़ियों को तोड़ते हुए कैकेयी के पश्चात्ताप को स्वर देकर मौलिक स्थापना की–

क्या कर सकती थी मरी मन्थरा दासी?
मेरा मन ही रह सका न निज विश्वासी
छल किया भाग्य ने मुझे अयश देने का,
बल दिया उसी ने भूल मान लेने का।

सभा की तरफ़ सहमति से देखते हुए फिर कैकेयी राम को सम्बोधित करते हुए अनुताप भरे स्वर में कह उठती हैं–'या मैं उकसायी गयी भरत से होऊँ, तो पति समान ही स्वयं पुत्र भी खोऊँ।'

अन्ततः आत्मग्लानि की आग में जलती ऐतिहासिक पात्र को मैथिलीशरण ने नये सिरे से सृजित करते हुए पछतावे में तिल–तिल जलती स्त्री की पीड़ा का सटीक बयान किया है–

युग युग तक चलती रहे कठोर कहानी,
रघुकुल में भी थी एक अभागिन रानी।

निज जन्म–जन्म में सुने जीव यह मेरा,
धिक्कार उसे था महास्वार्थ ने घेरा।

राम जब अपनी माँ की तरफ़ स्नेह से देखते हुए कुछ कहते हैं तो वे वेग से बोल पड़ती हैं–

यह सच है तो घर लौट चलो तुम भैया,
अपराधिन मैं हूँ तात, तुम्हारी मैया।

'साकेत' में सीता भी आम स्त्री की तरह काम करते हुए नज़र आती हैं। उर्मिला के विरह वर्णन में कवि मैथिली ने पूरी रचनात्मक स्वतन्त्रता लेते हुए उर्मिला की एकाग्र निष्ठा, तपस्या व लम्बी साधना का जीवन्त चित्रण पूरी कुशलता से किया–

दिन और रात दोनों होते हैं हाथ में किसके
कमल तुम्हारा दिन है और कुमुद, यामिनी तुम्हारी
कोई हताश क्यों हो, आती सबकी समान बारी है।

स्त्री का आत्मसम्मान, मानिनी स्त्री की अभीप्सा और उसकी आकांक्षा को हिन्दी साहित्य में पहली बार उभारा गया था–'सखि, वे मुझसे कहकर जाते।' किन्तु साधना में निमग्न मन में त्याग भावना भी उतनी ही गहराई से चित्रित की गयी–

हे मन, तू प्रिय पथ का विघ्न न बन।

'साकेत' महाकाव्य में स्त्री किरदारों के अलावा भरत का अनुताप भी उतनी ही मार्मिकता और मौलिकता से उभारा गया है–

'हे आर्य, रहा क्या भरत अभीप्सित अब भी,
मिल गया अकंटक राज्य उसे जब, तब भी?'
पाया तुमने तरु तले अरण्यं बसेरा,
रह गया अभीप्सित शेष तदपि क्या मेरा?

कवि की मौलिक कल्पना को इस कृति में नया आकाश मिला। वर्ष 1937 में एक साथ काफ़ी सफलताएँ हासिल हुईं। इसी साल 'साकेत' पर उन्हें हिन्दी का श्रेष्ठ पुरस्कार मंगलाप्रसाद पारितोषिक मिला और इसी साल उनके इकलौते पुत्र का नामकरण संस्कार हुआ। उनकी ये सफलताएँ ठीक से उत्सव में तब्दील भी नहीं हो पायी थीं कि उनकी

स्वर्ण जयन्ती के कुछ ही दिन पहले मुंशी प्रेमचन्द के निधन का समाचार सुनकर उनका मन व्यथित हो गया। अजीब दुर्भाग्य था कि समारोह के कुछ दिनों बाद ही उनके अभिन्न मित्र, सखा, सलाहकार, गायक, बन्धु और मनमीत अजमेरी जी का भी असमय निधन हो गया। 1940 में प्रकाशित 'नहुष' की भूमिका में उन्होंने लिखा–'मेरे मनीषी स्वर्ग में तुम्हें कभी इस धरती का ध्यान आता है? स्मरण है, एक बार अपने बाबूजी से उनकी आँखों के बारे में क्या कहा था तुमने--

कौन देख ये आँखें तुमको कह सकता है अन्ध
योग्य चिकित्सा का बाबूजी हम कुछ करें प्रबन्ध
पर बेटा क्या देखूँगा मैं पाकर निज दृष्टि?
दर्शनीय वे पुरुष कहाँ, अब बदल गयी है दृष्टि।'

सचमुच सृष्टि ही बदल गयी है। आँखें जिन्हें खोजती हैं, वे कहाँ हैं? अजमेरी को गये महज़ चार महीने ही बीते। अभी अजमेरी के दुःख से वे उबर तक नहीं पाये कि जयशंकर प्रसाद जी खाट से लग गये। अभी 'कामायनी' जैसी कालजयी कृति छपी थी और 'इरावती' उपन्यास अधूरा था पर उन्हें देखकर लगता था जैसे महज़ हड्डियों का ढाँचा भर रह गये हों। ऐसा लगता था मानो शैया पर एक चादर ही पड़ी है और कुछ भी नहीं। फिर भी उनके मुँह पर निश्चित दृढ़ता दिखाई देती थी। उन्होंने मुस्कराकर अभिवादन के लिए हाथ जोड़े। मुझे पता था कि इस बार का मंगलाप्रसाद पारितोषिक उन्हें दिया जायेगा। जब हम लोग कक्ष से बाहर निकले तो मैंने टण्डनजी से कहा–'आप कहें तो यह बात उनसे कह आऊँ। सम्भव है, इससे उन्हें सन्तोष हो।' टण्डनजी की सहमति पाकर मैं उनके कक्ष में गया। प्रश्नसूचक दृष्टि से उन्होंने मेरी तरफ़ देखा। मैंने कहा–'इस बार का मंगलाप्रसाद पारितोषिक तुम्हें देने का निश्चय हुआ है। तुम शीघ्र स्वस्थ हो जाओ। मैं भी उसे लेने तुम्हारे साथ चलूँगा।'

भावविह्वल प्रसाद जी के मुँह से बोल नहीं फूटे। बस दोनों हाथों से मैथिलीशरण को पकड़ लिया था। प्रसाद जी की आँखें ख़ुशी से

छलछला आयीं मगर गला अवरुद्ध था। प्रसाद जी के देहावसान के बाद मैथिली ने लिखा–

जयशंकर जयशंकर कहते अब भी काशी आयेंगे,
किन्तु प्रसाद क्या विश्वनाथ का मूर्ति मात्र हम पायेंगे?
तात, भस्म भी तेरे तन की हिन्दी की विभूति होगी,
हँसते–हँसते आये थे हम, रोते–रोते जायेंगे।

ठीक साल–भर बाद दिसम्बर 38 में गुरुतुल्य महावीरप्रसाद द्विवेदी जी के निधन से मैथिली की चेतना का बहुत बड़ा हिस्सा जैसे अचानक कटे पेड़ की तरह ढह गया था। तब तक तो मैथिलीशरण का रचनात्मक जीवन सतह से उठकर देश–भर में मान–सम्मान की ऊँचाइयों तक पहुँच गया था। 1939 में वे काशी साहित्य सम्मेलन से गया जाकर पितरों का पिण्डदान कर आये और दाढ़ी मूँछ भी वहीं छोड़ दी। अब नये युग के अनुसार मैथिलीशरण गुप्त अपने को तैयार करने लगे। पगड़ी की जगह शीघ्र ही गाँधी टोपी भी अपना ली।

मैथिली के घर मित्रों की आवाजाही पहले की तरह अब भी लगी रहती। मोंठ से रामकिशुन और झाँसी से वृन्दावनलाल वर्मा अक्सर आते रहते। चिरगाँव में दशहरे पर पान खाने–खिलाने की परम्परा सालों से चली आ रही है। यह भी वहाँ की परम्परा है कि त्योहारों पर सब लड़के अपने से बड़ों के पैर अवश्य छूते हैं पर लड़कियों को बुन्देलखण्ड में पवित्र माना जाता है। मायके में रहती लड़कियों के पैर सभी को छूना ज़रूरी है जबकि लड़कियाँ किसी के भी पाँव कभी नहीं छूतीं। मैथिली पर्दाप्रथा के ख़िलाफ़ थे। उन्होंने तय किया कि उनके घर में कोई भी बहू मुख के नीचे पर्दा नहीं करेगी। सिर ढँकना पर्याप्त है–ऐसी बातें वे जब–तब किया करते। दशहरे के मौक़े पर निकुंज (दद्दा की बैठक) में पान भरकर डिब्बे में रख दिये जाते। शाम के पाँच बजते ही चिरगाँव के सभी लोग मिलने–जुलने निकुंज तक आते और मैथिली सहर्ष सबको पान खिलाते। छोटे बच्चों से लेकर हर कोई अपने से बड़ों के पाँव छूकर आशीर्वाद लेता। त्योहारों पर अक्सर वृन्दावनलाल वर्मा,

बोधराज वकील और बुन्देलखण्ड के बैजू बावरा सम्राट उस्ताद आदिल ख़ाँ की बैठकी होती और आदिल ख़ाँ अपने सुरीले गले से गायन सुनाते रहते।

1937 में राष्ट्रीय किसान कॉन्फ्रेंस में महात्मा गाँधी, महामना मदन मोहन मालवीय, पण्डित जवाहरलाल नेहरू, पण्डित बालकृष्ण शर्मा 'नवीन', आचार्य कृपलानी, श्री कृष्णकान्त मालवीय, बाबू श्रीप्रकाश आदि शामिल हुए। 30 दिसम्बर कड़ाके की ठण्ड पड़ रही थी लेकिन रात 8 बजे कवि–सम्मेलन का आयोजन किया गया जिसमें प्रत्येक प्रान्त के राष्ट्रीय विचारधारा के प्रमुख कवियों ने भाग लिया जिसमें माखनलाल चतुर्वेदी, पं. मातादीन शुक्ल, गयाप्रसाद शुक्ल सनेही, बचनेश आदि शामिल हुए मगर कवि–सम्मेलन में केवल नवोदित कवियों को पुरस्कृत किया गया। मैथिलीशरण नवोदित कवियों को प्रोत्साहित करने में सदैव आगे रहते थे।

सम्मेलन के अध्यक्ष मैथिलीशरण ने 'रामचरण हरायण मित्र' की कविता का परिचय देते हुए पं. जवाहरलाल नेहरू द्वारा स्वर्णपदक देने की घोषणा की। मैथिलीशरण के सुझाव पर पण्डित जवाहरलाल नेहरू ने अपनी सम्मति लिखी–'भेंट में आज़ादी की लहर है। जीवन बल मौजूद है और ऐसे साहित्य से देश का हित है।'

उनके हाथ में एक स्लेट तथा बत्ती रहती। मैथिलीशरण उसी पर कविताएँ लिखते जाते थे। नवोदित कवि उन्हें लिखते हुए देखने को उत्सुक रहते। बरामदे की आड़ में नववधू की तरह खड़ा एक रचनाकार चुपचाप उनके चेहरे को देखता रहा। वे धोती–बनियान धारण किये थे। मस्तक पर लाल चन्दन का टीका, उन्नत माथा, दीर्घ गर्दन, विशाल बाँहें, बड़ी–बड़ी आँखों से दुनिया को पढ़ने का कौशल और तेज़ी से स्लेट पर चलती उँगलियाँ। उन्हें इस मुद्रा में देखकर किसी की हिम्मत नहीं पड़ती कि वह इन रचनात्मक क्षणों में कवि के पास पहुँचकर उनकी ध्यान मुद्रा को भंग कर दे। मन्त्रमुग्ध नवोदित कवि न जाने कब तक यूँ ही उन्हें देखता सम्मोहित खड़ा रहा। अनायास दो चिड़ियाँ कहीं से उड़ती हुई आयीं और मैथिलीशरण के लिखने वाली जगह के सामने

बने कुएँ के पास बैठकर चीं–चीं करने लगीं। उनका ध्यान बँटा तो बगल में रखे दाने उनके लिए कुएँ के आसपास बिखेरने के लिए वे उठे और अचानक सामने खड़े नवयुवक को देखकर पूछा–'कहाँ से पधारे हैं?' 16–17 साल के नवयुवक के मन में उनके प्रति अथाह सम्मान और श्रद्धा के भाव उमड़ आये। वह झुककर अभिवादन करने लगा–'चलिए, अन्दर बैठते हैं', कहते हुए उन्होंने अपनी कुर्सी कवि की ओर बढ़ा दी। तुरन्त अनुज सियारामशरण ने अन्दर से एक और कुर्सी उठाकर डाल दी। बैठते ही वे पूछने लगे–'क्या' आप कुछ लिखते–पढ़ते हैं?'

'बस, मैं तो आपके दर्शनों के लिए आया था। सालों की चिरसंचित अभिलाषा आज पूरी हुई।' संकोच भरा उत्तर था।

'मेरी कौन–सी किताब पढ़ी है?'

'किताब तो नहीं, पर कुछ कविताएँ पढ़ी हैं...'

'अच्छा–अच्छा, नयी पीढ़ी के बच्चे साहित्य की किताबें नहीं पढ़ते क्या?'

'भारत–भारती' की कई कविताएँ याद हैं, हम कौन थे...'

'लीजिए, नाश्ता कीजिए, चाय ठण्डी हो रही है।'

'कुछ स्वरचित सुनाने का मन है? तो सुनाएँ...'

'ऐसा कुछ भी ख़ास लिखा ही नहीं।' प्रकट रूप से इतना ही कह पाया। मन में सोच रहा था–कहाँ आप, कहाँ मैं? संकोच से गड़ा जा रहा था वह।

'लिखा करो। लिखने से अभ्यास और उसी अभ्यास से ज्ञान संचित होता जाता है। ज्ञान से आत्मबल बढ़ता है, शक्ति भी मिलेगी। तुलसीदास, सूरदास, रवीन्द्रनाथ, कालिदास जैसे क्लासिक पढ़ डालो। जितना ज़्यादा पढ़ोगे, ज्ञान के अथाह सागर में अवगाहन करते जाओगे। उससे आपका भाव संसार समृद्ध होगा।' वे अपनी रौ में बोलते जा रहे थे।

तब तक नवोदित कवि का संकोच दूर हुआ और अपने साथ लाये झोले में से दो–चार पन्ने निकालकर अपनी कविताएँ सुनाने लगा।

'बहुत बढ़िया भाव संसार है। शब्दों के संयोजन में ज़रूर कुछ संशोधन, सुधार और परिमार्जन की ज़रूरत है।'

'दद्दा की हँसती आँखें, खिलती हँसी से गालों में पड़ते गड्ढे और व्यवहार में वैसी उदारता विरल कवियों में होगी।' नवयुवक सोचने लगा था। आम लोगों के मन में बड़े कवि को लेकर कैसी–कैसी भ्राँत धारणाएँ और पूर्वाग्रह होते हैं। इनके लिए कहा गया था–'मै–थैलीशरण कहे जाते हैं वे, सबसे नहीं मिलते। जाओ, जाकर मिल आओ। ख़ुद ही देख लोगे तब तो भरोसा होगा।'

पर ये जो सामने बैठे हैं महाकवि, अत्यन्त सीधे–सादे, ग्राम्य चेतना में रचे–बसे साहित्यकार, बिल्कुल हमारे पिताजी की तरह बतिया रहे हैं। हमारे बुन्देलखण्ड की माटी से गहराई से जुड़े हैं दद्दा जैसे अपरिमित ज्ञान का भण्डार हों वे। ऐसे अपराजेय व्यक्तित्व के धनी, विपरीत हालातों से लम्बे समय तक जूझकर विजेता योद्धा की तरह ये तो हज़ारों सालों तक अपने अमिट हस्ताक्षर से इतिहास में सदैव अंकित रहेंगे। न, कभी धूमिल नहीं होगी इनकी ख्याति। अनायास नवयुवक ने उनके पैर छूते हुए कहा–'ओ गौरव गिरि उच्च उदार, नमस्कार आपको बारम्बार।' कहते हुए वह झटके से बाहर निकल गया, धूप भरे आकाश तले उसकी परछाईं अपने आप छोटी होती जा रही थी।

मैथिलीशरण की बाहरी दुनिया जितनी उजली, साफ़ और चमकदार दिखती, अन्दरूनी दुनिया में उतनी ही वीरानगी थी जैसे सन्नाटों में बोलते झींगुर। भाँय–भाँय करती लम्बी–लम्बी जाड़ों की रातें और चारों तरफ़ घुप्प अँधेरे में बनती–बिगड़ती आकृतियाँ।

साहित्य जगत की ईर्ष्याएँ, कुण्ठाएँ, आपसी प्रतिद्वन्द्विता और उठापटक की राजनीति चलने लगी थी। वे यहाँ से अपने को हटा लेते मगर घर के अन्दर भी छोटी–छोटी बातों पर भाइयों, उनकी पत्नियों और बच्चों के बीच उगती–पनपती अपेक्षाएँ उन्हें आहत कर देतीं। बेशक वे बड़े थे सो बड़प्पन भी कूट–कूट कर भरा था लेकिन छोटे भाइयों को आपस में उतनी उदारता बरतते नहीं देखते तो क्षोभ होता जिसे वे गरल समझ पी लेते।

पत्नी और पुत्र उर्मिलाचरण आपस में हिले–मिले रहते और घर की बातें उन तक नहीं पहुँच पातीं। किसी को भी उन्हें उच्च शिक्षित

करने में दिलचस्पी नहीं। जब कभी वे डाँट देते या ऊँची आवाज़ में कुछ कहना चाहते तो उन्हें अनायास सुदर्शन का चेहरा याद आ जाता। उनके डाँटने पर वो अजीब–सा चेहरा बना लेता था। उन्हें अचानक बोध होता, कहीं इस बालक की भी वही गति न हो। प्रभु ने इसे पता नहीं कितनी उम्र दी है, सोचते ही दिल दिमाग़ में तनाव व्यापने लगता। शुरू से ही उन्होंने अपने अन्तस् में उसके प्रति अपने पुराने लगाव और स्नेह की डोर बाँधकर रखी थी–न, ज़्यादा मोह नहीं पालना इससे। बिल्कुल नहीं सोचना आगत–अनागत के बारे में। कोई भी उम्मीद नहीं। जैसा उन्हें अच्छा लगे, करें। जिया भी तो उन्हें टोकने नहीं देती–'ज़ोर ज़बरदस्ती से उर्मिल को न पढ़ाओ। पढ़ाने के पीछे बहुत मत पड़ो। रहने दो इसे ऐसे ही, खेलने दो।'

मैथिलीशरण अपने पुत्र की शिक्षा और ऊँची पढ़ाई पर ध्यान देना चाहते। उन्होंने झाँसी में नामांकन करवाया मगर लड़के का मन पढ़ने में नहीं लगना था, सो नहीं लगा। दो–दो मास्टरों को ट्यूशन के लिए रखा मगर उनसे भी नहीं पढ़े वे। आख़िर में दोनों मास्टरों ने हाथ जोड़कर विदा ले ली।

मैथिली सोच में डूबे रहते। क्यों है ये नश्वर जीवन? किसलिए वे इस दुनिया में आये हैं? महज़ लिखने? लिख–लिखकर भी क्या बदलाव होने वाला है? 'भारत–भारती' जैसी कृति दुबारा नहीं लिखी जा सकती, पर यह बहुत लोकप्रिय है, सोचकर मन में सन्तोष गहराने लगता। पत्नी के प्रति कर्तव्य निर्वहन जैसा भाव उमड़ता है, बाक़ी सब सामान्य गति से जैसे सूरज का रोज़ाना रंग बदलकर निकलना और अस्त हो जाना या समय पर सारे प्राकृतिक कारोबार होते रहते। ऐन मौक़े पर बापू (सियाराम) की रचनाएँ पढ़कर ख़ुश होते रहे कि इस भाई में भरपूर रचनात्मक प्रतिभा है मगर ये लिखने में आलस्य बहुत करता है। पत्नी के निधन के बाद कितना अकेला हो गया है ये बन्धु सियाराम। उनके प्रति मन में अथाह नेह उमड़ता रहता।

चौथा सोपान : जेल यात्रा (1941)

स्वतन्त्रता का आन्दोलन चरम पर था। व्यक्तिगत सत्याग्रह के दिनों में ब्रिटिश हुकूमत का तत्कालीन राजनेताओं और राष्ट्रकवि से बराबर सम्पर्क रहता। जबकि उस दौर के कवि आज़ादी के गीत गा रहे थे। कवि लगातार लिख रहे थे–'मैं स्वतन्त्र हूँ, मेरे देशवासी स्वतन्त्र हैं। मेरा स्वर उन्मुक्त है, मेरे देशवासियों का स्वर उन्मुक्त है और मेरे विश्व का स्वर उन्मुक्त है। मेरे देश और विश्व के बीच में न किसी समुद्र की सीमारेखा है और न किसी पर्वत की। आज मेरे कण्ठ में स्वतन्त्रता का संगीत है।'

मैथिलीशरण के घर पर राजनेताओं का आना–जाना लगा रहता। जो भी बड़ा नेता आता, उनसे मिलने चिरगाँव ज़रूर जाता। अनुज सियारामशरण ने लिखा–'महीना बैसाख का है, समय सायंकाल का। दोपहर–भर गरम लपटें सनसनाहट के साथ चारों ओर दौड़–धूप करके इस समय तक शान्त हो चुकी हैं। समय उस चूल्हे के समान रीता–रीता है जिसमें कि आग और राख अभी–अभी निकाली गयी है।'

शाम का समय था। हवाएँ मन्थर गति से बह रही थीं और धूप भी दीवार को लाँघकर दूर क्षितिज के कोने तक पहुँचने की तैयारी कर रही थी। मैथिलीशरण शाम 5–6 के बीच रात का भोजन कर लिया करते। उन्हें बुलाने के लिए हवेली में लगी चौखट के किवाड़ में लगी साँकल को बजा दिया जाता जिसका मतलब कि भोजन तैयार है। अभी उनकी पत्नी जिया बाहर निकलकर पति को देखने आयी कि अचानक उनकी नज़र दारोगा और पुलिसवालों पर पड़ी जो तेज़ी से बखरी की तरफ़ बड़े–बड़े डग भरते हुए बढ़े चले आ रहे थे।

'पुलिस घुसी चली आ रई हमाय बाड़े में, निकुंज की तरफ।

उन्होंने लापरवाही से कहा–'आयी होगी। दद्दा की कविताओं के प्रशंसक होंगे कोई। शायद कोई महानुभाव दिल्ली से आ रहे होंगे।'

पुलिस की कानाफूसी और चहलकदमी सुनकर आसपास की सभी औरतें, लड़कियाँ और बहुएँ झटपट बाहर निकल आयीं। पुलिस ने आते ही मैथिली से कहा–'आपका वारंट है। आपको जेल चलना होगा अभी, तुरन्त।' कड़क रोबीली आवाज़।

'मैं ब्यालू तो कर लूँ पहले, फिर चलता हूँ...' उन्होंने पूरी विनम्रता से कहा।

'ये सब वहीं कीजिएगा। और हाँ, रामकिशोर किसका नाम है?'

'मेरे बड़े भाई हैं। बुख़ार में हैं। बहुत कमज़ोर हो गये। चल फिर नहीं पाते।'

'उनका भी वारंट है...'

सुनते ही वे सन्न रह गये। वे ख़ुद दस दिन पहले बुख़ार से उठे थे। ऊपर से नन्ना का भी वारंट। वे तुरन्त नन्ना से बोल पड़े–'नन्ना, पगड़ी रख लो। आपको भी जेल चलना है।'

'हाँ, हाँ, चलो भइया...' अपनी छड़ी सँभालते हुए निडर नन्ना बोल पड़े।

दारोगा गुर्राते हुए बोला–'ये छड़ी नहीं लेनी है।'

सुनते ही मैथिलीशरण बिफर पड़े–'ये छड़ी लेकर अवश्य चलेंगे। समझे आप? पैंसठ से ऊपर की अवस्था हो गयी है इनकी। मानव धर्म का शऊर तक नहीं सीखा आपने, कैसे संस्कार हैं?'

'चश्मा तो लगा लूँ। चश्मे के बिना एक क़दम चलना मुश्किल है। मैं तो पहनकर ही चलूँगा।'

'रहन दो चश्मा–वश्मा' ...दारोगा ने अशिष्टता से कहा।

'तुम चाहो तो उतार लेना।' तब तक चिरगाँव के सारे लोग बखरी के बाहर आँगन में जुट गये। घर के प्रांगण में और सड़क पर एकत्रित हो गये। उमड़ती भीड़ बढ़ती जा रही थी। इतनी भीड़ देखकर सभी सन्न रह गये। किसी की हिम्मत नहीं पड़ रही थी कि घर में घुस जायें। जैसे ही मैथिलीशरण अपने भाई के साथ चलने लगे कि अचानक भीड़ ने चिल्लाना और नारे लगाने शुरू कर दिये।

'कविवर मैथिलीशरण ज़िन्दाबाद। महात्मा गाँधी अमर रहें।'

'जय बोलो महात्मा गाँधी की, जय बोलो हमारे दद्दा की।'

तब तक जिया भी बाहर निकल आयीं और नन्ना के पाँव छुए तो वे भावुक होकर बोले–'घबराना नहीं। हिम्मत से काम लेना।' दोनों भाइयों के चेहरे पर तेज था।

'आप लोग हम जनी मानस की चिन्ता न करियो।' फिर पति की तरफ़ मुखातिब होकर बोल पड़ीं–'नन्ना बुखार में हैं। इन्हें कौनऊ कष्ट न होने पाये।'

'हो सकता है, जे लोग तुम्हें भी ले जायें तो क्या करोगी?'

'हम सब औरतें जेल जाबे खों तैयार बैठीं हव...' जिया ने मज़बूत आवाज़ में बेधड़क उत्तर दिया। जिसे सुनते ही बड़े भैया बोल पड़े–'मैथिली, आज सरजू ने हमें निश्चिन्त कर दिया। अब हमें कौनऊ चिन्ता नहीं। फिकर नहीं।' कहते हुए उन्होंने स्नेह से जिया के सिर पर अपने आशीर्वाद स्वरूप हाथ रख दिया।

तब तक सूचना मिलने से दद्दा के सबसे बड़े भाई सेठ महाराम दास चिरगाँव थाने जा पहुँचे। थाने में घुसते ही क़ैदियों की कोठरी के किनारे खड़े हो गये। आँखों से झर–झर आँसू उमड़ पड़े।

हाथ–पाँव काँपने लगे। ईश्वर भक्ति में लीन दाऊ को घरेलू कामों से ज़्यादा मतलब नहीं रहता। उनके मुख से निकल गया–'मैथिलीशरण, नन्ना का खयाल रखियो...' बोलते, हुए गला रुँध गया।

'दाऊ, आप घरै जाओ। चिन्ता न करो। सब ठीक होवैगो। वे स्वस्थ होकर जल्दी ही लौटेंगे। परेशान न होव आप। बस, भजन करते रहना।'

कविता का मर्म रचने वाले कवि की कोमलता और शब्दों की मासूमियत से झरते सुकुमार भावों के भीतर बसी कल्पना से पुलिस को क्या सरोकार? शरीर से दुर्बल कवि निर्विकार मुद्रा में खड़े रहे। हवालात की गन्दी, बिना बुहारी कोठरी और वे प्यास से व्याकुल। सींकचों के बाहर झुककर अंजलि बाँधकर पानी पीने के लिए झुके मैथिलीशरण, मगर मन में कोई दुर्भावना नहीं। चेहरे पर कोई विकार नहीं। इस दृश्य को सियारामशरण ने शब्दों में सुरक्षित कर दिया–

'शताब्दियों के सींकचों के उस पार से उस जल की कुछ बूँदें आज मेरे कण्ठ में रह गयी हैं जिसे मेरे अग्रज ने जेल की कोठरी में बाहर से ग्रहण किया था। मैं अनुभव करता हूँ जैसे मेरे कण्ठ में इससे और भी पौरुष आ गया है।'

चिरगाँव थाने पर विशाल जन समुद्र देख दारोगा गाँव के प्रतिष्ठित सम्माननीयों से बातचीत करने में व्यस्त था। तब मैथिलीशरण ने उससे कहा था–'तुम इस थाने को साफ़ भी नहीं करा सकते थे? बदबू आ रही है...'

तब तक चिरगाँव के कांग्रेसी नेता दारोगा जी से उलझ पड़े। तुरन्त मैथिलीशरण को बन्द कोठरी से निकालकर चारपाई पर बिठाया गया। बाद में पता चला कि उसी रात उन्हें झाँसी जेल भेज दिया गया था। झाँसी के पास कोछाभांवर में बस ख़राब हो गयी। बस के पीछे–पीछे सैकड़ों अनुयायी साइकिलों और बैलगाड़ियों से पीछे चले आ रहे थे। बस ठीक होने के बाद उन्हें कोतवाली ले जाया गया। कोतवाली वालों ने उन्हें नवाबाद थाने भेज दिया। मैथिलीशरण और बड़े भैया पकड़ लिए गये हैं–सुनते ही झाँसी में भीड़ उमड़ पड़ी।

मैथिलीशरण ज़िन्दाबाद, दद्दा, नन्ना अमर रहें जैसे नारों से आकाश गूँज उठा। पूरी रात जनसमुदाय कोतवाली से नवाबाद थाने तक साथ–साथ चलता रहा। सुबह होते ही दद्दा नन्ना को सेंट्रल जेल जाना था। केन्द्रीय कारागार जाने की तैयारी हो रही थी परन्तु जनरव था कि थम ही नहीं रहा था।

नवाबाद थाने के पीछे बने कुएँ से पानी खींचकर दद्दा ने नित्य नैमित्तिक काम सुलटाये। उत्साही जनता से शान्त रहने की अपील की। दद्दा व नन्ना के नाश्ते और खाने के लिए मेवे, मिष्ठान्न और इतनी मात्रा में फल आते रहे कि थाने में खाद्य सामग्री का अच्छा–ख़ासा ढेर लग गया। उन्होंने नहा–धोकर पूजा–पाठ किया, पर भोजन नहीं किया। जनसमुदाय का मान रखने के लिए बस एक केला खा लिया। जनता की तरफ़ हाथ दिखाते हुए मैथिलीशरण बोल पड़े–'अब तो जेल जाकर सरकारी भोजन करेंगे ही।'

सेंट्रल जेल के फाटक पर राजनीतिक बन्दियों ने दद्दा–नन्ना का खुले मन से स्वागत किया। जेल के अन्दर भी नारे लगने लगे। चिरगाँव व आसपास के बहुत सारे लोग जेल में बन्द थे। रामकिशोर नन्ना के पुत्र वैदेहीशरण, नाथूराम गन्धी, गणेशप्रसाद खर्द, कुचरिया, रिछारिया, मोंठ के रामकिशुन सेठ वग़ैरह। चिरगाँव का बाज़ार दो दिनों तक शोक में डूबा बन्द रहा।

सेंट्रल जेल पहुँचने के दूसरे दिन झाँसी के ज़िलाधीश दद्दा से मिलने जा पहुँचे–'कैसे हैं आप?'

'आपका थानेदार क्या कहता है, मालूम है?' दद्दा का प्रतिप्रश्न।

'वह मेरा आदमी है।'

'और हम लोग कौन हैं? अभी तो हम पुरुष ही आये हैं। अभी हमारे यहाँ की महिलाओं को भी आना है। आपका और आपकी सरकार का दिमाग़ ख़राब हो गया है, समझे आप?'

ऊँची आवाज़ सुनते ही वहाँ पर क़ैद प्रसिद्ध राजनीतिक बन्दी भी ग़ुस्से से तिलमिला उठे। वे भी उनके साथ खड़े हो गये। अब क्या होगा? मगर दूसरे ही दिन चिरगाँव के सारे वारंट निरस्त कर

दिये गये और थानेदार का तबादला कर दिया गया। मैथिलीशरण को जेल के स्पेशल वार्ड में रखा गया पर उन्होंने साफ़ मना कर दिया–'हम अपने लोगों के साथ ही रहेंगे। उन्हीं के साथ उन्हीं जैसा भोजन करेंगे।'

जेलकर्मियों को उनकी बात माननी पड़ी। सेंट्रल जेल झाँसी में रहने के कुछ दिनों बाद उनका तबादला आगरा जेल कर दिया गया। आगरा जाते समय दोनों भाइयों ने रेशमी पगड़ी उतारकर गाँधी टोपी पहन ली।

वे झाँसी जेल में कुछ महीने रहे जहाँ उन्होंने 'कुणाल गीत' लिखना शुरू किया। एक ग्रन्थ 'कारा' नाम से छपा। यहीं पर महाभारत को आधार बनाकर एक बड़े ग्रन्थ की योजना 'जय भारत' के नाम से बनायी। झाँसी से आगरा जेल जाते समय वे गाँधी की सेना के सिपाही हो गये और भारी–भरकम कोट की जगह कुर्ता व धोती का स्थान पाजामे ने ले लिया। वे असाधारण से सर्वसाधारण बन गये। अनुज सियारामशरण ने बाद में लिखा–'सवेरे के 7 बजे ही मैं जेल के इस फाटक पर पहुँच गया हूँ। इसके अन्दर मेरे तीन आत्मीय जन नज़रबन्द हैं। क्यों नज़रबन्द किया गया है उन्हें? इस तरह के प्रश्नों का उत्तर नहीं दे सकता। जिन्होंने ऐसा किया है, वे इस विषय में मौन हैं। अदालतों, हाईकोर्टों के दरवाज़े भी इन प्रश्नों के लिए बन्द किये जा चुके हैं और यह सब हुआ है भारत रक्षा के नाम पर।'

सचमुच ये कितनी बड़ी विडम्बना थी कि 'भारत–भारती' के रचनाकार से भारत की रक्षा को ख़तरा था–इससे बड़ा व्यंग्य और क्या हो सकता था।

आगरा जेल में उनके साथ आचार्य नरेन्द्र देव, डॉ. बालकृष्ण, डॉ. विश्वनाथ केसकर जैसे साथी जुड़े रहे। जेल में दद्दा नियमित रूप से चरखा चलाते और समय मिलते ही कविताएँ रचते–गढ़ते। वे सूत कातते रहते और उनका सूत वस्त्र बनकर गाँधी जी के पास पहुँचता था जिसे वे प्रेम से धारण करते थे। वे जेल में 7–8 घण्टे एक आसन पर बैठकर सूत कातते थे। वह सारा सूत गाँधी जयन्ती पर गाँधी जी

को भेंट किया गया। गाँधी जी ने वर्धा से प्रकाशित खादी जगत के मासिक पत्र के अक्तूबर अंक में लिखा–'सरकार भी कभी–कभी बड़ी उदार हो जाती है। मैथिलीशरण जी भी उन्हीं में हैं। वे भी बरबस पकड़ लिए गये हैं। वे सुप्रसिद्ध कवि तो हैं लेकिन कविता आज उन्हीं की क़लम से नहीं वरन उनके सूत के तागों से निकलती है।'

जेल में दद्दा की छप्पनवीं वर्षगाँठ मनायी जा रही थी। वहाँ नज़रबन्दों की ओर से उन्हें अभिनन्दन पत्र दिया जा रहा था। उन्होंने द्वापर के अंश पढ़े। मानपत्र आचार्य नरेन्द्र देव पढ़ रहे थे–'आपने अपनी रचनाओं द्वारा हिन्दी में हिन्दुस्तान के गौरव का गान करके हिन्दी को तथा अपने को भारत वंद्य बनाया है। हम बड़े भाग्यवान हैं कि हमें आप जैसा राष्ट्रकवि प्राप्त हुआ है।'

गुरुवर रवीन्द्रनाथ के देहावसान पर जेल में मैथिलीशरण उपवास पर रहे। उनके सभापतित्व में रुँधे कण्ठ से उन्होंने ख़ुद एक कविता पढ़ी–

अस्त हो गया है तप–तपकर प्राची का वह रवि तेरा,
विश्व पूछता है, जप–जपकर कहाँ गया वह कवि मेरा?

मैथिलीशरण सात महीने तक जेल में रहे। तब भी गवर्नर हैलट उनका कोई दोष या अपराध नहीं बता पाये। जेल में रहकर जो ग्रन्थ शुरू हुए, उन्हें बाहर आकर पूरा किया गया। इसी समय 'विश्ववेदना' ग्रन्थ प्रकाशित हुआ जो संसार व्यापी दो विश्वयुद्धों की विभीषिका पर गहन चिन्तन का प्रतिफल था। उनके जेल जाने पर सोहन लाल द्विवेदी ने कविता लिखी–

बने बन्दिनी के बन्धन में, बन्दी तुम भी आज
निखरेगी, चरखा, देशभक्ति और आज़ादी की साध।
चले उलटने सिंहासन तुम ओ विद्रोही वीर।
इसीलिए यह दण्ड तुम्हारे हाथों में ज़ंजीर।

जेल में कांग्रेसी, कांग्रेस समाजवादी, कम्युनिस्ट और तमाम क्रान्तिकारी नज़रबन्द थे। मैथिलीशरण सभी की श्रद्धा के पात्र थे। वे अपनी सरलता और सादगी से सभी को प्रभावित करते।

आगरा सेंट्रल जेल में राजबन्दियों को कवि–सम्मेलन की उमंग–तरंग आ गयी। मैथिलीशरण के अलावा रघुनाथ विनायक धुलेकर ने भी कविता पढ़ी। शील जी उस समय गाँधीवादी थे और उन्होंने चरखाशाला के कुछ अंश सुनाये। स्वतन्त्रता प्राप्ति के समय उनकी रचना 'देश हमारा, धरती अपनी, हम धरती के लाल, नया संसार बसायेंगे, नया इन्सान बनायेंगे।' बहुत लोकप्रिय रचना थी। बाद में शील जी जेल से छूटने के बाद कम्युनिस्ट और मार्क्सवादी हो गये मगर मैथिलीशरण अन्त तक अपनी कविताओं में राष्ट्रीयता के नये–नये रंग भरते रहे और नव रस घोलते प्रसारित करते रहे। जेल में एक बार उनसे पूछा गया था–'आप कुछ कहना चाहेंगे?'

कर्णकटु शब्द सुनकर वे तीखी आवाज़ में उबल पड़े थे–'आपका दिमाग़ ख़राब हो गया है? आपसे क्या बात करें? आप तो निर्दोषों को पकड़ते घूमते हैं। हमारा क्या, हम तो लेखक ठहरे। यहाँ यह सब देखेंगे और इसके ख़िलाफ़ लिखेंगे भी।' लताड़ सुनकर सहम गया था कलेक्टर।

इधर ब्रिटिश सत्ता ने उन्हें राजबन्दी के रूप में गिरफ़्तार कर लिया था, उधर अनुज सियारामशरण गुप्त उनसे मिलने जेल जा पहुँचे। जेल के फाटक से तेज़ी से आते–जाते बन्दियों को देखते सियाराम और वेदना व्यथित मन में बेचैनी बढ़ती जाती। दुपहर का सूरज तेज़ी से तीक्ष्ण से तीक्ष्णेतर होता जाता। चलती हवाएँ ऐसी लगतीं जैसे सूरज के गर्म थपेड़े एक साथ कोड़े फटकार रहे हों पीठ पर। अनुज सियारामशरण के पूछने पर एक ही बात सुनने को मिलती–'काग़ज़ भीतर भेजे गये हैं।' सोचते–सुनते हुए उनका गला सूखने लगा। मन–ही–मन वे गुनगुनाना चाहते–

कितने कष्ट कण्टकों में है, जिनका जीवन सुमन खिला
गौरव गन्ध उन्हें उतना ही, यत्र तत्र सर्वत्र मिला।

जेल के फाटक से आते–जाते लोगों को वे ध्यान से देखते जा रहे थे और सोचते जा रहे थे कि तभी भीतर से किसी क़ैदी का करुण स्वर सुनाई पड़ा–'बाबू, मुझसे काम नहीं बनता, चाहें तो मुझे

फाँसी पर चढ़ा दीजिए।' सुनने के साथ जैसे गाल पर चटाक से चाँटा पड़ता है। काम नहीं बन सकता। फाटक की छड़ों के भीतर और बाहर भी लोग उत्सुक होकर सिमट पड़े हैं।

अग्रज मैथिलीशरण की जीर्ण–शीर्ण देह देखकर अनुज परेशान। उन्हें बचपन याद आता है जब वे दद्दा की गोद में खेलते रहे। उनके साथ तमाम खेलों में सहभागी बनते रहे। उनकी हाँ में हाँ मिलाते रहे और उनके बनाये मार्ग पर सालोंसाल चलते रहे थे। आज मैथिलीशरण जैसे कवि उनसे इतनी दूरी पर कि वे अनुज को देख भी नहीं सकते। उन्हें लोहे की छड़ों से बुना वह फाटक किसी दैत्य जैसा भयावह लगने लगा था जिसके भीतर जेल अधिकारियों के दफ़्तर थे। हमारे देश के रहने वाले सैकड़ों नेताओं के अलावा ऐसे लाखों करोड़ों महान आमजन हैं जो देश की आज़ादी के लिए महीनों सालों से दिन–रात आन्दोलन कर रहे हैं। ऐसे राजबन्दी अन्याय और अपमान के ख़िलाफ़ विद्रोह करने में सबसे आगे हैं। उन्हें याद आया, चिरगाँव थाने में बन्द होने के बाद उनके निकट अंग्रेज़ भक्त सम्बन्धी ने गिरफ़्तारी का समाचार सुना तो घर पर कहने आये–'अब अच्छा लगा जब गिरफ़्तारी हो गयी है? हमारे ख़ानदान की नाक कटा दी।' यह सुनकर चारुशीलाशरण ने गुस्से में जवाब दिया–'आप मेरे घर में न आइए। अपनी नाक सुरक्षित रखिए। आज़ादी की लड़ाई में जेल जाना तो हमारे लिए सम्मान की बात है, समझे आप?' सुनते ही सम्बन्धी उल्टे पाँव लौट गये।

दद्दा सात महीने बाद रिहा होकर चिरगाँव लौटे।

उन्होंने अपने भाइयों और उनके परिवारों को ज़िम्मेदार और समझदार पाया। आते ही पत्नी संग पुत्र की बढ़ती मनमानियाँ देखकर उदास हुए। बढ़ते परिवारों और नगरीकरण के चलते तेज़ी से उनके अन्दर मेरा–तेरा की भावनाएँ घर करती जा रही थीं। भाइयों में वैसा निश्छल प्रेम और रिश्तों में गर्माहट धीरे–धीरे मद्धिम पड़ने लगी। सबके बच्चे बड़े होते जा रहे थे। बड़ी होती बेटियों की शादी होने लगीं। सब अपनी–अपनी दुनिया में, अपनी–अपनी ज़िम्मेदारी वहन करने में सक्षम और सामर्थ्यवान थे।

उन्हें इस सचाई का अहसास बख़ूबी होने लगा कि प्रेमपूर्वक अलग–अलग होकर व्यवसाय करने में सभी सक्षम हैं। जून 1943 में बड़े भाई महारामदास जी अपने पुत्रों के साथ अलग हो गये। चारों भाई भी क्रमशः भविष्य की सुख–सुविधाओं का विचार करके अचल सम्पत्ति का बँटवारा करके स्वेच्छा से बिना किसी विवाद के अलग हो गये किन्तु साकेत सदन प्रेस से जुड़े होने के कारण चारुशीलाशरण और मैथिलीशरण की व्यवसाय में साझेदारी थी सो एकदम से अलग हो पाना आसान नहीं था। एक–दूसरे के जीवन पर हमारा प्रभाव पाँच से दस प्रतिशत से ज़्यादा नहीं होता जब कि हम अपने मन में असंख्य कल्पनाएँ करते रहते हैं। कितनी कोशिशों के बावजूद उर्मिलाचरण के मन में न तो बड़ों के प्रति अपेक्षित आदर भाव विकसित संवर्धित हो पाया, न उनके अन्दर वैसी ज़िम्मेदारी आ पायी।

पहले दद्दा ऐसी बातों पर गुस्सा करते और क्षुब्ध हो जाते। बाद में अहसास हुआ कि ऐसा करके भी उनकी आत्मा, शान्त व सन्तुलित नहीं रह पाती बल्कि आत्मा का भोजन ये बाहरी चीज़ें क़तई नहीं हैं। सच तो ये है कि जब ख़ुद अपने साथ अपने कन्धे पर हाथ रखकर ख़ुद को नियन्ता मानकर नहीं चला पाते तो भला औरों से क्योंकर अपेक्षाएँ पालें? पुत्र के प्रति असहायता का भाव उमड़ता कि वे चाहकर भी उसे मनोनुकूल दिशा की तरफ़ नहीं मोड़ पा रहे। अपनी असफलता का अहसास उनमें बेचैनी भर देता। फिर ख़ुद को तसल्ली देने लगते–आख़िर हम हर हाल में मनोनुकूल सफलता की कामना करते ही क्यों हैं? दिन–रात का तो चोली–दामन का साथ है। सुख–दुःख का जोड़ा शाश्वत सत्य है। इस सृष्टि में जिसके हिस्से में जितना सुख–दुःख दर्ज होगा, मिलेगा उतना ही। शून्य बराबर सत्ता होती है इन्सान की। सत्य हमेशा से जीतता रहा है। सत्य से बड़ी सत्ता किसी की भी नहीं, वे गहरे अँधेरे में आँखें मूँदे बेख़बर सोये पुत्र व पत्नी को देर तक देखते हुए सोचते रहे– इन्हें न तो मेरी रचनाओं से ज़्यादा सराकोर रहेगा, न इसके अर्थ सौन्दर्य

समझने लायक दृष्टि सो मेरे जाने के बाद कौन गुणग्राहक होगा मेरी रचनाओं का? जबकि आगामी हीरक जयन्ती समारोह की योजना काशी में बनाई गयी है। काशी नागरी प्रचारिणी सभा द्वारा उन्हें तीन वर्ष के लिए सभा का अध्यक्ष चुना गया।

माननीय सम्पूर्णानन्द जी ने उन्हें अभिनन्दन ग्रन्थ भेंट करते हुए कहा–'आपकी रचनाओं द्वारा हिन्दी कविता में एक नये युग का अभ्युदय हुआ। हिन्दी कविता को धन्य करके आप स्वयं धन्य हुए हैं और आज आपका अभिनन्दन करके हिन्दी जगत धन्य हो रहा है।' इसी तरह महादेवी वर्मा के उद्‌गार भी स्मरणीय थे। मार्च 1952 में 'राष्ट्रकवि परिषद् 'के स्थायी अध्यक्ष सम्पादकाचार्य पं. बाबूराव विष्णु पराड़कर ने राष्ट्रकवि अभिनन्दन समारोह की अध्यक्षता करते हुए कहा–'राष्ट्रकवि गुप्त जी ने साहित्य में अनादृत तथा उपेक्षित कैकेयी, उर्मिला आदि का ऐसा चित्रण किया है जो स्तुत्य एवं अभिनन्दनीय है। राष्ट्रकवि हमारे साहित्य भण्डार को अधिकाधिक समृद्ध करते रहे।'

प्रायः मैथिलीशरण काशी आते–जाते रहते। कलाविद् साहित्यकार रायकृष्णदास के यहाँ ठहरते। उनकी अध्यक्षता में आयोजित कवि गोष्ठी में 'अब वे वासर बीत गये' कविता सुनकर सभी द्रवित हो उठे थे। स्वर्ण जयन्ती के अवसर पर मैथिलीशरण ने आभार व्यक्त करते हुए कहा–

अनुग्रहीत मैं, यद्यपि अब भी, करना है थोड़ा पथ पार,
दिन ढल गया, न दौड़ गिरूँ मैं, रहे आप सबका आभार।
यह सुयोग दुर्लभ पर सुनिए, निज भविष्य है अधिक उदार,
जो पीछे आ रहे उन्हीं का, मैं आगे का जय–जयकार।

काशी की असंख्य यादें उनके परम मित्र बन्धुवत रायकृष्णदास से जुड़ी रहीं। दद्दा के प्रति दिनकरजी के विचार थे–'गुण और परिणाम, दोनों ही दृष्टियों से, पुनरुत्थान की जितनी अभिव्यक्ति गुप्त जी ने दी, उतनी उनके पूर्व कोई भी कवि नहीं दे सका। 'साकेत' को आधुनिक काव्य माना जाये।'

उनकी रचनाओं में जेनी और मार्क्स भी हैं तो अणुबम पर भी कविताएँ मिलती हैं। देशी रजवाड़ों के ख़त्म होने पर उन्होंने 'राजा प्रजा' नामक काव्य लिखा। काशी में मैथिलीशरण और रायकृष्णदास की लम्बी महफ़िलें जमती रहतीं। उनकी रचनाएँ तेज़ी से नवीं कक्षा से लेकर उच्च कक्षाओं के पाठ्यक्रमों में शामिल होती जा रही थीं। उनकी कविताओं का प्रचार–प्रसार तेज़ी से देश के कोने–कोने में होने लगा था।

आज़ादी की बयार

देश–भर में आज़ादी की दुन्दुभी बजने लगी थी। चारों तरफ़ हर शहर, क़स्बे और गाँव–गाँव में आज़ाद देश के झण्डे टाँगे जाने लगे। विद्यालयों में प्रभात फेरियाँ हो रही थीं। हर स्कूल में आज़ादी के आन्दोलन में अपनी जान की बाज़ी लगाने वाले स्वतन्त्रता सेनानियों की बहादुरी के जीवन्त क़िस्से सुनाये जाने लगे। कश्मीर से कन्या कुमारी तक और असम से लेकर अण्डमान निकोबार में क़ैद बहादुर देशप्रेमी जननायकों की कहानियाँ सुनी–सुनायी जाने लगीं। आज़ाद देश में साँस लेने वाले देशवासियों के सपने सच होने का स्वर्णिम समय आ गया था।

राष्ट्रकवि मैथिलीशरण खुली आँखों से दुनिया देख–समझ रहे थे। सपने पल्लवित–पुष्पित हुए थे कि देश आज़ाद होने पर ऐसा चमत्कार जैसा कुछ हो जायेगा या वैसा कुछ जादुई इन्द्रधनुष उग आयेगा, वैसा कुछ तत्काल तो नज़र नहीं आ रहा था। गाँवों से युवा निकलकर शहरों की तरफ़ पलायन करने लगे थे। मध्यवर्ग वैभवशाली जीवन जीने के सपनों को साकार करने शहर की तरफ़ कूच करता जा रहा था। कुछ के सपने टूटने लगे थे तो कुछ का मोहभंग होने

लगा था तो कुछ अभी भी उम्मीद में जीने की कोशिश कर रहे थे पर हाँ, हर आँख में एक सपना ज़रूर था कि उसे जल्दी से जल्दी सरकारी नौकरी मिले और वह अपने परिवार को वह सारे सुख दे सके जो उसने आज़ादी से पहले सोचे थे।

राष्ट्रकवि के मन में विचारों की आवाजाही लगी रहती। कोई उन्हें महज़ अतीत गौरवगान वाला कवि बताता तो कोई व्यंग्य वाण चलाता मगर वे तो परतन्त्र देश की दुर्दशा को अपने पन्नों पर उतारते रहे। देश के हिन्दी भाषी भूभाग में सुदूर कोनों, गाँवों, प्रान्तों, कस्बों और शहरों तक उनकी कविताओं की अनुगूँजें पहुँच चुकी थीं। 1947 में कवि का सुनहरा सपना साकार हुआ और आज़ाद देश में आज़ादी की लम्बी साँसें लेकर वे चैन की नींद सोये। स्वतन्त्रता, समता और बन्धुत्व की नींव पर खड़ा हुआ है हमारा लोकतन्त्र। सो कवि ने लिखा–

एक श्रमिक जो आज भूमि ही खन सकता है,
कल सुयोग हो वही राष्ट्रपति बन सकता है।

देश के पहले राष्ट्रपति राजेन्द्र बाबू भारतीय किसानों व मज़दूरों के प्रतिरूप थे जो कमशः आज़ाद देश में समाजवादी सरकार बनने पर पहले महामहिम राष्ट्रपति पद पर आसीन हुए। गुप्त जी महज़ मनोरंजन के लिए कविता नहीं करते थे बल्कि लोकमंगल की कामना इसके मूल में थी–

मानते हैं जो कला के अर्थ ही,
स्वार्थिनी करते कला को व्यर्थ ही।
वह तुम्हारे और तुम उसके लिए,
चाहिए पारस्परिकता ही प्रिये।

सचमुच कला कला के लिए नहीं अपितु समाज के लिए हो–ऐसी उदात्त भावना को अर्थ देने के लिए उन्होंने स्पष्ट जयघोष किया–

भव में नव वैभव भरने आया,
नर को ईश्वरता प्राप्त कराने आया।
सन्देश यहाँ मैं नहीं स्वर्ग का लाया,
इस भूतल को ही स्वर्ग बनाने आया।

उस दिन दद्दा अपने रिश्तेदार के यहाँ शादी में गये थे। वहाँ बैठे आराम से चाय पी रहे थे कि उनकी बच्ची किरण ने अपने पाठ्यक्रम की किताब में से उनकी कविता निकालकर दिखायी और फिर वाचन करने लगी–

चारु चन्द्र की चंचल किरणें खेल रही हैं जल थल में,
स्वच्छ चाँदनी बिछी हुई है अवनि और अम्बर तल में।

'अरे किरण, इधर आओ। इसका मतलब समझती हो?'

'जी, ज़रूर...' कहते हुए वह उसका भावार्थ समझाने लगी। तभी दूसरी लड़की भी उसका कहा ध्यान से सुनने लगी। इसे कहीं देखा है हमने...सोचते रहे। उस स्वच्छ चाँदनी रात में स्पष्ट उच्चारण करने वाली उस सुन्दर छवि वाली लड़की को देखकर अनायास उस लड़की की छवि स्मृति पटल पर कौंध गयी जिसे उन्होंने कुछ साल पहले किसी स्कूल में काव्य प्रतियोगिता की अध्यक्षता करते हुए देखा था और वह लड़की भी बहुत अच्छे ढंग से कविता पढ़ती थी। कितना उजला रंग, ऊँचा माथा और नवोदित सूर्य की भाँति चमकती हुई बड़ी–बड़ी आँखें कितना कुछ बोलती थीं। चाहकर भी उसका नाम याद नहीं आया उन्हें।

सुबह होते ही उसके बारे में किसी से पता करेंगे--ऐसी होशियार बच्ची ही हमारे इस सुपुत्र के लिए ठीक साबित होगी जो ऐसे रचनात्मक परिवेश में रहकर अपनी शिक्षा–दीक्षा को भी साध लेगी और हमारी सुदीर्घ रचनात्मक यात्रा की विरासत को भी बख़ूबी सहेज पायेगी। उनकी आँखों में भावी योजना को मूर्त रूप देने के लिए फिर से कुछ योजनाएँ बनने लगीं। रात गहराती जा रही थी। आँखों में थकान पसरी थी मगर दिमाग़ में योजनाएँ, एक से बढ़कर एक योजनाएँ। स्नातक करने से भी क्या हासिल होगा उर्मिलाचरण को? शादी करके थोड़ी ज़िम्मेदारी उठाना सीख जायेंगे। जल्द ही वे सुबह होने का इन्तज़ार करते हुए नींद में चले गये। सुबह उठने पर नित्य नैमित्तिक कामों के बाद वे राम–रक्षा स्तोत्र ज़रूर पढ़ते। एक कप चाय के साथ बासी पूड़ी और आटे या बेसन का लड्डू खाकर उन्होंने सियाराम को आवाज़ दी–'सियाराम, ओ सियाराम...'

'हाँ, दद्दा, बतायें...'

'सुनो, हम जौन शादी में दो दिना पहले जालौन गये ते, वो कौन के घर पर थी? वा मौड़ी किरण ने जौन कविता सुनाई थी, वई के पास बैठी थी एक और मौड़ी जिसे दूर से देखा था हमने...'

'माधोगढ़ वालों के रिश्तेदार हते वे लोग। बाबू आलोकनाथ जी के इतै शादी हती।'

'अरे वो नहीं, जौन लड़की खों किरण के संगै बैठो देखो तौ, वाकौ नाम याद है?'

'जौन पीली साड़ी पहन कै किरण के संगै किनारे पर बैठी हती, वाकी बात कर रय हैं आप?'

'हाँ, वही...अपने उर्मिलाचरण के लिए कैसी रैहै?' बिना किसी भूमिका के सीधे–सीधे कह दिया उन्होंने।

'दद्दा, वो तो अपने लेखक बिरादरी के नर्मदाप्रसाद जी की सगी बहन है, शान्ति!' अनायास उनके मुँह से निकल पड़ा।

'अच्छा, उन्हें तो हम अच्छी तरह से जानत। उनकी सगी बहन है...' सुनते हुए दुहराते हुए वे देर तक सोचते रहे फिर प्रकट रूप से खड़ी बोली में बोलने लगे–'ऐसा है कि नर्मदाप्रसाद को एक चिट्ठी लिखकर यहीं बुलवा लो। बाक़ी बातें मिलकर ही कर लैहैं।'

'हव दद्दा, मौड़ी तो ऐन खरी गोरी है। अपने उर्मिल के लानै ऐसेई पढ़ी–लिखी बहू ठीक रैहै।'

'दद्दा, वे लोग ज्यादा पैसे वाले नहीं हैं, पर जोड़ी जमहै...जामै कौनऊ शक नहीं।' उस बातचीत के बीच में ही चारुशीलाशरण बोल पड़े।

'तो चलो, पता करते हैं...' ख़ुशी से पुलकित होते हुए सियाराम ने उनकी हाँ में हाँ मिला दी।

'तो फिर वई बिटिया के बारे में बात करहैं नर्मदाप्रसाद जी से, ठीक?'

अकेले होते ही मैथिलीशरण की सोच गहराने लगती। ज़िन्दगी खेल ही तो है–इन ताश के पत्तों की तरह। फिरकी की तरह नाचते रहे, यहाँ से वहाँ। कभी लगता हम ज़िन्दगी को आगे बढ़ा रहे हैं

तो कभी लगता जैसे हम ज़िन्दगी के साथ ख़ुद ही यहाँ–वहाँ लुढ़क रहे हैं। कभी ज़िन्दगी चौपड़ की तरह लगती कि अच्छे पासे आये तो ज़िन्दगी के खेल में वे जीत जायेंगे अन्यथा हारते चले जायेंगे। कुछ भी तो अपने हाथ में नहीं रहा। वे लिखने लगे–क्योंकर हो मेरे मनमाफिक की रक्षा, ओह!

'द्वापर' की गोपा असीम धैर्य से सब कुछ सहकर कहती है–'नारी निकले तो असती है, नर यती कहकर चल निकले।'

एकान्त में दद्दा अपने प्रति हो रही आलोचनाओं को धीरज से सुनते और देर तक मनन करते। हिन्दी के स्वनामधन्य आलोचक उन्हें केवल पद्यकार के रूप में आँकते। आशय यही कि उनमें भावनाओं की वैसी ऊँची उड़ान नहीं लेकिन उन्होंने तो प्राचीन कथाओं से लेकर आज तक की समूची भावनाओं को अपनी रचनात्मकता में समेटने का प्रयास किया है। कुछ लोग उन्हें मात्र अतीतजीवी रचनाकार मानते हैं मगर उन्होंने तो हरसम्भव कोशिश की कि किसानों व श्रमजीवियों की उपेक्षा न होने पाये। 'मैथिलीशरण ने आधुनिकयुगीन प्रवृत्तियों को ख़ूब उकेरा है', कहने वाले विजयेन्द्र स्नातक की बात पर उन्हें गहरी सन्तुष्टि मिली। सच तो यह है कि देशप्रेम, मानवता और अहिंसा के प्रति उनके विचारों में कुछ लोगों को आदर्शवाद या उपदेशक की मुद्रा जैसा आभास हो सकता है लेकिन उन्होंने व्यष्टि की जगह समष्टि चेतना को मुखरित किया है जबकि हमारे देश के तमाम साहित्यकार धीरे–धीरे आत्मकेन्द्रित रचनाएँ रचने में लगे हैं। ऐसे अनेक साहित्यकारों से वे समय–समय पर मिलते रहे जो अक्सर अपनी ही कविता या काव्य संग्रहों के बारे में बात करना चाहते। इन सबसे बेख़बर दद्दा अपने रचनाकर्म को सबसे ऊपर रखते थे। वे दबी ज़ुबान से तो कभी प्रकट रूप से कहते कि आत्मस्थ व आत्मरति के शिकार न होकर आप लोग समष्टि के बारे में सोचें तभी आपकी रचनाएँ सार्वकालिक होंगी, तभी हर युग का पाठक दद्दा की क़लम से निकली रचनाएँ पढ़ते हुए ख़ुद को जुड़ा हुआ महसूस करेगा। कितनों को कण्ठस्थ हैं ये पंक्तियाँ–

नर हो, न निराश करो मन को,
कुछ काम करो, कुछ काम करो।
जग में रहकर कुछ नाम करो।
यह जन्म हुआ किस अर्थ अहो,
समझो जिससे यह व्यर्थ न हो।

बालकृष्ण शर्मा नवीन ने किसी पत्रिका में दद्दा के बारे में लिखा—'मैथिलीशरण को मैंने निकट से देखा है। मैंने उन्हें निष्पक्ष, निर्धूम दृष्टि से देखा है। इस प्रकार मैंने उन्हें विलग भाव से नापा—तौला है। मैं यहीं कह सकता हूँ कि मैथिलीशरण ऊँचे मानव हैं। वे राग—द्वेष, ईर्ष्या, मद, मत्सर, लोकप्रियता प्राप्त करने की आपाधापी से बहुत दूर हैं।'

यह सोचकर गहरा सन्तोष होता कि चलो, कुछ लोग ही सही मगर उन्हें साहित्यकारों और पाठकों का भरपूर स्नेह और मान—सम्मान मिला है जो उन्हें अहैतुक स्नेह करते हैं। सत, चित और आनन्द ही जीवन का ध्येय रहा जिसे दद्दा पूरी निष्ठा, विश्वास व अडिग आस्था के सहारे पन्नों पर उतारते रहे, आजीवन।

नर्मदाप्रसाद को जब चिरगाँव से सियारामशरण के हाथों लिखी चिट्ठी मिली तो उसे पढ़कर वे ख़ुशी के मारे ऐसे पुलकित हो उठे जैसे किसी ने बैठे—बैठे अपनी समूची ज़मीन—जायदाद उनके नाम कर दी हो या किसी और ने उनके नाम से लॉटरी का टिकट ख़रीद लिया हो और उन्होंने लॉटरी जीत ली हो। दो—तीन बार चिट्ठी पढ़ी, फिर वे अन्दर जाकर उछाल लगाती आवाज़ में माताजी को आवाज़ देने लगे—'अम्मा, ओ अम्मा, कहाँ हो? सुनो तो, अम्मा?'

छोटे भाई ने बताया—'अम्मा तो बगलवारिन के इतै गोदभराई में गयी हैं। अभी घण्टे भर बाद लौटेंगी। बताओ, क्या बात है? ज़रूरी बात है का भैया? जे आपके हाथ में किसकी चिट्ठी है?'

'हूँ, वही बात तो सबके सामने बताने वाली है। आने दो अम्मा को, तब तक यहाँ बैठकर कुछ दूसरे काम निबटाते हैं।'

अनायास उन्होंने खट–खट करती चप्पलों की आवाज़ सुनी। बगल में किताबें दबाये गर्दन नीची किये अपने आप में खोयी शान्ति चली आ रही थी।

'शान्ति, ओ शान्ति, सुनो तो ज़रा...' उनकी हर्षोत्साह भरी आवाज़ भाँपते हुए शान्ति ने उत्सुक नज़रों से भाई की तरफ़ देखा–'का बात है? बताओ तो हमें भी। हम भी ख़ुश हो लें...'

'शान्ति, यहाँ तख्त पै बैठो, हमाय सामने। पतौ है? तुमने अपने स्कूल में टॉप करौ? स्कूल में ही नहीं बल्कि जिले–भर में टॉप करौ...।'

सुनते ही वह गम्भीर आवाज़ में बोली–'काय इतेक बड़ौ मजाक कर रय भैया? जाओ, हम नहीं बोलहैं', कहते हुए वह सचमुच रोने लगी।

'अरे शान्ति, मजाक नहीं है जौ। सच्ची बात कै रय। और जामें रोबे की कौन–सी बात? तुम तो बच्चों की तरह रोने बैठ गयीं। भरोसा नहीं मुझ पर?...'

अबकी बार शान्ति ने उनकी तरफ़ गौर से देखा। थमकर, ठहरकर देर तक सोचते हुए उन्हें देखती रही जैसे आँखों ही आँखों में भाई की कही बात को तौल रही हो।

'आपखों कैसे पतौ चलो? हम कैसे सच मान लें कि जे बात सही है?'

'बात तो तुम्हारी ठीक है। हमें अभी स्कूल के प्रधानाध्यापक ने बताई जे बात। कुछ दिनों बाद जब ये ख़बर अख़बार में छपेगी, तब तो विश्वास करोगी। अब जो कह रहे हैं, वो ग़लत नहीं, समझीं?'

'हम खुद स्कूल जाकर पता लगा लैहें। तबई मानहै।' अपने आँसू पोंछती शान्ति ने मन्दिर में बनी भगवान जी की मूर्तियों की तरफ़ हाथ जोड़कर माथा नवाकर अपना आभार प्रकट किया। मन–ही–मन मुदित होते हुए बोली–'भैया, आपके लाने चाय बना लायें?' इस बार शान्ति की आवाज़ में खनक थी।

'जरूर, हम तो कितनी देर से चाय के लानै अम्मा कौ इन्तजार कर रय। अम्मा कबै लौटहैं?'

'का बात हो गयी नर्मदा? आज अम्मा की बहुत पुकार मची। काय अम्मा की इतेक याद आ रई?' बाहर से भीतर आती अम्मा पौर में पड़े तख्त पर नर्मदा के बगल में बैठ गयीं।

'अम्मा, ओ अम्मा, एक साथ दो खुशखबरी हैं, बताव, कौन–सी पहले सुनाये?' ख़ुशी, आनन्द और उत्साह से आवाज़ ऐसे खनकने लगी मानो बैठे–बिठाये किसी ने उनकी मुट्ठी में सोने की मुहरें थमा दी हों।

'जौन तुमाई मर्जी।' पालथी मारकर अम्मा वहीं दीवार से सिर टिकाकर बैठ गयीं। पास में रखी मूँगफली छील–छील कर वे नर्मदा की हथेलियों में रखती जातीं।

'हाँ, अब सुनाओ, कौन सौ खजानौ नर्मदा के हाथ लग गव...' इस बार वे लाड़ भरी आवाज़ में बोलीं।

'सुनो, हमाय पास चिरगाँव से इतेक बड़े आदमी के इतै से एक ऐसी चिट्ठी आयी कै तुम सुनेहौ तो ख़ुशी के मारे उछल जैहो।'

'अब जल्दी बताओ नर्मदा। हममें उतेक धीरज नइयाँ।'

'अम्मा, चिरगाँव से राष्ट्रकवि दद्दा के घर से चिट्ठी आयी। उनके इकलौते बेटे के संगै शान्ति के बियाह की बात लिखी है। चिट्ठी में उनके छोटे भाई सियारामशरण का नाम लिखौ। सोचो ज़रा, कितेक बड़ी बात। हमारी शान्ति के लानै उपद कै रिश्तौ आय।' वे एक साँस में सब सुना गये।

तब तक शान्ति भी चाय लेकर आ पहुँची। आते–आते उसके कान में आख़िरी बात जा पहुँची–चिरगाँव से महाकवि के घर से उसके लिए शादी का रिश्ता...सोचते हुए मन में अजीब–सी उथल–पुथल मचने लगी। अभी तो पहले उसे बहुत सारी पढ़ाई करनी है जिसमें उसका मन लगता है। अभी उसे शादी नहीं करनी। किताबें छूते ही इनसे निकलती ख़ुशबू में डूबती जाती है वह। रात–रात भर लालटेन जलाकर पढ़ना–लिखना उसे कितना–कितना पसन्द है।

'शान्ति, स्टूल पर रख दो चाय। सुनो, तुमने एक बार अपने विद्यालय में जिनके सामने कविता सुनाई थी न, उनका नाम याद है?'

'हव, ऐन याद है– मैथिलीशरण गुप्त जी।'

'हाँ, तो उनके सुपुत्र से तुम्हारी शादी का रिश्ता ख़ुद चलकर आया है हमारे द्वारे। ये कोई मामूली बात है? कितेक भागवान हो तुम?' सुनकर वह चुप लगा गयी तो अम्मा ने टोक दिया–

'बैन से पूछबे–बताबे की ज़रूरत नहीं। लड़कियाँ ख़ुद अपने मुँह से अपने बारे में नहीं बोलतीं। शरमाकर चली गयी न? हमारी संस्कारी शान्ति...'

'हाँ, जे तो ठीक बात, पर अम्मा बताओ तो अब हमें कैसे का करनै?'

'अब तुमाय करबे के लानै का बचौ नर्मदा? बस भिनसारे उठकर सीधे चिरगाँव जावे वारी बस पकड़ लेव। देखो, उनकी बातें ध्यान से सुनना और समझना कि वे चाहते क्या हैं, बड़े लोग हैं सो कैसी शादी चाहत, पूछने परै। दद्दा की कौनऊ माँग वगैरा तो नइयाँ? वैसे तो वे बड़े आदमी है, ऐन पइसा वारे हैं, हमसे कई गुना ज्यादा बड़े आदमी सै अपनी का बराबरी?' कहते हुए वे चुप हो गयीं।

'पर अपनी शान्ति भी कम गुणी कन्या है का? गुणी कन्या को परखकर ही उन्होंने यह रिश्ता ख़ुद भेजा है। याद है किसके यहाँ शादी में गयी थी शान्ति जालौन? वहीं देखा–परखा होगा। विद्वान लोग तो सूरत देखकै पहचान लेत सीरत खों।' वे न जाने क्या सोचते–सोचते बोलते जा रहे थे फिर बात आगे बढ़ाते हुए बोलने लगे–'अम्मा, का बात करिहैं? हमें तो संकोच हो रय। इतेक बड़े कवि के सामने हम अकिंचन। अपने पास तो कन्या धन के सिवाए और कछू हैई नइयाँ।'

'सो तो ठीक बात। पर शान्ति के बियाह के लानै हमने गहने जोड़े हैं। बिटिया का ब्याह ठीक से करिहैं। कौनऊ कसर नहीं छोड़हैं। एक ही तो लड़की है हमाई...' सोचते हुए वे अपने पास रखे गहने और पैसों का हिसाब–किताब करने लगीं।

'देखो, सर्दियाँ बीत गयीं। इस हिसाब से अब तो गर्मियों में ही शादी हुईहै। चलो, तुम ब्यालू कर लो। फिर सुवेरे वारी बस पकड़ लियो। कपड़ा तो तुमाय धुले रखे।'

इधर शान्ति की आँखों में राष्ट्रकवि की तस्वीर मूर्त रूप लेने लगी। धीर–गम्भीर मुद्रा में कविता सुनते व कविता का मर्म समझते–समझाते। उस दिन लड़कियों की पढ़ाई पर कितना अच्छा भाषण दिया था। कितने महान ज्ञानी और विद्वान हैं तो उनके पुत्र भी तो शिक्षित होंगे? सम्पन्न व ख़ूब नामी घराना है, भैया के बोल शान्ति के दिमाग़ में वंशी की लय की तरह बजने लगे।

पर मेरी आगे की पढ़ाई कैसे होगी? वह ख़ुद से सवाल करती और ख़ुद ही जवाब देने लगती–इतने पढ़े–लिखे कवि जिन्होंने लड़कियों की शिक्षा पर लम्बा भाषण दिया था जिसका हर शब्द उसे अभी तक हू–ब–हू याद है–तो क्या वे मेरी पढ़ाई बन्द करवायेंगे? नहीं, ऐसा तो नहीं होगा। फिर? अगर भैया ने वहाँ जाकर हाँ कर दी तो? हमारी इस घर में कौन सुनेगा? अम्मा तो कब से शादी के पीछे पड़ी हैं कि शान्ति की शादी हो जाये तो हम गंगा नहा लैहै। ऊपर से अपने आप चलकर आया यह प्रस्ताव जैसे अम्मा को मुँहमाँगी मुराद मिल गयी हो।

'सब मौड़ी कौ भाग। हमारी शान्ति बड़ी भागवान लड़की निकली।' अम्मा बोलीं तो भाई ने कहा–'सही बात कह रहीं अम्मा। अब हमाय दोऊ छोटे भैया भी कायदे से पढ़–लिख जैहैं। हम सबकौ पूरे परिवार कौ भाग्य संवर जैहैं। दद्दा कौ स्वभाव और आत्मीयता की तो सबई तारीफ़ करत रहत। सालों से हम उनके बारे में बाहरी लोगन से तारीफ़ सुनत आ रय। अच्छा, जो बताव कै का लै जायें उनके यहाँ? मिठाई के अलावा भी और कुछ?'

'डब्बा भर कै पान ले जाव इतै सै। दद्दा तो पान चाव से खात हैं।'

'अम्मा, हम पान लेबे जा रय। सुबह उठकर सीधे पहली बस पकड़नै। महोबा वारे पान तो जगत्तर में मशहूर हैं।' कहते हुए वे सीधे उठकर बाज़ार के लिए निकल पड़े।

महोबा, छतरपुर ज़िले के पास छोटा–सा क़स्बा। वहाँ का छोटा–सा बाज़ार जहाँ मतलब भर के सब सामान मिल जाते। वे सीधे पान वाली दुकान पर पहुँचे।

'राम–राम चौरसिया जी, का हालचाल?'

'सब बढ़िया। भैया, कितेक पान लगा दें? दो–चार जोड़ी? मेहमान आय का?'

'अरे दो–चार नहीं, 40–50 पत्तों का डब्बा भर दो पूरा। अपनी शान्ति कौ रिश्ता पक्कौं करबे जा रय चिरगाँव।' ख़ुशी उनके भीतर नहीं समा रही थी सो सच अपने आप बाहर निकल गया।

'बहुत ख़ुशी की बात है। सुनकर कलेजे में ठण्डक पड़ गयी। अपनी शान्ति बिटिया कितनी शान्त, सुघढ़ और पढ़बे में कितेक हुशियार है। जगत्तर भर में बाकौ नाम हो रय।' वो तेज़ी से पान बाँधते हुए बतियाता जा रहा था और एक साथ इतनी बिक्री होने से हुलसित भी था।

'भैया, सुवेरे निकरियो। ठीक 6 बजे की बस है पहली वारी। पुरानी मण्डी से मिलहै। लेव, रख लो जे पान। गिन लेव।'

'ठीक है, का गिनने?' कहते हुए नर्मदाप्रसाद तेज़ी से डग भरते हुए घर की तरफ़ लौटने लगे।

बस में बैठे–बैठे रास्ते–भर सोचते जा रहे थे–कहाँ हमारा जे कच्चा–पक्का दो–तीन कमरे वाला घर और कहाँ उनकी भव्य हवेली? पुश्तैनी सम्पत्ति वाले बड़े आदमी हैं वे। हम कहाँ तक उनकी बराबरी कर पायेंगे? दद्दा से क्या कैसे बात करहैं? सिलसिलेवार सोच की कड़ियाँ बनतीं, बिखरतीं और फिर–फिर बनती रहीं। चिरगाँव बस–स्टैंड पहुँचते ही नर्मदाप्रसाद के मन में धुकधुकी होने लगी। फिर उन्होंने मन–ही–मन अपने इष्ट को नमन किया और वैष्णव परम्परा का निर्वहन करने वाले मैथिलीशरण से जुड़े प्रसंगों को याद करने लगे। जेल जाने पर गुप्त जी को चमड़े की चरस का पानी पीना पड़ा था और वह पानी भी चरस खींचने वाले हरिजन के दोनों पाँवों को पखारकर ही उनके पास आता था। उनकी वो कविता याद आने लगी–

माखनचोर न हो यह बन्दी, चारे पपीहा लेता है।
चरणामृत कर गंगा जल का, हमें जेल में देता है।

बस से उतरकर चलते हुए कब चिरगाँव का बड़ा दरवाज़ा पार हो गया, पता ही नहीं चला। उनके बड़े–बड़े क़दम घर से महज़ दस मिनट की दूरी पर थे कि किसी से पूछा–'दद्दा की बखरी में जाना है', तो उसने कहा–'नाक की सीध में चले जाना, फिर बायें मुड़कर गेट से अन्दर बखरी में जाना है। कोई–न–कोई घर में होगा ही।'

बाड़े के अन्दर घुसते ही फूलों की सुगन्धित ख़ुशबू से माहौल को महकाती हवा चल रही थी। फरफराते कपड़े छत पर सूख रहे थे। कहीं से आवाज़ें आ रही थीं–'जगन, ओ जगन...'

तभी एक साँवले से मँझोली क़द–काठी के सज्जन उनके सामने आ गये–'कहिए, दद्दा से मिलना होगा?'

अभी वे पसोपेश में ही थे कि भीतर से आवाज़ आयी–'इन्हें सीधे निकुंज में बिठाओ। दद्दा पूजा करके आयेंगे। घण्टा भर तो लग ही जायेगा।'

'हम तो महोबा से नर्मदाप्रसाद गुप्त।' उन्होंने धीमे–से अपना नाम बताया–

'अरे नर्मदा भैया, आयें, आयें, अन्दर पधारें। कल से आपकी चर्चा दो बार हो चुकी है', उत्साह भरे स्वर में अनुज सियारामशरण बोल पड़े–'हम सियारामशरण...'

'अरे, ऐसे क्यों कह रहे हैं? ख़ूब अच्छी तरह जानते, पढ़ते हैं आपको, मिले भी हैं शायद। आपका लिखा काव्यग्रन्थ 'मौर्य विजय' पढ़ा है। 'बापू' कविताएँ रटी हुई हैं और आपकी कहानी 'काकी' तो स्मृति से निकलती ही नहीं।'

'फिर तो आप साहित्य के जानकार हैं बन्धुवर। हमने भी आपके फुटकर लेख पढ़े हैं।'

'कवित्व देखने के लिए कवि का गद्य देखना चाहिए–'गद्यं कवीनां निकषं वदन्ति'।'

सटीक कथन। आपकी दो पंक्तियाँ सदैव याद रहती हैं–

प्रेम करोगे, प्रेम मिलेगा, मन से दूर करो विद्वेष।
उसी एक बन्दे के हैं हम सब, मन से दूर करो द्वेष।'

'अरे वाह...' अनायास मुँह से ख़ुशी भरे बोल निकले–'आपका अध्ययन बहुत व्यापक है। बैठें, जलपान ग्रहण करें।'

तब तक मठरी संग बेसन के लड्डू आ चुके थे। नर्मदा ने संकोचपूर्वक मठरी का एक टुकड़ा और पानी भरा गिलास उठाया। अनायास नज़रें कमरे के चारों तरफ़ लगी किताबों के ढेर पर विचरने लगीं। ढेरों किताबें और असंख्य पत्रिकाएँ देश–भर से उनके यहाँ नियमित रूप से आती थीं। दीवार पर लगी उनके पूर्वजों की तस्वीरें देर तक देखते रहे नर्मदा। बगल में रखी हिडिम्बा राक्षसी पर लिखी दद्दा की कविता ध्यान से पढ़ने लगे। इतिहास को किस क़दर नयी भूमिका में नये ढंग से पुनःसृजित करने में अपनी कल्पना शक्ति का प्रयोग करते हैं दद्दा। हर रूढ़िबद्ध किरदार के अन्दर नये सिरे से प्राणों का संचार करते हुए जीते–जागते मानव को पुनःप्रतिष्ठापित कर देते हैं। पुराने चरित्रों को आधुनिक नज़रिये से देखते हुए उनके भीतर के बेहतर मनुष्य को उजागर करते हैं।

एक नयी सृष्टि हम चाहें तो यहाँ रचें,
तुम पचो हममें, या हम तुममें पचें।
होते सभी रावण न राम हम तुममें,
काँटों में कुसुम और काँटे हैं कुसुम में।

'कब आये आप नर्मदाप्रसाद जी? हमारी कुटिया में आपका स्वागत है।'

'प्रणाम...' कहते हुए झुककर नर्मदाप्रसाद ने उनके पैर छुए। 'आपको सालों से सुनते, पढ़ते हुए बड़ा हुआ हूँ। दो–तीन मौक़ों पर दूर से सुनी भी हैं आपकी कविताएँ। अहो भाग्य कि आपको इतने पास से देखने का अवसर और सौभाग्य मिला।' संकोच भरी शिष्ट आवाज़ में बोले।

'जलपान हुआ?' उन्होंने अनुज की तरफ़ सवालिया नज़रों से देखा तो सहमति का संकेत पाकर नर्मदाप्रसाद को लेकर वे अन्दर चले गये। फिर बोले–'देखो, हम सीधी बात से शुरू करते हैं। हमने आपकी बहन को देखा है। लड़की हमें पसन्द है।

बाक़ी आप उर्मिलाचरण को देख–सुन लें। समझ लें। अपना मन भर लें। हमें आपकी राय और सहमति की प्रतीक्षा रहेगी।'

मिठाई के साथ पान का डिब्बा उन्हें सौंपते हुए नर्मदा संकोच से गड़ गये–'आपकी आज्ञा शिरोधार्य है।' तभी अनुज सियारामशरण से गोत्र पूछने लगे तो पता चला–अरे, दोनों का तो एक ही गोत्र निकला तो अब क्या होगा? कैसे होगा सम्बन्ध? ऐसा तो आज तक कहीं हुआ ही नहीं। होता भी नहीं है। यह एक ऐसा यक्ष प्रश्न है जिसका हल किसी के पास नहीं। नर्मदाप्रसाद जी के माथे पर चिन्ता की गहरी लकीरें बनने लगीं। वे हाथ बाँधे ज़मीन की तरफ़ ऐसे देखने लगे जैसे युद्धभूमि में जाने से पहले ही किसी ने सेना की पराजय की ख़बर सुना दी हो।

क्या–क्या नहीं सोचा था हमने मगर होनी को कौन टाल सकता है। उन्होंने कुछ दिन पहले ही अन्यत्र चल रही शादी की बातचीत को इसी बहाने से टाल दिया था कि बच्ची की कुण्डली नहीं मिल रही। अब यहाँ की परेशानी भी ऐसी जिसका हल दोनों पक्षों के पास नहीं। मौन पसरा रहा। बीच में जगन यह बताने आया कि भोजन तैयार है मगर दोनों के बीच सन्नाटा पसरा रहा। अनायास दद्दा ने मौन तोड़ते हुए पहल की–'साफ़ बात सुन लो। ऐसा है नर्मदा प्रसाद कि हमने जो एक बार वचन दे दिया सो दे दिया। हम नहीं मानते इस गोत्र–फोत्र की सालों पुरानी रूढ़ परम्पराओं को। गुप्त समुदाय जो सोचना चाहे, सोचे मगर ये शादी तो होगी, आपकी बहन से ही ब्याह होगा हमारे पुत्र का, ये पक्की बात है। वैसे भी इन अप्रासंगिक हो चली जड़ रूढ़ियों को कभी–न–कभी तो तोड़ना ही होगा।'

अनुज सियाराम ने उनकी सहमति पर झटपट अपनी सहमति की मुहर लगाते हुए कहा–'हमारी भी सहमति है इसमें।'

'समय, परिस्थितियों और देशकाल के मुताबिक चलने में ही बुद्धिमानी है। हमीं ने ख़ुद को कितना बदला है, सब भाई लोग जानते हैं।'

'सही कह रय दद्दा। पहले हम यात्रा में ठाकुर जी की मूर्ति को साथ लेकर चलते थे। वेशभूषा में पारम्परिक क़िस्म की पगड़ी आदि

पहनते थे लेकिन देशकाल परिस्थितियाँ बदलीं तो पगड़ी गयी, दाढ़ी गयी और आख़िर में तिलक भी छूट गया, जबकि पहले वैष्णवों जैसा तिलक ज़रूर लगाते रहे। पहले आचार–विचार में दद्दा कट्टरता का परिचय देते थे मगर अब समय बदल चुका है। देश आज़ाद हो गया है। समय का हर क्षण बदलाव चक्र से गुज़रता है जैसे प्रकृति हर पल ख़ुद को बदलती, संवर्धित करती और नये परिधान पहनती है। पुराने पत्ते झरेंगे तभी तो नये आयेंगे।'

'नर्मदाप्रसाद, जाओ और खुले मन से शादी की तैयारी करो। हमें शान्ति बिटिया पसन्द है।'

सुनते ही नर्मदाप्रसाद–

लिखी नहीं माथे पर जाति, गुण कर्मों से उसकी जाति।
सबके दो पद हैं, दो हस्त, सजातीय हैं मनुज समस्त।

सुनाते हुए उठे और दद्दा के पैर छूते हुए उनके भावुक कण्ठ से ख़ुशी के उद्‌गार निकल पड़े–'आपका आशीष हमारी शान्ति के सर–माथे पर। उस बच्ची का अहोभाग्य जो आप जैसा पिता तुल्य श्वसुर उसे मिलेगा। आज हम निश्चिन्त हुए। सालों पहले हमारे पिताजी गुज़र गये थे, सो पिता की ज़िम्मेदारी हमीं निभाते रहे। हमारी शान्ति आप जैसे प्रतिष्ठित ख़ानदान की बहू बनेगी–इससे बढ़कर ख़ुशी की बात और क्या हो सकती है?'

दोनों तरफ़ से मिठाइयाँ खिलायी गयीं। उसी दिन शाम को मन्दिर जाकर सबने प्रभु राम के सामने हाथ जोड़कर प्रसाद चढ़ाया और उनका आशीर्वाद लिया। थोड़ी देर बाद सेवक जगन आया और जल्दी–जल्दी बोलने लगा–'बिटिया की कौनऊ फोटो है क्या? जिया खों देखनै।'

'जिया खों दिखानै, बस्स...' कहते हुए उन्होंने छोटे आकार की दो तस्वीरें अन्दर भिजवा दीं। बाहर निकलते ही जगन को उर्मिलाचरण ने पकड़ लिया–'ऐ जगन काका, कहाँ लिए भगे जा रहे हो? फोटो पहले हम देखेंगे।'

'हव भैया, देख लेव। लड़की भौत ख़ूबसूरत है, ऐन खरी गोरी, ऊँचौ माथौ और सीधी नाक...'

उन्होंने लड़की को ध्यान से देखा और देर तक देखते रहे।

'भीतरै दिखाबे लै जाने। फोटू दे दो हमें...'

'अच्छा ठीक है। दिखाकर हमें लौटा देना।'

उर्मिल के साथ उनके दो मित्र और भी थे जो अक्सर उनके साथ यहाँ–वहाँ गप्पबाज़ी करते घूमते–फिरते थे। अभी वे झाँसी से बी.ए. की परीक्षा दे रहे थे लेकिन पढ़ने में ज़्यादा मन तो लगता नहीं था। थोड़ी–बहुत ज़िम्मेदारी का काम उन्हें सौंपा जाने लगा मगर 'बड़े बाप के लाड़ में बिगड़ गये इकलौते पूत' वाली कहावत उन पर लागू होती जबकि उनके हमउम्र लड़के बड़े होकर अपने घर की ज़िम्मेदारी सँभालने लगे थे। उसी समय एक और लड़का झाँसी से आया और आते ही अनुज सियाराम से पूछने लगा–'मैं उर्मिल का फ्रेंड हूँ। झाँसी से आया हूँ।'

'फ्रेंड?' उन्होंने व्यंग्य में जवाब दिया–'ठीक है बेटा, मिल लो मगर हिन्दी में काहे नहीं बतियाते? अपनी ज़ुबान में कितनी मिठास घुली है...अपनी मातृभाषा में बात किया करो तो अच्छा लगेगा।'

'उर्मिल, ये सामने बैठे बुज़ुर्ग कौन हैं? हमें हिन्दी में बोलने का प्रवचन दे डाला।'

'हमारे चाचा हैं। अरे, उनकी बातें छोड़ो। वो तो ऐसे बोलते रहते हैं। चलो, चलते हैं घूमने थाने तक...' कहते हुए वे बाहर निकल गये।

अभी तक वे लौटकर नहीं आये थे जबकि नर्मदाप्रसाद जी वापस जाने के लिए मुड़ने लगे। उन्होंने लौटते हुए दद्दा से पूछा–'उर्मिलजी क्या कहीं दूर निकल गये? मिल लेता, भेंट हो जाती तो अच्छा रहता।' –वे संकोच भरी आवाज़ में बोले।

'अब तो उनसे मिलना–जुलना लगा रहेगा। आना–जाना लगा रहेगा। आप बेफ़िक्र रहें और पूरे मन से ब्याह की तैयारी करें। एक बात की गाँठ बाँध लें कि हमें आपसे दहेज में कुछ नहीं चाहिए। बिटिया को जैसे आप भेजना चाहें, हमें वैसे ही स्वीकार है। भगवान का दिया यहाँ सब कुछ है। आपकी बेटी को पैसे–टके की कभी कोई कमी नहीं रहेगी, बस इतना ही आश्वस्त कर सकता हूँ'...दद्दा की आवाज़ में आश्वस्ति की खनक थी।

'अरे, कैसी बातें करते हैं आप? हम अकिंचन भला क्या दे सकते हैं आपको? हमारे पास ऐसा है ही क्या आपको देने लायक?' कहते हुए नर्मदा ने विनम्रता से सिर झुकाते हुए दद्दा की हथेलियाँ थाम लीं।

'है न देने योग्य? आपकी गुणी और होनहार बहन। उससे ज़्यादा अनमोल रत्न हमें और कहाँ मिलेगा?' दद्दा ने विहँसते हुए कहा और नर्मदा दुबारा पाँव छूते हुए सर्र से बाहर निकल गये।

नर्मदाप्रसाद अँधेरा होने से पहले घर पहुँच जाना चाहते थे। बस में चढ़ते समय उन्हें ऐसा लगा जैसे उन्होंने उर्मिलजी को कुछ लड़कों के साथ थाने पर देखा है मगर अँधियारा होने से ठीक से पहचान नहीं पाये। पर एक धुँधली–सी छवि ज़रूर उनके जेहन में साथ चली आयी कि लड़का दुबला–पतला है, रंग थोड़ा साँवलापन लिए हुए। स्वभाव का तो ठीक से नहीं पता मगर इतने बड़े राष्ट्रकवि के इकलौते सुपुत्र होने के नाते इतना तो तय है कि ये इनकी चल–अचल सम्पत्ति के इकलौते वारिस बनेंगे। सुनते हैं कि कई सन्तानों के बाद उर्मिलजी ज़िन्दा बचे हैं, इसी के चलते ये सबकी आँखों का तारा बनकर रह गये। उनका लालन–पालन भी ख़ूब लाड़–प्यार से हुआ होगा। बहरहाल, हमारी शान्ति के लिए इससे अच्छा घर–वर और क्या हो सकता है भला? घर आयी लक्ष्मी को ठुकराना कभी ठीक नहीं होता। घण्टों सोच–विचार में डूबे रहे वे।

कब महोबा आ गया, इसका अहसास नहीं हो पाया। कैसे उनके पैर घर तक अपने आप चलते गये, कब वे माँ को ऊँची आवाज़ देकर हुलसते हुए टेरने लगे–'अम्मा, हो गव सम्बन्ध तय तोर। बस तैयारी करो बिन्नू की शादी की।' इतना याद है उन्हें। उनकी हुलसती आवाज़ सुनकर भीतर से दोनों भाई निकल आये तो सबको बिठाकर वे विस्तार से सारा प्रकरण सुनाने लगे।

'अम्मा, जब गोत्र वाली बात आयी तो हमाई तौ साँसें अटक गयी थी। अब क्या होगा? लगा, जैसे हमारे सँजोए सारे सपनों की हरी भरी फ़सल को किसी ने दूर से बीड़ी फेंककर जला दिया हो। एक ही गोत्र में सम्बन्ध नहीं होते, ऐसा सुनते आ रहे है सालों से।'

'फिर?'

'फिर क्या?' दद्दा ने साहसिक पहल करते हुए अपना निर्णय लेने में ज़्यादा देरी नहीं की। एक झटके में बोल पड़े–'अब जब हमने वचन दे दिया सो दे दिया। शान्ति ही इस घर की बहू बनेगी। जिसको जो कहना है, कहता रहे, जो सोचना हो, सोचे मगर हम इस फैसले को नहीं पलटेंगे।' उनकी निर्णायक आवाज़ सुनकर किसी से कुछ बोलते नहीं बना।

'और उनके भाई वग़ैरा कुछ नहीं बोले?'

'सब उनके समर्थन में आ गये। तभी हमने मिठाई और पान अन्दर भिजवा दिये थे। सबसे पहले अन्दर जाकर जिया के पैर छुए। सबके हाथ में वे चाँदी के कलदार रख दिये। वो फोटो भी लड़के ने अन्दर मँगवा ली थी। हम तो वही फार्म वाली फोटो ले गये थे संगै। हम जानत ते कि वे लोग फोटो ज़रूर माँगहै सो दसवीं के फार्म वाली तस्वीर ले गये थे।'

'फिर, और का बातें तय–तोर भईं?'

'अब हम अपना पत्रा दिखवा लैहैं। वे भी दिखाहैं। होली के बाद मई–जून में निकलेगी शादी।' वे गुणाभाग करने लगे।

'और लेन–देन की बात हुई? कितेक पइसा–टका लग जैहै? दान–दहेज में का चाह रय वे?' अम्मा ने मन की कई परतों के अन्दर दबी बात आहिस्ते से बाहर निकाली।

'देखो अम्मा, दद्दा ने साफ़ बात कर लई कै हमें तो शान्ति जैसी नेक और गुणी लड़की चाहिए, वही हमारा दहेज है, वही लक्ष्मी है, सरस्वती है और वही हमारी इतनी बड़ी विरासत सँभालने की क़ाबिलियत रखती है। ऐसी पढ़ी–लिखी समझदार लड़की के अलावा हमें कुछ भी नहीं चाहिए।' एकदम साफ़ चमकती हुई बात कही दद्दा ने जैसे पानी हो पारदर्शी।

अम्मा हतप्रभ देखती रहीं अपने बेटे का मुख। क़िस्से को ऐसे सुनने लगीं जैसे आँखों देखा हाल सुन रही हों। कभी वे भावुक होकर बिटिया के भाग्य सराहतीं तो कभी ईश्वर के प्रति कृतज्ञता प्रकट करते हुए कहतीं–'भगवान ने हमारी सालों की तपस्या का फल दिया है। अब तुम सबके भाग्य पलटहैं। हमाई शान्ति बिटिया के सहारे जे दोनों भइयन की किस्मत पलट जैहै। वो अपने साथ रखकर पढ़ाई कौ इन्तज़ाम करहैं और इससे हमारे घर का दलिद्दर छँट जायेगा। फिर हमारे दिन बहुरेंगे। समय–समय कौ फेरा, बहती जिन्दगानी की धारा, कभऊ नीच तौ कभऊ ऊँच।'

'अरे अम्मा, आप तो पढ़े गुने साहित्यकारन जैसी गूढ़ बातें करन लगीं अबई सै...' वे हँसने लगे।

'अरे जौ तौ लोकगीत है, हम सब कार्तिक नहान जात तो सुबह–सुबह सब गाते हैं जिसका निचोड़ यही है कि कभी दूर रहे सुख तो कभी पास रहे दुःख, किनारे लगायेंगे प्रभु कृष्ण, आस जगायेंगे दीनानाथ, पूरी करहैं हमरी मनोकामना।' पूरा याद नहीं आ रहा...वे सोचते हुए बोलती जा रही थीं।

'शान्ति, ओ शान्ति...' अम्मा अपनी उत्साह भरी आवाज़ में बिटिया को बुलाने लगीं। मगर शान्ति तो इस समय अनमनी–सी छत पर खड़ी आसमान देखते हुए न जाने किस विचार में खोयी थी।

रात की काली स्याही चारों तरफ़ फैली थी। मैथिलीशरण को नींद नहीं आ रही थी। बेचैनी के मारे वे बरामदे में टहलने लगे। बरामदे से बाहर खुले अहाते में लगा छोटा–सा बल्ब टिमटिमा रहा था। उनकी लिखी इतनी सारी किताबें उनके बाद कौन पढ़ेगा या समझेगा? प्रेस से जुड़े कामों में उर्मिल की दिलचस्पी है नहीं तो अब तक सँजोयी विरासत को वे कैसे सँभाल पायेंगे? न तो उर्मिल की अशिष्टताएँ घटती नज़र आती हैं, न बड़ों की बात मानना उनके स्वभाव में है। उर्मिल के हाव–भाव से भी ऐसे संकेत नज़र नहीं आते।

केवल चार पैसे कमाना भर तो ज़िन्दगी नहीं? बाप–दादों की कमाई बेटों ने खाई और बेटों की कमाई आने वाली सन्तानें बैठे–बैठे खायें, बस इतना भर तो जीने का मक़सद नहीं होता? तो फिर? सवाल उनके अन्दर उमड़ते–घुमड़ते रहे। उनके अनुज अक्सर ऐसा आभास करा देते जैसे उर्मिल के प्रति वे उतना कठोर क्योंकर नहीं हो पा रहे। कहीं न कहीं यह पुत्र का अन्धमोह है। सच तो ये है कि पुत्र सुदर्शन की छवि अभी तक उनके अन्तस् से विस्मृत नहीं हो पायी। जैसे वो जाते–जाते कह रहा हो, कभी मेरे साथ क्यों नहीं खेलते? उसको ज़रूर कभी–कभार डाँट दिया करता मगर उर्मिल को उतना नहीं डाँट पाया। जाने क्यों ऐसे ख़याल आने लगते–कहीं यह भी तो अपने और भाइयों की तरह अल्पायु का शिकार तो नहीं हो जायेगा? उनकी रूह काँप जाती और वे चुप हो जाते। ज़्यादा लगाव या मोह तो उन्हें सुदर्शन से हो गया था, कितनी उम्मीदें बँधने–बढ़ने लगी थीं सुदर्शन से? न, अब वे क़तई मोह नहीं पालेंगे, महज़ पिता के कर्तव्य पूरे करेंगे और कुछ नहीं।

कितनी विचित्र पहेली है यह जीवन। उम्मीदें करो तो पिछवाड़े लात मारकर हमीं पर ठठाकर हँस देगी और जब हम पूरी तरह नाउम्मीदी में जीने की आदत डाल लेते हैं तो यही ज़िन्दगी हमें उपहारों से लाद देती है। हमारी अपेक्षा के अनुरूप कभी कुछ नहीं घटता। महज़ मूकदर्शक बनकर रह जाते हैं हम। बिखरा हुआ घर–परिवार और अलग–थलग पड़ते रिश्ते–नाते। मैथिलीशरण को अब उतनी पारिवारिक एक–नज़र नहीं आती। सब रिश्ते बिखरे ख़ाली खोखले लगते हैं। धीरे–धीरे जीवन के प्रति उनका मोह ख़त्म होता जा रहा है।

तो क्या हम सुख में सुखी और दुःख में दुःखी होना बन्द कर दें? निर्विकार, निर्विकल्प या तटस्थ भाव से ज़िन्दगी को देखते रहने के लिए बने हैं हम? पहले काफ़ी कुछ संस्कारी आदतें थीं उनकी, बाद में सब कुछ उलट–पुलट गया। अब तो वे जैसे हैं, वैसे होने की कल्पना तक नहीं की थी उन्होंने। चाहने, न चाहने से बेख़बर जब ज़िन्दगी अपने फ़ैसले सुनाती है तो हर इन्सान को उसके फ़ैसले सुनने और मानने भी पड़ते हैं।

कुछ दिनों से उनका स्वास्थ्य साथ नहीं दे रहा। रह–रहकर प्रोस्टेट की शिकायत उभर आती तो कभी कुछ और। झाँसी से डॉक्टर बख़रू उन्हें देखने नियमित रूप से आते और सुझाव देकर जाते।

पिछले दिनों उर्मिल की शादी को लेकर ख़याल तेज़ी से कौंधा। चलो, यह ज़िम्मेदारी भी निभा लें। यूँ तो पुत्र से अपेक्षाएँ रखना उन्होंने काफ़ी हद तक बन्द कर दिया था। अपने मन से पढ़ाई–लिखाई करके बी.ए. की परीक्षा दे दी उर्मिल ने, मगर इसके आगे क्या सोचा है? इसका जवाब नहीं दे पाते। न तो उनकी साहित्य में उतनी रुचि या समझ विकसित हो पायी, न आगे पढ़ाई करके सरकारी नौकरी करने की आकांक्षा उनमें पनप पायी। जब कभी दिल्ली या बनारस के साहित्यिक कार्यक्रमों में जाना होता, वे उर्मिल को मोटरगाड़ी में साथ ले जाते। उनकी आपस में ज्यादा बातें तो नहीं होतीं। मतलब–भर की बातें हो जायें, बस।

एक समय था जब वे उन्हें छोटी–बड़ी बातें समझाया करते। देश–दुनिया की अच्छी ज्ञानवर्धक बातें उर्मिल को बताते थे। उर्मिल–अनसुनी कर देते या एक कान से सुनकर दूसरे से निकाल देते। अपने प्रति उनकी यह अवहेलना मैथिलीशरण ज़्यादा दिन बर्दाश्त नहीं कर पाये। धीरे–धीरे उन्होंने ख़ुद को उर्मिल से परे रखते हुए निर्लिप्त रहना शुरू दिया। पहले उन्हें इस बात को लेकर ख़ूब तनाव होता कि उर्मिल अपने भविष्य के लिए कुछ ख़ास नहीं कर पा रहे। वे घण्टों माथापच्ची करते रहते जैसे गणित के गूढ़ और जटिल सवाल हल कर रहे हों मगर कोई समाधान नज़र नहीं आता तो वे ख़ुद को ऐसे नख़लिस्तान में खड़ा पाते जहाँ चारों तरफ़ समन्दर का शोर दिन–रात उठ रहा हो मगर वहीं कहीं हो एक पठार जहाँ अकेले खड़े होकर जीवन के शाश्वत सवालों से वे जूझने लगते। क्या है ये जीवन भी? क्यों आये हैं हम यहाँ इस नश्वर दुनिया में? 'यह जन्म हुआ किस अर्थ कहो, समझो जिससे यह व्यर्थ न हो', अपनी ही रची कविता को गुनगुनाते मगर सवाल थे कि नागफनी के काँटों की भाँति चुभते रहते।

अपने अध्ययन कक्ष से बाहर निकलकर वे आसपास टहलने लगते लेकिन विचार उनका पीछा नहीं छोड़ते। अपने समकालीन रचनाकारों की कृतियों को उलटते–पुलटते रहते। जयशंकर प्रसाद की 'कामायनी', 'आँसू' पसन्द आतीं तो प्रेमचन्द की कहानियाँ। अज्ञेय जी के उपन्यास पढ़कर उनके मन प्रेम को लेकर तमाम प्रश्न उनकी चेतना को झिंझोड़ डालते। ऐन मौके पर प्रेम की स्वतन्त्रता बनाम स्वच्छन्दता पर देर तक मनन करते रहते। क्या स्वैराचार करना ही प्रेम है? अपने देश की ज़्यादातर महिलाएँ पराधीन हैं। उनके अन्दर पर्याप्त आत्मविश्वास तक विकसित नहीं हो पाया। आर्थिक रूप से सक्षम नहीं है, न ही उनके अन्दर आत्मबल व महत्त्वाकांक्षा विकसित हो पायी है? ऐसे में मुट्ठी–भर लड़कियाँ कहाँ हैं जो प्रेमचन्द की मालती की तरह बौद्धिक जुगाली करने में सक्षम समर्थ होंगी।

रह–रहकर उन्हें अपने स्त्री चरित्र याद आने लगे। गौतम के घर छोड़कर निकल जाने पर यशोधरा का अकेले पुत्र पालने का संकल्प हो या घर पर छूट गयी उर्मिला हो या कैकेयी का अनुताप, वे पौराणिक किरदारों को नये सिरे से रचने की कोशिश करते हुए उनमें आधुनिक जीवन दृष्टि सम्पूरित करते रहे पर प्रेम में डूबी प्रेमी संग उन्मुक्त आचार करती स्त्री उनकी कल्पना में कभी नहीं आ पायी। वे इस सच को महसूस करते कि प्रेम जीवन जीने के लिए संजीवनी बूटी की तरह अनिवार्य औषधि है, पर कर्तव्य समझ रिश्तों का निर्वहन करना उनका स्वभाव भी था और वैसे मूल्य भी उनके अन्दर संचरित करते रहे। अनायास जयशंकर प्रसाद जी की पंक्तियाँ याद आ गयीं–'मिला कहाँ वह सुख जिसका मैं स्वप्न देखकर जाग गया, आलिंगन में आते–आते मुस्क्याकर जो भाग गया।'

अपने घर की स्त्रियों से उन्होंने पर्दा नहीं करवाया। शिष्टता, शालीनता और मर्यादा तो आँखों में होती है। स्त्री–शिक्षा और स्त्री–पुरुष सम्बन्धों में निजता और बराबरी के पक्षधर थे वे। शान्ति जैसी लड़की उनके घर बहू बनकर आये तो उसके आने से इस घर में शिक्षा की ख़ुशबू फैलेगी। यहाँ रहकर यदि वह आगे अपनी पढ़ाई करना चाहे तो

वे उसे ज़रूर पढ़ायेंगे–ऐसे विचार आते रहते। स्त्री के प्रेयसी रूप की रूह तक वे नहीं पहुँच पाये। उन्हें इसका बख़ूबी अहसास था लेकिन निजी जीवन में ऐसे ख़ास लम्हों ने कभी दस्तक नहीं दी। आसपास के लोग सराहना करते कि उनके जीवन में यश का प्रकाश फैला है मगर ख़ुद कवि को अपना जीवन दर्द भरा, तन्हा और एकान्त में डूबा लगता।

अरसे बाद उस दिन अचानक काशी से रायकृष्णदास आ धमके। काशी के रायकृष्णदास से उनकी नज़दीकियाँ रही थीं और उनके सान्निध्य में उन्हें गहरा सुकून महसूस होता था। उस दिन संझाबाती के बाद रायकृष्णदास कहने लगे–'मैथिलीशरण, अपने समकालीन रचनाकार आपके सामने नतमस्तक होकर आपकी रचनाओं की सराहना करते नहीं थकते, वही बाद में आपकी रचनाओं को पद्यकार कहकर मज़ाक़ उड़ाने से क़तई नहीं चूकते।'

'पता है। पर अपना काम है लिखना, अच्छे से अच्छा लिखना और पाठकों के मन में उतरना। नया रचना और पहले के लिखे से अलग कोई नयी व मौलिक रचना देना। हमें राजनीति नहीं आती भैया...' कहते हुए उन्होंने हाथ जोड़ दिये।

'मैथिलीशरण, कुछ साहित्यकार आपके नाम को 'मैं–थैलीशरण' कहने लगे हैं। उनकी वो विद्रूप हँसी और बीभत्स ठहाके अभी तक मेरे कानों में गूँज रहे हैं। अब किस–किसका नाम लें? सब अपनी ही लेखक बिरादरी के लोग हैं।'

'देखो, जो सत्ता में होगा, वह शक्ति के मद में होगा ही। कुर्सी की तासीर ही ऐसी होती है...'

'राय साब, मेरे मन में जो विचार आते हैं, हम लिपिबद्ध कर देते हैं। 'विष्णुप्रिया' पर काम चल रहा है...' बात काटते हुए वे बोल पड़े–

'मेरी रचनात्मकता को लेकर जिसे जो सोचना हो, सोचे। मुझे ऐसी सत्ताओं और सत्ता का दम्भ पसन्द नहीं।' उनकी आवाज़ में अनकहा दर्द उभर आया जिसे भाँपते हुए रायकृष्ण बोले–'साहित्य की राजनीति भी बड़ी विकट चीज़ है मैथिलीशरण। कुछ लोगों को लगता है जैसे हम–आप ख़ाली बैठे रहते हैं, तो लिखना ही एकमात्र काम है',

ऐसा कहते हुए एक नामी साहित्यकार की विद्रूप हँसी अभी तक मेरे कानों में गूँज रही है।

'सही कह रहे। पिछले महीने काशी के कवि–सम्मेलन में भी ऐसे गुरूर भरे बोल पूरी वितृष्णा से बोले गये पर हमने तो हँसकर टाल दिया। तर्क जब कुतर्क में बदल जाये तो क्यों जवाब देते?'

'हूँ,' एक लम्बी साँस लेते हुए वे बोले–'ये वही सज्जन हैं जो हमसे आग्रहपूर्वक रचनाएँ माँगकर सरस्वती के लिए ले जाते रहे। ऐसे बदलते हैं हाव–भाव। कुर्सी क्या से क्या न करा दे? हमारी आँखें ये सब देखने की अभ्यस्त नहीं हैं रायसाब।' उनकी आवाज़ में नमी थी। आँखें कहीं शून्य में देख रही थीं।

दोनों देर तक बरामदे के बाहर खुले प्रांगण में टहलते रहे। घर–परिवार, शान्ति की उर्मिल से शादी से लेकर यहाँ–वहाँ की बातें करते रहे। संस्थानों में नित नये पदाधिकारियों की नियुक्तियाँ तेज़ी से होती जा रही थीं। सब अपने जान पहचान के लोगों को यहाँ–वहाँ के उच्च पदों पर बिठाने की दुरभिसन्धियाँ करने में लगे थे। इन सबसे परे दो बुद्धिजीवी अपनी–अपनी रचनात्मक यात्रा और जीवन की नश्वरता से जुड़े सवालों को हल करने में जुटे थे।

मन की उदासी उतरती है पन्नों पर। अकेलापन बिखेरता है शब्दों में और हर शब्द को आलंकारिक गहने पहना देते हैं दद्दा। इससे अपने गढ़े किरदारों को विशेष चमक, विशेष आभा से भर देते हैं वे। कभी राम–लक्ष्मण, भरत या आमजन बनकर तो कभी सीता, उर्मिला, यशोधरा या कैकेयी जैसे पौराणिक पात्रों के अलावा वे जेनी जैसी आधुनिक स्त्री व किसानिन–मज़दूरनी जैसी आम स्त्री पात्र के अन्तस् में उतरकर लिखते रहे कवि का दर्द। दद्दा के अन्तस् में चुभते रहे तीखे नुकीले काँटेदार बोल जिससे छलनी होता रहा उनका अन्तस्। वेदना उमड़कर शब्दों में आकार–प्रकार लेती मगर बाहर से सन्तुलित, सुलझे हुए, संवेदनशील दद्दा पूरी विनम्रता से वैष्णवी संस्कारों की ढाल पहनकर सबके सामने आते। राजनीति के दुष्चक्र व दाँवपेंच को समझकर भी वे अनजान बने रहे।

समय बदलने के साथ–साथ उनके कुछ प्रिय लोगों ने उनसे किनारा कर लिया जो कुछ–न–कुछ पाने के लिए उनके आगे–पीछे घूमते थे। कुछ साहित्यकार आज़ादी के बाद राजनेताओं से सम्पर्क साधते हुए सरकारी महकमे में अलग–अलग ओहदों पर क़ाबिज़ होने की होड़ में लग गयें। ऐसी कोई इच्छा उनके अन्दर नहीं जगी। कुछ साहित्यकार उन्हें उकसाते रहते–दद्दा, देखो, अमुक–अमुक को यहाँ इस संस्था का प्रमुख बनाया गया है–मगर अपनी कविताओं में बदलते देश के अनुसार नये–नये प्रसंग पिरोने में वे पूरी तरह जुट गये थे। होली के अवसर पर गायी जाने वाली कविता पर काम चल रहा था–

जो कुछ होनी थी, सब होली धूल उड़ी या रंग उड़ा है,
हाथ रही अब कोरी झोली, आँखों में सरसों फूली है।
सजी टेसुओं की टोली, पीली पड़ी अपत भारत भू,
फिर भी नहीं तनिक तू डोली।

हिन्दी कविता की परम्परागत रीतिकालीन श्रृंगार–धारा को अलग राह पर ले जाने में दद्दा का विशेष योगदान रहा। मैथिलीशरण के काव्य में प्राचीन आख्यानों को युगानुरूप लोकचेतना के रंग में ढालते हुए आमजन की समझ में आने वाली कविताएँ पढ़कर पाठकों के पत्र आते जिन्हें पढ़कर उनका उदास मन हरा–हरा हो उठता। उन्हें आश्चर्य होता कि लोग आज भी उनकी तीन कृतियों पर ही चर्चा करते रहते हैं। 'भारत–भारती', 'जयद्रथ वध' या फिर 'साकेत'। उन्होंने दर्जनों कृतियाँ लिखी हैं मगर उनकी पहचान का पर्याय 'भारत–भारती' ही बनी रही। दर्द के दलदल में उतरते हैं दद्दा हर रोज़ जिसके आसपास की भुरभुरी मिट्टी को येन–केन प्रकारेण पकड़ने की कोशिश करते है मगर अफ़सोस कि वही मिट्टी उनके हाथ से निकल जाती है। मन हताशा और झुँझलाहट से भर उठता है–क्या वे ऐसे किसी दलदल में धँसे हैं जिसे आसपास की मिट्टी ने ढँक लिया है। क्यों वे इस अलक्षित अँधेरे में सालोंसाल पड़े रहेंगे? चिन्ता और गहरी हताशा में डूबने लगता है मन तो ज़ोर–ज़ोर से रोने,

चीख़ने लगते मगर यह क्या? उनके हलक से आवाज़ ही नहीं निकल पा रही बल्कि ज़ोर–ज़ोर से आवाज़ निकालने की कोशिश में गले से गों–गों की आवाज़ निकलने लगी। वे एक बार फिर जान की बाज़ी लगाकर दुगुनी ताक़त से ख़ुद को बाहर निकालने के लिए तैयार करते जिससे वे दलदल से किसी तरह तो मुक्त हो सकें। इस प्रयास में वे उस अन्ध दलदल से बाहर निकल ख़ुद को देखते–अरे, उनका तो दम फूल गया। घुटने छिल गये। कुहनी से ख़ून बहने लगा। समूचा शरीर मिट्टी में सन गया। आँखें मिचमिचाकर पूरी ताक़त से सामने देखने की कोशिश करते तो उन्हें धुँधला सा कुछ नज़र आता है। अचानक वे गला फाड़कर चीख़ने लगे कि आँख खुल गयी–बगल में लेटी पत्नी पूछती हैं–

'का हो गव। का बुरौ सपनौ देखौ? लेव जौ पानी पी लो।' वे गिलास भरा पानी हथेली में थमाती हैं। आँखें खोलकर चौंककर वह देखते हैं–अरे कहाँ गया दलदल जिसमें वे गले तक धँसे फड़फड़ा रहे थे? यहाँ तो कोई दलदल नहीं। न ही उनकी देह मिट्टी से सनी है और उनका पुत्र माँ की बगल वाली चारपाई पर बेफिक्र नींद में। एक लम्बी साँस लेकर जिया से बोले–'नहीं, कोई ख़ास बात नहीं। ऐसे ही नींद खुल जाती है कभी–कभी।'

'सो जाओ ज़रा। सवेरे होवे में तो बहुत देर है...' कहकर वे करवट बदलकर फिर से सो गयीं। उन्हें निश्चिन्त नींद में डूबी देख वे सोचते रहे–सही कहा है, 'सबसे भले वे मूढ़ जिन्हें न व्यापै जगत गति।' कबीरदास तो बहुत पहले कह गये हैं–'जो जागत है सो पावत है जो सोवत है सो खोवत है।' अन्दर से सोयी चेतना को जगाना आसान नहीं है। ठीक इसी तरह जाग्रत चेतना को जबरन सुलाया भी तो नहीं जा सकता। घण्टे–भर तक वे करवटें बदलते रहे फिर चार बजे उठकर–टहलने लगे। बेचैनी ने जीवन की नश्वरता से जुड़े सवाल उठा दिये जिनके दुष्चक्र में घिरे वे उलझते गये फिर निकुंज जाकर किताबें उलटने पुलटने लगे। उनका संस्पर्श और सान्निध्य उनके अन्दर उत्साह और जिजीविषा सृजित करने लगता।

उन्होंने अज्ञेय की 'शेखर : एक जीवनी' पूरी रात जागकर पढ़ी। उपन्यास में ज़बरदस्त पठनीयता है और बौद्धिक सवाल भी विचारोत्तेजक हैं मगर इतना उन्मुक्त प्रेमाचार? वे सोचते रहे। क्या ये सचमुच प्रेम है या महज़ दैहिक स्वैराचार? क्या सच्चे प्रेम में ऐन्द्रिकता लाना लेखक के लिए ज़रूरी था? इसके बिना भी उपन्यास सांकेतिक ढंग से उसी तरह रचा–बुना जा सकता था। तो क्या यही लेखक का अभिप्रेत था? इससे हम इस समाज–व्यवस्था को क्या सन्देश दे पायेंगे? रचना वैयक्तिक सुख का निमित्त भर बनकर रह जाये तो कैसे चलेगी यह पारिवारिक व्यवस्था? नितान्त वैयक्तिक प्रेम सामाजिक ताने–बाने को उधेड़कर रख दे तो? यदि सभी इसी दिशा में प्रतिश्रुत हो जायें तो क्या भावी पीढ़ी इसे पढ़कर स्वच्छन्द प्रेम की दिशा में चलने के लिए उत्प्रेरित नहीं होगी? फिर आगामी समय अराजकता की तरफ़ बढ़ सकता है।... वे देर तक सवालों में उलझे रहे।

नहीं, प्रेम की सत्ता से क़तई इनकार नहीं है और न ही वे स्त्री–पुरुष प्रेम की प्रगाढ़ता के विरोधी हैं परन्तु ऐसे साहसिक प्रसंग पढ़कर वे हैरत में ज़रूर पड़ गये। जीवन का एक पक्ष तो यह भी है। पश्चिम के जीवन–मूल्यों में तो यही स्वच्छन्दता उनकी जीवन–शैली है। वहाँ स्वतन्त्रता बनाम स्वच्छन्दता के बीच पनपता व्यक्तिवाद तेज़ी से फैला है। इसके विपरीत हमारे घर–परिवारों में आज भी समूची पारिवारिक–सामाजिक व्यवस्था को समेटते हुए सामूहिक जीवन–शैली पर बल दिया गया है। तभी तो हम क्रमशः राष्ट्रीय चेतना या राष्ट्रवाद से आगे बढ़कर पूरी धरती को ही अपना परिवार मानते रहे हैं। हमारे संस्कृत ग्रन्थों में स्पष्ट लिखा है–

अयं निजः परो वेति गणना लघु चेतसाम्,
उदार चरितानां तु वसुधैव कुटुम्बकम्।

अज्ञेय जी के उपन्यास का प्रवाह बहुत तेज़ है और उनकी विद्वत्ता चकित करती है मगर स्त्री–पुरुष के साथ और बदलते प्रेम की ऐन्द्रिकता का संजाल दद्दा के विचारों से मेल नहीं खाता। परम वैष्णवी जीवन–मूल्यों में गहरे धँसे मैथिलीशरण के दिलोदिमाग़ में बृहद्

समाज–कल्याण व सामूहिक–सामासिक संस्कृति के संवर्धन की भावना बचपन से ही पल्लवित–पुष्पित होती रही कि वे इससे परे, इसके अलग या इस व्यवस्था से कटकर निजी जीवन के सुख, ऐन्द्रिकता और प्रेम की बहुकोणीय परतों के बारे में उस तरह से नहीं सोच पाते। वे जब भी लिखने बैठते तो बहुजन हिताय, बहुजन सुखाय की संकल्पना उनके मन में मूर्त होकर शब्दों का ताना–बाना पहनने लगती।

मन में उमड़ते सवालों को परे धकियाते हुए वे बेचैनी से बगीचे में चहलक़दमी करने लगे। चलते हुए सोच के केन्द्र में हावी हो गया था परकीया प्रेम। स्त्री–पुरुष सम्बन्धों की सबसे महीन, सबसे बारीक़ और सबसे सूक्ष्म झीनी परत जिसके आर–पार देखने की सुविधा, सहूलियत या अवसर उन्हें मयस्सर नहीं हुए। नहीं पाया वैसा भाव सौन्दर्य या संवेदना का नया झरोखा।

प्रेयसी की परिकल्पना जयशंकर प्रसाद की कविताओं में बहुतायत से उभरी है। महादेवी की कविताओं के अन्तस् में रहस्यवाद का उत्स प्रेम की विराट सत्ता से जुड़कर बहुआयामी स्वरूप पा गया है। प्रेम की नयी ताज़ा अनुभूतियाँ और उनकी वायवीय अभिव्यक्तियों के साथ प्रकृति का एकीकृत रूप हमें एक मनोरम सौन्दर्य की अनूठी दुनिया में ले जाता है। प्रथम दृष्टि का प्रेम, किसी कोमलांगी को देखकर उसके सौन्दर्य और संवेदना का इतना काल्पनिक निरूपण और उस अनुभव को पास से छूने व महसूसने की भावप्रवण अनुभूतियों से गुँथा है ये छायावादी साहित्य। संस्कृत साहित्य में 'अभिज्ञान शाकुन्तलम्' और 'कादम्बरी' रचनाएँ याद आने लगीं जहाँ प्रेम में डूबती–उतराती भाव विह्वल नायिकाओं की मनोदशा के मार्मिक चित्र पढ़कर प्रेम की बहुरंगी कल्पनाएँ सजीव हो उठती हैं।

उनके जीवन में वो ताज़गी भरा पनीली हवा का पहला झोंका कब आया? उनके जीवन में 'लड़की' का प्रवेश उस तरह से नहीं हो पाया जिसे देखकर उनके अन्तस् में भावनाओं का वैसा उतार–चढ़ाव उभर पाता। न वैसी परिकल्पनाएँ, मानसिक ऊभचूभ या ज्वार–भाटे

जैसे अहसासों से गुज़रने का कोई अनुभव है उन्हें? मैथिलीशरण के जीवन में इसका अवकाश ही कहाँ था? वे बालविवाह के शिकार हुए। शादी के पाँच साल बाद गौने में जिस लड़की को पहली बार देखा, पाया और जिससे समागम हुआ, वह वैसा प्रेम तो नहीं था। तब उनकी उम्र वैसा प्रेम महसूसने की थी भी नहीं। जब तक वे उनसे अपने प्रेम का आशय ठीक से समझ पाते कि वे चल बसीं। उनका अभाव उन्हें कचोटता रहता जैसे साथ खेलने वाला कोई साथी बिछड़ गया हो। वे नटखट हरकतें रह–रहकर याद आतीं। उनके गुज़र जाने के बाद दूसरा ब्याह हुआ। वे काफ़ी समझदार सुलझी हुई उनकी कविताओं को ध्यान से सुनतीं और बिना कहे उनकी ज़रूरतें समझतीं। उनके बीच रूठने–मनाने के सिलसिले भी चले। फिर बच्चों का पैदा होना और उनका न रहना। दोनों का सुख–दुःख एक जैसा। साथ–साथ हँसना–रोना, चीखना, चिल्लाना और मान, मनुहार भी चलता रहता। भाइयों के बीच उनकी उपस्थिति में हँसी–ठट्ठा चलता रहता। घरगृहस्थी ठीक–ठाक चल निकली। वे हिसाब में भी होशियार थीं। वे अपनी मौज में रहने वाली, अपनी ही धुन में गुनगुनाती हँसती रहतीं। उनके साहचर्य में अनूठा सुख महसूसते वे समय की नाव में तैर रहे थे कि अचानक आये तूफ़ान ने सब कुछ तहस–नहस कर दिया। उनके जाने के बाद मैथिली जीवन से उदासीन और विरक्त हो उठे। जीवन के सामान्य सुखों से वंचित महसूस करते वे। इतनी मौतों ने उनके रससिक्त मन पर तुषारापात कर दिया। महीनों सालों तक उन्हें कुछ भी तो अच्छा नहीं लगता था। सिर्फ़ साहित्य ही था जिसके सान्निध्य में वे आपा बिसारकर खुद को झोंके रहते। यही साहित्य उनका सब कुछ बनता गया। वैसे वे भाइयों का समय–समय पर मार्गदर्शन करते, घर की ज़िम्मेदारी पूरी करते और मेहनत से जीविकोपार्जन से जुड़े ज़रूरी काम पूरे करते। उन्हें देखकर लगता जैसे वे मशीनी ढंग से अपना काम करते जा रहे हों।

सच तो यह था कि उन्हें अपना जीवन ही निस्सार और नीरस लगने लगता। बड़े भैया, अग्रज तुल्य पूज्य अजमेरी और माँ–पिताजी

के गुज़र जाने के बाद तो घर जैसे काटने दौड़ता लगता। बेशक संयुक्त परिवार में बहुत सारे काम–धन्धे चलते रहते। यह संयुक्त परिवार का ही प्रभाव था जिसमें वे ख़ुद को खपा सके। अकेले रहते तो एकान्तवास में डूबे–डूबे श्मशानी वैराग्य भाव से उबरना मुश्किल होता। आसपास के लोगों की ईर्ष्या, डाह, अपने–अपने अहं को बड़ा करके दिखाना। येन–केन प्रकारेण दूसरे को नीचा या ओछा दिखाने की प्रवृत्ति देखकर वे हताश हो उठते। हमारे आसपास के लोगों की सोच इतनी सँकरी या तुच्छ स्वार्थों से प्रेरित क्यों है। उनकी चालें–कुचालें देखकर वे अवसाद से घिर जाते। वे सबसे कह–सुन चुके, समझा–बुझा चुके पर कोई भी उनकी उदारता या भलमनसाहत को सही अर्थों में ले नहीं पाता। कोई भी उन्हें ठीक से नहीं समझना चाहता। वे चाहकर भी लोगों को छोटे–छोटे स्वार्थों से ऊपर उठना नहीं सिखा पाये।

सबसे पहले बड़े भैया अपना हिस्सा लेकर अलग हो गये। वे अभी भी पैतृक सम्पत्ति के इस बँटवारे से पूरी तरह ख़ुश नहीं थे मगर करते भी क्या? उनके तर्कों या सदाशयता की बातें किसी को भी सन्तुष्ट नहीं कर पातीं। सबके अपने–अपने अहं, छोटे–छोटे स्वार्थ और आपसी प्रतिद्वन्द्विता। सँकरी स्वार्थी सोच के छोटे–छोटे दायरे इतने घातक होते हैं जिनका सीधा असर व्यक्ति की संवेदनाओं पर पड़ता है। वे किसी को नाराज़ नहीं करना चाहते किन्तु चाहने के बावजूद उनसे कोई–न–कोई नाख़ुश रहता तो उनका मन कचोटता। विवश भाव से सांसारिकता में उलझे परिजनों को देखते जिनके अन्दर मेरा–तेरा वाला भाव मुखर होने लगा था। सन्तप्त मन से सबकी सुनते और बुझे मन से कहना चाहते–जिसे जो अच्छा लगे, करे। संयुक्त परिवारों में अक्सर ऐसे झमेले चलते रहते हैं। सम्पत्ति का बँटवारा भी किसी झमेले से कम नहीं। ये बातें सच थीं मगर वे सोचते कि विश्वबन्धुत्व की परिकल्पना और बात है, अमल में लाना और बात। जिसके मन की बात न मानो, वही नाराज़ हो जाता। क्रमशः वे आपसी खींचतान में दख़लअन्दाज़ी से बचने लगे।

उनके अन्दर चुप्पी स्थायी घर बनाने लगी थी। मौन संवाद लम्बा चलता। बहुत ज़रूरी होने पर ही वे चन्द शब्दों में अपना मन्तव्य ज़ाहिर करते।

परम बन्धु–बान्धवों, निजी मित्रों और सगे–सम्बन्धियों की स्वार्थपरता देखकर उनका मन खिन्न रहने लगा। परिजन एक–दूसरे के प्रति 'जो जैसी प्रकृति का है, उसे उसी तरह से स्वीकार कर लो' का साहस नहीं जुटा पाते। वे जब कभी परिजनों की बढ़ती लालसाओं, महत्त्वाकांक्षाओं और उनकी आपसी बहसें सुनते तो मन–ही–मन तप जाते जैसे जेठ की लू लग गयी हो। एक–दूसरे की ग़लत आदतों या दुर्व्यवहार के बचाव पक्ष के कुतर्क और सँकरी मानसिकता देखकर वे आहत होते। मन–ही–मन ठान लिया कि अब और नहीं सहेंगे। जल्दी बँटवारा करना ही ठीक रहेगा। पिछली बार किसी की बदतमीज़ी पर डाँट दिया तो अगले ही पल जवाब मिल गया–'उर्मिल तो हमसे ज़्यादा आवारा और बदतमीज़ होता जा रहा मगर उसे क्यों नहीं डाँटा जाता?' ऐसे आरोप सुनकर वे तिलमिला जाते। कई बार इशारों में तो कई बार खुलकर अकेले में समझाया भी गया, मगर सब बेअसर। कहते–कहते थककर हार गये मैथिली। 'हुई है वही जो राम रचि राखा' सोचकर चुप लगा गये। कवि के अन्तर्मन को समझने वाला वहाँ था ही कौन? सब तो वाचाल, चंचल और मनमर्ज़ी करने वाले। धीरे–धीरे उन्होंने ख़ुद को लेखन, साहित्यकारों की सत्संगति और ज़िम्मेदारियों में झोंक दिया।

लेखकीय यात्राओं के कार्यक्रम तय होते ही उनके अन्दर ख़ुशी और उत्साह का भाव उछाल लगाने लगता। बनारस, दिल्ली, इलाहाबाद, कानपुर और आसपास के गाँवों की यात्राएँ अक्सर होतीं। बाहर से भी लोगों की आवाजाही लगी रहती। दिल्ली से डॉक्टर नगेन्द्र, बनारस से हज़ारीप्रसाद द्विवेदी और रायकृष्णदास जी से उनकी बातें ख़ूब होतीं। हँसी–मज़ाक़ की वो तीक्ष्ण धार उन्हें अभी भी याद है जब प्रसंगवश उनके मुँह से निकल गया था–'बलिया के लोग तो गँवार होते हैं।'

'पर चिरगाँव के लोग तो चिरगँवार होते हैं'। व्यंग्य की गहरी धार उनके अन्तस् को छीलती हुई आहत कर गयी। बाहर से शान्त रहकर वे गम्भीरता का आवरण ओढ़े रहते। साहित्यकारों की आपसी दुरभिसन्धियाँ याद आतीं पर वे हमेशा चुप रहकर लेखन में, किसी नयी रचना पर काम करते हुए अन्दरूनी ख़ुशी की महक में डूबे रहते। गुज़रते समय के बारे में यादें झकझोरतीं जब बरोसी के पास बैठकर सब लोग एक-दूसरे की टाँग खिंचाई करते हुए देर तक हँसी-ठट्ठा करते हुए अपनी रचना का सामूहिक पाठ करते थे। सियाराम का अहैतुक स्नेह उन्हें बाँधता तो चारुशीला का आदर भाव उनके सूने मन को भरता। अपने भाइयों के परिवारों के बच्चों के अन्दर दिनोंदिन अपेक्षित आदर, अनुशासन और गहरी निष्ठा का अभाव महसूस करने लगे थे वे। औरों की क्या कहें जब हमारे सुपुत्र की आँखों में वैसी गहरी निष्ठा, आदर या अनुशासन सिरे से नदारद।

जब परिजनों में तिक्तता के भाव देखते तो वे साहित्य की समकालीनता पर विचार करने लगते। एक बार किसी राजनीतिक कार्यक्रम में प्रधानमन्त्री पण्डित जवाहरलाल नेहरू को झाँसी आना था और उन्होंने वहाँ से सीधे चिरगाँव आने का कार्यक्रम बना डाला। बड़े संकोच से भर उठे थे वे। इतने बड़े देश के प्रधानमन्त्री इतने छोटे क़स्बे चिरगाँव पधारें, तो उनकी कैसे क्या ख़ातिरदारी करें वे? बुन्देली पकवान खिलवाये जायें? सियाराम ने सुझाव दिया-दद्दा, क्यों न हम उन्हें पारीछा बाँध ले जाकर पिकनिक जैसा कार्यक्रम रख लें? वहीं पर दाल--बाटी का कार्यक्रम रखा जाये और साथ में चाँदनी रात की धवल रोशनी में कवि-सम्मेलन किया जाये। उन्हें ये सुझाव पसन्द आया और नेहरू जी के साथ सभी परिजन पारीछा चले पड़े जहाँ कवि-सम्मेलन के आयोजन में कविताएँ सुनकर नेहरू जी बहुत ख़ुश हुए कि बार-बार एक ही पंक्ति जादू-सी उनके दिलोदिमाग़ पर छप गयी-

चारुचन्द्र की चंचल किरणें खेल रही हैं जल थल में,
स्वच्छ चाँदनी बिछी हुई है अवनि और अम्बर तल में।

'आपके मन में ये बिम्ब कैसे बना दद्दा? कब किस तरह ऐसे शब्दों का संयोजन आपको सूझा?'

कितना मुश्किल होता है, अपने ही रचे शब्दों के पीछे की अबूझ रचना प्रक्रिया को समझाना? बड़ी विनम्रता से पण्डित जी से बोले–'अरे, आप कैसा सवाल पूछ रहे हैं? यही थोड़ा–बहुत लिख लेता हूँ जिसे सुधीजन पद्य कह देते हैं, बस...' कहते हुए वे झुकने को हुए कि नेहरू जी बोल पड़े–'इतने बड़े कवि का झुकना नहीं सुहाता मैथिलीशरण गुप्त जी। आपमें काव्यात्मक प्रतिभा है और ख़ूब है। इसे अति विनत भाव से स्वीकारने की भी ज़रूरत है। आप सचमुच बड़े कवि हैं। अक्सर मैं अकेले में आपकी लिखी पंक्तियों को दुहराता रहता हूँ–

नर हो, न निराश करो मन को,
कुछ काम करो, कुछ काम करो,
जग में रहकर कुछ नाम करो।
यह जन्म हुआ किस अर्थ कहो,
समझो जिससे यह व्यर्थ न हो।'

'पण्डित जी, यह कविता मैंने गहरी हताशा से गुज़रने के बाद लिखी थी।'

फिर सियारामशरण गुप्त ने भी अपनी स्वरचित कविता सुनायी। आसपास से आये पाँच कवियों ने भी अपनी स्वरचित कविताएँ सुनायीं। अन्त में, मैथिलीशरण ने पण्डित जी से अनुरोध किया कि वे भी अपनी रचना सुनायें। उनके इस प्रस्ताव पर सभी ने करतल ध्वनि से हामी भरी और सभी सुधीजनों ने पण्डित जी के समर्थन में नारे लगाये। सबके अनुरोध पर वे मुस्कुराये। फिर अपनी स्वरचित कविता को पहले अंग्रेज़ी में, फिर उसका तर्जुमा हिन्दी में करके सुनाया।

रात गहराने लगी थी मगर काव्य रस में डूबे सुधीजन वहाँ से जाने को तैयार ही नहीं हो पा रहे थे। इस कवि–सम्मेलन में हरेक कविताएँ सुन रहा था, गुन रहा था, उस भावबोध को जी रहा था और रोज़ाना की एकरस ज़िन्दगी के खटराग से अलग अद्भुत दुनिया में खोया था। रोशनी के लिए हण्डे तैयार किये गये जिसकी रोशनी में

दूर–दूर तक अँधेरे में डूबे पेड़–पौधे चमकने लगे। हण्डे से निकलती सफ़ेद रोशनी रात की धवल रोशनी से एकाकार होकर मनोरम जादू बिखेर रही थी। दाल–बाटी की सौंधी महक और देशी घी की शुद्ध ख़ुशबू से सभी की भूख भड़क उठी। पण्डित जी को यह व्यवस्था ख़ूब पसन्द आयी।

'मैथिलीशरण जी, आपको किन शब्दों में शुक्रिया कहूँ? बस इतना कहूँगा कि आपने तो रात को दिन बना दिया। ऐसी उच्च कोटि की व्यवस्था वो भी इतनी छोटी जगह में, बहुत सुखद आश्चर्य की बात है। ऐसी उच्च कोटि की देशभक्तिपूर्ण कविताएँ ज़िन्दगी भर याद रखूँगा।' कहते हुए उन्होंने दद्दा की हथेलियों का संस्पर्श किया।

'अरे, ये तो जल्दबाज़ी में बुलायी गयी छोटी–सी गोष्ठी थी। कभी दिल्ली में आपसे समय लेकर मिलने का अवसर मिला तो ज़रूर बड़ी देर तक चलने वाले कवि–सम्मेलन में आपको सुनाऊँगा कुछ नयी कविताएँ और आपसे सुनूँगा कुछ कविताएँ। आपके भीतर कितना बड़ा साहित्यकार बैठा है, इसे कितने लोग जानते होंगे?' वे विहँसते हुए बोलने लगे।

'अरे! इतनी बड़ाई ठीक बात नहीं, राष्ट्रकवि गुप्त जी।' कहते हुए वे अपनी गाड़ी की तरफ़ मुड़ने लगे। ऐन मौक़े पर उन्होंने अपनी सद्यःप्रकाशित काव्यग्रन्थ 'विष्णुप्रिया' की प्रति उन्हें जाते–जाते पकड़ा दी–यदि कभी समय निकालकर नज़र डालेंगे तो यह अकिंचन कृतार्थ महसूस करेगा।'

'अवश्य पढ़ूँगा और अपनी राय भी लिखकर भेजूँगा।'

रात ढलने लगी थी मगर सबके भीतर प्रधानमन्त्री जी से हाथ मिला लेने की ख़ुशी थी। अख़बारों में जिन्हें देखते थे आज उनको साक्षात् देखकर सब हुलस उठे।

बदलते समय के साथ–साथ मैथिलीशरण को इस सचाई का अहसास हो गया कि उर्मिल की कोई निजी महत्त्वाकांक्षा नहीं है। उनके पुत्र हैं, इस नाते आजीवन उनकी किताबों से मिली रॉयल्टी और घरेलू

कारोबार सँभालते हुए अपना जीवन बितायेंगे। इस नतीजे पर पहुँचने के बाद ही उन्होंने उनकी शादी की तारीख़ तय की। शादी के ऐन मौक़े पर पता चला कि शान्ति ने दसवीं कक्षा में ज़िले में प्रथम स्थान पाया है, सुनकर उन्हें गहरी आश्वस्ति हुई। ऐसी सुशिक्षित लड़की के आने से कई पीढ़ियाँ शिक्षित होंगी। अपेक्षानुरूप उर्मिल के न पढ़ पाने के पीछे उनकी पत्नी का अतिशय लाड़–प्यार ही नज़र आता था, जब वे आँसू भरकर कहतीं–'सालन बाद जे लला की सूरत देख पाये हम। नहीं पढ़ रय सो कौनऊ बात नइयाँ। इतेक ज़मीन जायदाद है सो संभारवे वारो भी तो चइए। ब्याव कर देव सो सब ठीक हो जैहै।' तभी उन्होंने तय किया था कि अगर कोई होशियार लड़की उन्हें दिख गयी तो वे लीक से हटकर बिना परम्परागत दान–दहेज के या अन्य औपचारिकताओं के बिना भी, ख़ुद लड़की के घर शादी का प्रस्ताव भिजवा देंगे और उन्होंने ऐसा किया भी।

शादी के ऐन मौक़े पर मैथिलीशरण की तबियत ख़राब हो गयी। आसपास के डॉक्टरों को दिखाया मगर बीमारी और दर्द बढ़ता गया। उनके साहित्यकार मित्र रायकृष्णदास जी व अन्य मित्रों ने उन्हें बम्बई अस्पताल में दिखाने की सलाह दी। लड़की की गोद भराई व सगाई की रस्मों के बाद मई में शादी की तिथि तय हुई थी मगर ऐन मौक़े पर उसी महीने उन्हें बम्बई जाना पड़ा। अपने भाइयों, भतीजों और नज़दीकी रिश्तेदारों को शादी की ज़िम्मेदारी सौंपकर वे बम्बई प्रस्थान कर गये थे।

आज़ादी के बाद

नये ज़माने में लड़के–लड़कियों की सहशिक्षा का ज़ोर बंगाल, महाराष्ट्र से होते हुए पूरे देश में तेज़ी से फैलता जा रहा था। सहशिक्षा ने उनके बीच की झिझक और संकोच की दीवारें गिरा दी थीं और वे सहज स्वस्थ मैत्री की तरफ़ आगे बढ़ने लगे। हवा के ताज़े झोंके की तरह बेरोकटोक ढंग से हाथों में हाथ डाले लड़के–लड़कियों की चेतना में दृष्टि सम्पन्नता के साथ–साथ समानता, स्वतन्त्रता और निजता के बीज पड़ने शुरू हो गये थे। ओज, तेज, आत्मविश्वास की धनी लड़कियाँ लड़कों से बराबरी करती दिखतीं। कहीं–कहीं तो लड़कों से आगे क़दम बढ़ाती नज़र आतीं। पण्डित नेहरू जी ने अपनी इकलौती बेटी इन्दिरा को उच्च शिक्षा के लिए विदेश भेजा। सरोजिनी नायडू, विजयलक्ष्मी पण्डित, महादेवी वर्मा, सुभद्राकुमारी चौहान, मीनाकुमारी, मधुबाला, काननदेवी, सुब्बुलक्ष्मी और कई अन्य महिलाएँ उच्चकोटि की कलाओं, संगीत, अभिनय, गायन, वादन, लेखन और नेतृत्व जैसे क्षेत्रों में पारंगत होकर आगे बढ़ती जा रही थीं। हिन्दी फ़िल्मों में नायक के सपनों में आती ख़ूबसूरत नायिकाओं की आमद शुरू हो गयी थी।

गीत–संगीत में कई उच्च कोटि की गायिकाएँ तेज़ी से पार्श्व गायन में पहचान बनाने लगीं।

आज़ाद देश में लड़कियों के व्यक्तित्व का बहुआयामी विकास देखकर मैथिलीशरण ने आगामी समय की प्रगतिशील चेतना के बढ़ते क़दमों की धमक सुनी। भावी पुत्रवधू शान्ति के ज़रिये वे आगामी नयी पीढ़ी में शिक्षा का प्रवाह संचरित होते देखना चाहते थे। लड़का शिक्षित हो तो केवल एक घर को रोशन कर सकता है मगर लड़की शिक्षित हो तो वह दोनों घरों के साथ–साथ न जाने अगली कितनी पीढ़ियों तक ज्ञान की धारा बहा सकती है। शान्ति जैसी पुत्रवधू को लेकर यही ख़याल उनके मन में आता रहता। इधर अस्पताल, दवाइयाँ, डॉक्टरों की आवाजाही के बीच उनका ऑपरेशन हुआ। काफ़ी दिनों तक अस्पताल में रहना पड़ा। जिन साहित्यिक मित्रों ने यह सब सुना, वे दूर–दूर से, देश के कोने–कोने से उनसे मिलने चले आये।

लेटे–लेटे वे उर्मिल शान्ति की जुगल जोड़ी की परिकल्पनाएँ करने लगे। दूल्हा बने, घोड़े पर बैठे उर्मिल की बलइयाँ लेती जिया, ख़ुशी से दोहरी होती होंगी। बराती व परिजनों ने धूमधाम से शादी समारोह का आनन्द उठाया होगा। शान्ति के प्रति उनके मन में ममता भाव उमड़ता रहा। प्यारी फूल–सी नाज़ुक और मीठी आवाज़ में चिड़ियों की तरह बोलती शान्ति को जब वे अपने बड़े से आँगन में देखेंगे तो उनके सूने प्रांगण में कोयल की कूक और बेला की महक बिखर जायेगी।

दृश्य और बिम्ब उनके मन में आकार–प्रकार लेने लगे। घोड़े पर ख़ुशी से हुलसते बैठे उर्मिल का दोस्तों संग चलता हँसी–मज़ाक़। बरातियों की आवभगत करते रिश्तेदार। घर के किसी कोने में शर्म संकोच से सिकुड़ी बैठी शान्ति जिसकी आँखों में आगत के अनगिनत सपने तैर रहे थे। कल्पना के दुस्सह भार से झुकी पलकों और होंठों पर उत्साह की महीन स्मित रेखाएँ। सचमुच, शान्ति बुद्धि वैभव में कुशाग्र ऐसी सुशील लड़की है जिसकी ख़ामोशी में भी एक

विशिष्ट गरिमा बोध रहता है। अपने आसपास के परिवेश के प्रति वह संवेदनशील भी है। अपने भावी जीवन के बारे में ज़रूर उसके अन्दर सुनहरे सपनों की उड़ान होगी। विदाई के वक़्त माँ के गले से चिपककर ऐसे रोयी जिसे सुनकर सभी भाइयों की आँखें नम हो उठीं। लोगों की बतकहियाँ मूर्त रूप ले उठीं—'बड़ी भागवान है अपनी शान्ति। देखो तो, कितेक बड़े घरै जा रई। ना रोओ बिन्नू, दोऊ घरन उजियारो करनै तुमै।' तो कोई कहता—'आज तक कभऊ मौड़ी ने ऊँचे बोल नईं बोले, न ही काऊ से लड़ाई—टंटा करी। हमेसा किताबन में मूड़ मारत मेरी बिटिया...'

'जे तो वैसेई कम बोलत। मतलब भर की बात करत हमाई बिन्नू।'

'पढ़बे में चंट है। अब शादी के बाद पता नहीं, पढ़ पायेगी या नहीं?' औरतों के बीच बैठे किसी लड़के ने पूछा तो शान्ति ने आँखें तरेरकर उसकी तरफ़ प्रश्नाकुल नज़रों से देखा। तो बगल वाली काकी ने जवाब दिया—'पढ़ाई तो ऐन करहैं हमाई शान्ति।' उनकी हाँ में हाँ मिलाते हुए भाई ने जवाब दिया—'अरे सब लोग जानत कै हमाई शान्ति राष्ट्रकवि के घर में ब्याही जा रही और दद्दा ने साफ—साफ़ कहा है कि हम शान्ति को ज़रूर पढ़ा हैं। पढ़ा—लिखा परिवार है।'

'हव, का वे लोग अनपढ़ हैं कि वे शान्ति की पढ़ाई पे रोक लगाहैं? का हमाई शान्ति उतै केवल रोटी—पानी करबे या रसोई कौ काम करबे जा रई? ज़रूर पढ़ हैं और ऊँची से ऊँची पढ़ाई करहैं।'

'चाहे जितनी पढ़ जाये मगर दद्दा नौकरी तो कराहैं नई। सो इतेक पढ़बे से का फायदा? उनके घरै का पइसन की कमी है?' किसी अनुभवी जिज्जी ने कहा तो जवाब भी भाई ने ही दिया—'पढ़ाई कौ मतलब का केवल नौकरी होत?'

'और का फायदा ज्यादा पढ़बे सै, ऊँची पढ़ाई करबे से डिग्री लेकर भी पढ़ाना तो है नहीं शान्ति को। चाहे कुछ काम कर ले मगर दद्दा हमारी बिटियाँ खों घर से बाहर निकारकर नौकरी तो कराने से रहे। सवाल ही नहीं उठता। गलत कै रय का...?'

'बूढ़ी सास से कुछ काम तो बनता नहीं। दद्दा के बुढ़ापे की इकलौती सन्तान है लड़का सो वे न कराहैं बहू से नौकरी। जा तौ पक्की बात है। समझ लो और गाँठ बाँध लो।'

'ये तो सोलह आना खरी बात है कि हमारे घर पर लड़कियों से नौकरी नहीं कराई जाती...,' उर्मिलाचरण के मुख से निकली बात के कई अर्थ निकाले गये। एक बात को कई तरह से घुमा–फिराकर कहा जाये तो उसका मतलब भी अलग–अलग निकलता है और फिर हम अपने–अपने नज़रिये से उसे अलग–अलग व्याख्यायित कर लेते हैं, अपनी सहूलियत, सुविधा और ज़रूरत के हिसाब से। उच्च शिक्षा हासिल करके ज्ञानार्जन करना और उच्च शिक्षा की बड़ी–बड़ी डिग्रियाँ लेकर नौकरी करना–ये दो अलग–अलग बातें धीरे–धीरे एक ही खाने में गड्डमड्ड होने लगी थीं। लोग किताबों में घण्टों डूबे रहते, स्वाध्याय के लिए नहीं बल्कि उनका एक ही लक्ष्य रहता–भारत सरकार की ऊँची–ऊँची नौकरियाँ हासिल करना। ऊँचे पदों पर पहुँचने की लालसा गाँवों, क़स्बों में तेज़ी से फैलती जा रही थी। छोटे–छोटे गाँवों, क़स्बों में रहकर पढ़ने वाले नवयुवक धीरे–धीरे आसपास के छोटे–छोटे शहरों की तरफ़ निकलने लगे थे जहाँ रहकर वे ऊँची तालीम हासिल कर सकें और बड़े अफ़सर बन सकें।

आज़ादी के बाद बदलते नये हालात से देश के नवयुवकों का मोहभंग होता जा रहा था। हर प्रतिभाशाली बच्चे का एक ही सपना होता–कैसे भी हो, इन गाँवों के दलिद्दर से मुक्त होकर बड़े शहरों की तरफ़ रुखसती। बड़े क़स्बे या छोटे शहरों वाले बच्चे पटना, बीएचयू, इलाहाबाद यूनिवर्सिटी, अलीगढ़ यूनिवर्सिटी, दिल्ली, कानपुर या लखनऊ की तरफ़ तेज़ी से पलायन करने लगे थे। देश में धीरे–धीरे पढ़ाई का माहौल विकसित होता जा रहा था। आम लोगों का अभिप्रेत शिक्षा पाना महज़ ज्ञान संवर्धन करना नहीं रह गया था। हरेक को तरक़्क़ी की सीढ़ियाँ तेज़ी से चढ़ने की ललक बढ़ती जा रही थी। गाँव–क़स्बों के लोग संयुक्त परिवारों का मोह व ज़िम्मेदारी छोड़कर एकल परिवार बनाने के लिए लालायित हो उठे।

नवयुवकों का सबसे बड़ा सपना था—आज़ादी, हर तरह के बन्धनों से मुक्त होकर सिर्फ़ अपने निजी व वैयक्तिक सुख की तलाश में पहले शहर जाकर नौकरी तलाशना और फिर अपने परिवार को वहीं ले जाना। परम्परागत मूल्यों को तेज़ी से तजती ताज़ा पीढ़ी आधुनिकीकरण की भगदड़ में शामिल हो गयी थी। मैथिलीशरण इस परिवर्तन को साफ़–साफ़ देखते व महसूस करते सो उनकी क़लम से स्वतःस्फूर्त ढंग से निकल पड़ा—

शिक्षे! तुम्हारा नाश हो, तुम नौकरी के हित बनी।
ले मूर्खते जीवित रहो, रक्षक तुम्हारे हैं धनी।

क्या साक्षरता और ज्ञान दो अलग–अलग चीज़ें हैं? ज्ञान का पर्याय चरित्र निर्माण, आदर्श नागरिक बनाना और बहुजन हिताय, बहुजन सुखाय जैसे उच्च जीवन–मूल्यों को अमल में लाना नहीं रह गया था। वे किसी को जब भी यह समझाना चाहते, सुनने वाले के मन में शिक्षा को लेकर एक ही छवि बनती—पढ़ोगे, लिखोगे, बनोगे नवाब...

देश–भर में शिक्षा का एकमात्र उद्देश्य जीविकोपार्जन ही बना दिया गया। शिक्षा हासिल करो तभी ऊँचे ओहदे पर पहुँचकर सम्मान व सुविधाएँ मिलेंगी। जबकि मैथिलीशरण को यह लगता कि सम्मानजनक सुविधासम्पन्न जीवन–शैली अपनाकर सुशिक्षित नागरिक प्रभुता मद में चूर, आरामदेह, अकर्मण्य व ऐश्वर्यपूर्ण विलासी जीवन जीने के आदी होते चले जाते हैं। धन–सम्पन्नता, पद व प्रभाव के अहंकार में तमाम युवकों के मुख से उन्होंने प्रभुतामद में डूबी नशे में लड़खड़ाती आवाज़ों को सुना है। बड़ों से बदतमीज़ी से बोलते देखा है। जबकि शिक्षित होकर तो उनके दृष्टिकोण में परिष्कार आना चाहिए जैसे फलों से लदा पेड़ झुक जाता है या ज्ञानीजन स्वभावतः विनम्र होते हैं लेकिन हमारे शिक्षित नागरिक इसके ठीक विपरीत आचरण करते पाये गये हैं।

शिक्षा का सबसे बड़ा प्रयोजन है कि हमारे अहं को मेट कर हमारे मनोविज्ञान को बदले। हम में जीव–जगत व प्रकृति के प्रति

कौतूहल, पर्यावरण के प्रति जिज्ञासा पैदा हो। विज्ञान के क्षेत्र में नये–नये आविष्कार हों। इतिहास, भूगोल, नागरिकशास्त्र, विज्ञान, भाषा, संस्कृति, साहित्य, कलाओं और प्राचीन जीवन–मूल्यों को वहन करने वाले ग्रन्थों के संरक्षण–संवर्धन के प्रति बच्चों के अन्दर सहज उत्सुकता–बोध जगे। सभी शिक्षण संस्थानों में खुले परिवेश में अध्ययन–अध्यापन हो व मौलिक चिन्तन–मनन, शोध व नये सिरे से कुछ रचनात्मक कार्यक्रम हर विद्यालय में हों। यदि पुस्तकों का अध्ययन, महज़ जीविकोपार्जन का पर्याय बनकर रह गया तो अधिकांश नवयुवक नौकरशाह, व्यवसायी, नौकरीपेशा और उच्च पदस्थ अधिकारी बनकर रह जायेंगे। सरकार को प्राथमिकता के आधार पर ऐसे उन्मुक्त खुले प्रांगण में चलने वाले विश्वविद्यालय बनाने होंगे जहाँ बच्चों की रुचि के अनुरूप उनकी मेधा का सदुपयोग हो व जहाँ चयन की स्वतन्त्रता हरेक को मिले, न कि रोज़गार की विवशता के चलते उनकी मेधा व लगन ग़लत दिशा की तरफ़ मुड़ जाये। उच्च शिक्षा गुणवत्तापूर्ण हो पर इसके लिए कौन पहल करेगा? नीति–निर्माताओं को ध्यान रखना होगा कि कैसे वे अशिक्षित–अनपढ़ लोगों को मात्र साक्षर न बनाये बल्कि उनकी मौलिक ज्ञान सम्पन्नता को बनाये रखने के लिए कुछ नया सोचें, पर कौन हैं ऐसे कर्णधार? कहाँ मिलेंगे?

अफ़सोस कि नीति–निर्माता इस तरह सोचने की ज़हमत तक नहीं उठाना चाहते। उन्हें केवल अपने वोट–बैंक की चिन्ता है सो वे शिक्षा को सर्वोच्च प्राथमिकता पर नहीं रखते। राजनेताओं से क्या अपेक्षाएँ? शिक्षाविद् हैं पर उनकी सुनता कौन है? तो इस विशाल देश में सुधार की उम्मीद कैसे जगेगी?

पण्डित नेहरू की सरकार बनी तो देशवासियों की उम्मीदें जगीं। न जाने कितने–कितने सपने देखे थे देशवासियों ने? क्या हुआ उनके सपनों का? पंचवर्षीय योजनाएँ बनीं। उद्योगपतियों ने अपेक्षानुरूप देशहित के लिए अपनी पूँजी लगा दी लेकिन परिणाम क्या रहे? पैसेवाले और अधिक पैसे कमाने में जुट गये।

पढ़े–लिखे, योग्य और समर्पित शिक्षाविदों की जगह डिग्रीधारियों को तरजीह दी जाने लगी। उच्च शिक्षा व ज्ञान के लिए प्रचुर धन चाहिए जो हमारे दूर–दराज के गाँवों के अनपढ़ ग़रीब लोगों के पास है नहीं सो इस नाते हमारी बहुमूल्य प्रतिभाएँ यूँ ही नष्ट होती रहेंगी? जिसे एक बार ऊँची शिक्षा मिल गयी, बड़ा ओहदा मिल गया तो वह तो अपने घर की कई पीढ़ियों–वैभव विलास से सम्पन्न, जीवन–शैली अपनायेगा लेकिन हमारे सुदूर देहातों में जहाँ कबीर से लेकर आल्हा के लेखक जन्मे, जहाँ फागें लिखने वाले ईसुरी जैसे महाकवि पैदा हुए, जहाँ वाचिक परम्परा में रचे–बसे भिखारी ठाकुर जैसे मेधावी साहित्यकार, गीतकार, गायक व कलाकार रचे–बसे हैं, उनकी रचनात्मक प्रतिभा को कौन चीन्हेगा? उनकी अगली पीढ़ी तक ये किताबी शिक्षा कैसे पहुँचेगी? तो क्या सुदूर अलक्षित रह गयी प्रतिभाओं की सालोंसाल यूँ ही बेक़द्री होती रहेगी?

अगर सालों बाद, उनकी कई पीढ़ियों बाद वहाँ ज्ञान की रोशनी पहुँची भी तो वह पीढ़ी सबसे पहले धनार्जन में जुटकर अपने पैरों तले की ज़मीन को मज़बूत बनायेगी। धन के साथ पद, प्रतिष्ठा, सम्मान, ये सब कुछ एक झटके में नौकरी से मिल जायेगा क्या? या उनके सारे झंझट ख़त्म हो जायेंगे? हमारे विशाल देशवासियों की अलग–अलग रुचि, योग्यता की क़द्र न होकर केवल रट्टामार शिक्षा व्यवस्था ज़िन्दा रहेगी। वे शिक्षा व्यवस्था और इससे जुड़े ज्ञानार्जन जैसे मुद्दों पर देर तक सोचते रहे। शुरू से ही क्यों नहीं ऐसी नीतियाँ बनायी जातीं? राजनेता, नौकरशाह, उद्योगपति, व्यवसायी या अन्य सभी देशवासी शिक्षा के उद्देश्य, प्रयोजन या सरोकारों पर चर्चा करने के लिए तैयार ही नहीं होते। लगभग सभी भेड़चाल में चलने के लिए अभिशप्त हैं। पैसा, शक्ति सम्पन्नता, प्रभावपूर्ण उच्च पद से मिला सम्मान ही सबके जीने का एकमात्र लक्ष्य बनता जा रहा है, सोचते रहे वे लेटे–लेटे घण्टों तक। शून्य में मँडराते रहे सवाल ही सवाल जिनका जवाब किसी के भी पास नहीं था।

बीमारी की मनोदशा में अक्सर मैथिलीशरण को व्यक्ति के जन्म तथा विवाह संस्कार से लेकर मृत्यु पर्यन्त तक सीधे–सादे जीवन की तमाम टेढ़ी–मेढ़ी पगडण्डियाँ याद आने लगीं। प्रतिकूल परिस्थितियों के कुचक्र में फँसकर कभी बेचैन हुए तो कभी व्यथित। क्रूर काल के पंजे में फँसी भीषण मौतों ने उन्हें धीरे–धीरे अकेला, आत्मकेन्द्रित और वैरागी–सा बना दिया। ऐसी मनोदशा में जीते हुए निजी दुःख तजकर उन्होंने स्वाधीनता के संघर्षकाल में राष्ट्रीय चेतना जगाने वाली कविताएँ लिखीं। वे आमजन के बीच उठते–बैठते रहे सो उनके लिए प्रचलित शब्दों व देशज मुहावरों को पकड़ना मुश्किल नहीं था। जब कभी वे उदास होते तो उन्हें राष्ट्रपिता महात्मा गाँधी की बातें याद आने लगतीं। काशी के कवि–सम्मेलन में हज़ारों की भीड़ के सामने वे बोल पड़े–'मैं तो मैथिलीशरण को इसलिए बड़ा मानता हूँ कि वे हम लोगों के कवि हैं और राष्ट्र–भर की आवश्यकता को समझकर लिख रहे हैं। वे सही मायनों में राष्ट्रकवि है।'

तभी से मैथिलीशरण राष्ट्रकवि उपाधि से सुशोभित होने लगे। आज़ादी के बाद संसद भी उनके राष्ट्रकवि होने के पुष्टि स्वरूप दो पंक्तियाँ लोकसभा के प्रवेश–द्वार पर उत्कीर्ण करा दी गयीं, सुनकर उन्हें अपने होने और कवि होने की सार्थकता का गहरा सन्तोष हुआ था–

अपना काम आप ही जो कोई कर लेगा,
पाकर उतनी मुक्ति आप वह औरों को भी देगा।

रात के गहराते अँधेरे में उन्हें मुंशी अजमेरी से जुड़ी बातें एक–एक करके याद आने लगीं। उनकी सीख, उनके मीठे कण्ठ से गाये जाने वाले गाने और उनकी सत्संगति का विलक्षण अहसास। अजमेरी जब पहली बार चिरगाँव आये और अनुज सियारामशरण की काव्य प्रतिभा से परिचय हुआ तो उन्होंने चिरगाँव को हिन्दी का त्रिवेणी तीर्थ की संज्ञा दी थी।

'मैथिलीशरण की गंगा समान पवित्र काव्यधारा ने, सियारामशरण की यमुना समान निर्मल काव्य साधना ने मुंशी अजमेरी की व्यक्त

में अव्यक्त सरस्वती ने, चिरगाँव को हिन्दी साहित्य की त्रिवेणी बना दिया।'

1915 में 'सरफ़रोशी की तमन्ना अब हमारे दिल में हैं' और 'शहीदों की चिता पर जुड़ेंगे हर बरस मेले' जैसे गाने सुनकर देशवासियों की रगों में आज़ादी का ख़ून दौड़ जाता था। ऐसे गीत अदालत में गाने के अपराध में लाहौर षड्यन्त्र केस में सरदार भगत सिंह को कोड़े पड़े थे। राष्ट्र के प्रति उमड़ते प्रेम का जज़्बा मैथिलीशरण की रगों में तेज़ी से प्रवाहित होने लगता। 1919 के प्रथम असहयोग आन्दोलन में कोई देशवासी यह गीत गाने लगता तो सरकारी कर्मचारी चिढ़ जाते लेकिन देश को जाग्रत करने का बीड़ा उठाना हम सबका फ़र्ज़ है–ऐसा सोचते रहे मैथिली। लिखी थीं देशभक्ति से ओतप्रोत कविताएँ–

हे भाइयो, सोये बहुत, अब तो उठो, जागो अहो,
देखो तनिक अपनी दशा आलस्य को त्यागो अहो।
जागकर दिखा दो यह कि अब भी हम सजीव सशक्त हैं,
रखते अभी तक नाड़ियों में पूर्वजों का रक्त हैं।

उन्हें भारतेन्दु युग का दौर रह–रहकर याद आने लगा, जब भारतेन्दु जी ने कविताओं और नाटक के माध्यम से देश को जगाने का निरन्तर प्रयास किया। 'भारत दुर्दशा' नाटक में किस तरह देश के प्रति लगाव व नवजागरण की भावना को सजीव किया गया था। द्विवेदी युग में खड़ी बोली की परम्परा को उच्चतम अभिव्यक्ति देने के लिए मैथिलीशरण ने बहुत मेहनत की और छन्द योजना में प्राचीन व आधुनिक युग का सेतु बनकर जीवन से जुड़े गहरे सवाल उठने लगे–

विचार लो कि मर्त्य हो, न मृत्यु से डरो कभी
मरो परन्तु यों मरो कि याद जो करें सभी।
हुई न ऐसी मृत्यु तो वृथा मरे, वृथा जिये।
मरा नहीं वही कि जो जिया न आपके लिए।

चिरगँवई से दिल्ली दूर नहीं

वर्ष 1952। चिरगाँव से हिन्दू विश्वविद्यालय काशी के 'सीता निवास' में मैथिलीशरण और रायकृष्णदास की जुगलबन्दी साहित्य जगत में मशहूर थी। उनके बीच सैकड़ों चिट्ठियों का आदान–प्रदान सालोंसाल चलता रहा जिनमें दोनों की मित्रवत्सलता, आत्मीयता की ऊष्मा, घरेलू बातें, घर–गृहस्थी की छोटी से लेकर बड़ी बातें और साहित्यिक व निजी घटनाओं के सैकड़ों प्रसंग कहे–सुने जाते। साहित्य लेखन सम्बन्धी बातों के अलावा उनके आत्मीय रिश्तों की गरमाहट और व्यक्तिगत पारिवारिक जीवन की अच्छी–बुरी लगने वाली सामान्य–सी बातों में उनकी संवेदनशीलता की झलक मिलती है। कई पत्रों में मैथिलीशरण का विनोदी स्वभाव पता चलता, तो किसी में सरस क़िस्से तो कइयों में निजी जीवन की भीषण तकलीफ़ें साझा की जातीं।

'आजकल मेरा चित्त स्वस्थ नहीं है। एक महीने से मेरी स्त्री सख्त बीमार है। बाल–बच्चा होने वाला था। आठवाँ महीना था। बुख़ार आने लगा, फिर गले में भीतर की तरफ़ छाले हुए। खाना–पीना और बोलना तक बन्द हो गया। डॉक्टर की दवा से गले को

तो आराम मिल गया परन्तु आठवें महीने में ही बच्चा हो गया। दो–तीन दिन जीकर मर गया परन्तु वह मरते–मरते बच गयी। इस बात को कोई बीस दिन हुए। तबीयत कुछ अच्छी हो चली थी परन्तु अभी पाँच–सात दिन से फिर ख़राब हो गयी। फिर गले में वही दर्द। खाने–पीने और बोलने में तकलीफ़, बुख़ार और खाँसी। थोड़ा–थोड़ा दूध पिलाया जाता है किन्तु वह भी कष्ट से पिया जाता है। बुख़ार नहीं टूटता। चार–पाँच माह से विषम ज्वर था। उसी में प्रसूत शामिल हो गया है। कमज़ोरी हद दर्जे की है। चिकित्सा देशी तरीके पर हो रही है...देखिए, क्या होता है। घर के सब लोग व्याकुल हैं। विशेष क्या लिखूँ?

आपका

मैथिलीशरण'

'तुम्हें हमारी दशा मालूम है। मध्यवित्त के गृहस्थ थे। ज़मींदारी, पैसा था और भी कुछ था–क्या था, नहीं कह सकता। अब कुछ नहीं। जो हमारी वृत्ति थी, व्यापार उसी में सब स्वाहा हो गया। अब केवल ऋण रह गया। ...हमारे कुल में अब तक नौकरी नहीं की गयी थी। अब तो उसकी आशा नहीं। ...थोड़ी–सी ज़मींदारी रह गयी थी। उसी से कुछ और नाममात्र के व्यवसाय से संसार चलने लगा। जब लेनदारों की ज़्यादती हुई, तब बाक़ी की ज़मींदारी भी दे दी गयी। बहुत मकान वग़ैरह थे, वे भी। अब रह गया पन्द्रह–बीस हज़ार का ऋण और ज़मींदारी में चिरगाँव का हिस्सा और एकाध जगह की कुछ ज़मीन। यह इतना है कि हम ऋण चुका दें। कृष्णदास, क्या बताऊँ, जी की जी में ही है।'

मौक़ा पाते ही वे रायकृष्णदास के यहाँ निकल जाते जहाँ डॉ. मोतीचन्द्र समेत कई साहित्यकारों से लम्बा विचार–विमर्श चलता रहता। 1952 की बात है। जब वे उनके निवास पर साहित्यिक वार्तालाप में लीन थे कि एक साधारण क़द–काठी का साँवला–सा आदमी दौड़ा–दौड़ा आया और ज़ोर–ज़ोर से बोलने लगा–'कलक्टर साहब आ रहे हैं...'

वे सब चौंके। इसके पहले कि कोई जवाब दे पाता कि बनारस के कलक्टर साब आ गये। सबने उठकर उनका स्वागत किया कि वे अचानक पूछने लगे–'यहाँ आपके बीच मैथिलीशरण गुप्त जी हैं क्या कोई?'

'जी हाँ, मैं ही हूँ, कहिए, क्या आज्ञा है?' वे चौंकते हुए बोले।

'आपसे एकान्त में कुछ ज़रूरी बात करनी है।'

'ये सभी मेरे एकान्त के साथी हैं, अभीष्ट मित्र हैं, मेरे अन्तरंग हैं। इनसे मेरा कोई दुराव नहीं, कहें, निस्संकोच, जो भी कहना चाहें।' उनकी आवाज़ में थोड़ी बेचैनी, थोड़ा असमंजस शामिल था।

कलक्टर साहब उनके चेहरे पर आते–जाते भावों को ताड़ते हुए एक मिनट के लिए चुप हो गये तो उन्होंने अपने आत्मविश्वास को समेटते हुए कहा–'फिर भी आप चाहें तो उधर के कमरे में चलिए...'

कलक्टर साब सामने वाले कमरे की तरफ़ चल दिये। पीछे–पीछे मैथिलीशरण। यकायक उन्होंने धीमी आवाज़ में कहा–'आज प्रधानमन्त्री नेहरू जी का फ़ोन आया है। पहले झाँसी फ़ोन गया। वहाँ से पता चला कि आप तो वहाँ हैं ही नहीं। फिर पण्डित जी ने ख़ुद ही कहा–'काशी में रायकृष्णदास के यहाँ बैठे होंगे। ख़ुद ही पूछकर आओ।' सो उनकी आज्ञा के मुताबिक़ पूछने आया हूँ आपसे, एक ज़रूरी बात।' कहते हुए वे उनके चेहरे की तरफ़ ध्यान से देखने लगे जहाँ एक सन्तुलन, प्रश्रान्ति और एक अजीब तरह की निर्लिप्तता फैली थी। एकाएक वे बोलने लगे–'आपको राज्यसभा की सदस्यता स्वीकार करने में कोई आपत्ति तो नहीं? कृपया बतायें। मुझे आज ही सूचित करना होगा।'

'आइए, सबसे पहले मैं अपने ख़ास मित्रों से सलाह–मशविरा कर लूँ। उनसे पूछ लूँ। अपनी बहन महादेवी से पूछ लूँ।' कहते हुए वे लोग फिर से बैठक में आ गये जहाँ रायकृष्णदास के अलावा एक–दो लोग और बैठे थे। कलक्टर साहब ने मौजूद रचनाकारों के सामने फिर वही बात दुहरायी जिसे सुनकर सभी ख़ूब हर्षित हो उठे।

मैथिलीशरण की स्वीकृति के पहले ही बोल पड़े–'हाँ, हाँ, स्वीकार्य है। ज़रूर वे सहमत हो जायेंगे।'

'पर मुझे लिखित स्वीकृति भेजनी होगी। कृपया दो अक्षर लिख दीजिए।'

'अच्छा, सोचकर बतायेंगे। हमें समय दें थोड़ा सोचने का...' उनके अन्दर सवाल–जवाब चलने लगे।

वे तो अपने को इस योग्य नहीं मानते पर पण्डित जी की बात कैसे अस्वीकार कर दें...उसे शिरोधार्य न करना यानी सौंपे गये परम कर्तव्य से मुँह फेरना होगा। उसी दिन शाम ढलते ही महादेवी जी का ट्रंक कॉल आया कि जवाहर भाई ने उनसे कहा है कि मैं आपको राज्यसभा में आने के लिए राज़ी कर लूँ। हँसते हुए मैथिलीशरण कहने लगे–'हम चिरगाँव के रहने वाले, दिल्ली जाकर भला क्या करेंगे?'

'दद्दा, आपको दिल्ली जाना ही है और हमने ऐसा फ़ैसला ले लिया है, बस। पण्डित जी को वचन दे दिया है।'

'फिर कैसे मना कर सकता हूँ? आपकी आज्ञा शिरोधार्य है दीदी...'

'तो कलक्टर को लिखकर अपनी सहमति देनी होगी आपको।'

'ठीक है...' उसी रात कलक्टर सहमति–पत्र के साथ चलता बना। वहीं बैठे मोतीचन्द्र ने कहा–'देखो, ज़रा कलक्टर की होशियारी। वो तुमसे लिखाकर ले गया ताकि सनद रहे और वक़्त पर काम आये। समझे मैथिलीशरण?'

'परन्तु दिल्ली रहने वाले पंडिज्जी को कैसे पता चला कि मैं काशी में आपके घर डेरा डाले हूँ?'

'अरे, आपकी मानस बहन महादेवी जी ने बताया हो शायद।'

'नहीं, कलक्टर के साथ आया आदमी बता रहा था कि राष्ट्रपति भवन के निजी सचिव ने सबसे पहले झाँसी फ़ोन किया होगा। झाँसी का कलक्टर घबरा गया कि उन्हें क्यों पूछा जा रहा है। मैथिलीशरण जैसे महान कवि कोई अपराधी या ऐसे–वैसे आदमी तो हैं नहीं। **फिर** पण्डित जी को उनसे क्या प्रयोजन?

उसने झटपट चिरगाँव का पता करवाया। चिरगाँव थाने में फ़ोन आया तो घर से पता चला कि आप बाहर गये हैं।'

'हूँ...और तब पण्डित जी ने क्या कहा?'

'कलक्टर ने कहा कि साब, उनके ख़िलाफ़ तो कोई ऐसी–वैसी रिपोर्ट यानी कोई शिकायत नहीं। वे तो शहर के सबसे प्रतिष्ठित कवि हैं...'

पण्डित जी सुनते ही .गुस्सा पड़े–'ऐसी–वैसी रिपोर्ट से क्या मतलब? ये कौन पूछ रहा है कि रिपोर्ट क्या है उनकी? जितनी बात पूछी जाये, उतना ही जवाब दिया करो। वे कहाँ हैं? जल्दी–से–जल्दी पता करो। तो सबसे पहले बनारस में रायकृष्णदास का नाम सामने आया कि वे अक्सर उनके यहाँ आते हैं।'

'हूँ...तो ये है पूरी कहानी।' लम्बी साँस लेते हुए चिन्तातुर रायकृष्णदास बोले–'कहाँ आप जैसी चिरग्रामीण संस्कृति में गहरे धँसी, जड़ों से जुड़ी लोकजीवन में रची–बसी शख़्सियत और कहाँ राजधानी का वैभव–विलास? आप कैसे रह पायेंगे उस राजनीति के दलदल में?'

'शरीर कहीं भी रहे मगर मेरा मन, मेरी आत्मा तो चिरगाँव में ही रहती है।

अहा ग्राम्य जीवन भी क्या है, क्या न इसे सबका मन चाहे?
थोड़े में निर्वाह यहाँ हैं, ऐसी सुविधा और कहाँ है?'

अनायास मोतीचन्द्र के मुँह से निकल गया। मोतीचन्द्र ने उनकी लिखी कविता सुनायी तो रायकृष्णदास बोल पड़े–'चलिए, सचमुच, ये बड़ी ख़ुशख़बरी है। चलो भाई, इसी उपलक्ष्य में एक लघु कवि–सम्मेलन का आयोजन कर डालते हैं। भई, खाना–पीना तो होगा ही, साथ में लोक संस्कृति व लोक संगीत के कार्यक्रम को रख लेते हैं।'

'हम तो जैसे हैं, वैसे ही रहेंगे। देहाती हैं सो शहरी बनने का कोई शौक़ या लालसा नहीं। न वैसी इच्छा बची है।' उन्होंने सीधे–सीधे अपने मन की बात कह डाली।

रायकृष्णदास के घर पर आनन्ददायक और घरेलू माहौल में उनका ख़ूब मन लगता। उनके बीच ग़ज़ब की समझ और आत्मीयता थी जो एक दशक तक चलती रही। जहाँ मैत्री एक–दूसरे के व्यक्तित्व का आईना बनती जाये, जहाँ बिन कहे–सुने ही बातें दूसरे के अन्तस् तक पहुँचने लगें, जहाँ अनुभूतियाँ समभाव से अनुभव कर ली जाती हैं।

जहाँ वे चिरगाँव के लिए सहज–सरल दद्दा थे, वहीं वे आन गाँव के लिए भी उतने ही मिलनसार और सहज सुलभ। जब वे दिल्ली दरबार में राज्यसभा के सदस्य बनकर आये तो उनके घर पर नित्य सायंकालीन बैठक गोष्ठियाँ होने लगी थीं। जहाँ दिल्ली के राजनेताओं की आवाजाही सरलता से होती। दद्दा के घर पर चिरगाँव से बनकर आये बेसन के लड्डू और मठरियों का रसास्वादन लगभग हरेक की ज़ुबान पर रहता। हरेक आगन्तुक के स्वागत में नाश्ते की प्लेटें तैयार रहतीं। राज्यसभा की सदस्यता के दिनों में उनकी ख्याति देश के चारों कोनों तक व्याप्त थी।

उनके घर के दरवाज़े सबके लिए हर घड़ी खुले रहते। इस नाते आगन्तुकों की भीड़ से उनका घर भरा रहता। गहमागहमी बनी रहती। लोगों का ताँता लगा रहता। ख्यातिलब्ध कवयित्री महादेवी वर्मा उनकी मानस बहन के रूप में जानी जाती रहीं। किसी सन्दर्भ में पण्डित जवाहरलाल नेहरू ने एक बार महादेवी वर्मा से कहा–'तुम मेरे यहाँ आती नहीं हो। आख़िर क्यों नहीं आतीं?'

'आपके यहाँ आकर क्या करूँ? यहाँ तो दरबार लगा रहता है। मैं ऐसे में आकर ख़्वाहमख़्वाह आपको डिस्टर्ब ही करूँगी।' महादेवी ने जवाब दिया।

'दरबार? और मेरे यहाँ?' वे चौंकते हुए बोले–'तुम तो मेरे यहाँ दरबार लगने की बात कहती हो जब कि दरबार तो तुम्हारे दद्दा का लगा रहता जहाँ आधी दिल्ली बैठी रहती है। अक्सर उनके घर साहित्य प्रेमी, साहित्यसेवी या पत्रकारों की आवाजाही लगी रहती।'

यह भी सच है कि उनके घर पर जाओ तो अक्सर दो–चार लोग मठरी, लड्डू और चाय पीते मिल जायेंगे। नये से नया लेखक हो या लेखन की राह पर बढ़ने का उत्सुक नवयुवक हो या केवल पाठक, वे हरेक की बातें ध्यान से सुनते हैं। उसकी मदद करने के लिए वे सदैव उत्सुक रहते हैं। अगर किसी की कोई संकट कथा हो तो वे दुःखी हो उठते जैसे ये संकट उन पर आ गया हो। पूरे मनोयोग से वे उसके समाधान के लिए जुट जाते।

26 जनवरी, गणतन्त्र दिवस के अवसर पर दिल्ली के लाल किले में एक साथ दो सम्मेलन आयोजित किये गये–अखिल भारतीय कवि सम्मेलन और उर्दू मुशायरे का आयोजन जश्ने जम्हूरियत। कुछ हिन्दी साहित्यसेवियों और साहित्य प्रेमियों के मन में इच्छा जगी कि प्रधानमन्त्री पण्डित नेहरू इस कार्यक्रम का उद्‌घाटन करें। वे सब मिलकर नेहरू जी के पास गये और अपनी इच्छा ज़ाहिर की। नेहरू जी ने पलटकर जवाब दिया–'इस कार्यक्रम की अध्यक्षता तो मैथिलीशरण गुप्त कर रहे हैं। उसी दिन शाम को चण्डीगढ़ के किसी समारोह में मुझे मुख्य अतिथि के रूप में जाना है। बड़ी समस्या है, क्या किया जाये?'

थोड़ी देर बाद पण्डित जी दूसरे कमरे से आकर बोले–'जो भी हो, हम उसी दिन शाम को चण्डीगढ़ से दिल्ली आठ बजे तक लौट सकते हैं। कपूर, तुम्हें ध्यान नहीं है, उस कवि–सम्मेलन की अध्यक्षता मैथिलीशरण गुप्त कर रहे हैं। यह कैसे मुमकिन है कि हम स्वीकार करके भी उसमें न जायें।'

उस कवि–सम्मेलन में देश के प्रधानमन्त्री ख़ुद शरीक हुए और अपना ऐतिहासिक भाषण दिया। इस समय मैथिलीशरण ने अपने बटुए से नेहरू जी के सम्मानार्थ पान पेश किया तो वे इनकार नहीं कर सके, जबकि नेहरू जी पान खाते नहीं थे। दोनों के बीच आपस में इतना सम्मान और एक–दूसरे के प्रति इतनी गहरी आत्मीयता थी जिसे हिन्दुस्तान के इतिहास में याद किया जाता है। दोनों भद्रजनों की आपसी मित्रता इतनी पारदर्शी थी और वे एक–दूसरे की दिलोजान से इज्जत करते थे।

यह सोचकर लोगों को विस्मय होता था कि राष्ट्रकवि से विभूषित इतना गौरव, सम्मान व ख्याति पाने के बाद भी मैथिलीशरण का व्यक्तित्व इतना निरभिमानी कैसे रह पाया जबकि मौजूदा दौर में थोड़ा–सा भी उच्च पद पाने के लिए असंख्य लोग कितनी भागदौड़ कर रहे हैं, जी–जान लगा देते हैं। बाद में, पद सत्ता पाने के बाद उस पद की प्रभुता और अहंकार की किरचें हमारी आँखों में चुभने लगती हैं। दद्दा ने बड़े संकोच के साथ इसे स्वीकार किया था। खुद नेहरू जी बोलने लगे–'राज्यसभा में जाने के लिए वे बड़ी मुश्किल से तैयार हुए, कहने लगे–हम चिर गँवार ग्रामीण कहाँ जायेंगे दिल्ली और दिल्ली पहुँचकर भी दद्दा ने अपने सहज, सरल गँवईपन को कभी नहीं छोड़ा। यही उनकी पहचान थी।'

जब कभी उनके कहने से किसी का कोई काम हो जाता तो वे इसका अहसास कभी भी सामने वाले को नहीं होने देते बल्कि बिना बताये अज्ञेय जी की विदेश यात्रा के लिए कहा–'अज्ञेय जी, राय तो मेरी भी यही है कि विदेश में हिन्दी का प्रतिनिधित्व करने के लिए आपसे योग्य व्यक्ति नहीं मिल सकता लेकिन यहाँ हिन्दी पढ़ाने के लिए तो कुछ दूसरी तरह की योग्यताएँ चाहिए।'

अज्ञेय जी दुःखी होकर बोले–'जब आपकी ही यह राय है तब फिर विश्वविद्यालयों से क्या अपेक्षा की जाये? लेकिन फिर आप मेरे विदेश जाने की आलोचना क्यों करें?'

एक बार फिर हँसकर वे बोले–'अरे, हमने तो अभी विदेश में एक जगह के लिए आपका नाम सुझाया है।'

स्वयं अज्ञेय जी ने स्मृतिलेख में लिखा है–'विदेशों में हिन्दी का प्रतिनिधित्व करने के लिए वे उनका नाम सुझाते रहे और कई बार यह बात खुद उनसे नहीं बल्कि सरकारी विभागों से ज्ञात हुई।'

दिल्ली में दद्दा के यहाँ जो दरबार लगता, उसमें ख़ूब चुटकुलेबाज़ियाँ होती रहतीं। उपस्थित या अनुपस्थित परिचितों के बखिये उधेड़े जाते। अज्ञेय जी भी उनके यहाँ ख़ूब आते–जाते। एक दिन दद्दा ने यूँ ही पूछा–'क्या बात है अज्ञेय जी, आजकल आप बहुत चुप रहते हैं?'

'ऐसी तो कोई बात नहीं लेकिन इस दरबार में मैं क्या बात करूँ? इसमें तो केवल परनिन्दा होती है जिसमें मेरी ख़ास दिलचस्पी है नहीं।'

सुनकर उन्हें लगा कि यह तो उनके दरबार की ही नहीं बल्कि कहीं–न–कहीं उनकी भी आलोचना है। वे क्षण–भर चुप रहे फिर एक अत्यन्त निरीह व विरोध को निरस्त करने वाली मुस्कान के साथ बोले–'हाँ, वह तो हम भी करते हैं। लेकिन आपसे एक सच्ची बात बतायें, दुनिया में परनिन्दा के बराबर कोई और सुख नहीं।' सुनते ही एकाएक सभी खिलखिलाकर हँस पड़े।

जिस समय मैथिलीशरण गुप्त राज्यसभा में आये, ठीक उसी समय डॉ. प्रभाकर माचवे 1950 में आकाशवाणी दिल्ली से 1954 में साहित्य अकादेमी आ गये। अब दद्दा के आवास पर अनेक बार साहित्यकारों की मजलिस जुटती जिसमें दिनकर, बनारसीदास चतुर्वेदी, काका कालेलकर, बालकृष्ण शर्मा नवीन, जैनेन्द्र, अज्ञेय, नगेन्द्र जैसे नामचीन लोगों के बीच ख़ूब काव्यशास्त्र विनोद चलता। चिरगाँव से कनस्तर–भर कर मठरी और लड्डू दिल्ली भेजे जाते रहे जिसे खिलाये बग़ैर वे किसी को घर से कभी नहीं जाने देते थे। मैथिलीशरण गुप्त राज्यसभा में कविता में भाषण देते थे, विशेषतः संस्कृत कवि अर्थशास्त्री सी.डी. देशमुख के बजट के बाद। अक्सर साहित्य अकादमी में अन्य भाषाओं के कविगण आते–जाते जिनमें से कुछ मैथिलीशरण गुप्त से मिलने उनके आवास जाते। एक बार रूसी कवि वारान्नाखोव और चेलिशेव उनसे मिलने गये। मैथिलीशरण भाषा, जाति, सम्प्रदाय या क्षेत्र भेद भूलकर राष्ट्रीय एकात्मकता के सच्चे प्रतिनिधि बनकर सबसे उत्साह से मिलते। चाय–नाश्ते के लिए अनुरोध करते। डॉ. प्रभाकर माचवे ने लिखा है–'एक बार विदेशी सांस्कृतिक शिष्टमण्डल में मैथिलीशरण जी का नाम हमने सुझाया पर उन्होंने विदेश यात्रा के लिए स्वयं मना कर दिया।'

प्रधानमन्त्री पं. नेहरू साहित्यकारों का ख़ूब सम्मान करते। उनके तीनमूर्ति आवास स्थित लॉन में एक बार मैथिलीशरण गये कि

पण्डित जी बोल पड़े–'दद्दा के लिए कुर्सी मँगाई जाये। आज हम उनसे नयी कविता सुनेंगे।'

तब प्रभाकर माचवे के अलावा, फ़ैज़ भी उस अवसर पर वहीं थे। झटपट एक छोटा–सा कवि–सम्मेलन हो गया जिसमें दद्दा ने अपनी सद्यःलिखित नयी कविता सुनायी–

अब वे दिन वासर बीत गये।
मन तो मेरा रसमय अब भी,
पर तन के रस रीत गये।

उनके चौड़े माथे पर चन्दन, गले में उत्तरीय, लम्बा कुर्ता, गाँधी टोपी और बच्चे की तरह भोली सरल और निर्दोष हँसी। वे खुले मन से हरेक से संवाद करते और प्रकृति की तरह अपनी जड़ों, ज़मीन, भाषा, संस्कृति और मूल आत्मा की आवाज़ को अवश्य सुनते। उनके व्यक्तित्व और लेखन में ग्राम्य जीवन की सादगी और आम आदमी का प्रतिबिम्ब नज़र आता।

1952 से जब वे राज्यसभा के सदस्य के रूप में नॉर्थ एवेन्यू में आकर रहे और 12 साल तक दिल्ली में ही रहे। उन्हीं दिनों बनारसीदास चतुर्वेदी भी राज्यसभा में सदस्य चुने गये थे। दोनों का रोज़ ही मिलना होता। मैथिलीशरण गुप्त और बनारसीदास संसद जाते समय मिलते हुए निकलते। बनारसीदास अक्सर टहलते हुए 'रक्तमुखी' पेड़ के नीचे बैठकर लिखते–पढ़ते। उन दिनों सुबह से ही हँसी–मज़ाक़ का दौर चलता। उन्हीं दिनों हज़ारी प्रसाद द्विवेदी जी एक बार वहाँ आये और एक पंक्ति कही–'रक्तमुखी की छाँव में एम.पी. करें निवास', तत्काल गुप्त जी ने दूसरी पंक्ति जोड़ दी–'चार मास की वृत्ति पर काटैं बारह मास।' यानी राज्यसभा साल में चार महीने ही चलती थी और उन दिनों बीस रुपये प्रतिदिन भत्ता मिलता था। नेहरू जी ने सुना तो हँस दिये मगर वृत्ति बढ़ गयी।

मैथिलीशरण गुप्त का ब्रजभाषा के अलावा संस्कृत, बँगला, उर्दू पर भी अधिकार था। उन्हें बहुतेरे क़िस्से याद रहते थे। उनकी मण्डली में बाबू गंगाशरण सिंह, नवीन जी, श्री नरेन्द्र शर्मा, डॉ. नगेन्द्र,

अज्ञेय, श्री राजेश्वर प्रसाद, नारायण सिंह, आचार्य नरेन्द्र देव जैसे साहित्यकारों के बीच घण्टों गोष्ठी जमती और बातचीत के दौरान अक्सर तम्बाकू व पान का दौर चलता रहता।

इसके अलावा मोटर, फाउंटेन पैन, मशीन, टाइप राइटर, घड़ी और कई तरह के कलपुर्ज़ों के बारे में उनकी रुचि और ज्ञान चौंका देता। इन चीज़ों के बारे में ऐसे ज्ञानी जानकार की तरह असाधारण बातें बताने लगते कि सुनने वाला चकित भाव से उन्हें देखता रह जाता।

1952 में नेहरू जी के आग्रह पर मैथिलीशरण गुप्त ने राज्यसभा की सदस्यता स्वीकार की लेकिन इसके पीछे एक और सोच काम कर रही थी कि कम–से–कम संसद में वे राष्ट्रभाषा हिन्दी के लिए अपनी निष्ठा, देश की ज़रूरत व अवाम की आवाज़ को बुलन्द कर पायेंगे। जिस समय देश में डॉ. राजेन्द्र प्रसाद जैसे जड़, ज़मीन से जुड़े सीधे–सादे–इन्सान, गहन सोच व दृष्टि के धनी विद्वान राष्ट्रपति हों और पश्चिमी पूर्वी जीवन–मूल्यों और बहुपठित बौद्धिक चेतना व व्यापक जनता को ध्यान में रखने वाले प्रधानमन्त्री नेहरू हों जिन्होंने आज़ादी के सुदीर्घ संघर्ष तले तपकर देश की बागडोर सँभाली थी। ख़ुद जवाहरलाल में साहित्य, संस्कृति, कला, जीवन दर्शन के प्रति गहरी समझ व ग़ज़ब का सौन्दर्य–बोध था, ऐसे परिवेश में विद्वत्‌जनों से संसद का दरबार सजता और ख़ुद मैथिलीशरण गुप्त का आवास भी अड्डेबाज़ी के लिए मशहूर होता जा रहा था।

देश के प्रथम प्रधानमन्त्री साहित्य व संस्कृति प्रेमी थे और मैथिलीशरण से उनका आत्मीय जुड़ाव था। दद्दा एक बार बीमार पड़े। नेहरू जी कुशलक्षेम पूछने उनके पास पहुँचे। अपने घर की आतिथ्य परम्परा के अनुरूप स्वयं दद्दा ने जलपान की तश्तरी नेहरू जी की ओर बढ़ायी। तश्तरी देखकर नेहरू जी चकरा गये–'अरे, ये क्या? आपके स्पेशल लड्डू कहाँ हैं?' चूँकि दद्दा चिरगाँव से देशी घी में बेसन के लड्‌डू बनवाकर ले आते थे, जो उस दिन संयोग से ख़त्म हो गये थे।

बीमारी में भी दद्दा उत्साह से मुस्कराते हुए बोले–'आपको इतने पसन्द हैं? तो इस बार जब चिरगाँव जाऊँगा तो गाड़ी–भर कर ले आऊँगा।'

नेहरू जी खिलखिलाकर हँस पड़े। फिर बोले–'मेरी शुभकामनाएँ हैं कि आप जल्दी से अच्छे हो जायें ताकि हमें जल्दी से लड्डू खाने को मिलें।'

1952 से 1964 तक 12 साल उनके जीवन का सर्वाधिक महत्त्वपूर्ण समय था जब मैथिलीशरण गुप्त पुत्र की शादी करके पुत्रवधू के ऊपर घर की ज़िम्मेदारियाँ सौंपकर पत्नी संग दिल्ली रहते थे। मैथिलीशरण गुप्त हिन्दी भाषा की गरिमा के लिए तत्कालीन शिक्षा मन्त्री मौलाना आज़ाद से ख़ुद लड़े और अपने अभिनन्दन का उत्तर देते हुए प्रपत्र में कहा–'जिस क्षण वे अनुभव करेंगे कि अपना कार्य वे नहीं कर पा रहे हैं, उस क्षण वहाँ से बिना हिचकिचाहट के हट जायेंगे। हिन्दी भाषा कभी किसी की कृपा या उपकार की भावना पर नहीं पली। वह तो सदैव अपने बलबूते पर ही आगे बढ़ी है। दिल्ली ने हिन्दी को कुछ वचन दिये हैं। मैं देखूँगा कि वहाँ उनका कितना परिपालन होता है।'

मगर दिल्ली निवास के विषय में मैथिलीशरण गुप्त ने यह भी कहा–'लगता है कि पचास वर्ष से जो कार्य कर रहा था, वही ठीक था मेरे लिए।'

बेशक पूरे देश में उनके राज्यसभा में जाने के समाचार का सभी देशवासियों ने स्वागत किया। मुम्बई में उनका अभिनन्दन वहाँ की संस्थाओं ने किया। नासिक, इन्दौर की अभिनन्दन सभाओं में भी वे शरीक होते हुए दिल्ली लौटे। संसद में वे अक्सर अपनी कविता के माध्यम से अपने विचार प्रकट करते।

राष्ट्रपति के अभिभाषण पर 1962 में कविता के माध्यम से अपनी सशक्त प्रतिक्रिया पूरी बेबाक़ी से कहने में वे क़तई नहीं चूके–

भली योजनाएँ कितनी ही, चली और चल रहीं।
किन्तु राष्ट्रभाषा तपस्विनी, यहाँ जहाँ थी, वहीं पड़ी।
बिना एक व्यापक वाणी के एक राष्ट्र की सत्ता क्या?
किसी राष्ट्र की निजता का पद, पाती है परवशता क्या?

अपनी प्रतिक्रिया बहुत स्पष्ट शब्दों में देते हुए न उन्हें सरकार का कोई डर रहता, न कोई हिचक। बजट सत्र पर भी निर्भीकतापूर्वक अपना आक्रोश व्यक्त किया–

आय और व्यय के लेखे, लिपि सदैव काली काली।
जली हमारे घर होली, लो, अभी दूर है दीवाली।
विनय पत्रिका लिखने में भी, अब तो बाधा आयी है।
कागज़ का जो मूल्य बढ़ा है, उसकी किसे बधाई है?

जनवरी 1959 में राष्ट्रकवि को डी.लिट्. की मानद उपाधि से विभूषित कर काशी हिन्दू विश्वविद्यालय ने स्वयं को गौरवान्वित किया। 1952 में उनका विशाल ग्रन्थ 'जय भारत' प्रकाशित हुआ और इसी साल 'युद्ध' भी पूरा किया। 1956 में 'राजा प्रजा' तो 1957 में 'विष्णुप्रिया' जैसी पुस्तक का सृजन उनके साहित्यिक नैरन्तर्य का अमिट हस्ताक्षर बनता गया। उनकी सृजन यात्रा निरन्तर चलती रही। जीवन–पथ पर ढेरों चुनौतियाँ मुँह बाये खड़ी थीं मगर पहाड़ जैसी जानलेवा तकलीफ़ों से टकराकर भी उन्होंने ख़ुद को चकनाचूर नहीं होने दिया। पुत्र ने उनके कारोबार को सँभालना शुरू कर दिया था। अब उर्मिल से वे ज़्यादा अपेक्षाएँ नहीं रखते। न ज़्यादा डाँटते, न ज़्यादा लाड़–प्यार या स्नेह प्रदर्शन, बल्कि आत्मानुशासन में ढली उनकी जीवन–शैली में शाश्वत किस्म का वीतरागी भाव उमड़ता। राज्यसभा उनके जीवन पथ पर एक छोटा–सा पड़ाव भर था जहाँ आकर उन्होंने पूरी तटस्थता से अपनी बात कही और निर्लिप्त अपना रचनात्मक कार्य करते रहे। संसद से विदा लेते समय उन्होंने सधे स्वर में कहा–

शेष यहीं तक नहीं बन्धुजन, कार्य हमारा,
आगे बढ़ती चले सदा जीवन की धारा।
जाते हैं हम यहाँ सुखद सम्बन्ध जोड़कर,
अपने आसन नवागतों के लिए छोड़कर।
हम जो साध न सके, उसे वे सिद्ध करेंगे,
बढ़ दृढ़ता से विजय लक्ष्य निज बिद्ध करेंगे।

अनासक्त भाव से उन्होंने आगामी पीढ़ी के लिए जगह छोड़ने और अपने वहाँ उस जगह को छोड़ने की बात कही।

कहाँ ऐसी उच्च कोटि की निर्वैयक्तिकता और कहाँ आज के राजनेताओं एवं अन्य कलाकारों की अवसरवादिता, कूटनीति और कुचालें जब वे कुर्सी की लिप्सा व लालसा में कैसी भी दुरभिसन्धियों और साज़िशों में संलिप्त रहकर येन–केन प्रकारेण पद से चिपके रहने के लिए कितनी तरह के खेल खेलते रहते। वे वाचिक परम्परा के बड़े कवि के रूप में मान्य हैं। उनकी क़विताएँ कण्ठस्थ होकर जन–जन की आवाज़ बनती गयीं। इस सम्बन्ध में अज्ञेय जी ने लिखा भी–'मैं तो जानता हूँ कि बचपन से ही, जब से हिन्दी बोलना और फिर पढ़ना सीखा, उन्हीं की (गुप्त जी की) कविता पर पलकर किशोर हुआ–

निज मातृभूमि स्वदेश के गोदी भरे हम लाल हैं,
...तेरे घर के द्वार बहुत हैं, किससे होकर आऊँ मैं?
नीलाम्बर परिधान हरित पट पर सुन्दर हैं।'

अज्ञेय जी ने आगे भी लिखा है–'कवि और पाठक के बीच छपी पुस्तक मानो एक दीवार के रूप में खड़ी हो जाती है, छपे हुए शब्द अर्थ पर एक (चाहे हलका ही) परदा डाल देते हैं। काव्य एक जीवन्त अनुभूति नहीं रहती जिसका श्रवण के दौरान अवतरण होता है, वह एक संचित वस्तु रह जाता है जो अनपढ़ा भी पुस्तक में रह जाता है। यह कहना कि गुप्त जी वाचिक परम्परा के अन्तिम बड़े कवि थे, वास्तव में यह कहना है कि परिवर्तन की एक भारी खाई के पार हमें ले जाने वाले सेतु भी वही थे।'

सचमुच उनकी कविता सरल है, बोझिल नहीं है और सब प्रकार के सुनने वाले के मन में उतरती जाती है। यही कारण है कि देश भर की पाठशालाओं की छोटी कक्षाओं से लेकर उच्च कोटि के विश्वविद्यालयों में उनकी रचनाएँ लोकप्रिय रही हैं। आधुनिक चेतना और नयी भाव दृष्टि के साथ–साथ उनकी कविताओं का फलक अनन्त आकाश की तरह विशाल है–

हिन्दू धर्म कि मानव धर्म, हैं अभिन्न दोनों का मर्म।

यह निर्विवाद है कि गुप्त जी की भाषा सरल प्रवाह में बहती साफ़ स्वच्छ नदी की तरह पारदर्शी है जो क्रमशः प्रांजल स्वरूप ग्रहण करती है और फिर बोधगम्य ढंग से कलात्मकता के नये क्षितिज का संस्पर्श करती है। नारी मुक्ति की अवधारणा को इतने सहज–सरल ढंग से व्यंजित करना सबसे मुश्किल है–

मैं अपने ऊपर अपना ही, रखती हूँ अधिकार सदा,
जहाँ चाहती हूँ, करती हूँ, मैं स्वच्छन्द विहार वहाँ।

शूर्पनखा जैसी स्त्री पात्र की अस्मिता को पहचानते हुए उसे स्वतन्त्र चेतना सम्पन्न स्त्री के रूप में दर्शाया गया है।

ऐसी मार्मिक अभिव्यक्तियाँ पितृसत्तामक समाज व्यवस्था को कठघरे में खड़ा करती हैं। मैथिलीशरण ने सामाजिक, पारिवारिक जीवन में नारी के दैहिक/मांसल सौन्दर्य को सब कुछ समझकर उसे बुरी नज़र से देखने वाले कामुक पुरुषों पर प्रहार किया है और यह ऐतिहासिक महत्त्व की पंक्तियाँ हैं जिनका महत्त्व आज भी उतना ही मूल्यवान और हर युग में प्रासंगिक जान पड़ता है। नारी चरित्रों के माध्यम से वे पुरुषों की संकुचित, इकहरी और अमानुषिक सोच पर चोट करते हैं तो दूसरी तरफ़ स्त्री की सामाजिक, पारिवारिक भूमिका के अनुरूप उसके आत्मिक सौन्दर्य को उभारते हुए उसको तेज सम्पन्न बनाकर एक नयी भूमिका में देखने के लिए उत्सुक थे।

मैथिलीशरण सहज विश्वासी इतने कि जो भी आता कोरे काग़ज़ पर उनके हस्ताक्षर करवा ही लेता। इस पर उनकी मानस बहन महादेवी वर्मा ने पूछा कि जो आपने नहीं कहा और अगर वो लिख लेगा तो? ये तो आपको पता नहीं, क्या लिखा जायेगा? वे पलटकर बोले–'मेरे लिए बुरी बातें भला क्यों लिखेगा? अच्छा ही लिखेगा।' सुनकर वे बोलीं–'इतना विश्वासी आदमी मैंने नहीं देखा।'

महात्मा गाँधी से उनकी कृति 'साकेत' को लेकर पत्राचार हुआ और महादेव भाई से बापू ने कहा–'इसे पढ़ो, तभी समझोगे।' उर्मिला के रोने–धोने पर महादेव भाई कहते हैं कि वो इतनी

रोने–धोने वाली नहीं होगी। कुछ दूसरी तरह की होगी जबकि मैथिलीशरण कहते कि उन्होंने नारी के अनिश्चित चिर वियोग कि कब लौटेंगे रघुवर, कहाँ जंगल–जंगल घूमेंगे? सीता तो राम के साथ चली गयीं पर उर्मिला रह गयी अकेली चिर वियोग में। यहाँ पर तुलसीदास जी तो चुप हो गये। जहाँ से उन्होंने छोड़ा होगा, वहीं से मैथिलीशरण ने उठाया। युगानुरूप मातृरूपा, शक्तिरूपा जैसे नारी की नयी परिकल्पना को सजीव किया। रामकाव्य परम्परा में 'साकेत' की उर्मिला मैथिलीशरण की निजी और मौलिक सृष्टि है। जब पति वियोग में जीती उर्मिला रीतिकालीन नायिकाओं की तरह हाय–तौबा न मचाकर अपने प्रिय की मधुरतम स्मृतियों को बड़ी सदाशयतापूर्ण स्मरण करते हुए संयम और धैर्य का परिचय देती है तो मर्यादा पुरुषोत्तम राम खुद स्वीकारते हैं–

आज भाग्य जो है मेरा, वह भी न हुआ हा तेरा,
लक्ष्मण तुम तो तपस्पृही, मैं वन में भी रहा गृही।

'यशोधरा' और 'विष्णुप्रिया' द्वारा पुरुष प्रधान समाज की नारी विषयक संकुचित सँकरी दृष्टि पर दद्दा ने चोट की। इसी तरह 'द्वापर' की विधृता की अभिव्यक्ति में दद्दा का कितना आक्रोश और क्षोभ उभरकर आता है–

अधिकारों के दुरुपयोग का कौन कहाँ अधिकारी,
कुछ भी स्वत्व नहीं रखती क्या अर्धांगिनी तुम्हारी?
हाय वधू ने क्या वर विषयक एक वासना पायी,
नहीं और क्या कोई उसका पिता, पुत्र या भाई?
नर के हिस्से क्यों नारी की नग्न मूर्ति ही आयी,
माँ, बेटी या बहन हाय क्या संग नहीं वह लायी?
अविश्वास, हा अविश्वास ही नारी के प्रति नर का,
नर के तो सौ दोष क्षमा हैं, स्वामी है वह घर का।

पितृसत्तात्मक समाज व्यवस्था को कठघरे में खड़ा कर मैथिलीशरण ने सामाजिक, पारिवारिक जीवन में नारी के मांसल सौन्दर्य को सब कुछ समझकर उसे बुरी नज़र से देखने वाले कामुक पुरुषों पर प्रहार किया।

नारी चरित्रों के माध्यम से वे पुरुषों की संकुचित, इकहरी और अमानुषिक सोच पर चोट करते रहे तो दूसरी तरफ़ स्त्री की सामाजिक, पारिवारिक भूमिका के अनुरूप उसके आत्मिक सौन्दर्य को उभारते हुए उसको तेज सम्पन्न बनाकर एक नयी भूमिका में देखने के लिए उत्सुक रहे।

शादी के बाद शान्ति आगे पढ़ने के लिए उत्सुक थी। मेधावी पुत्रवधू को वे आगे पढ़ाना भी चाहते थे। उसकी आँखों में बहुत करीने से उन्होंने महत्त्वाकांक्षा को देख लिया था। दिन–भर घरेलू काम सँभालते हुए पुत्रवधू शान्ति को मौक़ा मिलते ही वे किताबें पढ़ते–गुनते देखते। व्यक्तिगत छात्रा के रूप में वे उसकी पढ़ाई करवाते रहे। युगानुरूप बहुओं की तरह कॉलेज जाकर पढ़ना उस समय की परम्परा के प्रतिकूल था। वैसा चलन में नहीं था। शान्ति की पढ़ाई के लिए दद्दा किताबें आदि की समुचित व्यवस्था अवश्य करते। दुपहर में समय मिलते ही पुत्रवधू को बाँग्ला भाषा पढ़ाते। इसके अलावा उसकी अन्य जिज्ञासाओं का शमन करते। शान्ति में तेज़ी से ज्ञान ग्रहण करने की सामर्थ्य थी और ललक भी सो वे दद्दा द्वारा दी गयी किताबों को शीघ्र ही पढ़कर आगामी पढ़ाई के लिए उत्सुक रहतीं। कई मौक़ों पर ऐसा लगा जैसे वह लेखन के क्षेत्र में भी आना चाहतीं हैं और प्रयत्नशील भी हैं।

कुछ दिन पहले उन्होंने अनुज सियारामशरण के ज़रिये अपनी रचनाएँ यहाँ–वहाँ कहीं छपवाने की इच्छा व्यक्ति की। अनुज ने रचनाएँ पढ़कर अपनी प्रतिक्रिया में बहुत उत्साह नहीं दिखाया। उनका सोचना था कि अभी ये अन्यत्र छपवाने लायक नहीं हैं। उन्हें इस सचाई का अहसास था कि यदि शान्ति बहुत तेज़ी से किसी क्षेत्र में निकल गयी तो उर्मिल कुण्ठित हो सकते हैं। शादी के बाद भी उर्मिल के व्यवहार में अभीष्ट बदलाव नज़र नहीं आया। सच तो यह है कि वे भी उनके प्रति अपनी भावनाओं का इज़हार कम ही करते थे। पिता होने के नाते उन्होंने उनकी देखभाल, शिक्षा–दीक्षा या करियर को ऊँचाई तक ले जाने के लिए, उनके शानदार भावी जीवन

के लिए क्या नहीं किया? परन्तु प्रयासों के परिणाम अपेक्षानुरूप नहीं रहे। दिल्ली आने के बाद भी उच्च शिक्षा हेतु भरपूर कोशिशें की गयीं मगर ऐसा लगता जैसे उनके अन्दर ख़ुद कोई बड़ा सपना आकार प्रकार नहीं ले रहा जिसे पाने के लिए वे प्राणपण से सचेष्ट होते। अपनी कोई स्वतन्त्र रुचि या आकांक्षा भी प्रकट नहीं की जिससे ये पता चल सके कि उनकी ख़ुद की महत्त्वाकांक्षा क्या है। ऐसी कोई सम्भावना भी नज़र नहीं आती उन्हें। यही सोचकर उनकी शादी का फ़ैसला लिया था। उनके लिए सुशिक्षित, गुणी व सुशील कन्या तलाशकर प्रचलित परम्पराओं व रीति–नीतियों को लाँघते हुए एक ही गोत्र में शादी करने की नयी परिपाटी चलायी। दहेज रहित सादा विवाह किया। स्त्री धन ही सर्वोत्तम, इसी आदर्श का पालन किया।

शान्ति ने स्वतन्त्र छात्रा के रूप में अपनी स्नातक की शिक्षा सफलतापूर्वक पूरी कर ली। जब स्त्री शिक्षा के नाम पर मुश्किल से दस प्रतिशत लड़कियाँ दसवीं पास कर पाती थीं, ऐसे परिवेश में मैथिलीशरण ने पहल करके शान्ति की शिक्षा का ध्यान रखा। हालाँकि शान्ति इतने भर से सन्तुष्ट नहीं थीं। जितनी तेज़ी से वह पढ़ती, उतनी तेज़ी से घर के कामकाज भी निबटातीं। उन्हें एक बार का वाकया याद आ गया जब शान्ति ने किसी नौकर से बाहर से पिसे नमक का पैकेट मँगवा लिया। उन्हें शान्ति का ऐसा करना अटपटा–सा लगा। दद्दा के घर में अधिकांश चीज़ें ख़ुद धोयी, सुखायी फिर पीसकर तैयार की जातीं। उन्होंने पत्नी से पूछा–'बाहर से पिसा नमक मँगाने की क्या ज़रूरत थी? बाहर के लोग क्या सोचेंगे?' सुनकर जिया बोल पड़ी–'इतने बड़े घर में इत्ता–सा पैकेट बाज़ार से आया देखकर चार लोग का सोचहैं? सही बात है। ऐसौ काम काय करौ तुमने? अरे, हमसे तो पहले पूछ लेउतीं। हम तो तुरन्तई पीस डारते...'

'सो जामें बुराई का है? हमाये घर में तो पिसा नमक बाहर से मँगवा लिया जाता है। ख़त्म हो गया सो मँगवा लिया।' शान्ति ने संयत ढंग से जवाब दिया।

'देखो, शान्ति, तुम आयी हो छोटे घर से, सो बड़े घरिन की जे बातें तुम का जानो? चार जगह बदनामी होत कि कनकने के इतै बाज़ार से पिसौ नमक आ रव। बहुएँ काम नहीं करन चाउतीं। उनके नमक नहीं पीसौ जा रय। समझीं? शान्ति, बड़े घर में आयी हो सो बड़े घर जैसो तौर–तरीका सीख लेव। अब तुमै पाँच पसेरी नमक पीसने परै, आयी बात समझ में?' उनकी सास लगातार बोलती जा रही थीं।

'आज जौ बात सुनकै दद्दा खों बहुत .गुस्सा आ गयी। देखौ तौ, नई बहुअन से नमक नहीं पीसौ जाउत। कितेक सुकुमारी हो रईं वे?'

'दद्दा ने कही जे बात?' शान्ति ने तसल्ली कर लेनी चाही।

'और का? कहेंगे नहीं का? सुन लो शान्ति, अब तुमै पाँच पसेरी पीसने परै।'

शान्ति के मन को धक्का–सा लगा। अपमान से सर्वांग काँपने लगा। .गुस्से से लाल–पीली होती रहीं शान्ति। आँखों से झर–झर आँसू बहने लगे। आख़िर ऐसा क्या गुनाह कर दिया हमने? बाज़ार से ज़रा–सा नमक क्या मँगा लिया कि दद्दा ऐसे नाराज़ हो गये। इतनी बड़ी सज़ा उसे सुना दी जिया ने, वह सोचती जाती और सोच–सोचकर रोती जाती। मन–ही–मन अपने को इस बात के लिए तैयार करती जाती कि पीसेंगे हम, ज़रूर पीसेंगे।

भोर होते ही शान्ति नमक पीसने में जुट पड़ीं। शान्ति नमक पीसती जातीं और अपना अपमान याद करके रोतीं जाती। उसे रोते हुए नमक पीसता देख घर की अन्य महिलाएँ मदद का हाथ बँटाने आयीं पर दद्दा के वचनों से आहत शान्ति की बेचैनी कैसे भी कम होती नज़र नहीं आ रही थी। रोते–रोते आँखें सूज गयीं मगर ज़िद इतनी कि पूरा पीसकर ही चैन लेंगे। उसकी उँगलियों में छाले पड़ गये मगर अपनी बात की हठी शान्ति का मन शान्त होने का नाम नहीं ले पा रहा था।

रात में पति उर्मिलाचरण ने पूछा भी–'इसमें इतना ज़्यादा नाराज़ होने की क्या ज़रूरत थी तुम्हें? किसी और से या भाभियों से पिसवा लेतीं? क्या उन्होंने हाथ नहीं बँटाया? मुझसे कहतीं न?'

'बात पीसने की नहीं, बात तो उनके विचारों की है। कहाँ दद्दा ने साहित्य में स्त्री उत्थान की बड़ी–बड़ी बातें लिखी हैं, कहाँ स्त्री शिक्षा और ऊँची पढ़ाई पर ज़ोर दिया है और कहाँ घर की स्त्री की ऐसी बेक़द्री? दद्दा अपनी कविताओं में स्त्री–पुरुष के बीच बराबरी वाले रिश्ते पर ज़ोर देते हैं मगर घर में ऐसा रवैया ठीक है क्या? फिर काहे को ऐसी बड़ी–बड़ी बातें साहित्य में रचते हैं जिसे अमल में न लाया जा सके?' रोते–रोते बोलते हुए शान्ति के मन का गुबार उबल पड़ा।

'दद्दा को देखो, सुनो, तुम साहित्य की बातें ज़्यादा नहीं समझ पाओगी सो साहित्य को बीच में मत लाओ। जो वे लिखते हैं, वैसा कहाँ करते हैं? ये बात तो हमने भी कई बार महसूस की मगर क्या करें? क्या कर सकते हैं हम? तुम क्या चाहती हो, हम उनसे लड़ें? झगड़ें? बहस करें? और अगर हम ऐसा करेंगे भी तो क्या वे हमारी सुनेंगे? न वे हमारी बातें सुनते हैं शान्ति, न समझते हैं हमें। वे तो बस अपने भाइयों या भतीजों की बातें सुनते, समझते और मानते हैं। हम तो जैसे उनके कुछ हैं ही नहीं। चाचा ने उनका दिमाग़ बदल दिया है। तुम नहीं समझोगी मेरी पीड़ा? मेरी तकलीफ़? सारा जीवन इन सबसे संघर्ष करते–करते बीत रहा है। हम कोई भी बात कहें, वे एक ही जवाब देते–चाचा से पूछ लो। अरे, हमको वे सीधे–सीधे क्यों नहीं बता देते कि हमें करना क्या है? मगर नहीं, वे तो अपने भाइयों, भतीजों या चहेतों संग दिल्ली निकल जाते। तुम सोचो ज़रा, हमें कितना बुरा लगता होगा? मेरी हालत की कल्पना करो ज़रा...' उर्मिलाचरण ने अपनी सालों पुरानी दबी शिकायतों की पिटारी का मुँह खोल दिया था।

शान्ति पति की बातें सुनती समझती व सहमत होती। ये सच है कि इकलौते बेटे–बहू को घर में जो मान–सम्मान मिलना चाहिए या वे जिसके हक़दार हैं, वैसा नहीं मिलता। दद्दा के आगे–पीछे तो हमेशा उनके चहेतों की फ़ौज रहती। ऐसे में बेचारे पति उर्मिलाचरण की चलती नहीं तो उनके अहं को ठेस पहुँचती और उन्हें जल्दी .गुस्सा भी आ जाता। वे आपा खोकर उल्टा–सीधा बोलने लगते जिसे

सुनकर दद्दा का मन उखड़ जाता और वे अपनी किताबें समेटते हुए अपने मौन संसार में उतर जाते।

'अच्छा, ये सब बातें छोड़ो शान्ति, तुमने बी.ए. तो पूरा कर ही लिया। अब और क्या चाहिए? दद्दा ने पढ़ाई में कोई रोक–टोक तो नहीं की, उलटा तुम्हें पढ़ने के लिए प्रेरित किया। बहुओं को पढ़ाई करवाने वाले कितने ससुर मिलेंगे तुम्हें इस इलाक़े में, गुप्त समाज में? बोलो? फिर भी उनसे शिकायतें?' अब उर्मिल खुलकर पिता का पक्ष लेने लगे।

'हमें तो आगे भी पढ़ना था मगर दद्दा ने कहा कि हमें नौकरी तो करानी नहीं। घर कौन देखेगा? इतनी बड़ी घर–गृहस्थी कौन सँभालेगा? हमारे पास तो उतना समय रहता नहीं और तुम्हारी जिया को तो दुनियादारी के बारे में कुछ पता रहता नहीं। न ही उनसे सँभलेगा यह सब, फिर प्रेस से जुड़े कामकाज भी हैं।' शान्ति ने अपने मन की बात कही।

'सच तो कहा दद्दा ने। नौकरी तो हम करायेंगे नहीं। कनकने ख़ानदान की बहू चार पैसे कमाने घर से बाहर निकलेगी तो कितनी बदनामी होगी? ऊपर से दद्दा का इतना बड़ा नाम, इतनी बड़ी प्रतिष्ठा कोई क्या सोचेगा? कभी सोचा है तुमने? अच्छा एक बात बताओ, ऊँची पढ़ाई का मतलब क्या नौकरी ही होता है? जब कि वे तो ख़ुद लिख चुके हैं कि 'शिक्षे तुम्हारा नाश हो तुम नौकरी के हित बनीं।'

'और क्या मतलब होता है? रही बात स्वाध्याय की तो वो तो हम करते ही रहते हैं।'

'हाँ, घर पर दर्जनों किताबें व देश–भर की पत्रिकाएँ आती रहतीं। उन्हें पढ़ती रहा करो, कौन रोक सकता है तुम्हें? ख़ूब पढ़ो। अपना ज्ञान बढ़ा लो तो मेरा भी बढ़ा देना...' कहते हुए वे हँस पड़े।

'फ़ुर्सत है कहाँ मेरे पास? जिया मेरे सामने इतना सारा काम फैला देती हैं कि उसे निबटाते–निबटाते ही समय निकल जाता है। ऊपर से इन दिनों मेरी तबीयत भी ठीक नहीं रहती...' उन्होंने अपने फूले हुए पेट की तरफ़ इशारा करते हुए नज़रें नीची कर लीं।

'क्या होगा इस बार? पहली बार की बिटिया का नाम दद्दा ने साधना रखा है। सभी ने सराहना की। उनसे कितनी हिल मिल गयी है बच्ची।' उन्होंने बड़े प्यार से पत्नी के कन्धे पर अपनी हथेली टिकाते हुए ठुड्डी को ऊपर उठाया और लाड़ से पूछा–'तुम्हारा क्या खाने का मन करता है? बोलो न, वही लाया करूँगा।'

'इन सब टोटकों से कुछ नहीं होता। पिछली बार मीठा खाने का मन करता था मगर हुई तो लड़की न? पता नहीं, क्या होगा?'

'साधना, बिल्कुल तुम पर गयी है...' उर्मिल ने विषयान्तर करते हुए कहा।

'अरे हटो, आप पर गयी है, नाक देख लो उसकी, फूली हुई है आगे से, आपके जैसी।'

'वो तो अपना ख़ानदानी असर है...' कहते हुए दोनों हँस पड़े। उर्मिलाचरण को अपनी पत्नी की प्रतिभा और समझदारी का बख़ूबी अहसास था। वे अपनी पत्नी की क़द्र करते थे। घरेलू कामों के लिए वे शान्ति से साधिकार कह देते–'सुनो, वो बाज़ार वाली दुकान (मिट्टी का तेल) का हिसाब तुम्हीं देखा करो। हमें मुनीम पर ज़्यादा भरोसा नहीं है।' पत्नी की हथेलियों को छूते हुए उन्होंने कहा।

'हूँ...ठीक है।' उन्होंने हामी भरते हुए आश्वस्ति भरी नज़र उन पर डाली।

'तुम इन दिनों अपने खाने–पीने का ज़्यादा ख़याल रखा करो। हमने अनार लाकर रख दिये, याद से खा लेना। डॉक्टरनी ने कहा था सो ले आया। सुनो, झाँसी के झोकनबाग में नयी डॉक्टर आयी है, वहीं ले चलेंगे तुम्हें। सुना है, बड़े सधे हाथों से डिलीवरी कराती है। आगरा मेडिकल कॉलेज से पढ़ी है।' उन्होंने सहलाती नज़र से पत्नी की तरफ़ देखा तो वह मुस्कराने लगी।

तब बुन्देलखण्ड में पति चाहकर भी पत्नी का खुलकर ध्यान नहीं रख पाते थे, न ही पिता अपने बच्चे खिला पाते थे। बड़ा विचित्र–सा लोकाचार था ये मगर फिर भी उर्मिल अपनी पत्नी शान्ति का ख़याल रखते और जिया से छिपाकर उनके लिए बहुत सारी चीज़ें लाते रहते।

कितनी परवाह करते हैं ये...सोचकर शान्ति के होंठों पर मुस्कराहट आ जाती।

जब शान्ति घरेलू कामों से निपट लेती तो किताबें लेकर बैठ जाती। शान्ति का मन करता, काश कि वह अपनी ज़िन्दगी में कुछ विशिष्ट जोड़ पाती। उसकी अपनी पहचान बन पातीं। नौकरी न सही पर लेखन में ही कुछ नया कर पाती। उन्होंने दबी ज़ुबान में अपनी रचनाएँ यहाँ–वहाँ भेजने की बातें कहीं भी मगर उन्हें यथेष्ट उत्तर नहीं मिला, न ही रचनाएँ कहीं भिजवायी गयीं। सियाराम जी ने इतना भर कहा था–'अभी और मेहनत की ज़रूरत है।'

दद्दा से भी कई बार बात करनी चाही मगर या तो दद्दा को समय नहीं मिल पाता या अक्सर उनके पास कोई–न–कोई बड़ा साहित्यकार, राजनेता, उच्चाधिकारी या रिश्तेदार बैठे होते।

दद्दा ने शान्ति के भाइयों को बुलवाकर, उनके पास रहकर पढ़ने की सुविधाएँ दीं। शान्ति के मायके वालों को सहयोग करने से शान्ति को अच्छा लगेगा, सोचकर उर्मिलाचरण भी ख़ुश होते। शान्ति जब अकेले में दद्दा की लिखी किताबें पढ़तीं जिसमें शकुन्तला, उर्मिला, यशोधरा, विधृता, विष्णुप्रिया में दर्ज स्त्री पात्रों की भावुकता और संवेदनशीलता की अन्दरूनी तहों तक पहुँचतीं तो उन्हें लगता जैसे दद्दा नारियों की कितनी श्रेष्ठ छवि बनाते हैं, उच्चादर्शों वाली मगर वास्तविक ज़िन्दगी में क्या उन्होंने घर की महिलाओं को उतना महत्त्व दिया है? नहीं क़तई नहीं। हमारे यहाँ की अधिकांश महिलाएँ उतनी पढ़ी–लिखी तो हैं नहीं, न ही उनमें उतनी शिक्षा की ललक है, न शिक्षित महिलाओं को आज़ादी से अपने मन से कुछ करने की छूट मिली है, न ही उनकी कोई निजी पहचान दर्ज हो पायी है। वजह स्पष्ट है कि उन्हें निर्णय लेने का अधिकार ही नहीं। पिंजड़े में क़ैद पंछी बस उतनी ही आज़ादी का आनन्द उठा सकता है जितने में उसके हाथ–पाँव पसर सकें जबकि दद्दा लिखते कुछ और हैं–

'शिव शक्तिहीन शव हों, जो छोड़ दें भवानी' या 'गोपा बिना गौतम भी ग्राह्य नहीं मुझको'।

परन्तु क्या दद्दा ने कभी उतनी आत्मीयता और उतना सम्मान जिया को दिया है? शान्ति सोचने लगती–हमने तो नहीं देखा, न ही उन दोनों के बीच उतनी गहरी प्रगाढ़ता महसूस की। स्त्री, पुरुष सम्बन्धों में बराबरी की बात दद्दा ज़रूर लिखते हैं। यशोधरा ने गौतम को अपना सर्वस्व न्यौछावर कर दिया पर क्या ठीक से पहचाना–'मुझे बहुत उन्होंने माना। फिर भी क्या पूरा पहचाना।'

स्त्री वेदना को समझकर उभारने में सिद्धहस्त दद्दा ने कभी मेरी आकांक्षा, स्वप्न या मेरी अभीप्सा पर पर्याप्त ध्यान दिया? शान्ति सोचने लगी। ख़ुद अपने पुत्र के लिए शिक्षित लड़की पसन्द की परन्तु उसे भी तो घर की चहारदीवारी में क़ैद करके रख दिया। उसकी हमउम्र सहेलियों की शादियाँ आज भी आठवीं या ज़्यादा से ज़्यादा दसवीं तक पढ़ाकर कर दी जाती हैं। इसी तरह शादी के पहले न तो उनकी इच्छा पूछी जाती है, न पूछने का चलन है, न इसकी ज़रूरत समझी जाती है। हर बड़ी होती किशोरी को उसकी माँ बचपन से एक ही नसीहत की पट्टी पढ़ा देती–बिटिया, नैक नव के चलो। आज की सब्जी तुम्हें ही बनानी। ये आखिरी की कुछ रोटियाँ तुम्हें ही सेंकनी। जब कभी वो मना करे या आनाकानी करे तो वही ताने सुनाये जायेंगे–'सासरे जाकर क्या हमारी नाक कटवाओगी। हमारी इज्जत माटी में मिल जैहै। कोई का कहेगा कि जा मौड़ी खों दो रोटी बनाबे की तमीज नइयाँ। इतेक छोटी–सी चीज नहीं सिखाई जाकी महतारी ने। नहीं, मोरी बिटिया, खाना तो बनाबौ सीखनै परै।' तो ऐसे में उसके मना करने की बात कोई नहीं मानता। यह एक ज़रूरी काम है–ऐसा उसे दिन में कई बार समझाया जाता। हर लड़की को इसे जीवन का मन्त्र मानने के लिए विवश होना पड़ता। मानो यही उसके जीवन का एकमात्र लक्ष्य हो।

समय ही कुछ ऐसा था जब स्त्री शिक्षा की अनुगूँज गाँवों–क़स्बों तक नहीं पहुँच पा रही थी। न ही कोई उनके बारे में ऐसे सोच पाता कि घर की लड़कियों की अहमियत उतनी ही है जितनी लड़कों की। सालोंसाल घरेलू कामों तक सीमित रही है स्त्री की भूमिका।

अधिकांश परिवारों में स्त्री महज़ अधीनस्थ प्रजाति के तौर पर समझी जाती रही।

आज़ादी के बाद तेज़ी से पंचवर्षीय योजनाएँ चलायी गयीं। औद्योगीकरण, शहरीकरण और ऊँची शिक्षा पाने के लिए गाँवों, क़स्बों के लड़कों ने घर से बाहर महानगरों की तरफ़ निकलना शुरू कर दिया। शहरों की आबोहवा गाँवों व सुदूर देहातों तक पहुँचने लगी। कनकने परिवारों में भी ताज़गी भरी आधुनिकता की बयार चलनी शुरू हो गयी। मैथिलीशरण ने 'साकेत' काव्य ग्रन्थ का कथानक सामाजिक–पारिवारिक आदर्शों पर बुना–

जितने प्रवाह हैं, बहें, अवश्य बहें वे,
निज मर्यादा में किन्तु सदैव रहें वे।

हिन्दी जगत में भावी समय में मैथिलीशरण के लेखन की सबसे बड़ी देन यही सिद्ध होने वाली थी कि हिन्दी कविता पर उनकी रचनाओं का असर देर तक रहने वाला था। प्रसंगवश उन्होंने कहीं लिखा भी–'मैं पढ़ने के लिए नहीं जन्मा हूँ। मैंने इसलिए जन्म लिया है कि लोग मुझे पढ़ें।'

मैथिलीशरण की सादगी और विनम्रता अनुकरणीय गुण था। गणेश शंकर विद्यार्थी के साप्ताहिक पत्र 'प्रताप' के लिए उन्होंने आदर्श पंक्ति (मोटो) लिखी थी–

जिसको न निज गौरव तथा निज देश का अभिमान है,
वह नर नहीं, नर पशु निरा है और मृतक समान है।

1945 में काशी में आयोजित हीरक जयन्ती समारोह का आयोजन नागरी प्रचारिणी सभा ने किया। दद्दा को दस हज़ार रुपयों की थैली भेंट की गयी जिससे उन्होंने 'साहित्यकार संसद' की स्थापना करने का सपना पूरा किया। भारतेन्दु हरिश्चन्द्र के बाद हिन्दी के दूसरे बड़े महाकवि के रूप में समादृत मैथिलीशरण को 1946 के हिन्दी साहित्य सम्मेलन में 'साहित्य वाचस्पति' की उपाधि से विभूषित किया गया। 1948 में आगरा विश्वविद्यालय ने उन्हें डी.लिट् की मानद उपाधि प्रदान की। ऐसे विलक्षण कवि को भला डिग्रियों की क्या आवश्यकता थी।

1951 में विनोबा जी के भूदान यात्रा के क्रम में वे चिरगाँव गये और इस यात्रा से प्रभावित होकर उन्होंने 'भू भाग' नामक रचना लिखी। अनुज सियारामशरण ने भी भूदान पर काफ़ी रचनाएँ लिखीं एवं वे भी इस आन्दोलन से जुड़ गये।

दद्दा अपने व्यक्तिगत जीवन में कई बार टूटे, बिखरे। अकाल काल कलवित हुई उनकी दो पत्नियों और बच्चों के गुज़र जाने पर उनका आर्तनाद इस तरह से महसूस किया जा सकता है–

अरे, देख तू यहाँ रही यह तेरी मैया,
रोता था नर–कहाँ गया रे राजा भैया?
तुम मत रोओ, नेत्र पोंछ कहती थी नारी,
'तुम मत रोओ' गूँज रही थी अटल अटारी।

उनके संघर्षों के बारे में महादेवी वर्मा ने लिखा–'यदि अपनी नौ–नौ सन्तानों को अपने हाथ से मिट्टी को लौटा देना पिता का दुःख है तो गुप्त जी, दुःख के इस समुद्र को तैर आये हैं। जिस सन्तान विछोह की आवृत्तियों ने उनकी सहधर्मिणी की हँसी को आँसुओं में बुझा–सा दिया है, उसी ने उनकी दृष्टि को हँसी की दीप्ति दे दी है।' युवावस्था में मिले दर्द की सघनता से दद्दा के अन्दर वैराग्य और तटस्थता का अहसास गहराता गया लेकिन दर्द से उबरने की एकमात्र दवा उनका लेखन ही था। वे गहन सन्ताप और शोकाकुल अवस्था में डूबे पर उसी मनोवृति में 'द्वापर' और 'सिद्धराज' जैसे ग्रन्थ भी रचे गये।

शान्ति को डायरी में अपनी लिखी बातें याद आतीं। किताबों में दद्दा से जुड़े ऐसे प्रसंग पढ़कर शान्ति को लिखने की प्रेरणा मिलती। शादी के पहले शान्ति की लिखी कहानी 'हिन्दुस्तान' में छपी थी जिसकी प्रशंसा में कुछ चिट्ठियाँ भी आयी थीं। 'गहोई बन्धु' पत्रिका में भी कुछ लेख छपे लेकिन बच्चों के जन्म के बाद शान्ति गृहकार्यों में इस क़दर उलझती गयी कि अपने लिए अलग से लेखनावकाश तलाशने की उसकी चाह धीरे–धीरे विलुप्त होती गयी। कभी–कभार मन में दबी बेचैनी पुकार उठती, काश! मैंने भी कुछ रचा होता।

कुछ करने का मनोनुकूल समय, सहूलियत या लिखने का पर्याप्त अवसर मिला होता तो आज मेरी भी एक अलग पहचान होती मगर ऐसा नहीं हो सका। शादी के तीन साल बाद पहली बेटी हुई फिर दो साल बाद दूसरी और फिर कुछ साल बाद तीसरी। उनके परिवार में भी आम परिवारों की तरह पुत्र होने की अभिलाषा सबके मन में थी और वे भी इस अभिलाषा को साकार करने का निमित्त भर बनकर रह गयी। शुरुआत में बड़ी सहज, सरलमना व शालीन गरिमा से भरा पूरा व्यक्तित्व क्रमशः आभिजात्यवर्गीय विशिष्टता–बोध से भरता गया। उसके व्यक्तित्व में गम्भीरता आती गयी।

जैसे–जैसे मैथिलीशरण राष्ट्रीय स्तर की प्रतिष्ठा और सम्मान अर्जित करते हुए शिखर तक बढ़ते जा रहे थे, उस अनुपात में उनका निजी जीवन बहुत अनुकूल व आत्मीयतापूर्ण नहीं रह पा रहा था। भाइयों के परिवारों का विस्तार होता जा रहा था तो आर्थिक मुद्दों पर मतभेद और लड़ाई–झगड़े शुरू हो चुके थे। संयुक्त परिवार विच्छिन्न होने की कगार पर था। वकील, कोर्ट–कचहरी के झमेलों से बचने के लिए पंचों ने मिलकर राज़ीनामा की कोशिश की। समझौते के प्रयास हुए और उनके झगड़ों के बीच वृन्दावनलाल वर्मा भी पड़े। ख़ुद दद्दा ने 1944 में लिखा–'अगर बुद्धि का पूरा–पूरा प्रयोग इस मामले को सुलझाने में लग जाये तो हमारा इतना बड़ा समुदाय नष्ट होने से बच सकता है। जो आपस में स्नेह व प्यार नष्ट हो रहा है, वह शायद कुछ–न–कुछ बचाया जा सकता है। नहीं तो वही वैर रूप में फलने फूलने लगेगा। ऐसा न हो भगवान।'

स्थितियाँ दिन–ब–दिन जटिल होती जा रही थीं। आपसी प्रतिद्वन्द्विता धीरे–धीरे तनाव में बदलती गयी। जैसे–जैसे बच्चे बड़े होते गये, हर एक की निजी महत्त्वाकांक्षा और सपने भी वैयक्तिक घेरे में क़ैद होते गये। समष्टिवाद का संकल्प अपनी केंचुल छोड़ता जा रहा था।

दद्दा की पत्नी जिया दद्दा के साथ दिल्ली ही रहती थीं। वे उत्सुक भाव से सबका आदर–सत्कार करने के लिए हमेशा तत्पर रहतीं।

कभी–कभी दिनकर जी दद्दा की अनुपस्थिति में जिया को अपनी कविताएँ सुनाया करते। जिया को देखकर सियारामशरण ने उस समय की स्त्रियों के बारे में कितनी सटीक टिप्पणी की–

हम तो हैं बाबा खूँटे की गइया, जहाँ बाँधो, बँधी जायेंगे।

सचमुच जिया अपने पति से ऐसे ही बँधी रहीं कि उन्हें आज़ादी के पहले के भारत और बाद के भारत में हुए बदलाव का ठीक से अहसास तक नहीं था। अपनी माँ से जुड़े प्रसंग को याद करते हुए सुपुत्र उर्मिल जी ने लिखा है–'एक दिन दिनकर जी फ्लैट पर आये और कहा, चलो जिया, आज तुम्हें दिल्ली घुमा लायें। वह जिया को राष्ट्रपति भवन ले गये जहाँ उस दिन एक पार्टी थी। जब जिया लौटकर आयीं तब रायकृष्णदास जी ने दिनकर से कहा–"जिया से पूछो, कैसा लगा।" तब जिया ने कहा–"अरे, का बतायें, दिनकर तो बुरी जगह लिवा ले गये ते। उतै तौ सबई जनियें (स्त्रियाँ) उघारी–सी फिर रईं ती। पूरी पीठ दिखा रईं ती। बड़े ख़राब उन्ना (कपड़ा) पैरें तीं। राजेन्द्र बाबू (राष्ट्रपति) की घरसै (पत्नी) ज़रूर पूरे कपड़ा पैरे हतीं। हमें तो उन जनियन (स्त्रियाँ) खों देख के भौतई बुरौ लगौ।'' इतना सुनकर दद्दा बहुत ज़ोर से हँसे और कहने लगे–'कहो दिनकर, और कुछ कहना है?''

आगन्तुकों में एक सज्जन की पत्नी श्यामवर्ण की थीं। एक दिन जिया ने दिनकर से कहा–'दिनकर जी, एक बात तो बताओ, इनको सबरौ बदन तौ कारौ हैं, मों काय गोरौं है, हमाई समझ में जे बात नई आत। का इनखों कौनऊ बीमारी है?' सुनते ही सब लोग हँस पड़े। दद्दा ने शान्ति से कहा–'अब तो तुम्हीं अपनी जिया को ठीक से समझा सकती हो।'

जिया की सरलता और अल्पज्ञता ऐसी कि चेहरे पर लगाये जाने वाले सौन्दर्य प्रसाधनों से भी अवगत नहीं थीं। वे सबके खाने–पीने का ख़ूब ख़याल रखतीं और इसी में सुख पातीं। डॉ. नगेन्द्र रोज़ाना दद्दा के पास शाम को आते और देर रात तक रुकते भी। वे प्रायः अपना टिफिन लेकर आते और देर रात खाना खाते। एक दिन जिया ने

सेवक से कहलवा दिया–'नगेन्द्र से कहना, टिफिन न लाया करें। वे जैसा भोजन करते हैं, हम वैसा ही बना दिया करेंगे।' अज्ञेय जी भी उनके पास अक्सर आया करते और कपिला जी भी आतीं। जब भी दिल्ली के उन्मुक्त पहनावे की बात चलती तो दद्दा कहते–'इन बातों पर ज़्यादा मत सोचा करो। जो यहाँ का रिवाज है, पहनने दो।' तो वे पलटकर बोलीं–'जे कपिला बिन्नू तो हमाय जैसे कपड़ा पहनतीं। का जे दिल्ली की नइयाँ?' जवाब–सवाल करने में जिया पीछे नहीं रहतीं।

मैथिलीशरण को चित्रों का भी बहुत शौक़ था। उन्होंने बुन्देलखण्ड के स्थानीय और बाहर के चित्रकारों के चित्र इकट्ठे किये थे। वे एक ख़ास कमरे में दरवाज़ा बन्द करके लिखते जिसमें तीन चित्र हमेशा टँगे रहते–उनके पिताजी, बापू (महात्मा गाँधी) और उनके आराध्य भगवान श्रीराम। वे प्रायः उषाकाल में या सवेरे लिखते और कभी–कभार पूरा दिन लिखते रहते।

गणेश शंकर विद्यार्थी ने उन्हें 'प्रताप' पत्र तथा प्रेस का ट्रस्टी बनाया था। वे नवीन जी के साथ अक्सर चिरगाँव आते–जाते रहे। इसी क्रम में साहित्यकार क्षेमचन्द सुमन दद्दा से मिलने चिरगाँव रुके और देर रात तक पारिवारिक चर्चाएँ होती रहीं। उन्हीं दिनों 1959 में क्षेमचन्द सुमन ने अपना मकान बेचने का विज्ञापन अख़बार में प्रकाशित कराया। उन दिनों आर्थिक हालात बिगड़े हुए थे। मकान बेचने का निर्णय उन्होंने भावावेश में किया था। दद्दा ने उस मकान को ख़रीद लिया और 500/– की राशि अग्रिम राशि के रूप में भिजवा दी। बाक़ी राशि लेने क्षेमचन्द सुमन चिरगाँव गये। दिल्ली आकर जब दद्दा मकान देखने गये तो उस समय उनके साथ अनुज सियारामशरण, सांसद गंगाशरण सिंह, सांसद रामेश्वर टांटिया भी थे। तो सुमन जी की माताजी ने मकान बेचने की मूर्खता पर सुमन को झिड़कते हुए दद्दा के सामने कहा–'पागल है। मकान कहीं ऐसे बनता है? अपने बच्चे (बड़े बेटे) की जन्मभूमि मैं नहीं बेचने दूँगी।'

सुनते ही दद्दा ने मकान ख़रीदने के दिये वचन को पलटते हुए तत्काल निर्णय लिया–'सुमन जी, माता जी की भावना की सबसे

पहले रक्षा होनी चाहिए। इसे हम नहीं ख़रीदेंगे। आप हमें कोई दूसरी ज़मीन दिला दीजिए।'

'लेकिन मैं तो आपकी दी गयी अग्रिम राशि को ख़र्च कर चुका हूँ और मैंने दूसरे मकान का भी अपने लिए प्रबन्ध कर लिया है। यहाँ तक कि बिजली कनेक्शन और किराये के रुपये भी उस मकान मालिक को दे चुका हूँ।'

वे बड़े सहज भाव से बोले–'रुपये तो आते रहेंगे। यहाँ भावना का प्रश्न है। व्यवसाय का नहीं।' दद्दा का जीवन दर्शन देख, समस्त संगी चकित थे–

जिस युग में हम हुए, वही तो अपने लिए बड़ा है,
अहा, हमारे आगे कितना कर्मक्षेत्र पड़ा है।

दद्दा राष्ट्रीय चेतना के साथ–साथ मानव जीवन की रागात्मकता, कोमलता को महसूस करते हुए आह्वान करते–

अपने युग को हीन समझना, आत्महीनता होगी,
सजग रहो, इससे दुर्बलता और दीनता होगी।

सचमुच वे नवयुग का स्वागत करने के प्रति स्वयं को प्रस्तुत कर रहे थे। दद्दा तो बदलते समय के साथ–साथ अपनी वैचारिकी को बदलने के लिए भी तैयारी करने लगे थे। वे अपनी भावसृष्टि और रचनात्मक सौन्दर्य के माध्यम से नये भारत की संकल्पना लिए नये जीवन और नये समाज की वैचारिकी का पुनःसृजन करते हुए समय के साथ क़दमताल करने लगे थे परन्तु कुछ ऐसा भी था जो उनके गले के नीचे नहीं उतर रहा था। बड़ों का पर्याप्त आदर बच्चों में नज़र नहीं आता और वे सबके सब मनमानियाँ करने लगे थे। वे ख़ुद बहू–बेटियों को समान नज़रों से देखते और आमने–सामने बैठकर शान्ति को बाँग्ला भाषा व साहित्य पढ़ाते व खुलकर बातें करते। शान्ति और उर्मिल ने प्रेस लेने की इच्छा व्यक्त की मगर प्रेस को बख़ूबी चला रहे भाई के पास से प्रेस का काम वापस लेने का फ़ैसला उन्हें ठीक नहीं लगा। अभी तक अपनी दक्षता, मेधा या प्रत्युत्पन्न मति से अनुज ने दद्दा के सामने स्वयं को वैसा साबित ही

किया था जिससे वे उन पर भरोसा कर सकते थे। महज़ राष्ट्रकवि के पुत्र होने का विधिक प्रमाणपत्र लिए उर्मिल अपने जीवन में नया क्या जोड़ पायेंगे? ये सवाल दद्दा के अन्दर साँप के फन की तरह फुँफकारता रहा।

एक दिन बातों–बातों में कारोबार बढ़ाने और नये सिरे से कुछ और करने के बारे में शान्ति ने कहा–'दद्दा, हमारे भविष्य की ख़ातिर कुछ और भी सोचिए जिससे हमारा घर ठीक से चल सके।'

'इतनी सारी रॉयल्टी तो आयेगी। ये सब काम–धन्धे तो चल ही रहे हैं। तुम लोग सँभालना इसे।' वे तटस्थता से बोले।

पर आप ही तो कहते हैं–

सकल वस्तु पैदा करें, नमक गाँठ कौ खाय।
ताको मारौ बानिया, ज़रा मूल सौ जाय।

'हूँ...' उन्होंने एक लम्बी साँस भरी। शान्ति की बातें सुनकर दद्दा चिन्तित ज़रूर हुए।

'बँटवारे के बाद हमारे हिस्से प्रेस तो आया नहीं। चाचा सियारामशरण जी का हिस्सा तो उनके पास चला ही गया। देखें कि उन्हें दुगुने की हिस्सेदारी मिल गयी न?'

'ये सब बातें छोड़ो भी। चिरगाँव में जल्दी ही इंडियन ऑयल की एजेंसी के लिए बात तय करेंगे। झाँसी में भी डीसीएम एजेंसी की डीलरशिप तुम्हें दिलवा देंगे, पर हाँ, मुनीम लोगों के भरोसे ज़्यादा नहीं रहना। हिसाब–किताब ख़ुद भी ठीक से देखना पड़ेगा।'

'हाँ, हाँ, हम अच्छे से हिसाब–किताब रख लेंगे।' शान्ति ने झटपट हामी भर दी। दद्दा के लिए गये निर्णय से वह बहुत ख़ुश हुई।

ख़ुद की ख़रीदी ज़मीन पर दद्दा ने पेट्रोल पम्प खुलवा ही दिया जिसकी देखरेख अनुज पुत्र करने लगे पर दद्दा का मन घरेलू बँटवारे के बाद खिन्न रहने लगा था। पहले जैसी समरसता उनमें नहीं रह सकी।

इधर शान्ति की तीसरी बेटी के बाद घर व आसपास के लोगों की एक बेटा भी होने की आकांक्षाएँ–'इस बार तो बेटा ही होगा जो

ख़ानदान के नाम को आगे ले जायेगा।' जब बेटी हुई, सुनकर दद्दा शान्ति से बोले–'ऐसा है, जब बेटियों की शादी करोगी तो दामाद भी तो तुम्हारे बेटे जैसे हुए न?'

'अरे अभी आगे और बच्चे नहीं होंगे क्या? पुत्र तो ज़रूर होगा।'

'पर हम देखने के लिए ज़िन्दा नहीं रहेंगे...'

जो सोच देश के कोने–कोने में थी कि लड़का होते ही ख़ुशी के ढोल–नगाड़े बज उठते थे मानो यह बहुत बड़ी उपलब्धि हो। स्त्री ख़ुद अपनी प्रजाति बढ़ाने की पक्षधर नहीं थी। कम उम्र में विवाह से होने वाली मौतें, विवाह के लिए बढ़ती दहेज की माँगें और अन्ततः दहेज देकर बेटियों का अपने घर से विस्थापन। कुल मिलाकर लड़की को दोयम दर्जे का जीव समझने की मानसिकता मान्य समकालीन मूल्यबोध था जिससे निजात मिलना आसान नहीं था।

मैथिलीशरण को धीरे–धीरे साहित्य जगत की आपसी प्रतिद्वन्द्विता का गहरा अहसास होने लगा था। उनके कानों में अक्सर कुछ बातें आ गिरती थीं–कभी डॉ. नगेन्द्र के श्रीमुख से तो कभी किसी पत्रिका में आलोचक सीधे–सीधे कहने से नहीं चूकते–'उनके काव्य, काव्य न होकर अभिधा शैली में लिखा गया गद्यनुमा पद्य है, ऐसा तो कोई भी लिख सकता है। वे वाचिक परम्परा की सीधी सरल रेखा–भर खींचना जानते हैं। प्रतीकात्मकता से भरी गहरी साहित्यिकता नहीं हैं उनमें। इकहरापन है भाषा में।' तो कोई लिखता–'मैं–थैलीशरण, बस यही है उनके नाम की सही परिभाषा। ख़ुद ही प्रेस लगवा ली। लिखते रहे, छापते रहे। छोटे भाई सियारामशरण की प्रतिभा ठीक से नहीं उभरने दी। वटवृक्ष की तरह हैं दद्दा जिनकी छत्रछाया में कोई और पनप ही नहीं सकता। उनके काव्य में ध्वनि का अभाव है, केवल उपदेशात्मकता है।' सुनकर दद्दा भारी मन से अपने पर लगाये लांछनों को पढ़कर उद्विग्न होते।

पहले जैसे ठहाके नहीं रहे, न वैसे साथी रहे। जीवन में बहुत ख़ालीपन लगने लगा था–सूना–सूना। पिता के ऋण चुकाने में कई साल लग गये। प्रेमचन्द जी कहते थे कि तुम दोनों भाई किस तरह

इतने प्यार से रह लेते हो, यक़ीन नहीं आता। जयशंकर प्रसाद, महावीर प्रसाद द्विवेदी और फिर अजमेरी के न रहने पर दद्दा यकायक अकेले व अलग–थलग पड़ते चले गये। अब वे दिन–वासर बीत गये जब सर्दियों में आँगन में पहले की तरह बोरसी के आसपास उनके भाई, अजमेरी और तमाम साहित्य प्रेमी बैठते और उनकी कविताओं का रसपान घण्टों चलता रहता। न तो वैसी आत्मीयता के रस–रंग ही बचे, न ठहाके या आलोचनाएँ। अब तो चारों तरफ़ उड़ते धूल के बबूले नज़र आते जिनका कोई रंग–रूप नहीं, सब कुछ अनचीन्हा–सा लगता।

अजीब था कि कई लोग उनके पास आकर सलाह–मशविरा लेते थे। वे कैसे लिखें, क्या लिखें, जैसे विषयों पर सीखने की ललक लिए दद्दा के पास चले आते थे। उनकी कविता को सन्देश व प्रचार का माध्यम बनाते। लेकिन पीठ पीछे वही लोग उनके छन्दों को 'तुकाराम' कहते हुए खिल्ली उड़ाने से नहीं चूकते कि दद्दा तो महज तुकबन्दियाँ किया करते हैं। दद्दा के समकालीन उन पर तीखे आरोप–प्रत्यारोप लगाते–'भारत–भारती' छपते ही साक्षरों में इतनी फैली कि हर पढ़ा–लिखा हिन्दी जानने वाला इसे अपने पास रखता और पढ़ता। पुस्तक ज़ब्त न हो जाये, इस कारण इसमें अंग्रेज़ी राज्य की प्रशंसा व अंग्रेज़ी के राजा और भारत के सम्राट जॉर्ज पंचम की प्रशंसा भी डलवा दी गयी।

माखनलाल चतुर्वेदी ने स्पष्ट शब्दों में स्वीकार किया है कि क्षुद्र तुकबन्दियों का मोह उनमें था, उसे खड़ी बोली की ओर मोड़ने का श्रेय मैथिलीशरण गुप्त जी को अवश्य जाता है। 'प्रताप के विशेषांक के मुखपृष्ठ पर दक्षिण अफ्रीका में सत्याग्रह चलाने वाले कर्मवीर मोहनदास कर्मचन्द गाँधी के नाम से उस समय विख्यात महात्मा गाँधी की प्रशस्ति में गुप्त जी की क़विता प्रकाशित हुई, वह मानो हिन्दी जगत की तरुणाई की नस–नस में बढ़ने लगी। मेरे लिए तो उस समय गुप्त जी सब कुछ थे। वे प्रेरक थे, मार्गदर्शक थे, और क्या नहीं थे।' यही नामचीन लोग पीछे से कटूक्तियाँ कहते।

आपस में हँसी–मज़ाक़ करते हुए उनकी कविताओं की अभिधा–वृति पर तीखी टीका–टिप्पणियाँ करने से क़तई नहीं चूकते। दद्दा ऐसी तीक्ष्ण आलोचनाएँ मौन भाव से सुनते मगर लेखन कर्म में सतत संलग्न रहकर पूर्ववत नयी–नयी रचनाएँ गढ़ते रहते।

विख्यात आलोचक डॉ. नामवर सिंह ने 'भारत कला भवन' में सुरक्षित मैथिलीशरण गुप्त के पत्रों को पढ़कर लिखा है कि 'भारत–भारती' के प्रकाशन से पहले लगभग दो सालों तक उसमें संशोधन चलता रहा जिसमें महावीर प्रसाद द्विवेदी, राजा रामपाल सिंह, पद्म सिंह शर्मा, लाला छोटे लाल बार्हस्पत्य के अलावा रायकृष्णदास जी का नाम प्रमुख है। ब्रिटिश राज्य के सम्बन्ध में बार्हस्पत्य जी और रायकृष्णदास के साथ उनका लम्बा पत्राचार हुआ जिससे स्पष्ट है कि दद्दा अंग्रेज़ी राज्य की प्रशंसा नहीं करना चाहते थे पर शुभचिन्तकों व मित्रों के दबाव में उन्हें ऐसा करना पड़ा। रायकृष्णदास अधिक प्रशंसा के पक्ष में नहीं थे किन्तु प्रशंसा के लिए सबसे ज़्यादा दबाव रामपाल सिंह का था। एक ज़रूरी अंश–

शासन किसी पर जाति का चाहे विवेक–विशिष्ट हो,
सम्भव नहीं है किन्तु जो सर्वांश में वह इष्ट हो।

यहाँ बात बहुत घुमा–फिराकर कही गयी है क्योंकि सीधे–सीधे कहना जोखिम का काम था। फिर भी ध्यान से देखने पर अर्थ स्पष्ट हो जाता है। अंग्रेज़ी का शासन चाहे जितना विवेकपूर्ण हो, किन्तु है वह अन्ततः परायी जाति का ही शासन, इसलिए वह अभीष्ट नहीं हो सकता। यह है कवि की अन्तरात्मा की अपनी वाणी कि वे सचमुच हटाकर सम्प्रति शब्द को जोड़ते हैं।

सम्प्रति सभी साधन हमें हैं सुलभ आत्मविश्वास के,
बस, पास पैसा चाहिए फिर कुछ असुविधा है नहीं।

आगे नामवर सिंह लिखते हैं कि 'ऐसा प्रतीत होता है कि 'भारत–भारती' में गुप्त जी ने लोकमान्य तिलक पर कोई पद्य लिखा था। बार्हस्पत्य जी को यह समय के प्रतिकूल लगा तो उन्होंने इसे निकालने का सुझाव दिया। गुप्त जी ने रायकृष्णदास को 1913 में लिखा–

''भारत–भारती' में तिलक का नाम रखना बार्हस्पत्य जी समय के प्रतिकूल समझते हैं। द्विवेदी महाराज और राजा साहब भी ऐसा ही कहते हैं। इसलिए निकाल देना पड़ा।' लिखने के बाद गुप्त जी का मन नहीं माना। कुछ ही दिनों बाद रामनवमी को एक और पत्र लिखकर रायसाहब को सूचित किया–'मेरी भी राय है कि तिलक रहें पर विवश हूँ। तिलक का बोध लोकमान्य पद से होता है, उसे रखूँगा। न साँप जायेगा, न लाठी टूटेगी।'

'तो जन्मते हैं कुछ दृढ़व्रत लोकमान्य अभी यहाँ।'

उपर्युक्त प्रसंग में 'भारत–भारती' से लोकमान्य शब्द को न हटाकर गुप्त जी ने यह साबित कर दिया कि वे दृढ़व्रती हैं। यदि राजा रामपाल सिंह अंग्रेज़ सरकार के डर से तिलक का नाम न आने दें तो बात समझ में आती है पर आचार्य महावीर प्रसाद द्विवेदी भी इस मामले में पैर पीछे हटा लें तो थोड़ा आश्चर्य होता है। जो हो, कवि मैथिलीशरण ने इस प्रश्न पर दृढ़ता दिखाकर अपनी तिलक भक्ति भले ही प्रमाणित न की हो, किन्तु अंग्रेज़ी राज के आतंक के विरुद्ध निर्भीक राष्ट्र–भावना को व्यक्त किया। 1914 में 'भारत–भारती' छपकर बाज़ार में आयी और दिसम्बर 1914 में 'मुसद्दस' के लेखक हाली चल बसे। इसी साल प्रथम विश्वयुद्ध हुआ।

डॉ. नगेन्द्र ने उनकी हर कृति पर सटीक मीमांसा लिखी एवं विश्वविद्यालयों के परिक्षेत्र में उन पर लम्बी–लम्बी समीक्षाएँ लिखकर उनकी रचनाओं को पाठ्यक्रम में उचित स्थान दिलवाया।

हर बड़ा रचनाकार अपने देश व समकालीन समय को रेखांकित करते हुए उत्कृष्ट चरित्रों का चयन करता है जिनमें जीवन दृष्टि और भावी जीवन की अर्थवत्ता व सार्थकता के रास्ते तलाशे जा सकें। किरदारों का सही चयन वही रचनाकार कर सकता है जो मनोविज्ञान का पारखी हो या मानव चरित्र को बख़ूबी समझता हो। मैथिलीशरण गुप्त की मौलिक, अनूदित कृतियों की संख्या लगभग 4 दर्जन हो चुकी थी जिनमें रामायण, महाभारत, पौराणिक गाथाओं को युगानुरूप संवर्धित परिमार्जित करते हुए ऊँचे मानवीय मूल्यों और

सामंजस्यवादी वैष्णव परम्परा का निर्वहन किया गया था। आचार्य रामचन्द्र शुक्ल की धारणा थी–'गुप्त जी की प्रतिभा की सबसे बड़ी विशेषता है–कालानुसरण की क्षमता अर्थात उत्तरोत्तर बदलती हुई भावनाओं और काव्य सारणियों को ग्रहण करते चलने की प्रवृत्ति। सत्याग्रह, अहिंसा, मानवतावाद, विश्व प्रेम, किसानों और श्रमजीवियों के प्रति प्रेम और सम्मान सबकी झलक इनके लेखन में मिलती है। उनके हृदय का स्वाभाविक लगाव जगत और जीवन के वैयवितक क्षेत्र में ही सौन्दर्य और महत्त्व की ओर था–रहस्यवादी भावनाओं की प्रगीतात्मक अभिव्यक्ति उनके वस्तुनिष्ठ स्वभाव की सहज परिणति नहीं थी।'

दद्दा जब अपने बारे में ऐसी सकारात्मक बातें पढ़ते तो गहरी आत्मतुष्टि होती। सन्तोष भी कि चलो अपने जीवन में कुछ तो उनसे बेहतर बन पड़ा है। जब समकालीन आलोचकों की निन्दात्मक बातें पढ़ते या किसी से सुनते तो मन उदास हो उठता। समालोचना से कृति की गुणवत्ता में सुधार होता है मगर व्यक्तिगत आलोचना पढ़कर मन खिन्न हो उठता। वे सोचने लगते, ये सब क्या जानें कि किस तरह की वेदना से निकलकर वे जीवित बचे रहे। ये क्योंकर महसूस कर पायेंगे कि उनकी शिक्षा–दीक्षा किन परिस्थितियों में हुई। दद्दा को याद है, जब वे महज़ 13–14 साल के थे तब कोई वेदपाठी मराठी ब्राह्मण उनके घर आया था और पिताजी को वेदमन्त्र सुनाये थे जिन्हें सुनकर वे इतने ख़ुश और प्रभावित हुए कि उन्होंने अपने लड़कों को पढ़ाने के लिए उस ब्राह्मण को रख लिया था। उन्हें बार–बार श्लोक याद करना पड़ता। वे संस्कृत पढ़ने लगे और 'लघु सिद्धान्त कौमुदी' भी पढ़ डाली।

जब अज्ञेय ने दद्दा को वाचिक परम्परा का श्रेष्ठ कवि कहा तो दद्दा को सबसे पहले अपने पिताजी और अजमेरी की याद आयी जिन्हें रहस्य रामायण पुस्तक पर लिखे हुए गाने के लिए अपने यहाँ काम पर रखा गया था। मुंशी अजमेरी के पिता भीकाजी के पूर्वज जैसलमेर से आये पालीवाल ब्राह्मणों के भाट थे और कुछ पीढ़ी पहले उनका

वंश मुसलमान हो गया। कालान्तर में वे काव्य कला और संगीत की विशाल परम्परा के वाहक साबित हुए जिनकी सत्संगति में उन्होंने काव्यपाठ सीखा और काव्य ग्रन्थों का अध्ययन भी किया।

काव्यपाठ के असली आनन्द के लिए कुछ लोगों की मण्डली की ज़रूरत हाती है। अकेले बैठकर तो काव्यपाठ हो नहीं सकता। चार–छह लोगों की बैठकी चाहिए जो दद्दा को बचपन में सहज रूप से मिलती रही। आल्हा सुनते हुए गायन के संस्कार विकसित हुए। सस्वर कविता सुनने–सुनाने के बीज यहीं से पड़ने शुरू हो गये। मुंशी अजमेरी उनकी लिखी कविताओं का सस्वर पाठ करते रहे। चूँकि अजमेरी गायन कला में निपुण थे, इस नाते उनके मुख से अपनी कविता सुनने के बाद दद्दा का आत्मविश्वास बढ़ता व संवर्धित होता रहा।

दद्दा की मान्यता थी कि जो कविता सुनकर पाठक की समझ में कुछ भावबोध न जगे, उसके भीतर की भावनाओं में बदलाव न हो या कविता सुनकर भाव संवेदना में समुद्र की तरह उछाल न आये या उनकी बनायी छवियाँ पाठकों के चित्त पर पुनःसृजित न हो सकें, तो ऐसी कविता किसलिए? महज़ आत्मसन्तोष के लिए मोटे–मोटे भारी–भरकम ग्रन्थ रचने से क्या लाभ? जो पाठकों के मर्म को छूने में सक्षम न हों। ऐसे गूढ़ गझिन साहित्य रचने से क्या लाभ जिसमें रचनाकार का ज्ञान किताबों में क़ैद होकर अलमारी में रखने के लिए रचा जाये। ऐसी बौद्धिक ऊँचाइयाँ हासिल करने का क्या अभिप्रेत रहा जो आमजन तक के लिए बोधगम्य ही न हो। कविताओं को बार–बार पढ़कर उसकी लय, छन्द व कथ्य को ठीक से सम्पादित करके ऐसा रचा जाये जिसे पढ़कर आमजन के भीतर की भावनाओं में बदलाव हो। कवि की सम्प्रेषणीयता इसी में निहित है। जहाँ जैसा कवि कहना चाह रहा हो, ठीक वही संवेदना पाठक भी महसूस करे। छन्द, रस, अलंकार और कविताई का समुचित निर्वाह होने पर ही कविता छोटे बच्चे से लेकर बड़े–बुजुर्ग के मन में सीधे–सीधे उतर सकती है। जिसके लिए कविता का सुवाचिक होना ज़रूरी है।

कविता रचने वाले, सुनने वाले, सुनाने वाले व अशिक्षित, अल्प शिक्षित, किसान, मज़दूर, बच्चे, बूढ़े या जवान के अन्तस् में वैसे ही भावों का संचार हो सके। यही दद्दा का एकमात्र लक्ष्य था कि केवल ज्ञानीजनों व बौद्धिकों के लिए ही काव्य न रचा जाये। तभी तो पाठशाला की छोटी–छोटी कक्षाओं में उनकी कविताएँ सस्वर पढ़ी जाने लगी थीं।

स्वतन्त्रता संग्राम के प्रखर काल में महात्मा गाँधी के नेतृत्व में समूचा देश स्वदेशी, अहिंसा और सत्याग्रह के रास्ते अंग्रेज़ी साम्राज्यवाद के ख़िलाफ़ खड़ा था। उसी समय 'भारत–भारती' के सिंहनाद से पूरा देश थर्रा उठा। गाँधी और विनोवा भावे की वैष्णव भक्ति का मूल स्वर था–लोकपीड़ा से सहानुभूति। वे ईश्वर में भी श्रेष्ठ मनुष्यता के गुणों को चीन्ह लेते हैं–'राम, तुम मानव हो, ईश्वर नहीं हो क्या?' ये एक नयी परिकल्पना थी–रूढ़ परम्पराओं से अलग मौलिक स्थापना। दद्दा ने 'हिन्दू' में हिन्दू की सनातन रूढ़िमुक्त कल्पना के अलावा अछूतोद्धार का समर्थन किया। विधवा विवाह को भी उतना ही ज़रूरी मानते हुए लिखा–

तुम बूढ़े हो विषयासक्त, बनी रहें वे किन्तु विरक्त।
वे जो निरी बालिका मात्र, अस्पर्शित है जिनका गात्र।
आप बनो विषयों के दास, वे अभागिनी बनें उदास।

लोकतान्त्रिक चेतना सम्पन्न देश के मूल में लोकशाही के सम्बन्ध में वे लिखते हैं–

प्रजा के अर्थ है साम्राज्य सारा।

'स्वदेश संगीत', 'वैतालिक', 'तिलोत्तमा' जैसी कविताओं में दद्दा ने मानवता के आदर्शवादी मूल्यों को संस्थापित किया तो 'काबा और कर्बला' में विश्वव्यापी मानवता को प्रतिष्ठित किया। 'विसर्जन' में कवि की कामना रही–

नहीं चाहते धन बैभव, नहीं चाहते हम अधिकार।
बस स्वतन्त्र रहने दे हमको, और स्वतन्त्र रहे संसार।

हालाँकि दद्दा के आदर्शवादी जीवन–मूल्यों की आलोचना भी हुई। नर्मदेश्वर चतुर्वेदी ने लिखा–'गुप्त जी विचारों से अधिक भावना

के कवि हैं। इसलिए उनकी रचनाओं में वैचारिक मौलिकता को खोज पाना सब समय सम्भव नहीं होता। उनमें लचीलापन मिल जाता है किन्तु क्रान्तिकारी मोड़ नहीं मिल पाता है। उनका बद्धमूल संस्कार आड़े–तिरछे आ जाता।'

अपनी तीखी आलोचनाओं को झटक दद्दा का ध्यान रवीन्द्रनाथ ठाकुर के निबन्ध 'काव्येतर उपेक्षिता' शीर्षक पर गया और 1900 में सरस्वती पत्रिका के भुजंगीभूषण भट्टाचार्य के लेख–'कवियों की उर्मिला विषयक उदासीनता' पढ़कर उनकी चिन्तन धारा ने नयी करवट ली। 1957 में रचित 'विष्णुप्रिया' कृति में उन्होंने चैतन्य महाप्रभु द्वारा उपेक्षिता नारी की पीड़ा को स्वर दिया है। उन्होंने नारी के तीनों स्वरूपों को अलग–अलग तरीक़े से सज़ाया, सँवारा व संशोधित किया है। 'यशोधरा' कृति में मातृत्व के परम्परागत मिथ को तोड़कर पति के लिए उनकी भावनाएँ उभारी हैं–

'मुझको बहुत है उन्होंने माना, फिर भी क्या पूरा पहचाना?'

तो इसके विपरीत उर्मिला एक सामान्य विरहिणी की तरह पति के बिछोह में इस तरह तप रही है–

मानस मन्दिर में सती, पति की प्रतिमा छाप,
जलती सी उस विरह में, बनी आरती आप।

यह सही है कि उर्मिला सामान्य विरहिणी नहीं है। राजभवन जैसे विशिष्ट वर्ग की महारानी है पर वे उसके विरह निवेदन को कहीं–कहीं अनावश्यक या अतिरंजित कर डालते हैं कि उसका अपेक्षित प्रभाव नहीं पड़ता–'नायिका की प्रमुखता के साथ ही कवि को उसकी संगति का भी ध्यान रखना आवश्यक है। कृषकों के जीवन की प्रशंसा, शान्ति व युद्ध जैसे प्रसंग अनावश्यक हैं और विरह की प्रभान्विति में बाधक हैं।'

हिन्दुस्तान की आधी आबादी का दुःख सामने आ जाता है–

कुछ रात रहते जागकर चक्की चलाने बैठतीं,
हम सच कहेंगे, उस समय वे गीत गाने बैठतीं।

'साकेत' ग्रन्थ में उर्मिला जैसे किरदार में बहुविध रंगों की छटा बिखेरी–

है प्रेम स्वयं कर्तव्य बड़ा, जो सींच रहा है तुम्हें खड़ा।

स्त्री–पुरुष सम्बन्धों में वे गृहस्थ जीवन को आदर्श मानते थे और पारिवारिकता को एक सूत्र में बाँधे रखने के पक्षधर राष्ट्रीय एकता को लेकर लिखते हैं–

एक राष्ट्र न हों, बहुत से हों जहाँ,
राष्ट्र का बल बिखर जाता है वहाँ।

डॉ. नगेन्द्र ने लिखा–'वे कालिदास, रवीन्द्रनाथ और प्रसाद की परम्परा के कवि नहीं हैं। छायावाद के कवियों का रमणीय शिल्प विधान उनमें खोजना व्यर्थ है–माइकेल मधुसूदन, इक़बाल और निराला के काव्य में उद्वेलित प्राणों की ऊर्जा भी यहाँ नहीं है। यह कवि तो वाल्मीकि, व्यास, भवभूति और तुलसी की परम्परा का कवि है जो मानव जीवन की रागात्मक अभिव्यक्ति में ही कवि कर्म की सार्थकता मानता रहा है।'

आज़ाद भारत में 1948 में महात्मा गाँधी की हत्या का समाचार सुनकर मैथिलीशरण एकदम से विचलित हो उठे–

अरे राम, कैसे हम झेलें, अपनी लज्जा, अपना शोक?
गया हमारे ही पापों से, अपना राष्ट्रपिता परलोक।

कई रात दद्दा चैन की नींद नहीं सो पाये। 1951 में 16 अक्टूबर को विनोबा जी जब चिरगाँव आये तो उसी जगह ठहरे, जहाँ गाँधी जी ने विश्राम किया था। दद्दा ने विनोबा जी को सूत की माला पहनाकर सादर प्रणाम किया। आज़ादी के बाद संविधान निर्माताओं ने राष्ट्रभाषा हिन्दी को लेकर पर्याप्त मन्थन किया। हिन्दी आज़ादी आन्दोलन की वाहिका बनी। महात्मा गाँधी, राम मनोहर लोहिया, राजा राममोहन राय, दयानन्द सरस्वती, बाल गंगाधर तिलक, पुरुषोत्तम दास टण्डन, सेठ गोविन्ददास जैसे राष्ट्रप्रेमी व्यक्ति हिन्दी को राष्ट्रभाषा का दर्ज दिलाने के प्रबल समर्थक थे जबकि हिन्दीतर प्रदेशों के नेताओं ने इस अभियान का जमकर विरोध किया और हिन्दी को इस शर्त के

साथ राजकाज की भाषा के रूप में मान्यता दी कि 1965 तक अंग्रेज़ी भी राजकाज की कामचलाऊ भाषा बनी रहेगी। यह निर्णय देशहित में नहीं लिया गया था। संविधान विशेषज्ञों ने इस विषय को देश की राष्ट्रीय एकता और अस्मिता से नहीं जोड़ा। आज आज़ादी के सालों बाद हिन्दी को यथेष्ट स्थान और सम्मान नहीं मिल पाया है। हिन्दी को लेकर 1965 के बाद भी स्थितियाँ जस–की–तस रहीं। भावी हिन्दी का स्वरूप दिन–ब–दिन बिगड़ता विकृत होता गया जिस तरफ़ किसी का ध्यान नहीं जा रहा।

दद्दा ने इस तथ्य को तभी संज्ञान में ले लिया था कि जो राष्ट्रीय नेता आज़ादी के पहले हिन्दी को राष्ट्रभाषा का गौरव दिलाने के लिए सचेष्ट थे, वही आज़ादी के बाद वोट–बैंक की ख़ातिर हिन्दी विरोध करने हेतु एकजुट हो गये थे। दद्दा से हिन्दी की यह दुर्दशा नहीं देखी गयी। उन्होंने साहित्यधर्मिता के सहारे साहित्यकारों, राजनेताओं और शासक तन्त्र को कठघरे में खड़ा किया। हिन्दी को राष्ट्रभाषा का अधिकार दिलाने और उसे राष्ट्रभाषा के माध्यम से राष्ट्र की भावात्मक एकता स्थापित करने का सुझाव दिया–

है राष्ट्रभाषा भी अभी तक देश में कोई नहीं,
हम निज विचार जना सकें, जिनसे परस्पर सब कहीं।
इस योग्य हिन्दी है तदपि, अब तक न निज पद पा सकी,
भाषा बिना भावेकता अब तक न हममें आ सकी।

23 दिसम्बर 1955 को राज्य पुनर्गठन विधेयक की चर्चा के दौरान कहा गया–राज्य पुनर्गठन आयोग के सम्बन्ध में मैंने यही समझा कि यह एक रचनात्मक काम है जो राजकाज की दृष्टि से किया जा रहा है परन्तु उसके सम्बन्ध की प्रतिक्रियाओं को पढ़कर मुझे विस्मय भी हुआ और खेद भी–

अपनी सीमा योग बन गया भला कर,
करने बैठा होम, उठा वह हाथ जलाकर।
सहसा सीमित हुआ, हमीं में देश हमारा,
कुण्ठित होगी क्यों न संकुचित मन की धारा?

संसद में अपनी भावनाएँ साहसपूर्वक प्रकट करने से वे कभी नहीं चूके। उनकी एक बेलौस अभिव्यक्ति थी–

भली योजनाएँ कितनी ही चलीं और चल रहीं बड़ी बड़ी,
किन्तु एक राष्ट्रभाषा तपस्विनी, यहाँ जहाँ थी, वहीं पड़ी।
बिना एक व्यापक वाणी के, एक राष्ट्र की सत्ता, क्या?
किसी देश में निजता का पद, पाती है परवशता क्या?

इसी तरह तत्कालीन वित्तमन्त्री चिन्तामणि जी कविता का उत्तर संस्कृत पद्य में देते थे। उन दिनों राज्यसभा में प्रतिवर्ष बजट पर कविता सुनाई जाती थी। 11 मार्च 1955 को दद्दा ने बजट में काग़ज़ और डाक पर बढ़ाये गये करों की तीखी आलोचना करते हुए अपनी सहमति दर्ज की–

आय और व्यय के लेखे को, लिपि सदैव काली काली,
जले हमारे घर होली तो, अभी दूर है दीवाली।
विनय पत्रिका लिखने में भी अब तो बाधा आयी है,
काग़ज़ का जो मूल्य बढ़ा है, इसकी किसे बधाई है?

कुछ साल वे राज्यसभा में चुप रहे लेकिन श्रीकृष्णमाचारी के वित्तमन्त्री पद से त्यागपत्र देने के बाद जब प्रधानमन्त्री ने वित्त मन्त्रालय सँभाला और बजट पेश किया तो उन्होंने कविता के माध्यम से अपनी चिन्ताएँ प्रबल शब्दों में व्यक्त कीं–

तब मौलाना आज़ाद जी का देहान्त हो चुका था–

आय अधिक व्यय सहज मिलेगा, क्या दोनों का मेल कभी,
सहनी पड़ी हमें धन से भी बड़ी, एक जन हानि अभी।
क्रान्तिजयी विक्रान्त हमारे मौलाना चिर शान्त हुए,
निर्मल जीवन नाट्यपूर्ण कर कीर्ति छोड़ निष्क्रान्त हुए।
जैसे भी हो सके लक्ष्य तक हमको जाना ही होगा,
लय सँभाल स्वर–ताल साधकर सम पर आना ही होगा।

लगाये जाने वाले प्रत्यक्ष करों का विरोध करते हुए उन्होंने कहा है–

बहु प्रत्यक्ष करों ने हमें घेर रखा है आज,
यह अपने भावी हित में है तो सह लेगा इसे समाज।

दद्दा राष्ट्रपति द्वारा मनोनीत सांसद थे परन्तु जब भी उन्होंने संसद में भाषण दिया हमेशा राष्ट्रहित और जनता के हित को सर्वोपरि रखा। राष्ट्रपति राजेन्द्र बाबू के विदाई समारोह में उन्होंने संवेदनशीलता से अपनी कविता के ज़रिये जो कहा—

जो संग्रह करके त्याग नहीं करता है,
वह दस्यु लोक धन लूट लुटवाता है।
लूँगा, उतना ही रस तो मैं होगा जितना मेरा पात्र।

1962 में चीनी आक्रमण के समय उन्होंने राज्यसभा में अपनी नीति स्पष्ट करते हुए कहा—

'हमें किसी का कुछ नहीं चाहिए पर हम अपना हक़ क्यों छोड़ें?' दद्दा ने सटीक और निरपेक्ष ढंग से अपनी बात कहने में पूरे साहस का परिचय दिया। येन—केन प्रकारेण सत्ता सुख हासिल करने के लिए तमाम तरह के समझौते करना और साज़िशों/दुरभिसन्धियों के ज़रिये कुर्सी पर नज़रें गड़ाये रखना उनका अभीप्सित कभी नहीं था। शक्ति व सत्ता के गठजोड़ में मदान्ध होना महाकवि की फितरत में नहीं था। राज्यसभा उनकी जीवनयात्रा में एक पड़ाव—भर था जहाँ पैर टेककर उन्होंने पूरे दमखम के साथ देश की सुरक्षा, राष्ट्रभाषा से जुड़े मुद्दों के अलावा समसामयिक विषयों पर तीखे सवाल उठाते रहे।

सांसद बनने से न तो दद्दा की लेखनी रुकी, न ही उनके व्यक्तित्व में कुछ अभिमान, दर्प या आत्ममुग्ध बड़बोलापन आया। घर से लेकर बाहर तक असंख्य परिजनों से लेकर राजनेताओं, साहित्यकारों व आला दर्जे की नामचीन हस्तियों से भी वे अपनी उसी निरभिमानी तेजस्वी व देशज सहजता के साथ मिलते। 1956 में 'राजा प्रजा' और 1957 में 'विष्णुप्रिया' जैसी प्रासंगिक कृतियों को पूरा किया।

आधुनिक युग के संक्रान्ति दौर में दद्दा मनुष्यता के विलोपन के चिह्न देखने, महसूस करने लगे थे। रिश्तों में इतनी स्वार्थपरता और चालाकी कि घर पर ही कोई—न—कोई रिश्तेदार उनसे मिलने के बहाने आता और आते ही अपने बच्चों के लिए कोई—न—कोई अपेक्षा करने लगता—

'दद्दा,' कहते हुए विनम्रता से पैर छूने लगता।

'ख़ुश रहो आमोद। कैसी चल रही पढ़ाई? अपनी पढ़ाई पर ध्यान देना। हमारे देश में शिक्षा के नये दरवाज़े अपने आप खुलते चले जा रहे हैं।'

'दद्दा, इसे कहीं दिल्ली में ही नौकरी वग़ैरह दिलवा देते तो...। आपका इतने बड़े लोगों के बीच उठना–बैठना है, इतनी जान–पहचान है तो आपके इस बच्चे का भविष्य बन जायेगा।' बच्चे के पिता को हाथ जोड़े देखकर वे देर तक सोचते रहे। ऐसा पहली बार नहीं हो रहा है बल्कि जब भी वे दिल्ली से चिरगाँव आते, अक्सर कोई–न–कोई रास्ते में ही टकरा जाता या मुलाक़ाती आन टपकता। उसकी भी वही गुहार। वे बड़े शान्त लहजे में जवाब देते–'देखो भाई, एक साफ़ बात सुन लो। आजकल नेहरू जी सोर्स सिफ़ारिशों पर नौकरी देने पर रोक लगा रखी है। हाँ, आपका बच्चा पढ़ाई पूरी कर ले फिर कम्पटीशन में बैठेगा तो अपने आप चुन लिया जायेगा। जैसे वो बड़े चबूतर वाले पीयूष जैन को चुन लिया गया है?'

मुलाक़ाती, परिजन या रिश्तेदार उनकी बातों के तर्क को न तो सुनना चाहते, न समझना चाहते। उन्हें ऐसा लगता जैसे दद्दा जानबूझकर उनसे ऐसे व्यवहार करने लगे हैं। चिरगाँव के लोगों की अपेक्षाएँ बढ़ने लगी थीं। वे चाहकर भी किसी को सन्तुष्ट नहीं कर पा रहे थे। वे सोचते, गतिशील जीवन है बहता नीर। जिस दिन वे ठहर जायेंगे यानी राज्यसभा की अवधि पूरी कर लेंगे तो ये सब रिश्ते भी दम तोड़ देंगे। अधिकतर आत्मीय रिश्ते मतलब निकल जाने पर अपना रंग, अपनी तासीर बदल लेते हैं।

राजनीतिक पटल पर ध्यान से देखने पर दद्दा को यही लगता कि हममें से अधिकांश कुर्सी पाने के बाद कुर्सी के चारों पायों को मज़बूती से थामे रहने की प्रक्रिया में दिन–रात जोड़–तोड़ करते रहते। हम जिस नैतिकता, उच्च आदर्श, त्याग या ईमानदार बने रहने की ज़िद ठाने रहते हैं, ठीक इसका उल्टा दृश्य, राजनीति में देखने को मिलता है। अनायास उस नीरज बोरा का चेहरा याद आ गया जिसने अध्यक्ष

की कुर्सी पर बैठते ही चाल–ढाल, बोलने का अन्दाज़ और आचरण ही आमूलचूल बदल डाला था। एक दिन संसद के बाहर टकरा गया। राम–राम दुआ–सलाम के बाद बोलने लगा–'और दद्दा, अपने सुपुत्र के वास्ते कुछ सोचा आपने?'

'क्या मतलब? हम समझे नहीं।' उन्होंने अचकचाकर उसकी तरफ़ देखा।

'आजकल उर्मिलजी यहाँ–वहाँ बड़ी तेज़ी से लोगों से मिल–जुल रहे हैं। भाग–दौड़ कर रहे हैं। पेट्रोल पम्प एजेंसी लेने की बातचीत चल रही है।' सुनकर उन्हें ताज्जुब हुआ। आसपास के लोगों को कैसे इतनी जल्दी सारी ख़बरें पता चल जाती हैं? वे ख़ामोशी से उसे सुनते देखते रहे।

'दद्दा, आजकल चिरगाँव से भाभी लोग आयी हैं क्या? कल मेरी बिटिया बता रही थी कि उन्होंने चाँदनी चौक़ में आपके परिवार को देखा है। उर्मिलजी की पत्नी तो बहुत ख़ूबसूरत है, पढ़ी–लिखी है, इन लोगों को दिल्ली घुमवा दीजिए न?...'

'हूँ...' एक लम्बी हुंकारी भरी उन्होंने।

'आप बुरा न मानें तो एक बात कहें?'

'जो कहना है, कह डालिए।' उन्होंने भारी मन से कहा गोया किसी अप्रिय प्रसंग को सुनने की मानसिक तैयारी कर रहे हों।

'आपके कई रिश्तेदार आपका नाम लेकर यहाँ–वहाँ से अपना काम करवा लेते हैं और जिसका आपको पता तक नहीं चलता। ये ठीक बात नहीं न? अब अगर आपका परिवार बड़ा है तो हर कोई तो सरकारी सुविधाओं का लाभ उठा नहीं सकता। हरेक को तो सरकारी यात्राएँ नहीं मिलेंगी न? मिलनी भी नहीं चाहिए। ग़लत तो नहीं कह रहा मैं?'

'बिल्कुल सही, आप एकदम सही कह रहे हैं।' उन्होंने लम्बा मौन धारण कर लिया।

दद्दा देश–दुनिया में हो रहे बदलाव को खुली आँखों से देख रहे थे। हर कोई आत्मलिप्त, स्वार्थप्रेरित और निजी सुख को साधने में

लगा नज़र आता। दद्दा का मन खिन्न हो उठता। स्वतन्त्र भारत में इसी को मोहभंग कहा जाने लगा। कुर्सी, पद, पैसों के लिए जी–तोड़ मेहनत करते भौतिक संसाधनों के पीछे भागते मध्यवर्ग के जीवन मूल्य कितनी तेज़ी से बदल गये। स्त्री–पुरुष सम्बन्धों में बढ़ती खाई और पुरुषत्व का दम्भ या पितृसत्ता में बरती जा रही निर्ममता। दिल्ली के अभिजात्य क्षेत्रों में अपनी मर्ज़ी से विवाह करके रहने वाले युगलों के बीच आये दिन पनपते मतभेद और क्रमशः तलाक़ की तरफ़ बढ़ते जा रहे क़दम दद्दा को स्वीकार नहीं थे। हमारे यहाँ तो जन्म–जन्मान्तर तक सम्बन्धों को जीने की पर्याय संस्कृति है, उस समाज में ऐसे असंगत सम्बन्धों की परिकल्पना जहाँ केवल अधिकारों की लाठी चलती रहे। वे जितना सोचते जाते, जीवन उतना ही जटिल नज़र आता। स्त्री के प्रति हमारी पारिवारिक–सामाजिक व्यवस्था क्यों लोकतान्त्रिक नहीं हो पायी? विचार करते रहते।

अविश्वास, हाँ अविश्वास ही, नारी के प्रति नर का,
नर के तो सौ दोष क्षमा हैं, स्वामी है वह घर का।

शान्ति की बेटियों संग वे देर तक खेलते रहते जिससे मनोमालिन्य कुछ छँटता लेकिन अकेले होते ही सोच में डूब जाते। हमारे लिखने से क्या कुछ बदलाव नज़र आया? क्या हासिल रहा? आज के नवयुवक हमारे साहित्य से प्रेरणा लेंगे? साहित्य का सबसे पहले और अन्ततः भी यही एकमात्र लक्ष्य है–बेहतर मानवता की तरफ़ बढ़ते क़दम। उन्हें बाबू श्यामसुन्दर दास की पंक्ति याद आ गयी–'वह गद्यमय पद्य लिखते हैं।' बौद्धिकता से घिरे साहित्यकार अपनी डफली, अपना राग अलापने में लगे हैं। ऐसी गूढ़, यानी दुरूह भाषा लिखेंगे जिसे समझना आमजन के लिए आसान नहीं। उनका कहना है–आदर्श तो मात्र आकाश में चमकती क्षणिक बिजली की कौंध भर है और साहित्य में दर्शाए–लिखे आदर्शों की रक्षा ख़ुद साहित्यकार नहीं करते तो हम क्यों करें?

काव्य का प्रयोजन क्या हो? साहित्य का लक्ष्य क्या हो व साहित्यकार का दायित्व क्या होना चाहिए? क्या साहित्य लोकमंगल

के लिए रचा जाये? यथार्थवादी लेखन हो या विशुद्ध काल्पनिक संसार रचा जाये? यथार्थोन्मुख आदर्शवाद हो या लेखक के जीवन दर्शन में आधुनिक समय की चेतना का समावेश? केवल वैयक्तिक सुख, भोगवादी रचनाएँ दद्दा को ज़्यादा पसन्द नहीं आतीं। उन्होंने अज्ञेय जी के उपन्यास 'शेखर : एक जीवनी' को रात–भर जागकर ख़त्म किया। अज्ञेय जी के पूछने पर बोले–'मैंने पढ़ तो लिया और पढ़ते–पढ़ते कई बार मुझे बहुत क्रोध भी आया लेकिन पुस्तक मैं बीच में छोड़ नहीं सका। रात के दो–ढाई बजे मैं समाप्त करके ही उठा। आप तो जानते हैं हमारे संस्कार जैसे हैं, उसमें ऐसी सब बातें हमको सहन नहीं हैं, बिल्कुल असहज जान पड़ती हैं–लेकिन फिर भी आपने लिखा ऐसा है कि हम छोड़ ही नहीं सके।'

जयशंकर प्रसाद की प्रतिभा में दद्दा की गहरी आस्था थी। इतिहास में जीवन दर्शन और मनोवैज्ञानिकता से भरी रचनाएँ तेज़ी से लिखी जाने लगीं। लेकिन युगीन परिवेश को जोड़ते हुए इतिहास को समसामयिक परिस्थितियों के अनुसार मोड़ना और ऐतिहासिक किरदारों में आज के युग के अनुरूप नयी संकल्पना भरना या आज की समस्याओं के समाधान की दिशा में सोचना और सोचते हुए नयी जीवन दृष्टि देना दद्दा के लेखन का बीजसूत्र बनता चला गया।

आज जब दद्दा मुड़कर देखते तो ऐसा लगता जैसे हर आदमी अपना घर भरने में लगा है। स्वार्थपरता का चरम यह कि पति केवल पत्नी व अपने बच्चों तक सिमटता–सिकुड़ता जा रहा है। बच्चे अपने माँ–बाप का वैसा आदर नहीं करते, जैसा वे आजीवन करते रहे। बचपन में सबके पीछे पिता की प्रेरणा और उनका आशीर्वाद वाला हाथ सदैव सिर पर तना रहा। वे नन्हें शावक की तरह उनके स्नेह की बरगदी छाँव लेते रहे।

जब दद्दा को पता चला कि उनके इकलौते सुपुत्र ने अपने चाचा–ताऊओं संग जायदाद बँटवारे के बाद घोषित रूप से जंग छेड़ दी है, तो उनका अन्तस् छलनी हो गया। ये सब उनके रक्त सम्बन्धी ही थे, महाभारत के युद्ध की तरह, जिनसे जंग शुरू हो चुकी थी।

उड़ती–उड़ती ख़बर दद्दा तक पहुँची कि उनके पुत्र और चाचाओं के बीच कहा–सुनी हुई और बढ़ते–बढ़ते नौबत हाथापाई तक की आ गयी। ओफ़! उन्होंने एक लम्बी साँस ली। क्या पैसा इतना अहम होता जा रहा है जिसके आगे रिश्ते–नातों की जैसे कोई अहमियत तक नहीं।

दद्दा के अन्तस् में रिस–रिस कर तकलीफ़ होती मानो किसी ने उनके भीतर के पके फोड़े को अनायास छेड़ दिया हो। दर्द से बिलबिला उठते दद्दा, पर कहें तो किससे कहें? पत्नी व बच्चों के देन्हात के बाद भावुक सियारामशरण का एकाकी जीवन देखकर पहले उन्हें गहरी पीड़ा और हताशा होती, 'बेचारा! आज जब परिवार में सब अपनी–अपनी पत्नी, बच्चों संग यहाँ–वहाँ चहकते घूमते फिरते हैं, ऐसे में उनका अकेला अलग–थलग पड़ा अनुज...जिनके लिए पत्नी व बच्चे की मौत ...' दद्दा के मन में अथाह प्रेम उमड़ता–

अनुज मुझे न तुम न्यारे कभी हो,
सुहृद, सहचर, सेवक सभी हो।

बेशक दद्दा और सियाराम के जीवन दर्शन में काफ़ी अन्तर अवश्य रहा है। सियारामशरण तत्त्वदर्शी रहे तो मैथिलीशरण प्रत्यक्षदर्शी। एक का दृष्टिकोण आध्यात्मिक है तो दूसरे का नैतिक।

अपने पुत्र और भतीजों के बीच बढ़ती खाई धीरे–धीरे शाब्दिक हिंसा में तब्दील होती जा रही थी जिससे परिवारीजन आहत होते रहते। दद्दा अपने तरीक़े से समझा–बुझाकर शान्त हो चुके थे। उन्हें इस सत्य का गहराई से बोध होने लगा था कि उनका कहा–सुना सब व्यर्थ जा रहा है!

धीरे–धीरे दद्दा अपनी खोल में सिमटते–सिकुड़ते चले गये। किसी महापुरुष की उक्ति याद आती–'महत्त्व इस बात का नहीं है कि तुम्हारे उदर में जाता क्या है, महत्त्व की बात तो यह है कि तुम्हारे मुँह से निकलता क्या है।'

बँटवारा होने के पश्चात दद्दा सबसे अलग–थलग पड़ते गये। उनकी रची पंक्तियाँ जैसे उन्हें मुँह दिखाकर चिढ़ा रही हों–

पाऊँ सबसे प्रेम दृष्टि मैं, दूँ सबको विश्वास।

जिस कौटुम्बिक भावना से ओतप्रोत उनका अन्तस् सदैव भरा रहता था, उनके वही स्वजन उनके प्रति अब वैसी अनुरक्ति नहीं रखते। सभी अपने–अपने गोरखधन्धों में उलझते गये। दद्दा को एक पुरानी घटना याद आ गयी जब वे खेत की मेंड़ पर खड़े होकर घण्टों गर्दन उठाये जिज्ञासु भाव से सूर्योदय के सौन्दर्य को आँखों में भर रहे थे और सूर्य को नमन करते हुए मन–ही–मन प्रफुल्लित हो रहे थे कि किसी गाँववाले ने टोका था–'भई, ऐसी क्या अजूबा चीज़ है जिसे आप सुध–बुध बिसराये एकटक निहार रहे हैं, वो भी इतनी देर से?'

'देखते नहीं, कितना अद्भुत, कितना अलौकिक है आज का सूर्योदय, कितना मनभावन और लुभावना। कितना सुन्दर दृश्य, सचमुच, अनुपम सौन्दर्य...' सूर्योदय देखते हुए उनके रोम–रोम में स्फूर्ति जगने लगी थी। परमानन्द में डूबने लगी थी चेतना। इतने अनूठे रंग वे अरसे बाद देख रहे थे। सचमुच, उदित होते व अस्त होते सूर्य का रंग रूप एक जैसा, बस बादलों की रंग–बिरंगी मण्डली ज़रूर बदलती रहती है। कभी लगता जैसे सूरज के सारे बालसखा मिलकर खेलने का मन बना रहे हों और वे मना कर रहे हों, कुछ ऐसी मुद्रा में जैसे वे उनके साथ भागकर खेलना चाहते हों मगर इस समूचे ब्रह्माण्ड में रोशनी फैलाने का काम भी तो करना है उन्हें। सूर्य की अनुपस्थिति में सृष्टि अँधेरी न हो जायेगी?'

दद्दा की वार्ता सुन वह ग्रामीण उन्हें भौचक दृष्टि से निहारते हुए सोच में पड़ गया। फिर सिर खुजलाते हुए बोला–'अरे दद्दा, सूरज देवता तो नियम से रोज़ ही निकलते हैं तो इसमें ऐसी क्या ख़ासियत जिसके लिए हम अपना काम–धन्धा छोड़कर इसे निहारते रहें? हमारे सिर पर लदे हैं ढेरों कामधाम। कौन समय बर्बाद करे?'

तो यही है सौन्दर्य दृष्टि। रचनाकार का संवेदनशील मन प्रकृति के साथ एकाकार होकर उसके सौन्दर्य पर रीझ जाता। बारिश की सौंधी गन्ध में चित्त भावविभोर होकर आल्हा सुनने का करता है। आँधी–तूफ़ान में भी दद्दा अपने आवेग या उमड़न–घुमड़न को महसूस

करते हुए सोचने लगते–आज प्रकृति ने अपने में इतना दर्द और इतनी पीड़ा समा ली है कि बेचैनी और आवेग में उसे इस क़दर फेंकने उलीचने में लगी है। बड़े निराले और अनूठे होते हैं कुदरत के रंग–रूप, रस और गन्ध। कुदरत के नियम भी अप्रत्याशित। कभी इतनी दयालु और उदार कि बिन माँगे धरती को जलमग्न कर दे और कभी इतनी कृपण कि महीनों बाद भी बादलों से एक बूँद पानी तक मयस्सर न हो। कितनी सारी असमानताएँ।

कोई बड़ा उद्योगपति होकर भी देश की प्रगति और उत्थान के लिए कोई त्याग नहीं करना चाहता तो कोई छोटा किसान होकर भी विनोबा जी के भूदान आन्दोलन में अपनी भूमि देने को तैयार। किसी पर भी किसी का नियन्त्रण किसी को भी स्वीकार्य नहीं सो दद्दा धीरे–धीरे अपनी ही खोल में सिमटते गये, कछुए की तरह ख़ुद को सिकोड़ते हुए।

मौक़े–बेमौक़े उनके उदास होने पर अनुज सियाराम उन्हें काफ़ी कुछ बातें समझाते रहते। 'नहुष' काव्य ग्रन्थ के निवेदन में उन्होंने लिखा है–'मनुष्य बार–बार ऊँचे उठने का प्रयास करता है और मानवीय दुर्बलताएँ बार–बार उसे नीचे ले आती हैं। मनुष्य को उन पर विजय पानी ही होगी। इसके लिए उसे साहसपूर्वक फिर–फिर उठ खड़ा होना होगा।'

मनोगत दुर्बलताओं की वजह से मानव पतन पर टिप्पणी करते हुए आगे लिखा–

गिरना क्या उसका उठा ही नहीं जो कभी,
मैं ही तो उठा था आप गिरता हूँ जो अभी।
फिर भी उठूँगा और बढ़के रहूँगा मैं,
नर हूँ पुरुष हूँ मैं उठकर रहूँगा मैं।

'नहीं सियाराम, अब रुचती नहीं अपनी ही रची ये कविताएँ। तुम्हारा और मेरा एकान्त, एक जैसा। कभी इसके मूलभाव को समझने की कोशिश करना। तुम्हारा एकान्त दृश्यमान है और मेरा अलक्षित, अदृश्य।'

'दद्दा, आप बहुत भावुकता से सोच रहे हैं। इतना ज़्यादा सोचना ठीक बात नहीं। धीरे–धीरे मन बदलेगा आपका। हमें और आपको यह धरा धीरे–धीरे ख़ाली करनी ही पड़ेगी न। हमारा समय क्रमशः चुकता जा रहा है।'

'हमसे कुछ अक्षम्य भूलें तो नहीं हुईं सियाराम? बताओ न...'

'ये कैसी भावुकतापूर्ण बातें कर रहे हैं आप? नहीं, ऐसा तो कुछ भी नहीं। आपने ख़ुद लिखा है–भूल इस भव में मनुष्य से ही होती है, अन्त में सुधारता है उसको मनुष्य ही।' इतना बोलकर वे चुप हो गये।

'अरे, चुप क्यों हो गये सियाराम? इसके आगे की पंक्तियाँ भी बोलो न?'

'किन्तु वह चूक हाय, जिसके सुधार का–
रहता उपाय नहीं, हूक बन जाती है।'

'हूँ, तो हूक, इसी पीड़ा से गुज़र रहा हूँ इन दिनों...' दद्दा एक–एक शब्द जैसे चबा–चबाकर बोल रहे थे।

'दद्दा, आपने बहुत दिनों से चौपड़ नहीं खेला। सजायें क्या?'

'नहीं, एकदम मन नहीं। बिल्कुल बुझ चुका हूँ। जैसे दीया धीरे–धीरे अपनी लौ मद्धिम करता जाता है, कालिख छोड़ते हुए... अपनी भूल और कमज़ोरियाँ, सब कुछ याद आता रहता है सियाराम। न अब वैसे दिन–रात रहे। न कोलाहल भरा समय रहा, न वैसी कौटुम्बिक आत्मीयता। मन रीता–रीता लगता है, ख़ाली कुएँ की तरह जिसमें आने–जाने वाले कूड़ा फेंकते जा रहे हों।'

'मेरी मिट्टी, मैं बलि जाऊँ, तुझे पात्र में परिणत पाऊँ' ...अनुज उनके लिखे को पढ़ते जा रहे थे और वे सुनते हुए कहीं खोये हुए थे।

'दद्दा, आपको ये सन्तोष तो होना चाहिए कि देश–भर में आपकी ख्याति फैल चुकी है। रामायण, महाभारत, बौद्ध युग या पौराणिक युग के सालों पुराने क़िस्सों को उनके ऐतिहासिक परिप्रेक्ष्य से उठाया और भारतीय संस्कृति की परम्परा को नये सिरे से सृजित किया है। ये कोई मामूली बात है?'

'सियाराम, सच बतायें, मन खिन्न रहता है। पारिवारिक विघटन से आहत हूँ। जिस परिवार को एक माली की तरह सींचा और सारी ज़िन्दगी देखभाल करता रहा, उसी परिवार को तृष्णा और लोभ की आँधी ने तिनके–तिनके बिखेर दिया। मैं उबर नहीं पा रहा हूँ इस पीड़ा से।'

'मानसिक पीड़ा के साथ–साथ आपको दैहिक पीड़ा भी कम नहीं दद्दा। आपको प्रोस्टेट का दर्द उभरा था और आधी रात में आपको जो भयानक यन्त्रणा शुरू हुई थी कि आपका वह ममन्तिक कष्ट देखकर रायकृष्णदास और मोतीचन्द्र जी भागे–भागे तुरन्त टैक्सी मँगवाकर आपको दिखाने बम्बई ले गये। बम्बई अस्पताल की तात्कालिक चिकित्सा में भर्ती करवाया गया। कैथेटर लगाकर पेशाब होने पर ही आपको चैन मिल पाया था।'

'हूँ, फिर कुछ समय बाद ही हो पाया था वो ऑपरेशन। तुम और चारुशीला चिरगाँव से आये। बिस्तर पर पड़े ड्रिप लगी कैथेटर देखकर तुम्हारी आँखें भर आयी थीं। तुम तो हमेशा पास ही बैठे रहते थे, परछाईं की तरह। मुझे सब याद है सियाराम...'

'उर्मिलाचरण भी तो साथ में बम्बई आये थे। तब भी आपको उन बासी पूड़ियों की याद आती थी। मोतीचन्द्र की पत्नी शान्ति से कहा था न आपने?'

'हव, कि बहू जी, कल बासी पूड़ी लाइएगा।' सोचते हुए मुस्कराहट उनके होंठों पर उतर आयी।

'देखो दद्दा, बम्बई के उस ऑपरेशन के बाद अब आपका दिल्ली में भी इलाज चल रहा है। आप ज़्यादा सोचेंगे तो आपकी तबीयत बिगड़ जायेगी।' सियाराम ने कहते हुए दद्दा की हथेलियों को अपनी मुट्ठी में कस लिया मानो दोनों भाई एक–दूसरे के संस्पर्श से एक–दूसरे को सान्त्वना दे रहे हों।

'आपने संसद में हिन्दी के लिए कुछ बोला था न? 'हिन्दी का उद्योग यही है, भारत एक रहे अविभाज्य', इसका कुछ असर पड़ा?' अनुज ने पूरी गम्भीरता से विषयान्तर करते हुए उनके हाथ में शाम की चाय पकड़ा दी।

'पता नहीं। सब प्रान्तों की भाषा पर बहस के दौरान मैंने पूरी ताक़त से अपनी बात रखी थी कि–सभी भाषाएँ उन्नत हों, हिन्दी है मेरी भाषा मगर अब कौन किसकी सुनता है? न वैसे ऊँची सोच वाले लोग रहे, न वैसे जीवन मूल्य...इन माननीयों की ख़ातिर तो अंग्रेज़ी बनी रही...जैसी कविता उसी समय रची थी, जब मेरा मन हिन्दी भाषा के प्रयोग पर सरकार की ढीली–ढाली नीतियों के कारण आक्रोश में था।' दद्दा अपनी रौ में बोलते जा रहे थे।

'दद्दा, हिन्दी को राष्ट्रभाषा का सम्मान तो मिला ही। उसे राजभाषा का गौरव प्राप्त करने से भी कोई वंचित नहीं कर सकता। हिन्दी वालों को उतावली नहीं दिखानी चाहिए। जब देश ऐसे संकट से गुज़र रहा है तब हम हिन्दी वालों का दायित्व और भी बढ़ जाता है कि हम शालीनता और सहिष्णुता को कदापि न छोड़ें।'

चाय ख़त्म करते हुए दद्दा को विगत समय याद आ गया। उनकी सोच बम्बई जा पहुँची।

बम्बई सितम्बर 1952 के सांस्कृतिक केन्द्र भारतीय विद्या भवन में यशोधरा नृत्य नाटिका का आयोजन किया गया था। सभागार ठसाठस भरा हुआ था। यवनिका हटते ही पृष्ठभूमि में वाद्ययन्त्र धीरे–धीरे बज रहा था–

'अबला जीवन हाय तुम्हारी यही कहानी, आँचल में है दूध और आँखों में पानी, हल्का वाद्य संगीतमय धुन पर बज रहा था। दूसरी तरफ़ चिन्तामग्न सिद्धार्थ ने मंच पर प्रवेश किया। पृष्ठभूमि में संगीत स्वर लहरियाँ गूँजती रहीं जिसमें क्षणभंगुर संसार से अज्ञानता के विषय में उनका अन्तर्द्वन्द्व उभरकर सामने आने लगा। पूरा पर्दा खुलते ही यशोधरा नन्हे बालक राहुल को सीने से चिपटाये हुए सोती हुई नज़र आयी। पूरा दृश्य इतने सुन्दर तरीक़े से रचा–बुना गया था जिसे देखकर दर्शक की आँखों में आँसू आ गये। यशोधरा सिद्धार्थ के मार्मिक संवाद, बुद्ध का नगर में आने का समाचार, यशोधरा से मिलने स्वयं बुद्ध का चले आना और बुद्धं शरणं गच्छामि, धम्म शरणं गच्छामि की गूँजती ध्वनियों को सुनने के लिए बम्बई की जनता देर

रात तक बैठी रही। उस समय उन्होंने सबके सामने कविता पाठ भी किया था। सब कुछ कितना अद्‌भुत, कितना शानदार था।'

'दद्दा, वो झाँसी का क़िस्सा याद है न आपको?' चारुशीला ने याद दिलाया।

उन्हें याद आ गया कि अंग्रेज़ गवर्नर मैकडानल्ड के नाम पर झाँसी में स्कूल खुला था जिसमें तमाम राजनेता, खिलाड़ी, साहित्यकार, वृन्दावनलाल वर्मा के साथ वे ख़ुद गये थे। आज़ादी के बाद जब इसका नाम बदलकर मैथिलीशरण गुप्त के नाम पर करने की चर्चा हुई तो उन्होंने तुरन्त झाँसी के कलक्टर को चिट्ठी लिखकर मना कर दिया।

'सुझाव दिया कि इसका नामकरण विद्यालय के प्रधानाचार्य महापुरुष श्रद्धेय श्री विपिन बिहारी बनर्जी के नाम पर किया जाये जिसे सर्वसम्मति से मान लिया गया। यह तो अपकी विनम्रता और औदात्य भाव था दद्दा वरना अपनों से बड़ों के प्रति वैसा आदर तो विलुप्त होता जा रहा है। हम तो निजी स्वार्थ से ऊपर उठकर 'बहुजन हिताय, बहुजन सुखाय' सोचते रहते हैं जबकि दुनिया समष्टि की जगह व्यष्टि की तरफ़ भाग रही है।' सियाराम ने अपनी बात जारी रखी–

'राज्यसभा में आपका भाषण कितना प्रभावी होता था दद्दा। राष्ट्रपति राजेन्द्र प्रसाद जी आपको कितना मान देते थे? जब वहाँ पता चला कि आपका रक्तचाप अचानक बहुत बढ़ गया है तो आपको पहले दिल्ली, फिर बम्बई अस्पताल में दिखाने की व्यवस्था की गयी।'

'सब कुछ याद है पर धीरे–धीरे बीमारियों ने देह को कमज़ोर कर दिया है जिसका सीधा असर मन पर पड़ा है। लेखन के प्रति वैसी तीव्र इच्छा शक्ति भले ही पूर्ववत् चलती रही मगर जीवन के प्रति पहले जैसा उत्साह, जोश और अपरिमित ऊर्जा धीरे–धीरे कम होती जा रही है।'

एकाकी परिवेश में मन के उदास होने पर दद्दा विगत को याद करने लगते तो कभी वर्तमान के बारे में सोचने लगते। गहराती रात में

जब नींद नहीं आती तो दोनों भाई अगल–बगल लेटे एक–दूसरे के बारे में अलग–अलग तरह से सोचते–विचारते रहते।

मैथिलीशरण गुप्त के मानार्थ देश–भर में न जाने कितने समारोह, सम्मेलन, सभाएँ और कवि–सम्मेलन आये दिन होते रहते। हिन्दी भाषा के साथ–साथ अंग्रेज़ी, बँगला, मलयालम, गुजराती और मराठी समाचार पत्रों में भी उनके नाम का ज़िक्र ज़रूर होता। हिन्दी कविता किस ढंग की हो, यह निबन्ध 1912–13 में सरस्वती पत्रिका में छपा और इसी तरह कुछ और निबन्ध व आलेख भी छपे। आचार्य हज़ारी प्रसाद द्विवेदी उनके बारे में लिख रहे थे–'मैथिलीशरण गुप्त ने लगभग आधी शताब्दी तक हिन्दी भाषी जनता को निरन्तर प्रेरणा दी है। गुप्त जी ने एक विशाल साहित्य का निर्माण किया है और लगभग आधी शताब्दी तक हिन्दी पाठक के चित्त को रसासक्त बनाकर प्रेरणा दी है।'

खड़ी बोली की कविताओं की उत्तरोत्तर प्रगति में सबसे बड़ा योगदान दद्दा का माना जाता है। जाने–माने आलोचक रामचन्द्र शुक्ल ने साफ़ शब्दों में लिखा–'गुप्त जी वास्तव में सामंजस्यकारी कवि हैं। प्रतिक्रिया का प्रदर्शन करने वाले या मद में झूमने (या झींकने) वाले कवि नहीं। सब प्रकार की उच्चता से प्रभावित होने वाला हृदय उन्हें प्राप्त है। प्राचीन के प्रति पूज्य भाव और नवीन के प्रति उत्साह, दोनों इनमें हैं।'

अनुज सियारामशरण के प्रति दद्दा के मन में अथाह अनुराग था। उनके अभिनन्दन समारोह के अवसर पर अनुज ने जो लिखा, उसे पढ़कर दद्दा का मन उनके अहैतुक अनुराग में भीगता गया। उन्हें याद आता गया बचपन जब सियाराम ने जल के स्थान पर तेल से नहा लिया था और पूरा बदन चिप–चिप करने लगा था–'तो इतना भी नहीं दिखा तुम्हें? तेल और पानी के छूने में कोई फ़र्क़ ही नज़र नहीं आया तुम्हें?' गर्दन नवाये मौन खड़े अनुज की भावमुद्रा देखकर मैथिलीशरण डाँटना भूल से गये थे।

कलेवा करते भाई। मनपसन्द सब्ज़ी न होने पर दद्दा ने अपनी सब्ज़ी की कटोरी को परे खिसका दिया। थोड़ी देर बाद क्या देखते हैं

कि बाक़ी भाइयों ने भी अपनी–अपनी कटोरियाँ बाहर निकालकर रख दीं। मैथिलीशरण व सियाराम की जोड़ी को यूँ ही राम–लक्ष्मण की जोड़ी नहीं कहा जाता। सियारामशरण ने लिखा भी है–'अनुजत्व के कारण अयाचित गौरव विपुल परिणाम में मैंने अनायास ही पाया है। लक्ष्मण की महत्ता भी उनके अनुरूप में निहित है। राम को वनवास दिया जा रहा था, तब दशरथ को उनका ध्यान तक नहीं था। ...मैंने जो कुछ भी ग्रहण किया है, उससे अधिक मेरी मुट्ठी में आ ही न सकता था। उसी के कारण मेरी किंचित साहित्य साधना भी मेरे लिए बहुत बन सकी।'

सियारामशरण जी का दद्दा से अहैतुक लगाव अन्तिम समय तक यथावत् बना रहा। सियारामशरण को दमे की बीमारी ने बहुत साल पहले पकड़ लिया था। सियारामशरण की पत्नी की युवावस्था में ही मौत हो गयी थी और उनकी भी कोई सन्तान जीवित न रह सकी थी। उसके बाद सियारामशरण ने फिर से शादी नहीं की। तय किया कि वे ज़िन्दगी भर बड़े भैया की छाया बनकर साहित्य सृजन करते रहेंगे। दद्दा की राज्यसभा की बैठकों में शामिल होने अक्सर साथ–साथ दिल्ली आते जाते रहते। सियाराम का मन होता कि वे भी दद्दा के पास दिल्ली में ही रहें सो वे भी दिल्ली चले आये। एक रात उनकी तबीयत ऐसी बिगड़ी कि उन्हें सर गंगाराम अस्पताल में भर्ती कराना पड़ा। दिल का दौरा पड़ा था लेकिन डॉक्टरों ने जल्दी ही क़ाबू पा लिया।

'सब ठीक है', का सन्तुष्टि भाव उनके चेहरे पर नज़र आया। राज्यसभा का सत्र ख़त्म हो गया और अगले ही दिन दद्दा चिरगाँव चलने के लिए तैयार हुए तो उन्होंने अनुज की तरफ़ देखते हुए भाँप लिया कि सब ठीक तो है मगर मन–ही–मन बापू (सियारामशरण) की इच्छा थी काश कि दद्दा अभी यहीं रुक जाते। न जायें चिरगाँव, पर वे चाहकर भी संकोचवश कुछ कह नहीं पाये। बड़े भाई से लिहाज़वश वैसे भी वे ज़्यादा नहीं बोलते थे। दिल्ली में उनके साथ छोटे अनुज चारुशीलाशरण जी सपत्नीक तो हैं ही, सोचकर दद्दा कार

से चिरगाँव के लिए चल दिये। जब उनकी कार कोसीकलां पहुँची तो उनके भतीजे ने एक मोड़ पर कार यह सोचकर रोक दी कि सामने से आ रहा ट्रक वाला कहीं कार से टकरा न जाये। यही वह समय था, जब गंगाराम अस्पताल में रोग शैया पर लेटे सियारामशरण फिर से संज्ञाशून्य हो गये। 29 मार्च 1963 को सियारामशरण दिवंगत हो गये। यह ख़बर विद्युत गति से चारों दिशाओं में फैल गयी। कनकने परिवार विचलित हो गया। दद्दा तो जैसे आँखें मींचे अथाह दुःख के समन्दर में डूबते चले गये थे।

उनके आगे–पीछे परछाईं की तरह रहने वाले सबके मुँहबोले बापू सियाराम को दद्दा कैसे भूल सकते थे? कृशकाय भाई के रुग्ण चेहरे पर सदैव रहने वाला तेज एवं अनुज की उन आँखों में पसरा निश्छल स्नेह रह–रहकर याद आने लगा। दद्दा के पूछने पर भी सियाराम चुप लगा गये थे जैसे सियाराम कहना चाहते हों कि दद्दा, अभी मत जाओ। मगर दद्दा भी तो नहीं पढ़ पाये अनुज के हाव भाव। सियाराम की लिखी कविता याद आने लगी जो अक्सर उनके भीतर बजती रहती जिसे वे गुनगुनाते रहते–

जितने कष्ट कण्टकों में है, जिनका जीवन सुमन खिला,
गौरव ग्रन्थ उन्हें उतना ही, यत्र तत्र सर्वत्र मिला।

बखरी के भीतर और बाहर के सभी सगे–सम्बन्धियों और साहित्यकार मित्रों के सामने सियाराम अक्सर कम बोलते थे। कितने सुकोमल और संवेदनशील कवि थे वे जिनकी मेधा को बख़ूबी पहचाना गया। उनकी कहानियाँ तो अनमोल धरोहर हैं साहित्य जगत में। उनके गद्य में कितनी सरलता और भावों में कितनी सहजता है। सियाराम के लिए तो दद्दा ही माता, पिता, भाई, बन्धु सब कुछ थे। सियाराम दिन–रात दद्दा के साथ रहते और उनके मन को इतनी बारीक़ी से पकड़ लेते कि अक्सर दद्दा को ताज्जुब होता–'अरे हाँ, बिल्कुल यही बात तो मेरे दिमाग़ में भी आयी थी।' उनके जेल जाने पर कितना भावुक कर देने वाला लेख लिखा था सियाराम ने–'वह इस लम्बी चहारदीवारी के अन्दर ही नहीं हैं। वह मेरे अग्रज हैं और

यहाँ पर मेरा यह अधिकार भी नहीं है कि उनके सम्बन्ध में कुछ जान समझ सकूँ। और वह मुख? हाँ, वह देखा है परन्तु वह मुख अग्रज का मुख, कदाचित और कभी नहीं देखा। रात–दिन साथ रहते हुए भी इतनी असाधारणता वहाँ मैंने कदाचित और कभी नहीं देखी।'

दद्दा देर तक अनुज की निष्प्राण काया, क्षीण मुखमुद्रा और उनके साथ गुज़ारी लम्बी जीवन यात्रा को ऐसे याद कर रहे थे जैसे उनकी यादों की रामनामी माला पर उँगलियाँ फिरा रहे हों। ऐसा लग रहा जैसे स्मृतिमाला की लड़ियाँ इतनी लम्बी होती जा रही हैं जो ख़त्म ही नहीं हो पा रहीं। वे घण्टों, दिनों, महीनों, सालों के मनकों पर उँगलियाँ फिराते रहेंगे मगर यह स्मृति की लड़ियाँ, यह अवली चक्र पूरा नहीं हो पायेगा। .गुजारी लम्बी जीवन यात्रा के पन्नों पर दद्दा की आँखें घूमने लगीं।

जब सियाराम जीते–जागते रूप में चौबीसों घण्टे उनके साथ रहते थे तो दद्दा ने अनुज से बिछोह के बारे में कभी सोचा तक नहीं। बड़े सहज ढंग से सियाराम दद्दा के हर काम को ऐसे करते जैसे दो देह भर हों। उनकी अन्तश्चेतना अलग–अलग धरातल पर होते हुए भी एक जैसा सोचती और एक जैसा महसूसती। बाहर से आने वाले साहित्यकारों को लेने या छोड़ने जाना हो या फिर साहित्यिक चर्चा–परिचर्चा, सियाराम बहुत संकोची परन्तु मेधावी रचनाकार के रूप में जाने जाते रहे। जब कभी बीच में किसी विषय पर बोलना होता तो सबसे अलग व मौलिक ढंग से सोचते थे। विनोबा भावे से सियाराम बहुत प्रभावित थे। महात्मा गाँधी के जीवन दर्शन को तो उन्होंने शत–प्रतिशत अपनाने की भरसक कोशिश की। उनके अन्दर अपरिग्रह का भाव इतना प्रबल था कि सांसारिक वृत्तियाँ जैसे उन्हें छू तक नहीं गयी थीं। मनसा, वाचा, कर्मणा सन्त होना क्या इसी निर्विकार मन चेतना को कहते हैं? दद्दा सोचते रहे और सियाराम का बचपन, युवावस्था के खेल और किताबों के प्रति उनका गहरा लगाव। उनकी स्लेट पर लिखी कविताओं को सलीक़े से काग़ज़ पर उतारते सियाराम, अपनी रचनाओं पर उनसे राय–मशविरा करते

सियाराम और उनकी कविताओं को भावविभोर होकर पढ़ते, सुनते, गुनते सियाराम। सचमुच, सियाराम उनके लिए लक्ष्मण जी जैसे ही थे। उन्होंने ख़ुद लिखा–'राम के चरित का गान करने के लिए दूर दृष्टि अपेक्षित थी, ऐसी अनासक्ति अनिवार्य थी जो लक्ष्मण तक का विसर्जन सहज भाव से कर सके। मैं वहाँ बड़ों का ही अनुसरण श्रद्धा के साथ करना चाहता हूँ।'

सचमुच सियाराम ख़ुद को स्थगित करते रहे, जानबूझकर या अनजाने में, पता नहीं, पर अन्तरंग इतने कि वे अधिकार भाव से अपना स्नेह लुटाते रहे और शायद स्वयं पर अपेक्षित ध्यान न दे पाये हों। कुछेक निजी साहित्यिक व्यस्तताएँ उन्हें घेरे रहीं या फिर जो सबसे ज़्यादा नज़दीक होता है, वह अपेक्षित महत्त्व पाने में अनजाने में ही वंचित रह जाता है। आज सियाराम के न रहने पर सियाराम और ज्यादा उनके पास खड़े हैं, उनके पास बैठे हैं, उन्हें आदर और सराहना भरी नज़रों से देख रहे हैं। सियाराम की अनमोल यादों की लड़ियाँ दद्दा पूरी ताक़त से सहेजना चाहते मगर यादें उनकी ज़द से बाहर बिखर जातीं।

मैथिलीशरण को अनायास वो घटना याद आ गयी जब बम्बई सम्मेलन के दौरान एक विशिष्ट साहित्यिक संस्था ने सियारामशरण की कृतियों की सराहना करते हुए उन्हें पुरस्कृत करने का निर्णय लिया। उस कार्यक्रम की अध्यक्षता मैथिलीशरण को ही करनी थी। इस कार्यक्रम के बीच में ऐन मौक़े पर तय किया गया कि सियाराम के रचनात्मक अवदान के लिए एक सम्मान अग्रज मैथिलीशरण के हाथों उन्हें दिया जाये। उस समय वे कितने भावुक हो उठे थे। सम्मान ग्रहण के दौरान ही अनुज सियाराम दद्दा के पैरों पर गिर पड़े। तब दद्दा ने बड़े स्नेह से अनुज को अपने गले लगाया। कितना अटूट स्नेह रहा उनके बीच जैसे कभी कुछ अलग–सा लगा ही नहीं उन्हें, उसी तरह दोनों भाई एक ही वृक्ष के दो फूल थे जिन्हें प्रकृति ने अलग–अलग तरीक़े से गढ़ा था। रंग, रूप, रस और तासीर की भिन्नता के बावजूद उनकी अन्तश्चेतना जैसे एकसूत्र में बँधी रही।

साहित्य के प्रति सियाराम की प्रतिबद्धता इतनी थी कि वे भी उनके साथ निकुंज में देर रात तक जुटकर पढ़ाई करते रहते। समझ और दृष्टि, भाषा और कथ्य दोनों में अनूठा और मौलिकता का सहमेल देखकर दद्दा को ताज्जुब होता। पता नहीं कब और कैसे सियाराम को श्वास की बीमारी ने जकड़ लिया। डॉक्टरों को दिखाने के बावजूद पूरी तरह इस बीमारी से छुटकारा उन्हें कभी नहीं मिल पाया। इसी बीमारी के चलते वे परहेज़ी खाना खाते।

सियाराम को मैथिलीशरण का साथ इतना पसन्द था कि वे अग्रज से दूर नहीं रह पाते। जब मैथिलीशरण दिल्ली जाते तो सियाराम को भी अपने साथ अवश्य ले जाते। रह–रहकर उनसे जुड़ी असंख्य बातें याद कर आँखें भर आतीं और भरी रहतीं जिसे वे अपने कुर्ते से पोंछ लेते। अनुज के पार्थिव शरीर का अस्पताल से बाहर आना, चिरगाँव लाया जाना और उनके ही सामने सियाराम को इस तरह से देखकर उनकी रग–रग में उभरकर टीस पैदा होने लगी जैसे दर्द का रेला वेग से उमड़ पड़ा हो और आँखों की कोरों से बहने लगी पीड़ा। आँखें भर–भर आतीं और देर तक भरी रहतीं जिसे वे अपने कुर्ते से पोंछ लेते। काँपते हुए हाथ, बेकाबू हृदय गति और सुन्न पड़ती चेतना।

किसी ने उनकी हथेलियों को थामते हुए कहा था–'दद्दा, सँभालिए अपने को।'

भाइयों के कन्धे पर हाथ रखकर वे भरे गले से बोल पड़े थे–'मुझे पहले जाना था। बड़ा मैं था। इसे तो मेरे पीछे आना था। वहाँ जाने की ऐसी भी क्या जल्दी थी अनुज को? अपने इन्हीं हाथों से, किस क़दर...' आगे कुछ बोलते नहीं बना। उनकी आवाज़ भर्राने लगी थी।

सियाराम के अन्तिम संस्कार में देश भर की प्रतिष्ठित हस्तियाँ आयीं। देश–भर के साहित्यकार व नगरवासी चिरगाँव की बखरी में जुटने लगे। उमड़ते जनसमूह के बीच गर्दन नवाये मैथिलीशरण को लगा जैसे उनके शरीर, मन या चेतना का ज़रूरी हिस्सा हमेशा–हमेशा के लिए मर गया है। रीत गये हैं वे। जैसे रेगिस्तान में

अकेले खड़े हों जिसके चारों तरफ़ उड़ती हुई गर्म रेत के छोटे–छोटे ढूह बन गये हों, ऐसी हो गयी उनकी खोखल देह।

उनकी राम–लक्ष्मण की जोड़ी पूरे साहित्य जगत में विख्यात थी। यहाँ तक कि एक बार कथा सम्राट प्रेमचन्द ने भी जैनेन्द्र कुमार से पूछा–'क्या तुम गुप्त बन्धुओं को जानते हो?' उन्होंने कहा–'हाँ, बहुत अच्छी तरह से। मेरा तो उनसे पारिवारिक सम्बन्ध है।'

प्रेमचन्द ने जैनेन्द्र कुमार से पूछा था–'दोनों भाई मैथिलीशरण और सियारामशरण जी कैसे इतना तालमेल से रहते हैं?' इस पर जैनेन्द्र कुमार ने कहा–'वे कविबन्धु इस युग में राम–लक्ष्मण के आदर्श को चरितार्थ करते हैं।' इस पर प्रेमचन्द जी आश्चर्य व्यक्त करते रह गये–'कितना अस्वाभाविक लगता है।'

दद्दा को उनके एकाकी जीवन में फैली हताशा और निराशा का बोध था परन्तु यदि सन्तान अपनी अपेक्षानुरूप न हो तो कितना दुःख व्यापता जाता है, इस सचाई से वे बख़ूबी अवगत थे।

1944 में पारिवारिक बँटवारे के बाद मैथिलीशरण परिवार से अलग–थलग पड़ते गये। पारिवारिक आन्तरिक कलह से खिन्न भी रहे लेकिन जैसी प्रभु की इच्छा, कहकर लम्बी ख़ामोशी। उनके व्यक्तित्व की अन्दरूनी तहों तक केवल सियाराम ही पहुँच पाये–बाक़ी लोगों को उनके इस व्यक्तित्व से उतना सरोकार नहीं था पर उनके माथे की हर सलवट और जीवन से जुड़ा कोई भी अप्रिय प्रसंग सियाराम को व्यथित कर जाता। कितना दुर्लभ, कितना विरल मगर कितना अनूठा भ्रातृप्रेम था यह। रात गहराती जा रही थी। यादों की श्रृंखला थी कि रेलगाड़ी से निकले धुएँ की तरह हर स्टेशन पर उनकी यादों का धुआँ निकलता और आकाश तक कालिमा छा जाती। उनकी चेतना में भी यादों का काला धुआँ छाने लगा। आँखें लाल होती रहीं। कितनी बार हलक के नीचे पानी उतारा, कितनी बार वे भरे गले से लोगों से मिलते रहे। किस तरह वे भर्रायी आवाज़ में बातें करते रहे। दर्द की हिलोरें कलेजा चीरती रहीं उनकी देह और अन्तस् को। लहूलुहान होता रहा मन। पूरी रात बेचैनी के मारे

करवट बदलते रहे दद्दा। उठकर पानी पीते और बगीचे में टहलने लगते। आँखों के सामने से सियाराम की छवि हटती ही नहीं। ऐसा लगता जैसे वे अभी आयेंगे और कहेंगे–'दद्दा, चलो अन्दर। सोते हैं। नींद न आ रही हो तो कवित्त सुनायें?'

जीवन क्या है? समय बिताना भर? ईश्वर प्रदत्त देह के ज़रिये कुछ अच्छा करते हुए जीवन को अर्थ और विस्तार देना–

यह जन्म हुआ किस अर्थ कहो,
समझो जिससे यह व्यर्थ न हो।

आज उन्हें अपने ही लिखे शब्दों के अर्थ निरर्थक लगने लगे। बेकार है ये जीवन। बच्चे, परिवार, समाज, राजकाज, सब अपनी गति से अपने ढंग से नियतिबद्ध चक्राकार घूमते रहते हैं। अपने केन्द्र पर घूमती है धरती। होते हैं दिन–रात। मौसमों का बदलाव, सूरज–चाँद का निकलना, अस्ताचल को जाते बादलों का झुण्ड और चलती, थमती हवाएँ और बारिश। ठीक इसी तरह होता है आदमी का जन्म और ऐसे ही होती है मृत्यु। सब कुछ पूर्वनिर्धारित, नियतिबद्ध, प्राकृतिक शक्तियों के अधीन। आदमी के हाथ में तो कुछ भी नहीं। ये जो अच्छा–बुरा समय है, ये भी कहाँ किसी के वश में है? कभी इतना विकट, इतना क्रूर समय कि एक–एक पल काटना भारी पड़ जाये तो कभी इतना फूल–सा हल्का और महकता, धूप–सा चमकता, कभी तितली की तरह रंगीन तो कभी आकस्मिक दिखते इन्द्रधनुष जैसा जादुई रंग बिखेरता। जब कुछ भी हमारे हाथ में नहीं तो फिर हम काहे इतना शोरगुल मचाने या मन–मुताबिक़ न होने पर माथा पीटने बैठ जाते हैं?

अक्सर कोई साहित्यकार या पत्रकार मित्र उनसे सीधे–सीधे पूछ लेता–'आपके नाम से सियारामशरण ऊपर उठे हैं? तो कोई कहता, सियारामशरण ज़्यादा बड़े साहित्यकार हैं पर दद्दा जैसे बटवृक्ष तले कोई और पेड़ पनप ही नहीं सकता। देखा, क्या हश्र हुआ सियाराम जी का? बेचारा छोटा भाई, सारी ज़िन्दगी दद्दा के आगे पीछे घूमने में निकाल दी।'

ऐसे अनर्गल प्रसंग सुनकर दद्दा खीझ उठते मगर उन छिछली बातों का जवाब देना वे ज़रूरी नहीं समझते। उनका जीवन दर्शन तो सादा जीवन उच्च विचार था। सभी भाई भी सादगी से रहते। अपने घर आये मेहमानों का जी खोलकर स्वागत करते। जाने पर छोटी–सी तश्तरी में कुंकुम व चन्दन का टीका लगाकर अतिथि को विदा किया जाता जिसे सियारामशरण बख़ूबी करते।

यादें, यादें और यादें। महज़ इस धरा पर यही अहसास बचा रहता है। बाक़ी इस देह का क्या? इसे तो आज नहीं तो कल मिटना ही है। अनुज के जाने पर उन्होंने अपने घर में ख़ुद को बेहद एकाकी पाया। नहीं हटती सियाराम की सूरत उनकी आँखों से। भोला चेहरा, सरल जीवन–शैली, सीधा व्यक्तित्व और भावनाओं का धनी सियाराम शब्दों के कुशल चितेरे बनकर उभरे। जब कोई उन पर आरोप लगाता कि– 'दद्दा चाहते तो सियाराम बहुत ऊपर जा सकते थे।' उनका मन होता कि सामने वाले को समझायें कि लेखन कोई बनिया का व्यापार नहीं है जिसे माल बेचने–ख़रीदने की तरक़ीबें सिखायी–समझायी जा सकें। उन्हें या किसी को भी कोई लिखना सिखा सकता है भला? निजी, मौलिक, लेखक का नितान्त अपना हस्ताक्षर जैसी बातों का निहितार्थ क्यों नहीं समझना चाहती दुनिया? ख़ुद सियाराम का लिखा बहुत अनूठा है, मौलिक चिन्तन से रचा–बुना गया है। अग्रज से सर्वथा भिन्न? भाषा, भाव, शैली व अद्‌भुत कथ्य के साथ वे नये विषय पर अपने ढंग से लिखते–रचते। सियाराम की पहचान उनके अपने दम पर बनी थी। उनकी मेधा, मेहनत और संवेदना के बलबूते उनकी अपनी नयी ज़मीन थी जो उन्होंने ख़ुद अर्जित की थी। इसमें भला किसी का भी क्या योगदान हो सकता था? ऐसे तमाम लोकापवादों पर न तो सियाराम ध्यान देते और न ऐसी बातें उन तक पहुँचने देते। कभी–कभार जब ऐसी बातें उन तक पहुँचतीं भी तो दोनों में से कोई भी इसे तूल नहीं देना चाहता। दोनों अपने अध्ययन कक्ष में पूर्ववत् चिन्तन–मनन व लेखन में डूबे हुए अपनी तयशुदा साहित्यिक ज़मीन पर चलते रहते।

दोनों मिलकर अपनी–अपनी रचनाओं पर ख़ूब चर्चा करते। स्वस्थ तरीक़े से विचारों की आवाजाही होती। सबसे बड़ी बात कि घर में प्रेस थी सो छपवाने के लिए वे किसी प्रकाशक के मोहताज नहीं थे।

इस निस्सार जीवन का मायने क्या है, बूँद–बूँद करके ख़ुद को यहाँ–वहाँ ख़र्च करते जाना और ख़र्च करते–करते अनायास ऐसा दिन आ धमकता जब प्रभु का बुलावा आ जायेगा–चलिए अब, उठिए यहाँ से। बाँधिए बोरिया–बिस्तर, बहुत खेला खेल लिए। न, प्रभु तो बोरिया–बिस्तर बाँधने तक का अवसर नहीं देते। कबीरदास की पंक्ति दिमाग़ पर दस्तक देने लगती–ज्यों की त्यों धर दीन्ही चदरिया।

जब कर्तव्य कर्मों की गठरी सिर पर लदी हो, ऐसे में हममें से हरेक के मुख से सुना जाता–अरे, हमें तो मरने तक की .फ़ुर्सत नहीं। जब इस अखण्ड भूभाग में जीना हमारी विवशता है, तो मरना हमारा चयन कैसे हो सकता है। रोज़ाना न जाने कितने लोग पैदा होकर कालावधि पूरा करके चल देते हैं, फिर चाहे ज़िन्दगी के काम पूरे हुए हों या न हो पाये हों। कितना कुछ करना था सियाराम को अभी। उनकी हर सफलता पर हर्षित होते, हर ख़ुशी के मौक़े पर दुगुने आवेग से पुलकित होते और हर परेशानी में कन्धे से कन्धा मिलाकर चलते पुत्रतुल्य भाई सियाराम ने तो अचानक जैसे बीच में ही खेल ख़त्म करने की घोषणा कर दी हो–'हमीं पहले जायेंगे प्रभु के पास। वो यहीं बाज़ी मार ले गया।' ऐसे विचार रात–भर आते रहे। आँखों–आँखों में रात कट गयी। घड़ी देखी, सुबह के 4 बज रहे थे। कहावत है–आज मरे कल दूसरा दिन, आ धमका दूसरा दिन और अब यह दूसरी सुबह वे अकेले–अकेले ही चाय पियेंगे।

वे सोचने लगे, सियाराम का जन्म ही साहित्य साधना के लिए हुआ था। सच्चे सन्त की तरह निर्विकार भाव से अपना कौतुक दिखाकर साधक जैसे साकेत धाम चला भी गया। ऐसी दिव्यात्मा को वे श्रद्धा समेत प्रणाम करने के लिए उसकी तस्वीर के सामने जा खड़े हुए और मन–ही–मन बोले–'आता हूँ मैं भी, जल्दी ही। मेरे बिना अकेले–अकेले वहाँ मन तो लगेगा नहीं तुम्हारा।

जो यहाँ–वहाँ खोजेंगे मुझे और न मिलने पर "दद्दा, दद्दा" की टेर से सिर पर आकाश उठा लोगे। तो मुझे भी वहीं अपने पास बुला लो न सियाराम।' एक लम्बी साँस लेकर वे आँखें मूँदे व्यथित होते रहे।

शरीर दिन–ब–दिन कमज़ोर होता जा रहा था। नज़र धुँधलाने लगी थी जिसके लिए वे चश्मा पहनते। अब पहले की तरह लम्बे और तेज़ डग नहीं भर पाते वे। अब वैसी गरमाहट, वैसी उत्सुकता या पाठकों के वैसे आतुर प्रेम भरे पत्र भी नहीं मिलते। मिलने–जुलने वाले भी उतने नहीं आते। एक–एक करके सारे साथी व मित्र उनकी आँखों के सामने उनसे विदा ले रहे थे। रस–रंग भरे मीठे, प्यारे सुनहरे दिन–रात ख़ाली लुढ़की सुराही की तरह नज़र आते जिसमें कितना ही पानी भर लो पर कोई सोंधी गन्ध नहीं, कोई ठण्डापन भी नहीं। जीवन तो ऐसा ही है, कभी चढ़ाव भरे क़दम कि चढ़ने के दौरान इसका अहसास तक नहीं कि वे अब शिखर पर हैं। उनके आसपास के लोग कहते भी तो वे विनम्रता से झुककर स्वीकार कर लेते पर अन्तस् में हर बार यही भाव उमड़ता–अभी तो इससे बेहतर कृति आनी शेष है। हमने जैसा लिखने का सोचा था, वैसी रचना तो अभी आधी–अधूरी ही है। क्या सोचकर हमने उस किताब को लिखना शुरू किया था और कैसे अन्त हुआ, नहीं ये उनकी श्रेष्ठ रचना नहीं है–इससे भी आगे की कहानी वे लिखेंगे, पर उनकी लिखी वे दो पंक्तियाँ उनसे मिलने–जुलने वाले दुहराने लगते तो उन्हें गहरा सन्तोष होता कि चलो, उनका लिखा कुछ तो जग को कण्ठस्थ है–'हम कौन थे, क्या हो गये हैं और क्या होंगे अभी' या 'अबला जीवन हाय तुम्हारी यही कहानी'।

'बदलता रहता है समय...' उनकी बात सुनकर चारुशीला बोल पड़े–'अब आपको ही देख लो। पहले पगड़ी, दुपट्टा और अँगरखा के साथ धोती पहना करते, फिर जेल जाने के बाद पायजामा और गाँधी टोपी।'

'भइया, भावनाएँ समझा करो कि धीरे–धीरे समय सबको बदल देता है।'

'दद्दा, आप जो कलकत्ते से बड़ी–बड़ी मशीनें लाये थे, प्रेस वाली, वह सब उतनी नहीं चलतीं। उतना काम ही नहीं है हमारे पास।'

'हूँ, अब तो उन मशीनों को समझने–सीखने की इच्छा भी पहले जैसी नहीं रही। वृन्दावन के साथ साइकिल चलाना सीखे थे। एक बार तो हम लोग साइकिलों से झाँसी से बेतवा के नौहर घाट तक हो आये। नदी में बहुत पानी था। न जाने कैसे हमारी साइकिलों के ब्रेक फेल हो गये और हम ढाल से नीचे की ओर मुड़े कि अचानक से हैंडल को मोड़ दे दिया और दोनों भदभदाकर नीचे गिर पड़े। बहुत दिनों से वृन्दावन से नहीं मिले। सियाराम के बिना अकेले कहीं आने–जाने का मन ही नहीं करता।' फिर फिर वही सियाराम की ही बातें और यादें।

'दद्दा, वृन्दावन से पिछली बार मुलाक़ात हुई थी। आपकी आँतों की शल्य चिकित्सा के बारे में सुनकर बहुत बेचैन थे। कहाँ, कैसे, अधीर होकर पूछते रहे।'

'इन सबका स्नेह ही तो मेरे जीने की पूँजी है।'

अनायास चारुशीलाशरण जी उनके पास आकर वृन्दावन लाल वर्मा व सियारामशरण के साथ खिंचाई तस्वीरें दिखाने लगे–

'दद्दा, याद है जब रामकुमार वर्मा जी आये थे तो सियाराम भैया कितने ख़ुश हुए थे। आपने भी तो कहा था–"अरे सियाराम, जे सागर से आये तब तो जे रामकुमार अपनेई भय"।'

'आप दोनों की वैसी खिलखिलाहट तस्वीरों में क़ैद है।'

'हाँ, मास्टर, अब सियाराम की समस्त रचनाओं को संकलित करना हमारी–आपकी ज़िम्मेदारी है। उनके पत्रों का संग्रह अलग करके छापेंगे। हम जैसे सहोदर भाइयों की लोग दाद देते हैं सो हमें इस मूल्यवान विरासत को सहेजना, सँवारना होगा जिससे आगामी पीढ़ियाँ याद रख सकें।' इस बार उनकी आवाज़ में थोड़ी मज़बूती और आत्मविश्वास खनक उठा। लगा जैसे धीरे–धीरे अतिरिक्त भावुकता अपनी केंचुल छोड़ती जा रही हो।

'दद्दा, जब हम सब मिलकर उस बुरे वक़्त से बाहर निकल आये थे, फिर निकल आयेंगे। सालों पहले हमारे यहाँ आढ़त और घी का कारोबार कितनी तेज़ी से आसपास के इलाक़ों में फैला था और कोंच की दुकान के गुमाश्ते ने उसमें इतना ग़बन किया कि उसे छिपाने के लिए उसने कपास के गोदाम में आग लगा दी। हज़ारों मन कपास दो दिन तक जलती रही। इस तरह नुक़सान पर नुक़सान पहुँचने से व्यापार की हालात डाँवाडोल हो गयी थी।'

'हूँ, तब नन्ना कितने घबरा गये थे लेकिन घर की प्रतिष्ठा पर ज़रा भी आँच नहीं आने दी उन्होंने।' बात को आगे बढ़ाते हुए वे बोले।

'पसेरियों सोने और मनों' चाँदी के साथ बहुत–सी ज़मींदारी भी बेचकर सूद सहित लोगों का रुपया सधाया गया। जो बकाया शेष रह गया, वह क़िस्तों पर चुकाया गया।' चारुशीला अपनी रौ में बोलते जा रहे थे।

'पता है, कारोबार की बर्बादी का दुःख देश की पराधीनता के ग़म में डुबो दिया मैंने। अपनी किताबों से होने वाली आय से भी मदद मिली थी।'

'पर आपकी लिखी कविता के अंश कितने सटीक लगते हैं...' चारुशीला बीच में बात काटते हुए बोल पड़े–

वार दिया पहले ही मैंने, तुम पर सब घर बार।
देने को प्रस्तुत हूँ मैं तो अपना जीवन गार।

सुबह से दोपहर, दोपहर से शाम और फिर रात अपना परिधान पहन लेती। दद्दा उचटती नज़रों से घर के चारों तरफ़ रखी किताबों को देखते रहे। प्रभु के पास जाने के बाद कौन सँभालेगा इन्हें? कितनी पौराणिक और ऐतिहासिक किताबों का ढेर लगा है। इन्हीं पुस्तकों के पारायण से तो उनके लेखन को संजीवनी मिलती रही है। धार्मिक व सांस्कृतिक मूल्यों को संवर्धित करने वाली दर्जनों किताबें पढ़कर ही तो उनके अन्दर की कल्पना शक्ति विराट आकार–प्रकार ग्रहण करती है। प्राचीन किरदारों में नये सिरे से आधुनिकता का समावेश करने की पहल की थी हमने। ऐतिहासिक चरित्रों में नयी अर्थवत्ताएँ,

मौलिक चिन्तन से कल्पना और स्मृति का सहमेल। कुल मिलाकर आज के यथार्थ की कल्पना के सतरंगी परिधानों से सुसज्जित करना ही तो कविकर्म है।

मैं अपना घट लिए खड़ा हूँ, अपनी–अपनी हमें पड़ी–
सबकी है जीवन की चाह, ताक रहे सब तेरी राह।

सियाराम की तस्वीरें देखते–देखते याद आया कि एक बार 1928 में मुज़फ़्फ़रपुर हिन्दी साहित्य सम्मेलन में सभापति के पद से बोलते हुए हरिऔध जी ने कहा था कि–'मुझे तो मैथिलीशरण की अपेक्षा श्री सियारामशरण की कविताएँ अधिक पसन्द आती हैं।' इस पर करतल ध्वनि बजी। सुनकर उन्हें गहरा सन्तोष हुआ था। अपने भाई पर गर्व भी।

महात्मा गाँधी अपने अन्तिम दिनों में दिल्ली स्थित बिड़लाजी के आवासीय भवन में रुके थे। यहीं से प्रार्थना स्थल जाते समय उनकी गोली मारकर हत्या कर दी गयी। तब सियाराम ने बिड़ला भवन को राष्ट्रीय स्मारक घोषित करने हेतु कितना पत्राचार किया था और ख़ुद पहल करते हुए सरकार पर दबाव बनाया था। श्रद्धेय घनश्याम जी अपना सम्पूर्ण आवासीय बिड़ला भवन देने के बहुत इच्छुक नहीं थे। मामला भारत के प्रथम राष्ट्रपति राजेन्द्र प्रसाद, पण्डित नेहरू, गृहमन्त्री वल्लभभाई पटेल और राष्ट्रपिता के निजी सहायक किशोरीलाल तक पहुँचा। तब पंचायत में इस मुद्दे के निर्णय का आधार बना कि यदि महात्मा गाँधी होते तो क्या वे अनिच्छा से दिया गया दान स्वीकार करते? सबने एकमत से कहा–अस्वीकार करते।

अन्ततः बिड़ला भवन के आंशिक पार्श्व भाग में स्थित महात्मा जी के रुकने वाला कमरा तथा प्रार्थना सभा स्थल को राष्ट्रीय स्मारक घोषित किया गया। इसके बाद सम्पूर्ण बिड़ला भवन राष्ट्रीय स्मारक की माँग को सियाराम ने विराम दिया। दानवीर बिड़ला परिवार द्वारा भारत राष्ट्र को समर्पित उनके आवासीय भवन का यही पुण्यस्थल सार्वजनिक तौर पर दर्शनार्थ खुलने लगा। इस सम्बन्ध में राष्ट्रपति राजेन्द्र प्रसाद के प्रश्नगत विषय में **चिट्ठी भी** सियारामशरण को लिखी गयी थी।

प्रसंगवश उन्हें याद आया–बिड़ला जी और उनके पारिवारिक सम्बन्ध इतने प्रगाढ़ और पारस्परिक आत्मीयता से ओतप्रोत थे और वे उनकी किताबों को पढ़कर अपनी राय भी पत्र लिखकर भेजा करते। एक बार किसी सन्दर्भ में उन्होंने राष्ट्रकवि दद्दा से पूछा था–'आपके पुत्र उर्मिलजी करते क्या हैं? कविताएँ लिखते हैं या कोई कारोबार?'

दद्दा पल–भर के लिए चुप्पी साधे रहे। फिर थोड़ी देर बाद गम्भीर स्वर में बोले–'ऐसा है भाई, अलग से तो कुछ भी ऐसा नहीं करते। हमारे यहाँ सब कुछ साझे में होता है।'

'दद्दा, यदि आप उचित समझें और आपका मन हो तो उर्मिल जी को मेरे यहाँ कोई महत्त्वपूर्ण ज़िम्मेदारी दी जा सकती है। कृपया अन्यथा न लें। बस, ऐसे ही मेरे मन में अनायास यह भावना जगी।' नपे–तुले शब्दों में वे बोलते रहे।

'नहीं, इसमें अन्यथा लेने जैसी तो कोई बात नहीं बिड़ला जी। सुनकर हमीं संकोच में पड़ गये। अपने भाइयों से सलाह–मशविरा लेकर अपने निर्णय से जल्दी ही आपको अवगत करायेंगे।'

'क्या उर्मिल जी जायेंगे इतने दूरन्देश? उन्हें आज भी अपनी माँ से छोटे बच्चे जैसा लगाव है।' उन्होंने अपने भाइयों से मशविरा किया तो जितने मुँह, उतनी बातें।

'वे शायद ही जायें। अगर उन्होंने पूरी ज़िम्मेदारी से अपने कर्तव्यों का निर्वहन न किया तो?'

'मान लो, चले भी जायें तो जो भी काम वे देंगे, तो उर्मिल पूरी मेहनत व लगन से उनकी अपेक्षाओं पर खरे उतर पायेंगे? नहीं उतर पाये तो बदनामी तो दद्दा की होगी न?'

'राष्ट्रकवि के सुपुत्र को ऐसा प्रस्ताव दिया, ये ठीक बात है पर उनकी जगह किसी और को भेज दिया जाये जो ये काम लगन से कर सके?'

'तो फिर उनकी जगह किसे दी जाये ये नौकरी? सचमुच है तो यह सुनहरा अवसर, पर कौन जायेगा बम्बई? अगर आगरा, झाँसी, कानपुर आसपास की होती तो ठीक रहता।'

'हमारा बच्चा जा सकता है...' हलके भैया ने दबी ज़ुबान से कहा।

'ठीक है, सोच–समझकर बताना। जो भी इसे पूरी ईमानदारी और लगन से करेगा, उसी का जाना ठीक रहेगा। इससे हमारी प्रतिष्ठा भी जुड़ी है। उनके दिये गये काम में ज़रा भी कोताही ठीक नहीं...'

'ठीक है दद्दा...' बात आयी गयी हो गयी। किसी ने नाम दिया और बिड़ला जी ने सुनी–अनसुनी कर दी, कोई नहीं जान पाया। न तो उनके पूछने का कोई औचित्य था और न ही ऐसा उनकी मर्यादा, मूल्य या गरिमा के अनुकूल होता सो लम्बा अन्तराल बना रहा। समय की धूल ऐसी चढ़ी कि यह बात न जाने कहाँ किस खोह में विलुप्त हो गयी।

सियाराम के गुज़रने के बाद दद्दा का एकान्त घना होता गया। उनकी ख़ामोशी ही उनसे संवाद करती–

कोई पास न रहने पर भी, जन–मन मौन नहीं रहता।
आप आपकी सुनता है वह, आप आपसे है कहता।

शाम की डाक खोलते वक़्त अक्सर उनकी पोती साधना, आराधना चली आतीं और उन्हें टुकुर–टुकुर ताकती रहतीं। बच्चियों के प्रति उनका अनुराग अथाह था। बच्चियों की तोतली बातों से दद्दा के अन्तस् की बेचैनी कम होती–'दद्दा, इतनी सारी चिट्ठी...हमें भी चाहिए।'

'इतने बड़े ख़ानदान का कोई वारिस तो होना चाहिए न दद्दा?'

'कैसी बातें करती हो बिटिया? होंगे, तुम्हारे बेटे भी होंगे मगर बस तब हम नहीं होंगे उन्हें देखने के लिए।' उन्होंने निर्विकार ढंग से कहा।

'आपकी तबीयत तो ठीक है न दद्दा?'

'अब चला चली की वेला है। बहुत जी लिया।'

'पर आपने तो ख़ुद लिखा है–

कहा राम ने कि यह सत्य है।
सुख–दुःख सब है समयाधीन।

सुख में कभी न गर्वित होंगे।
और न दुःख में हों वे दीन।'

'हाँ बिटिया, कष्ट में ही खिलते हैं जीवन के सुमन।'

तब तक शाम की चाय संग मठरी आ गयीं। बच्चियाँ इधर–उधर खेलते हुए निकल गयीं। वे शाम को आयी डाक में डॉ. नगेन्द्र द्वारा भेजी किताब पढ़ने लगे। उनके 'साकेत' काव्य पर कितनी तरह की टिप्पणियाँ–'कथा की गति आवश्यकता से अधिक विषम है। उसमें प्रारम्भ में अत्यन्त मन्थरता, मध्य में पूर्ण स्थिरता और अन्त में बड़ी उठापटक है मानो किसी को कहने–सुनने का अवसर ही न हो।' पढ़ते हुए मुस्कराने लगे वे।

अपने पक्ष में लिखी बातें वे ध्यान से पढ़ते, पाठक लेखक व प्राध्यापक वर्ग लिखते हैं कि द्रौपदी, सुभद्रा, उर्मिला, सीता और यशोधरा जैसी स्त्रियों की वेदना को उन्होंने बख़ूबी समझा है। अक्सर उनकी लिखी कुछ पंक्तियाँ अनायास कैसे इतनी लोकप्रिय होती जाती हैं जिसका अहसास ख़ुद कवि को नहीं–

एक अबला का क्या, जिये, जिये, मरे, मरे।

नारी सौन्दर्य के अलावा दाम्पत्य के चित्र खींचे हैं–

हाथ लक्ष्मण ने तुरन्त बढ़ा दिया और बोले–एक परिरम्भण प्रिये।
सिमट–सी सहसा गयी प्रिय की प्रिया,
किन्तु घाटे में उसे प्रिय ने किया–आप ही फिर प्राप्य अपना ले लिए।

इसके साथ साथ–'मेरे चपल यौवन बाल।'

यह पढ़कर नन्ददुलारे वाजपेयी जैसे आलोचक ने कहा–'इन पंक्तियों का संकेत उर्मिला को विषय वासना की सीमारेखा के इतने समीप पहुँचा देता है कि अन्य अवसरों पर उसके द्वारा दी गयी वीर रमणी के अनुरूप वीर व्यवहार की शिक्षा अभीप्सित प्रभाव उत्पन्न करने में असमर्थ रह जाती है।'

दद्दा की कविताओं के आलोचक भी बहुतेरे रहे। पाठक ज़रूर आलोचना से हटकर अपनी प्रतिक्रिया देते हैं।

दद्दा को लेकर कई तरह की बातें भी फैला दी जातीं–सुधीजनों द्वारा तो कभी ईर्ष्यालु लोगों द्वारा तो कभी यूँ ही बेवजह की चर्चाएँ–कुचर्चाएँ। किताब को लेकर भ्रम फैलाया जा रहा था–'क्या है, गुप्त जी की कृति 'जय भारत' में? महाभारत कथा को जोड़कर रची कहानी में कौन–सी बड़ी बात है?' तो कोई कहता–'गुप्त जी ने इसमें अपने पूर्वरचित काव्य ग्रन्थों से भी प्रसंगों को उठाया है–हिडिम्बा, नहुष, बक संहार, वन वैभव आदि के अंश लिए गये हैं।' तो कोई कहता–'उनकी आरम्भिक कविताओं में ही ताक़त थी। अब तो वे ख़ुद को दुहराने लगे हैं।'

सच था कि उन्होंने पूर्वरचित कविताओं को संशोधित–सम्पादित करके ही उन्हें नये सिरे से प्रबन्ध काव्य में शामिल किया था। छन्द भी बदला गया और महाभारत के प्रसंगों को कालानुरूप नये आधुनिक भारत से जोड़कर विवेचना की। 'जय भारत' की रचना जब हुई तब दूसरा विश्वयुद्ध चल रहा था। बीच की अवधि में वे 'विश्व–वेदना' नामक प्रबन्ध कविता लिख चुके थे। 'जय भारत' में महाभारतकालीन युद्ध के दृश्यों में विश्वयुद्ध का असर कवि की अन्तश्चेतना को किस तरह मथता व बेचैन करता है, उसकी प्रासंगिकता को आज से जोड़ते हुए उन्होंने लिखा–

केवल इसे कुरुवंश का ही नारा कहना भूल है,
केशव, हुआ इस युद्ध में यह देश नष्ट समूल है।

महाभारत केन्द्रित विषय पर 'जय भारत' प्रबन्ध काव्य में मैथिलीशरण कोमल, दुरूह और प्रसंगानुरूप भाषा शिष्टता के ज़रिये छोटे–छोटे छन्दों में ही ऐसी गहरी बातें सूत्रात्मक ढंग से लिखते हैं जिनमें आम बोलियाँ समाविष्ट थीं–

वही तो बातें हैं, कब तक कहें वो हम सुनें?
भली चर्चा भी क्या, जब तक उसे चित्त न चुनें?

युद्ध के दृश्य, जीवन की नश्वरता से जुड़े सवाल और उनकी सहज शाश्वत जीवन दृष्टि–

सर्वथा करने को है देह, अमर है आत्मा निस्सन्देह
नित्य हैं प्राण, अनित्य शरीर, युद्ध कर निर्भय होकर वीर

क्या मरना भी अपने अधीन, जीवन मेरे दयनीय दीन।

जब दद्दा ने स्त्री विषयक चिन्ताओं और स्त्री की पारिवारिक–सामाजिक भूमिका पर नज़र डाली तो उनकी क़लम से एक से बढ़कर एक सुन्दर गीत निकले–

तुम क्या अपने से ही मैं कहती हूँ हारी, हारी,
सहने के लिए बनी है सह, तू दुखिया नारी।

मैथिलीशरण अपनी रचनाओं पर आधारित लेख, टिप्पणियाँ और समीक्षाएँ पढ़ते हुए साहित्य जगत के विद्वानों के अलग–अलग दृष्टिकोण पर विचार करते हुए 'मुंडे–मुंडे मतिर्भिन्ना' के दर्शन को जीते रहे। सबकी रुचि, ग्राह्यक्षमता अलग–अलग होती है और परिवेशजन्य संस्कार भी, सो उनकी सोच–विचार क्षमता भी अलग होगी ही।

जब भी साहित्य जगत में उनकी चर्चा होती तो सभी एकमत से बेबाक़ राय देते। हिन्दी कविता में उनके योगदान को कोई भी नकारने की बात सोच तक नहीं पाता। वे कवि के रूप में अच्छे हैं या नहीं, यह बहस का विषय हो सकता है मगर हिन्दी की साहित्यिक यात्रा में उनके अवदान को अस्वीकारना असम्भव।

साहित्य जगत में यह बहुत बड़ी घटना थी जब ब्रजभाषा में प्रचलित कविताओं की जगह गुप्त जी की कविताओं ने ब्रजभाषा युग का अन्त किया और खड़ी बोली युग की व्यापक रूप से शुरुआत की। हिन्दी भाषा की शुद्धता और परिमार्जित खड़ी बोली में कविता रचने वाले उच्च कोटि के कवि के रूप में उनकी रचनाएँ शुरू से ही देश–भर में कण्ठस्थ की जाने लगीं। हिन्दी कविता के पाठक 'भारत–भारती' और 'जयद्रथ वध' की कविताओं को सिर आँखों पर ले रहे थे, ज़ुबान पर रट लेते और घर–घर में वही बोली जाने लगती–हम कौन थे...

दद्दा को इस बात का अहसास था कि साहित्य का एक वर्ग ऐसा भी है जिन्हें उनकी कविता में छिद्रान्वेषण की आदत रही है। वे सालों से सुनते आ रहे थे कि उनके द्वारा गद्य का पद्यानुवाद किया जाता है।

उन पर इतिवृत्तात्मक पद्यों का ढेर लगाने वाले कवि का आरोप। उनकी बृहद् रचनात्मक यात्रा और लेखन में लोकप्रियता की सीढ़ियाँ चलते चले जाने को ईर्ष्या भाव से देखे जाने की प्रवृत्ति का सबसे ज्वलन्त उदाहरण था, उन्हें मैं—थैलीशरण कहा जाना। इस व्यंग्यार्थ को वे बख़ूबी समझते व महसूस करते। उनका काव्यग्रन्थ 'साकेत' लोकप्रियता की चोटी पर था तब, उन पर आरोप लगाये जाने पर वे मौन साध लेते—'मैथिलीशरण की कविता नैतिक उपदेश के क्षेत्र में सहजतापूर्वक जीवन के किसी धार्मिक स्तर का स्पर्श कर पाती तो वह अत्युच्च कोटि की कविता होती।'

दद्दा की प्रबन्ध पटुता, काव्य रूप, छन्द व संगीत और सबसे ज़बरदस्त गुण था—विराट कल्पनाशीलता, सौन्दर्यप्रियता और प्राकृतिक तादात्म्य का अद्भुत संयोजन। जहाँ कथानक, चरित्र—चित्रण और कथावस्तु के सहमेल को ज़रूरी तत्त्व समझा जाता रहा हो, ऐसी स्थिति में स्वच्छन्दतावादी प्रगीत (झंकार के गीत) रचकर विविध कल्पना शक्ति के नव्यवम सृजन से दद्दा ने सभी आलोचकों का मुँह बन्द कर दिया था—आ, नव नव निर्देश धरे। 'मंगलघट' की कविताएँ या 'नहुष', 'विष्णुप्रिया' या 'पंचवटी' कथा आख्यान में संवादात्मक प्रगीतों की संरचना इतने कलात्मक ढंग से गुँथी है जो विलक्षण ध्वनियों को सशक्त ढंग से उभारती है।

दद्दा ने अपने पीछे परम्परागत काव्य ग्रन्थों का विशद अध्ययन—मनन किया जिसके चलते उनकी कविताएँ प्राचीन और नवीन युग की आवाज़ बनती गयीं। दद्दा सम्भवतः हिन्दी पट्टी के इकलौते ऐसे कवि माने जाने लगे जिनकी कविताएँ पिछले तीन—चार दशकों से हिन्दीभाषी प्रदेशों के जनमानस को आन्दोलित करती रहीं। भारतीयता के उपासक, वैष्णवी परम्परा के वाहक और मानव मूल्यों के प्रति गहन निष्ठावान कवि के रूप में उनके भाव, भाषा और अतर्वस्तु तीनों का अद्भुत संयोजन पाठकों को इतना रुचता है कि हमें किसी—न—किसी के मुख से यह सुनने को मिल जाता है—'नर हो न निराश करो मन को, कुछ काम करो, कुछ काम करो, जग में रहकर कुछ नाम करो।'

पाठकों के बीच सम्प्रेषणीयता अनिवार्य गुण है। जब तक हमारे विचार सरल–सहज भावों व संवेदना में सजकर पाठकों के चित्त को संवर्धित न कर सकें, तब तक केवल स्वान्तःसुखाय काव्य रचना दद्दा को पसन्द नहीं। सचमुच बहुत मुश्किल होता है एक सीधी सरल रेखा खींचना पर दद्दा ने सीधी रेखा खींची जिसे पढ़ते ही आम पाठक कह उठता–'वाह, क्या बात है!'

वाचक प्रथम सर्वत्र ही जय जानकी जी न कहो।
फिर पूर्वजों की शील की शिक्षा तरंगों में बहो।

उन्होंने 'साकेत' में जंगल में रहने वाली जनजातियों के बारे में लिखा है–

इन्हें समाज नीच कहता है, पर हैं वे भी तो प्राणी।
इनमें भी मन और भाव हैं, किन्तु नहीं वैसी वाणी।

शाम होते ही दद्दा ध्यानस्थ मुद्रा में बैठते तो आँखें मूँदते ही सियाराम की बातें व उनके साथ गुज़ारा बचपन याद आ जाता। रामभक्ति उनकी नस–नस में भरी थी और इसी तरह देशभक्ति उनके ख़ून में। देश विभाजन के समय जब महात्मा गाँधी पाकिस्तान को 55 करोड़ रुपये दिलवाने के लिए आमरण अनशन पर बैठे तब दद्दा को पहली बार गाँधी जी के प्रति .गुस्सा आया। तत्काल आक्रोश और .गुस्से भरी कविता लिखकर सियाराम को पढ़ने को दी जिसे पढ़ते ही उन्होंने फाड़ दी–'दद्दा, ध्यान रहे, इसे कोई और न पढ़ने पाये। हम गाँधीवादी दर्शन के ख़िलाफ़ नहीं जा सकते।'

कविता की प्रासंगिकता और भविष्य पर बात चली तो उन्होंने दो टूक लहजे में जवाब दिया–

'यदि विज्ञान ने कविता का गला घोंट दिया तो अन्य ललित कलाओं का क्या होगा? क्या उनका भी अन्त हो जायेगा? लेकिन चिन्ता की कोई बात नहीं। फिर कोई वाल्मीकि पैदा होगा और लोग फिर कविता की पूजा करने लगेंगे। जब तक दुनिया है, कविता भी रहेगी और कविता से ब्रह्मानन्द की अनुभूति पाने वाले भी।'

समय मिलते ही वे अपनी पुत्रवधू शान्ति को बँगला पढ़ाया करते। बहू–बेटियों में फ़र्क़ करना उन्हें नहीं आता था। जब भी शान्ति उनके कपड़े धोती, वे टोक देते–'हमारा सफ़ेद कुर्ता और धोती हम ख़ुद धो लेते हैं बिटिया।'

'पर आपका लम्बा कोट और खादी जैकेट भी गन्दा हो गया था जिसे हमने धोबी को दे दिया है। कल तक आ जायेगा धुलकर।'

'और हमारी गाँधी टोपी?'

'वो तो तह करके अलमारी में रख दी है।'

तब तक सबके लिए खाना तैयार हो चुकता था। भाइयों संग गर्दन नवाये वे खाना खाते लेकिन मनपसन्द सब्ज़ी देखकर कम खा रहे थे तो अनुज ने टोक दिया–'ज़रूर सब्ज़ी अच्छी बनी होगी। दद्दा इसलिए तो कम खा रहे हैं जिससे बाक़ी लोगों को यह कम न पड़ जाये।'

'फिर तो दादा, सभी इसे कम खायेंगे।'

'नहीं, ठीक से खाओ सब जने। जई सोच कै हमने ज्यादा सब्जी बना लई ती।' जिया बीच में आकर सबको ढेर सारी सब्ज़ी परोस देतीं। वे मना करते रहे लेकिन उन्होंने सबको ख़ूब सारी परोस दी।

पत्नी को ख़ुश देखकर उन्हें गहरा सन्तोष मिलता। जिया को अपने जीवन में बच्चों की ख़ातिर कितनी तकलीफ़ उठानी पड़ी मगर हिम्मत नहीं हारी कभी। विपरीत हालातों में भी वे अडिग खड़ी रहीं। 'विष्णुप्रिया' की पंक्तियाँ लिखते वक़्त जिया की सूरत और संघर्ष रह–रहकर याद आता रहा–'जैसा तुम कहते थे स्वामी, सचमुच मैं सुकुमारी।'

दद्दा की छवि बाहर के लोग भले ही हिन्दू धर्म के घेरे तक सीमित कर दें मगर वे तो हज़रत ईसा, हज़रत मोहम्मद, भगवान बुद्ध, स्वामी दयानन्द, सिक्ख धर्मगुरुओं आदि को संकीर्ण दृष्टि से न देखकर यथेष्ट आदर देने में क़तई नहीं चूकते–

बाहर कुछ भी क्यों न हो, भीतर है क्या भेद?
सदुपदेश है एक ही, क्या कुरान क्या वेद?

एक बार उनके बालसखा अजमेरी ने उनसे कहा था–'फलाँ–फलाँ साहित्यिक बन्धु ने तो 'साकेत' को महाभ्रष्ट कह दिया?'

'अच्छा भइया, जो हमसे बनता है, हम करते हैं। जो उनसे बनता है, वे करते हैं।' पर 'साकेत' के बारे में सुनकर सिर्फ़ इतना बोले–'सबकी रुचि एक जैसी नहीं होती। इसीलिए तो कहा जाता है, मुंडे–मुंडे मतिर्भिन्ना...'

सुबह–सवेरे उठकर हाथ–मुँह धोकर वे नियम से अख़बार पढ़ते। बीच–बीच में हुक़्क़ा पीते रहते। कई बार कविता लिखते समय भी हुक़्क़ा पीते रहते। जब लिखने की रौ में नहीं होते तो भाइयों, भतीजों से प्रेस से जुड़ी गम्भीर बातें पूछते। मिलने वालों से बातचीत चलती रहती। जहाँ वे बैठते, उनके इर्द–गिर्द कई किताबें पड़ी रहतीं।

धीरे–धीरे साहित्यिक दुनिया में भी काफ़ी परिवर्तन होते नज़र आने लगे। आरोप, प्रत्यारोप, मिथ्यारोप, साज़िशें अपनी–अपनी किताबों को पाठ्यक्रम में लगवाने हेतु किये जा रहे प्रयास और इसके लिए एड़ी–चोटी का प्रयास करते रहना–तिकड़मी चालें, कूटनीतियाँ और भितरघाती चालों के कई क़िस्से कोई–न–कोई उन्हें सुना जाता। वे तटस्थ द्रष्टा या मूक भोक्ता की तरह ऐसे सुनते–समझते जैसे वे इसके हिस्से क़तई नहीं हैं और न ही बनने की चाह रखते।

उन्हें लगता, रचना के लिए सबसे ज़रूरी है–अनुभव करने की तीव्रता जो तभी कर पायेंगे जब हम परिवार या समाज के लिए अनुकूल या हितकारी भावनाओं को पोषित करेंगे। हमारे आसपास जो भी ग़लत हो रहा है, बुराइयाँ फैलती दिख रही हैं, या अन्याय–अत्याचार घट रहा है–रचनाकार पूरे दमखम से उसका तीव्र विरोध करे ताकि वह समरस भावपूर्ण व संवेदनशील समाज की परिकल्पना को साकार कर सके।

दद्दा के दिलोदिमाग़ में हमेशा एक बात घर किये रहती कि उनके लिखने से हमारी विकृत या विरूपित समाज व्यवस्था में कुछ तो परिवर्तन नज़र आये। लोगों की जड़ता टूटे, उनकी सोच में बदलाव हो। सालों पुरानी जड़ हो चुकी रूढ़ियों, सड़ी–गली

मान्यताओं व कालातीत हो रहे मूल्यों को उखाड़ते हुए ऐसे आदर्श चरित्र रचे जायें जिन्हें पढ़कर आम पाठक अच्छाई की ओर उत्प्रेरित हो सके। उसके अन्दर कुछ बदलाव आये। हमारी रचनाएँ पढ़कर पाठक इस परिपाटीबद्ध अप्रासंगिक परम्पराओं को तजने का साहस कर सकें। नये समय में नये सिरे से प्रगति पथ पर चलने के लिए मौलिक चिन्तन–मनन और तदनुरूप श्रेष्ठ मनुष्य होने की दिशा में आचरण करें, पर अफ़सोस कि वैसा कुछ नज़र नहीं आ रहा। वैसी सकारात्मक सोच और मूल्य संवर्धित जीवन पद्धति की तरफ़ लोगों की ललक मद्धिम पड़ती जा रही थी।

उनके अनुसार जीवन के प्रति, अपने होने के प्रति, मानव अस्तित्व के लिए, सृष्टि के कण–कण में सबसे ज़रूरी अहसास है प्रेम। जीवन की सबसे सुरीली बाँसुरी जिसे बच्चे से लेकर बड़ा तक हर आदमी बजाना चाहता। प्रकृति की अनूठी देन है सौन्दर्य, सृष्टि और मनुष्य को बचाने के लिए सबसे ज़रूरी अहसास है मन में ऐसे विशाल निश्छल प्रेम की बाँसुरी का निरन्तर बजते रहना। प्रेम की धुन पर सारी सृष्टि झूमती है, प्रकृति गुनगुनाने लगती, हवाएँ तान छेड़कर सोयी पलकों को जगा देतीं और आँखों में स्वप्न, सन्धान के सिलसिले थमते नहीं। सृष्टि में प्रेम की गुनगुनी आँच नहीं तो जीवन भी नहीं। संजीवनी शक्ति का दूसरा नाम है अहैतुक प्रेम जो विशाल सृष्टि के कण–कण में व्याप्त हो–

अचल करो इसको, अपनाओ,
इसमें ऐसी ज्योति जगाओ–
जिसमें प्रिय, तुम देखे जाओ,
और रूप रस, जाय पिया,
जो मुझसे हो सका किया।

रवीन्द्रनाथ टैगोर का रचनाकाल हिन्दी कवियों को सबसे अधिक प्रभावित करने वाला काल था और गुप्त जी अपनी कृति 'झंकार' में टैगोर के इस स्वच्छन्दतावाद से मुक्त नहीं हो पाये। आचार्य शुक्ल जी ने लिखा है–'खड़ी बोली की कविता जिस रूप में चल रही थी,

उससे सन्तुष्ट न रहकर द्वितीय उत्थान के समाप्त होने के कुछ पहले कई कवि खड़ी बोली काव्य को कल्पना का नया रूप रंग देने और उसे अधिक अन्तर्भाव–व्यंजक बनाने में प्रवृत्त हुए जिनमें प्रधान थे, सर्वश्री मैथिलीशरण गुप्त, मुकुटधर पाण्डेय और बदरीनाथ भट्ट।'

मैथिलीशरण को रवीन्द्रनाथ टैगोर की कविताएँ प्रभावित करतीं थी। विश्वकवि टैगोर की कविताएँ छन्दबद्ध गेयात्मक रही हैं जिसे सुनकर जनमानस तन्मय होकर सुध–बुध बिसराकर डूब जाता, वही भावबोध की तादात्मयता वे भी सिरजना चाहते थे। उनकी कुछ फुटकर कविताओं में अनुभूति की वैसी सघनता नज़र आती है जहाँ प्रकृति के सान्निध्य में बैठे–बैठे वे किरदारों को चलते–फिरते जीवन्त रूप में जीवन्त कर लेते–'लूँ मैं सौ–सौ बार बलैयाँ, धन्य तुम्हारी भूलभुलैयाँ।'

मैथिलीशरण स्वच्छन्द मनोभूमि में जीवन को निरासक्त भाव से देखते रहे। उम्र की इस साँझवेला में समय जैसे थम–सा जाता है जैसे लम्बी राह चलते–चलते राहगीर पेड़ तले सुस्ताने बैठ गया हो। सियाराम के जाने के बाद दद्दा का समय केवल साहित्य साधना में कटता। मन विचलित होता तो रायकृष्णदास को चिट्ठी लिखते या किसी साहित्यिक समारोह में भाग लेने बाहर निकल जाते। अपनी छोटी–सी दुनिया में उनकी इच्छाएँ सिमटने–सिकुड़ने लगीं–

होता नहीं क्रान्ति कोलाहल, शान्ति खेलती आप,
जैसा आता, बस वैसा ही जाता मैं चुपचाप।
स्वजनों से चर्चा छिड़ती, सो भी दिन दो चार।
यही होता है जगदाधार।

दद्दा के भीतर विचारों का मन्थन चलने लगता। जीवन और मौत की लीलाएँ क्या हैं? आदमी जैसा आता है, वैसे ही चुपचाप चला जाता है, ख़ाली हाथ। जितने स्वजन हैं, बस उन्हीं के बीच दो–चार दिन चर्चा होती है। शेष समय लोगों के बीच, बस नाम लेकर–अरे, बेचारा जल्दी चला गया, ओह, ये ठीक नहीं हुआ, प्रभु की कैसी लीला है? दद्दा ने इतने नज़दीकी स्वजनों की मौतें देखीं कि जीवन की

नश्वरता की सचाई एक पल के लिए भी नहीं बिसरा पाते। जिन्हें सचमुच प्रेम के अस्तित्व व हृदय की संवेदनशीलता का अहसास है, जिनके होने से जीवन जीवन है अन्यथा जीवन में ऐसा क्या है जिसके लिए हम रोयें, तड़पें या पाने के लिए छटपटायें।

जिसका साथ हमारे होने को अर्थ और विस्तार दे या जिससे मिलकर हमारी धड़कनें तेज़ हो जायें, जीवन को गति मिले, जीवन राग फिर से बज उठे या जिसके साथ वे समूची सृष्टि को प्रेममय नज़र से देखने की सामर्थ्य जुटा लें और वह है लेखन का रसायन जिसे पीकर वे समूचे संसार की कठिनाइयों, तनावों, विषम हालातों और परिजनों की मौतों से उमड़ती स्मृतियों की उँगली थामे आगे की राह पर क़दम बढ़ा पाये हैं, साहित्य बोध के उसी अमर जल को पीकर वे शीतल मानसरोवर में उतर पड़ते हैं। चारों तरफ़ बर्फ़ आच्छादित पहाड़ों के शिखर पर चमकती सुनहरी बर्फ़ को देखते हुए यूँ ही सोचते रहते घण्टों। रचना, लेखन, साहित्य व.गैरा यही है निचोड़ जीवन का? सवाल ऐसे वेग से उमड़ते।

तुम कौन हो? कितना और जीना चाहते हो? ऐसा क्या और बचा है जिसे लिखना शेष रह गया हो? क्या नया लिखने की चाह तुम्हारे अन्दर अभी भी है? इतना सारा लिखने के बावजूद अभी तक लिखने से तुम्हारा मन नहीं भरा? कितनी गुलाबी सुबहों व सुरमई शामों को कागज़ पर उतारते रहे, लिख–लिख कर क्या मिला आख़िर? इससे समाज में अपेक्षित बदलाव ला पाये हैं वे? शायद नहीं। सवाल अभी भी उत्तर की प्रतीक्षा में।

पद या सत्ता? चाही नहीं। जो मिला भी तो बख़ूबी निर्वहन किया। मुख्य ध्येय था–लेखन जिसके लिए तुमने इस धरा पर क़दम धरा। निहितार्थ क्या रहा? तुमने हरसम्भव प्रयास किया कि तुम ख़ुद को जीने के लिए बचा ले जाओ जिसके लिए आधार बनीं किताबें। तुमने बड़े भैया के गुज़रने के बाद घर की ज़िम्मेदारियाँ भी पूरी कीं। भाइयों के लिए जो बन सका, किया।

हवा का तेज़ झोंका आया। विचार मथानियाँ जैसे थम गयीं, लगा, जैसे कहीं से सियाराम बोल पड़े हों–'दद्दा, चाय पियें। मौसम बढ़िया हो रहा है। एक नयी कविता सूझी है, दद्दा, ये बात, वो बात...'

अन्तिम सोपान पर

दद्दा की देह कमज़ोर, चाल धीमी और आँखों में सुस्ती पसरी रहती। सुबह–शाम के अलावा बीच–बीच में वे पहले की तरह उतनी नियमितता से नहीं लिखते पढ़ते। तीसरी पौत्री का नामकरण अंजना तय किया गया तो बहू कुछ अनमनी आवाज़ में बोली–

'दद्दा, परिवार में लड़का तो होना चाहिए था...'

'अरे, सब बराबर है।' तब तक जिया भी वहीं चली आयीं। वे बोल पड़ीं–'अपना मन उदास न करो। अगली बार ज़रूर मौड़ा हुइहै।'

'मगर तब तक हम देखने के लिए नहीं रहेंगे...' बहुत धीमी आवाज़ में वे बोले जो बच्ची के रोने के चलते नहीं सुनायी दिया। मौन तिर गया। देर तक। मौन टूटा, जब किसी ने आवाज़ लगायी। आगन्तुक दद्दा से मिलने आये थे। सामने दृष्टि गयी, कोई मिलने वाले चले आ रहे थे।

'मैथिलीशरण जी हैं क्या?'

'हव, पधारिए बन्धुवर।' उन्होंने हाथ जोड़कर विनत भाव से कहा–'क्या ख़ूब लिखते हैं आप। न्यायार्थ अपने बन्धु को भी दण्ड देना धर्म है...वाह, वाह।'

मठरी व चाय संग बेसन के लड्डू लाये गये। प्रशंसक–पाठक आसपास के गाँवों से उनके घर आते रहते। साहित्य जगत में चिरगाँव एक ऐतिहासिक नगरी के रूप में प्रतिष्ठित जगह बन चुकी थी जिससे वे आजीवन जुड़े रहे। चिरगाँव निवासियों से दद्दा मिलते–जुलते रहते थे तथा उनकी समस्याओं पर खुलकर सुझाव सलाह भी देते थे।

चिरगाँववासी आगन्तुकों को बहुत उत्साहपूर्वक दद्दा के घर का रास्ता बताया करते। असंख्य साहित्यिक, राजनीतिक मनीषी उनके लेखन से श्रद्धाभिभूत होकर चिरगाँव की इस लम्बी बीथिका से गुज़रे हैं। टूटी–फूटी ईंटों, कंकड़–पत्थरों की बड़ी–बड़ी चट्टानों से बनी सड़क पर कितनी ही नामचीन हस्तियों के क़दम पड़ते रहे। घर के सामने छोटा–सा बगीचा और खुले बरामदे में पड़े तख़्तनुमा चबूतरे पर खड़े होकर हिन्दी साहित्य साधक आस्था भरी नज़रों से चारों तरफ़ देखते हुए मैथिलीशरण के व्यक्तित्व की परिकल्पना में डूबे रहते। उस दिन अचानक आ गये डॉक्टर नगेन्द्र जी। सेवक ने दौड़कर अन्दर ख़बर की और बस चन्द मिनटों बाद दद्दा मुस्कराते हुए निकले। स्नेह दृष्टि का आदान–प्रदान हुआ। फिर दोनों निकुंज के अन्दर चले गये।

'दद्दा, आप इस समय के इकलौते ऐसे रचनाकार हैं जिनको समकालीन और वरिष्ठ साहित्यकार दोनों एक साथ पढ़ते, गुनते और मानते हैं। एक तरफ़ माखनलाल चतुर्वेदी, दिनकर और अज्ञेय जैसे अलग–अलग धारा के साहित्यकार तो दूसरी तरफ़ हज़ारी प्रसाद द्विवेदी, नवीन जी, सुमन जी, कौन है जो आपके रचनात्मक अवदान को खुले दिल से नहीं स्वीकारता, यहाँ तक कि निराला जी भी...'

'ये सब छोड़ो नगेन्द्र। ये बताओ कि दिल्ली के क्या हाल हैं? बहुत याद आता है दिल्ली दरबार...'

'आपके घर पर जो दरबार लगता था, हम सब उसे ख़ूब याद करते हैं। राजधानी में सबसे बड़ा केन्द्र वही था, आपका घर। अब ऐसा कोई साहित्यिक अड्डा नहीं रहा जहाँ बैठकबाज़ी हो।

जहाँ अलग–अलग वैचारिकी या अलग–अलग गढ़–मठ वालों को भी संयुक्त रूप से बैठकर काव्य चर्चा का आनन्द रस मिल सके।' नगेन्द्र जी ने लम्बी साँस ली थी।

'हम भी उस पंचायत परिषद् को हर रोज़ याद करते हैं। सच बतायें तो अब यहाँ उतना मन नहीं लगता, ख़ासतौर पर सियाराम के जाने के बाद तो एकदम अकेला या अलग–थलग पड़ गया हूँ।' वे रुक–रुककर बोलते रहे।

आगे और बोलने से उन्होंने ख़ुद को रोक लिया। उन्हें याद आ गया कि माखनलाल रचनावली–1 में बरुआ जी ने गुप्त जी के बारे में कितनी अंटशंट बातें लिखी हैं–'वे गुप्त जी की तुलना में माखनलाल का महत्त्व कई कारणों से अधिक मानते हैं जैसे कि वे सेठ पुत्र नहीं थे जो कि मैथिलीशरण थे। माखनलाल ने आरामदायक साधनों के बिना मामूली नौकरी पर गुज़र–बसर कर पत्नी, परिवार और पिता की बलि देकर म.प्र. से सरस्वती के समकक्ष 'प्रभा' मासिक निकाला, लोकनायक बनकर गाँव–गाँव घूमे, पुलिस की हथकड़ियों से बचते रहे और आख़िरकार जेल भी गये। जिसने पुत्रैषणा की पूर्ति के लिए मैथिलीशरण की तरह तीन विवाह न कर, प्रथम पत्नी के निधन के बाद, एकाकी जीवन का व्रत लिए न जाने कितने तरुणों का निर्माण किया।'

'कहाँ खो गये नगेन्द्र जी? क्या सोचने लगे?'

'माखनलाल जी को लेकर सोचने लगा था...'

'अरे, वे मिले तो थे नवीन जी के साथ। भारी कण्ठ से कहने लगे–आज मैंने अपने गुरु बाबू मैथिलीशरण गुप्त के चरण स्पर्श किये।'

'दद्दा, कुछ कविताएँ भी तो लिखी थीं आपके ऊपर, पता है आपको?'

'हाँ, बहुत पहले भेजी थीं। पढ़ी हैं मैंने। ज़्यादा तारीफ़ सुनकर मुझे तो घबराहट होने लगती है।'

'मुझे भी पढ़नी हैं। दिखायेंगे क्या? अगर निकालने में ज़्यादा असुविधा न हो तो...' वे उठकर अन्दर वाली अलमारी में रखी कविताएँ उठा लाये।

जो धीर मति, गम्भीर गतिधारी सुकवि सम्मान्य हों,
जो ज्ञान में, ध्रुव ध्यान में यश मान में भी मान्य हों।

अभिराम शोभा धाम श्रीवर राम के जो भक्त हैं,
श्री मैथिलीशरण में भी गुप्त ही अनुरक्त हैं।

'दद्दा, 1950 में कानपुर के वीएनएसडी महाविद्यालय ने माखनलाल जी का अभिनन्दन किया था और उसमें तो आप भी शामिल हुए थे न?'

'हव, गये तो थे। तभी उन्होंने ऐलान कर दिया कि पहले मेरा अभिनन्दन हो, तो मैं अपनी बावत सोचूँ। ऐन मौक़े पर उलझन पैदा हो गयी कि इतनी जल्दी कौन लिख सकेगा अभिनन्दन पत्र?'

'तो माखनलाल ने ख़ुद हामी भरते हुए लिखा था अभिनन्दन पत्र।'

'हाँ, वे समापन पंक्तियाँ दर्ज हैं यहाँ पर–आपकी सरल वाणी ने भी जन–जन के घर–घर पहुँचने के लिए बापू का सरल पथ ग्रहण किया। यदि समस्त हिन्दी संसार में किसी की लेखनी गाँवों तक पहुँच सकी और इस तरह सच्चे अर्थों में राष्ट्रीय कहला सकी तो वह लेखनी हिन्दी जगत में प्रभु ने आपको ही प्रदान की।'

डॉ. नगेन्द्र लिखे गये शब्दों को पढ़ते जा रहे थे। बीच–बीच में उनकी तरफ़ गौर से देखने लगते–'दद्दा, माखनलाल जी ने कुल चार बड़े–बड़े आलेख भी लिखे हैं आपके साहित्यिक अवदान पर।'

'नगेन्द्र जी, मेरे दिमाग़ में लाखों–करोड़ों देशवासियों के चेहरे याद रहते हैं जिनके लिए मैं लिखता हूँ कि वे मेरे लिखे पर कुछ तो अमल करें और इस विशाल देश की महान परम्पराओं और शानदार विरासत के महत्त्व को न भूल जायें। आलोचक विद्वान इसे ही आदर्शवाद कहकर, मुझे आर्य संस्कृति का आराधक कहकर एकांगी नज़रिये से देखने लगते हैं। जो भी लिखता हूँ, ठोंक–बजाकर दम से

लिखता हूँ जिसमें मेरा निजी स्वार्थ कभी नहीं रहा।' वे दूर आसमान में उड़ती पतंगों की तरफ़ ध्यान से देख रहे थे।

'गाँवों के परिवर्तन को भी आप बख़ूबी पकड़ लेते हैं। परम्परा के साथ आधुनिकता कैसे साध लेते हैं आप दद्दा?'

'हूँ, अतीत के सागर में गोते लगाता हूँ और जब बाहर सिर निकालता हूँ तो भविष्य भी देख लेता हूँ, अपने पौत्रों व पौत्रियों में। नये के प्रति आकर्षण या उत्सुकता नहीं होगी तो प्राचीन परम्परागत भाव चेतना में नया अर्थ कैसे भर पायेंगे हम? पुनर्नवा होना साहित्य के स्वास्थ्य के लिए ज़रूरी है नगेन्द्र जी। नयी पीढ़ी में अपार सम्भावनाएँ हैं। बस, वे अपने पीछे छूटी विरासत को न भूलें। उसे सहेजते हुए आँखें हमेशा भविष्य की ओर भी ताकती रहें। उनमें नयेपन के प्रति ज़बरदस्त कौतूहल या औत्सुक्य भाव हो। जीवन के प्रति नयी–नयी जिज्ञासाएँ हों। साहित्यिक यात्रा में कहीं भी ठहर जाना, गति का थम जाना, विकास पथ को अवरुद्ध करता है। इसलिए साहित्य जगत में अपनी प्रासंगिकता बनाये रखने के लिए हर लेखक को अपने समय का हाथ पकड़कर आगे बढ़ना चाहिए। तभी रचनाएँ उस युग की प्रतिनिधि आवाज़ बन पाती हैं अन्यथा महज़ अतीतजीवी कविताएँ जड़, स्थिर या धीरे–धीरे मरने–सड़ने लगती हैं।'

'जिया, प्रणाम' सामने से जिया को आते देखकर डॉ. नगेन्द्र ने उन्हें सादर अभिवादन किया।

'कैसे हो भइया?'

'बिल्कुल ठीक...'

'खाना बन रहा। खाकर जाना।'

'ठीक है जिया।'

'दद्दा, तभी तो आपकी कविताएँ हर उम्र, हर युग के सामान्य से सामान्य, पढ़े–लिखे से लेकर उच्च कोटि के मनीषियों को भी पसन्द आती हैं। सब पढ़ते हैं ऐसी कविताएँ जहाँ इतिहास, संस्कृति, जीवन, जगत, प्रकृति का वैविध्य एवं विशाल फलक पर जीवन राग सुनायी पड़े। आपने लिखा भी तो कितना सहज, सरल है–

तीर्थों का एक तीर्थ यह, हृदय पवित्र बना लें हम।
आओ, यहाँ अजातशत्रु बन, सबको मित्र बना लें हम।

दद्दा, आप वाक़ई अजातशत्रु हैं। कोई घोषित शत्रु तो नज़र नहीं आता।'

'सही कहा मगर अघोषित शत्रु तो बहुतेरे हैं जिनकी हम परवाह करते भी तो नहीं। सबकी अपनी–अपनी सोच है। सब एक जैसा कैसे सोच सकते हैं?' उन्होंने दो टूक लहजे में अपनी बात कही।

'उसी देश का भविष्य बेहतर बन पाता है जिसके उत्थान–पतन का राग आप जैसे युगस्रष्टा या युगदृष्टा कवि करते हों। इस विशाल भू–भाग के सच्चे प्रतिनिधि कवि आप हैं। जिन्होंने अतीत, वर्तमान और भविष्य के बीच सौहार्दपूर्ण सामंजस्य के साथ भावनाओं को सरल शब्दों के ज़रिये व्यक्तकर सीधे मर्म पर चोट की। पढ़ते ही कर्तव्यनिष्ठा और मानववाद एक साथ बोलने लगते हैं।'

'चलो, चलें। खाना तैयार है। भोजन करते हैं...' जिया के कहलवाने पर दोनों अन्दर चले गये। हवा में अभी भी एक प्रसन्न धवल सुरभि महसूस होने लगी थी।

उनके बीच साहित्यिक चर्चा–परिचर्चा और अनवरत संवाद का यह सिलसिला देर रात तक चलता रहता। यही दद्दा का नित्य नैमित्तिक जीवन था। पहले जितनी बृहदाकार किताबें तो उतना नहीं पढ़ पाते मगर अख़बार और पत्रिकाएँ ज़रूर वे ध्यान से पढ़ते। साहित्यिक हलचलों से बख़ूबी अवगत थे वे। बड़े स्वनामधन्य आलोचकों, लेखकों, कवियों व हिन्दी के अलावा अन्य भाषाओं के साहित्यकारों के साथ कविता–पाठ करते हुए कई–कई रातें बितायीं। रायकृष्णदास से उनकी अन्तरंगता व आत्मीयता के रंग अद्भुत थे। उनकी बेदाग मैत्री के उदाहरण दिये जाते रहे हैं जहाँ बिना ज़्यादा अपेक्षा, आशा व बिना कहे आत्मीयता के रंग खिले हुए थे। उनके बीच अनुराग के रंग चटख और चमकदार थे, उजली धूप की तरह।

कभी–कभी ऐसा भी होता कि जब नहीं लिखते तो महीनों नहीं लिखा जाता और जब लिखने की कौंध चमकती तो ऐसी कि एक

अजीब–सा नशा तारी रहता। ऐसे में उन्हें समय पर खाने–पीने की सुध नहीं रहती। स्लेट लेकर बैठते और जो कुछ लिखते जाते अपनी ही धुन में गुनगुनाते जाते। कई बार तो उन्हें इसकी भी ख़बर नहीं रहती कि पास में कोई घण्टों से बैठा उन्हें इसी मुद्रा में निहार रहा है। लिखने की धुन में इतने गहरे डूबे होते कि आसपास खेलते बच्चों का शोरगुल भी नहीं सुनायी देता। जब उनकी स्लेट दोनों तरफ़ भर जाती और कविता पूरी हो जाती, तभी उनके चित्त को चैन मिल पाता। जब तक कविता मनवांछित दिशा में आकार–प्रकार नहीं ले पाती, एक अजीब तरह की बेचैनी से वे कलपते रहते। कभी–कभी उनका सिरदर्द बहुत बढ़ जाता था। 'जयद्रथ वध' और 'भारत–भारती' लिखने के दौरान वे शिरोरोग से पीड़ित थे मगर दर्द बन्द होते ही फिर से लिखने बैठ जाते।

अनथक, लगातार काम करना, उनके जीवन का ज़रूरी हिस्सा बनता गया। जीवन में फैली विसंगतियों व परिवार में घटी दुर्घटनाओं से आहत उनके अन्तस् में दर्द बूँद–बूँद करके रिसता, भरता गया था। कण्ठ तक भर आये गरल संग जीने की विवशता उनकी थी मगर क़लम के सहारे निजी दुःख भूलकर वे अपना संसार बड़ा कर लेते। बड़ी दुनिया व बड़े सरोकारों के बीच उन्हें अपना निजी दुःख छोटा या मामूली जान पड़ता।

दद्दा ख़ुद को एक ऐसी वायवीय दुनिया से जोड़ते जा रहे थे जहाँ पहुँचकर सीमाएँ टूट जातीं और उनका दुःख ब्रह्माण्ड के अखिल भारतीय दुःख–सुख से जुड़ जाता। क्षितिज के पार बनते–बिगड़ते सूर्योदय व सूर्यास्त देखकर वे अपने दुःख से पार निकलने की युक्तियाँ खोजने में लग जाते। इस समूची सृष्टि में उनका होना, उनके दुःख का मूल्य, किसी मामूली चींटी जैसा, सर्वथा महत्त्वहीन। मौतों ने उनकी सोच–समझ और दर्शन को विचलित किया तो बदला भी। इस दुनिया में आकर वे, वे नहीं रह गये थे। अब मैथिलीशरण देश–दुनिया के बड़े सरोकारों को अपना देश, अपनी संस्कृति और परम्परागत विरासत को सूक्ष्मता से देखते महसूस करते।

वे इस तरह अपने मैं को बड़ा करते हुए एक बृहद् संसार में प्रवेश कर गये थे। अब संसार के कण–कण से उनका गहरा सरोकार था। उनके जीने का ढंग, सोच का विस्तार और राष्ट्रहित को वरीयता देते हुए श्रेष्ठ मनुष्यत्व की खोज–बहुजन हिताय, बहुजन सुखाय जैसे उनके मूल्य बने। चिन्तन–मनन जहाँ वे घण्टों जीते, मरते और नये सिरे से सृजन कर पुनः–पुनः जीवित हो उठते। कितना अद्भुत, कितना सुन्दर व कितना नैसर्गिक है सृजन का यह विरल सुख। अहा! यह शब्द अनायास कण्ठ तक उतर आता जैसे अमृत की छलकती बूँद हो।

नये सृजन सुख के बाद उन्मीलित नेत्रों को बन्द करके वे अपने चरित्रों से संवाद करते और पुराने किरदारों में युगानुरूप नयी संवेदना व भावनाओं को संचरित करते हुए उनके अन्दर युग की आवाज़ भरते जाते। राष्ट्रीय धारा से जुड़कर उनकी कविताएँ अपने समय से आगे का सच रच रही थीं। जीवन यथार्थ कितने स्वतःस्फूर्त भाव से प्रकट होता है–

एक प्रीति की लता चाहती दो आँखों का पानी
आशा फूल, निराशा फल है इतनी मूल कहानी।
सौ सौ निराशाएँ रहें, विश्वास यह दृढ़ मूल है
वे दिन फिर आयेंगे! फिर आयेंगे! फिर आयेंगे!

दद्दा का इतना आत्मविश्वास कि पाठक के अन्तस् में भी सकारात्मकता आ जाये। सर्वधर्म समभाव की ऐसी उदात्त भूमि पर वे जा पहुँचते जहाँ सबके प्रति उनके अन्दर विलक्षण मनुष्यता की अन्तर्धारा बहती रहती–

पन्थ अनेक, सन्त सब एक, नत हूँ मैं अपना सिर टेक–
जहाँ अहिंसा का अभिषेक, परम धर्म का यही विवेक।

आगन्तुकों को नाश्ते के बाद उनका एक वाक्य याद रहता–'यदि कुछ उच्छिष्ट छोड़ा गया तो भारत की भूखी जनता का हम पर शाप और पाप पड़ेगा।'

उम्र के इस मोड़ पर आजकल उन्हें अपना मासूम बचपन रह–रहकर याद आने लगता। खँडहरनुमा स्कूल, कड़क मिज़ाज

प्रधानाचार्य और विद्यालय के खुले प्रांगण में सूरज की धूप, बादलों के रंग–बिरंगे टुकड़े और दीवार पर चढ़ती–उतरती धूप से समय नापते रहते वे। दौड़ते–दौड़ते पहाड़े रटते, गणित के सवाल हल करते, ख़ुशख़त लिखने का अभ्यास करते और लौटते हुए मस्ती करते मण्डली संग खेलने की योजनाएँ बनाते रहते।

जब मैथिलीधिपनन्दिनी शरण जैसे लम्बे नाम को मास्साब ने संक्षेप में मैथिलीशरण लिख दिया तो उन्हें अच्छा लगा। वे विद्यालय में हिन्दी व संस्कृत की प्रतियोगिता में भाग लेते और घर लौटकर आल्हा सुनने यहाँ–वहाँ निकल जाते। आल्हा की धुनें गुनगुनाते हुए समय कैसे निकल जाता, पता ही नहीं चलता।

दद्दा के मानस में अतीत की बातें घूमती रहतीं। एकान्त में अजमेरी संग गुज़ारा समय याद आता। सुना है कि जब उनके घर में पुताई होती थी तो बैलगाड़ियों पर लदलदकर सोने की ईटें इस कमरे से उस कमरे में रखी जाती थीं। अफ़वाह हो या सच्चाई, नहीं पता। लेकिन दद्दा को धन–दौलत का मोह या लालच नहीं था बल्कि वे धन को तुच्छ समझते थे।

भारतेन्दु युग के बाद साम्राज्यवादी दौर में देशी उद्योग–धन्धे चौपट होते जा रहे थे। अंग्रेज़ों का उद्देश्य हिन्दुस्तान को कच्चे माल का गोदाम बनाये रखना था। दद्दा ने लिखा है–

जिस भाँति भारतवर्ष का व्यापार नष्ट किया गया,
कर से तथा प्रतिरोध से जिस भाँति भ्रष्ट किया गया।
वर्णन वृथा है उस विषय का सोचना है अब यही,
किस भाँति उसकी वृद्धि हो, जैसी कि पहले थी रही।

उन्होंने देश का व्यापार चौपट होने व विदेशी वस्तुओं पर, वेशभूषा व अंग्रेज़ी भाषा पर निर्भर रहने की कटु आलोचना की है–

जो वस्तु देखें मेड इन इंग्लैंड, इटली, जर्मनी,
जापान, फ्रांस, अमेरिका या अन्य देशों की बनी।
होकर सजीव मनुष्य हम निर्जीव से हैं हो रहे,
घर में लगाकर आग अपने बेख़बर हैं सो रहे।

दद्दा की कविताओं में साम्राज्यवाद विरोध भाव था, इसके बावजूद हिन्दी के कुछ प्रगतिशील समीक्षकों ने उन्हें साम्राज्यवाद का पृष्ठ पोषक, प्रतिक्रियावादी और विक्टोरियायुगीन रूढ़िवादी तक कह डाला। समीक्षक शिवदान सिंह चौहान ने मार्च 1937 में 'विशाल भारत' में लिखा–'भारत–भारती' न साम्राज्यवाद विरोधी है, और न दलित श्रेणी की भावनाओं की रक्षक। वह अगर कुछ है तो साम्राज्यवाद की पृष्ठ पोषक और ब्रिटिश साम्राज्यशाही की चाटुकार।'

विडम्बना यह कि जब 'भारत–भारती' लिखी जा रही थी तो देश में ब्रिटिश साम्राज्यवाद के विरोध में ऐसा कौन–सा सशक्त आन्दोलन चलाया जा रहा था जिसमें मैथिलीशरण ने साथ न दिया हो। तब तक तो महात्मा गाँधी के स्वदेशी आन्दोलन की शुरुआत भी नहीं हो पायी थी। शमशेर बहादुर सिंह ने 'मुसद्दस' और 'भारत–भारती' की सांस्कृतिक भूमिका लेख में लिखा–'भारत–भारती' का कवि ब्रिटिश शासन सम्बन्धी धारणाओं को नहीं छोड़ सका था और दूसरी ओर चतुर्वर्ग व्यवस्था के प्रति रूढ़िवादी मोह था जबकि 'भारत–भारती' का युग इन प्रवृत्तियों को पीछे छोड़ता जा रहा था।'

1936 में 'द्वापर' कृति आधुनिकता का उद्‌घोष करने वाली काव्यकृति बन गयी थी जिसमें पुरानी पीढ़ी द्वारा नयी पीढ़ी के अधिकारों की स्वीकृति स्पष्ट दिखाई दे रही थी।

वे 'जियो और जीने दो' में विश्वास करते हुए लिख रहे थे–

तुम निर्माण नहीं कर सकते, फिर क्यों नाश करोगे?
जीने देकर जियो, मरकर क्या तुम नहीं मरोगे?

मैथिलीशरण का लेखन क्रमशः सुदूर कोनों–कोनों तक अपनी आवाज़ पहुँचाता रहा। देश को आज़ाद हुए लगभग एक दशक पूरा होने को था मगर आर्थिक, सामाजिक व पारिवारिक मोर्चे पर विचित्र क़िस्म का अलगाव, अजनबीयत या मोहभंग जैसी स्थितियाँ उत्पन्न होने लगी थीं। वे जिन शाश्वत और सनातन जीवन–मूल्यों को आदर्श मानकर देशवासियों को जाग्रत करना चाहते थे,

आज वही कविता क्रमशः अप्रासंगिक होती नज़र आने लगी। साहित्य पटल पर छायावाद, स्वच्छन्दतावाद के बाद नयी कविता की धमक महसूस की जाने लगी थी। सुदूर गाँवों से धूमिल, केदारनाथ सिंह, इलाहाबाद से जगदीश गुप्त, शमशेर बहादुर सिंह, नलिन विलोचन शर्मा और मुक्तिबोध जैसे दर्जनों कवियों की कहन शैली और बदलते भारत के सन्दर्भ में अतियथार्थवादी मोहभंग से उपजती थीम ने पूरे साहित्यिक परिदृश्य को बदल डाला था। अब तो न दद्दा की कविताओं के प्रशंसक बचे, न वैसी उद्‌बोधक कविताओं की प्रासंगिकता।

बदलते समय में सब कुछ तेज़ी से बदलता जा रहा था, शहरीकरण, औद्योगीकरण, बदलते स्त्री–पुरुष सम्बन्ध और पाश्चात्य सभ्यता–संस्कृति के प्रभाव स्वरूप नये ढंग की स्वच्छन्द जीवन–शैली को तेज़ी से समाज में अपनाया जाने लगा था। जाति व धर्म में जकड़े हमारे परिवार की बन्दिशें शिथिल पड़ने लगी थीं। संयुक्त परिवार में किसी बुजुर्ग की छाया में रहने वाली युवा पीढ़ी अब उन्हीं का खुलकर निरादर करने लगी थी। हिन्दी फ़िल्मों ने भी इस तरह के एकल परिवारों व विजातीय प्रेम–सम्बन्धों को बढ़ावा देते हुए एक नये व आधुनिक भारत की परिकल्पना को साकार करने में आग में घी का काम किया।

मैथिलीशरण ये सारी सच्चाइयाँ अपने ही घर में व आसपास के परिवारों में घटित होते हुए देख रहे थे। उन्हें लगने लगा कि जिस तेज़ी से युग बदल रहा है, युगबोध व जीवन–मूल्यों में क्रान्ति आयी है, ऐसे में सिर्फ़ अतीत राग अलापने का बहुत प्रभाव देश के लाखों बेरोज़गारों पर नहीं पड़ेगा। दद्दा लिखते हैं–

जिस युग में हम हुए, वही तो अपने लिए बड़ा है,
अहा, हमारे आगे कितना कर्मक्षेत्र पड़ा है। ...
अपने युग को हीन समझना, आत्महीनता होगी।

सचाई यही थी जो प्रेमचन्द ने 'गोदान' में गोबर को शहर भेजकर वहाँ के बदलते हालात पर तीखी टिप्पणी की थी।

आधुनिक कविता से गुप्त जी की कविता के अलगाव का बड़ा कारण उनका वाचिक परम्परा व गेयात्मकता से जुड़ा होना था जो इन दिनों तेज़ी से विलुप्त होती जा रही थी। देश की सांस्कृतिक गौरवगाथा को गूँथने वाले प्रबन्ध काव्यों की वाचिक परम्परा क्रमशः लुप्त होने लगी। बेशक विशाल हिन्दी क्षेत्र के जनसमुदाय तक उन्होंने लड़खड़ाती खड़ी बोली को सशक्त खड़ी बोली और स्वीकृत भाषा बनाकर उसे आमजन तक पहुँचाने में सफलता प्राप्त की परन्तु नयी कविता के अभ्युदय और दिनोंदिन तेज़ी से प्रसार ने इस तरह की स्वदेशी ढंग की सीधी, सरल व सस्वर कविता की सुधारवादी चेतना या महत्त्व को घटा दिया।

दद्दा की कविताओं में भाषा का लालित्य, बोधगम्यता व संगीतमयता का विरल सम्मिश्रण है जैसा कि डॉ. नगेन्द्र ने लिखा भी–'गुप्त जी ने ही द्विवेदीय भाषा को सबसे पूर्ण काव्योचित रूप प्रदान किया। शब्दालंकार स्वतः ही भाषा की वसनसज्जा में रत हैं। अनुप्रास की रुनझुन, श्लेष का चमत्कार और पुनरुक्ति का वैभव उसमें कहीं भी मिल जायेगा। परन्तु अलंकृत व सांस्कृतिक होने के कारण उसमें खड़ी बोली का अपनापन नष्ट नहीं होने पाया है।'

वाक़ई दद्दा वर्तमान समस्याओं के प्रति आँखें नहीं मूँद रहे थे मगर तेज़ी से व्यक्तिवादी चेतना घर–घर में 'मेरा, तेरा' या सिर्फ़ और सिर्फ़ 'मैं' तक सिमटने लगी थी। बदलते दौर में प्रेम–सम्बन्धों में तेज़ी आने लगी थी। ख़ुद साहित्यकारों के निजी जीवन में तमाम तरह की बातें इधर–उधर से उनके कानों में पहुँचने लगी थीं। आज़ाद देश में इस तरह की वैयक्तिकता ने 'स्त्री' की चेतना और सोच में तेज़ी से बदलाव ला दिया था। अब वह परिवार के लिए निजी सुख त्यागने को तैयार नहीं थी। डॉ. विजेन्द्र सिंह ने लिखा हैं–'आधुनिकता–बोध जितना गुप्त जी की रचनाओं में हमें मिलता है, उतना आधुनिक युग के किसी रचनाकार में नहीं मिलता। गुप्त जी को भारत के अतीत का अथाह ज्ञान था जिसके आधार पर उन्होंने भावी भारत के पुनर्निर्माण

का ज़ोरदार समर्थन किया जो उन्हें एक श्रेष्ठ रचनाकार के रूप में प्रतिष्ठित करता है।'

दूसरी बार जब राज्यसभा का कार्यकाल बढ़ाया गया तो घरवाले बहुत ख़ुश हुए मगर भारतीय जनमानस में तेज़ी से फैल रही वैयक्तिकता की अभीप्सा ने दद्दा के चित्त को अशान्त किया। उनके अन्तर्जगत में तो वही सामूहिकता की अनुभूतियाँ थीं–

उठ! बढ़, ऊँचा चढ़, संग लिए सबको–
सबके लिए तू और तेरे लिए सब हैं।

दद्दा ने जिस देशकाल का प्रतिनिधित्व किया, उसमें देश–देशान्तर का अतिक्रमण करते हुए सार्वभौम मानवता का आदर्श प्रवाहित होने लगा–

हा लेखनी, हृत्पत्र पर लिखनी है तुझे यह कथा
हक्कलिका में डूबकर तैयार होकर सर्वथा।
स्वच्छन्दता से कर तुझे करने पड़े प्रस्ताव जो–
जग जायें तेरी नोक से, सोये हुए हों भाव जो।

सुप्तावस्था में पड़े देशवासियों की अन्तश्चेतना जगाकर वे व्यापक भावजगत में अवगाहन करते हुए व्यापक अपनत्व और स्वतन्त्रता की परिकल्पना को मूर्त रूप में देखना चाहते थे–

नहीं चाहते हम धन वैभव, नहीं चाहते हम अधिकार,
बस स्वतन्त्र रहने दे हमको, और स्वतन्त्र रहे संसार।

उनके लेखन में मर्यादावादी जीवन दृष्टि एवं सन्तुलित वैष्णवी प्रवृत्ति को देखते हुए कई आलोचक उनकी तुलना तुलसीदास की अनुशासित–मर्यादित जीवन दृष्टि से करने लगते और कुछ रचनाकार तो उन्हें प्रतिगामी, परम्परा पोषक, यथास्थितिवादी या मर्यादा संस्कारों के चौखटे में क़ैद लेखक के रूप में सीमित कर देते जबकि दद्दा आम पाठकों के बीच प्रकृति की तरह स्निग्ध, सरल, सहज व सहृदय रचनाकार के रूप में समादृत हैं। उनके बारे में नर्मदेश्वर चतुर्वेदी ने लिखा–

'चाहे श्री रायकृष्णदास जी का निवास स्थान हो, चाहे दीदी महादेवी का घर, चाहे साहित्यकार संसद हो, चाहे संसद भवन, चाहे कोई सभा हो, चाहे समारोह, दद्दा का वही रंग–रूप व ढंग, सदैव मुस्कराता चेहरा और फैली बाँहें। वे सच्चे अर्थों में सहृदय साहित्यकार थे।'

दद्दा की क़लम में राष्ट्र के सुख–दुःख, व्यक्ति के सुख–दुःख और स्वप्नशील मनुष्य की राष्ट्रीय समस्याओं के प्रति सक्रिय साझेदारी धीरे–धीरे बृहद् जीवन जगत से जुड़ती हुई सृजनशील मानस में भावनात्मक एकता व मानवतावाद को बढ़ावा देती रही। जहाँ रवीन्द्रनाथ ठाकुर की एक पंक्ति कितनी सटीक व सार्थक है–

कवि के विषय में लिखा नहीं जाता, उसे पढ़ा जाता है।

सचमुच! दद्दा ऐसे बहुपठित कवि रहे जिन्होंने देशवासियों को रीतिकालीन श्रृंगारिक प्रवृत्तियों को आधुनिक समय की तरफ़ मोड़ते हुए देश की विघटनकारी शक्तियों से सावधान होना सिखाया। बिखरती हुई भावनाओं को समेटकर एक सूत्र में गूँथकर अपनी रचनाओं के माध्यम से साम्राज्यवादी शोषण तन्त्र के दुष्प्रभावों को चित्रित किया–

आता महाजन के यहाँ वह अन्न सारा अन्त में।
जावे यहाँ से और कच्चा माल अब बाहर नहीं।
हो मेड इन के बाद बस इंडिया ही सब कहीं।

विदेश जाकर नौकरी करने वालों की मनोवृत्ति पर प्रहार करते हुए उन्होंने लिखा है–

जाकर विदेश अनेक अब तक युवक अपने आ चुके
पर देश के वाणिज्य हित की ओर हैं कितने झुके?
हैं कारखाने कौन से उनके प्रयत्नों से चले,
क्या क्या सुफल निज देश में उनसे अभी तक हैं फले?

अंग्रेज़ों की नयी शिक्षा नीति देश की चहुमुखी उन्नति और विकास के लिए उपयुक्त नहीं थी। अंग्रेज़ी राज्य में जो भी विद्यालय खोले गये उनका उद्देश्य महज़ कर्मचारियों को तैयार करना था। न कि देश के उद्योग धन्धों का परिमार्जन, परिष्कार, न ही उनमें

तकनीकी शिक्षा के बारे में कोई नयी पहल कर देश को प्रगति पथ पर ले जाने का संकल्प नज़र आता था। देश में रूढ़िवाद, पाखण्ड, वर्णवाद, जातिवाद, धार्मिक कट्टरता आदि कुप्रथाएँ फैली हुई थीं। पण्डों, महन्तों और पुरोहितों के जाल में फँसा भ्रमित आमजन तमाम पाखण्डी ब्राह्मणवादी व्यवस्था के चंगुल में फँसा फड़फड़ा रहा था–

अब आप उनकी दक्षिणा पहले नियत कर दीजिए,
फिर निंद्य से भी निंद्य उनसे काम करवा लीजिए।

रात की निस्तब्धता में विगत समय के चित्र मानस में कौंधने लगते और नींद टूट जाती।

मैथिलीशरण के जीवन दर्शन में कर्मयोग में समष्टि भावना मुख्यतः रही। भले ही आलोचक दद्दा के काव्य में पिष्टपेषण देख रहे थे या भारतीय इतिहास व संस्कृति को अखण्ड रूप में स्वीकृत देख रहे थे। ऐसे कृति की अन्तर्यात्रा न कर महज़ आवरण देखकर वक्तव्य जारी कर रहे थे जो युक्तिसंगत नहीं जान पड़ता। शमशेर बहादुर सिंह तो 'भारत–भारती' की कुछ पंक्तियाँ पढ़कर ही टिप्पणी करने लगे थे कि मैथिलीशरण गुप्त अपने युग की चेतना से पिछड़े रहकर अंग्रेज़ों का गुणगान कर रहे हैं–

देते हुए कर्मफल हम पर हुई उनकी दया,
भेजा प्रसिद्ध उदार, जिसने ब्रिटिश राज्य नया यहाँ।

जबकि मैथिलीशरण गुप्त ने अंग्रेज़ी अर्थतन्त्र की बुनावट व बनावट व उनके द्वारा किये जा रहे शोषण पर जमकर प्रहार किया था–

बिगड़े हमारे अब सभी स्वाधीन वे व्यवसाय हैं,
भिक्षा तथा यस भृत्यता ही आज शेष उपाय है,
पर हाय दुर्लभ हो रही है प्राप्ति इसकी भी यहाँ,
यह कौन जाने इस पतन का अन्त अब होगा कहाँ?

कवि पूरी ताक़त से लोकतान्त्रिक स्वर उठा रहे थे–

निज रक्षा का अधिकार रहे जन जन को,
सबकी सुविधा का भार किन्तु शासन को।

वे अक्सर आमजन की बोलचाल की भाषा का प्रयोग करते। रचनाओं द्वारा आमजन को प्रेरित प्रोत्साहित करते रहे। वे ख़ुद मानते हैं कि–'मनुष्य बार–बार ऊँचे उठने का प्रयास करता है और मानवीय दुर्बलताएँ बार–बार उसे नीचे ले आती हैं। मनुष्य को उन पर विजय पानी ही होगी। इसके लिए उसे साहसपूर्वक फिर–फिर उठ खड़ा होना होगा।'

दद्दा की भाषा की सादगी व शैली की सहजता में विराट शाश्वत सत्य भी सशक्त ढंग से अभिव्यक्त होते थे और यही उनके सृजन की लोकप्रियता के मूल में भी था–

संसार में सब प्राणियों का देह तक सम्बन्ध है,
पड़ मोह बन्धन में मनुज बनता स्वयं ही अन्ध है।
तनुधारियों का बस यहाँ पर चार दिन का मेल है,
इस मेल के ही मोह से जाता बिगड़ सब खेल है।

क्रमशः दद्दा की उम्र हो चली थी। एक–एक कर उनके प्रियजन (अजमेरी, महावीर प्रसाद द्विवेदी, प्रेमचन्द, प्रसाद, अनुज सियारामशरण) बिछुड़ते जा रहे थे। काव्य क्षेत्र में प्रगतिवाद व प्रयोगवाद के बाद नयी कविता की धमक सुनाई पड़ने लगी थी जिसमें वैयक्तिकता, नये–नये प्रयोगों से लदी भाषा, अस्तित्व का संकट व निजी अभिव्यक्तियाँ व्यक्त हो रही थीं जिन्हें पढ़ने में उनका मन नहीं रमता था। उन्हें नैतिकतावादी, सुधारवादी या उपदेशवादी तक सीमित करने वाले साहित्यकारों को उस युग के भीतर जाकर तत्कालीन आज़ादी के बाद के समय की शिनाख़्त करने की ज़रूरत नहीं महसूस हो रही थी, जब धर्म व राजनीति के घालमेल से देश का वातावरण विषाक्त होने लगा था। जातिवादी वर्ण–व्यवस्था में अस्पृश्यता व अन्धविश्वास चरम पर थे जिसके विरुद्ध वे लिखकर प्रतिरोध जताते।

बाबू श्यामसुन्दर दास की तीखी प्रतिक्रिया थी–'वे गद्यमय पद्य लिखते हैं।' जैसी आलोचना पढ़कर दद्दा लिखते–'इस तरह की चर्चाओं से मुझे मालूम पड़ता है कि लोग मुझे पढ़ रहे हैं और मुझे याद कर रहे हैं।' किसी के प्रति उनके मन में कटुता नहीं उपजती थी।

कुछ महीनों से वे महसूस करने लगे थे जैसे साहित्य की रुचियां धीरे–धीरे बदलती जा रही हैं। वे एक तरह का ठहराव महसूस करते। यथास्थितिवादी अभिव्यक्तियाँ पढ़कर क्षुब्ध हो जाते। ज्ञान, विवेक व बुद्धि वैभव से रचे साहित्य में जब तक समष्टि की अनुभूतियाँ नहीं होंगी या जब तक निजी अनुभूतियाँ समष्टिगत विशाल परिदृश्य तक नहीं जायेंगी, तब तक वैयक्तिक अनुभूतियाँ तो महज़ निजी सुख–दुःख का सार्वजनिक प्रदर्शन हुआ न।

जीवन अनन्त है, सागर और आकाश की तरह। काल की सत्ता विराट है जिसके आगे मनुष्य सदा पराजित होता रहा है। बावजूद इसके, जीवन कभी ख़त्म नहीं होता। कितनी बार आँधी तूफ़ान आयें, नदियाँ तटबन्ध तोड़ती रहें, समुद्र हज़ारों फ़ीट ऊँची लहरों से कितनी ही बार जलप्लावन उत्पन्न करे, सुनामी लाये, बाढ़ लाये, चाहे प्रकृति जितना भी विनाश करती रहे, पर जीवनचक्र पूरी तरह नष्ट नहीं होता। कहीं–न–कहीं से जीवन पुनः अंकुरित होने लगता है। जीने के नये–नये रास्ते निकल ही आते हैं।

साहित्यिक सृजन ने ही दद्दा की हर पराजय को विजय में बदला। जब–जब दद्दा निजी जीवन के दुःखों से हारे, जब भी प्रकृति के समक्ष, मौत के सामने उन्होंने घुटने टेके, ठीक उसी समय कोई–न–कोई नयी कृति की संकल्पना मानस में मूर्त रूप लेने लगती। वे अपना सर्वश्रेष्ठ रचने की धुन में अपने भावलोक को लेखन में उड़ेलते रहे जिससे उनकी व्यक्तिगत पीड़ा सार्वजनिक दुनिया की पीड़ा से जुड़ती गयी। कबीर, तुलसी, हरिऔध की परम्परा में दद्दा भी एक आदर्श लेकर चले थे। चरित्रगत ऊँचाई और मूल्यवादी मर्यादा उनके जीवन मूल्य बनते गये थे।

जबकि बदलते समय के युवाओं को ऐसे आदर्शवादी जीवन–मूल्य ज़्यादा रास नहीं आ रहे थे। नयी पीढ़ी अपने सामने कोई आदर्श चरित्र नहीं रखना चाहती थी। मैथिलीशरण को इस बात से उलझन होती कि आजकल के साहित्यकार निजी जीवन पर बात करना क्यों ठीक नहीं समझते और वे इसे महज़ 'निजी जीवन' कहकर झटक देते हैं।

किसी को मतलब नहीं रह गया है कि साहित्यकार कैसा जीवन जी रहा है बल्कि वह क्या लिखकर समाज को कौन–सी प्रेरक बातें दे रहा है। अजीब जीवन दर्शन है ये, वे सोच में पड़ जाते। साहित्य की दुनिया में जयशंकर प्रसाद, निराला व महादेवी की साहित्यिक शैली में काव्यों की ऊँचाई थी मगर प्रश्न यह भी था कि कितने पाठक ऐसे थे जो क्लिष्ट शब्दों को समझ पा रहे थे या समझ पायेंगे? दद्दा की मण्डली में आम लोग शामिल होते थे। उनके बीच वे वाचिक रूप से कविता सुना सकते थे और श्रोता को सरलतापूर्वक कविता समझ आ जाती थी।

लिखते हुए दद्दा बिल्कुल स्पष्ट थे कि वे किसके लिए लिख रहे हैं? बचपन में वे बहुत सारे लोगों के बीच कविता रचकर सुनाया करते। श्रोता के मानसिक विकास व बौद्धिक रुचियों में बदलाव लाने के लिए अपनी रचनाओं में ऐसी प्रेरक बातें गूँथ देते जिससे नये जीवन–मूल्यों का संवर्धन हो सके। उन्हें लगता, यदि हम समाज को ठीक से पहचानेंगे नहीं, उसकी रुचि व संवेदना को चीन्हेंगे नहीं, तो साहित्य के ज़रिये आम आदमी के भीतर क्रान्ति की चेतना भला कैसे जगा पायेंगे?

बेशक माखनलाल चतुर्वेदी, नवीन, गणेश शंकर विद्यार्थी व रायकृष्णदास सरीखे मित्र उनके सम्बल बने लेकिन इन सबसे बढ़कर था–अपने को पहचानना। जीवन के लक्ष्य की तरफ़ एकाग्रता से देखते रहना। व्यष्टि से शुरू अभ्युदय यात्रा को समष्टि तक ले जाना ताकि समस्त प्राणियों की सुप्तावस्था में पड़ी चेतना जाग्रत हो सके। उनका मुरझाया भावलोक सरस हो सके। वे भी सौन्दर्य–बोध में अवगाहन करते हुए नये–नये सपने देखने व साकार करने की दिशा में सक्रिय हो सकें। तभी तो हम नये समाज की, नये भारत की परिकल्पना साकार कर सकते हैं। ऐसी सोच के धनी दद्दा हमेशा युगानुरूप नये जीवन की परिकल्पना करते हुए जन–जन में चेतना के प्रसार की दिशा में ठोस व सार्थक साहित्य रचने की दिशा में सचेष्ट बने रहते। अपराजेय कवि के रूप में समादृत दद्दा ने

समसामयिक राष्ट्रीय चेतना से लेकर समाज को आगे बढ़ाने हेतु हर सम्भव रचनात्मक प्रयास किये। हर तरफ़ सौन्दर्य, प्रेम व जीवन में सामंजस्य स्थापित करते हुए उन्होंने ऐसे काव्य की रचना की जिससे देश का खोया आत्मविश्वास, अस्मिता और स्वाभिमान की रक्षा हो सके और ऐसा हुआ भी। उनके रचनात्मक प्रयासों से अपेक्षित बदलाव देखे गये व महसूस किये गये।

साहित्यकार के दायित्व का भली–भाँति निर्वहन करते हुए उन्होंने स्पष्ट शब्दों में जयघोष किया–

जो भरा नहीं है भावों से, बहती जिसमें रसधार नहीं,
वह हृदय नहीं है, पत्थर है, जिसमें स्वदेश का प्यार नहीं।

महज़ लोकरंजकता को परे रखकर दद्दा ने सत्यम्, शिवम्, सुन्दरम् की साधना को मूर्त रूप दिया। व्यक्तिगत सन्तुष्टि के लिए लिखना उनका मंतव्य कभी नहीं रहा बल्कि पूर्ण दायित्व के साथ उन्होंने हिन्दी पट्टी की जनता को प्रबोधित करने का यथेष्ट प्रयास किया। ब्रिटिश साम्राज्यवाद का पुरज़ोर विरोध करते हुए मैथिलीशरण समग्र राष्ट्र की एकता संवर्धन के लिए भारतीयता और राष्ट्रीयता शब्दों को अमली जामा पहनाने के लिए कृतसंकल्पित थे जिसके लिए वे सालोंसाल क़लम थामे रहे। आर्थिक एवं राजनीतिक मोर्चे पर देश टुकड़ों में बिखरता प्रतीत हो रहा था, ऐसे में उन्होंने राष्ट्रीयता का बिगुल बजाकर नवजागरण को स्फूर्ति देने के लिए वैसा लेखन किया।

उनकी राष्ट्रीयता में–एक देश, एक झण्डा, एक प्रतीक चिह्न, हमारी जल–थल वायु सेनाओं में एकरूपता व अखण्डता...। जब स्थानीयता छोटी लगने लगे तो सार्वभौमिक राष्ट्र की ख़ातिर एक ही कर्म, एक ही धर्म व एक ही राष्ट्र के लिए विशाल जनसमुदाय को जाग्रत करके मनुष्यता का पाठ सिखाने वाली कविताएँ रची जाने लगीं। युग–सापेक्ष कवि के रूप में देश के कोने–कोने तक उनकी आवाज़ की दस्तक पहचानी जाने लगी थी। आज़ादी की लड़ाई में समूचे देशवासियों के **अन्दर** राष्ट्रीयता की चिनगारी सुलगाने का

काम वे करते रहे। राष्ट्रीय एकता और सांस्कृतिक चेतना के विस्तार से ही भारतभूमि की अस्मिता को राष्ट्रीय व अन्तरराष्ट्रीय फलक पर स्वाभिमान के साथ स्थापित किया जा सकता था। क्षरित राष्ट्रीय गौरव को पुनःस्‍..पित करने हेतु गुप्त जी ने अथक प्रयास किये। परवर्ती कवियों ने उनके इस काम को आगे बढ़ाया।

उन्हें लेकर अनवरत गोष्ठियाँ चलती रहतीं। आयोजन होते रहते। बनारस के बाद साहित्य का केन्द्र इलाहाबाद और धीरे–धीरे दिल्ली बनता गया। जन्मशती समारोह चलते रहे। अतीत से प्रेरणा लेकर भविष्य के प्रति आस्थावान होने के दर्शन का राष्ट्रीयता के साथ मिलकर जयघोष करने वाले दद्दा इकलौते राष्ट्रकवि के रूप में देश भर में समादृत हुए।

बातें चाहे महायुद्ध को लेकर की जायें या राष्ट्रभाषा हिन्दी को लेकर या अन्य सामाजिक सरोकारों से जुड़े ज़रूरी प्रसंग हों, दद्दा ने निरपेक्ष रहते हुए इतिवृत्तात्मक पद्धति से भाव–भाषा व अभिव्यक्ति में लाक्षणिकता, चित्रमयता, वक्रता के साथ पाठकों के अन्दर स्वाभाविक रस संचार को तीव्र बनाया। गद्य की व्यावहारिक भाषा को पद्य में ढालकर वाचिक परम्परा को प्रभावी ढंग से गेय शैली में प्रस्तुत करते रहे दद्दा। ऐसे कवि का अवदान सालोंसाल साहित्य व देश के नक़्शे पर चमकता दमकता रहेगा।

दद्दा साफ़ तौर पर आगाह करना नहीं भूलते कि–

आदर्शों की पूजा से ही पार नहीं पाओगे,
नहीं आप उनकी पद्धति पर जब तक तुम आओगे।
मन में, प्राणों में आकर ही धर्म न पूरा होगा,
किये बिना कोई भी अपना कर्म न पूरा होगा।

भले ही दद्दा कांग्रेस दल के अनुशासन में रहे मगर जब भी संसद में भाषण दिया, पूरी निडरता व विश्वास से राष्ट्रहित और जनहित को सर्वोपरि रखकर मज़बूती से अपनी बात संसद पटल पर रखी। दिनकर 'साकेत' को आधुनिक काव्य मानते रहे। दिनकर ने लिखा है–'विश्व से बहकर जो भी भारत पहुँचे, उनका कुछ–न–कुछ प्रभाव

उन पर अवश्य पड़ा है। इस बीच जो भी बड़ी घटनाएँ घटीं, उनका कोई–न–कोई बिम्ब गुप्त जी के काव्य में अवश्य पहुँचा है। उनकी रचनाएँ जेनी और मार्क्स पर भी हैं और अणुबम पर भी।'

दिनकर ने इसी विचार प्रक्रिया को आगे बढ़ाते हुए स्वीकार किया कि कविता के जितने भी आन्दोलन चले, उनमें प्रत्येक के बिम्ब मैथिलीशरण के विशाल काव्य समुद्र में जगमगाते मिलते हैं। भारत के गाँवों में बहुत धीमी गति से विकास व बदलाव आता है, उसी तरह जैसे उनकी कविता में झलकता है। अज्ञेय ने भी उन्हें प्रसन्न आधुनिक मानते हुए 'मैं अतीत ही नहीं, भविष्य भी हूँ आज तुम्हारा।'

सचमुच, दशक–दर–दशक बीतते रहे, पर उनकी कविता का हर रंग विशिष्ट है, हर रूप नयापन लिए हुए है और रसास्वादन इतना अनूठा जो उनके समकालीन व नयों में भी अलग से महसूस किया जाता है।

दद्दा अनुभव कर रहे थे कि इन दिनों हमारे देश के अधिकांश साहित्यकार आमजन के बीच उठते–बैठते नहीं। उनसे घुलते–मिलते नहीं तो उनकी पीड़ा की जड़ों तक साहित्यकार कैसे पहुँच पायेगा? वे अपने निजी स्वार्थों और तुच्छ ज़रूरतों के शिकार होते जा रहे हैं। वर्तमान समय में मतलबपरस्ती, 'मैं' वाद इतनी तेज़ी से चारों तरफ़ फैलता जा रहा है कि साहित्यकार भी महज़ ज्ञान बघारने हेतु साहित्य सृजन करते हुए कलात्मक व शिल्पतगत ऊँचाई को छूने के लिए नये–नये प्रयोग करने लगे हैं।

जब तक जीवन है, मनुष्यमात्र के भीतर भावनाएँ जीवित हैं, तब तक भाव–बोध का अजस्र स्रोत सूखेगा नहीं बल्कि अतल गहराइयों के तल से सरसता उमग ही आयेगी। मानव मन की तरलता को बचाये रखने की ज़िम्मेदारी साहित्य की है ताकि संवेदना स्रोत ज़िन्दा रहें। संवेदना ज़िन्दा रहेगी तभी भाव–बोध की उच्चता बनी रह पायेगी। जहाँ पहुँचकर साहित्यकार उदात्त और श्रेष्ठ मनुष्यत्व की लम्बी यात्रा पर चल पड़ता है। तब ऐसी क्षुद्रता, तुच्छता, संकीर्णता, स्वार्थ व छोटी मानसिकता दूर–दूर तक नज़र नहीं आयेगी।

चिरगाँव की बखरी में विराजमान कवि दद्दा के लेखन में अपनी माटी के प्रति यही गहरा लगाव अन्त समय तक जीवित रहा–

मेरी मिट्टी मैं बलि जाऊँ,
तुझे पत्र में परिणत पाऊँ।
तुझको प्रति क्षण तपना होगा,
क्लेशों से न कलपना होगा।
यों मंगलघट अपना होगा।

दद्दा ने आधुनिक हिन्दी कविता में भारतीय परम्परा के मूल्यों को नये सिरे से रचने–सिरजने का काम किया–

अरुण पट झट पहन उषा आ गयी।
मुख कमल पर मुस्कराहट छा गयी।

दद्दा की मान्यता थी कि–'हमारी भाषा के साहित्य में जो सामग्री है, वह तो हमारी सम्पत्ति है ही, यदि दूसरी भाषाओं की विशेष सामग्री भी हमारी भाषा में आकर अपनी हो जाये, तो क्या यह कुछ गौरव की बात नहीं है?'

अपने लिखे व अपने लिखे पर समीक्षकों के विचार सुबह से शाम तक पढ़ते। किताबों, पत्रिकाओं व अख़बारों को उलटते–पलटते हुए दिन–रात बीतते रहे। अब दद्दा का मन प्रेस के काम में उतना नहीं लगता। सम्पत्ति के बँटवारे के बाद कुछ समय तक परिवारों में तनाव बना रहा लेकिन बाहर के लोगों के लिए एकता व प्रेम प्रदर्शन त्योहारों के अवसर पर ज़िन्दा हो उठता। दशहरे–दीवाली के मौक़े पर बड़ों के पैर छूने की परम्परा क़ायम रही। बड़े–बुज़ुर्गों के श्राद्ध के अवसर पर सभी रिश्तेदार एक–दूसरे के घर आते–जाते रहे। उनके बच्चों के जन्मोत्सव मनाये जाने की नयी परम्परा का चलन बढ़ने लगा। सभी भाइयों–भतीजों व उनके पुत्र–पुत्रियों से भरे–पूरे परिवार को ख़ुश देखते तो दद्दा मन–ही–मन पुलकित होते रहते।

'हम बनें समष्टि के लिए व्यष्टि बलिदानी' उनकी रची कविता आज अर्थहीन नज़र आती। यान्त्रिक सभ्यता के चलते वैयक्तिकता इतनी तेज़ी से बढ़ी कि भावनाओं की जगह मनुष्य पैसा कमाने वाली

मशीन में बदलता गया। कहाँ तो वे गिरकर उठने हेतु प्रेरित करते हैं (नहुष में) और कहाँ आज खुलकर उच्च वर्ग (पैसे व वर्चस्व में) ख़ुद अपनी श्रेष्ठता का ढिंढोरा पीटने में लगा है। जिन्होंने समग्रता से मैथिलीशरण के जीवन को मन, वचन व कर्म से नहीं देखा, महसूस किया, वे पूर्वाग्रहपूर्ण ढंग से उनके काव्य में यत्र–तत्र बिखरे चन्द शब्दों व उनसे निकाले छिछले अर्थों के आधार पर उन्हें अन्यायपूर्ण ढंग से साम्प्रदायिक पुनरुत्थान का कवि करार देने लगें तो यह न तो इस महाकवि के लिए न्याय है, न ही स्वच्छ नज़रिये का परिचायक।

आधुनिककाल की कवयित्री महादेवी वर्मा ने प्रतिकार किया–'हम हिन्दी के लोग कितने कृतघ्न हैं कि जो एक प्रकार से हिन्दी कविता (खड़ी बोली) के जन्मदाता थे, जिनकी अँगुली पकड़कर कविता ने चलना सीखा, उन्हीं को आज हम अस्वीकार कर रहे हैं। सुना है, अब हमारे यहाँ कुछ ऐसे महान आलोचक हो गये हैं जो दद्दा को कवि ही नहीं मानते। इससे बड़े दुर्भाग्य की बात भला और क्या होगी?'

महादेवी दीदी की याद करते ही मैथिलीशरण भावुक न उठते। महादेवी जानती थीं कि दद्दा का मन चिरगाँव में कितना रमता है। न तो उन्होंने ग्रामीण संस्कृति, न रहन–सहन, न ही बोली न बानी छोड़ी, न ही उनके मन से कभी चिरगाँव बिसर पाया।

दद्दा और महादेवी (भाई–बहन) में अहैतुक स्नेह व निश्छल अनुराग दिन–ब–दिन गहराता गया। रक्षाबन्धन पर्व आता तो महादेवी कभी भी चिरगाँव आना नहीं भूलतीं। महादेवी जी लिखती हैं–'आज बिल्कुल लगता है जैसे दद्दा सामने उपस्थित हों। इतने आत्मीय थे कि राखी के पहले लिखते थे मुझको–"दीदी, तुम अपना काम निपटा लेना। तुमको लेने हल्के भैया आयेंगे।" तो मैंने लिखा– "दद्दा, मैं सब जगह अकेले घूमती हूँ तो हल्के भैया मुझे लेने क्यों आयेंगे? मैं आ जाऊँगी।'' दद्दा ने उत्तर दिया–"दीदी, हमारे यहाँ सावन में राखी के दिन बहन बेटियों को लेने मायके से कोई आता–जाता है। यह हमारे यहाँ का कायदा है। तुम चाहे संसार भर घूमो लेकिन राखी पर तुमको

लेने कोई जायेगा। बिना इसके नहीं होगा।" (वो मुझको छोटा मानते थे लेकिन कहते थे मुझे दीदी, कहना अच्छा लगता है) तो फिर हल्के भैया मुझे लेने आये और फिर मैं गयी।'

राखी बँधवाने का यह दृश्य महादेवी कभी नहीं भूल पायीं। चारपाई से वह पीढ़े के बल बैठते थे और राखी बँधवाते थे। वे मुँह मीठा करातीं तो दद्दा पूरे आदर भाव से बहन के पैर छूते। (बुन्देलखण्ड में भाई हर उम्र की बहनों के पाँव छूते हैं) और वे भावुक हो जातीं। उनका मायका जो था दद्दा की बखरी में। जिया व बहू शान्ति से महादेवी की गहरी आत्मीयता थी। लौटते वक़्त उनकी वैसी ही विदाई होती जैसी भाई के घर से विदा लेती बहनों की होती है। साड़ी, शॉल, खाने–पीने के ज़रूरी सामान और फिर वे अपनी पसन्द की किताबें चुनकर ले जातीं। महादेवी को लगता कि दद्दा भाभियों को परेशान करते हैं। किसी भी समय साहित्यकार चले आते तो हरेक के लिए जिया को खाने–पीने की व्यवस्था करनी पड़ती। एक दिन पता चला कि जिया हरतालिका व्रत रखे हुए हैं और दद्दा कह रहे हैं कि चार अतिथि आ रहे हैं। खाने की तैयारी करो।

एक दिन महादेवी ने पूछा–'दद्दा, ये क्या, जो भी आता, काग़ज़ पर आपके हस्ताक्षर करवा लेता। आपने जो कहा नहीं। आपको ख़ुद नहीं पता कि क्या लिखा जायेगा इसमें फिर भी आपने साइन कर दिये। पता नहीं क्या लिख देंगे ये?'

'अरे दीदी, ख़ुद ही सोचो, मेरे लिए ऐसी बुरी बात क्या है जो ये लिख देंगे? सब अच्छा ही लिखेंगे। आप चिन्ता न करो।' महादेवी उनके निश्चिन्त चेहरे को देर तक देखते हुए सोचती रहीं–इतना सहज विश्वासी आदमी आज तक नहीं देखा।

'दीदी, एक मंच होना चाहिए जिसमें भारत के सब साहित्यकार आ जायें। पहले यहाँ साहित्यकार संसद रसूलाबाद में बनायी तो थी जिसमें तमिल, तेलुगू, बँगला व गुजराती के साहित्यकारों को बुलाया गया था।'

'हाँ दद्दा, आपने कुरुक्षेत्र को पुरस्कार योग्य माना। ये तो हृदय की बात है?' महादेवी के कहने पर दद्दा बोले—'हाँ, हृदय की बात है, ऊँची बात है। हम मानते हैं कि उस कृति को पुरस्कार देना चाहिए।'

महादेवी को वो प्रसंग याद आ गया जब जवाहर भाई ने उनसे पूछा—'महादेवी, अपने दद्दा को राज़ी करो।'

'किस बात के लिए?'

'कि वह राज्यसभा में आ जायें।' पण्डित जी बोले।

'आप कहें तो आ ही जायेंगे...' महादेवी के गले से भरोसे से खनकती आवाज़ निकली।

'नहीं, पहले तुम कहो जाकर उनसे...'

जब महादेवी ने दद्दा से आग्रह किया—'आप राज्यसभा में चले जाइए।'

'अरे, हम चिरगाँव के रहने वाले, दिल्ली जाकर क्या करेंगे?' वे मुस्कराते हुए विनम्रता से बोले।

'महादेवी दीदी, मैं जाकर क्या करूँगा?'

दुबारा पण्डित जी से बात हुई तो वे बोलीं—'दद्दा तो राज़ी नहीं हैं पण्डित जी...'

'आप कहें तो राज़ी होंगे...' वे पूरी उम्मीद से बोले।

पण्डित जी की ऐसी उदारता कि उन्होंने दद्दा से कहा—'हम आपको संसद में देखना चाहते हैं।'

दद्दा महादेवी की बात नहीं टाल सके थे। महादेवी को एक प्रसंग अनायास याद आ गया जब फ़ादर कॉमिल बुल्के चिरगाँव आये। वे ईसाई थे और हम सब चौके में बैठकर खाते थे, अपना-अपना पीढ़ा लेकर। यह परम्परा थी वहाँ पर। दद्दा 5 भाई थे सो सभी भाभियाँ मिलकर खाना बना देतीं। सब मिलकर एक साथ बैठकर खाते थे।

'तो फ़ादर बुल्के कहाँ खायेंगे? उनको अलग कहीं कुर्सी पर बिठायें? बाहर तो अच्छा नहीं लगेगा। चौके में बिठायें?' मर्यादा ऐसी कि दद्दा अपने बड़े भाई से पूछें कैसे। वे महादेवी से बोले—'दीदी, अब क्या करें? यह तो पूछना पड़ेगा, नन्ना से...'

'कोई बात नहीं। मैं जाकर पूछ लेती हूँ...' कहते हुए महादेवी ने सीधे–सीधे नन्ना से पूछा–

'फ़ादर बुल्के कहाँ खायेंगे?' नन्ना ने जवाब देने में पल की देरी नहीं की थी–'महादेवी, फ़क़ीरों की कोई जाति नहीं होती। इसलिए वे हमारे साथ ही खायेंगे।'

सुनकर सबने राहत की साँस ली थी। उनका परिवार इतना उदारमना कि हरेक का उनके घर पर समभाव से स्वागत–सत्कार किया जाता। मनुष्य की गरिमा, मनुष्य की श्रेष्ठता की स्थापना मात्र ध्येय। महादेवी ने याद किया है–'आचरण में कोई पीढ़ी वैसी आयेगी, कहना मुश्किल है। कविता में आयेगी, यह भी नहीं कह सकते लेकिन हम धन्य हैं कि हमारे युग में ऐसा कवि हुआ और हमने उसे देखा, हमने उसे चाहा, हमने बहुत कुछ उनसे सीखा। बापू ने उन्हें अपना स्नेह दिया। माना कि वह एक राष्ट्रकवि हैं लेकिन उन्होंने अपने आपको कभी राष्ट्रकवि के रूप में नहीं देखा। वह कहते थे कि राष्ट्र व्यक्ति से बहुत बड़ा होता है इसलिए राष्ट्र के लिए यही कहना है उनका–

मानस भवन में आर्यजन, जिसकी उतारें आरती,
भगवान भारतवर्ष में गूँजे हमारी भारती।'

दद्दा का लेखन अखिल भारतीय स्तर पर लोकप्रिय हुआ। नागपुर में 1947 में कल्याण राव ने भारत–भारती का मराठी में अनुवाद किया। इसी तरह सुदूर दक्षिण में कन्याकुमारी, मदुरै, बंगलौर, विजयवाड़ा जैसी जगहों पर असंख्य साहित्यजनों ने दद्दा के साहित्य को पढ़ा गुना।

महात्मा गाँधी ने रामराज्य की परिकल्पना करते हुए स्वराज्य में समता और नागरिक अधिकारों पर बल दिया तो कविवर गुप्त जी ने राजा को लोक प्रतिनिधि के रूप में स्वीकारते हुए लिखा–

'राजा, हमने राम तुम्ही को है चुना,
करो न यों तुम हाय लोकमत अनसुना।'

कितनी विरोधाभासी बातें हैं कि मार्च 1937 में 'विशाल भारत' में शिवदान सिंह चौहान ने लिखा–'भारत–भारती न साम्राज्य विरोधी है और न दलित श्रेणी की भावनाओं की रक्षक। वह अगर कुछ है तो साम्राज्यवाद की पोषक और ब्रिटिश साम्राज्यवाद की चाटुकार।'

प्रतिकार करते हुए माखनलाल चतुर्वेदी ने लिखा है–'जिस समय 'भारत–भारती' निकली, उस समय तो लगा जैसे राजनीतिक व सामाजिक विचारधारा में एक तूफ़ान आ गया। सभा मंचों पर वक़्ता 'भारत–भारती' के छन्दों का इतना उपयोग करते मानो उनके कहने की सामग्री के शीर्षक व प्राण केवल हिन्दी की काव्यपुस्तक 'भारत–भारती' में हैं... 'भारत–भारती' के अन्त में वर्णित सोहनी के कारण तो झाँसी की पुलिस और झाँसी के कलेक्टर तक भड़क गये और गुप्त जी को कारावास भिजवा दिया।'

आचार्य हज़ारी प्रसाद द्विवेदी जी ने लिखा–'भारत–भारती' ने उन दिनों शासन से मुक्ति पाने की अपूर्व प्रेरणा दी। वे सच्चे अर्थों में राष्ट्रकवि हैं। 'भारत–भारती' सही अर्थों में 'भारत–भारती' हो सकी है।'

पुण्य पाप क्या है, पौरुष ही है एकमात्र सार।

साहित्य रचने वाले को देशकाल का संज्ञान होना ज़रूरी है। वह मानव चरित्र का जानकार हो या उसके अन्दर परपीड़ा अनुभूति की क्षमता हो। अर्धनारीश्वर रूप में वह स्त्री–पुरुष दोनों के मन की तहों में उतर सके। गुप्त जी की रचनाओं के बारे में आचार्य रामचन्द्र शुक्ल ने लिखा–'गुप्त जी की प्रतिभा की सबसे बड़ी विशेषता है कालानुसरण की क्षमता अर्थात उत्तरोत्तर बदलती हुई भावनाओं और काव्य सारणियों को ग्रहण करते चलने की प्रवृत्ति। सत्याग्रह, अहिंसा, मानववाद, विश्वप्रेम, किसानों व श्रमजीवियों के प्रति प्रेम और सम्मान–सबकी झलक इनमें मिलती है।'

दद्दा मानव मन के अँधेरे बन्द दरवाज़ों को खोलने में सिद्धहस्त कवि थे–'तेरे घर के द्वार बहुत हैं, किससे होकर आऊँ मैं...या नीलाम्बर परिधान हरित पट सुन्दर है।' जैसे सुन्दर भावलोक का सृजन करते हुए घर–घर पहुँच चुके थे।

कभी बचपन की शरारतें याद आतीं तो कभी काव्य लेखन प्रक्रिया के शुरुआती दिन। दद्दा को काव्य पाठ करना इतना पसन्द था कि दो–चार लोगों की मण्डली बड़ी सहजता से मिल जाती। आज अगर अज्ञेय ने उन्हें वाचिक परम्परा का श्रेष्ठ कवि कहा तो बाक़ी रचनाकार व्यंग्य में कहने लगते–'गुप्त जी, तुक बैठाने में दूर की कौड़ी ढूँढ़ लाते थे।'

दद्दा मानते थे कि यदि यह उनकी सीमा थी तो यही उनकी शक्ति भी थी। पाठ्यक्रम तैयार होते समय सभी एकमत से उनकी कविताओं को चुनते–मैथिलीशरण विद्यार्थियों के लिए सर्वोत्तम कवि माने जा रहे थे जिनकी कविताएँ आसानी से कण्ठस्थ हो जातीं। बुद्धिजीवी एकमत से स्वीकारते कि मैथिलीशरण ने कविता का अलग संसार सृजित किया है। वे इकलौते ऐसे साहित्यकार रहे हैं जिनकी क़लम का प्रभाव सुदूर दक्षिण तक फैलता रहा।

पर वे अभी भी ख़ालीपन महसूस करते। उनकी हार्दिक अभिलाषा कि–

मग्न अथाह प्रेम सागर में, मेरा मानस हंस हरे

कवि की अनुभूतियाँ अक्सर पन्नों पर मूर्त रूप लेने लगतीं। भीड़ से दूर वे किसी सभा/कवि–सम्मेलन की अध्यक्षता अस्वीकृत कर देते। न तो उन्हें राजनेताओं की तरह धुआँधार भाषण देना पसन्द था, न ही वे किताबों की भूमिकाएँ लिखते। ज़्यादा से ज़्यादा भावमय दो–चार पंक्तियाँ लिखकर अपना आशीर्वचन दे देते। रेडियो वार्ताओं में भी वे सधे ढंग से हिन्दी के महत्त्व पर बोले मगर किसी की प्रशस्ति में लम्बे–लम्बे आलेख कभी नहीं लिखे। स्लेट पट्टी पर लिखने वाले गुप्त जी का सादा हवादार कमरा था जहाँ अलमारियों में मोटे–मोटे ग्रन्थ भरे रहते। संस्कृत, बाँग्ला साहित्य के गहन अध्येता गुप्त जी ने उमर ख़य्याम की रूबाइयों का अनुवाद मूल फ़ारसी पढ़कर किया था। 'भारत–भारती' से 'जय भारती' तक की लम्बी रचनात्मक काव्य यात्रा में वे मर्यादावादी जीवन–शैली को नहीं बदल पाये।

जब भी सोते–सोते उनकी नींद उचटती, अपने बारे में लिखी–पढ़ी व सुनी–सुनायी जा रही बातों से कभी मन में सन्तोष उपजता तो कभी लगता, जैसे ईश्वर ने उन्हें इसी निमित्त भेजा होगा। सच तो यह है कि कविता के लिए विषयवस्तु का फलक इतने विशाल मैदान की तरह है जैसे खुला आकाश। कितना ही उड़ लो, कभी भी तृप्ति नहीं होती। बेशक अब वे महफ़िलें नहीं रहीं जो घण्टों चलें, न ही वे ठहाके लगाने वाले साथी रहे जिनके साथ दिन–रात बीतते थे। मन है कि इतना सारा रचकर भी ख़ाली बाल्टी की तरह लगता जिसे उल्टा करके ज़मीन पर रख दिया गया हो। तृप्ति का अहसास क्यों नहीं होता उन्हें? एक रचना पूरी होते ही ऐसे लगता जैसे जो भी उन्हें कहना था, वो तो अभी भी छूट गया। वे जो नहीं कह पाये, जैसा कहना लिखना था, वैसा कुछ नहीं हो पाया। गहरा अतृप्ति बोध अक्सर सालने लगता। इतनी गहरी प्यास क्यों जगाता है साहित्य कि रचनाकार के अन्तस् का घट कभी भरता ही नहीं। वे परकाया प्रवेश करके हर बार कुछ नया, कुछ अनूठा लाना चाहते मगर अब उतने पाठक नज़र नहीं आते। पाठकों की चिट्ठियाँ आती हैं मगर पहले की तरह नहीं।

तुकबन्दी के सारे ख़तरे उठाकर उन्होंने मानववादी मूल्यों की स्थापना हेतु पौराणिक प्रबन्ध काव्य लिखे। 50 सालों से अधिक की लम्बी काव्य–यात्रा में मैथिलीशरण ने विभिन्न विधाओं में भाषिक प्रयोगों की विपुलता और रचनाओं में कथ्य की नवीनता या वैविध्य से साहित्य को समृद्ध किया। आख्यान में कथ्य की रोचकता, भाषा की बोधगम्यता, गीतों की संगीतमयता, श्रुति माधुर्य व रचनाओं में नाटकीयता के सहारे मैथिलीशरण ने समकालीन कवियों की काव्य–परम्परा से ख़ुद को अलगाते हुए बुन्देली बृज की प्रचलित बोलियों से शब्द भण्डार को सशक्त बनाते हुए संवर्धित किया।

राष्ट्रीयता व व्यापकता के लिहाज़ से बोलचाल की भाषा में कविता लिखना विशेष उपयोगी है, सरस्वती में दद्दा ने लिखा–'जनसाधारण के साथ तादात्म्य नहीं है तो फिर लोकानुभूति कैसे होगी।'

1936 में प्रयाग की हिन्दुस्तानी अकादमी के सालाना जलसे में गये तो वहाँ माखनलाल चतुर्वेदी से उनके ठट्ठे मज़ाक़ और प्रेमचन्द व उनके बीच, उन्मुक्त हास्य विनियम देखा गया। उत्साह से भरे मैथिलीशरण के कन्धों पर दुपट्टा फहराता रहता। उन्हें कभी–कभार बीड़ी पीते भी देखा गया था। अज्ञेय जी ने बार–बार स्वीकार किया–'मैं तो इतना जानता हूँ कि बचपन से ही, जब से हिन्दी बोलना और फिर पढ़ना सीखा, उन्हीं की (गुप्त जी) कविता पढ़कर किशोर हुआ–

निज मातृभूमि स्वदेश के गोदी भरे हम लाल हैं।

ऐसा कौन देशवासी होगा जिसके श्रीमुख से मैथिलीशरण का नाम अपरिचय की श्रेणी में शुमार होगा? ऐसा कोई भी भारतवासी मिलना लगभग असम्भव है जिसने उन्हें न पढ़ा हो या जिसने उनकी एकाधिक कविता न सुनी हो–नर हो न निराश करो मन को, जैसी कविताएँ।'

खेती–बाड़ी का काम करने वाला कल्लू काछी हो या उनके घर के दैनिक कार्य करने वाला जगन्नाथ ढीमर–उन सबके प्रति मैथिलीशरण के मन में अगाध स्नेह था। जगन्नाथ का पुत्र गिरधारी तो उनके साथ छाया की तरह 12 साल राज्यसभा के सत्रों के समय लगातार दिल्ली ही रहा। इसी तरह प्रेस के कर्मचारियों में से पूरनचन्द माली, रामभरोसे नाई, वारेलाल कुम्हार, भूरेलाल कोरी आदि ने प्रेस में सालों तक काम किया परन्तु किसी से उन्होंने ऊँची आवाज़ में बात नहीं की। जगन तो उनकी एक आवाज़ पर हाज़िर हो जाता।

सियारामशरण के न रहने पर दद्दा चिरगाँव के ही रामदास गुप्त व हरगोविन्द गुप्त के सान्निध्य में समय बिताते। उस दिन विश्वनाथ गुप्त उनके साथ देर रात तक बैठे रहे फिर बोले–

'दद्दा, अनुमति दें। चलते हैं अब...' विश्वनाथ जी उठने का उपक्रम करने लगे।

'भइया, रातें बहुत बड़ी, बहुत लम्बी होती हैं, काटे नहीं कटतीं। थोड़ी देर और बैठो।'

फिर से वे देश–देशान्तर की बातें करते रहे। देश के राजनीतिक माहौल से लेकर प्रशासनिक व्यवस्था में फैल रहे भ्रष्टाचार पर भी चर्चा करते रहे। इधर घर के मेधावी बच्चों को बाहर भेजकर पढ़ाने पर चर्चा होने लगी–'रमेश को डाक्टर बनानै सो इलाहाबाद भेजनै।'

'नीरज को इंजीनियर बनने का शौक़ है, फलाँ का लड़का भोपाल में इंजीनियर है तो अमुक का बच्चा अमुक जगह नौकरी पा गया ऊँची...'

'तो अब खेती–बाड़ी में मन नहीं लगत बच्चन कौ? न ही साहित्य वग़ैरा में उतनी दिलचस्पी बची।' विश्वनाथ ने दबी ज़ुबान से कहा तो दद्दा बोले–'ये बात तो मैंने बहुत पहले लक्षित कर ली थी, तभी तो लिखा था–शिक्षे, तुम्हारा नाश हो तुम नौकरी के हित बनीं।'

'मगर सोचो दद्दा, हर पढ़ा–लिखा बच्चा अब बाहर जाकर नौकरी ही करना चाहता है। इसी में उसे अपना शानदार भविष्य नज़र आता है तो क्या कर सकते हैं? स्वाध्याय वग़ैरा से कतराने लगी है नयी पीढ़ी।'

'सही बात कही। अब साहित्य से प्रेरणा लेने वाले कम लोग ही नज़र आते हैं, लगभग न के बराबर। आजकल वैसे धर्मयुग ठीक निकाल रहे हैं धर्मवीर जी। इन दिनों व्यावसायिक पत्रिकाओं में भी ठीक–ठाक साहित्य छप रहा है।'

'हव, आप भी भेजिए न अपनी नयी कविता। कब से आपकी नयी रचना नहीं पढ़ी? हिन्दी के पाठकों को आपकी कविता का इन्तजार होगा दद्दा।'

'अब वो बात नहीं रही। अब वे वासर–दिन बीत गये, मन तो मेरा रसमय अब भी, पर तन के रस रीत गये...' एक लम्बी साँस खींचकर वे बोले।

'चलें दद्दा...'

विश्वनाथ उनके पास से उठकर रास्ते में यहाँ–वहाँ के बन्द घरों में झाँकते एकाध जगह रुकते हुए अभी–अभी घर पहुँचे ही थे कि

दद्दा के भतीजे ने जल्दी से आकर दरवाज़ा खटखटाया—'विश्वनाथ चाचा, जल्दी चलो। दद्दा की तबीयत अचानक बहुत बिगड़ गयी।'

उतारे कुर्ते को फिर से पहनते हुए वे लम्बे—लम्बे डग भरते हुए उनके दालान में जा पहुँचे। वे तकलीफ़ में छटपटा रहे थे। इसी बीच झाँसी से उनके पारिवारिक डॉक्टर बखरू को बुलवा लिया गया। वे समय पर आ भी गये। डॉक्टर बखरू को दद्दा की बिगड़ती तबीयत का सारा ब्योरा समझाया गया। उन्होंने आश्वस्त किया—'अभी ठीक हो जायेंगे। अभी दवाएँ लेकर आराम मिल जायेगा। चिन्ता की कोई ख़ास बात नहीं।' ...कहकर डॉक्टर बखरू अपनी चिकित्सा में जुट गये।

आँखें मींचे मैथिलीशरण गुप्त को तेज़ी से बचपन, किशोरावस्था, यौवन, नन्ना, माता—पिता व पत्नी का चेहरा आँखों में कौंधा। इंजेक्शन से दर्द हल्का हुआ। फिर डॉ. बखरू बोले—'दद्दा, अब कैसा लग रहा? वेदना है?'

'डॉक्टर साब, आप अपना काम करो और प्रभु अपना करेंगे।' कहते हुए मन—ही—मन हरे राम, राम की रटना में तल्लीन हो गये।

अँधेरी रात का सन्नाटा। दद्दा की तकलीफ़ काली रात में घुलती जा रही थी। अपने दर्द को पीते हुए मैथिलीशरण गुप्त आँखें मींचे अपने समूचे जिये गये जीवन की रील देखने लगे जैसे राह चलता बाज़ीगर डमरू बजाकर बच्चों को बुलाकर उसकी आँखें कैमरे में चिपका दे और वे चकित भाव से पल—भर में सारी दुनिया की सैर करने लगें। कितना कुछ देख लिया। कितनों के साथ जी लिया व कितने उनका हाथ छुड़ाकर छूटते गये। कितनों ने उन्हें चोट पहुँचाई मगर कितनों ने उन्हें बेइन्तहा निश्छल प्यार भी किया। कितने असंख्य पाठकों का उन्हें सालोंसाल असीम स्नेह व आशीष मिला।

1964 में वे उम्र के ऐसे पड़ाव पर जा पहुँचे जहाँ से एक अनजानी दुनिया उन्हें नज़र आने लगी थी। लेटे—लेटे आँखों में न जाने कितने समारोह, कवि—सम्मेलन, सभाएँ व राष्ट्रीय समितियाँ याद आयीं, जहाँ से उन्होंने कभी पैसा नहीं माँगा। सिर्फ़ अध्यक्षता करके

ख़ाली हाथ लौट आये। हिन्दी–अंग्रेज़ी, बाँग्ला, मलयालम, गुजराती व मराठी अख़बारों में कहीं–न–कहीं उनका नाम छपता रहा। उन्हें अपनी जन्म शताब्दियाँ याद आयीं। दिन–रात की चर्चाएँ याद आयीं। अपनी गुज़र गयी दो पत्नियाँ व आठों सन्तानें याद आयीं जो उनके सामने काल कवलित हो गयीं। उनके अन्दर की कविता न जाने कैसे ज़िन्दा बची रही जिसके सहारे वे भी बचे रहे। 1959 में काशी हिन्दू विश्वविद्यालय ने उन्हें डी.लिट्. की मानद उपाधि दी तो 1964 में भारत कला भवन के वार्षिकोत्सव में वे आख़िरी बार काशी गये थे। काशी के प्रति उनका लगाव था। एक बार उन्होंने काशी में गंगा तट पर कोई मकान ख़रीदने की इच्छा व्यक्त की थी कि शेष जीवन यहीं बितायेंगे...

'दद्दा, आँखें खोलिए, कैसा लग रहा है? आराम मिला?' डॉक्टर बगल में खड़े पूछ रहे थे।

'अपने मन कछु और है, कर्ता के कछु और...' धीमी आवाज़ में वे बोल पाये।

'नास्ति येषां यशः काये ज़रा मरणजं भयम' विश्वनाथ ने उनके माथे पर कोमलता से हाथ रखते हुए पूछा–'राम उपासक हैं आप, रामचरण रज...किसी आत्मीय, किसी ख़ास को बुलायें दद्दा?'

'अब वैसी चाहत नहीं रही,' बोलना चाहते थे मगर चुप रह गये। इतने बड़े परिवार के बीच आपसी कटुता व मतभेद बढ़ने पर उनके अन्दर तकलीफ़ घर कर गयी। समूचे संयुक्त परिवार को उठाने हेतु उन्होंने क्या नहीं किया मगर अन्ततः निराशा ही हाथ लगी। वे खिन्न मन से बदलते समय को देखते रहने के लिए विवश थे। ऐन मौक़े पर अपने से नौ साल छोटे अनुज सियाराम की सूरत कौंध गयी। 16 किताबों के रचयिता बापू व हमें लोगबाग राम–लक्ष्मण की जोड़ी कहते नहीं थकते। अगले ही पल बालसखा अजमेरी का चेहरा स्मृति में चमका। उनके जैसा बन्धु खोकर तो जीवन का आनन्द विनोद ही जैसे समाप्त हो गया हो। ऐसा गुणी व चरित्रवान मनुष्य दुर्लभ है। रात की नीरवता में पुरानी बातें व मित्रों के ठहाके याद आने लगे,

तब की मण्डली व आने–जाने वालों का ताँता लगा रहता, अब सब गया... सोचते ही आँखें डबडबा आयीं।

पिछले साल से वे ख़ुद को मुरझाया पत्ते जैसा निरर्थक व जीवन को निस्सार मानने लगे थे। डॉक्टरों के पास ज़रूर जाते। देशी–विदेशी दवाएँ खाते रहे। पहले की तकलीफ़ से निदान के बाद उनका हृदय कुछ कमज़ोर रहने लगा। इन्दौर में एक बार एकाएक हृदय का दौरा पड़ा मगर सँभल गयी तबीयत। मुम्बई में उनकी तकलीफ़ बहुत बढ़ने पर ऑपरेशन कराना पड़ा। उसी समय बड़े भैया गुज़र गये जिसकी सूचना उन्हें दो सप्ताह बाद दी गयी। सुनते ही बिलख–बिलख कर रो पड़े थे वे। वहाँ से लौटने के बाद महीनों वे चारपाई पर पड़े रहे। भैया की मौत का उन्हें गहरा झटका लगा था। तब उनके पुत्र का विवाह था पर वे...1962 में इलाहाबाद में सरस्वती की स्वर्ण जयन्ती में अध्यक्षता करने गये। लौटते हुए रायकृष्णदास, वासुदेव शरण के साथ बनारस ठहरे। वहाँ से वापसी में खजुराहो गये। चिरगाँव लौटते ही वही घर सूना–सूना सा लगने लगा था।

फिर वही तकलीफ़ भरा समय जब अनुज के जाने के आघात को वे सह नहीं पा रहे थे। एक साल पुरानी बातें याद आने लगीं। जैसे एक दर्द कई छोटे दर्दों को साथ ले आता है, 1938 में दो पुत्रों की मौत ने उन्हें तोड़ दिया था। क्या–क्या याद करें वे? 1964 में 12 साल की राज्यसभा सदस्यता अवधि समाप्त होते ही वे चिरगाँव लौटकर 'सात संस्मरण' किताब पूरी करने में जुट गये। दिसम्बर 1964 को दिल्ली गये और कुछ दिन बाद लौट आये। लौटते ही महावीर प्रसाद द्विवेदी के संस्मरण के अलावा एक कविता काव्यांजलि लगाना चाहते थे पर वह कविता नहीं मिली तो उन्होंने नोट लिखा कि काव्यांजलि संस्मरण के साथ लगानी है, सोचकर दिल्ली गये।

12 दिसम्बर का दिन : रोज़ की तरह सामान्य दिन। सायंकाल के 5 बजे तक ब्यालू (रात का खाना) करके ताश खेलने बैठ गये। परिवारीजनों से मिलकर देर तक बातचीत की और बताने लगे–दिल्ली के नॉर्थ एवेन्यू फ्लैट से जुड़ी बातें जहाँ तमाम साहित्यकार आते थे।

राज्यसभा के सदस्य बनारसी दास चतुर्वेदी, दिनकर, नवीन, सेठ गोविन्ददास वगैरा।

'दद्दा, मीनाबाग़ वाला फ्लैट भी तो अच्छा था, खुला–खुला सा...'

'हूँ, वहाँ भी ख़ूब गोष्ठियाँ हुईं।' फिर वे एक क़िस्सा सुनाने लगे–'मेरी अध्यक्षता में एक समारोह में सेठ गोविन्ददास जी ने अपने भाषण में कहा–मुझे तो अपने हाथ से नहाना भी न आता था। दो–चार नौकर नहलाया करते। जब मैं पहली बार जेल गया तब नहाने के समय ज्यों ही लोटा भरकर सिर पर डालना चाहा, त्यों ही वह खटाक से मेरे सिर पर लग गया। पण्डित जी ने सभी को हँसाते हुए कहा–अच्छा हुआ जो आप कांग्रेस में आ गये। नहीं तो जन्म भर लोटे से सिर लड़ाने की हालत में ही बने रहते।'

'दद्दा, पण्डित जवाहरलाल नेहरू जी बहुत बड़े आदमी हैं न?'

'हव, हरेक विद्वान आदमी बड़ा तो होता ही है। देखने में तो आदमी सब एक जैसे। प्रयाग विश्वविद्यालय के उपाधि वितरण समारोह में मैं और महादेवी दोनों थे। इतने में पण्डित जी हम दोनों को देखकर हमारे पास आ गये। कुछ लोगों को आश्चर्य हुआ। एक सज्जन ने पीछे मुझसे पूछा, "जनाब, कहाँ से तशरीफ़ लाये हैं?" मैंने कहा, मैं झाँसी ज़िले के एक गाँव का हूँ...' सुनते ही उनकी आँखें विस्मय से फैलती गयीं।

राज्यसभा से पहले राज्य परिषद् थी, बाद में राज्यसभा नाम पड़ा। उन्हीं दिनों एक बार मैं नरेन्द्र देव के साथ बैठा बातें कर रहा था कि इतने में पण्डित जी हँसते हुए आये और बोले–'आप लोग राज्यसभा के हैं तो क्या आप लोगों की सभा को लोकसभा कहा जाये?' नरेन्द्र देव हँस पड़े और बोले–'आपको अधिकार है, हमें जहाँ चाहे बैठाइए।' मेरे मुँह से निकल गया–पण्डित जी, आपको तो दोनों सभाओं में उत्तर देना होगा।

'ज़रूर, मैं तैयार हूँ', कहकर वे हँस पड़े। उनका विश्वास देखने लायक था।

'दद्दा, आपने तो इन्दिरा गाँधी को देखा होगा न? कैसी दिखती हैं वे?'

'हाँ, हाँ,' उनके नये घर के बारे में एक बार चर्चा हो रही थी तो मैंने कहा–'अब की बार कुछ और बड़ा एस्टीमेट बनना चाहिए। अन्ततः घर की व्यवस्था तो आपको ही करनी होगी। पीछे डाँट डपट सहने की अपेक्षा पहले ही चले जाना अच्छा है, क्यों बिटिया इन्दिरा?' सुनते ही वे हँस पड़ीं।

भारती संगम शिलान्यास के दो–चार दिन पहले हम लोग पण्डित जी से मिले थे। शिलान्यास के समय वे प्रणाम की मुद्रा में थे। पण्डित जी के अभिनन्दन ग्रन्थ में मैंने कविता लिखी थी...

'अरे, राष्ट्रपति राजेन्द्र प्रसाद जी के जन्मदिवस पर भी तो आपने कविता लिखी होगी न?'

'हाँ, शान्ति बिटिया ने पुष्पगुच्छ के साथ उन्हें भेंट की थी–

कहाँ इकहत्तर हुए अभी तो आठ वर्ष ही राष्ट्रपते,
विश्व राज्य भी स्वराज्य सम भोगो चिरदिन रुचिमते।'

ऐसा लगा जैसे वे गहरी नींद में पुत्रवधू से संवाद कर रहे हों–'याद है बिटिया, एक बार जब मैं बीमार होकर बम्बई के अस्पताल में पड़ा था, वहाँ उनका स्वास्थ्य लाभ कामना पत्र आया था। दूसरी बार विलिंगडन में भर्ती था, वहाँ तो वे ख़ुद मिलने आये थे। वे इतने दयालु कि साधारण जनों का भी ध्यान रखते थे। राष्ट्रपति के सिनेमागृह में वहाँ के साधारण कर्मचारियों के साथ वे फ़िल्म देखते। राष्ट्रपति का मुग़ल गार्डन साल में एक महीने तक सर्वसाधारण के लिए खुला रहने के आदेश दे रखे थे। अपने पद का गौरव उन्हें था मगर गर्व नहीं। उनके जैसी लोकप्रियता दुर्लभ है। राजेन्द्र बाबू की योग्यता, कार्यशैली और त्याग–तपस्या के कारण वे सर्वप्रिय थे। दो–दो बार मुझे अनुग्रहीत किया। एक बार 1960 में राष्ट्रपति भवन में अभिनन्दन ग्रन्थ लेकर तो दूसरी बार बिहार राष्ट्रभाषा परिषद् पटना की ओर से मेरे हाथों में श्रेष्ठ लेखक के रूप में दो हज़ार रूपये का पुरस्कार देकर...'

'दद्दा, उनके पुत्र मृत्युंजय प्रसाद से मिला हूँ मैं भी' ...उर्मिल को अनायास उनके बेटे की याद आ गयी।

'दिल्ली से अवकाश ग्रहण कर उनके जाने के समय विदा देने के लिए वहाँ के रामलीला मैदान में विशाल सार्वजनिक सभा हुई थी। तब भी मैंने लिखा–

देश ने तुमको बनाया राष्ट्रपति श्रीमन्त,
किन्तु अपने आप को तुमने बनाया सन्त।
उभय रूपों से हमारे पूज्य तुम राजेन्द्र,
धन्य हैं तुम्हारे देशकाल दिगन्त।'

उन्होंने मेरे अभिनन्दन ग्रन्थ में मेरे लिए लिखा था–'साहित्य के क्षेत्र में खड़ी बोली तथा जनता की भाषा को काव्य में प्रयोग करके रोचकता लाने का श्रेय आपको जाता है।'

'दद्दा, सही मायनों में जनसाधारण में देशप्रेम जगाया है आपने। आपकी कविताएँ पढ़कर स्वर ओजस्वी हो जाते हैं बच्चों के। आपको सुनकर अतीत का चित्र आँखों के सामने ज़िन्दा हो जाता है।'

'शान्ति बिटिया को साहित्य की अच्छी समझ है। शुभ लक्षण है। मेरे जाने के बाद वही सँभालेगी यह सब, किताबें, पत्राचार या विरासत...' सोचकर वे चुप हो गये।

'दद्दा, इन्हें पढ़कर ही तो हमने सब सीखा है। एक से बढ़कर एक साहित्यकारों को इतने नज़दीक से देखने–सुनने व पढ़ने का सौभाग्य मिला है हमें। सब कुछ आप ही के कारण तो। हमें गौरव मिला है और यह हमेशा रहेगा, हमेशा, हमेशा...'

'हमारे स्वभाव में ही लोकसंग्रह है। जनता से कटकर हम नहीं रह सकते।'

'दद्दा, 1956 तक 'जयद्रथ वध' की दो लाख प्रतियाँ व 'भारत–भारती' की डेढ़ लाख प्रतियाँ बिक चुकी थीं। तब से यह बिक्री बदस्तूर जारी है। उनके पुत्र ने जानकारी दी।

'चलो, अब बहुत देर हो चुकी। अन्दर हमारे मित्र बैठे हैं। उनसे कुछ देर बतियायेंगे फिर 10 बजे तक सोयेंगे। आज वैसे तबीयत कुछ ढीली लग रही है...' कहकर वे सहारा लेकर उठे।

'अब आप आराम करें...'

अकेले बैठे–बैठे सोचते रहे घण्टों। अब जीवन का अन्त नज़र आने लगा था मानो मृत्यु उन्हें टेर रही हो। एक दिन दुःखी मन से उन्होंने नयी कविता लिपिबद्ध करके तकिये के नीचे रख दी थी–

प्राण न पागल हो अब यों, धरती पर है प्रेम कहाँ,
मोहमयी छलना भर है, भटको न अहो, अब और यहाँ।
ऊपर को निरखो अब तो, मिलता है चिरक्षेम यहाँ,
स्वर्ग वहीं, अपवर्ग वहीं, सुख सर्ग वहीं, रहता है निजवर्ग जहाँ।

गहन हताशा की मनःस्थिति में सोचने लगे थे दद्दा–'काल बड़ा है या कृतित्व? रचना बड़ी है या रचनाकार? रचनाकार को तो यह भूलोक छोड़कर जाना ही होगा, कभी भी, किसी भी समय तो फिर बचेंगी तो रचनाएँ ही। यही तो हमारी मानस सन्तानें हैं जो मौत का भी मुक़ाबला करने में सक्षम हैं।'

मार न सकता मुझे कुचलकर काल–कराल तेरा हाथी
यदि रखेंगे अपनी स्मृति में, जीवित कृपालु मेरे साथी।

'दद्दा,' उनकी आँखें मुँदी रहीं। डॉक्टर बखरू ने नब्ज़ टटोली। नाक के पास, साँसों की आवाजाही...आख़िरी साँसें ले रहे हैं क्या? 'डाक्टर साहब मन–ही–मन परेशान हो उठे।

'ओ दद्दा', पुत्र उर्मिल जी ज़ोर से चीख़ पड़े–'क्या हुआ दद्दा को?'

रात के डेढ़ बजे मैथिलीशरण गुप्त ने अन्तिम साँसें लीं। सबको रोता हुआ छोड़कर वे अन्तिम यात्रा पर चुपचाप निकल गये थे। डॉक्टर ने घड़ी देखी... 'डेढ़ बजे।'

'हाय राम, ओ भगवान! ओ गॉड...जैसी आवाज़ें सुनकर पूरा परिवार पल–भर में इकट्ठा हो गया। ढेरों लोग श्रद्धांजलियाँ देने आ पहुँचे। भौतिक रूप से इस अखण्ड भूभाग पर उनकी पार्थिव देह भले

ही न रहे मगर उनका यश, उनकी रचनाएँ युगों–युगों तक मानवता का सन्देश देने हेतु रह गयी थीं।

झाँसी ज़िले के छोटे क़स्बे में सुदूर ग्रामीण क्षेत्रों से बैलगाड़ियाँ भर–भरकर तो कुछ लोग पैदल चलकर, तो कुछ मोटर से, रेलगाड़ी से ऐसे उमड़ते चले आ रहे थे जैसे तीर्थाटन में उमड़ता जनसमुदाय जाति, धर्म, वर्ग, वर्ण, समुदाय के भेदभाव भूलकर उमड़ रहा हो। आम जनता, भोले गाँववासी और अनगिनत साहित्यकारों का जमावड़ा जैसे वेग से बहती नदी में अचानक बाढ़ आ गयी हो। स्कूली बच्चे भी पंक्तिबद्ध फेरी लगाते हुए सीधे उनके निवास पर पहुँच गये। सभी सरकारी इमारतों पर झण्डा झुक गया। आसपास के बाज़ार आनन–फानन में बन्द हो गये। छुटपुट सब्ज़ी वाले भी अपनी दुकानें बन्द करके चलते बने। पूरे चिरगाँव में सन्नाटा पसर गया जैसे गाँव की रौनक हमेशा–हमेशा के लिए ख़त्म हो गयी हो। चिरगाँव का अमर रचनाकार और देश–भर में उच्च कोटि की लोकप्रियता प्राप्त कवि के निधन का समाचार रेडियो पर था। अख़बारों में चारों तरफ़ बड़े–बड़े अक्षरों में छप रहा था। आग की लपट की तरह यह समाचार देश के चारों कोनों तक पहुँच गया। उन पर केन्द्रित विशेषांकों की बाढ़–सी लग गयी। एक ही समाचार सब जगह फैलता गया 'भारत–भारती' के अमर गायक नहीं रहे।

स्कूलों में शोक सभाएँ आयोजित की गयीं–

'जब तक सूरज चाँद रहेगा, मैथिलीशरण तेरा नाम रहेगा।'

उनकी बातें याद करते हुए उनके साहित्यकार बन्धु जगदीश प्रसाद चतुर्वेदी ने लिखा है–'गुप्त जी की दृष्टि और हँसी उन्हें किसी के निकट अपरिचित नहीं रहने देती। कभी–कभी तो उनका देखना और हँसना इस तरह साथ–साथ चलता कि दृष्टि हँसती–सी लगती है और हँसी से दृष्टि का आलोक बरसता जान पड़ता है। वे स्वभाव से गहरी सहानुभूति और तटस्थ विवेक का स्थायी संगम हैं जिस पर सबकी दृष्टि नहीं जाती।'

देश के कोने–कोने में फिर से उनकी राष्ट्रीयता व भारतीय संस्कृति के मूल आदर्शों को प्रचारित किया गया। आकाशवाणी में उन पर केन्द्रित चर्चाएँ हुईं, काव्यपाठ किया गया। उनकी प्रसिद्ध कविताएँ सस्वर पढ़ी गयीं। उनकी रचनाधर्मिता, रचना प्रक्रिया और जीवन दर्शन से जुड़ी बातों से हर पत्रिका के पन्ने रँगे हुए थे। मैथिलीशरण की रचनाओं का फलक इतना विस्तृत है कि कोई भी कवि उनकी समानता नहीं कर सकता। वाराणसी से रायकृष्णदास का 1959 में प्रकाशित लेख फिर से छापा गया–'हिन्दी में तो क्या, भारतीय भाषाओं में सम्भवतः गुरुदेव रवीन्द्रनाथ ठाकुर और सुब्रमण्यम भारती को छोड़कर किसी अन्य आधुनिक कवि ने इतनी लोकप्रियता प्राप्त की हो, इसमें सन्देह है।'

किसी पाठक ने पत्र लिखा–'पराधीनता सम नहीं और दूसरा पाप।'

अपनी विश्व वेदना का प्रकाशन स्वतन्त्रता आन्दोलन की सबसे सशक्त रचना है–

मुक्ति माँगती है बलिदान
सुनो सुनो बन्दी बापू का आहा यह आह्वान।

जिसके मन में उनकी जो भी कविता हृदय को छू गयी, वह उसी कविता को लेकर यहाँ–वहाँ चर्चा करने लगते। उनके समूचे साहित्य को फिर से उलटा–पुलटा गया और फिर से नये–नये अर्थ निकाले गये–

अरे, भारत उठ, आँखें खोल, अवसर तेरे लिए खड़ा है,
तेरा कर्मक्षेत्र बड़ा है, पल पल है अनमोल।

. . . .

सुनो, सुनो भारत सन्तान।
हिन्दू मुस्लिम सब भाई भाई, निज नवीन जय गान।
काला मुँह कर जाने में अब शेष तुम्हारे दिन थोड़े।
तब तक और प्रभुत्व दिखा लो, बरसा लो हम पर कोड़े।

राष्ट्रवाणी में संकलित उनकी देशभक्तिपूर्ण कई कविताएँ आज़ादी के आन्दोलन के दौर में लिखी गयी थीं जो अनगिनत लोगों ने कण्ठस्थ कर ली थीं और जो भी श्रद्धांजलि देने आता, उसके पास दद्दा से जुड़ा कोई–न–कोई संस्मरण अवश्य होता। वे ऐसे समझते थे, वे ऐसे बोलते थे या वे ऐसे कविता सुधारते थे। इस तरह से आशीष देते व अपने सुझाव देते।

उनकी देह उठते ही जगन जैसे अनेकों सेवक, प्रेस के कर्मचारी और परिजन बिलख–बिलख कर रोने लगे। उनके साथ बिताये पल अचानक स्मृति मंजूषा में बन्द हो जायेंगे। फिर वे कभी भी सशरीर नज़र नहीं आयेंगे, यही सोचकर परिजन शोकाकुल हो उठे।

माधोगढ़, उनकी ससुराल से उनके रिश्तेदार आये। उसी गाँव के कुछ साहित्य प्रेमी भी आये। छतरपुर से शान्ति के भाई सुनते ही चले आये तो घर के दूसरे भाइयों के परिवारों से पूरी बखरी भर गयी कि पैर रखने को तिल भर जगह नहीं बची। इतनी बड़ी बखरी, फाटक के अन्दर पंक्तिबद्ध कई घर, खुले आँगन में बड़ा–सा बरामदा लोगों से भरा था। अफ़रातफ़री के माहौल में उत्तर प्रदेश की कई महत्त्वपूर्ण हस्तियाँ आयीं और श्रद्धांजलि देकर चली गयीं।

पुत्र उर्मिलाचरण गुप्त उनकी मौत से व्यथित थे। उनको ही सारे संस्कार करने थे। उनके मित्र उन्हें समझाने लगे–'समय का चक्र कभी नहीं रुकता। दैहिक मृत्यु शाश्वत सत्य है। आजीवन समूचे राष्ट्र को सहारा देने वाले संकल्पधारी महाकवि को आख़िर काल के हाथों पराजित होना पड़ा। जीवन में भले ही नहीं, पर मृत्यु के बाद तो उन्हें चलने के लिए दूसरों के कन्धों की ज़रूरत पड़ ही गयी–

निर्भय स्वागत करो मृत्यु का, मृत्यु है एक विश्राम स्थल
मृत्यु एक सरिता है जिसमें, श्रम से कातर जीवन नहाकर,
फिर नूतन धारण करता है, काया रूपी वस्त्र पहनकर।
मेरी मिट्टी मैं बलि जाऊँ।'

महकते फूलों से सुरभित अन्तिम यात्रा में हज़ारों लोगों का हुजूम उमड़ पड़ा। जितने मुँह उतनी बातें। गूँज रहे थे बोल धरती

से आकाश तक—कहीं डोली, कहीं अर्थी, इसे ही ज़िन्दगी कहते हैं। समस्त बन्धु—बान्धवों को कलपता छोड़कर कहाँ चले गये दद्दा। विशाल भीड़ आख़िरी समय में भी अपने प्रिय कवि से कुछ कहने के लिए अकुला रही थी। औरतें जिया को सँभाले हुए थीं। 'क्षिति जल पावक गगन समीरा, पंच रचित यह अधम शरीरा' जैसे सुने—सुनाये बोल चारों तरफ़ से सुनाई देने लगे।

बीच में से कोई पाठक बोल पड़ा—'उड़ि गये सुगना, रै गयी बाँस।'

अज्ञेय का सन्देश आया—'एक बार जब मैं पहले—पहल उनके दर्शन करने गया था, उन्होंने अपनी देहरी पर खड़े होकर मुझे केवल ब्राह्मण सन्तान होने के नाते प्रणाम करना चाहा था, आज उनकी देहरी पर खड़े होकर उन्हें बारम्बार प्रणाम करता हूँ।'

कवि हरिवंशराय बच्चन ने उन पर कविता लिखते हुए कहा—

मैथिलीशरण थे हिन्दी के हित आये,
तुतलाने वाले को क्रमशः
गाना गीत सिखाये,
औ घुटने चलने वाली को नर्तन कुशल बनाया!
आजीवन साधना उन्हीं की, आज खड़ी बोली जो
युग देश प्रकृति संस्कृति के साज सजाये,
मैथिलीशरण हिन्दी के हित आये।

साल—भर राष्ट्रकवि की श्रद्धांजलियों के सिलसिले चलते रहे। उनके ऊपर दर्जनों विशेषांक निकाले गये। 1886 में जन्मे दद्दा की जन्मशती 1986 में धूमधाम से देश—भर में मनायी गयी। सबका एक मत से मानना था--कविता को आम आदमी तक ले जाना कवि का दायित्व होना चाहिए। हम सबने इस तरफ़ सोचना—समझना ही सिरे से बन्द कर दिया, परन्तु गुप्त जी ने बीसवीं सदी के प्रथम दशक से लेकर जीवन पर्यन्त समूची हिन्दीभाषी उत्तर भारत की सुप्त सांस्कृतिक चेतना को जगाने का श्रम किया। उनका यह योगदान अविस्मरणीय रहेगा। इस भूतल को ही स्वर्ग बनाने आया'

की उनकी संकल्पना में सार्वदेशिक जनकल्याणकारी भावना निहित थी। वैष्णव परम्परा में धर्म एक समग्र कल्याणमूलक जीवन दृष्टि है एवं मैथिलीशरण के जीवन व लेखन में इतना तादात्म्य था जहाँ भावनामूलक बौद्धिक, आध्यात्मिक व जनसरोकार एकाकार हो गये थे। चिरगाँव में कहीं किसी सार्वजनिक काम में समुचित धन की व्यवस्था करने में वचनबद्ध विद्वानों के असहयोग के कारण उन्होंने अपनी तरफ़ से हरसम्भव मदद की। तभी तो वैदेही मन्दिर निर्माण कार्य सम्पन्न हुआ। आम आदमी के दुःख–दर्द में साझी बने गुप्त जी उदार मानवतावादी दृष्टि सम्पन्न कवि थे जिनकी पहचान सालों की लम्बी रचनात्मक यात्रा को पार करके बनी थी और यह कार्य आसान नहीं था।

उनकी कीर्ति सुगन्ध दिग्दिगन्त तक यूँ ही महकती रहेगी। न जाने कितनी पीढ़ियाँ आयेंगी, जायेंगी पर उनका यश हमेशा रहेगा। युगों–युगों तक ये शब्द ज़िन्दा रहेंगे–

कौन हूक उठ रही, न जाने यह मेरे चिरगाँव से
उतरूँगा क्या पार हाय मैं, इसी धुएँ के पुल से?
ओउम् शान्ति, शान्ति, शान्ति...

उसी भीड़ में से आवाज़ें गूँज उठीं–दद्दा की सच्ची श्रद्धांजलि यही होगी कि हम उनकी कविताओं को जन–जन तक पहुँचायें। हताश मनों में–'होगी सफलता क्यों नहीं, कर्तव्य पथ पर दृढ़ रहो'।

तभी एक नौजवान बीच में ही चिल्लाने लगता–'हम कौन थे...'

फिर से एक बार पण्डित जी की आवाज़ें आसमान तक गूँजने लगीं–'ओउम् शान्ति, शान्ति, शान्ति...'

मृतात्मा के लिए कृपया दो मिनट का मौन रखें–देश–भर में 12 दिसम्बर 1964 का दिन पुण्यतिथि के रूप में दर्ज हो गया। दद्दा की आवाज़, दद्दा की पुकार, दद्दा की वाणी। देश–भर में दद्दा याद किये जाते रहे। देश के प्रति उनकी प्रतिबद्धता की कविताएँ युगों–युगों तक हमारा पथ प्रशस्त करती रहेंगी–

मेरा दुर्लभ देश आज यदि अवनति से आक्रान्त हुआ,
अन्धकार में मार्ग भूलकर भटक रहा, भ्रान्त हुआ।
तो भी भय की बात नहीं है, भाषा पार लगावेगी,
अपने मधुर स्निग्ध नाद से उन्नत भाव जगावेगी।

काल सत्य है सो देह को छोड़ने का समय कभी भी आ धमकता है। इस नश्वर संसार में बस शब्द ही हैं जो बचे रहते हैं। उनकी कृतियाँ अमरत्व प्राप्त कर चुकी थीं। दद्दा अमर हो गये थे, हमेशा–हमेशा सबकी स्मृति में।

विचार लो कि मर्त्य हो, न मृत्यु से डरो कभी,
मरो परन्तु यों मरो कि याद जो करें सभी।

दिग्दिगन्त तक फैलते गये शब्द, शब्द और शब्द।

❑❑

परिशिष्ट

1. राष्ट्रकवि मैथिलीशरण गुप्त अभिनन्दन समिति, 87, विवेकानन्द रोड, श्री बड़ा बाज़ार लाइब्रेरी, कलकत्ता द्वारा गठित मुद्रक–ज्ञानेन्द्र शर्मा (2 अक्टूबर 1959), जनवाणी प्रिंटर एंड पब्लिशर्स प्रा. लि. 36, वाराणसी घोष स्ट्रीट, कलकत्ता–7 प्रकाशकीय – कल्याणम, लोढ़ा, 11 सितम्बर 1959, भूमिका–वासुदेवशरण अग्रवाल–प्रधान सम्पादक– 6 मई 1959।
2. उत्तर प्रदेश–राष्ट्रकवि मैथिलीशरण गुप्त अंक–दिसम्बर, जनवरी, फ़रवरी अंक 1987–सूचना एवं जनसम्पर्क विभाग, उत्तर प्रदेश का प्रकाशन।
3. हिन्दुस्तानी (त्रैमासिक शोध पत्रिका, राष्ट्रकवि मैथिलीशरण गुप्त विशेषांक), प्रधान सम्पादक डॉ. रामकुमार वर्मा, जुलाई–दिसम्बर 1988।
4. मैथिलीशरण गुप्त, सम्पादक–डॉ. प्रभाकर शुक्ल, जगदीश गुप्त, सहायक सम्पादक–डॉ. रामजी पाण्डेय, उत्तर प्रदेश हिन्दी संस्थान, 2006।

5. मैथिलीशरण–नन्दकिशोर नवल–राजकमल प्रकाशन, दिल्ली, 2011।
6. राष्ट्रकवि मैथिलीशरण गुप्त–सम्पादक–विजय अग्रवाल–प्रकाशन विभाग, सूचना एवं प्रसारण मन्त्रालय, भारत सरकार, नयी दिल्ली, 1994।
7. अतएव–राष्ट्रकवि की स्मृति को समर्पित 1979–उ.प्र. हिन्दी संस्थान।
8. मैथिलीशरण गुप्त–सम्पादक–रेवती रमण–साहित्य अकादेमी, नयी दिल्ली, 1996
9. नागरी प्रचारिणी पत्रिका (मैथिलीशरण गुप्त विशेषांक, संवत् 2043 वि.), सम्पादक मण्डल–शिवनन्दनलाल दर, विजयपाल सिंह, क्षेमचन्द्र सुमन, करुणापति त्रिपाठी, सुधाकर पाण्डेय (संयो. पत्रिका एवं सह संयो. सम्पादक मण्डल) सहायक सम्पादक–विश्वनाथ त्रिपाठी।
10. उच्छ्वास–मैथिलीशरण गुप्त, साहित्य सदन चिरगाँव, झाँसी, संवत्–2017।
11. राष्ट्रकवि मैथिलीशरण गुप्त पर स्मृति लेख–श्री अज्ञेय जी (सम्पादित पुस्तक में से)।
12. मैथिलीशरण गुप्त, व्यक्ति और काव्य–सम्पादक–भगीरथ मिश्र, सागर विश्वविद्यालय के सौजन्य से।
13. राष्ट्रकवि मैथिलीशरण गुप्त को लिखे गये साहित्यकारों के पत्र एवं अन्य फुटकर लेख।
14. राष्ट्रकवि मैथिलीशरण गुप्त द्वारा लिखे गये समकालीन साहित्यकारों से पत्राचार।
15. राष्ट्रकवि मैथिलीशरण गुप्त द्वारा विरचित कई काव्य संग्रहों की भूमिकाएँ।
16. गुप्त जी और मेरा सम्बन्ध–मुंशी अजमेरी, फुटकर लेख।
17. अपने विषय में–कवि का हस्तलिखित निबन्ध।
18. मैथिलीशरण गुप्त द्वारा विरचित समस्त काव्यग्रन्थ।

19. अन्य फुटकर पत्रिकाओं में साहित्यकारों एवं उनके परिजनों द्वारा लिखे गये फुटकर लेखों के अंश।
20. मैथिलीशरण गुप्त के परिजन (श्री चारुशीलाशरण गुप्त), साहित्य सदन, चिरगाँव (झाँसी), 18 मार्च 1865।
21. चिरगाँव निवासियों से वार्तालाप के आधार पर जुटाये गये मैथिलीशरण गुप्त के जीवन से जुड़े मौखिक तथ्य एवं मैथिलीशरण गुप्त से उनके परिजनों का पत्राचार।